JN032826

Questions of Travel

旅の問いかけ

Michelle de Kretser

ミシェル・ド・クレッツァー

有満保江、佐藤渉・訳

Australian Government
豪日交流基金
Australia-Japan FOUNDATION

Masterpieces of Contemporary Australian Literature project is supported by the Commonwealth through the Australian-Japan Foundation of the Department of Foreign Affairs and Trade.

本書の出版にあたっては、豪日交流基金を通じて、
オーストラリア政府外務貿易省の助成を得ています。

Questions of Travel
Copyright © 2012 by Michelle de Kretser
First published in Australia in 2012 by Allen & Unwin
Japanese translation rights arranged with Lutyens and Rubinstein
through Japan UNI Agency, Inc.
© Gendaikikakushitsu Publishers 2022, Printed in Japan

目次

亡きリア・アキに捧げる

コスモポリタニズムの時代がやってくれば、もはや地球は私たちを助けてくれないだろう。木々も草原も山並みもただの見世物になってしまう……

E・M・フォスター『ハワーズ・エンド』

でもこの街道沿いの並木を、その誇張された美しさを見逃していたら、きっと後悔していたはず。

エリザベス・ビショップ「旅をめぐる問い」

I

どこへでも！　どこへでも！

シャルル・ボードレール「この世の外ならどこへでも」

ローラ、一九六〇年代

双子がローラを殺そうと決めたのは、ローラが二歳のときだった。

双子が八歳のときにローラが生まれ、その二、三か月後に母親が死んだ。双子の父親の叔母で当時は元気だったヘスターが、養育環境が整うまで子どもたちの面倒を見ることになった。ヘスターは人生の半分あまりをロンドンで過ごしたあと、シドニーに戻ってきたところだった。結局ヘスターは、ローラが高校を卒業するまで一緒に暮らすことになった。

事態の成り行きを双子の視点から見てみよう。ある日、自分たちの世界に妹がやってきた。双子は母親の椅子のそばに立ち、どこからともなくやってきた生き物が母親の腕に抱かれ、乳房に吸いついているのを眺めていた。母親は、妹がやってきてすぐに亡くなったわけではなかったが、二度と回復することはなかった。「乳癌」だった。二人は賢い子どもだったので、ふたつの出来事を結びつけた。テントのように枝を広げたジャカランダの木陰で、双子は計画を立てた。

生涯に渡り、ローラ・フレイザーは年に一度か二度、水の夢を見た。彼女は絹のように滑らかな青に包まれている。頭上は淡い青。彼女はところどころ黄金に染まった沈黙の中を滑っていく。一緒に駆けていくふたつのものは、ひとつでもあった。彼女は何かに掴まれ、次の瞬間解放される。それはとてもすばらしい夢だったが、目覚めるといつも少し悲しくなるのだった。最高潮を迎える前に終わってしまったという感覚にとらわれて。

一九六六年のその土曜日の朝がどのように過ぎていったのか、ローラは憶えていなかった。二人の兄はバットとボールを持って出かけ、表通りで遊んでいた。絶妙なタイミングでラジオを切り、ザブンという水音を耳にして現場に駆けつけたのはヘスターだった。プールの柵に取りつけられた安全装置がどうして外れてしまったのか、誰も説明できなかった。問いただされた双子は、小麦色に日焼けした顔に空っぽの表情を浮かべていた。結局、隣家のレトリーバーのしわざということでその事故は片づけられた。それがどれほどあり得ない説明でも、事件には犯人が必要だった。

双子は予想していなかった小競り合いでまんまと裏をかかれた将軍のように、とまどいを秘めた無関心を貫いた。ことのてんまつを知るのはいつだってためになる。双子はまだほんの子どもに過ぎず、創意工夫に富んでいたが理解力は限られていた。自分たちの行為がもたらす結果や、決断の相対的重みをまだ正しく理解していなかった。ローラが子猫を飼っていたら、双子は彼女の身代わりとして子猫を溺れさせていたかもしれない。

プールは埋め立てられることになったが、双子はそれも妹のせいだと考えた。母親が泳ぎ方を教えてくれたのは、そのプールだった。母親の腕に散らばる水玉や、ターコイズブルーのタイルの上を小走りに駆けていく光を、双子は憶えていた。

ローラ、一九七〇年代

長い顔に琥珀色の目をしたヘスターの表情には、どこか慈悲深いヤギを思わせるところがあった。彼女は人生の最初の七年をインドで過ごしたが、その不幸な生い立ちのせいで肌の色は軽く磨いたブナのような色を帯び、二度と元には戻らなかった。

夜になると、ヘスターがナルニアという魔法の国の物語を読んでくれた。ローラは昼間に寝室をたしかめにいってみたが、どの寝室にも作りつけの衣装ダンスしかなかった［C・S・ルイス原作の『ナルニア国物語』では寝室のタンスの扉が魔法の国への入り口になっている］。何という理不尽！　それでも彼女は、扉をひとつひとつ横に滑らせて開けてみずにはいられなかった。ローラは諦めることなく、夢と希望にしがみつこうとした。

一方で、うっとりするような魅力的な品々は簡単に見つかった。輝きの源は、ヘスターがヨーロッパ大陸のみやげ物をしまっていた空色の旅行鞄だった。レースのマンティラをまとった小さなスペイン人形。金箔をほどこした扇。パリオペラ座の「白鳥の湖」のプログラム。ヘスターを乗せてアルプス山脈を越えていった電車の切符。高級コース料理のメニューはディジョンの記念品、海と同じ淡い緑に金色の混ざったビーズはヴェニスみやげだった。ある封筒には、ヨーロッパの巨匠が描いたキリスト降誕と人類の堕落の絵はがきが入っていた。救い主の到来と楽園追放のあいだに押し込められていたのは、露出過多のスナップ写真だった。海、陽光、均整の取れた岩というギリシャにふさわしい三位一体を背景に、白縁のサングラスをかけたヘスターが写っていた。

ローラはこうした驚くべき品々にまつわる話をよくせがんだものだった。逸話を聞いておかなければ、水晶のようなエアロプレーンゼリー――ルビーのように赤く、手のひらから舐めとって少しのあいだ甘みを楽しむことができるお菓子――と変わらない。胸を躍らせたきりでおしまいだ。ローラのかわいいとは言いがたい小さな顔が、断固として話をせがんでくる。しかし、少女に語り聞かせる異国の話は、ヘスターの心をかき乱すのだった。

若き日のヘスターは、ロンドン暮らしを選んだ。鳩羽色のブラウスに身を包んだ有能な速記者として、彼女は弁護士事務所と芸能事務所、それに戦時下のふたつの役所勤めを乗り切った。やがて四十になると、彼女はナンという男のもとで働き始めた。エリザベス二世の戴冠式が挙行されたとき、口髭を撫でつけたナンはヘスターにシェリー酒のグラスを勧めながら「とてもすばらしい時間」を君にあげると約束した。ヘスターはその日の日記帳に三ページにわたってこの出来事を書き込んだが、階下のフラットを借りているマドラス出身の数学者と結んだ現実的な取り決めについてはひと言も触れなかった。その数学者はブリッジでインチキする方法や、酸味の効いた魚のスープの作り方をヘスターに手ほどきしてくれたのだが。

少女時代のヘスターは、フランスは退廃的な国だとそれとなく聞かされていたので、ナンの事務所で働き始めて三度目のクリスマスが近づくころ、ナンに恋していることに気づくと当然のようにパリに憧れた。エッフェル塔の見える部屋でナンの愛人として暮らす情景を子細に思い描いた。二人が借りた部屋の窓の下では、アコーディオン弾きが「パリの橋の下」を奏でている。ナンがアコーディオン弾きに枕を投げつける。イギリスではまだ食料が配給制だったので、ナンが豪華なフィレ肉のステーキとビロードのようなプディングを注文し、銀のカバーを被せてドアの外に置いておくように指示する。二人のベッドにはモーヴ――いや深紅だろうか――のシルクがゆったり掛かっている……。彼女の雇い主がクリスマス休暇を妻の両親の住むハルで過ごすつもりだとヘスターは知ったが、それでも英仏海峡を渡ることにした。パリから戻ってきたヘスターにフランス的な不道徳の匂いを嗅ぎつけ、ナンが行動を起こす気になるのではと期待したからだった。

当時のパリは、まだ戦争の余韻から脱し切れておらず、陰気で暖房が不十分だった。実際のところ、パリはロンドンとたいして変わらなかった。しかし、いったん先例ができるとやめがたいもので、毎年の休暇を海外で過ごすためヘスターは質素倹約に努めた。面白おかしい逸話や斬新なスカーフの巻き方など何か新しいものを仕入れて帰り、ついに女としてナンの関心を惹くことができればと我慢強く願っていたからだ。年を経るにつれて強まっていったもうひとつの理由は、仲間もすることもないままロンドンで孤独な休暇を過ごすという気の滅入りそうな見通しだった（ちなみに数学者との取り決めは、隔週の水曜日に限られていた）。

ナンの妻がようやく意識を取り戻した末に亡くなると、彼はすぐに妻の看護をしていた女性と再婚した。ヘスターはイギリスに愛想をつかしている自分に気づいた。シドニーに帰る旅の途上、夜更けの甲板にたたずんでいる彼女の姿があった。全部で十一冊の日記帳が、一冊また一冊とコロンボ港の水面に落ちていき、水しぶきをあげた。

こうした出来事は、ローラの前に並べられた物語からきれいさっぱり取り除かれていたので、ヘスターの旅は歓びに満ちた新しい場所を探し求める旅だったように聞こえた。本当は一種の逃避行だったのに、とヘスターは思わずにいられなかった。

そんな疑念を追い払うには、ひたすら話し続けるしかなかった。だからこそ、ディジョンから持って帰った手書きメニューに載っている料理がどんなものなのか――車輪ほどもある洋梨のタルト、背中に自分の棺桶を担いでいるカタツムリ──説明するだけでは足りなかった。気づいてみると、ヘスターはテーブルに載っていたランプの、ピンクのガラスの傘に刻まれていたユリの花や、壁に掛かった牡鹿の頭の剥製について語っていた。四十年間、お互いに話すこともなく沈黙を保ってきた夫婦が、ヘスターが食事をしている様子をじっと観察していたことも話した。記憶が擦り切れている部分には継ぎをあて、刺繍をほどこした。そのレストランの狭い前庭には、かつてギロティンがそびえ立っていたという話を聞いてローラは身震いした──それは自分の語りに劇的な要素と教育的意義が欠けていると感じたヘスターが、その場ででっちあげた細部だった。

このように、ローラに届けられた物語はいつも鮮やかで有用な情報を含んでいたものの、どこか的外れだった。アテネの輝きを呼び覚ますときには、アクロポリスの印象を薄れさせてしまったひどく汚い公衆便所や、シンタグマ広場で不用心にも油っこい豆料理を平らげてしまった自分の食い意地のことにはあえて触れなかった。フィレンツェのウフィツィ美術館の思い出を語るときには、ナンが書類保管室でひどく体面を傷つけるような行為にふけっている姿を想像しながら、絵画から絵画へとやみくもに歩いていたことに触れなかった。シャルトル大聖堂について語るときには、バラ窓と最後の審判の話ばかりしたが、あの冷えびえとした奇跡を見学して回るあいだ、彼女は情事の相手としてもっとも期待の持てそうな彫像を選び出すことに全神経を集中していたのだった。ツアーガイドが熱弁をふるい、フレイザー家の先祖たちが長老派教会の墓の中で喚き声をあげていた。ヘスターは教会の側廊の脇にある小礼拝堂に入って蝋燭に火を点すと、しばしひざまずいて熱心に祈りを捧げた。

旅の話をしていると、ヘスターはしばしば落ち着かない気分になった。深夜にトランジスターラジオのダイアルを回していると、詩の一節を朗読する女性の厳かな声が聞こえてきた。「旅立ちたくはない。でも、ここにいてほしいと言ってくれる人はいなかった」

ラヴィ、一九七〇年代

動きの緩慢な親を引っ張る子どものように、海が忍耐づよく陸地を引っ張っている。あらゆる音の背後にその音が響いていた。ラヴィの人生は、その変化の囁きにあわせて進んでいった。

その町は、コロンボから二、三マイル離れたスリランカの西海岸の僻地にあった。植民地時代の教会は、これ見よがしのバロック様式で観光客を混乱に陥れた。彼らは故郷の教会の三流の模倣品ではなく、東洋らしい奇抜さを期待してやってきたというのに。

新しい空港はさほど離れておらず、夜になると上下に揺れる飛行機の明かりが動く星座のようだった。その数は年々増えていった。

ラヴィは生活と食べ物がぎゅうぎゅうに詰め込まれた窮屈な路地に住んでいた。ときどきその路地に外国人が迷い込んでくることもあったが、彼らがメンディス家に気づいたとしてもその目に映るのは何の魅力もない箱にすぎなかった。しかし、実際にはその家はレンガ造りで、漆喰で覆われた壁はペンキで青く塗られていたし、家の中には電動式の卓上扇風機と黒いビロードに型押しされたネフェルティティの頭像もあれば、籐製ソファの三点セットも揃っていた。屋根は破壊的な雨にも持ちこたえていた。敷地にはマーマイトという名前の陽気な茶色の犬が住んでいた。マーマイトは「冷たい冷たい心」という歌のコーラス部を歌うことができた。庭には芋虫のように丸々太った実をつける桑の木があったし、強烈なオレンジの花をつける山丹花の生け垣もあった。トイレは屋内に設置されており、しかも水洗式だった。

ラヴィは女の子と妹たちが嫌いだった。プリヤはいったいどうやって「ジャカランダ版学校地図帳」を手に入れたのだろう。彼女は大げさに見せびらかしながら地図帳のページを眺めた。ラヴィがやってきてそばに立つと、プリヤは両手を広げて地図帳に覆いかぶさり、「お母さん、お母さん、お兄ちゃんがわたしの本に頭を突っ込んでくる！」と叫んだ。

ベランダでは母親のカーメルが「ジョン、ジョン、灰色ガチョウが飛んでった」を赤ん坊に歌っていた。カーメルは壁の上半分が吹き抜けになった建物に木の門がついた厩舎のような教室で、英国国教会の修道女から歌を教わったのだった。父親はギターを弾くことができたし、もちろんラジオもあったのだが、この家で音楽と言えば歌うことだった。ラヴィとプリヤは「なぜ私のガチョウは」と「クリスマスがやってくる、ガチョウは丸々と太った」を歌った。ガチョウは神さまと同じように信用に基づいて受け入れられた。歌が山ほどあるのだから、神さまもガチョウもどこかに存在するはずだった。カーメルは歌うのをやめるとヴァルニカの小さな鼻を軽く噛んだ。それからまた「五つの金の指環、四羽の囀る小鳥……」［「クリスマスの十二日」。クリスマスからの十二日を歌う数え歌］と歌い始めた。子どもたちがまだ小さかったころ、カーメルはどの子も膝の上に立たせてその歌を歌って聞かせたものだった。

赤ん坊は相手にもしなかった。しかし、妹のプリヤとは十か月しか離れていなかったので、二人は喧嘩をするときも遊ぶときもすさまじく熱中した。どの部屋も狭かったが、兄妹は子どもならではの才能を発揮して秘密の場所を見つけだした。

近所の子どもたちと遊びに興じることもあった。リーダー役が権威の印の棒を振り回しながら、「カン カン ブウル！」と唱えると「チン チン ノル」というコーラスが返ってくる。「わしの言うとおりにするか」「はい」「ならば走れ、走れ。走って……を取って来い」自分の順番が回ってくると、ラヴィは白い正方形の石や緑の羽など、どこか神秘的な感じがするものを持って来るよう命じた。一方、プリヤはもっと大胆な任務を課した。高い木に実っているマンゴーをもいで来いとか、鎖に繋がれて観光客相手に芸をしている、獰猛だが悲しみに満ちた顔つきの猿の尻尾を引っ張ってこいと家来たちに命令するのだった。

家にシャワーが設置されてからも長いあいだ、子どもたちは井戸水の風呂を楽しんだ。氷のように冷たい水を桶で汲みあげて全身に浴びるたびに、子どもたちは歓喜と恐怖の叫び声をあげた。最後に付け足された浴室とトイレは、ラヴィが四歳近くになるまで完成しなかった。少年がもう少し大きくなってから編み出した遊びは、家の増改築工事の記憶に基づいていたのかもしれない。たとえば、両親が家族の生活空間を熱心に造りあげていく過程の湿ったセメントの匂いや、壁がだんだん高くなっていく感覚。ラヴィはプリヤを連れて、家々を眺めながら町を歩きまわった。彼が息を吐き出すようにして「ここだ」と言うと、兄妹は立ち止まってその家を眺めるのだった。プリヤはその家の住人について想像するのが好きだった。子どもたちの名前と年齢を決め、お母さんは厳しい人なのだろうか、それともにこやかな人なのだろうかと考えをめぐらせてラヴィに意見を求めたり、子どもたちの好きな食べ物を想像したりした。ラヴィは妹の子どもじみたおしゃべりを軽蔑していたが、黙ってそれに耐えた。彼は壁の中で繰り広げられる生活には何の興味もなく、ただ家そのものが持っている個性に興奮を覚えるのだった。あの円形のポーチはこの家に明るい雰囲気を与えている。こちらの家は、二列に並んだ透かし細工のレンガのせいで嫌な雰囲気を漂わせている。木の立ち並んだ庭の奥まったところに建っている二階建ては、不吉な魅力を放っている。明るい場所に暗い場所、部屋の配置、死んだ蠅が溜まっている埃っぽい場所。ラヴィの想像力は、それぞれの家が隠している秘密を見抜くことができた。

ラヴィたち兄妹を満足させると同時に激しい口喧嘩の原因にもなったこの遊びは、ある年の長いクリスマス休暇のあいだじゅう続いた。

ローラ、一九七〇年代

シドニー中央駅のブースに入り、椅子を回して高さを調節してから写真を撮ることを繰り返しているうちに夏がやってきた。こうして二十セント硬貨にくずした小遣いがみんな消えてしまう日が何週間も続いていた。結果はいつも同じだった。ふさふさの髪に隠れてコソコソしている、陰気な思春期の少女が写っていた。

ある日、ローラが蛇腹式のカーテンを引いてブースから出てくると、兄のキャメロンの姿が見えた。キャメロンは彼女に背を向け、公衆電話で話していた。片方の手のひらをタイル張りの壁について、受話器に耳を澄ませていた。その薄暗い場所を照らす光が、すべて彼の頭の周囲に集まっていた。耳に押しつけられた受話器は黒々としており、それが銃であったとしても不思議ではなかった。

ローラはすばやく身を翻してブースの中に戻った。なぜキャメロンは、わざわざ事務所の外に出かけて公衆電話を使っているのだろうか。やがて現像が完了したことを告げるブーンという音がしたので、ローラは外をうかがってみた。兄の姿は消えていた。

帰り道は、腐敗した緑の寄せ集めのような庭園のあいだをたどっていた。濃密で湿った暑気とほとんど区別がつかない、温かくてやさしく撫でるような雨が降り出しそうだった。ときには突如襲いかかる豪雨が街を興奮状態に陥れることもあった。時刻表と通勤者たちは混乱の渦に投げ込まれ、信号は止まり、街路には骨の折れた傘が散乱する。そんなときのシドニーは、効率的な西洋の都市であることをすっかり忘れていた。シドニーがその茶色い背中越しにアフリカとインドを一瞥すると、世界がひと続きの大陸だったはるか遠い昔の記憶が湧き上がってきた。

嵐が過ぎると歩道は輝きを増し、華やいだ。そこかしこで、石の表面がゴキブリの背のような艶を帯びた。

焼けつくような日の午後には、陽射しがまぶしい光の帯となって街路を縛り上げた。道路脇の緑地帯では芝生がぐったりしていた。しかし公園では、木漏れ日がネックレスかペンダントのように木々を包んでいた。ローラは古代のエジプト人のようにひじから先を持ち上げて、尖った指の並んだ美しい手をうっとり眺めた。陽に照らされた木の葉のように、彼女の想いには明るい部分と暗い部分が入り混じっていた。半裸の子どもたちが揺らめく光の中を駆け抜けていくのが見えた。噴水のそばで歓声をあげている子どもたちに加わりたくなったが、腕白そうな子が「不細工ヴィンス、ラクダが自分のお尻を取り戻したくなったらお前の顔はどうする?」と叫ぶ声を耳にして、ローラはもう自分が子どもではないことを知った。歩き続けるローラはすっかり怯えていた。その瞬間、自分もいつかは死ぬことを悟ったのだった――つまり、そう実感したのだ。あの腕白小僧も、ヴィンスも、歓声を上げている子どもたちもやがては死ぬ。市が植栽しているベゴニアを盗んでいる、あの幅広の顔をしたヨーロッパ人女性も。お互いの顔に髪がかかるのもお構いなしに、さらさら髪を揺らしているあの横柄な感じの二人組の女の子たちも。学校の先生も、フリートウッドマックのメンバーもみんないつかは死ぬ。この地球上の何人（なんぴと）たりとも死を免れることはできないのだ。南米の大草原を馬で駆けるガウチョたちも、藍色の衣装に包まれて砂丘に立つトゥアレグ族も――それぞれの身体の中で骸骨が笑った。死者たちが郊外をさまよい、市内をさまよう。さまよえる死者たちは数え切れず、しかもつねに増え続ける。いったんそれを知ってしまったら、いったい誰がシドニー中央駅の正しいコンコースを選べるというのだろう。世界にあふれている飢えた人びとを見下すことなく、スペアリブについた黄色い脂身を取り除けるというのだろう。砂利がローラの靴の下で鈍い音をたて、地球は自転にともない低いうなり声をあげた。ローラの背後でサイレンのような金切り声が沸き起こり、やがて静まっていった。

ローラの兄たちは、ラッシュカッターズベイにフラットを借りて暮らしていた。ヘイミッシュは融資担当者として、キャメロンは商法専門の弁護士として、人を苦しめることでお金を稼いでいた。病院長をしていた父親のドナルド・フレイザーは外食することが多かった。したがって、ローラとヘスターは膝の上に皿を載せて、テレビを見ながら食事をしていても誰にもとがめられなかった。宿題も皿洗いもほったらかして、二人で延々とテレビを見続ける夜もあった。車庫へと続く私道に車が入ってくる音が聞こえるまで二人とも互いに意地を張って動こうとしなかった。別にドナルドはテレビドラマの「ダラス」や魚のフィンガーフライを批判しているわけではなかった。それでも彼は、自分の部屋に入る前に鍵をじゃらじゃら鳴らしながらしばらくそこに立っていた。

寝室備えつけの浴室で、ドナルド・フレイザーは電動歯ブラシで歯を磨きながら、娘と叔母の様子を覗き見したときのことを思い返していた。一人はニスを塗った木製のヤギ、もう片方は……彼は口をすすいでペッと吐き出した。自分がもうけた女の子への憐れみが胸をよぎった。娘の両目はクズ同然の銅貨だった。不器用な歩き方で部屋を横切るときには家具にぶつかるのではないかとひやひやした。彼が持ち合わせた想像力では、女性における美の欠落は不幸としか思えなかった。ローラの悪運は自分のせいだとドナルドは信じて疑わなかった。娘が生まれるずっと前、鏡に映った彼の唇は卑猥な言葉のように下品で意味ありげな感じを与えたものだった。彼はハンドタオルを唇に押し当てた。それでも彼の唇は女性を興奮させたものだ。すべては状況次第なのだ。彼の唇は魅力的な女性を誘う招待状だったが、彼の哀れな娘の場合、それは父親すら怯ませる卑猥さを感じさせた。

ローラは、ドナルドの血筋に受け継がれてきたどっしりした身体つきや、その他のあらゆる欠陥を集めた保管所みたいなものだった。彼自身は最悪の事態を免れていたが、鏡に映ったタオルの下の肉体は理想からほど遠かった。だからこそ若く美しい女性——とびきりの美人——が彼には必要だったのだ。彼の妻がそうだった。彼女の光り輝く美しさは、フレイザー一族に繰り返し現れるモチーフであるずんぐりした手足と混ざり合い、質を落としながらも息子たちに引き継がれていた。しかし、父方のモチーフをまともに受け継いでしまったのがローラだった。末っ子が悪いところをほとんど引き継いでしまった。ローラが生まれたとき、ドナルドは若いころに解剖した子豚のことを思い出した。息子たちのことは愛していたので情け容赦しなかった。ドナルドが触れようともしなかったローラは、その代わりにお小遣いや豪華な贈り物をごっそり手に入れた。彼女自身には何の責任もない欠陥を除けば、ローラはあらゆる恩恵に浴していたのである。

ドナルドはみずみずしい腫瘍学者の姿を思い浮かべることで、娘を頭から追い出した。彼女はエレベーターの中でドナルドと鉢合わせると、衝動的にブロンドの髪を整えた。だが彼女が微笑むと、ピンクの歯茎がむき出しになった。そこで、彼女が「誤って」彼の内線に電話をかけてきたときには、彼女の意図がわからないふりをした。浴室の鏡の前に立った彼は、自分の基準の高さを思い出して自信を取り戻し、大胆にも腰に巻いていたタオルを床にすべり落とした。

騒がしい室内で、二人はティムタムクッキーを皿に盛らず、そのままパッケージからつまんで食べていた。ユーイング家の秘密と嘘が幾重にも織り込まれた陰謀がコマーシャルによって中断された。ヘスターがその瞬間を捉えて、本当は私、男の子がたて続けに生まれたあげく、ようやく生まれた娘じゃなかったの、という秘密を打ち明けたのはきっと偶然ではなかった。彼女の姉のルースは、三歳のときにインドでジフテリアに感染した。まだ前掛けをしていたヘスターが窓の外をうろうろしていると、あの子の喉は灰色のビロードみたいになっている、という母親の話し声が聞こえてきた。「感染による偽膜だったのよ」とヘスターは言った。「医者のノリスさんがサイクロンの中を駆けつけてくれたけど手遅れだった。ルースは息が詰まって死んじゃったの」

最悪！　とローラは思った。このところ、話し相手としてくたびれたばあさんを押しつけられているのが理不尽に思われ、負担にすら感じるようになっていた。ありがたいことにユーイング家が戻ってきて浮かれ騒ぎを繰り広げてくれたおかげで気が紛れた。ヘスターは食べかけのティムタムを握り続けていた。ようやく彼女はティムタムを受け皿に置くと、袖からハンカチを取り出した。泣いたりしたらあんたを殺すことになるから、とローラは思った。彼女は横目でヘスターの様子をうかがいながら、楯がわりのクッションを胸に抱えた。ハンカチなんてもの自体、うんざりする。クリネックスじゃだめなの？

当時のヘスターは、私の一族は死に憑りつかれているという馬鹿げた考えに囚われていた。ルースの死からずいぶん経っても、ルースのいた空間にはいまだにその存在が感じられた。だから、子ども時代のヘスターは誰もいないのに脇へよけたり、別の椅子を選んだりしなければならなかった。霧よりもさらにぼんやりしたルースらしき影が廊下を歩いていたり、窓を横切って通り過ぎたりしたから。奥歯を噛みしめて！　とヘスターは自分に言い聞かせた。それは子ども時代のヘスターが頼りにしていた、たったひとつの慰めの言葉だった。そのおまじないは肘を食器棚にぶつけたときや、姉を亡くしたときの痛みを和らげてくれた。いつしかその効果もなくなり、今では冗談としてしか思い出さなくなっていた。ヘスターはそんな変化を残念に思っていたわけではなかったが、それでもあの言葉は不完全だが充実した世界の一部だった。どうしてあの言葉が、あざけりと変わらぬ軽い言葉になり下がってしまったのだろう。彼女は指環のはまっていない指を一本一本、念入りにぬぐっていった。

ラヴィ、一九七〇年代

クック船長がケアラケクア湾で落命した一七七九年のあの日、ロッテルダムでオランダ東インド会社所有の船に乗りこんだイタリア人薬剤師がゴールに到着した。一人はすでに名声を得ており、もう一人は無名のまま死んでいくことになるのだが、どちらの人物も欲望と好奇心、そしてじっとしていることに耐えられない人間の性(さが)に突き動かされて地球規模の大事業に携わっていたという点で共通していた。

ラヴィの家系を二百年遡ると、そのイタリア人冒険家につながっていた。しかしそれは母方の家系であり、したがって重要ではなかった。父方の祖先について彼はほとんど何も知らなかった。彼らにまつわる話が世間で知られていないのには理由がある。彼らには異国情緒、すなわち伝説を生みだす妖しい魅力が欠けていたのだ。

ヨーロッパ系の血を引く妻のことを考えて、スレッシュ・メンディスは染みのついた鏡とエドワード七世の肖像が嵌め込まれた食器棚を持ち帰ったことがあった。それはチーク材を使って頑丈に組み立てられていたが、鍵爪形の脚が二本、鋸で切り落とされており、抽斗のひとつは開かなくなっていた。この家具は海外に移住する同僚から「ただ同然で手に入れた」のだとスレッシュは妻に言った。カーメルの胸中に疑念が沸き上がったが、これは二人が結婚した年の出来事であり、夫婦はまだお互いの願望を欠点とみなす段階には至っていなかった。

修理するまでのあいだ、食器棚は切り落とされた脚をレンガで支えた状態で家の裏手のベランダに置かれていた。結局、それはそのまま放置され、糊の瓶や領収書、柄のとれた深鍋、犬の餌やりにはまだ使えそうなひびの入った皿など、どの家庭でも溜まりがちながらくたを保管しておくのに重宝する物置となった。あらゆる場所を探してみても出てこない物があると、メンディス家では「食器棚を覗いてみたら」と助言するのがつねだった。

父が腹部の痛みを訴えて入院し、そのまま帰らぬ人となったとき、この食器棚のそばがラヴィの居場所になった。老朽化がさらに進んだ食器棚は、片方の鏡にクリケットのボールが当たって砕け、以前は引き出すことができた抽斗もモンスーンのせいで歪み、もうひとつの抽斗と同じく開かなくなっていたが、それでもなんとか形を保っていた。ラヴィは、たわんだ天板に残されたグラス跡の、白っぽい輪の隣に頭を横たえることができる背丈になっていた。そんなラヴィの姿を見て新しい遊びの合図だと思ったマーマイトは、小走りに駆けてきて、彼のそばで控えめに尻尾を振りながら指示を待っていた。

ローラ、一九八〇年代

彼女は洗面台のボウルの中をせわしなく動き回っている蟻に気づいた。ローラは優しい気持ちになって——行き場も生き延びるための食糧もないじゃない——蟻をティッシュでつまみ上げて外に逃がしてやろうと決めた。彼女の尿意は切迫していた。欲求が満たされるとぼうっとしてしまい、必要以上に長いあいだ便座に座っていた。彼女は蛇口をひねって手を洗った。蟻のことを思い出したときにはすでに手遅れだった。もしかすると受難は神の不在や無関心や残酷さのしるしではないのかもしれない、とローラはあとになって考えた。すべての恐ろしい出来事は神さまの注意が散漫になることで起きるのかもしれない。

彼女は十六歳という形而上学的な年齢だった。ぼんやりした神さま。自分の似姿に神を創造した彼女は、思春期のある時期を通り過ぎるまで、神さまを守ってあげたいと強く願い、親愛の情をこめて崇拝した。

ラヴィ、一九八〇年代

「歴史とは地理の副産物に過ぎません」それは、イグナティウス修道士が三十一年間変わることなく新しく担当するクラスに告げてきたあいさつの最初の一言だった。それに続けて、貴重な美術品を紹介する学芸員のようにとても慎重な手つきで世界地図の紐を解き、広げてみせるのだった。

地図は皺だらけであちこちに裂け目が入っていたが、そのスケールの大きさが生徒たちを落ち着かない気分にさせた。すぐに少年たちの視線は自分たちの住んでいる島——インドがその耳からうっかり落とした、くすんだ緑のイヤリング——に向けられた。何て小さいのだろう！　しかし、どんなに小さくても自分自身の存在は誰にとってもかけがえがない。教室の扉の上にある窪みには平べったい水筒が収まっていたが、それは今では誰も憶えていない侮辱に対する仕返しとしてそこに放り上げられたものだった。鮮やかな赤いプラスチックはすっかり埃をかぶっていた。木製の椅子は、毎学期の終わりに外に運び出して殺虫スプレーを吹きかけていたが、今ではトコジラミが這い回っていた。それを思い出した少年たちは、膝の裏にたしかな痒みを覚えて椅子の上でモジモジした。コンパスの針で刻んでインクを流し込んだ机の上の文字を指先でなぞっていると、天板の表面をカミソリの刃で削って滑らかにし、靴クリームを染み込ませたぼろ布で磨いたことを思い出した。

問題はインド洋だった。少年たちは決してじっとしていないその広がりをよく知っていたが、経験に基づく知識と、「インド洋」と記された地図上の青く塗りつぶされた空間を一致させるのは難しかった。地図をじっくり眺めながら、ラヴィは実存について自分が知っていること、無限の広がりとして、そして思いがけない出来事に満ちたものとして経験してきた現実が、地図製作者の手によって矮小化されていることに気づいた。この島が海底の割れ目に滑り落ちて永遠に失われたとしても地図はほとんど変わらないだろう。足元をすくいながら波が退いていく感覚が蘇る。あたりがぐらりと揺らぎ、床が崩れ落ちるように感じた。

イグナティウス修道士は、フェニキア人に始まりやがてはその他の諸民族をこの島に引き寄せることになった交易ルートの交差点、海流、水深の深い港を指し示した。歴史の力を過大評価するのは人間の思い上がりに過ぎない、なぜなら歴史は人間の領域だから、と彼は言った。しかし、「地理は宿命です。太古から存在し、鉄のようにゆるぎないのです」と説いた。

太古。鉄。それは単なる言葉というよりも、イグナティウス修道士からほとばしり出た信念だった。

イグナティウス修道士が微笑むと――というよりも、彼の薄紫色の薄い唇が左右に伸びると――少年たちは恐怖に震えた。町のあちこちで背の高い黒い自転車に乗っている修道士の姿が目撃された。黄昏どきの光の中を、ゆったりした白の修道服が自転車にまたがり音もなく滑っていく姿はまるで幽霊だった。

メモに頼ることなく、イグナティウス修道士はゾイデル海、ナラボー平原、マレー多島海について語った。イグナティウス修道士は一度も見たことのない場所を細部にいたるまで生き生きと再現したので、何年も経ってから彼の教え子たちは、初めて訪問した場所であるにもかかわらず、すでにその場所を知っているかのような感覚に襲われて落ち着かない気分になることがあった。そんなとき、運がよければ、聞くともなしに聞いていたある朝の授業のことを、瓦礫のように積み重なった日々からかろうじて掘り起こすことができた。

イグナティウス修道士が黒板に向かうと、少年たちは輪ゴムで撃ち合ったり窓の外を眺めたりした。芝生の上に横たわる巨大な木の影には光のかけらが散らばり、黒い手に握られた硬貨のようだった。しかし、ラヴィの想像力は、過去に存在した王国の灌漑設備や、都市の位置を決定づけた諸条件や、ほぼ淡水に近いバルト海に反応するのだった。

イグナティウス修道士は茶の木だった。つまり、内陸生まれのタミル人とヨーロッパ人の混血であり、最下層の出身だった。平原での労働を運命づけられていた彼は言った。「丘は神が我われの想像力に与えてくださった賜物（たまもの）なのです。丘の向こうに何があるのか誰にわかるというのでしょう」

ラヴィはプリヤが出かけるまで待っていた。地図帳の隠し場所を知っていたラヴィは、親指の爪で大陸を縦横無尽になぞり、世界中を散歩した。

やがて履修教科を選択する時期がやってきた。ラヴィ本人は地理の勉強を続けたいと願っていた。夫を亡くし、喪に服していたカーメル・メンディスだったが、そろそろ紫の服を着てもよいころだと判断し、皺になりにくいライラックのドレスを着こむと、問題を根本から解決するために学校へ出かけた。髪には華やかなカールをかけ、ピンで止めた。結婚する前、カーメルは美容師の訓練を受けていた。イグナティウス修道士の部屋に案内されても彼女は怯まなかった。彼はローマ教会の威厳を備えていたが、子どもたちをこの世界に産み落としたのは彼女だった。

「私の息子は自然科学系に進みます」と彼女は宣言した。

イグナティウス修道士は、彼の身体のほかの部分からは想像もできないほど白い手のひらを見つめた。「自然科学を履修する生徒も、本人が希望すれば低学年のうちは人文系科目を学ぶことが推奨されていますが」

　仕方なくカーメルは、母親に対する息子の義務について説明した。生まれてすぐに捨てられ、僧侶に育てられた茶の木に、あの神聖な絆の何がわかると言うのだろう。ロディー〔シンハラ人のカーストのひとつ。最下層に位置する〕の女に運勢を占ってもらったとき、年を取っても何ひとつ不自由することはないだろうと告げられたではないか。それは息子が将来、外科医になることを意味しているのだとカーメルにはわかっていた。カーメルは若いころの輝きをまだ失っていない大きな目でイグナティウス修道士を見据え、自分の出自とその限界を思い出させようとした。

　彼のもっとも優れた教え子であるラヴィが次に地理学の勉強を続けたいと言ったとき、修道士は唇を横にきゅっと引いて、地理を学んでもあまり将来の役には立たないのだよと言い聞かせた。

ローラ、一九八〇年代

ブルーマウンテンでの休暇からの帰路、ヘイミッシュはカーブを曲がろうとして速度の判断を誤った。何年も経ってからその出来事を思い出してローラは言った。「きっと恐かったに違いないわね。キャメロンにとっても」

葬式での兄はひどい剪定をほどこされた庭木みたいにバランスを欠いていた。その姿を目にしたローラは、自分がどれほど悲しみを免れているのか理解した。式のあいだ、ローラは無情な目つきをしていたが、喪服姿の参列者にチキンサンドウィッチを盛った皿を回すころになって泣き始めた。それは純粋に身勝手な感情によるものだった。ローラは、写真を通してしか知らなかった甘い家族の幻想が失われてしまったことを嘆いていたのだった。その写真には、母親にもたれかかる五歳のころの双子が写っていた。

参列者がみな帰ってしまうとキャメロンが彼女の寝室にやってきた。「何でお前がめそめそしてるんだ？ ヘイミッシュがお前のことを好きだったわけでもあるまいし」ローラは兄の姿がひと回り大きくなったように感じた。その高い背丈のてっぺんには電灯が後光のように輝いていた。「奥歯を噛みしめろ！」とキャメロンはどなった。彼は妹の手首を掴むと、慣れた手つきで雑巾を絞るようにきつくひねった。それから声をあげて笑い始めた。塊となって吐き出される嘔吐のような笑いだった。

ラヴィ、一九八〇年代

教会で知り合ったアンラード夫人は、家を増築して外国人に部屋を貸す計画を進めていた。彼女はカーメル・メンディスにもそうするよう勧めていた。

ラヴィはこのアンラードという女に我慢がならなかった。この女は、ぶち抜くことができそうな壁を見つけるたびにいちいち指さしながら、忠告とおしゃべりに明け暮れた。近所の女の子が遊びに来ると、アンラード夫人はよりにもよってあのやぶにらみのガキをつかまえて、あんたの彼女なのかい、とみんなの前でラヴィに尋ねるのだった。プリヤがどれほど歓声をあげたことか。アンラード夫人はカーメルに、旅行者はトーストのサービスを期待しているから出さないとだめよ、と助言した。それから桑の木は切ってしまわなきゃ、とも言った。

何週間か、話題と言えば配管工事と外国人の朝食のことばかりだった。ついにカーメル・メンディスは銀行に相談した。それ以来、アンラード夫人の名前が出るたびにカーメルの顔には緊張が走った。見知らぬ人間が家の中をうろちょろするなんてとんでもない！

ローラ、一九八〇年代

ベルヴューヒルの高台に立つ家には中二階があり、光があふれていた。テラスの下には鱗のような赤いタイル屋根が広がり、港へと下っていた。ヘスターはランドウィックのフラットに引っ越すことになり、ジャカランダの木と、あのどこか不安な気持ちにさせる一風変わった青い花が見られなくなることを惜しんだ。しかし、天井の低い部屋で暮らし始めると、ヘスターの動作は以前よりも開放的になった。まだ若かったころ、ダンスのレッスンから帰ってきたときのことを思い出した。ガードルを外すと、どれほど人生が広々と感じられたことだろう。

ベルヴューヒルを去る前にヘスターは空色の旅行鞄を処分した。最後にもう一度だけ鞄の中身をベッドの上に広げてみると、そこに詰められていたみやげ物の数々がいかに欺瞞的か、あらためて思い知らされた。それらは歓びの証に見えたが、実際には逃避の記念にほかならなかった。ヴェニスで買った緑のビーズが床の上を静かに転がり、部屋の片隅で静止した。光の斑が入った硬い水の滴は、優美に、誰にも気づかれることなくそこにとどまり続けた。

ローラ、一九八〇年代

　学校の友人たちはローラが創造的だと言った。その包容力のある形容詞には、風変わり、徹底した飾り気のなさ、二流の才能など、要するに不都合な資質をひとからげにして詰め込むことができた。ローラは友人たちが言うような創造的な人間でありたいと願っていたので、その形容詞を黙って受け入れた。それに彼女は、襟の折り返しにスプリットエンズのバッジを付け、髪をけばけばしい赤色に染めてジェルで針みたいに固めた美術主任のガルノー女史をとても慕っていた。

　やすやすと絵を描けてしまうのがローラの不幸だった。彼女の指先から、世界の複製が救いようのない正確さであふれ出た。彼女はどれも完璧だがまやかしのヌードや街路の風景や洋梨の鉢を描いて、美術学校に進学することができた。しかし、どんなに光が欠乏していようとも、真実が居座り続ける頭の片隅では理解していた。まだ白紙の未来において、彼女がこの世界に産み落とした作品の前に立ち、風が牧草地の斜面をふるわせるときに、あるいは曲の断片——それを聞くためにわざわざカセットを買ったあの曲——が通り過ぎていく車から漂ってくるときに虚構が崩れ去ってしまうことを知る人間は誰ひとりとしていないことを。眺めていた画集のページからイーゼンハイムの祭壇画が現れたとき、ローラは啓示に打たれたが、その絵画と自分の作品を比較するほど図々しくはなかった。「目は複写機にあらず」という一文がしばしば頭に浮かんだ。その年、その言葉は中途半端な重りをくくりつけられた死体のように、時おり彼女の思考の表面に浮かび上がってくるのだった。

切羽つまった彼女は藁にもすがる思いでサム・アティオの抽象画、《黄色に合わせて構成された線》の完璧な複製を制作し、画布のあちこちにその絵を酷評した記事の一部を貼りつけた。彼女はカナリア色のナイロンクロスをかけたテーブルにそのカンヴァスを置き、さながら工場から届いたばかりの黄色も鮮やかな捧げ物をその祭壇に並べていった。ハイビスカス、プラスチックのバナナ、木製ビーズの首飾り、ゴム製のアヒル。彼女はドガの言葉を拝借してその作品を《なんともひどいこの黄色》と名付けた。

このアッサンブラージュが完成すると、機知の欠如と救いようのない愚劣さにローラは圧倒された。それでも彼女はこの作品をハラム賞に出品した。思いがけず、彼女の作品は「オーストラリアモダニズムに対する機知に富んだ偶像破壊的な評価」と評され、六つの最終候補作品のひとつに選ばれた。

ハラム賞は、ライトニングリッジ近辺のそこそこ大きいオパール鉱山を相続した卒業生の寄付により創設された賞で、そのカレッジの学生であれば誰でも応募することができた。受賞者には、パリの国立高等美術学校のスタジオを十二か月使用できる、気前がいいともいえる奨学金が支給された。コーラ・ハラム嬢はサンジェルマン通りに近代的な給排水管を備えた歴史的石造建築を購入し、ずいぶん前に祖国を離れていたが、むなしい安楽から逃れられない故郷の人たちのことを忘れはしなかった。

ローラのウォークマンの中で、ボウイが今どきの愛を歌っていた。宙を舞うような足取りで公園を横切っていく彼女は、急降下してきた白黒二色のマグパイがあの女は襲う価値なしと判断して、直前に身を翻して飛び去っていったことにも気づかなかった。紙袋からシェリー酒を飲んでいる男にも、いつものような会釈をしなかった。彼女の頭はジャン＝ポール・ベルモンドと石畳、それに帽子を斜にかぶって落葉の散り敷いた並木道を歩み去る自分自身の映像でいっぱいだった。頭の中を流れている映像は、頭上を飛んでいる鳥と同じく白黒映画の色調だった。パリは、フランス語の不規則動詞を苦労して暗記し、『嘔吐』を最後のページまで忍耐強く読み続けるという実存主義的な努力に対するご褒美に違いなかった。

視線を足元に落としたローラは、幸運にも、ワトルの黄色い花と黒く濡れた落ち葉の上に横たわっている小さな亡骸をかろうじて避けることができた。

通りの角のカフェでは、友人のトレイシー・レイシーが金属で縁取りした本物の五〇年代のラミネックス製テーブルに座って待っていた。トレイシーもハラム賞の最終候補者の一人だった。彼女の映像作品にはスチールウールのローブをまとった主婦が登場し、スーパーマンに向かって手斧を振るっていた。そのビデオは見るに忍びなかった。なぜなら、この「男性中心のヘゲモニーを過激に脱構築した」作品は、ひがみ根性に満ちたローラの失敗作に劣らずひどかったからだ。

こうして彼女たちは店で落ちあい、煙草とカプチーノで自分たちの幸運を祝った。

受賞者の発表はまだ二週間も先だったが、ハラム賞はおそらくスティーヴ・カークパトリックという最終学年の学生の《赤い椅子に座るトルオン氏》に贈られるだろうとローラは予想していた。彼女はそれを公正な評価として受け入れる心構えができていたが、人間であるからには希望を捨てきれなかった。希望が胸骨の下で羽ばたいていた。トレンチコートを手にした老いとは無縁の男たちが、生垣代わりに灌木の鉢を並べたテラスでポスト構造主義について彼女に語りかけてくる。その脇で、長い白エプロンを巻いたウェイターが、高級なフレンチブランデーをしつこく勧めてくる。希望はそんな情景すらちらつかせた。

そんな妄想を抑えつけるためトレイシーに、道を歩きながら宙を見上げてまだ存在していない部屋を想像したことがあるかと尋ねた。「今は空気しかないところにアパートが建って、住人がその中で料理したりテレビを見たりしているところ」

ローラ・フレイザーの言うことはたいてい無視しておくのが無難だった。それでもトレイシーはどれほどこの友人を愛していたことか。だってローラはかわいい人だし、あんなにがんばってるし、それにとっても……独特、というのが親切な言い方かもしれない。たしかにトレイシーは親切で寛容だった。おまけに胸の中では歓喜に満ちた聖歌隊の声がにぎやかに響いていた。きっとローラにもその陽気な歌声が聞こえたのではないだろうか。

しかしローラはベッセマー社の淡青色の砂糖壺の蓋を開け、中身を熱心に見つめていた――彼女みたいな体型の子が！　そこでトレイシーは身を乗り出し、声を潜めて話しかけるしかなかった。「ねえ、ねえ、知ってる？」

鈍いローラにはまったく見当がつかなかった。

「誰にも言わないって誓わなきゃだめよ。噂が広まったらアントに殺されちゃうから」

アントはトレイシーのいちばん新しい彼氏で、管理部門で働いていた。メル・ギブソンそっくりだったが、背は少し低かった。

ローラは他言しないと約束した。

「ハラム賞、誰が受賞したと思う？」

心躍る一瞬、ローラは想像した……

「ええ、そうなの」トレイシーは叫んだ。「わたしよ、わたしなの！　アントが審査員の報告書のコピーを頼まれたの」

パリの並木道とベルモンドが瞬く間に色褪せた。教会の壁が崩れ落ち、巻き上げられた塵があたりを満たしたので息をするのも難しかった。ローラの心頭をかすめた抗議の声が断言した。黙っていてくれれば、発表の日まで空想のパリ暮らしを楽しめたのに。セーヌ河を見下ろす屋根裏部屋で過ごすはずだった、一四日間の洗練された堕落の日々が塵と化した。ローラは最後にもう一本ゴロワーズに火を点けて言った。「あんたが存在の形而上学を取り消し線の下に置くのを拒否するのは、つねに（オールウェイズ）すでに（オールレディ）アポリアってわけでもなさそうね？」

そんな身勝手な発言を恥じて、彼女はすぐにお祝いを言った。

「ありがとう、ダール」とトレイシーは言った。「遊びに来なくちゃだめよ。パリイに」彼女は梳き上げた髪を、うなじのところでピンク色のシフォンのリボンで結んでいた。垂らした黒い前髪の下からのぞいている顔は白いカボチャのようだった。でも彼女の横顔は、鋭利な刃物で切り出したかのようだった。

「ちゃんとした酒類販売許可の法律がある街だったらボランジェのシャンパンを頼むところだけど。でも文明の到来を待っているあいだは、カプチーノをもう一杯やって浮かれ騒ぎましょうよ。ね、マドモワゼル・レイシー？」

ローラは幼いころに遊んだ木製のガラガラみたいにやかましくまくしたてた。

「まあ、あなたって本当に面白いわね、ダール！　私のはスキニーにしてね」ローラがカプチーノのスキニーを手にして戻ってくると、トレイシーは「ヘラルド紙がインタヴューを申し込んできたって驚かないわ。これまで一年生がハラム賞を受賞したことなんてないから」と言った。トレイシーはうなじにかかったピンク色のリボンをいじりながら、「私は伝統を打ち破ったのよ」と言った。

自分よりもはるかにまっとうな理由で受賞を期待しているもう一人の人間のことを思い出して、ローラは呟いた。「スティーヴ」

「彼が最終候補に選ばれたなんて、まだ信じられない」トレイシーの横顔がパリィの銀色の光をまとったかのようにくっきりと浮かび上がった。「つまりね、技術的にはすばらしいけど」──勝利を手にした彼女は寛大になっていた──「あの絵のどこにコンセプトがあるっていうのかしら」

「真実」と「美」という言葉がローラの頭に浮かんだが、美術学校に入学して半年が過ぎた今ではそんな言葉を口にするほど馬鹿ではなかった。それに、ハムとトマトのホットサンドイッチから漂ってくる匂いには抗いがたかった。

サンドイッチを頬張っていると、公園で危うく踏みつけそうになったネズミの死骸の映像がよみがえってきた。目玉の失われた頭はマスクに似ていた。本物がそれ自身の模倣品に見えうるというのは衝撃だった。

キャメルから立ち昇る煙を通してローラを見つめているトレイシー・レイシーは、食を絶っている女性ならではの満足感を味わっていた。ローラがすばらしいのは、彼女と比較するといつでも自分が勝てるところだった。トレイシーの心の中に、この友人に対する優しい気持ちがあふれてきた。何はともあれ、桃かチーズみたいな彼女の顔色はかなり魅力的ではないか。

トレイシーはローラの顔を覗き込んだ。バターをたっぷり塗ったパンの上にかがみこんだローラの顔に、落胆の色が浮かんでいたからだ。青空には太陽が明るく輝き、こんなにすばらしいニュースを聞かされたというのになぜローラが浮かない顔をしているのか、トレイシーには初めのうち見当もつかなかった。彼女はといえば、血管の中を電気ウナギが這いずり回っていた。

啓示が訪れた瞬間、彼女は「まあ、ダール！」と叫んで煙草をもみ消した。「あなたに会えなくなると、私だって本当に寂しい」濡れた緑がかった種がローラの顎にくっついていたのは、ホットサンドイッチにかぶりついたときにトマトが噴き出した跡だった。でも心の底から感動していたトレイシーは、それすらほとんど気づかなかった。

ニュータウンのシェアハウスで、本来ならプロジェクトやエッセイを書くためのリサーチに取り組んでいるはずなのに、ローラは小説を読んでいた。ひと息つくのはキャドバリーチョコの四角い塊を口の中に放り込んだり、目にかかった前髪を手首で払いのけたりするときくらいで、彼女はその小説にすっかり引き込まれ、夢見心地で読んでいた。物質が腐敗していく過程を一定の間隔で撮影したフィルムを逆回転で再生するように、授業で主題を解き明かすために細切れにされてしまった小説が全体像を取り戻していった。彼女は自分の進むべき方向を模索して、手引書みたいに小説を読んでいた。

蒸し暑い真夜中、彼女はとても孤独だった。もう少し涼しく感じられないかと枕をボンボン叩いてみたりもした。まだ高校生だったころ、ローラはかわいい女の子たちより自分のほうが男の子との関係をうまくやっていけることに気づいた。ぎこちなくて肉ばかり食べている彼女らの兄弟に、寝てもいいというそぶりさえ見せればよかったのだ。そのちょっとしたたくらみを思いついたとき、これでバッチリとローラは思った。その後、愉しい一時間を何度も過ごした。しかし、やがてそれは彼女の絵の才能とほとんど同じ、ある種の能力に過ぎないことがわかってきた。どちらの場合もある程度成功すると、手の届かないものがいっそう強く意識された。

古いラジオ付き時計の数字がまたカチリと切り替わり、ベッドに横たわっているローラの頭の中ではレモンの香りのするユーカリの木が窓ガラスをこするように、ある考えが不快なきしみをたてていた。古風な願望にとらわれた今どきの女の子。ベッドの脇には次の小説が控えていた。その日の午後、ローラはある書店を通り過ぎようとして、よく『子どものためのバルト』みたいなタイトルがついている、鮮やかな表紙の小さな手引書に目を止めたのだった。するとパリイがゆらゆらと燃え上がり、彼女をおびやかした。パリは灰色がかった大理石のテーブルだった。しかしそのとき、茶褐色の慈悲深い愛国心が沸き上がり、ローラを救ってくれた。愛国心の波が引いていくころには、彼女は古本の『愛のためだけに』〔オーストラリアの作家クリスティーナ・ステッドが一九四四年に発表した小説〕を手に店をあとにしていた。

ローラはその本を手に取り、指先でページをめくった。彼女は小説に登場するシドニーには極めて慎重に接することにしていた。シドニーは本当に——オーストラリア流の文学においてさえ——文学に値するのだろうか。好感は持てるが能力は疑わしい知人が、息子の才能を過信している野心的な両親によって無理やり舞台に上がらされるのを見るようなものではないだろうかと、彼女はいつも恐れていた。もし、彼の演技があか抜けない素人っぽい印象や、こけおどしのもったいぶった印象を与えたとしたらどうだろうか。シドニーはつねに（オールウェイズ）すでに（オールレディ）だった。粋で、悪臭を放ち、じめじめしていて、光輝いている、つまり彼女の手には負えない代物だった。彼女は何ページかめくってみた。多色ボールペンで書きつけられた言葉が余白から警告を発していた。「アイロニー。オーストラリア流の意見」

階下で電話がけたたましく鳴り始めた。電話機はキャシーとフィルの部屋のすぐ外に置かれていた。でも二人はバンドの練習に出掛けており、二時まで帰らないはずだった。ティムの部屋はローラの部屋より階段に近かったが、お高くとまっている彼は家事への無関心を貫いていた。僕は芸術家だから、と彼は弁明した。仕方なくローラはベッドから身を起こすと、全速力で階段を駆け下りた。若者らしく背筋を伸ばし、何も恐れずに。

電話の向こうの人物は沈黙していた。やがて、受話器を置くカチャンという音が聞こえた。

それは初めてのことではなかった。

ローラはホットココアを入れようと電気ポットのスイッチを入れた。ところが、流しにも長椅子の後ろにもマグカップはひとつも見当たらなかった。ティムが口にするのはヴェジマイトを塗ったトーストとミルクティーばかりで、シェアハウスのマグカップはひとつまたひとつと彼の部屋に消えていった。取り戻すには誰かが彼の部屋の扉をドンドン叩いて要求するしかなかった。ローラはそうする代わりに、洋服に着替えて夜の街へ出かけた。

頭上では長い長い旅を続けている星たちが輝いていた。一輪挿しに飾られたブロッコリさながら、たくましいユーカリの木々が小さな庭を埋めていた。それらのユーカリは楽観的な時代だった六〇年代に植えられたに違いなかった。思考がどんどん拡張し、すべてはあとからついてくると考えられていた時代だった。一本のユーカリの木のすき間から庭を覗き込むと、錬鉄製の柵で囲まれたベランダが見えた。ローラは砂岩でできた壁を指でなぞりながら、ぶらぶら歩いた。崩れやすい砂岩の粒は海の重みを記憶していた。ああ、海に侵食され続けるシドニー！　太平洋は決して飽きることなくシドニーを磨き上げる。活力に満ちた青い手が湾に滑り込み、陸地を愛撫する。そんなことを想像していると、叫びたいような歌いたいような気分になった。あるいは星をぐいっと飲み干したいという気持ち。しかし、ローラ・フレイザーの口から飛び出したのは巨大なげっぷだった。彼女は開け放たれた窓の前を通り過ぎようとしていた。部屋の中の二人は枕に顔を押しつけて快楽の声を抑えていたが、しばらくするともっと激しくお互いの身体を楽しみ始めた。

しばらく歩いていると、一台の車が速度を落としてライトを点滅させた。呆然とした状態から引き戻されたローラは、自分が女であることを思い出し、茶色い頑丈な腕が彼女を守ってくれるかもしれないとでもいうように、フェンスに身を寄せた。運転席の男がアクセルをふかす音にかぶせて言った。「ひどいブスだな、あんた!」シドニー湾の匂いが南に流れてきて、香りのないバラをくすぐった。

ローラは裏道を選んで歩いてきたが、本能に導かれて明るい本通りのほうへ足を向けた。まもなく彼女は、グリーブポイント通りがブロードウェイと交わる交差点に近づいた。ローラはその交差点で、鮮明に記憶に残る出来事を何度か目撃したことがあった。あるときはバイクの運転手が顔を地面に突っ伏して倒れており、近づきつつある救急車のサイレンが鳴り響いていた。ついこのあいだは、風が運んできた紙を拾ってみるとポリスの「孤独のメッセージ」の歌詞とギターコードが書き込まれていた。

今夜のチャリティショップは、店内には誰もいないというのに照明が煌々(こうこう)と点っており、見る者をぞっとさせた。さらに近づいてみると、巨大な窓の反対側で花嫁たちが凍りついていた。ビーズで飾られたシースドレス、レースを重ねたフロスドレス、釣鐘の形をしたベルスカート、エンパイアウエスト、胸元に深いハート型の切れ込みが入ったスイートハートネックライン、ボレロ、ヴェール。刺繍をほどこしたクリーム色のカフタンは七〇年代の終わりを宣言していた。ショーケースの奥に並んだ化粧台の上には、タフタ、レース、レーヨン、そしてシルクが積み上げられていた。

まずローラを魅了し、ぞっとさせたのは、生身の人間を彷彿とさせるマネキンたちだった。薄気味の悪いマネキンは、ＳＦに登場するクローンみたいだった。しかし、次第に自己主張を強めてきたのは、マネキンが設置された舞台のほうだった。花嫁たちは年代物の品々に囲まれてポーズをとっていた。ニスで仕上げた食器棚、サテンの傘を載せたフロアランプ、天板がタイル張りになっているテーブル、茶色のコーデュロイの肘掛け椅子。部屋の真ん中に置かれた陶器製の陳列棚の上には、オレンジ色の電話機と蓋なしのヤナギ模様の深皿と並んで、毛足の長いビロード製の小さな犬が澄まし顔で鎮座していた。よく車の後部座席の窓から顔をのぞかせているような犬だった。ローラが見つめているうちに、犬の頭が上下に揺れ始めた。すき間風が店内に吹き込んでいるに違いなかった。時の経過と安っぽい装飾が夢に勝利したこと——いくぶん擦り切れた使い古しの夢だったが、それでも理想に向かう衝動には違いなかった——を肯定しながら、犬は座っていた。

ラヴィ、一九八〇年代

ラヴィはモハン・デブレラという少年と仲良くなった。お互いに軽いライバル心を抱いていたせいで、相手の存在を強く意識するようになったのだった。教室では席が隣同士で、相手の冗談を鼻でせせら笑ったり、たまに仲間意識が湧いてくると、どちらかの少年が相手を蹴ったりひっぱたいたりすることもあった。

背が低くて頭の大きなデブレラは、世慣れた雰囲気を漂わせていた。彼の父親はケイタリング関連の機材を輸入する仕事をしていたことから、ビーチ沿いのホテルとつきあいがあった。デブレラはビュッフェランチを自慢するのが好きだったが、基本的に無害だった。ある日曜日、彼はラヴィを自宅に招待し、海外出張のみやげに父親が買ってきてくれたウォークマンでポリスの音楽を聞かせてくれた。

やがて、日曜日の午後にデブレラ家を訪問するのが習慣になった。長く薄暗い廊下の突き当りにあるデブレラの寝室で、二人は音楽を聴いた。棚には録音されたカセットがたくさん並んでいた。おやつにはお菓子と冷たいコーラが出た。天井に取り付けられた扇風機が喘ぎ声をあげながら回転する部屋で、少年たちはトランプを使った手品を練習した。たまにはテレビのクイズ番組ごっこをして遊ぶこともあったが、たいていラヴィはミカン色のビーンバッグチェアに座り、デブレラはベッドにもたれて、二人で話をして過ごした。

思春期のさなかにいる彼らは純粋さに強いこだわりを持っていた。デブレラも自分の部屋ではいつもの堅苦しい雰囲気を脱ぎ捨て、そのテーマについて熱心に語った。彼は一日に三回も四回も冷たいシャワーを浴びていることを打ち明けた。それよりシャワーの回数が少ないのは下劣だった。そんな独特の表現を、彼はどこで見つけたのだろうか。少年たちは、その言葉を会話のあちこちに散りばめた。狂信者がみんなそうであるように、彼らも自分たちが非難している対象についてあれこれ頭を悩ませた。同級生の発言であろうと、宣伝に使われている調子のいい文句であろうと、彼らは気になるものは何でも分析した。そして、よろこび勇んで「下劣！」と叫ぶのだった。あるカテゴリーに属するものを全部まとめて否定することもあった。デブレラがじかに観察している観光客という人種がその例で、彼らはほとんど裸同然の格好でうろつき、ベッドに潜り込む前に足を洗うことすらしなかった。

カーメル・メンディスは「デング熱にかかって死んでしまったらどうするんだい」と叫んだ。しかし、ラヴィは自分が母親を無視できることを発見してぞくぞくしていた。そのあとも彼は、家の裏手のベランダにしつらえたベッドで寝た。夜中に目が覚めると月が見つめ返してきた。何か途方もないことをやりとげてみせるとラヴィは心に誓ったが、しばらくすると人生にすっかり愛想を尽かしている自分に気づくのだった。プリヤが彼のマンネリズムや言い回しをあげつらって始終からかうので、ラヴィはプリヤが彼に許しを請う場面でクライマックスを迎える凝った物語を練り上げ、その世界に没頭した。物語の中の彼は、お前に許しを与えると告げて安心させておいてから、彼女を縛り首にするのだった。

ラヴィはときどき、マーマイトを散歩用の鎖につないで、そっと通りに出ていった。生けるものすべてに対する驚異の念と愛情に彼はしばしば圧倒された。自我という大きな謎もあった。彼がほかならぬ彼自身、すなわちラヴィ・メンディスであることや、彼が考えたり感じたりしたことは彼自身にしか知りようがないのは驚くべきことだった。ひどいことに、たとえば定期的に古新聞を買い取りに来る片目の男には、複雑に入り組んだラヴィの意識は絶対に経験できないし、それを言うならスティングにだってできないのだ。ラヴィは両手を宙に掲げた。十本の指の先で彼の存在は終わっていた。コロンボ湾に横たえた身体を伸ばして海がため息をついた。マーマイトが彼の膝を舐めた。

七月のある午後、デブレラの感情を極度に張り詰めさせる事件があった。彼の顔は緊張に引きつり、ラヴィに秘密を誓わせる声は、いつもの深く豊かな声から子どもっぽいかん高い声に変っていた。彼らの担任であるフランシス修道士が、マンゴーの皮を使って自慰をしていると彼は言った。デブレラはいつもスラングを避け、自慰やペニスといった言葉を好んだが、その堅苦しさが彼の非難に恐るべき力を与えた。短い足の上で身体を前後に揺らしている彼は、マンゴーの皮のことをどうやって知ったのか明かさずに、「僕の言うことを信じてくれ。僕らのいわゆる牧師さま方は、本当は汚らわしい連中なんだ」と言った。そして、興奮の絶頂に達すると細かい唾のしぶきを飛ばしながら言った。「とにかく途方もなく下劣なんだ」

デブレラは、有無を言わさず主張を受け入れるよう求めることが多かった。でも今回は、彼のお高さがラヴィの神経にさわった。おそらくラヴィは、辛く味つけしたカシューナッツのようなおやつを与えられることも含めて、お客さんという役割にうんざりしていたのだ。感謝とはめったに長続きしない感情である。あるいは、このごろよく彼の中で爆発し、些細なことに腹を立てる原因になっているかんしゃくのせいかもしれなかった。

「僕は信じない」とラヴィは言った。

時間が止まる瞬間というものがあるが、まさしくそれだった。そのあとには拳骨の一撃を見舞われるか、あるいは――そのときラヴィの脳裏に浮かんだ映像は正確かつ奇天烈だった――抱きつかれていたかもしれない。でもそうする代わりに、デブレラはつま先立ちになって衣装ダンスの上を手探りした。それから『プレイボーイ』誌を差し出した。前の週、父親の机の抽斗に隠してあるのを見つけたのだと彼は言った。

「君にはわからないのか?」デブレラの声がまた一息に音階を駆けあがった。「君が考えているよりはるかにひどいんだ。誰ひとり、まったく誰ひとりとして下劣ではない人間なんかいないんだ。僕らのまわりは下劣さで溢れていて、安全な場所なんてどこにもない」彼は部屋を横切った。「こっちに来て」彼はビーンバッグに身体を埋めながら言った。「中を見てごらんよ」

座るでもなく大の字に寝そべるわけでもなく、二人は並んでその雑誌を眺めた。ラヴィはページをめくった。ときにはとてもすばやく。たまに彼の腕がデブレラの肩に触れた。「アー、アー、アー」遠くで、あるいは窓のすぐ外だったかもしれないが、カラスが鳴いた。

外に出ると、汚れた消しゴムで空からこすり落としたように日の光がかげり始めていた。大きく静かな家をあとにして、ラヴィはクロトンの植えられた大通りを歩いていった。あの家で見かけるのは、お菓子や飲み物を運んでくる灰色の髪の使用人だけだった。デブレラはひとりっ子だったが、ラヴィは彼の両親とは一度も顔をあわせたことがなかった。デブレラ夫人は病弱なのだろうとラヴィは想像していた。長く薄暗い廊下がコロンに浸したハンカチを連想させたからだ。しかしときには、怒った女性の声がポリスの演奏する「ロクサーヌ」に重なって耳に届いた。使用人の顔はいつも怯え、くたびれていた。ラヴィは足取りを早め、やがて走り出した。

彼はどんどんスピードを上げた。彼の背にピアノがアルペッジオの和音を石礫のように投げつけてきた。枝を薄暗く広げたベンガルボダイジュを過ぎ、よくクリケットをしている緑地の脇を過ぎた。彼は逃げ続けた。簡易宿泊所を走り過ぎ、人びとを、露店を走り過ぎた。

ラヴィはみやげ物屋や観光客向けのレストランが立ち並ぶ通りにやってきた。彼は勢いよく通りを横切ると、路地に駆け込んだ。真鍮色の街灯が点ると、一気に影が押し寄せてきた。目がくらんで、彼は青白い人影に突っ込んだ。

イグナティウス修道士は「いつも急いでいるんだね、メンディス」と言った。

ぶつかった衝撃で、その午後に芽生えた感情が膨れ上がってきた。彼の思考が爆発し、あらゆる方角に放たれた。奴らは薄汚い連中なんだ、とデブレラが怒りをこめて非難した。でも、なぜイグナティウス修道士は徒歩なのだろう。自転車はどうしたのか？　混乱と恥ずかしさが入り混じり、ラヴィの心を怒りで満たした。

アンラード夫人のゲストハウスは路地を半分ほど進んだところにあった。外国人の一団が暗がりからぶらぶらと姿を現した。ゆったりした派手な服を着た若者たち。波打つブロンドにプルメリアの花を挿した女性もいた。「バリでもプーケットでもかまわない。どこか安くて食べ物のおいしいところに行きたいわ」と彼女は話していた。

勇気が沸き上がってきて、ラヴィはイグナティウス修道士に向き直った。「地理は宿命だって？　あなたには何もわかっていないじゃないか」一瞬でも言葉を切れば、途方に暮れてしまうことがラヴィにはわかっていた。「あんな連中は――」しかし、自分の言わんとすることをどう言葉にすればいいのか、彼にはわからなかった。

「彼らのために祈りなさい、息子よ。故郷を遠く離れ、さまよう者たちのために」

ラヴィは今にも涙がこぼれ落ちそうになった。「あなたには何もわかっちゃいない」もういちど叫ぶと、彼は走り去った。

学校でイグナティウス修道士を避けるのは簡単だった。いったいどんな密かな動機があって、イグナティウス修道士はヒッピーがぶらついている野原があるだけの路地に足を踏み入れたりしたのだろうか。すると怒りが湧いてきて、蘇ってきた恥や困惑の渦から彼を救い出し、あの修道士は汚らわしい間抜けにすぎないと結論をくだすのだった。

二人のあいだで合意したかのように、教室でのデブレラとラヴィは完璧な礼儀正しさで挨拶を交わしたが、それは相互不信の証にほかならなかった。その週のなかば、デブレラは教室の反対側の席へ移ることを認められた。母親からのメモには、窓から差し込む光のせいで息子の視力が落ちているとしたためられていた。いずれにせよ、彼の家で午後を過ごすことはもうないだろうと思われた。そのころ、スリランカ北部ではタミル人ゲリラによる待ち伏せ作戦で十五名のシンハラ人兵士が殺害された［スリランカ内戦（一九八三-二〇〇九）。多数派のシンハラ人と少数派のタミル人の対立に起因する、スリランカ政府とタミル・イーラム解放のトラ（LTTE）による内戦。タミル人は主にスリランカの北部と東部に居住する］。すぐにシンハラ人による報復が始まり、学校の休みが明けてもデブレラは戻ってこなかった。級友たちは、彼の母親がタミル人だったことを知った。暴徒がコロンボに住む彼女の両親の家に火を放ち、夫婦を斧で切り刻んで殺害した。デブレラの母親はもはや息子の外出を許さなかった。ラヴィは、寝室に幽閉され、ウォークマンでポリスを聞いているデブレラの姿を思い描いた。彼の看守は、怒鳴り声で命令しているときを除けば泣き続けているのだろう。ラヴィは使用人の怯えた顔を思い出した。

もうひとつのひどい出来事は、マーマイトがベランダにうずくまって動かなくなり、尻尾を床にドスンと打ちつけたきり死んでしまったことだった。プリヤは老犬をタオルで包み、お墓に葬った。彼女は以前にも人形たちをハンカチで包み、桑の木の下の同じ場所に埋めたことがあった。あのときのように、ラヴィが手伝おうとすると彼女はだしぬけに振り返って食ってかかった。

やがて、デブレラ一家がノルウェーに亡命を認められたという知らせがもたらされた。すると誰かが、いや、デンマークだと言った――いずれにせよ、凍えそうに寒い場所であることは間違いなかった。

ローラ、一九八〇年代

美術を専攻して一年が終わるころ、ローラは自分が制作したすべての作品を注意深く見直し、在籍を取り消すことにした。数日後、レンタルビデオ店で彼女は素敵でセクシーな教員と偶然出会い、自分の決断を打ち明けた。チャーリー・マッケンジーは頷いた。「君は賢い」彼女はその夏をチャーリーのベッドで過ごした。

彼に見つめられて恥ずかしくなったローラは、赤いキルトを引き上げておなかと重たい乳房を隠した。チャーリーは素足のまま彼女のそばを離れると、本を手にして戻ってきた。「隠さなくていいんだよ」ローラはレンブラントの描いた豊満なヘンドリッキェの、えくぼのようなくぼみのある太股と洋梨みたいな形の胴体をじっくり眺めてみたが、それでも安心できなかった。

チャーリーはずんぐりした体型で、皮を被った小さなペニスはローラの親指ほどの大きさしかなかった。でも彼は想像力ゆたかで、ベッドの中でも慌てなかった。彼にはマオリの血が少し混じっていたので、一部の人たちのあいだでは憧れの的だった。パーティーに出かけると、ローラ・フレイザーは人から嫉まれるというこれまで知らなかった感覚にゾクゾクした。

チャーリーのまわりには次々と女が現れた。ローラは分かち合うことを学べなかった。そう告げると、チャーリーは友人として付き合うことにして、そのあともたまに彼女とベッドを共にした。君と一緒にいると落ち着くんだ、とチャーリーが言ったことがあった。ローラとしてはもっと華やかな評価を与えて欲しかっただろう。そのころ、ローラは英文学専攻の最終学年を迎えており、何か取り返しのつかないことをしてみたいと強く願い、大部で誠実な十九世紀小説を偏愛していた。

風の吹きすさぶ十月の朝、ヘスターがくしゃみをした。その六日後、彼女は死んだ。

ローラはキャメロンがパートナーを務めている法律事務所に伝言を残したが、返事はなかった。ドナルド・フレイザーはその前年に再婚していた。ヘスターが亡くなったとき、ドナルドと再婚相手のキビキビした麻酔科医は、ボストンで医療関係の何か大事な仕事に取り組んでいた。二人は花輪を送ってきた。カードには「天寿をまっとうした（グレイトイニングス）わね！」［もとはクリケットの用語。一回の攻撃でたくさんのランを獲得すること］と記されていた。あの麻酔科医だわとローラは思った。彼女はメルボルン出身だった。

ローラはチャーリーに手伝ってもらって大叔母のフラットを整理した。整理ダンスからは黒い艶消しのページのアルバムが出てきた。ボタン止めのブーツを履いたセピア色の子どもが二人ポーズをとっており、几帳面な字で「ヘスターとルース」と書き込まれていた。そのアルバムは救世軍に寄付するわけにもゴミ箱に捨てるわけにもいかなかったが、すべての写真を取っておくのは到底無理だった。ヘスターを裏切る決断を下さねばならない日々が続いた。両手にインスタントコーヒーのマグカップを持って部屋に戻ってきたチャーリーは、ローラが打ちひしがれているのに気づいた。ローラは、自分がヘスターに送った誕生祝いのカードをまとめて保管しているトフィー缶を見つけたのだった。「一九八四年にカードを送り忘れていたの」チャーリーはローラを慰めようとしたが、よくあるように、彼女は自分の行為が与えた傷と反比例した自責の念を抱いていた。

ヘスターの古いトランジスターラジオがベッド脇にそのまま残っていた。死亡告知や葬式のような儀礼にはきちんとした形があったが、スピーカーの部分に穴を開けた皮革製ケースに収まったラジオから広がる悲しみを、どう扱えばよいのだろう。ローラは革紐を手首にかけて、ラジオを耳にあててみた。冬の午後、ヘスターはそうやって椅子に座り、フットボールの放送を聞いていたものだった。彼女は少女時代の二年間、バララットに住んでいたことがあり、そのときに育まれたオーストラリアンフットボールへの強い愛情は生涯続いた。敵がフリーキックを得ると、彼女は指を組んで呪いの言葉を唱えた。双子は、ヘスターが卵の黄身と白身を分けるような細かい作業をしているのを見つけると、彼女の呪文をまねて「ブーツにガム！　ブーツにガム！」とはやし立てた。

　最後まで残っていた遺品が新たに胸を刺した。それはローラが木炭で描いたヘスターの肖像画だった――今となってはその絵がどれほど疎ましく思えたことか。その肖像画は棺桶のように正確だったが、生気がまったく感じられなかった。「生き写しね！」とヘスターは声を上げたが、生き写し（ライフライク）と生命（ライフ）はまったく別物だった。

　ヘスターはブリッジクラブに出かけ、ほどよく間を空けるよう気をつけながら、ロンドン時代に身に着けた才能を発揮した。その結果、青い預金通帳には驚くべき金額が印字されていた。ヘスターはロンドンに住む男性に、父の形見の金の腕時計と、その男性から送られてきた十四通の手紙を遺した。そのほかはすべてローラに遺された。やがて麻酔科医は、夫はヘスターの遺言状が礼儀に反していると考えていると書いて寄こすことになった。

　こうしてローラは、小説のヒロインのように遺産を相続することになった。なすべきことはひとつしかなかった。彼女は世界を見るために旅立った。

ローラ、一九八〇年代

ローラは冒険に備えて、旅行記、歴史書、ガイドブックなどを幅広く読み漁った。そうした本はスリ、狂犬病にかかった犬、沸かしていない水、軽率な人間ならうっかり溺れてしまいかねない子どもたちの目に対して注意をうながしていた。しかし誰ひとりとして、観光客が味わうことになるうんざりするような退屈さには触れていなかった。旅を夢見ているあいだ、ローラはスライドショーのようにすみやかに切り替わっていく場面を想像していた。しかし、場面と場面をつなぐ空白の時間の長さときたら！　バスや電車、それにフェリーや飛行機を待つ時間、トラベラーズチェックを現金化する時間、美術館が開くのを待つ時間、予約したり電話をかけたりするのを待つ時間。あるとき、ローラは切手を買うため郵便局の窓口で待っていた。そのあいだ、職員たちは好奇心もあらわに彼女の絵はがきを回し読みしていた。そんな状況は、ひときわじりじりさせられる禅の公案にからめとられたかのようだった。前に進むためには、旅行者はじっとしていなければならない。

彼女はひとつの旅を終え、まだ家には帰り着いていない状態にあるわずかな時間を味わうようになっていた。バスはガクンと揺れてターミナルに到着し、飛行機は駐機位置に滑り込む。乗客が立ち上がり、衣服の皺を伸ばして忘れ物がないか確認する。同じ乗り物に乗り合わせた者同士の関係は続いているものの、彼らのあいだにはすでに変化が忍び込んでいる。間もなく、彼らは植物の種のように、それぞれはっきりした目的を持って散っていく。

バリでは飛行機の乗降扉が開くと熱帯の匂いが漂ってきた。芳香と悪臭がないまぜになった湿った匂い。滑走路の上をターミナルに向かって歩いていくローラは茫然としていた。自分は今、アジアにいる。

黄昏が時差ぼけと黒いビロードのような大型の蝶を運んできた。そのひとつには顔がついていて、ローラを仰天させた。彼女はそれが蝙蝠であることに気づいた。

ローラはチャーリー宛てに、こちらの様子を伝える熱烈な手紙を書くのが待ちきれなかった。

街を歩いているとオーストラリア人の話し声が聞こえてきた。フォスターズビールを宣伝しているバーもあれば、青魚みたいな目をしたサーファーたちもいる。

故郷(ホーム)とは全然違う。

ウブドで朝食をとっていると、同じ安宿に泊まっている男が話しかけてきた。一九七一年以来、休暇はバリで過ごすことにしていると彼は言った。「もちろん最近ではずいぶん様子も変わってしまったがね。レギャンは漁村だったが、今じゃあどうだい」

トールキンの登場人物みたいに毛深くて大胆不敵なその男は、招かれてもいないのにローラのテーブルに移ってきた。男はダレルと名乗り、アリススプリングスのコンクリートの箱の中で暮らしていると自己紹介した。コンクリートの土台の上に立ち、スピニフェクス〔オーストラリア内陸の乾燥地帯に見られる草〕が傷んでいないか見張っている市の銅像。そんな姿を容易に想像することができた——しかしそれはまったくの誤りで、その口髭は彼が庭に住む小さな妖精ノームであることを端的に示していた。ノームは夕陽のように赤いポーポーの果肉にライムの果汁を絞りながら言った。「昔、ここは楽園だったのにな。今じゃすっかり台無しだ」

彼はそのあと二十分にわたり、初めてこの島にやってきて以来、何エーカーもの樹木が伐採されてきたこと、ホテルの乱立、サンゴ礁の破壊、価値観の堕落、水や大気の汚染について非難がましい口調で語った。ひどく腹立たしかったのは、彼の指摘をすべて否定するわけにはいかないことだった。

ローラはチャーリー宛ての絵はがきを書き終えたところだった。はがきには花柄のサロンをまとい、椰子の木陰で寝そべっている自分の挿絵を添えておいた。「あなたに会いたい。たくさんの愛をこめて」ペンを手にすると退屈な嘘しか浮かんでこなかったが、本物の長い手紙は頭の中に書きつけていたので別にかまわなかった。そちらの手紙には、バリの人たちが子どもに惜しみなく注いでいる愛情について書きつけた。「私たちなら子どもを甘やかしていると言うでしょうね。愛情が凝固剤みたいなものだなんて、私たちはいつ決めたのかしら」

ダレルは「たとえばクタがそうだ。もちろんクタに行ったことはあるだろ?」と話していた。

それも否定できなかった。

「どっちを向いてもぼったくりと野暮ったいナイトクラブと酔っぱらったフットボール選手ばかりだ。メニューにはかならずバーガーとバナナシェクが載っているしな。俺が初めてここに来たころは、十時にはみんな店じまいして静まり返っていたもんだ。ピンが落ちる音だって聞こえたさ。最近じゃウブドでさえ変わってしまった」彼は変化をひとつひとつ挙げていったが、そのどれもが悪い方向に向かっていた。

宿の入り口には、毎日のお供え物である花と白飯が大きなボウルに盛られていた。遠くには、段々畑が壁に刻まれた帯状の装飾のように見えていた。太古から変わることのない太陽に見守られながら、泥にまみれて働いている男女の姿を目でたどった。頭の中で手紙の続きを書いた。「工場を建設したら、この人たちはつらい労働から解放されるかもしれない。でも私が知り合ったこのノームは、環境汚染について言いたいことがあるでしょうね。どのみち、誰が工場の写真なんか撮りたがるかしら」

ダレルが身を乗り出してきた。「バリは初めてか？」それは質問というよりも診断だった。彼女がそうだと認めると、彼は顔を輝かせた。「心配いらないさ。じきに現実がしみ込んでくる」

拡がっていき、やがて閉じ込めてしまう灰色のもの。現実とコンクリートが同じであることにローラは気づいた。

森の中を流れ落ちる滝は、雲としての生を失ったことを嘆いていた。その嘆きを通して、囁き声が耳に届いた。お前はここで何をしている？　彼女は頭を振ってカメラを構えたが、その問いが頭から離れなかった。

彼女はそれをダレルのせいにした。よくも私のことを環境保護に熱心な娘っ子だなんて考えたわね。ベモの後部座席に身体を押し込み、編み籠に閉じ込められた不幸な生き物を胸の中に埋め込まれたような感覚を抱きながら、ローラは頭の中の手紙に書き加えた。「外国人をオリエンタル化することで、醜さはモダニズムの特質とみなされがちだが、昔ながらの要素にも同じように存在している」彼女は例として、足に潰瘍ができている幼児、荷を満載した荷車のながえのあいだで疲れ切って頭を垂れている男、蝿が輪になってたかっている道端の汚物、凶暴で棒線画めいた輪郭の犬たちをあげた。進歩がもたらしたものも忘れずに書き加えた。不吉にはためいているビニール袋、動物が横断することを想定して設計されたのに実際には車で埋め尽くされている道路、ローラの向かいに座っている「おっぱいの国――バリ」というロゴ入りのＴシャツを着た膝がピンク色のオランダ人。目的地に着いて車から降り立つと、振動で骨がきしみ、すっかり埃まみれになっていたものの、彼女は元気を取り戻していた。

その時点でローラが知り得なかったのは、ダレルはこれからの旅で出会うことになる現実の予兆に過ぎなかった、ということである。世界中で厭世的な気分が待っていた。その後も繰り返し、大切な瞬間を見逃してしまったことを思い知らされた。旅行者であるということは、いつも遅れて到着することにほかならない。物質的な繁栄や政治が介入し、楽園はすでに失われてしまっていた。地震がナポリの息の根を止め、ジュリアーニがニューヨークを台無しにした。移民はどこであろうと自分たちの居座る場所を荒廃させ、フランス――そう、フランスはつねにフランス人の救いようのない悪弊によって損なわれてきた。それでも、スモッグで汚染される前のバンコク、中国人が押し寄せる前の香港、アルプスができる前のスイス、ノアの大洪水の前の地球をこの目で見ることができていたら、どれほどすばらしかっただろう。

ローラはコリーンという女性と親しくなった。二人は有名な寺院の前に立っていた。近くに停まった何台もの観光バスが、次々と乗客を吐き出している。看板がいくつかの言語で、生理中の女性お断り、と告げていた。その朝、ローラたちは夜明け前に起き出し、バスに三時間揺られてやってきたのだった。コリーンは軽い足取りで地面に降り立ち、背中を真っ直ぐに伸ばすと、両手を尻に当てて言った。「くそ坊主ども。どこにいっても同じね」コリーンは、モントリオールで聖ウルスラ修道会の修道女から教育を受けた。ピンと伸ばした背筋と軽蔑はその名残だった。彼女は子ども用の茶色いスーツケースひとつで旅していたが、いつも皺ひとつない白い服を着ていた。寺院用の腰帯を巻いたコットンの衣装が、薄暗い神聖な内陣を抜け、階段を上り、石の建造物をよく見るために立ち止まる様子は、さながら光のかけらが動き回っているようだった。真昼の靄に包まれて中庭に立っている彼女は、宙に浮かんでいるように見えた。喘ぎながら彼女のあとをついていくローラは、いつ、どこでタンポンを交換したものか思案していた。地表に突き出たレンガの山の上で、コリーンは片足立ちでバランスを取り、両手のひらを合わせて上に伸ばしたポーズを取っていた。寺院の背後に控える活火山が、書き割りのように見えた。ローラは、禁忌を破った罰として火山が噴火する中を人びとや犬が逃げまどい、溶岩が彼女の罪深いかかとに噛みつこうとしているところを想像した。

雲母のきらめく黒い砂浜では、胸当てのような濃い胸毛を生やしたノームが待ち構えていた。愚かなローラ・フレイザーは、前もって準備していた軽蔑のわななきを忘れてしまった。「自分は観光客じゃないって思っているわけ?」とか、「複雑な文化を持つ国を楽園と表現するのはひどく上から目線だって教わらなかった?」などと気の利いた言葉を投げつける代わりに、「ここは最高に美しい場所ね。ここにいる私たちってラッキーよね?」という言葉がほとばしり出た。

はっきりしない夢から目覚めたローラは、すっかり頭が冴えていることに気づいた。水田の上方には曇った水晶球が掛かっていた。窓の下では、彼女の同国人が嘔吐していた。どこからかドラムの音がかすかに、しかし執拗に聞こえてきた。どれほどのバリの住人がオーストラリアにやってきて、安売り品にお金をつぎ込んだり、道端で嘔吐したりするだろうか。ここで何をしている? 今ではその囁きがダレルとは何の関係もないことがローラにはわかっていた。それは故国を離れたすべての人たちにつきまとう問いだった。

彼女のガイドブックは、「家族経営のロスメンに泊まること。そうすれば、あなたの支払うお金は、大手ホテルを所有している多国籍企業ではなく、地元の人たちに直接届きます」と助言していた。そこでローラはバリの家庭に滞在し、「旅で役立つ表現集」に載っている言葉を使って子どもたちと会話した。文化人類学を専攻したコリーンは、異文化との出会いがいかにためになるかを説いた。「バリの人たちから学ぶことで、西洋的なエゴイズムが少しずつ削ぎ落されていくの。彼らの表情に気づいた？　あんなによろこびにあふれているじゃない！」コリーンが部屋代はいくらかと尋ねてきたので、オーストラリアドルで数ドルだと答えると、コリーンは幻滅した。「まったく、彼らの言い値を払うなんてブルジョワのやることよ！　断言できるわ。彼らの文化に敬意を表して、その半分以上は払っちゃだめ」

その島で過ごす最後の夜、ロスメンの主人のワヤンがカセットレコーダーにガムランのテープをセットし、庭の周囲にランタンを並べた。脇の下でつづめたサロンに身を包み、素足になった彼女の娘たちが踊り始めた。魚のように軽やかな身のこなしで、腕を素早く突き出したかと思うと湾曲させた。踊りに飽きた末娘が不意に踊りをやめ、どこかに行ってしまった。しばらくするとその子は闇の中から姿を現し、ふたたび踊り始めた。編み茣蓙の上に座ったローラとコリーンの隣では、子どもたちのおばあちゃんがうつらうつら舟を漕いでいた。音楽の再生が終わったときに拍手したのは、二人の旅行者だけだった。

翌朝、バックパックの最後の紐を締め終えると、ローラは部屋の中を見回した。ここはすぐに箒で掃き清められ、ほかの誰かが彼女の寝ていたベッドに横たわり、清潔なリネンに包まれて夢を見るのだろう。これからも雲が小山の頂に迫り、子どもたちの声が雨のように響いてくるだろう。しかし、緑のキルトのような風景が、ローラの視線を留めることはない。この土地での営みは、ローラ・フレイザーなど一度も存在したことがなかったように流れ続けるだろう。彼女はそんな考えを頭から追い払った。それはまったくのたわごとだった。精算を済ませると、ローラは別れを告げるために、ワヤンのあとについて家族の生活する部屋に入っていった。薄暗い部屋の中で、一か所だけ鮮やかな色が歌っていた。それは紫や黄のチューリップで飾られたティッシュの空き箱で、前の日にローラが捨てたものだった。その箱は棚に置かれ、美しい絵柄を誇っていた。

ローラはノートを取り出すと、やるべきことのリストを完成するため子どもたちに話しかけた。きまり悪さを覚えながら、今さらのように子どもたちの名前と一家の住所を書き留めた。そこにコリーンが姿を現し、白いコットンのパジャマ姿であくびした。すでにコリーンは、この家族と連絡を取り合うつもりはないと明言していた。「旅するってことは、さよならを言うことよ」

煤煙と遅延に悩まされたその日の残りの出来事は、ほとんどローラの記憶にとどまらなかった。これからの計画を考えて、ローラの頭はくらくらした。ガイドブックの出版社や旅行代理店に片っ端から手紙を書いて、あのロスメンを推薦しよう。末っ子の教育費を出してあげよう。家族には……生活を一変させるような何かすばらしいもの、例えば新しいスクーターとか電気ポットをプレゼントしよう。家族全員の写真を撮ってあるから、まず手始めに焼き増しした写真を送ってあげよう。

しかし、インドでバスに乗っていたとき、屋根にくくりつけていたバックパックから、フィルムの金属容器が消えてしまった。数か月経ち、ロンドンに滞在していたとき、ノートに書きつけていた住所が目に入ってロスメンの子どもたちが蘇ってきた。まだ遅くなかった。子どもたちにちょっとした贈り物を送ってあげることができるはずだった。何を買おうか迷っているあいだに、写真がない理由と、彼女のその後の冒険をしたためた手紙を同封することに決めた。おばあちゃんの白内障、ビジネスを拡大するワヤンの計画、子どもたちの学業など、あの家族のもとに滞在していたときにはあれほど差し迫った問題に思えたのに、印象の大部分はすでに色褪せてしまっていた。そうした問題がその後どうなったのか、手紙で尋ねてみよう。彼女はすぐに手紙に取り掛かり、ほとんど息もつかずに三ページほど書き上げた。そのとき、誰かがドアをノックする音がして気が散ってしまった。ローラは手紙を最後まで書き上げ、プレゼントを買い、小包を投函するつもりだったが、結局そのままになってしまった。

ローラ、一九八〇年代

ポンディシェリのバスターミナルを出たところでオート三輪に乗り込むと、ローラは運転手に宿泊予定のゲストハウスを告げた。

「ええ、マダム。十一番ですね」

彼が誤解していると思ったローラは、もう一度繰り返した。

「わかってますよ、マダム」運転手は肩越しに答えた。「『ロンリープラネット』の十一番」

ローラは旅行者のバイブルに載っている地図を確かめてみた。たしかにそのゲストハウスは、番号一覧の十一番目だった。

タンジャーブールの薄暗いコーヒーハウスに入り、ローラはミルク抜きのつつましい紅茶を注文した。両隣のブースでは、人目を避けた恋人たちが礼節を保ちながら寄り添っていた。薄汚い布巾を手にローラのテーブルに近づき、何度か話しかける素振りを見せていたウェイターが、マダムはどこから来たのですと尋ねてきた。その質問に答えると、彼は「ディーン・ジョーンズ」［オーストラリアのクリケット選手］と呟いた。

インドではクリケット選手が神のごとく崇拝されていることを知らずにこの国にやってきたローラは、すぐに事情を呑み込んだ。「デイヴィッド・ブーン」と彼女は応じた。

「マーヴ・ヒューズ」

「アラン・ボーダー」そして礼儀正しくつけ加えた。「カピル・デヴ」〔インドのクリケット選手〕

「カピル・デヴ！」彼は目を輝かせて繰り返した。

この儀式が滞りなく済むと、彼はタンジャーブールにはどのくらい滞在する予定かと尋ねた。

明日には出発する予定だとローラは告げた。「マドゥライに移動して、その次はカニャクマリに行く予定なの」

「それからコヴァラムとトリヴァンドラムですね」と彼は続けた。「水郷地帯でボートクルーズを楽しんだあとはアレッピーとコーチン」

「なぜわかったの？」ローラは声を上げた。彼女は何冊かのガイドブックと地図を参考にして、心躍る数時間を費やして旅程を組んだのだった。

彼のほうもローラに劣らず驚いていた。「旅行者はみんなあの辺りに行きますよ、マダム」

春の昼下がり、彼女はムガル帝国時代の墓の近くで、崩れ落ちた大理石に身をもたせて休んでいた。鳥が空を舞い、草地が広がり、空色の欠けたタイルのあいだには神々の名前が刻まれていた。家族連れは木陰でピクニックを楽しみ、若者のグループは石造建築の残骸のそばで写真を撮り合い、あるいは中空で途切れている階段を登っていた。やがて彼らも昼食をとり始めた。

ローラはレッドフォートで出会った二人の現地学生と連れ立って、デリから数マイル離れたこの場所にやってきたのだった。ガイドブックにはこの墓に関する情報が掲載されておらず、ローラをいらだたせた。文化と芸術の紹介に力を入れた上質なガイドブックのはずなのに。言及がないということは、ついに彼女が観光業の盲点になっている場所のひとつに到達したということかもしれなかった。しかし、この遺跡に関する情報が一切ないというのは何とも腹立たしかった。彼女はもう一度、索引を確かめてみた。彼女の新しい友人たちはまったく役に立たなかった。一人はこの墓には王子の遺骨が安置されていると言い、もう一人は聖人の遺骨だと言った。その王子は聖人として崇められていたのかも、とローラは言ってみたが、二人はローラの仮説を肯定もしなければ否定もしなかった。アジズはチェ・ゲバラの有名な写真をプリントしたTシャツ、サンジャイはマイケル・ジャクソンのTシャツを着ていた。実は二人ともおなかがペコペコで、ピクニックを楽しんでいる人たちに物欲しげな視線を投げていた。三人はサンジャイの叔父に借りたスクーターでこの墓までやってきたのだが、その道のりは非常に長かった。どちらもぼんやりと、西洋人であり女性でもあるローラが自分たち一行の食べ物を用意しておくべきだったのに、と考えていた。また、自分たちだけ食べ物がないのは理不尽だとも感じていた。草の上に腰を下ろした若者たちのグループは、笑い声をあげながら互いの腕をつねりあっていた。揚げ物の匂いが鼻孔をくすぐった。

アジズがウルドゥー語の詩の一節を暗誦した。彼は原語のあとに英訳を続けた。「高貴なるもの、ナイチンゲールと涙」ローラはその哀歌の歌詞を、いま自分の頭を占めているものに翻訳した。インドの匂いと名所、香辛料の効いた料理、温かい陽射しのような効果をもたらす気だるい空気、欲望をかきたてる身体の接触。彼女は南部の寺院で見た性的な彫刻を思い出した。彼女はサングラス越しに、じっくり時間をかけてそれらの彫刻を観察したのだった。

インドでは、徒歩旅行の道すがら出会う独身男性は、ふたつのタイプに分類することができた。まずは祈祷か、その他の中毒性のあるものに没頭して幸福感に包まれている男たち。こうした男たちは風呂に入っていないことが多かった。つい先日も、腰布を身につけた、丸坊主でかさぶただらけの若い男がローラを待ち受けていて、地元の人たちに対する不満をぶつけてきた。「この国の男たちが、テレビで見たクリケットの試合について延々と話しているのを聞いたことがあるかい？　お見事（ラブリージャブリー）とか、すばらしい一発（ジョリー）だとか。イギリス人のふりをしているんだ、そう思わない？（インニット）」それから、僕とだったらセックスできるよ、ともちかけてきた。申し出を断ると、彼は切り札を持ち出した。「僕はタントリックセックスを実践しているんだ。延々と持続するんだけど、試してみない？（インニット）」ローラはチャーリー宛ての果てしない手紙の中で尋ねた。彼とのセックスが持続するという見込みは、彼のわずかな成功のチャンスをさらに減らすことになると説明してあげたほうが親切かしら。

　第二の種類の男たちにとって、インドを旅するということは大変な労力を要するスポーツであり、客引き、ばい菌、模造品、物乞い、役人、しまいにはインドを丸ごと相手に、歯を食いしばって戦うことを意味していた。いつかどこかの平穏な郊外で会話を交わしながら、ひとつひとつの勝利を思い出すことになるのだろう。ローラはこうした男たちが必要としている努力への欲望をかきたてることはできなかったし、彼らのほうでも彼女にそれほど関心を抱いているようには見えなかった。ローラは日に焼けて体重も何ポンドか落ち、ジョグジャカルタのマーケットで買った銀の装飾品を身につけていたが、大柄で不器量なところは変わっていなかった。

　王族が堕落し、高潔さも朽ち果てたこの土地で、彼女を求めてきたのがこの二人の青年だった。行きつけの喫茶店で、何人の女性をどんなふうに征服したのか——もちろん二人とも童貞だった——、成し遂げた偉業をこと細かに描写して競い合うのが二人の習慣になっていた。ローラと遠出の約束をしたあとも、期待に胸を膨らませ、ローラとの成り行きを頭の中で思い描きながら、彼らはいつも通りその店に向かった。そして今、二人はこの大柄な外国人女性を前にして、一人は枕の上に広がった彼女の髪を、もう一人はせいぜい櫛を外して髪を解くところまでしか想像できなかった。この体格のいい外国人は何を考えているのだろう？ 僕たちとこんなところまでやってくるなんて、頭がどうかしているに違いない。もうすぐ日が暮れそうだった。青年たちの腹が鳴った。

蚊がブンブン音を立て始めた。沈みゆく太陽が地平線にぶつかっていた。ローラと青年たちは、やってきたときと同じように、三人そろってスクーターにまたがり市街地に戻った。青年たちに挟まれて座ったローラは、サンジャイの肩甲骨にもたれかかっていた。乳首が硬くなってきた。車の少ない静かな道を見計らって、彼女は腰に回していた手を下のほうへ滑らせていった。彼はすぐに反応したが、雄々しくもコースを逸れることはなかった。道路脇に並んだ屋台の明かりが近づいてくると、彼は優しく、しかし威厳を保ちながら彼女の腕を解いた。

ホテルの前で、ローラは二人に礼を言った。彼らは頭を小刻みに揺らし――インド人のこの動作は、いったい何を意味しているのだろう。同意、赦し、否定、それとも非難？――アジズが「とても楽しい外出でしたね」と言った。彼女は闇が二人を呑み込んでいくのを見守った。

翌朝、ローラがホテルから出てくると、サンジャイが「トリプルルーム有り」と書かれた看板の下で待っていた。彼はガイドみたいな中立的な調子で言った。「インドにはたくさんのホテルがあります」

彼に連れていかれた古いホテルの部屋で、ローラはむしり取るようにして彼の服を脱がした。

くしゃみより短いかも！　ローラが別のやり方を提案すると、サンジャイは大急ぎで彼女の上から降りて服を着た。「遅れると叔父さんに怒られるから」レンタルしたナイロンシートの上に横たわっているローラから後ずさりながら、彼は言った。「叔父さんはとても怖いんだ」

でも次の朝も、サンジャイは彼女を待っていた。ローラはシングルルームに移り、予定より六日長くデリに滞在した。

ローラ、一九八〇年代

彼女は橋に目を向けた。彼女の目に映ったのは、欄干とアーチではなく、形象化されたソネットだった。数々の記念碑はティータオルでおなじみの図柄だった。それから、公園で見かける赤紫の葉をした威厳のある木。そんな木はこれまで見たことがなかったが、何という木なのかすぐにわかった――よく小説に登場するヨーロッパブナだ。初めてロンドンにやってきたというのに、すでに知っている物を発見する。それがオーストラリア人であるということだった。

しかしそれは渡英したてのころの、まだ鏡のように澄み切った水面を漂っていた日々の話だった。水面下は奇妙なことばかりだった。木々は施錠された四角い広場に閉じ込められ、さながら緑の大きな建物という風情だった。なぜオーストラリア人は、シドニーの一画をパディントンと呼んできたのだろう。本物はシドニーのパドとは似ても似つかなかった。エッジウェアー通りもそうだった。インド人が経営しているインド商店にも同じくらい驚かされた。オーストラリアではインド人の商店主は少なく、薄手の色鮮やかな布地を使った衣料品や、不器用に彫られた神々が並んだイギリスと変わらぬ陳列棚を管理しているのは、髪のつけ根の部分が色褪せたフラワーチルドレンたちだった。「ホクストンだって！　ゲレンデから外れているんじゃないのかい？」と、よく通る声が響いた。ローラは自分が完全なよそ者であることがわかっていた。イギリス人の口から発せられる英語はほのめかしと暗号に満ちており、夢の中の言葉のようだった。

ローラは入浴の仕方に馴染めなかった。シャワーがないなんて！　しかし、母国を離れる意義は、いつもとは違うやり方で物事を行うことにある。彼女はすすんで入浴の前後に浴槽を磨いた。すると、ブランチという名の愛らしい顔をしたキリスト・アデルフィアン派の家主が、毎日入浴するのはやめるようにと忠告した。「だってほら、お湯をたくさん使うでしょ」

六月だった。草の葉一枚一枚がピンと張り、磨き上げたような艶やかな緑をしていた。

国立美術館から出てきたローラは、最初に目に入った親切そうな顔に話しかけた。「私、二十五歳なの」彼女が言いたかったのは、二十五年ものあいだ、この美術館に展示されている絵画を見ずに過ごしてきたということだった。それは率直な気持ちだったが、彼女は少し震えながら同じ言葉を繰り返すことしかできなかった。通りすがりの人たちは、ライオンに話しかけている大柄な女性を見て、ロンドンのいかれた人間の一人だと考えた。

バーモンジーとスタンフォードヒルとハックニーの貸間を転々としたあと、最近移り住んだのがブランチの家だった。為替レートのせいで、こうした廃れた界隈に住むよりほかに選択肢がなかったのだ。二十世紀の反啓蒙主義が生み出した現代の廃墟である高層住宅から、乱暴な連中や極悪人たちが次々にやってきては去っていった。ときどき、轟音を響かせている高架道路や鏡面ガラスの絶壁の下で、血走った目をした老人が身動きひとつせず立ちつくしているのを見かけることがあった。まるで記憶の中の地図を引き出そうと最後の努力をしているかのように――まさにその地図を消し去ってしまった罪深い建築を排除して。

マネタリズムのもたらした荒廃が街の随所に見られた。窓や戸口に板が打ちつけられた店、財布を狙うスリ、求職者であふれかえっている職業安定所、帰る家がなく戸口で眠る子どもたち、昼間は消え夜になるとふたたび現れる段ボールの町。

大英博物館から出てきたローラは、特徴的な母音を聞きつけた。突然ホームシックに襲われ、その母音を発した見知らぬ人物に声をかけた。フィリップは中年過ぎで、少なくとも四十六歳は超えていそうだった。オーソドックスなツイードを着ている彼は、皮に包まれたソーセージのように見えた。彼は出身地を認めたが、即座にウロンゴンに住んでいたのは遠い昔のことだと余計なひと言を付け加えた。とはいえ、日が傾きかけたフィンズベリーでローラの努力によってオルガスムに導かれたフィリップは、うっとりしながら「本当に新鮮なラミントンケーキ」について語るのだった。

ローラが住んでいる地区を知ると、フィリップは言った。「あんなところに住むのは無理だ。僕たちも試してみたけど」そして、歌うように言った。「売女、強盗、ヤク中、泥棒。トビーが作った新しい数え歌を聞いて、よそに引っ越すしかないとわかったのさ」

彼はトビーのベッドの上で大の字になって、そんな話をした。トビーは寄宿学校に送られていた。整理棚の上には、銀色の犬が銀のフレームに収まり、にんまり歯をむき出していた。イースターに轢き殺された、トビーのワイマラナーだった。まだ半分しか生きていないのに、なんと不運な。

激しい活動で体力を消耗したフィリップは、いびきをかき始めた。

シドニーの秋は、夏と冬から借りてきた移り気な季節だった。この土地ではぼんやりした八月が終わると、物の輪郭がはっきりしてくる。午後には低い太陽が木々の幹を照らすこともあった。ローラは湿った草を踏みしめ、落ちた栗の実が輝いている砂利道を歩いた。公園に足が向かうのは、色づいた葉を楽しむためだけではなかった。歩道に残された汚物の染み、散乱したごみ、意地悪い目つきをした子どもたち、醜いものと必需品しか売っていない店などから逃れて、ときには閑静で裕福な地区に逃げ込む必要があったからだ。

陰気な十一月のある日、家路を急いで家電製品店の前を通り過ぎようとしたとき、ローラは思わず振り返った。ずらりと並んだテレビ画面が、壁にまたがった男女や、壁の両側から崩れたバリケードをよじ登ってきて抱き合っている人たちを映し出していた。レポーターの肘のあたりから、少年の丸い顔がカメラを見つめていた。ローラの目の前で、縮小された歴史がいくつもの画面に映しだされていた。ローラはこの歴史的瞬間を体験する機会を逃してしまったのだ。この瞬間、ベルリンにいてもおかしくなかったし、今からでも簡単に行けるはずだった。オーストラリアを基準にして物事を考える人間にはヨーロッパは狭い場所だった。しかし、あのあふれんばかりの歓喜と彼女のあいだに何の関係があるというのだろう。故郷にいれば、たとえニュースにする価値のない出来事であっても、記憶がすべての瞬間を凝縮する。ここでは、映画館を見て初めてキスしたときの記憶が呼び覚まされることもないだろうし、五歳だったローラの夢に忍び込んできた、翼のように枝を張った薄暗い木立を通り過ぎることもないだろう。だから亡霊は戻って来るのだ、とローラは気づいた。風は身を切るように冷たく、おまけに砂を巻き上げていたので、ローラはふたたび歩き始めたが、あのドイツ人の少年の顔が頭から離れなかった。少年は満足と警戒心が奇妙に入り混じった表情をしていた

――それは熱々のじゃがいもにかぶりついた人間の浮かべる表情だった。

フィリップの名刺はまだ彼女のハンドバッグに入ったままだった。ときどき、ローラはそれを取り出して眺めることがあった。しかし、ユニバーシティーカレッジの彼の番号には決して電話しなかった。銀色の写真と、フィリップが口にした「僕たち」という言葉のせいだった。あまり間を空けずに電話していれば、彼は

出てくれていたかもしれなかった。特に変わったことはないよ、とか何とか、チャーリー・マッケンジーのベッドに横たわっているローラの耳にときどき聞こえてきたフレーズのどれかをフィリップは口にしていたかもしれなかった。

ブランチはハックニーの家を相続するまで、ウェールズのコミューンで暮らしていた。冷蔵庫には、彼女の書いた詩の一篇がマグネットで留められていた。「かつて虹の谷がありました／柔和な人たちが自由に暮らす……」写真には、かぎ針編みの色鮮やかなポンチョを着た子どもたちが泥の中に立っている姿が写っていた。クリスマスが近づいていた。ブランチはひよこ豆に大枚をはたき、ローラをクリスマスのごちそうに招待してくれた。引っ越しを勧めていたフィリップの助言は気にもとめなかった。ネズミのはびこる公営アパートにローラが暮らし始めて七か月が過ぎていたが、いつかこの建物の中で死体が発見されて本物の戦慄を覚えることになるかもしれなかったし、壊された電話ボックスや決してやってこない民営化されたバスを本気で呪う日がくるかもしれなかった。ローラはそんな状況から永久に逃れられなくなることを恐れていなかったし、ここを引き払おうという強い衝動も持ち合わせていなかった。

たまに太陽が顔を出すと、午後の遅い時間帯にはローラの部屋にも光が射しこんだ。日の光は家具の表面についたひっかき傷や、ピンク色のベッドスプレッドから飛び出してゆらゆらしているナイロン繊維——先がどれも小さな球になっている——を照らし出した。川のほとりだろうが、がらんとした公園だろうが、冬の低い太陽は悪意を感じさせた。青みがかった湯気の中に浮かんだ太陽は、監視カメラの目のように赤く、丸かった。地上で営まれる不道徳を記録するにはそれが限界だとでも言うように、太陽の光がローラの部屋に差し込むのは三十分だけだった。窓から光が忍び込んでくる時刻に部屋に居合わせると、髪の生え際に沿って頭痛が起きそうな予感がした。それでも部屋の四隅に暗がりが残っていれば、この部屋は絵画なのだと自分に信じさせることができた。ウォルター・シッカート［イギリスの画家。切り裂きジャック事件の真犯人という説もある］を目指している画家が描いた二流の作品なのだと。部屋の壁紙と衣装ダンスの鏡はシッカートの絵画と同じ不気味な緑色だった。旅人がわざわざ故郷を離れ、荷物や為替レートと格闘するのはこのためなのだろうか。目新しいものや冒険、あるいは利益や逃避を求めているからではなく、生活が芸術へと昇華することを願っているのだろうか。

問題は、鏡がいつも彼女の姿をとらえていることだった。前景にたたずむ変化のない姿を。

ヘスターが残してくれた遺産が底をついたら仕事を見つけよう、とローラは心に決めた。ここに腰を据えるのだ。美術館はたくさんの絵画であふれていた。思い切って美術館に出かけたときには、絵を一点一点ていねいに眺めていった。故郷から距離を置くことにも意味があるのかもしれない。海外という名の魔法の国から戻って来た旅行者に、あれこれ熱心に質問していたころのことを思い出した。しばらくのあいだだったら海外も悪くないのだが、と彼らは言った。「しばらく」という言葉は伸縮自在で、彼らが海外に滞在していた期間と一致していた。ローラは、子育てをするなら間違いなくオーストラリアがいちばんだということも知った。そこでは何事もはるかに簡単だった。距離を置くことで、故国こそ最高だと確信するのはまったくすばらしかった。旅行者の証拠を残すために人は写真を撮る。旅行者自身は変わっていないのだから。家のあちこちに戦略的に配置された記念品は、異国の文化に触れることで得られた視野の広がりと洗練をひけらかすためだった。そのために人は海外を必要とするのだ。

ラヴィ、一九八〇年代

ド・メル家で催された送別パーティーで、若者たちはベランダに並べられた椅子に腰かけていた。ひと筋の稲妻が走り、風船の皮を内側から見たように空を薄く、明るく照らしだした。続けて停電が発生した。その混乱の中、ラヴィはロシ・ド・メルの手を引いて家の脇へと連れて行き、キスをした。十六歳の彼女は、地区の水泳チャンピオンだった。ラヴィは祈りの言葉が印刷されたカードや聖人画と一緒に、新聞から切り抜いた彼女の水着姿の写真を旧約聖書のあいだに挟んでいた。

ド・メル一家のカナダへの出発は一週間後に迫っており、二人は自分たちの恋愛がどうなってしまうのかと気をもんでいた。関係と言ってもせいぜい視線を交わし、大胆な告白の手紙をやり取りするくらいで、それ以上進展していなかったのだが。

ド・メル家の四人姉妹はいずれも早熟で、すらりと伸びた手足をしていた。ロシはラヴィのキスを貪欲に受け入れ、身体をぎゅっと押しつけてきた。宵の口に降ったこぬか雨のせいで、辺りには野菜の匂いが漂っていた。ラヴィは果実が熟れ、木々が枝分かれしようとしているのを感じた。その感覚に応えるように光がまぶたを撫でた。目を開けてみると、木立の向こうに胴体のない首が浮かんでいた。

最近、メンディス一家はゴールで行われた親族の結婚式に出席した。いとこたちはみんな陽気で意地悪だった。彼らは得意げに、ある通りのことを話していた。その通りに面した家では例外なく、道路から車庫へ通じる私道に、額を丸く打ち抜かれた死体が放置されていたらしい。式の翌日、酔いの醒めた最年長のいとこの運転で駅まで送ってもらう途中、メンディス一家は反乱者の一団を追い立てている兵士たちの行進を目撃した。「見ちゃだめ！」カーメルが鋭く言った。囚人の一人はプリント柄のコットンのワンピースを着た女の子で、ラヴィとさほど歳が変わらなかった。眉毛の濃い不器量な娘で、ラヴィたちの乗った車が通り過ぎるのを横目でちらりと見た。娘は小突かれながら歩いていた。

娘の顔を思い出そうとしても、目に浮かぶのは茶色のボタンだけだった。しかし、ド・メル家の庭で頭をもたげた恐怖には、彼女も関係していた。光に奇妙に照らし出され、こちらに近づいてくる亡霊は、異常で混乱した時代にふさわしかった。次の瞬間、ラヴィはそれがダドリーだと気づいた。大きな頭をだらりと傾けた知的障害のあるダドリーは、ド・メル家の哀れな親族だった。彼は火を点した蝋燭を顎の下に掲げて、家の裏口からこちらに急ぎ足で向かっていたのだった。ロシは身体の向きをくるりと変えると、腰に手をあててダドリーに悪口を浴びせかけた。大よろこびしてキイキイ声をあげながら、ダドリーは二人をかすめて通り過ぎていった。家の中から呼ぶ声がした。「ロシ！　ロシ！　どこに隠れているの、ダーリン？」少女はラヴィの手をとってぎゅっと握りしめると、そのままいってしまった。

全員が集まった部屋には蝋燭が点され、灯油ランプが光を放っていた。光に熱狂したクリスマスの蠅が、いたるところで虹色の羽を散らした。蠅たちは傷ついた身体で這いずり回り、やがて死んでいった。

ロシの父親のアロイシアス・ド・メルが話しているところだった。「……うちに来ている空き瓶回収屋の甥で、はたちの若者なんだが。武力衝突のあと、ＪＶＰ［スリランカ人民解放戦線］が彼の喉を切り裂いて、死体を街灯にくくりつけたんだ。触れるべからず、という警告を添えてね。でも、父親は縄を切って息子の亡骸を降ろした。すると、葬式の最中にＪＶＰの連中が乗り込んできて、十人か十五人ほどの参列者を皆殺しにしたそうだ。一人残らずね」

かすかなざわめきが起きたが、反応は控えめだった。というのも第一に、空き瓶回収屋の身内に起きた出来事がとりわけ珍しくもなかったからだ。ここ何か月か、噂やジャーナリストがそれよりもはるかにひどい事件を伝えていた。戦争と平和、無政府状態と政府はもはや別々の色ではなく、混ざり合い色彩を変えていた。それに加えて、ド・メル家と母国との絆はすでにほつれ始めていた。集まった人たちは、アロイシアスがもはや彼自身の心すら乱さない不幸についてくどくど話すのは気がきかないと感じていた。

この漠然とした敵意にうながされてカーメル・メンディスが口を開いた。「ＪＶＰの息の根は止まったのよ。大学も再開し始めているし。うちの息子もこれでようやく勉強を続けられるわ」

彼女はもっと話し続けることもできたのだろうが、そこで思いとどまった。誰かが海外に移住するときには、売りそびれて出発間際にあげることになる衣服や家財がかならずあった。カーメルはド・メル家の壁に掛かっている、縁を面取りした鏡が欲しくて仕方なかった。その鏡には草むらと二羽の白鳥のエッチングがほどこされていた。部屋に入って彼女が最初に確認したのは、その鏡がまだ鎖で吊るされて壁にかかっているかどうかだった。カーメルの寡婦年金はもう何か月も支給されていなかったが、それは政府の説明によると原資が尽きてしまったからだった。滞っていた年金は最終的には支給されたのだが、それまでメンディス家では、レンズマメと野菜、そこにたまに加わるサバの缶詰と卵で何とか食いつないだ。食料品を買うためには何時間も列に並ばなければならなかった。カーメルのもとに残っている靴は、きつくて足が痛くなる一足きりだった。それでもきちんとした女性がゴム製の室内履きで外出するなどもってのほかだった。

こうしたあれこれに耐えることができたのは鏡のおかげだった。パーティーの朝、目覚めてすぐにカーメルの心に浮かんだのは、あの鏡だった。一日じゅう、鏡は彼女の心の片隅で光を集め続けていた。

熱弁をふるうとき、アロイシアスは首を前方に傾け、顎をもちあげるのが癖だった。おまけに頭が禿げ上がっていたので、まさに向こう見ずな亀という風情だった。「たしかにウィジェウィーラ［スリランカの政治家。スリランカ人民解放戦線の指導者］は死んだ。でも、彼の支持者はいたるところに残っていて、治安部隊が村々にやってきては左派だろうが右派だろうが中道だろうがおかまいなしに村人を殺戮している」彼は満足感をみなぎらせてこの流血の事態を語った。国外に脱出するという彼の決断が賢明であることを証明していたからだ。

獄中死したウィジェウィーラの死の真相をめぐって議論が始まった。最新の説によると、反乱軍のリーダーだった彼は、火葬場に連行され足を撃ちぬかれたあげく、生きたまま焼かれたことになっていた。もっとも、誰も彼の死因を本気で気にしていたわけではなく、むしろ彼の死をよろこんでいた。棺を覆っていた布が取りさられたかのような印象が、このパーティーにお祭り気分を添えていた。これから明るい日々が待っていると思うと、送別につきものの嫉みも和らげられた。その晩、招待客たちの誰もがド・メル家はとてつもない誤りを犯しているという確信を抱き、ゾクゾクした。

ラヴィは退屈しきって壁にもたれ、嫌悪感を抱きながら聞くともなく会話を聞いていた。ウィジェウィーラのことは残酷な狂人だと思っていたが、調子に乗ったアロイシアスの声には胸が悪くなった。実のところ、政治家にも、タミル・イーラム解放のトラにも、反乱組織にも、この部屋にいる年長者たちにも、すべてにうんざりしていた。彼らの意見が果たしている役割は、思考から距離を置くことだけだった。それに彼らの話題は、いつも死にかかわっていた。本当に大切なのは生きることだと誰もがわかっているはずなのに。それでもラヴィは、自分自身の人生について考えることには耐えられなかった。今のラヴィは、将来の見通しがたたないまま家に縛りつけられ、活気のない少年たちに物理と数学を教えるほかなかった。叫び声をあげ、家具をひっくり返したい衝動にかられた。ロシが頭の弱いいとこに罵声を浴びせていた姿を思い出して、彼女はなんて生き生きしているのだろうと思った。ちょっとした世の中の混乱なんて彼女には何でもないのだ。

ロシは料理を盛りつけた大皿を手に室内を歩き回っていた。彼のところにやってくると、彼女は囁いた。

「明日の夜七時に聖メアリー教会の裏に来て」

「セミナリーの裏」と聞き間違えて、ラヴィは混乱した。「どこだって？」

プリヤがぐっと寄ってきた。「恋人同士が何を囁き合ってるの？」プリヤはロシがきれいだとはこれっぽっちも思わなかった。墓石みたいに巨大な歯！　しかし、ド・メル家の娘たちは海外に住んでいる叔母から洋服を送ってもらっていた。ロシも、輸入物のジーンズとスパンコールを縫いつけたＴシャツをこれ見よがしに着ていた。一方でプリヤは、母親のおさがりだとひと目でわかる、古びた紫の服でやり過ごすしかなかった。卒業後、プリヤはツアー催行会社に秘書として採用された。しかし、今では旅行者はほとんどいなくなっていたので、スタッフの大部分は解雇されてしまった。プリヤにとって、クリスマスの朝に教会に着ていく新しい服がないのは初めての経験だった。彼女は憂鬱そうに、ロシが手にした大皿からいちばん大きなピーマンの肉詰めを選び取った。

ロシはポニーテールをひと振りすると、面と向かってプリヤをあざ笑った。すかさずラヴィが、「ロシの家族が海外に行ってしまったら、ダドリーはどうなるのか訊いていたところなんだ」と言った。

「ダドリーはああいう人たちのための施設に行くの」とロシは言った。「ダドリーはそこで幸せに暮らすと思う。どのみちあの子は馬鹿なんだから、いつでも幸せなのよ」彼女の声の調子が変わった。「どうしてあの子もバンクーバーに連れて行かないんだって尋ねる人もいるのよ。そんなの想像できる？　大きなお世話だわ」

ちょうどそのとき、停電してまだ一時間も経っていないというのに明かりがついた。人びとは驚いてきょろきょろした。

「教会が運営している施設なの」とロシが言った。彼女は「教会が」という部分を強調して、ラヴィを熱心に見つめた。

ド・メル家の末っ子のアヌーシャが飛び込んできた。ラヴィの妹のヴァルニカもついてきた。二人は大の仲良しだった。アヌーシャはサイン帳に、パーティーの出席者全員のサインをもらうつもりだった。プリヤはサイン帳にメッセージを書き込みながら、声に出して読み上げた。「私を思い出して。川のほとりで。湖で。結婚式の日に。そしてケーキをひと切れ送ってちょうだい」結婚という言葉にドキリとして、ヴァルニカとアヌーシャは顔を見合わせた。そのまま二人はクスクス笑い始め、止まらなくなってしまった。

我慢の限界を超えたカーメルは、ロシを追ってキッチンにやってきた。「ダーリン、お母さんは白鳥の鏡を誰かに売ってしまったのかしら？」

「スニラ叔母さんにあげることになっているんです」とロシは答えた。彼女はものおじすることなくカーメルの顔を見つめ、そこにラヴィのハンサムな鼻と四角い額を認めた。しかし、カーメルの落ち窪んだ目は、ロシがこれまでに見たことのないものだった。

翌日の晩、ラヴィはロシと会うためにずいぶん早く家を出た。若者が目的もなくぶらぶらしていると警官に目をつけられてしまうので、きっぱりした足取りで歩いた。本当はでたらめに左折や右折を繰り返していたのだが。ラヴィは、ロシが欲しいままにしている自由に驚嘆せずにはいられなかった。日が暮れてから外を歩いていると、何が起きてもおかしくないのに。でも、何事にも無頓着なところも彼女の魅力だった。

気がつくと、かつて友人だったデブレラの家の前に立っていた。以前はいつも開いていた錬鉄製の門扉は閉じられ、鉄板で補強されていた。門柱にはインターコムが設置され、頭の位置より高い塀の上にはガラスのかけらが埋め込まれていた。建物全体が闇に沈み、打ち捨てられたように見えたが、ほかの多くの家も同じだった。日が沈み始めると、人びとはバリケードにとじ込もるように屋内に身をひそめるのが習慣になっていた。

酒飲みだが敬虔な教会の管理人が、小屋の中で「聖なる、聖なる、聖なるかな」を歌っていた。聖メアリー教会の側面に突き出たポーチで、ラヴィと身体を絡ませて抱き合っていたロシは、彼の指をくわえ、その指を快感を与えてくれる場所へ導いた。彼女の豊かな陰毛はしっとり湿っていた。ほどなく彼女は、キスをほどいてラヴィの腕を噛んだ。

ラヴィの身体にまわした力強い腕に力を込めながら彼女は言った。「急いで！　帰りが遅くなったらママが怒り狂うから」

彼女の要求に応じるのはたやすかった。

ロシはすでにまたがっていた自転車から飛び降りると、自転車が倒れるのに任せた。そしてラヴィにしがみつくと「私、カナダに行くのがとても怖い」と言った。

「神よ、もっとあなたの御そばに、御そばに」管理人の震える低音が聞こえてきた。

二、三分のあいだに、二人はあらゆる誓いを交わした。自転車を漕いで家まで送らせて欲しいというラヴィの懇願を断って、ロシは自転車を飛ばして去っていった。

風が吹いて涼しい典型的なクリスマスの気候だった。ラヴィは浮き立つような気分だった。二度とロシに会うことはないとわかっていたものの、互いに誓った言葉に偽りはなかった。道路が湾曲しているあたりで星がひとつ瞬いていた。最後のキスを交わしに彼女が戻ってくるだろうとラヴィは予想したが、自転車にまたがった彼女はひと言も発することなく走り去ってしまった。家路をたどるラヴィの目には、空がウィンクしているように見えた。

ロシが旅立ってから数週間、ラヴィの気分は激しく落ち込んだ。彼は何もかもが新しい、清潔な都市を夢見て毎日を過ごした。洗いたての空を背景に、ビルが光を反射して輝いている。彼はパステルカラーのカーペットの上を歩いていき、ガラス張りのエレベーターに乗り込む。エレベーターの軌道が苦もなく垂直であることが、上昇していく彼には退屈に感じられる。

水平線がどこまでも広がっている場所、あるいは空と海のあいだが少なくともこの辺りほど混雑していない場所。それは、人間が太古から抱いてきた善き場所という夢だった。ラヴィの心の中で、それはビーチ沿いに立ち並んだホテルと結びついていた。彼の記憶に残っているのは業者によるヤシの伐採だけで、ホテルそのものの建設については何も憶えていなかった。どこからともなく到来したホテルは、宇宙船と同じ神秘的で遠い存在だった。

ホテルが立ち並ぶビーチの一画を散歩するのがラヴィの習慣になった。ホテルはどれも打ち捨てられ、その多くは外国人相手に商売していた街中の店と同じくシャッターを閉め切り、立ち入り禁止になっていた。政治が楽園を地獄に変え、その中間は存在しなかった。暴動が頂点に達したとき、観光客は国外へ送還された。あの旅行者たちはどこに行ってしまったのだろうか。プーケットか、それともバリか――物価が安くて食べ物がおいしければどこでもいいのだ。島は幼い日の願望を駆り立てる。地図に描き込まれた島々は魅力的なミニチュアだった。

ある日の夕方、ラヴィはビーチの端まで長い道のりを歩いていった。海岸が狭くなっているところにホテルが一軒建っていた。観光客がどんどん減り、ついに姿を消してしまうところに建てられたホテルだった。そのホテルに設置される予定だった豪華な家具類は、ついに届かなかった。開発業者は、壮麗なシャンデリアが吊るされるはずだったフックにロープをかけて自殺した。

門には南京錠がかかっていたが、盗まれるものもないので完全に封鎖されているわけではなかった。夜の帳が下りる前のひととき、青インクのような宵闇が建物の不完全さを覆い隠した。陽射しの下では窓はぱっくり開いた傷口のように見えたが、この時間になるとガラスが嵌まっていないこともわからなかった。ひと足先に闇に沈んだ木立に囲まれた壁は白く光り、壁の染みも影のように見えた。このホテルの長いバルコニーにはデッキのような雰囲気があり、船を思わせた。ある夜、このホテルがもやいを解いてひっそり出航し、キッチンや寝室、それに会議場が波におだやかに揺られ、干上がっていたプールが満々と水を湛える情景をラヴィは思い描くことができた。

やがて辺りが暗くなったからなのか、あるいは犬の吠え声が聞こえたからなのか、あるいは雲に隠れていた月が姿を現しホテルの傷をあらわにしたからなのか、いずれにせよその光景は身震いして姿を変えた。今では、そのホテルは古代に属するもの——海底が隆起して浜辺に這い戻ってくるまでの悠久の時間を、海の懐に抱かれて守られてきた秘密——のように見えた。ラヴィの腕の毛が逆立った。彼は善き場所のイメージを呼び戻そうとしたが、日中はあれほど魅力的だった輪郭は溶け去ってしまった。そのホテルに背を向けるのは気がすすまなかったが、たどって来た道を引き返すしかなかった。

家に帰る道すがら、ラヴィはここ何年か見かけなかった顔を認めた。安い家庭用品を売る小さな店を営んでいた男だった。ラヴィは軽く会釈して通り過ぎるつもりだったが、その男は足を止めた。しばらく話をしてみると、彼は清掃夫として働いていたデュバイから帰ってきたところだった。稼いだ金で息子たちを私立の学校に通わせ、父親の心臓手術の費用を払い、妹に立派な花婿を世話してやったという。男はラヴィに免税品のダンヒルの煙草を差し出しながら、「行くのはよしな」と言った。

ローラ、一九九〇年代

どうやら一月は永遠に居座るつもりだと気づいたローラは、格安航空券を扱っている旅行代理店でチケットを購入し、凝固したような鉛色の空を飛び越えてヨーロッパ本土に渡った。ロンドンからわずか二時間で太陽の輝く惑星が待っていた。そこには辛い徒歩旅行と幸福が、香草の苦みを効かせた暗褐色の食後酒を湛えた小さなグラスが、建物に刻まれた天使たちとイトスギの木と霊廟が待っていた。知らないはずの人たちの顔に見覚えがあるのは、彼らが十七世紀の絵画から漂い出て自由に歩き回っているからだった。道路を横断するのは、恐怖に頭から放り込まれるのと同じというのは本当だった。バイクの後部座席に座った少女が身を乗り出して、不注意な旅行者の腕からバッグをひったくるのも目撃した。午前中いっぱい通りから通りへと歩いて過ごしたが、何を見ても心が躍った。すべてを見ないと気がすまなかった。木曜日にはニョッキを食べないわけにはいかなかった。郷に入りては郷に従え。どちらを向いても建物は黄土色、濃いオレンジ色、すりつぶしたベリーのような赤紫色をしていた。垂直に伸びる高層の新興住宅さえ、レモン色やオリーブ色、それに毒々しい青みがかかったピンク色に挑戦していた。

猫たちは黄褐色の屋根の上をそろりそろり歩いて、ローラが滞在している民宿（ペンシオーネ）の窓までやってきた。世界の果てから実用主義を重んじる大陸が、こんなみすぼらしい連中は殺処分してやるのが親切だと断言した――もちろん、人道的なやり方で。しかし、地球の裏側の常識に抵抗して、ローラは窓枠にパン切れやパルマハムを置いてやった。

権力を簒奪された神にちなんで名づけられたピアッツァで、幼児が猫をさして「ガト！」と叫んだ。ピンクのコートが横切ると、「ローザ！」と言った。新しいものが目に飛び込んでくるたびに、その子は得意満面でその名前を口にした。くるま！　スプーン！　隣のテーブルでラテをすすっている観光客が目に入ると、その子は相手をにらみつけた。しかし、どこであれ幼い子どもはみんな世界の驚異に目を見張るものである。

太陽が姿を見せない陰鬱な午後が、コロッセオのアーチに無慈悲な印象を与えていた。その場所には似つかわしくない一団がひっそり姿を現し、合成繊維の上着を着て震えながらこちらに向かって歩いてきた。彼らは彫刻や、悲しみのように重たいビーズを差し出してきた。ナイフの刃のように薄く、縦に細長く引き延ばしたような人物――いわば黒檀から削り出したジャコメッティの彫刻――が、ローラの足下にかがみこみ、白い鳥を放した。パタパタ羽音をたてながら天を目指して昇っていく鳥を二人は一緒に見守った。たとえぜんまい仕掛けであっても、その飛翔が希望に満ちていることに変わりはなかった。旅行者にできるのは、皇帝や聖人たちの墓から遠く離れたバスの終着点にあるホテルの一室で、せいぜいもう一度その真似事をやってみるくらいだろう。

ローラは、ゴミが風に舞っているバスの終着点に降り立った。ポスターが謎めいた魅力的な文字でバンドを宣伝していた。通り過ぎていく人びとは安っぽいコートに身を包み、抜け目ない目つきをしていた。しかしローラと違い、彼らは家路を急いでいた。バスを待っている、派手な布で髪を包んだ体格のよいアフリカ系女性は、コンドッティ通りで互いの服を褒め合っている、アプリコット色の肌をしたお金持ちの婦人方と秘密の知識を共有していた。観光客がガイドブックを祈祷書のように熟読するのはそのためだった。正しい通りを選択し、正しいテラスで食事し、正しい扉をくぐり抜けることができれば、すべてが変わるはずだった。ローラはバッグに手を突っ込んで、ガイドブックに触れた。配線がむき出しでひとつきりの蛇口から水しか出ない下宿部屋に、ガイドブックと、そこからあふれでる幸せを置き忘れてこなかったか確認する必要があったからだ。ローラは最近、ある海図を所有している夢を見た。青い紙の上に白線が引かれ、図の下のほうには八五一四八という電話番号が記されていた。ダイヤグラムを指先でたどっていくだけでよかった。最悪の場合でも例の番号に電話さえすれば大丈夫。たくさんの記念像や散乱したゴミも含めて、この街をついに自分のものにできる。天国と同じように、ローマは彼女を招き入れてくれるだろう。

ローラは電車が乗り放題になるパスを持っていた。蛇行しながら進む電車の直線的な窓枠が、丸みを帯びた丘に広がる町や塔を次々に切り取っていった。通り過ぎていく風景にはかすかに見覚えがあるような気がして、記憶がくすぐられた。しばらくして、自分が目にしているのは十五世紀のマイナーな巨匠たちが絵の背景に描き込んだ、あたりさわりのない美しい風景なのだと気づいた。中景に見えている禿げあがった丘では、この瞬間にキリストの磔刑が行われていても不思議ではなかった。

やがてラ・スペツィアに至り、詩人シェリーを溺死させ、その肉体を切り刻んだ海が見えてきた。フランス領に入ると、地中海の港が姿を現した。ホテルの部屋は、採光のために設けられたにもかかわらず午後三時半には暗くなる湿っぽい中庭に面していた。ホテル内の壁にはフリスビーほどもある巨大なターコイスブルーのバラが、不吉な格子柄の上に描かれていた。ときには足下でグシュグシュ音を立てている、茶色いモケット織のカーペットが壁にも張られていることがあった。

ローマではベリーを連想させた濃いピンクの壁は、ここでは茹でたビートにしか見えなかった。どこも照明が弱々しく、読書には向かなかったが、ローラのバックパックにはジーンズの替えとオーストラリアから持ってきた丈夫なメリノセーターに加えて、ちょっとした本のコレクションが詰まっていた。建物の側面をイトスギのキャンドルに飾られた別荘には、鎧戸が下ろされていた。その別荘は、不運なキャサリン・マンスフィールドの勇敢で壊れやすいモダニスト的ヒロインを連想させたので、よそよそしい印象がいくぶん和らいでいた。ローラは大理石の彫刻が並んだ公園で、ウールの手袋をしたままペーパーバックを手にして、マンスフィールドのヒロインたちが直面する困難や、複雑な人間関係の網にからめとられて苦しむ原因となる勇気をうらやんだ。どの方角を向いても葉のない眺めは、ぞっとするような対称性についての講義を聞かされている気分にさせた。自然よりも彫刻を好む人間によって、木々はあちこちで切り倒されていた。木々も彫刻も等しく、ロシアで生まれローヌ渓谷をまっすぐ駆け抜けてきた北風に凍てついていた。小説の登場人物たちは、なぜ冬になると南フランスにやってくるのだろうか。目を上げてみると、丘が寒さに青ざめていた。

　早い夕暮れが訪れると、ローラは防寒着にしっかり身をくるみ、海岸通りから少し中に入った勾配のきつい道をあてどなく歩きながら、ちゃんとした夕食が提供される時間になるのを待った。通りに面して開け放たれた窓からは、ナイフやフォークのたてるカチャカチャいう音やテレビ番組の笑い声が聞えてきた。広場にやってきた彼女は、クローシェ編みのような鋳鉄の柵が設けられたバルコニーを見上げた。ランプが点されている部屋からは、堅苦しい椅子や金縁の鏡がのぞいていた。しかし、ガラス戸を開け、空のプランターが並んだ窓から顔を出して、「おや、あなたは誰です、マドモワゼル？　階段を上って仲間に加わりなさい！」と声をかけてくれる住人はいなかった。

バーやいかがわしい店が立ち並ぶ危険そうな並木道では、北アフリカ出身の孤独な男たちが低い声で威嚇してきた。悪趣味な格子柄のジャケットを羽織り、膝のところがテカテカになったズボンをはいてたたずんでいる彼らは取るに足らない存在だった。彼らは家族と政治がテーマの物語から脚注へと追いやられた人物のようだった。飛び出た頬骨すらどこか悲しげだった。太陽が沈む時刻になると、彼らは海の見える公園にやってきて、南の方角を見つめながらたたずむのかもしれない。暗さを増していく海に身を投げずに済んでいるのは、手すりのおかげなのだろうか。

冬でも営業しているユースホステルは、駅や商店、それに市場やバーなどおよそ若者の興味を引きそうな施設から可能なかぎり離れた場所にあった。いずれにせよ、民宿(パンシオン)のほうがマンスフィールド的ではあった。しかし、経済的な理由に加えて、いろいろ考えることにすっかり飽きてしまったローラは、ついにユースホステルの相部屋に移ることにした。彼女は夕食とそのあとの長い時間を、ダニエル、アリッサ、マスコ、ピョートル、ケリー、それに名前すら覚えていないベルギー人と安いテーブルワインを飲みながら過ごした。みんなで不平とバゲットを薄切りにして分かちあった。かならず遅れるだけではなく、ときには駅と駅のあいだで止まってしまう電車はみんな経験していたし、フランス人に関する意見も一致していた。そのホステルには寝室用の相部屋がふたつしかなかったが、ダニエルとアリッサはひとつめの部屋にバックパックの中身を全部広げ、自分たちがそこに寝るのだと宣言していた。真夜中に、くっきりした目をしたアリッサがそろそろ寝ようとしていたら、ダニエルとケリーが政治の話を始めた。ケリーがスイス製の軍用ナイフかマヨネーズのチューブで不正義が行われている場所を示すたびに――「そうね、ここがガザだとするでしょ?」――ピョートルは彼女が触れたものにいちいち目をとめた。そこでアリッサは、ふたたびベルギー人の気を引かざるを得なくなった。ベルギー人は三角形に切ったチーズみたいな顔をしていたが、アリッサは寝るのは諦めて彼を誘惑しようと決意した。彼女が髪の結び目をほどくと、光の滝が流れ落ちた。空想の中の彼女は、すすり泣く男に背を向けて歩み去ろうとしている、外套に身を包んだ神秘的な三十女だった。アリッサは英語から直訳した慣用表現を交えながら、自信に満ちたフランス語を駆使し、自分に放浪癖があることを隠そうともしなかった。彼女はフランス語で「私、足が痒いの」［旅に出たくてうずうずすることを英語で「イッチーフィート（むず痒い足）」という］と言った。その言葉はベルギー人に対する親切心から発したものだった。あなたがどんなに尽くしても、自由を求める私の心は征服できないわよ。「湿疹かい？」とベルギー人が尋ねた。彼はごく自然に、「イギリス人（オングリーシュ）」という人種にまつわる、長くて悲しい物語の最初の逸話を語り始めた。

細く冷たい雨が降りしきる中、ローラとマスコはいちばん近いバス停まで二キロの道のりを歩いた。新しい一日はまだ闇の中に沈んでいた。前の晩、二人はわざわざ寝ようとはしなかった。少し先を照らしている懐中電灯の明かりがとぐろを巻いた犬の糞の上で止まり、鮮やかなオレンジ色を浮かび上がらせた。バックパックのせいでずいぶん横幅の増したマスコは、パーマをかけた頭にこれみよがしにベレー帽を載せていた。日本ではカールさせた髪は自由な精神を表わすのだとローラは教わった。彼女自身もベレー帽を斜にかぶっていた。フランス人が観光客を見分けるのにベレー帽ほど便利なものはなかった。建築学を専攻しているマスコは、ル・コルビュジエ設計の集合住宅であるユニテダビタシオンを見に行くところだった。一緒に行かないかと誘ってきたのはマスコだった。彼女はローラがほとんど考えたこともないことがらについて、はっきりした意見を持っており、「一八四八年革命は嫌い」とか「椅子の詰め物は敵性異星人が地球に押しつけていったのよ」などと断言した。今、彼女は夜明けの最初の光に向かって「唯一我慢できるユートピアは、みすぼらしいユートピアよ」という言葉を投げつけた。「みすぼらしいユートピア」という考えにローラはほぼ納得したが、今さらマルセイユに引き返したくはなかった。それにローラ自身も巡礼の旅の途上にあった。バス停の向かいのパン屋で、二人は温めた油っこいパン・オ・ショコラを買った。ローラ・フレイザーはコートに顔を突っ込み、内ポケットにしまっていたペーパーバックを取り出してマスコに見せた。ローラの目的地はサン・ジャン・ド・リュズだった。その町でパトリック・ホワイト〔オーストラリアの作家。一九七三年にノーベル文学賞を受賞〕がある小説を執筆し、さらに別の小説の舞台としても使っていたからだ。マスコはホワイトも『叔母の物語』も聞いたことがなかったが、バスに乗り込みながら、三島を読むのに時間を割くのは無駄だと言った。「とても傲慢な男よ」駅に着くと、二人は別々のプラットホームに立って手を振った。励まし、後悔、不滅の友情はつかの間の無言の身振りによって表現するしかない。自分の乗る電車がホームに滑り込んできたとき、ローラはほっとした。本当の意味で旅を耐えることができるのは、一人でいるときだけだった。二人は私たち（ウィ）という砦の背後に隠れ、守られている。二人旅は、話し相手やがっかりしたときに責任をなすりつける相手を与えてくれるが、観光を超越するという夢は与えてくれない――ばかげた帽子を被った外国人はいつでもどこにでもいたから。

　マドリードで迎えた魔法のような朝は、真っ白な光で雪を消し去った。香り豊かな紫のオリーブはすばらしかった。しかし、バーで見かける横顔はどれもピカソの描いた人物と同じで、額の線が鼻梁からつながっていた。酒瓶のあいだに置かれた聖母像には豆電球が巻きつけられ、石膏のローブがアーリア人の目を思わせる青色に輝いていた。ローラは何も注文せずに店を出た。通り沿いのラジオからは一様にマドンナの歌う「祈りのように」が聞こえてきた。ローラがこの曲を耳にしたのは、タミルナードゥのバス停で誰かのウォークマンからスパンコールのようなカシャカシャした音を立てて漏れてきたのが最初だった。そこから拡散した曲が、地球を横切ってローラを追いかけてきたのだった。

ローラはシントラに逃げたが、ローマ時代の階段でスリにパスポートを盗まれてしまった。この出来事で動揺してしまったのは否めなかった。オフシーズンのカフェで独り「本日の一皿(プラデジュール)」を食べていたフランスを思い出した。バーカウンターの上にはいつも色褪せた絵はがきが飾られていた。すっかり疲れ切って、もうこれ以上旅は続けられない、と感じた。駅と暖房が効きすぎた地方の美術館を行き来して、壁を汚している地元画家の傑作を鑑賞するのは無意味だった。彼女が旅から得たよろこびは表面的でうつろいやすく、ひと言でいえば観光的だった。おまけに彼女は風邪を引いていた。

それでも彼女は、リスボンのアルミ製のトラムに揺られて丘を越えていった。どの壁にもガラスと鋳鉄のバルコニーが取りつけられており、通りに面したオペラボックスという風情だった。ローラはどこかのバルコニーの、擦り切れたベルベットのソファで情事にふけっている自分の姿を想像することができた。街を歩いていると、焼いたイワシ、モザイクを敷きつめた遊歩道、船やのんきなクジラが描かれたタイルなどが目に入った。ローマ風の大仰なバロック建築は、資金不足のせいでいたるところで崩れつつあり、人間らしさを感じさせた。この街では、若者でさえ時代遅れの雰囲気を漂わせていた。男の子たちはこざっぱりしたネイビーの服、彼らが連れている女の子は地味だがさわやかな白い服を着ていた。若い恋人たちは手をつないで歩いていたが、相手をやさしく愛撫することはなかった。それでも、すべてを許してくれる夕闇が立ち込めてくると、ときにはあふれる熱情を抑えながら抱擁を交わすのだった。

リスボンはマクドナルドのロゴマークとは無縁の、時のひだにたくし込まれて進歩から取り残されたヨーロッパの首都だった。この街はローラを子ども時代やインド、すなわちモダンではない場所に連れ戻した。彼女がそんな気分になったのは、路上で調理されている食べ物、ちょっとした買い物でも包装する心づかい、商品をおずおずと陳列している薄暗い店、ほっそりした顔にかけられた重たい眼鏡などの影響だった。しかし、かつてはこの港から旅立っていった船が、世界を縮めると同時に拡大し、近代的な地図に再配置したのだ。そして、彼らの情熱的な利潤追求と地図製作の欲望のどこかで、オーストラリア大陸はその輪郭が明らかになるのを待っていたのだ。

ローラが宿泊しているＢ＆Ｂはアパートの四階を占めていた。ロビーに張り出された居住者の一覧には、ダ・コスタ、オリヴェイラ、ゴメスなどゴアで目にした名前が含まれており、あたかも帝国の系統図のようだった。ここでヨーロッパの時代が始まったのだと実感した瞬間、ローラのオーストラリアに対する見方も変化した。いつも自分の生まれた国は世界から切り離された独特な場所だと感じてきたが、今では地球を駆けめぐってきたいくつもの歴史にぶら下がった場所として再認識した。だからこそ、海の広がる世界地図の一画に、極端な投影図法によってヒトデのように引き延ばされた形でぶら下がっているのだ。

ある晩、映画館から出てきたローラは、雨に濡れてきらめく黒い鏡へと変化した道路に立っていた。散っていく観客たちは、すでに頭の中でアメリカの映像を自分たちの言語に翻訳し始めており、彼女には目もくれなかった。街の明かりはどれも輝いていた。お前はここで何をしている？　驚きに満ちていて悲しい。それが旅だった。

ローラはリスボンに三週間滞在した。二度とこの街に戻ってくることはないような気がした。その後の人生で、リスボンは果物のようにそれ自体完結した、ひとつの封印された季節として思い出された。細部も蘇ってきた。リネンがしまわれている、彫刻がほどこされた大きすぎる衣装ダンス。銀行の両替担当者の肩に散ったすさまじいフケ。さまざまな匂いや温かいタラのパテの味。広場を屋根のように覆っている木を支えている金属の支柱。人と場所のあいだを猟犬のようにすばやく、断固として駆ける共感を誰が説明できるというのだろう。この種の共感には記憶と偏見、そして天候という偶然の要素が関係している。（実際、ローラは後にいくつかの事物を混同することになる。たとえば、大きな衣装ダンスはリスボンではなく、リグーリア海岸沿いに建つ修道院の回廊に置かれていた品だった。ワックスで磨き上げられた薄暗い廊下には、窓によって四角く切り取られた光が並び、象嵌細工のようだった。）

リスボンでの最後の週、トラムの立てる騒音によってシエスタから揺り起こされたローラは、私はずっと昔、ここで暮らしていたことがあったのだろうかとぼんやり考えた。午後いっぱいかけて、リスボンで一生暮らすことを検討してみた。食事や日課、借りる部屋とそこに掛けるカーテン、老衰で弱ってきたポメラニアンを抱いて階段を上る年配の隣人を想像した。しかしそのとき、背後からヨーロッパ大陸が見張っているのを感じた。海に出ていくほか向かうべき場所はなかった。夕方、緑の水をたたえたテージョ川沿いを散歩していると、カラベル船の亡霊が現れ、沈みゆく太陽を帆で覆い隠した。ローラはいくつかの旅行代理店の特売チケットを調べ、ノートの最後のページを使って金額を計算した。彼女はつかの間、新世界に対してコンキスタドールたちが抱いたのと同じ欲望を感じた。

しかし、彼らを新大陸へ駆り立て続けた金と領土の問題は、彼女を思いとどまらせた。ローラの所持金は底をつこうとしていた。コーンウォールに生まれついた彼女の母親は、本人のあずかり知らぬところでイギリスに移住してそこで働く権利を娘に遺していた。南北アメリカ大陸はそうはいかなかった。

いくぶん息を切らしながら、ローラは粉砂糖をまぶしたような真っ白い塔の最上階に上った。そこで彼女はカスタードタルトを貪りながら、この街に別れを告げた。手についた屑を払うと、どこからともなくスズメの群れが湧き出し、大騒ぎした。はるか眼下には自堕落な女のように緩慢な大西洋が迫り、岸に沿って灰色のぼろきれをこすりつけていた。

ラヴィ、一九九〇年代

ラヴィはビニール袋を頭上に掲げて、どしゃぶりの雨の中を駆けていた。風が背後から襲ってきた。闇の中にちらほら点ったランプから光が流れ出ていた。強風にあおられた木々は腰のあたりで曲がり、まるでキャンパス全体が近づこうとするラヴィから逃れようとしているような印象を与えた。

ラヴィはついていた。無理やり乗り込もうとする女子学生の一団のおかげでバスは足止めされていた。ラヴィは濡れた青いドレスを着ている女の子の脇に身体を押し込んだ。キャンパスで女性に対する暴力を糾弾するビラを配っていた子だ。歴史学専攻の最終学年なの、と彼女は言った。彼を見上げている目と同じ、こげ茶色をした彼女の顔にはうっすらとあばたがあった。

バスが大きく揺れ、二人はそろってバランスを崩した。その後、彼女はラヴィに運命の話をした。私はマリーニ、「花輪を作る人」という意味よ。私が生まれたとき、星占いで花が見えたので母親が選んだ名前なの。占いは、この赤ん坊はやがて男の子に劣らない賢い子に成長するとも警告したのよ。

マリーニ・ド・ジルヴァはきれいな女の子とは言えなかったが、人を惹きつける不思議な魅力があった。この日を境に、彼女はラヴィの心の中で花開いていった——黄金色の肌、細い首の上で軽やかにバランスを保っている頭。

間もなく二人は結婚した。その六か月後、マリーニが二十四歳を迎えた日の翌日に、ヒランが生まれた。

ローラ、一九九〇年代

友人が少しずつ増えるにつれ、ローラのノートに書き込まれたロンドンの電話番号も増えていった。ひとピースずつ、彼女は自分の街を組み立てていった。図書館の会員になり、プールを見つけた。オーストフリアでは、おいしいコーヒーはシドニー空港でも、ショッピングモールでも、化粧レンガ張りの家が建ち並ぶ、街の中心から遠く離れた郊外でも飲むことができたが、ロンドンではまだ見つからなかった。でも、ローラはお気に入りの映画館と信頼できる地元の医者を見つけた。彼女はどんどん歩き、借りた自転車で走り回った。彼女は会話に耳を澄ませ、話にのぼる地区がどんなところなのか実際に調べてみた。キルバーン。トゥィッケナム。彼女は今ではそれらの地区の場所を地図の上で示すことができたし、それらの場所が意味するところもわかるようになっていた。

しかし、いまだに違和感に見舞われることもあった。階段を上ってパーティーの会場へやってくると、ドア越しにイギリス人の声が聞えてきた。かわいいサンダルを履いたローラは踊り場で凍りついてしまった。こんな部屋に集まってあんなに楽しそうに騒いでいるなんて、非人間的としか思えなかった。

パディントンのさえない裏道には、シャロンという名前の天才が隠れていた。彼女はローラの豊かな髪を保ちながら、カミソリで巧みにレイヤーを入れた。仕上げはウェーブがかかっていて、かすかに不吉な印象を与えた。どぎついルビー色に塗られたローラの唇は何かを宣言しているようで、男たちの注意を引いた。いつしか彼女はジーンズと不格好な上着を脱ぎ捨て、着ている人を引き立てる、ドレープのほどこされた優美な装いをするようになっていた。今では、彼女の大柄な身体に女王のような貫禄が加わっていた。ずっとシドニーで暮らしていたらそろそろ萎れ始めていたかもしれない花には、ご先祖様の国イングランドの湿った冷涼な気候が合っていた。彼女の肉体は若い果実のように引き締まり、きめの細かい肌はバラ色に輝いた。

彼女の友人たちがみなそうであったように、ローラ・フレイザーも社会規範に対する不服従を表明するため八〇年代を黒い服で過ごした。彼女は色彩を強く求めている自分に気づいた。オックスファムは桑の実色やプラム色のシャツを販売していた。翌週にはくすんだ緑のコットン地にエメラルドとピンクのペイズリー柄がプリントされたカミーズが入荷した。

ブリスベンに帰る女の子が灰青色のコートを譲ってくれた。ローラは週末にそのコートを着てパリへ出かけ、手ごろな値段で裁断も完璧な、申し分ないフレンチブルーのドレスを買うことができた。

おとぎ話のような華麗な変身とまではいかなかったが、指先の尖った大柄な白人女性を見ておとぎ話の登場人物を思い浮かべる人もいた。ガチョウか、それともアヒル？　ローラは悪意を抱くこともできれば自己犠牲も厭わない、母親らしい女性に見えた。

仕事は、オーストラリア人とニュージーランド人がスタッフを務めているクラークンウェルのパブでの給仕だった。よくその店にランチを食べに来る夫婦が、アメリカに住んでいる娘を訪ねるのだが、そのあいだ留守を預かってくれる人を探しているとローラに話した。ローラはメイプルディーン通りの家にうんざりしていることに気づいた。キッチンに行くには部屋を横切らなければならなかったが、その部屋にはよくブランチの友人が来ていて、座禅を組み、ラグをかぶって祈りの言葉を唱えていた。この儀式がキリスト・アデルフィアン派のものなのか、それともウェールズのコミューンの名残なのか、ローラは決めかねていた。

評判が広まり、ひとつの依頼がまた次の依頼へとつながっていった。また別の家主が、「君たちオーストラリア人は実に頼りになるね」と感嘆しながら言った。ローラはすでにイギリス人の英語にかなり通じていたので、その言葉が実直で退屈を意味するのだと解釈することができた。彼女としてはそれでかまわなかった。化粧漆喰仕上げのテラスハウス、大きなアパートの一区画、屋根裏を改装したロフトなど、ローラはロンドン市内のさまざまな建築を転々としながら、確実に犬を散歩させ、観賞魚に餌をやり、植木に水を与えた。仕事が途切れたときには、オークランド出身の陽気な三人娘がいつでもよろこんで彼女たちのフラットの寝椅子を提供してくれた。

ローラは、できるときには旅に出ることにしていた。アントワープ、イスタンブール、ウィーン、それにフェスを訪れた。ニューヨークには六日間滞在した。マンハッタンには、未来とドラッグがもたらす興奮と世界の最先端を期待していたが、それらはことごとく裏切られた。しかし、街並みは古風で感動的ですらあった。それはモダニスト的な碁盤の目に区切られた都市が生み出した、想定外の効果だった。昔ながらの街並みは、思いがけない無邪気さで魔法をかけられた世紀を讃えていた。

そのころ、旧東側諸国からの団体旅行者をロンドンで見かけるようになっていた。彼らは膝の抜けたジーンズを履き、大きく膨らんだひどい髪形をして、唇の裏には金歯を隠していた。しかし、強く印象に残ったのは彼らが何かを見ることに払う敬意だった。礼儀正しい北アメリカ人やオペラ的な南アメリカ人、あるいは優雅なフランス人や背の高いオランダ人とは違い、デパートやカフェで彼らに出会うことはなかった。たいていい特売品すら買うゆとりのない彼らは、記念像やショーウィンドウや教会を見物するのがつねだった。公園にはそこに吹き寄せられたかのように集まっている彼らの姿があった。彼らはいったい何を探しているのだろう。スズメが溺れた噴水だろうか、それとも彼らの「指導者」の彫像だろうか。

中年で腰回りに肉がついた彼らが弁当を下げている姿を見ていると、気分を明るくしてくれるのは品種改良された途方もない大きさのカブと、鉄鋼生産の最新の統計値だけという、長くて厳しい冬が心に浮かんできた。そう声に出さずにからかったローラだったが、その想像によって狼狽してしまった。実際、彼らは巡礼者を思わせた。強い憧れに始まり、至福に包まれて終わる旅。真剣で感謝の念を忘れない古風な彼らにとって、旅はいまだに神聖なものだった。彼らの数はみるみる膨れ上がり、ロンドンの雑多な群衆の中に消えてしまった。そのころ、新たに目につくようになったのは、毛皮を着たロシア人だった。ローラはイギリス生まれの人たちと一緒になって、行列の順番を守らないロシア人に腹を立てた。

テレビのニュース番組が、また極寒のサラエボからのレポートを伝えていた。かの地を訪問しているイギリスの閣僚が話し始めた途端、ローラはテレビの音声を消した。彼女は以前、紛争地帯でレイプされた女性を支援するためにオックスファムが行っている活動に寄付したことがあった。彼女たちには同情したが、強い関心は持てなかった。紛争はあまりに錯綜していた。サラエボに対してはぼんやりしたイメージしか抱けなかったし、英雄たちの名前は記憶をすり抜け、悪党たちの名前は険悪な感じがした。

ローラは最近見た、モロッコの刑務所に七年間収容されていた政治犯のドキュメンタリー番組を思い出した。彼はあまりに狭い独房に閉じ込められていたので、残りの生涯を車椅子で過ごすことになるだろう。彼の話を聞きながら、ローラは憐れみと嫌悪と罪悪感を覚えた。不幸な場所からもたらされる情報は、影のように伸びたり縮んだりしながらつねにつきまとい、週末の小旅行に出かけたり、タワーレコードで派手に散財したり、穏やかに微笑みかけるマドハール・ジャフリー［インドの女優で料理本『インド料理への招待』を出版している］のアドバイスにしたがって香辛料を試してみたりといった日常の楽しみにも忍び込んでくるのだった。

テレビ画面では、カメラが水平移動して荒廃した光景を映し出していた。真新しい廃墟を背景に、国連軍の兵士たちが警固にあたっていた。兵士の一人がブーツを履いた脚を小刻みに動かしていた。ヘルメットと武器を装着し、冬の寒さと狙撃手から身を守るためにパッド入りの上着を着た兵士は、そうした男たち特有の人間らしさを排した雰囲気を漂わせていた。しかし、人間であることを忘れられない彼の脚だけは抵抗を続けていた。

ローラはスカーフを巻いて外出した。スタンフォーズの書店で、セール本のワゴンにロンドンの新しいガイドブックが飾られていた。版元のラムジーという出版社にはかすかに聞き覚えがあった。

男女の店員がカウンターの中で話していた。ローラはこのガイドブックについてどう思うかと二人に尋ねてみた。

「オーストラリアの出版社だけど、いい本だよ」

ローラは自分のアクセントがいつしか変化していたことを発見した。

できるだけオーストラリア英語らしい発音で彼女は訊いた。「ロンリープラネットみたいな感じ？」

「ラムジーの営業担当者の言葉を信じるなら、ロンリープラネットとは比較にならないって。僕に言わせれば似たり寄ったりだけど」店員は肩をすくめた。「読者の反響はいいよ」

もう一人の店員が口を挟んだ。「私はその本、嫌いだな」

ローラと男の店員は彼女を見た。

「ロンドンの浮浪者について書かれているのがとてもショックだった。それが本当だってことはわかっているけど、印刷されてガイドブックに載っているとね。私、インドとマラケシュに行ったことがあるし、ひと昔前のパリにはおっかないジプシーの子どもたちがいたことも知ってる。でも、この街も同じだなんて考えたことないでしょ?」ライラック色のアイシャドウをほどこした目が、英国磁器のように透きとおった顔から切実に訴えてきた。「本を読んで初めて気づくの。私たちが外国人を見るのと同じ目で外国人は私たちを見ているんだって。それから……」しかし、この亀裂からのぞいている淵はあまりに深く、それ以上深入りするのは危険だった。

ラヴィ、一九九〇年代

息子が生まれたとき、ラヴィとマリーニはカーメル・メンディスと一緒に暮らしていた。ラヴィは数学を専攻していたが、コンピュータサイエンスの単位を余分に取得していた。雲のように形が定まらず、移ろいやすい彼の野心は、新たな成長分野である情報工学の周辺をさまよっていた。しかし、職にありつくのは伝手のある卒業生ばかりで、ラヴィには人脈がなかった。採用担当者宛てに送る手紙はやがて懇願へと変わっていったが、それでも返事はなかった。軽率に結婚して子どもをもうけたため、教員の訓練を受けるゆとりもなく、以前のように家庭教師の仕事をするしかなかった。夕暮れどきの浜辺に腰を下ろし、西の海へと沈んでいく太陽を眺めている若者はラヴィひとりではなかった。

海だけではなく浜辺も汚らわしい姿をさらすことがあった。観光業は驚くほどすみやかに回復し、ラヴィの住む町には外国の男たちが少年を漁りにやってきた。小さな波が次々と足首を襲う波打ち際を、尻をけだるそうに動かしながら歩いているラヴィは、男たちが自分を値踏みしているのを知っていた。彼らの視線の圧力を感じながら、彼は少し威張って歩いた。夜になると、妻の貪欲な口にいつもよりほんの少し深く差し込んだ。

彼が昔通っていた学校に十台の中古パソコンが寄贈され、ラヴィはひと握りの教員に初歩のワードプロセッシングを教えることになった。慣れ親しんだ空間と匂いの中に帰ってくると一瞬にして過去が蘇り、大小さまざまな変化に否応なく気づかされた。

放課後にワープロの練習を行う教室では、壁の窪みにあった赤いボトルが消えていた。フランシス修道士は禿げ上がった頭を掻くのが癖になっていた。科学実験室のレンガ屋根の一部が崩れ落ち、真新しいタイルでふさがれていたが、その一画だけ色がどぎつく、偽物っぽい感じがした。校庭にそびえていた巨木は姿を消し、その跡には講堂が建っていた。校庭には日陰にわずかな灌木の茂みが残っていたが、それも太陽にじわじわと焼かれて枯れつつあった。

昔は自分よりはるかにたくさんのことを知っていた人たちを指導するのは居心地が悪かった。それぞれ個性はあるものの、ラヴィは一様に彼らのことを賢明な人たちだと思っていた。今となっては、彼らの良識はその顔つきと同じくらい差があることを思い知らされた。自明の真実のように思われたことがらが、この先どれほど崩れ去っていくのだろう。人生はなんと無駄が多いことか。すべてが摩耗したあとに残る最後の眺めには、段ボールの書き割り以上の実体があるのだろうか。これからさまざまな認識の修正が待っていると思うと、ラヴィは疲れを覚え、悲しくなった。

開け放した戸の前を通り過ぎるとき、空っぽの教室の壁にイグナティウス修道士の地図が完全に広げられた状態で掛かっているのが目に入った。教室に入って調べてみると、地図を巻き上げたり下ろしたりする紐がなくなっていた。こんなところまで変わってしまった！　だらんと垂れ下がり、人目にさらされている地図に昔の輝きは無く、机や黒板と同じくらい平凡に見えた。

学校から海まではいくつかの通りによって隔てられていた。二階にある三つの窓からは、海が明るい青や深い青の帯となって見えた。教室を行き来する少年たちはその眺めにほとんど気づかなかったが、中には生涯忘れない少年もいた。

ラヴィが通っていたころよりも聖職者ではない教師がずいぶん増えていたし、女性教師も増えていた。一方、イグナティウス修道士の姿は見当たらなかった。彼の消息を尋ねるのは簡単だったかもしれないが、修道士たちがまとっている伝統的な権威が、個人的で失礼にあたるかもしれない質問をためらわせた。

ある午後、ラヴィは終業を知らせる鐘が鳴る前に学校に到着した。彼は煙草を吸いながら校門の辺りをぶらついて時間をつぶした。警備員に話しかけていた白い服の男がラヴィの姿を認め、道を渡って近づいてきた。それは用務員のシリセーナだった。休み時間になると少年たちは彼にチップを渡し、交差点の近くにある小さな店まで円錐状の紙にくるんだ茹でヒヨコマメなどのおやつを買いに行かせたものだった。

彼はすぐにこの奉仕を思い出させた。「坊ちゃんのためにしょっちゅう菓子パンやピクルスを買ってきましたよね」そして、殴りかかる拳を避けるかのように頭をぴくっと動かした。

ラヴィは避けようがないと観念した。与えた小銭はシリセーナの手に溶け込んでしまったかのように消えた。しかしそれだけでは足りなかったのか、彼の血走った悲しげな目はラヴィのシャツのポケットに向けられていた。

箱を振って煙草を一本取り出しながら、ラヴィはイグナティウス修道士がどうしているか尋ねた。

「あの人はもうここにはいませんよ」煙草もまた、すみやかに消えた。シリセーナによると、イグナティウス修道士は突然学校を辞め、東部の難民キャンプに行ってしまったという。

「それはいつごろの話？」

「もう二、三年になりますかね」ふてぶてしく、見くだしたような表情を浮かべながら、彼はキャンプの女について話し始めた。ただし、「女」という言葉は使わなかったが。この猥褻な話題を持ち出したとき、彼の頭がふたたびぴくっと動いた。ラヴィは彼のチックをまねて、頭を肩のほうに倒し、舌をだらりと垂らして、ふらふらした足取りで校庭を歩き回ったことを思い出した。少年たちは立っていられないほど笑い転げた。あらためてラヴィを驚かせたのは、この用務員が着ているサロンとシャツがチョークのように真っ白で清潔なことだった。彼の住んでいる貧民街から染みひとつない服装で現れるには、毎日どれほどの労力と意志の力を必要とするのだろう。

終業の鐘に邪魔されてシリセーナが次に何と言ったのかよく聞きとれなかったが、それでもラヴィの耳には「タミルの犬め」という断片が届いた。

カーメルと嫁のマリーニのあいだには相手への不満が煮えたぎり、今にもひと波乱持ち上がりそうだった。マリーニは何事においても自分の考えを持っており、父親は酒飲みだった。さらに悪いことに、彼女はカトリック教徒ではなく、仏教徒ですらなかった。あたかも自慢すべきことであるかのように、「私は宗教には関心がありません」とマリーニは明言した。彼女の父親は若いころに留学を経験していたので、マリーニは因習に縛られることなく育った。よき慣習に反する行いとしてカーメルが疑っていたことのひとつが避妊だった。

家族の暮らす青い家は、人間と不満で膨れ上がっていた。しかし、海辺のコロンボの親戚宅に身を寄せていたヴァルニカは、最近、看護師の訓練を終えたところだった。ホテルで受付をしているプリヤはまだ家に残っていた。兄の家族が加わったせいで、彼女は自分の部屋を明け渡し、ラヴィが少年時代に使っていた部屋に移らざるを得なかった。当初は物置として使う予定だったので、その部屋には扉がなく、入り口はカーテンで仕切られているだけだった。そのため、シフト制で働いているプリヤの眠りはしばしば妨げられることになった。赤ん坊は泣き喚くし、家を出入りするときに気を使って声を潜める者は誰もいなかった。

カーメルは数年前から、通りに面した居間で美容室を営んでいた。いつも彼女は、プリヤの部屋を仕切っているカーテンの前を通って、たらいの水を汲みにいったり捨てにいったりした。プリヤはベッドに横たわり、壁の釘を見つめていた。そこには、ハンガーに掛けた仕事用のサリーが吊してあった。この部屋に衣装ダンスを置くスペースはなかった。この家の家計をこれほど助けているというのに！

メンディス家では、家の中では英語を話すしきたりだった。ところが今、ラヴィはカーメルに対してシンハラ語で噛みつくように言った。僕たちの結婚に対する母さんの異議なんて屁でもない。カーメルの血は煮えくり返った。「お父さんのことを考えてみなさい！」と叫び、ナイロン製のバラに囲まれた写真立てのほうに顎をしゃくった。そこには、カーメルの夫がわずか三人の同僚を挟んで副大臣と並んでいた。彼女の孫はマットの上に寝転がり、部屋を飲み込もうとしているかのように目をきょろきょろさせていた。

ラヴィの父親の親戚にあたる裕福な人物が町に住んでいた。結婚による縁戚というだけの遠いつながりだったが、頼りにすることはできた。このD・S・バスナヤケという人物は、かつて地元政界の有力者だった。すでに引退しており、現在は彼や父祖が活躍してきた市政の歴史の執筆に取り組んでいた。金もあり、モダンでありたいとも願っていた彼は、使い方も知らずにコンピュータを購入した。

カーメルは年三回のバスナヤケ家訪問の折に、この話を聞きつけてきた。この老夫婦に対するカーメルの感情は複雑だった。羽振りはよかったものの、仏教徒である夫婦は地獄に落ちる運命だった。彼女の同情に拍車をかける事情もあった。数年前、政府の高官だったバスナヤケ家の息子が突然、大臣の汚職やら何やらを批判し始めたのだった。彼の母親が打ち明けたところによると、息子の脳は妖術で溶かされていたという。どんな事情にせよ彼は逮捕され、投獄された。彼にかけられた名ばかりの容疑は何か月も経って取り下げられ、彼は留置所から釈放された。その一週間後、彼は何の説明も残さずみずから命を絶った。

写真の下には昼夜を問わず明かりが点され、権力と幸運の絶頂にあった死者を照らし出していたが、彼の両目はこのときすでに蠟に閉じ込められた蛾のようだった。この不吉なイメージの影響を受けながら、カーメルはすぐにラヴィの名を挙げた。「あの子はこの種の機械のことなら何でも知っているんですよ。予備の部品のことも全部」妻は唇を突き出して夫を見た。この夫婦は息子という存在と関係を持ちたくないのだとカーメルは気づいた。「嫁もお手伝いできますよ」と彼女はすばやくつけ加えた。「とても頭のいい娘で、大学も出ているんです」

こうしてマリーニは週に六日、午前中をバスナヤケ家で過ごすことになった。はじめの数時間はラヴィが手ほどきしたが、彼が修道士たちのために作成したメモの助けを借りて、マリーニはほどなく手書きの文章をコンピュータに打ち込むことができるようになった。彼女はバスナヤケ氏の作品を低く評価していた。「自慢と統計ばっかり」歴史書がそうでなかったためしはあるかいとラヴィに問われ、彼女は笑った。どうやらバスナヤケ氏は、ワープロは脈絡のない走り書きを一貫した年代記へ自動変換してくれる魔法の道具だと考えているらしく、マリーニをいらつかせた。混沌とした代物に秩序を与える努力をする代わりに、彼にはこの本が出版される輝かしい日のことしか考えられなかった。出版記念パーティーでは誰にこの本を紹介してもらおうか。地元の高官か、それとも著名な歴史家か？　会場はどこにして、パーティーではどんな食事を出そうか。招待客のリストを作成するだけでも外交的な計算や冷酷な判断が必要で、何週間もかかるだろう。マリーニは軽蔑を込めてこの話を始めたのだが、すぐに笑いが止まらなくなり、寝ている赤ん坊を起こさないよう顔に枕を押しあてなければならなかった。マリーニの魅力のひとつは、すぐに面白がるところだった。しかし、人を愛するときと憎むときにはユーモアが欠けていた。

バスナヤケさんの屋敷は死体安置所みたいだとマリーニは言った。家の裏手には樹木の植えられた広大な敷地が広がっていたが、そこを歩く人は誰もおらず、鎖につながれた犬たちが吠えているばかりだった。年に一度、バスナヤケ夫妻がクリーヴランドに住む娘を訪ねるときには、料理人にもついてくるよう命じて譲らなかった。老バスナヤケ氏がアメリカ料理に手をつけようとしないからだったが、フライトのあいだじゅう、哀れな料理人は怯えて航空会社の毛布を頭からすっぽりかぶっていた。老夫人はほかにすることもないので、いつも気の滅入る話を繰り返してマリーニの邪魔をした。あるとき、マリーニがよかれと思って薬の小瓶を受け取ってくると、夫人は不機嫌な顔で領収書をにらみ、これ見よがしに釣り銭を数えた。

バスナヤケ家の前に広がる芝生では、牛たちが草を食んでいた。それらが生きているのは老夫婦のおかげだった。二人は食肉処理場に送られる運命の牛を買い取り、天寿をまっとうさせてやるという敬虔な伝統を守っていた。毎年、亡くなった息子の誕生日がめぐってくると、群れに新たな牛が加わった。

不平ばかり口にしている割に、マリーニが毎朝そそくさと仕事に出かけていくことにラヴィは気づいた。彼女が稼いでくる給料は、反感や恨みを覆い隠してメンディス家に平穏をもたらしていた。

ローラ、一九九〇年代

ローラは仮住まいを転々としながら、場当たり的でそれなりに慌ただしい生活を送っていた。そんな暮らしには逃避の幻想と、鎖につながれた安心感があった。毎日が手早く配られるトランプの手札のように過ぎていった。幸せだと言えなくもなかった。

それでも心配の虫が胸の中を掘り進む時間――とくに午前三時ごろ――がかならずあった。クラパムの家で布団に横たわり、私ももう若くはないとローラは思った。彼女の毎日は変化に富んでいたので、日々の積み重ねが感じられなかった。ローラはいつだって、本や遠くに漂っている芸術によって形作られるものとして人生を思い描いてきた。しかし、三十歳の誕生日を想像するのはもはや難しくない年齢となり、ずっとウェイトレスを続けているわけにもいかなかった。ドクターマーチンのブーツはすばらしかったが、ローラはふくらはぎに痛みを覚えるようになっていた。

これまでにもあったことだが、彼女は故郷に帰ろうかと考えた。青いシダの葉のように入り組んだシドニー湾を思い出して、涙がこぼれそうになる日もあった。チャーリーからの最後の手紙には、フィーという女の子のことが書かれていた。彼女は薄汚れた陶器を利用して、シュールレアリスト的な――もしかすると社会主義的(ソーシャリスト)な、かもしれない。彼のひしゃげた字ときたら！――彫刻を制作していた。チャーリーと一緒に暮らしているんだったら材料には困らないわね、といつになく嫌味な感想がローラの頭に浮かんだ。チャーリーは手紙の余白に、五月に子どもが生まれる予定だと走り書きしていた。

そのとき、結局一度も手紙を書いていないバリの家族の記憶が、ナイフの刃のようにローラの胸に滑り込んできた。あの人たちは私のことなんてとうに忘れているとローラは自分に言い聞かせた。そんなことを考えても良心の痛みが消えなかったのは、その言い訳が的外れだったからだ。本当は彼女自身が彼らのことを忘れられなかったのだ。

胸にうず巻く良心の呵責やためらい、じわじわ迫って来るぼんやりした不安にさいなまれた末に、彼女は不眠用のハーブの瓶に手を伸ばした。効き目が現れるのを待ちながら、キャリアを何とかしなければと思った。

コミュニティセンターが、夜間に初心者向けのワープロ講座を開講していた。蛍光灯の光に照らされながら、ローラはマウスを握りしめ、緑のカーソルが画面の外に飛び出さないよう集中していた。

受講者の中ではローラがいちばん若かった。自分と同じ年ごろの人たちはワープロの操作法なんてとうに知っているのだとローラは悟った。日進月歩のテクノロジーがシューと音をたてて駆け抜けていくのをローラは感じた。

しかし、そんなローラにおかまいなくコースは進み、彼女自身も進歩していった。間もなくローラは、テキストを切り貼りしたり、文書を複製したり、フォーマットを変えたりすることができるようになり、キーボードのショートカットキーのコツもつかみ始めた。彼女は学校のタイピングの授業を思い出した。修正液やカーボンリボンと格闘していたあのころ! 今では彼女が入力した言葉は画面上を駆け抜け、手間をかけずに簡単に消去することができた。

授業は赤レンガの学校で行われた。ローフの席は窓際だった。窓の外に広がる夜の闇に目を向けると、明るく照らし出された大きな箱に収まった十五人の人間が窓ガラスに映っていた。その小さな姿に彼女は心奪われた。

ちょうどそのとき、隣の席でワークステーションに向かっている白髪の男性が彼女のほうに顔を向けた。窓ガラスに映った二人の視線が出会ったような気がした。彼は眼鏡をかけていたので、その視線には二重のベールがかかっていたのだが。ローラは思い切って微笑んでみたが、男は応えなかった。

授業の中休みに、彼がジャムの瓶を見つめているのにローラは気づいた。ほかの人たちがスプーンを突っ込んだせいで湿って茶色い染みのできた砂糖が、底のほうに四分の一インチほど残っていた。「ちょっと待って」とローラは声をかけ、簡易台所の棚から未開封の砂糖の袋を取り出した。

すでに彼は、薄茶色に染まった瓶の中身をスプーンで掻きとり、ポリスチレンのカップに入れているところだった。「これだけあれば十分」

「あら、そう」

彼は箱に詰まったリプトンのティーバッグを差し出した。ローラはネスカフェが欲しかったのだが、相手に失礼な印象を与えるのは嫌だった。

茶色の液体をすすりながら、二人は少し離れて立っていた。

ローラは彼の娘を見かけたことがあった。幼い息子を連れたはたちそこそこの女性で、授業を終えた彼が出てくるのを待っていた。三人ともぶかぶかのコートを着ていたが、容赦ない三月の冷気を遮るにはそれでも十分とは言えなかった。

ローラは衝動的に名前を告げ、「私、オーストラリア出身なの」とつけ加えた。

彼は少し考えてから、ナラボー平原は知っているかと尋ねた。

「よく知らないわ。シドニーに住んでいたから」

彼が黙っていたので彼女は当惑して、オーストラリアに行ったことがあるかと訊いた。

彼はないと答え、「ナラボー平原を見てみたい」とつけ加えた。

なぜ？

だって、ほらといわんばかりに彼の優雅な腕が弧を描いた。「私の国にあんな場所はないから」

この返事のおかげで、ローラは人種差別主義者のように聞こえることを恐れずに、彼の出身地を尋ねることができた。

「スリランカ」

「まあ！」とローラは声をあげた。「インドを旅していたとき、スリランカにも足を伸ばしてみたくて仕方なかったの。でも、国内情勢がとても不安定で。みんな安全じゃないって言っていたし。二、三年前かしら？」

彼は黙っていた。

「その後、状況は安定したのかしら？　つまり政治のことだけど」自分のうんざりするような明るいしゃべり声が耳に届いたが、彼女はそれを抑えることができなかった。

彼はじっくり考えているようだった。それから肩をすくめた。すでに紅茶を飲み終えていたが、彼の両手はまだ温もりが残っているかのようにカップを包んだままだった。

イギリスに来てどのくらい？

「二か月。その前はドイツのシュツットガルトに六、七か月」

痛ましい、袖の長すぎるえび茶色の上着からローラは目を逸らしていた。「冬の寒さはショックだったでしょうね」

人びとがキッチンを後にしはじめた。彼は彼女のカップに手を伸ばして受け取ると、自分のカップと一緒にゴミ箱へ捨てた。「耐え難いのは人の心の中にある冬だ」と彼は言った。

授業が終わると、若い女性とその息子が待っていた。祖父の姿を見ると、子どもの顔に笑顔がはじけた。

例のスリランカ出身の男は、はっきり彼女を避けているわけではなかった。しかし、彼は二度とローラの隣のパソコンを選ぼうとはしなかった。休憩時間になるとトイレに行くか、えび茶色の上着の背を室内に向けて窓際に立っていた。

最後から二回目の授業の日、眼鏡をかけたほっそりした姿が娘と孫を連れて、あたりさわりのないベージュの壁のあいだを歩いてきた。うなじから腰まで垂れた娘の漆黒のお下げは、決して細くないローラの手首と同じくらいの厚みがあった。

母と息子は初級者向け英語クラス――ローラはドアに張り出されている掲示をちらっと見た――が開かれている教室に入っていった。すでに教師はホワイトボードに何か書きつけていた。ローラは初老の男に追いついて微笑みかけた。せいぜい微笑み返してくる程度だろうと予測していたが、男は足を速めると、彼女の横に並んで廊下の角にある教室まで一緒に歩いてきた。

教室にはまだ誰もいなかった。それぞれマフラーを解きながら、娘さんは授業を楽しんでいるかとローラは尋ねた。

彼はその問いには直接答えず、自分たち一家をヨーロッパに移住させてくれたカトリックの慈善団体が英語クラスの授業代を払ってくれているのだが、自分はすでに英語を話せるので代わりにワードプロセッシングを習うことにしたのだ、と言った。

「じゃあ、お孫さんはレッスンを楽しんでる?」そのとき、ある考えが頭に浮かんだ。「あのクラスにはほかに子どもはいるのかしら。受講者は大人ばかりかと思っていたけど」

あの子は学校で英語を習っていると男は言った。「あの子は母親と一緒に英語のレッスンに通っているが、教室では静かに座って絵を描いている。絵を描くのが好きなんだ」

「私もそうだった」とローラは打ち明けた。

次に口を開いたとき、彼は言った。「あの女は私の妻だ。男の子は彼女の息子」

「へえ、なるほどね」

しばらく、二人ともローラの見えすいた嘘について考えていた。ローラ・フレイザーの清教徒的な若い魂は、二人の年の差に大きなショックを受けていた。

男は上着の袖をたくしあげていた。青いフランネルシャツの袖口からのぞいている骨ばった手首は、白い毛に覆われていた。彼女は、その手が年若い女の甘美な肉体をまさぐっているのを想像した。

しかし、残酷さにおいて、彼はローラの相手ではなかった。「妻が十二歳のとき、彼女の村に兵士たちがやってきた。あの子の父親はそのときの兵士の一人だ」

翌週、最後の授業が終わると、ローラはその子に近づいていった。見知らぬ大柄な女の人が自分のほうに歩いてくるのを見て、少年は本能的に半歩下がって母親の陰に隠れた。しかし、ローラが「あなたにプレゼントを持ってきたの」と告げると、大きな黒い目がのぞいた。

ローラはプレゼントの包装に手間をかけた。まず星を散りばめた濃紺の薄紙で包み、その上に透明のセロファンをかぶせて銀色の紐でくくった。

子どもは母親を見上げてから、夜空のような包みを両手で受け取った。

若い女の耳たぶには、それぞれ平たい黄金の花が輝いていた。豊かなもみあげに縁どられた小ぶりな顔はかなり浅黒かったので、額のオレンジのビンディが宝石のように際立っていた。彼女は輝くような笑顔を浮かべて、「ありがとうわたしたちあなたにおあいできてこうえいですどうかおきづかいなく」と暗記したフレーズを口にした。

少年はブリキ缶に詰まった虹を見て、目を丸くしていた。

「さようなら」ローラは告げた。「あなたがたの幸運を心からお祈りします」

ローラは廊下の角で振り返った。男と妻と彼女の息子は、その場に立ったまま彼女のほうを見ていた。

ローラは頭を下げた。

ラヴィ、一九九〇年代

息子の耳の形がすばらしく整っているようにラヴィには感じられた。なんて完璧な曲線！　マリーニは赤ん坊の首に顔を押しつけて、「すてきな大きなおならをした子はだあれ？　とっても臭いおならをした子！　大きなおならをした子はだあれ？」と話しかけていた。

ラヴィは爪を使って、妻の足に矢に射抜かれた心臓を描いた。毎朝マリーニは、青い缶入りのニベアクリームを指ですくって脛にちょんちょんとつけると、その貴重な保湿成分を伸ばして擦りこんでいた。それでも彼女が足を引っ掻くたびに、平行した白い筋が残るのだった。

夫婦は連れ立って散歩に出かけ、何でも話した。たまには路上で希望を売り歩いている少年たちの一人から、宝くじを買うこともあった。でも二人にとって何よりの贅沢は、アイスクリームを買ってクリケット場や海岸沿いをぶらぶらしながら食べることだった。散歩していると遅かれ早かれ、巨大なベンガルボダイジュのそばを通り過ぎることになった。道路脇の放置された土地に生えているその木は、アスファルトを侵食しつつあり、道の端の舗装が盛り上がってひび割れていた。ラヴィは、垂れ下がった気根から光を飲み干し、空に薄暗い脇の下を広げているその木が昔から嫌いだった。マリーニはその木の深い影の中で時間をつぶすのが好きだった。

あれから長い歳月を経て、ラヴィが幸せを思い浮かべようとするたびに蘇ってくるのは、そんな夕べだった。

その中にはもっと古い記憶も織り込まれていた。父親の足と並んで湿った黄色い砂を踏みしめている自分の足。頬を膨らませ、アイシングをほどこしたケーキに息を吹きかけると漂ってくる蠟の匂い。光にあふれている部屋のドアを開けてみると、また別の明るい部屋につながっているように、幸せな瞬間はみんなつながっていた。とはいえ、人生設計を語り合う若い夫婦の会話はしばしば真剣だった。

海外移住を目指すべきかどうかという大事な問題もあった。反乱はすでに終息していたが、タミル人国家の建設を支持する勢力と反対する勢力のあいだで抗争はいまだに尾を引いていた。暗殺、報復、失踪、自爆テロなど、殺戮は何年も続いていた。ある晩、海岸線を少し南に下ったところに、とんでもない大きさの糞のような物体が、上げ潮に乗ってたくさん打ち上げられたことがあった。漂着物の上をゆっくり這いのぼってきた太陽が照らし出したのは、頭と手足を切り落とされた死体だった。

ラヴィは、轢き殺されてぺちゃんこになったカエルを見るだけで、心臓がきゅっと縮んでしまう性格だった。しかし、同じことが毎日繰り返されると何事も当たり前になるもので、虐殺も然りだった。それに、ラヴィはまだ若かった——彼は根絶やしより疎外を恐れていた。自分は新しい世界の誕生を目撃しつつあるという感覚が、ラヴィの頭を離れなかった。デジタル革命はどんどん加速しており、彼はその革命に加わることを強く望んでいた。彼はマリーニに、デジタル革命はすぐに人びとの生活を一変させるだろうと言った。あらゆるところに存在し、どこにも存在しないその力は、軍隊をもしのぐだろう。彼は流行りの「グローバル」という言葉を使った。

マリーニは「私たちがみんな国外へ移住してしまったら、あとに誰が残るっていうの？　バカと残虐な人間だけよ」と言った。

この国に対するマリーニの愛着は、長い年月をかけて彼女の心に刻み込まれてきたものであり、盲目的だった。ある程度名の知れたジャーナリストだったマリーニの父親は、少女だった彼女を連れて島中を遊覧した。彼女はジャフナを訪れたし、青く美しい海に面したトリンコマリーの港も訪れた。そこで彼女は、ひょろ長いモクマオウが並ぶビーチから水をかき分けて海に入っていった。「何マイルも何マイルも。どこまで歩いても水が腕まで届かないの」

マリーニの父親は、スリランカの北端に数珠のように連なり、スリランカとインドをつないでいる小さな島々を彼女に見せた。イスラム教の伝説では、それらの島々はアダムの橋と呼ばれていた。「でもね、そのあとお父さんは、ヒンドゥー教徒のあいだではラマの橋と呼ばれていると教えてくれたの。それってとてもお父さんらしい。いつもお父さんは、物事のとらえ方は人それぞれ違うんだって、私に教えようとしていたの」

ラヴィは義理の父のことを考えた――てっぺんにガラスの破片が敷きつめられた壁が思い浮かんだ。彼は長らく新聞社に勤めてきた。一九八三年、ウェリカーダ監獄［スリランカ最大で警備がもっとも厳しい監獄］の厳重に施錠された部屋に収容されていた精神病質者たちが、興奮剤を処方された状態で武器を渡され、タミル人政治犯に向けて放たれた。看守から秘密裡に情報を得たマリーニの父親は、現場に駆けつけて惨状を目の当たりにした。この事件以降、彼は毎日、大量の酒をあおるようになった。妻に暴力をふるい、それがマリーニを激怒させた。一度ラヴィは親子の口論の場面に出くわしたことがあった。父が拾い上げたスリッパを娘に投げつけて片がついた。その様子を見て、マリーニにとって大切なのはこの父親のほうなのだと直感した。マリーニの激しく、複雑な怒りは、失敗した愛から生じていた。一方で、柔らかい腕をして、何かを隠しているような微笑を浮かべている母親に対するマリーニの態度には、守ってあげなければという気持ちと軽蔑が入り混じっていた。

ラヴィは妻の所持品をこっそり探って、古い練習帳を見つけていた。赤い厚紙の表紙に挟まれていたのは、彼女が書き写した詩や説教、流行歌のリストで、ところどころ日記のような走り書きもあった。こんな詩もあった。「友情は陶磁の器／高価で希少な贅沢品／一度砕けてしまえば二度と元には戻らない／亀裂がいつまでも残るから」Tとしか記されていない人物は、「どこにも通じていない開いたドア」だった。十六歳の誕生日には、赤インクの大文字で、「**私は人生を無駄にしないことを誓う**」と書き込まれていた。

ある日の夕方、明るい緑の空の下で、マリーニは地球の影についてラヴィに話した。その現象は東海岸では簡単に見ることができる。太陽が沈む数分前、水平線に不吉な帯が現れる。それは、大気に投影された地球全体の影に過ぎない。太陽が沈むにつれ、その影は這い上り、やがて徐々に薄れていく。影が昇っていく様子はわくわくするし、恐ろしくもある。その現象に気づく人はほとんどいない。「人間ってそんなものよ。すぐ目の前にあるのに、わざわざ教えてあげないと気づかない」マリーニの口調は何気なかったし、彼女の意識はすでに別の話題に移っていたのだが、ラヴィは自分が責められているような気がした。なぜ「日暮れ（ナイトフォール）」という言い方が一般的なのかしら。夜は降りてくるんじゃない。夜が地球の上に昇っていくのを私はこの目で見たのよ。

ローラ、一九九〇年代

ハムステッドでテリヤを散歩させていたローラは、ある家の二階の窓が開いているのに気づいた。スライド式の窓のすき間からビデオカメラがのぞいていた。

それから数日のあいだ、その窓は閉ざされ、カーテンが引かれていた。そのあと、またカメラが現れた。しばらくすると、彼女にはその仕組みがわかった。窓のすき間からカメラがのぞいているのは土曜日だけで、しかもほんの短い時間だった。同じ道を三十分後に引き返してみるとカメラは消えていた。

週のなかばの朝、テリヤが例の家の門のあたりを嗅ぎまわっていると、ガレージから若い男が姿を現した。青と緑の格子柄のシャツの上に、青とグレーの縦縞のシャツを重ね着していた。門のそばに立っているローラに気づくと、彼は微笑んだ。

ローラはほとんどためらわなかった。あと三日でハムステッドを離れることになっていた。そうしたら、このささやかな謎は永久に謎のままになってしまう。旧植民地出身者の強みは、図々しい連中だとみなされていること、そして図々しさを許されなくても大目には見てもらえることだった。

ローラは男に声をかけた。それからオーストラリア人らしく大胆に門の掛け金を外し、シオ・ニューマンとの関係に足を踏み出していった。

家の中を一瞥したところ、裕福で洗練された趣味の持ち主であることがわかったが、これといって怪しいところはなかった。ローラはシオのあとに従って、磨きこまれたオーク材のテーブルまでやってくると、ビニール椅子に腰かけた。水切り板にはルビー色の澱が溜まったグラスと、空のボトルが並んでいた。地球上のすべてのラジオがそうであるように、シオのラジオからも最近亡くなったカート・コバーンを追悼してニルヴァーナが流れていた。窓からは、膝丈の草に埋もれた林檎の木と、髪に林檎の花が散り敷いている御影石の女性像が見えた。半透明の磁器のカップと、底がざらざらした厚手のストーンウェアのマグに注がれたコーヒーが運ばれてきた。

シオはローラがじっと見ていることに気づくと、初めにカップに触れ、それからマグに触れた。「これが母さん(ムティ)のカップ。これが僕の」

テリヤはその瞬間を選んで、見知らぬ人間の足のまわりで狂ったように踊り出した。缶詰入りの高価な毒を与えられているその犬は、消化不良気味で怒りっぽかった。シオは犬をすくい上げると、長い腕を鼻づらに回し、慣れた手つきで犬の耳をマッサージした。

ドイツ人の女の子がロンドンに到着して半世紀が過ぎたある土曜日、彼女の息子は母親の寝室の窓辺に九分間立っていた。たった今、生命の火が揺らめいて母親の顔から消えていくのを見届けたところだった。ローラとシオが出会った最初の朝、キッチンで一緒にコーヒーを飲みながら、ありふれた不愉快な通りを見つめていた彼の心に浮かんだ印象を再現しようと試みて、シオは「むき出しの光」と「空白の日」という言葉を使った。

そのとき以来、シオ・ニューマンは土曜日のいつも決まった時刻に母親の寝室の窓にカメラを設置し、窓の下を通り過ぎるものすべてを九分間記録してきた。「僕のプロジェクトのひとつさ。無意味だけど絶対に欠かせない」見返すこともないまま、五年分のテープが亡くなった母親のベッドの下に溜まっていた。

シオは母親の家と家財、それに預金の半分を相続した。結局、遺産はたいした額ではなかった。アナ・ニューマンは生命保険に加入しておらず、金を気前よく使ったからだ。株式仲買人をしている義理の兄が、相続した財産を運用してくれた。金が不足すると、マイセンの食器セットやビーダーマイヤー様式の折り畳み式書き物机を売り払った。

シオの姉は、株式仲買人の夫と三人の子どもたち、それに雑種の猟犬とともに、ロンドンに隣接した州に落ち着いた。「彼女は既知の世界に消えてしまった。哀れなギャビー」それからシオは、象牙のような額をさすりながら、その件についてじっくり考えた。「たしかに犬はいるが……たとえレトリーバーだったとしても、あの暮らしに希望はないだろうな」

シオは、二十世紀ヨーロッパ小説におけるノスタルジアというテーマで博士論文に取り組んでいるのだとローラに話した。「僕はその論文を「過去に向けられた凝視」と呼んでいる。プルースト、ランペドゥーサ、トーマス・マン……」手はすべてを意味すると同時に何も意味しないアラベスク模様をデザインすることができる。

彼の書斎は広く、薄暗かった。重たげな青いカーテンとガラス窓のあいだには、ベネチアンブラインドが吊るされていた。シオは「切望の文学」について語りながら、ブラインドの羽根の角度を変えた。差し込んだ光と、部屋にあふれている奨学金で購入したと思われる物品のせいで目がくらみそうになった。文献の写し、フロッピーディスク、厚紙の書類挟み、へその緒のようなコードでインクジェットプリンターにつながれたデスクトップパソコン、黄色い付箋が髭のように飛び出していたり、デューイ十進分類法の数字が背表紙に貼りつけられている本。それらの多くにはうっすら埃がつもっていた。しかし、ローラが見ていたのは、寄木細工の開閉式書物机に載ったオレンジのポータブルテレビだった。その隣には、美しい大理石模様の化粧板に金箔をほどこされた脚が斜めについている電話台が置かれていた。

シオの研究について質問しても、彼の指導教官のゲープハルト博士の新しい一面が明かされるだけだと気づいたのは、何か月も経ってからだった。シオは博士の名誉をおとしめる冒険譚を飽きることなく語った。博士の話は、パリで首を骨折する第一の原因がソルボンヌの円形劇場の観客席で精液に足を滑らせることだった時代、博士がデモに参加して投石していた血気さかんな青春時代から始まった。ラカンのセミナーで、ゲープハルト博士が「女性は世俗的な啓蒙だ！」と力強く連呼しながら素っ裸になったことをローラは知った。その行動によってラカンから崇拝されるようになった博士は、今でも彼のことを悪意のない口調で「おちびちゃん」と呼んでいるという。さらにシオは、ゲープハルト博士の父はかつてイディ・アミン［軍事クーデタでウガンダ大統領に就任、独裁者として圧政を敷いた］お気に入りの武器商人で、後にこの星で最初の仏教徒向け毛皮商店を設立したのだと語った。その店はハリウッドで人気だったらしい。博士の父親の未亡人は、靴のコレクションをしまう場所を必要としていたゲープハルト博士によってフラットを追い出され、バーンマスの介護施設で暮らしているという。

血の気がなく、鼻が長くて頬骨の張ったシオの顔は、北欧ゴシックそのものだった。黒い眉毛と対照をなす灰色の目は深く落ち窪んでいた。ローラは空想の中で、華やかなローブをまとってカンバスの余白を舞っている天使の一団に彼を加え、リュートを持たせた。

シオはローラより三つ年下で、二人が出会ったとき、二十七歳になろうとしていた。彼は毎晩、ワインをひと瓶空けた。一緒に飲む人がいればもっと飲んだ。「僕は酒飲みだけど、アル中ではないと思う」

彼はアル中ではなかった。あるいは正確な意味でのアル中ではなかったと言うべきか。いずれにせよ、まだアル中ではなかった。当時の彼はワインしか飲まなかったが、飲むと饒舌になった。いったん酔うと、長広舌をふるった。しかし、知り合ったころは、彼の話は思いもよらぬ方向に展開していくことはあっても、同じところを堂々巡りすることはなかった。

ある晩、シオはローラたちとパブで飲みながら、ホロコーストには反ユートピア的なおとぎ話が潜んでいるという話を始めた。家畜運搬列車による移送は、おとぎ話の主人公が経験する過酷な遠征の変奏だし、収容所は悪鬼たちが支配する残忍で奇怪な王国に似ている。そこでは、専制的な規律に違反すると死が待っており、制服を着た魔女たちが死体焼却炉（オーブン）の番をしている。重くて扱いにくい麻袋でベッドをこしらえさせたり、飢えに苦しんでいる人たちに何時間も直立不動の姿勢を取らせるたりするような命令は、灰から縄をなったり、藁しべから大金持ちになる話の変形だ。

議論がテーブルを一巡して、話の発端——最近ねつ造だと判明した、ベストセラーになったホロコーストの伝記——に戻ってきた。いかつい顔に柔らかそうな唇をした女性が、なぜ作者は嘘をついたのだろうと口にした。「大金に魅かれたのかしら」

「金じゃない」シオの指がワイングラスの底を撫でた。「願望の成就さ。子ども時代の通貨は願望だよ。金は大人がその穴を埋めるために使う代用品に過ぎない」

「つまりあなたが言いたいのは……どういうこと？　子どものころ、この女性は強制収容所に入るのを夢見ていたって言うの？」

「誰もが願うことを願っていたのさ。無条件に愛されることをね。ハッピーエンディングを願っていたと言ってもいい。おとぎ話のようなエンディングを。ホロコーストを生き延びるような」

ローラは立ち上がり、店内を横切ってカウンターに向かった。シオの母親のアナが十六歳のとき、幽霊のような男が彼女を探しにきた。それは従兄のアーンストで、まだ二十八歳だというのに歯が抜け落ちてリューマチを患っていた。彼はアナの家族がみんな死んでしまったことを伝えに来たのだった。父母と姉妹たちだけではない。祖父母も、叔父たちも、後妻たちもみんな殺された。赤ん坊らは両親の目の前で、真っ先に銃剣で串刺しにされた。アーンストによれば、彼らが生き埋めにされた森の地面は何日も動き続けていたという。なぜシオはこうした話を全部知っているというのに、ポーランドの魔法にかかった樺の森について語れるのだろう。それは常軌を逸していた。シオの話には、まぶしい木漏れ日のような輝きすらあった。

シオはローラが差し出したオーストラリア産の濃厚な赤ワインをグラスに受けると、鳥肌のたった彼女の腕を指でなぞった。「だれかが君のお墓の上を歩いているようだね」

シオは男を愛した。彼が愛するのは悔い改めることのない、、、、、異性愛者、つまり妻や恋人がいて彼に愛で報いることのない男たちだった。彼の目下の愛しい人は、大学時代からの旧友でロングランの昼ドラに出演している俳優と、ゲリラガーデニングを一緒に楽しんでいる近所の男だった。シオはこの男と電話ボックスにトマトの苗を植えたりした。シオはよく彼らの家に招かれ、夕食をごちそうになった。妻たちは、彼に秘密を打ち明けた。また、俳優の次男の名づけ親にもなった。

セックスの相手は、ダンスフロアなどで出会う行きずりの男たちだった。

「こんな男、まっぴらごめんよ」ローラは自分に対して断言した。でも、もう手遅れだった。クラーケンウェルのパブで、イギリス人の男たちは面白がってこんな質問をした。「オーストラリアとヨーグルトの違いを知ってるか？」［発酵食品であるヨーグルトは乳酸菌が培養（カルチャー）されているが、オーストラリアには文化（カルチャー）がないというジョーク］正確には、「おすとれいりあ」と「よぐーあーと」という発音で。彼らは大いに受けて、生ぬるいビールの中に噴き出した。

なかには彼らとは違う性質（たち）の、もっと洗練されたアプローチを好む男もいた。パーティーではいつもローラとドアのあいだに立ち、タルコフスキーの作品では何が好きかとか、フーコーの『監獄の誕生』は読んだかとか、ボルヘスとクンデラのどちらを評価する？　などと質問してきた。打ち明け話をしたい気分のときには、ソール・ベローやフィリップ・ロスの名前が彼の口から漏れた。彼の額には「すみやかに、何度も怯えよ」という標語が刻まれていてもおかしくなかった。ローラは頭の中で、彼に肘のところまでまくり上げた清潔なシャツを着せ、影ひとつない部屋に置かれた机に座らせた。不運な人たちが一人また一人と彼の前を通り過ぎていく。否定された人生を思い、無益な熱い涙を流しながら。彼らはクッツェーの発音を間違えたり、デュシャンではなくウォーホルを評価したりしてしまったのだ。

ハムステッドでシオと出会った初めての朝、ローラは自分がオーストラリア出身だと白状し、どんな反応が返ってくるかと身構えた。「君はなんて幸運なんだ！」とシオ・ニューマンは言った。彼はオーストラリア詩の一節を暗唱した。「夕暮れどきに短パン姿でのんびりと／厚板のベランダに腰かける」［オーストラリアの詩人レズ・マリーの "The Dream Of Wearing Shorts Forever" より］

少年のころ、古い本を読んでいると白昼夢が雲のように沸き上がってきて、いつの間にか何時間も過ぎていたものだったとシオは話した。本の口絵は怪物やキューピッドたちが描き込まれた空想の地図だった。そこはさまよえる魂が集まる世界の果てだった。子ども時代のシオは、二階の踊り場に置かれていた赤い椅子に背を丸めて座り、空想を掻き立ててやまないその地図の誘いに身をゆだねた。南半球には索具を完備した船が誇らしげに描かれていた。その船が目指しているのはオーストラリアだった。「僕は船首に突き出したバウスプリットの上に立っている少年だった」空想の中で、少年は暴風雨や怪物たちと戦った。イルカたちとは親友だった。そしてついに、波がサラサラ打ち寄せるまぶしい入り江に到着するのだ。

ローラは、ユーカリの幹より白い少年の足が折りたたまれ、赤い椅子におさまっている情景を思い描いた。本から顔を上げてアーチ状の小さな窓に目を向けると、窓ガラスの外で雨粒が躍っていた。その様子を見て、顔に打ちつける水しぶきを想像したものだったとシオは言った。細部まで鮮やかに蘇らせるシオの記憶力にローラは初めから強い印象を受けた。シオ・ニューマンは真鍮で補強された木箱に過去を保管しており、真珠の首飾りを取り出すように記憶を引き出してくるのだった。

初めのころ、シオはよく「シドニーはどんなところ?」と訊いてきた。シドニーでは雨も光も激しく降り注ぐのだとローラは説明した。エッジクリフとシティを結んでいる電車のことも話した。その路線は周辺よりも土地が低いウールムールー地区を通るが、そこでは青い入り江の誘いに応えてジャカランダの花がすでに咲き乱れている。シドニーは点描画法で描かれた余暇と民主主義だと話したこともあった。晴れた日曜の午後を思い浮かべてみればいい。人びとは海辺に繰り出して半裸でピクニックを楽しみ、犬たちは浮かれ騒ぎ、沖にはヨットの帆が並んでいる。ほとんど点々が見えるほどだ。

しかし、そんな夏にぐずぐずとどまっているのは危険だった。昼間は暑熱をさえぎるために閉め切られていた戸が、南風を通すために表も裏も開け放たれる。ときには、「シドニーの住人は〈広い並木道（ブールバード）〉の綴りを知らないって話したかしら」とか、「皮肉じゃなくて真面目にオレンジの口紅を塗っている人がいるような場所よ」などと自嘲することもあった。しかし、馬鹿にしているときでさえ、夕暮れどきの情景に心が傾いていった——開け放たれた玄関の前を通り過ぎるたびに廊下が明かりの点った部屋に通じているのが見え、そこでは年配の女性と若い女性がテレビを見ている。そんな回想が、ガラスの破片を飲み込んでしまったかのようにローラを刺し貫くのはなぜだろう。

ハムステッドに家を購入したアナ・ニューマンは、幼いころに住んでいたシャルロッテンブルクの邸宅の再現にとりかかった。一九三九年、当時六歳だった彼女は、ナチス支配下のドイツから子どもたちを救い出すキンダートランスポート作戦によって、シャルロッテンブルクから引き離された。ロンドンに到着したときの写真が残っていた。用心深そうな目をした、おさげ髪のがっしりした女の子。クエーカー教徒に引き取られた彼女は、科学を重んじる世俗的なイギリス人に育った。大学では神経学を専攻し、結婚もしたが、息子が生まれると夫を捨てた。

アナは失われた子ども時代の部屋を——ときには誤って——思い出しながら過去を再現しようとしたが、どうやらトルコとペルシャを混同したり、ブナ材をクルミ材と勘違いしたり、くすんだ緑色の代わりにピスタチオ色を使ったりしたらしい。どう見ても、この家には着色した木材とフルーツスタンドが多すぎた。喪失を埋め合わせようとする人の例に漏れず、アナは物を詰め込み過ぎていた。写真立てをいくつも載せたテーブルから、ローラはその写真立てが置かれている部屋を写した大きな写真を選び出した。アナの最後の誕生日に撮った写真だった。背景には炉棚と、一七八三年からずっと作り笑いを浮かべている女羊飼いが写っていた。彼女は現在も、花飾りがほどこされた柄の曲がった杖を握っていたが、今では彼女のスカートと磁器製の求婚者のあいだにダースベーダーが忍び込んでいた。ローラは視線をダースベーダーのプラスチック人形から写真に戻した。写真にはヘップルホワイト様式の椅子の一部が写っていた。実際、この部屋にはヘップルホワイトが二脚あって、そのあいだに牛乳運搬用のケースが置かれていた。ローラは部屋を見渡した。一方の壁には、クレーの小さな水彩画と並んで、目を潤ませたふっくらした頬の子どもたちの絵がいくつか掛かっていた。絵画の下に置かれた食器棚には、モーツァルトの胸像と黄金の裸体が刻印された煤けた箱が並んでいた。ローラの指は大理石の像とベルベットの箱を撫でた。ムティと僕、とシオの声が言った。

子どものころ、ローラは「この絵のどこがおかしいでしょう?」というクイズが好きだった。出題されている絵は平凡そのものに見えたが、注意深く観察すると刃がひとつしかないはさみや西から昇る太陽が紛れ込んでいた。ローラは常識外れのものを見つけ出すことよりも、日常に無秩序がこっそり忍び込んでいることに満足を覚えたものだった。そんなつかみどころのない楽しみが数学のクイズには欠けていた。計算して次にくる数を求めるようなクイズは、避けようがないものを押しつけてくるだけだった。

ハムステッドの家がわかってくると、ヘップルホワイトの上に敷かれたクッションの上で飛び跳ねているバンビを驚かせたり、張り出し窓のシュロが実はギリシャ風の壺から生えていることに気づいても不思議ではなかった。それに、銅底鍋やル・クルーゼ社の琺瑯(ほうろう)鍋に混じって、カラフルな蓋のついたアルミ鍋が並んでいそうでもあった。さて、この絵のどこがおかしいでしょう、という質問をたびたび思い浮かべてローラは楽しんだ。

ローラ・フレイザーは、驚くべきものが当然とみなされる時代と場所に生きていた。それは、歴史上初めて、庶民が過去とこの星からの収奪品で家を飾ることができるようになった時代だった。ローラの目は、折衷様式にも、標識の隣にアフリカのお面がぶら下がっている光景にも、デザイナーによる作品と瓦礫、あるいはキッチュと洗練との区別を拒否する洒落たポストモダニズムの美学にも慣れていた。彼女はベネチアンブラインドとオレンジ色のテレビを数えあげながらシオの家をさまよった。車庫には――シオはずっと前にルノーを売り払っていた――金箔をほどこした壁掛け用の燭台が転がっていたり、積み上げられた鏡タイルの上にマクラメ編みの壁掛けが載せてあったりした。シオはランプを支えている一組の陽気なポリウレタン製天使像を指して、「それなんか、ほんの数ペニーで買える」と言った。プラスチック製の白いバラ、ビニールをボタンで留めた寝台、ゴッホの絵画をあしらったビスケット缶、泣いている子どもの写真、一九七〇年代に流行った幅広ベルト用の、ラファエロ前派の絵をあしらった楕円のプラスチック製バックルもたやすく手に入る。レトロな魅力とは無縁なものを見つけてきては、チロル風飾り棚やドレスデン磁器のあいだに置き場所を見つけるのは簡単だった。

シオの家でローラが知っているのは、客を迎え入れる一階の部屋だけだった。二階に案内されたことは一度もなかった。

ローラが美術学校を中退したことを話すと、シオはべつに驚かないと言った。芸術の第一の要請は作り出すことにある。芸術家とは新しい物を通して世界を再想像する人間だ。「でも今日、その仕事を誰よりもうまくやってのけるのは科学技術者なんだ。おまけに彼らはもっとたくさん作り出す。劇的に新しい物が次々と世の中に送り込まれるので、僕たちは変化に圧倒されてしまう。君を苦しめていたのは、過剰がもたらす疲弊（イグゾースチョン）だ」

たぶん才能の枯渇（イグゾースチョン）と言ったほうが当たっているとローラは思った。でも大切なことは、シオが魔法の鏡のように、自分を優しい姿に変えて映し返してくれることだった。

「最近では、新しさは科学技術の代名詞になっている」とシオは言葉を継いでいた。「芸術は「今」でやりくりするしかない。芸術の唯一の時制は現在なのだから」

彼女はシドニーで見かけた「ナウ、ナウ、ナウ」とうなずく、ビロードの小犬のことを打ち明けそうになった。

しかし、こうした打ち明け話や会話はすべて未来に待っていた。その日、ローラはシオについて家の中を歩き回っただけだったが、すでに彼の存在を強く求め始めていた。桜の木々が陰を落としている丘では、白いバラが亡霊のようにかすかな光を放っていた。

ラヴィ、一九九〇年代

バスナヤケ家の影響力のおかげで、ラヴィは病院の臨時雇いの職にありついた。その病院では、慎重に拡張されてきたコンピュータシステムが、すべてを混乱状態に陥れていた。十分な訓練を受けていない事務職員は、自分たちが直面している課題やみずから作り出した問題を全部ラヴィのせいにした。それは当然だった。彼は部外者だったし、変化の象徴だったからだ。

ラヴィは、新しいシステムが病院のニーズにはかならずしも合っていないと認めざるを得なかったが、そこには容易に予見できる矛盾があった。科学技術では対処しきれない例外や気まぐれがつねに存在していたからだ。しかし、職員たちが明らかに彼の用意したマニュアルを読んでいないにもかかわらず、読んだと言って譲らないことにはいら立ちを覚えた。どうして人はそんな見え透いた嘘にしがみつこうとするのだろうか。子どものころ、歯の診察の際に食後はいつも歯磨きをしていると言い張ったことをラヴィは思い出した。その嘘がすっかり頭に沁みついてしまい、自分でもそれを信じ込んで、疑う歯科医に激しく腹を立てたものだった。

一緒に歩いて帰ろうと病院までラヴィを迎えに来ていたマリーニは、赤ん坊を反対側のお尻に移して、病院の従業員が配っていた請願書に署名した。その夜、マリーニは、警察が裁縫工場の従業員に対して催涙弾を使用したことに抗議するデモに参加するため、コロンボに行くと告げた。

「あんた、気でもふれたのかい？」とカーメルは叫んだ。「殺してくれと頼むようなもんだよ。それか、もっと恐ろしいことを」

カーメル・メンディスには、お茶のカップを持ち上げておきながら、そのまま飲まずに元に戻す癖があった。紅茶がすっかり冷めてしまうまで、その動作を五、六回も繰り返すのだった。その癖は義理の娘をカンカンにさせた。プリヤはカーメルが背を向けている隙に、自分のカップを使って、彼女がカップを置く動作を、口をぎゅっとすぼめたり服の肩の部分を引っ張ったりするしぐさも含めて完璧に真似て見せた。若い女たちは一緒に忍び笑いした。そのうち、プリヤが同僚の女性との口論について詳しく話し始めると、二人の会話は深刻になっていった。ラヴィが帰宅すると、二人が蚊をぴしゃりぴしゃり叩きながらベランダに座っていた。彼女らは、見知らぬ人を見るような目つきでラヴィを見た。

午後、マリーニはカーメルの美容室を手伝った。美容室にやってくるのは、あまり裕福ではない年配の女たちがほとんどだった。身の回りに時代遅れがあふれかえって溺れそうになると、女たちはどこにでも手を伸ばし、おしゃれとしてごまかせそうな切れ端にすがりついた。マリーニはそんな女たちに優しかった。年配の女性がこわばった姿勢で洗髪台の上に反らした頭の、じっとり湿った老いた地肌を長い時間をかけてマッサージした。ときには、触れてもらう心地よさとありがたさに、皺の寄った目尻に涙がにじむこともあった。

かぎ爪がマリーニの手のひらに小銭を滑り込ませることも多くなっていった。彼女は受け取ったチップを正直にカーメルに渡していたが、義母は些細なことで彼女を非難するようになった。たとえば、お湯を温める時間が長すぎると言ってマリーニを責めた。シャンプーをめぐって衝突することもあった。シャンプーをボトルで買うことができない人も多かったので、使い切りのプラスチックの小袋に分けて売られていることがあった。カーメルの顧客の中には、好みのシャンプーの小袋を持参する人もいた。そんなとき、カーメルは絶対にシャンプーを使い切らなかった。一日の終わりに、彼女はくずかごから小さなプラスチックの袋を拾い集め、残っている中身を容器に絞り出した。こうして寄せ集めたシャンプーは、ほかの客に使うこともあればカーメル自身が使うこともあった。それはいたって簡単な手順だったし、マリーニには簡潔に説明したのだが、義理の娘は小袋からシャンプーを完全に絞り出してからごみ箱に捨てるのだった。カーメルに真っ向から非難されると、マリーニは誠実さを持ちだした——なんという図太さ！

この前、衝動的に義理の姉に打ち明け話をしたことを後悔していたプリヤは、母親に味方する機会を逃さなかった。プリヤは既婚男性に恋しており、それ以外の人間にはいちいち噛みついた。情事の現場は、プリヤと彼女の愛人が働いているホテルの新婚用スイートルームだった。プリヤはつかの間、情事の思い出に浸った。男が彼女の乳首を口に含み、窓からは新婦の声のような海の囁きが聞こえていた。

間が悪いことにちょうどそのとき、マリーニの独り言がこの白昼夢に割って入った。なぜ外国人はあんなに熱心になんでもかんでも写真におさめようとするのかしら。「パシャパシャ、パシャパシャ、写真を撮ってばかり」観光客にはうんざり、お金と病気を携えてやってくるときも、政治のせいで来なくなるときも、とマリーニは言った。プリヤは、自分の生計の立て方をマリーニが遠回しに非難していると解釈することにした。それから何日も、二人は口をきかなかった。彼女たちのあいだには、無言の非難が積乱雲のように立ちこめていた。

「あなたは私よりずっと人間が好きなのよ。だから無視できるのよ」とマリーニは言った。

まさしく彼女の言う通りだった。ラヴィは折に触れて、妻が人間の感情の網にうっかり踏み込んでしまい、身動きがとれなくなるのを見てきた。私は正しい。彼女が知っているのはそれだけだった。人間は不条理や不正義や偽りに惹きつけられることがあるという事実を彼女の理性は認識していたが、実感することはできなかった。世界をよりよい場所に作り変えるつもりなどないラヴィは、妻よりずっと容易に世界と折り合いをつけてきた。ある日、また明らかになった政治家の悪意にラヴィが腹を立てるのを拒むと、夫婦のあいだで深刻な口論が起きそうになった。私はずっと間違っていた。あなたがあらゆる愚行や悪徳を受け入れるのは、寛容だからではなく、人間に対してとても残酷な評価をくだしているからだ、とマリーニは抑えた声に怒りを込めて言った。「あなたは人間の向上なんて期待してないのよ」二人が言い争っていたのは寝室で、口論が白熱せずに済んだのは、壁の向こうでうろうろしているカーメルに聞かれたくなかったからだった。二人は世間に対して――いまだに自分たちの家族と世間を混同していたが――堅固な外観を取り繕っていた。

次々に文をつなげていくこと、思考が着実に前進していくこと。それは軍隊の直立歩行の別名だとシオはつぶやいた。「今世紀、何かとても大切なものが永遠に変わってしまった。進歩が現状維持と等しくなり、僕たちの崇拝対象になっている」彼はローラのグラスにワインをつぎ足すと、自分のグラスにも注いだ。「だから今日では、時間をかけることや変化にあらがうことは急進的な反応なんだ」

こうした考えはすべて、あの日の午後の指導教官との面談から導き出されたものだった。筆跡観相学の信奉者だったゲープハルト博士は、いつも学生に手書きの原稿を提出するよう求めた。パーソナルコンピュータが普及するにつれ、学生からは不満の声があがった。シオがゲープハルト博士の部屋に入ると、博士は学部長の最新の声明を熱心に眺めている最中だった。複写された学部長の署名は、未発達に終わった鏡像段階が女嫌いと性機能障害に結びついていることを示していた。ゲープハルト博士が唯一シオに与えた指示は、さっさと書き進めなさい、というそっけない一言だった。

ローラはゲープハルト博士にも一理あるのではないかと言ってみた。実際、シオは博士論文の新しい章を執筆するのが遅れていた。彼は灰色の凝視で反論した。いったいどうしたら、と彼の視線は尋ねていた。いとこが始めた養蜂業や、中世の詩形をリサーチしている友人の葛藤や、近所の女性が目の痙攣を治療するのに使っている塩化カリウムに気を取られずに済むというんだ？　月に二度、シオは寝たきりの凸版オフセット印刷工にフィッシュアンドチップスを届けるためにフラムに出かけた。二人は一九八六年にチェルノブイリ原発事故のデモで知り合った。シオは郵便配達人の再婚相手の娘が過食症だと知っていたし、酒類販売免許を持っているシク教徒たちが生まれたパンジャブ地方の村の名前すら知っていた。彼にはプロジェクトや愛しい男たちやさまざまなコレクションもあった。大衆向けアートにおける僕の最新の戦果を見たかい？「オックスファムでたったの一ポンドだった。全部まとめてね。ベッドの上に吊るしてみようかと真剣に考えているんだ」真ん丸の目に、六〇年代らしい長いクシャクシャの髪をした子どもが四人、それぞれのフレームの中で人形を握りしめ、切なそうにうなだれていた。

ローラの誕生日に、シオは母親の蔵書から青い表紙に包まれた八折版の本を選んで贈ってくれた。ウォルター・シッカートを論じたバージニア・ウルフのエッセイで、ホガースプレス［ウルフ夫妻が設立したイギリスの出版社］の初版本だった。同じく青の包装紙で包まれた箱には乳白色の真珠のネックレスが結ばれており、「僕のニセ真珠養殖場から」というメッセージが添えられていた。

シオを視野にとどめ、注意を払いながらも放置していた女性はローラだけではなかった。ほとんどの場合、そんな付き合いは長続きしなかったが、ビー・モーリーは違った。ローラとビーの友情は岩のごとく揺るぎなく、彼女が死ぬまで続くことになった。二人はシオが好んで開いた日曜の夜の集まりで出会った。常連の中には、サーフィンの本を執筆している女性と、髪の生え際が名声を得るより早く後退しつつあるギタリストがいた。ときには有機農業をしている男やペルー出身のカップルが加わった。ある電気工は調理を引き受けて、みんなに焼きそばをふるまうのが好きだった。酒好きの例にもれず、シオも基本的に食べ物に興味がなかった。それを知っている友人たちは、みずからトルコ風の前菜やローストチキンやマッシュルームパスタの材料などを携えてやってきた。宅配のピザやカレーが並ぶこともあったし、誰かが焼き林檎と箱いっぱいのクリームを持参することもあった。

エス・チャンプール、手作りチョコ、燻したような香りのポーランド産ウォッカ、マリファナ煙草、スティルトンチーズとイチジクを盛りつけた大皿などのごちそうが次々と回された。シオは、最近ユーロヴィジョン・ソングコンテストに参加したクロアチア代表の「ノスタルギヤ」という楽曲のビデオを持っていた。彼は皆が反対するのもおかまいなしで、そのビデオを何度も再生した。彼の笑い方はいつも人をびっくりさせた。顔を両手で覆い、フクロウのようにホウホウと笑うのだった。

会話、思想、動機、欲求が電流のように飛び交い、ときには火花を散らした。あるとき、赤毛でずんぐりした体型の、甘やかされたパグ犬のような顔をしたはたちそこそこの青年が参加したことがあった。彼が部屋を出ると、シオも立ち上がって彼のあとを追った。二人はそのまま帰ってこなかった。

ローラは証券アナリストと不倫関係になった。相手はビーの会社に出向中の経験豊かな黒い瞳の男だった。申し分ない関係が何週間か続いたが、彼はサンパウロに住む家族の元に帰ってしまった。

「気分は最低」とシオは歌った。「最低、最悪、でも頭は冴えて陽気（ゲイ）な気分！」［『ウエスト・サイド物語』「I Feel Pretty」の替え歌］

ラヴィ、一九九〇年代

閑散期の雨期の正午、漁師たちは帆が投げかける影の中で眠っていた。ある男の足元に煙がとぐろを巻いているように見えるのは灰色の猫で、男はその猫といつも一緒だった。礁湖の向こうの海が光っているあたりには、水平線がどこまでも続いていた。それは絞首刑に使う冷たい鋼のワイヤーのようだった。

その風景をラヴィと並んで眺めていたのは、砂のような色の髪と、海と同じ色の目をした若者だった。ほどなく二人は会話を始めた。タンパク質を十分にとって育ったせいか、その見知らぬ若者は長い手足をしていた。手足を覆っている金の産毛に閉じ込められた光が揺らめいていた。彼はミカエルと名乗り、最近ストックホルムの大学のコンピュータサイエンス学科を卒業したばかりだと言った。十月にはシリコンバレーに移り、日立でストレージソフトウェアの開発に携わるという。

二人はしばらくその話を続けた。やがてスウェーデン人の若者は、写真を撮ってくれないかと頼んできた。ボタンを押すだけのシンプルなカメラだったが、ラヴィはやれ後ろに下がれだの、横に移動しろだのあれこれ細かく指示を出した。それから、背景となるココナツの木や巻きあげられた網の魅力を最大限に引き出すため、被写体の位置を調整した。観光客の写真を撮るのは初めてではなかったが、いつもラヴィはシャッターを切るまでたっぷり時間をかけた。そんなときには無意識の、ほとんど狂気ともいえる願望が彼の中で渦巻いていた。自分の存在を認めてほしいという、単純で抑えがたい人間らしい欲求。

ミカエルと彼は連れ立って礁湖を離れた。観光客向けの店が並ぶ一画に近づくと、ミカエルはラヴィをランチに誘った。どちらが払うのかわからなかったので、ラヴィは誘いを断った。

さよならを言ったわずか五分後に、ラヴィは急いで戻ってきた。ミカエルは足を止めて、店のショーウィンドウに飾られている着色された悪魔のお面を見つめていた。短く言葉を交わしたあと、スウェーデンの若者はバックパックからペンとノートを取り出してラヴィに渡した。

ラヴィは自分の住所の下に「悲しみが君の名前と結びつくことのないように！」と書き添えた。

それから数か月、郵便が届くたびに希望が血管を駆けめぐった。ミカエルのところに引き返すと決めた瞬間、まぶしい稲妻が漫画のようにジグザグに走り、ラヴィの心を貫いたのだった。その印象は強烈に残っていた。彼には似つかわしくない大胆さで書き添えた言葉は、同じ霊感の泉から湧き出たものだった。神の意思にしたがって行動しただけ、という感覚がとても強かったので、彼は結果をまったく疑っていなかった。実際、日立からの採用通知を待っているあいだ、ラヴィはほとんど退屈していた。それは学校に通っていたころからよく知っている感覚だった。万全の準備をして試験にのぞむときには、試験問題を開いて設問を読むのがとても億劫に感じられた。また、解答を書いていく作業がどれほど冗長に感じられたことか！　今と同じで、当時も彼は成功を確信していた。しかし、まずは忍耐とルーチンという邪神をなだめてやる必要があった。

少年時代に良い点をとることがわかっていながら自慢しなかったように、彼はマリーニに何も告げなかった。しかし、近所の使用人で、十五歳にも二十七歳にも見える小汚い娘がラヴィに電話を取り次いだときは、まさに悪夢だった。他人の息の匂いのする黒い受話器を耳にあてると、接続が切れ、、、ました、接続が切れ、、、ました、という音声が聞こえた。

さらに月日が過ぎ、ラヴィはシリコンバレーについて毎日のように考えることはなくなっていた。しかし、その街を子細に思い描いてきたので、心の中には巨大な真っ白いビルがいくつも立っていた。黒い窓ガラスがリボンのようにビルを取り巻いている。周囲には景観を美化するための灌木が低く立ち並び、杭に結わえつけられた若木は成熟する日を夢見ていた。

ローラ、一九九〇年代

ビー・モーリーが、バークシャーの両親の家で週末を一緒にすごそうと誘ってくれた。ビーからコテージと聞いていたので、詩的な感じのする藁ぶき屋根を想像して心躍らせていたローラは、どっしりした石造りの邸を目の当たりにして面くらった。朝食のジャム用のスプーンは、アン女王からモーリー家の名づけ子に贈られたものだった。その当人は、今では教会墓地のイチイの木の下で朽ち果てているに違いなかった。コテージには何世代にもわたって継承されてきた燭台、枕カバー、彫刻などが保管されていた。しかし、ローラが何よりも驚いたのは、まったく価値のない代物——勝手口の扉を開けておくための欠けたレンガだった。ウェリントンブーツの先でレンガの位置を直しているとビーが、ちゃんとしたドアストッパーを買うべきよね、誰もそのレンガを意識しなくなっているだけなの、と言った。ビーの憶えている限り、それはずっとそこに置かれていた。そのとき、彼女の父親が流し場に入ってきて、そのレンガはもっともっと昔からあるよ、小さいころに見たのを憶えている、と言った。彼が拾い上げたレンガに、三人とも視線を注いだ。このレンガはこのあたりで作られたものだ。青みがかった黒色をしているのは、この地域の土壌にマンガンが含まれているからだ、とデイビッド・モーリーは説明した。デイビッドは冶金家で、鉱物や原料に明るかった。彼はレンガの表面に皺やたくさんのくぼみがあることを指摘して、それらは火入れが不十分だった証拠で、相当古い年代のものだろうという見立てを述べた。それに現代のレンガより小さいだろう——そういえば、今どきのレンガに粘土は入っていない。砂とセメントに顔料を放り込んでかき混ぜただけなんだ。ビーが地方史の本を取ってきた。その書物によると、一六九八年に火災で焼失するまで、エリザベス朝時代の邸宅が牧草地の反対側に建っていたという。ビーはレンガをじっくり観察しながら、もしかして焼け跡から拾ってきたエリザベス朝時代のレンガかしら、と口にした。ひょっとするとね、いずれにせよとても古い代物だ、と父親は言った。彼がレンガを元の場所に戻すと、二人の若い女たちは九月の磨かれた空気の中へと散歩に出かけ、レンガの話はそれきりになった。

しかし、レンガの一件はローラの心に重くのしかかっていた。高貴な一族に由来するジャム用スプーンやそれに類するものは、先祖伝来の土地からの追放や変化を所有者と共に乗り越え、次世代へ相続されることで時間や空間を超える。それは当然でもある。由緒があるという理由だけで、人はそんな品々を大切にするものだ。ローラの父親の家には、ヴィクトリア朝時代の一対の薪のせ台が潜んでいるはずだった。盗んだ土地を飾りたてるためにフレイザー一族が海を越えて運んできた、かなりの量の積荷の名残だった。それにしても欠けたレンガだなんて！ それは工芸品というより単なる物に過ぎなかった。レンガを荷造りして持ち歩こうなんて、誰も考えるはずがなかった。あるいは、新しい所有者を迎え入れるため、家中すっかり掃除することになったら、あのレンガが生き残れるとは思えなかった。あのレンガが誰にも注意を払われず存在してきたのは、モーリー家がこの土地に住み続けてきた証だった。それに比べるとローラの一族は、異国の風土にいまだに適応できない、活力はあるが根の浅い植物のような存在だった。とはいえ、フレイザー家はまごうことなく現代的(モダン)だった。移動や旅や変化ではないとするなら、何をもってモダンエイジと言えるだろうか？

シオが以前、二十世紀をもっともよく象徴しているのは、不本意な移動を強いられた旅人だと話していたのを思い出した。「ほら、戦争に動員された何百万という兵士のことを考えてごらん。それから、そうした兵士によって住む場所を奪われた人たちのことを。今日の世界は、ようやくたどり着いた場所に根を下ろすことができず、かつて帰属していた場所を思い続ける人たちであふれている」

ローラが楽しみにしていたのは、シオと二人きりで過ごす、会話が渦を巻いたりほどけたりしながら流れていく夜だった。そんな夜には、革製の古い安楽椅子に座ってくつろぎ、シオは長い両脚をコーデュロイの醜い円筒型クッションの上に投げ出す。ゲープハルト博士の英雄的な逸話が続く。彼女の革新的な研究である「ヘーゲルとディスコとリゾーム的な解釈学」は、実は大学院生の論文だった。その大学院生は、アルゼンチン南端のティエラ・デル・フエゴ州にある大学の、学外研究の権利もない地位の低い職に追いやられ、その地で謎めいた失踪をとげた。わかっているのは、彼が失踪前日にゲープハルト博士からの手紙を受け取り、涙を流したということだけだった。研究費という名目でこっそり学部予算に組み込まれた高額な調査費用を費やした結果、この示唆に富む手紙がようやく学部長の手にわたった。しかし、ゲープハルト博士の脅迫は「地平の融合」と「パラダイムとしてのテクスト」、さらには——大胆にも！——「エウメネスの論駁」まで持ち出して徹底的に暗号化されていたため、何も証明することができなかった。

しかし、夜が深まり、三本目のボトルのかさが減っていくにつれ、シオはいつも幼少時代の思い出に帰っていった。庭でモクセイソウの花壇から漂う香りに包まれながら飲む紅茶や、母親の裁縫箱の中で首を揺らしている不吉な中国人形など、少年時代に感じたよろこびや恐怖をシオは詳しく語った。その中に、彼が憑りつかれたように何度も立ち返り、語るたびに細部をつけ加えていく情景があった。そのひとつは、安全な家の中で、二階の踊り場の窓の下で冒険を夢想している場面だった。もうひとつの場面には、彼の寝室の窓が登場した。その窓を開くと、すぐ目の前に梨の木の枝があって、春になるとあふれんばかりに花をつけた。少年は蜂に気をつけるよう注意されていたが、開け放った窓のそばに立ち、忙しく働く蜂の羽音に耳を傾けていた。

「僕はそれが愛の歌だと考えた。忍耐強い、献身的な囁きだと」

花の少ない、蜂の訪れもまばらな春があった。そしてある日、大きな銀色の木は切り倒され、庭から姿を消した。少年は自分を責めた。蜂の羽音をもっと熱心に聞くべきだった。僕にはこの世界を保っている、愛情のこもった集中力が欠けていたのだと。

台所の外の林檎の木は、失われた梨の木の代わりに植えたのかしら、とローラは尋ねた。

「あれから、あの木に実っていたような梨の実を食べたことは一度もない。もしかしたら、この世界に梨なんてひとつも残っていないのかもしれない」シオの両手が梨の形を作った。「引き締まって細長い果実。彫刻のような姿」

古風な育ち、とローラは思った。目玉がクルクル回る揺り木馬、スワンボートが浮かんでいる湖のそばで過ごす休暇。バイオリンのレッスン、ポニーに乗る日曜日、ジグソーパズルやお絵かきをして過ごす雨の午後。

ローラは一度尋ねてみたことがあった。「テレビは見せてもらえなかったの？」

シオは顔をしかめた。「テレビなんて重要じゃなかった」

イギリス人がどんなふうに子育てするのか、ローラにはぼんやりとしかわからなかった。密輸業者を追跡したり、寄宿学校で真夜中にパーティーを開いたりする子どもたちを描いた本から拾い集めた知識が、旧世界は遅れた場所だという彼女のオーストラリア人的確信を支えていた。

ローラが帰る素振りを見せるやいなや、シオは懇願した。「なぜ帰ろうとするんだい？　まだ早いじゃないか。さあ座って」愚かな彼女は、いつも地下鉄の最終列車を逃さないよう走るはめになった。翌日はスープをこぼしたり、あくびを噛み殺しながら注文を取ったりした。しかし、「君が必要なんだ」とシオは断言した。まったくそのとおりだった。彼女がいる限り、彼は飲み続けた。ローラはそんな彼の姿を目にしながら直視しようとしなかった。

シオの家には花や果物の絵がかかっていたが、その熟れ切った外見は内側で成長を続けている芋虫の存在をほのめかしていた。シオもそうだった。熟成が進み、彼の魅力的な外見が内面の腐敗を示し始める段階に達していた。だからこそ、彼に不安な胸のうちを明かすことができるのだった。流れ去っていく日常の底に潜む、人生が無為に滴り落ちていくという落ち着かない感覚を訴えることができるのだ。「私が話しているのはキャリアのことなんだと思う」ワードプロセッシングの講座を受講してから仕事面での進歩と言えば、クラーケンウェルのパブから、一人前の量が少なくてチップの実入りがいいイズリントンのレストランに移ったことだけだった。

近ごろ、彼女がハウスシッターとして重宝されているのは事実だった。彼女は一定の範囲内に住んでいて、ひと月以上家を空ける予定の顧客の中から仕事を選んだ。それでも、フィッツロビア、バラム、プリムローズヒルに住み、シェパーズブッシュやカムデンタウンやホランドパークに住むことになった。ローラはいつも荷造りをしているような気がした。ローラは最近、入院している病人を見舞いにヨハネスブルグに旅立つことになり、老いた飼い猫を心配している物理学者のフラットの留守番を引き受けた。次の顧客であるハイゲートに移って一日か二日たってから、ローラはお気に入りのシャツが無くなっていることに気づいた。「ああ、いつ電話してくるかと待っていたのよ」と物理学者は言った。

「私のシャツを見つけてくれたんですね」ローラはよろこんで言った。

「シャツですって?」物理学者は訊いた。「シャツ? 問題なのは私のごみ箱の中の袋よ。私の所有物をあなたに任せたとき、キッチンのごみ箱には黒いごみ袋がセットしてあったはずよ」彼女は怒りを込めて、一語一語はっきり発音した。「私が戻ったとき、ごみ箱は空だった。私が知りたいのは、あなたが盗んだものをいつ補償するつもりなのかということ」

ローラは片方の手のひらを喉元に持ってきて、我慢もここまで来た、他人の家の面倒を見るのはもうたくさん、とシオに言った。郵便局の私書箱にも、他人の目を楽しませるためにまだ芽吹いてさえいない庭の手入れをすることにも、公衆電話を使うことにもうんざりだった。「私宛てに電話して欲しいの」彼女は自分自身の電話番号やティーポットが欲しかった。「他人のティーポットを使うのはもうたくさん」と彼女は泣き声を出した。

ローラは自分が今まさに口にしている願望が情けなくて、話しながらしかめっ面をした。しかし、北アフリカの製品を販売している、カムデンのお店のウィンドウに飾られたティーポットを欲しがる彼女の熱意に、滑稽さは微塵もなかった。それは形がよく値段も手ごろな陽気な赤の琺瑯引きの金属製ポットで、ちょうつがい式の蓋がついていた。「でも、ティーポットを抱えてロンドン中を移動するわけにはいかないでしょ。自分の場所が必要なの。まともな仕事が必要なのよ」

ビー・モーリーが勤めている会社でノートパソコンを入れ替えることになり、ビーは骨董品ともいえる三年落ちの旧型を友人にあげた。ローラはそのパソコンを使って、二、三週おきに自分の性格にあっていそうで、しかも楽天的に考えればオーストラリアの大学で取得した英文学の学位が評価してもらえそうな仕事への応募書類を書いた。出版社の編集補助や本屋の店員を希望する手紙を書き、しまいには狂気と絶望による不眠のせいで、元イギリス空軍特殊部隊の隊員の回想録執筆を補助する仕事にさえ応募したが（三十五歳以下で住み込みを厭わない女性限定。全身写真送付のこと）、返事はなかった。

彼女は司書のキャリアをテーマにした集いや校正者向けのワークショップにも参加してみたが、かえって司書や校正者になりたいという願望が失せてしまった。


よりにもよって、ロンドンに降り立ったのはヘッジファンドのマネージャーをしている夫を手に入れたトレイシー・レイシーだった。彼女は美術館学の準修士号を取得し、今ではメルボルンで大学に併設された美術館の副館長を務めていた。脱構築された髪型にポリ塩化ビニルとリネン生地のシフトドレスという装いのトレイシーは、ざんねんだけど（ジュ・ルグレット）、ダール、と言った。オーストラリア展のゲストキュレーターとして招かれているグッゲンハイム美術館に向かう途中なので長居できない。

「でも、ロンドンに立ち寄るのをあきらめられなくて——だってあなたがいるんですもの、ダール」もちろん、お気に入りの陽気なパリも待っていた。彼女は夕方のフライトでシャルル・ド・ゴール空港に向かう予定だった。「なぜわざわざパリに行くのか自分でもわからないの。最近はすっかりヨーロッパにも飽きちゃって。ヨーロッパで展示されている作品はね、ダール、メルボルンなら門前払いよ。メルボルンは新しいニューヨークだって私、いつも言ってるの。でも、パリのことになったら私がどうなってしまうか、あなた、よく知ってるでしょ！　ゲアリーは私が感傷的だって言うの。空港で見送るときにさんざん大泣きしたくせに。部下の男たちが、彼の女性的な側面を引き出したのね」

ローラをひと目みて、あなたゴージャスねと告げたトレイシーは、鑑定家の目で旧友を値踏みした。親切心から購入した、ひと目で二流品とわかるが見逃す気にもなれない絵画を眺めているような目つきだった。万が一、評価が高まったときのために、部屋の暗い片隅にかけておくような絵。

クリームソースのトルテッリーニを掻きこんでいるローラが、いったいどうやってゲアリーとグッゲンハイム美術館と新しいニューヨークという波状攻撃に対抗できただろう。張り合うのを拒否したほうがよほど品位ある対応だったに違いない。しかし、彼女は人間であり、不完全だったので、ためらいがちにシオの話を持ち出した。息子を生贄として神へ捧げるため、約束の場所へ向かって歩んでいたアブラハムの心境――一歩一歩が裏切り――だった。

しかし、トレイシー・レイシーは創造主に劣らず寛大だった。彼女が話の腰を折ったのは、煙草に火をつけるそぶりを見せていた隣のテーブルの男性に、「控えていただけるかしら」と言うためだった。

勝利とシーザーサラダに浮き立って（卵抜き、アンチョビ抜き、ドレッシング抜きでお願いね、メルシー）、トレイシーは寛大にも「ゴージャスな人みたいね、ダール」と言った。あの深成岩的（プルトニック）恋愛のたぐいかしら？私は願い下げだけど、と考えながら、彼女は「彼の写真（ピッチー）を持ってる？」と尋ねた。まったく、同性愛の男とつきあうなんていかにもローラ・フレイザーらしい。

数週間後、古いほうのニューヨークから絵はがきが届いた。スティーヴ・カークパトリックが――美術学校にいた彼のこと憶えてる？――アトリエで首を吊った。本当にひどい出来事。でも、それは誰も本人に告げようとしなかった彼自身の問題のせいなの。自分の審美的思想を発展させてさえいればこんなことにならなかったのに。あなたは信じないかもしれないけれど、彼はクリステヴァを読んでいなかったの。それは紛れもない事実よ。

ラヴィ、一九九〇年代

近所の家の娘がラヴィへの電話を取り次ぐためカーメル家の戸を叩いた。彼女は眼鏡のレンズ越しにラヴィをみつめ、自分の髪に手をやった。まだ二人が子どもだったころ、ある女性がアノマはラヴィのガールフレンドだと言ったことがあった。今では彼には息子と恐るべき妻がいたが、ラヴィがもっと深い、昔からの絆を憶えていることをアノマは知っていた。戸口に立ったラヴィは、初めに驚きの色を浮かべ、次にうれしそうな顔をした――それは憶、え、て、い、ることの証しだった。そうであるなら、彼女の妹が先に嫁いだからと言って、気にすることもなかった。

ラヴィは小道を駆けながら、シリコンバレーへの招聘は手紙で届くと思い込んでいたなんて馬鹿だった、と思った。現代的な知らせは電話によってもたらされるに決まっている。あのスウェーデンの青年は、どうやって正しい電話番号を知ったのか考えてみた。それを可能にした、カリフォルニアの住人だけが知っている秘密の追跡ソフトウェアがあるのだろうか。いずれにせよ、不思議な出来事にはミステリーの要素が必要だった。受話器を握ると聞き覚えのある声が話しかけてきた。それは全学生に「カエル顔」として知られていた教授だった。何の前置きもなく、数学講師の口がまもなく空きそうだと教授は告げた。ラヴィは粗い息をつきながら立ち尽くしていた。ぜひ応募してみなさい、とカエル顔は言った。

若い家族は、ラヴィが勤めることになった大学にほど近い、コロンボ郊外の自転車修理屋の二階にある下宿に移った。通りに面したドアを開くと、下宿のロビーに通じる階段があった。ラヴィ夫妻でも借りられるような安い部屋は、この共有スペースに面していた。そこには、座面が籐で編まれた椅子が何脚か置かれ、古い巨大な白黒テレビがベニヤ板の収納台に収まっていた。画面の垂直同期がときどきずれたが、日が暮れると間借り人たちはみなテレビの前に集まって、煙草を吸ったり、噂話に興じたり、テレビドラマを見たりした。メンディス家が騒音を遮断しようとドアを閉めると、部屋はすぐに息苦しくなった。とはいえ、親しみを感じさせるこの下宿屋での暮らしにマリーニは満足していた。ついに姑から逃れることができたのだから。

ラヴィはときどき、早朝に目覚めることがあった。まだ眠っている妻と息子を見て、いったいこの二人は誰なのだろうと思った。彼は息苦しさと恐れという感情と格闘していた。

ラヴィ、一九九〇年代

ヒランはラヴィの肩に顔を押しつけ、こすりつけた。ヒランは母方の家族を訪ね、母親が子どものころに使っていたおもちゃをもらって帰ってきたところだった。それは黄色いプラスチックを成形してテレビに似せたドイツ製のビューファインダーで、マリーニが若いころにはすでに古びていた。ヒランはこの宝物を父親に見せたくて仕方なかったのだ。

その数日前、タミル・イーラム解放のトラのメンバーが爆発物を満載したトラックを中央銀行に突入させるという事件があった。ラヴィの勤め先に電話がかかってきた。受話器の向こうでマリーニがわめきたてていた。お父さんが今日はコロンボに行く予定だと話していた。お母さんに何度も電話してみたが返事がない。まだ混乱は収まっていないが、報道によると何百人もの死傷者がでているらしい。マリーニは地面に横たわっている死者の中に自分の父親もいると確信していた。

マリーニの両親の消息がわかったのは日も暮れてからだった。父親は目覚めたときに足に痛みを覚えたので、そのまま横になっていることにした。起きてからは、ベランダに出てアラック酒の瓶の中身を吟味していた。次は彼の妻がベッドに横になる番で、頭まですっぽりシーツをかぶり、電話の呼び出し音を無視していたらしい。

父親が無事だと知ってマリーニは泣き始めた。ねじ曲がったコンクリートの下敷きになり、時間をかけて死んでいったと固く信じていたので、父親に会って無事を確認しないと気がすまなかった。そこで次の日、彼女はヒランを連れて両親の家に向かった。

ビューファインダーを調べながら、ラヴィは物が大陸や海を軽々と超えていくことに感嘆していた。どれほど複雑な旅を経て、この小さなおみやげはここにたどり着いたのだろう。ヒランは父親に使い方を実演してみせた。背の部分にある覗き穴に目をあててレバーをひねると、三次元の映像が次々に映し出された。吹き上げられた水が鳥の羽根のようなバラ園の噴水、上流階級向けの海水浴場でくつろぐ水着姿の人たち、山の麓に青い屋根瓦が広がっている光景。しかし、ヒランを夢中にさせたのは、公衆浴場の内部を映した一連のスライドだった。暗い緑色をしたヤシの木が並び、柱と鏡に囲まれた大きな浴槽は淡い緑色の水をたたえていた。鏡に映り込んだアーチ状の通路が無限に続いていた。水のような質感の室内光は、それらの写真に時代遅れのようにも未知の世界のようにも見える驚くべき効果を与えていた。それは過去と未来によって串刺しにされた、救いがたい不気味な夢であり、予兆だった。

ヒランはロビーに置かれたテレビ以上にビューファインダーが気に入っていたが、日が暮れるとそのおもちゃに触れようとしなかった。寝る前にはかならず家族の予備の服が入ったスーツケースにしまって南京錠をかけた。

ときどき、ヒランは泣きながら目を覚ました。長い耳の悪魔がいたの。

マリーニは学校でいちばん仲のよかった友人が、フォート地区で買い物をしているときにトラックの爆発に遭遇し、視力を失ったことを知った。

そのころ、マリーニは女性の地位向上を目指す国際的な支援団体で働いていた。それは村落でクリニックやマイクロファイナンス制度を運営したり、成人向けの読み書き教室を開いたりしているＮＧＯだった。初めのうち彼女は無償で働いていたが、しばらくすると毎週数時間分の賃金を受け取るようになった。彼女は聡明で頭の回転が速く、しかも馬力があった。彼女の責任と給料はしだいに膨らんでいった。ラヴィはマリーニの活躍ぶりを母親に自慢した。しかし、マリーニを初めてバスナヤケ家に連れていったときのことを思い出したりもした。ラヴィがコンピュータを調べていると、マリーニが立ち上がって部屋を横切り、バスナヤケ夫妻の死んだ息子の写真の前に立ったかと思うと、花瓶に活けられたランの花を整え始めたのだ。老夫妻は、火事場で炎の舌先が屋根に這いあがるのを見ている人のように目を見張った。マリーニは微笑んで、「よくなったわ」と言った。そのひと言は、正当化でも弁明でもなく、単なる事実を告げていた。結婚生活に疲れたときには、村々を巡回しているマリーニの姿や、ぼんやり口をあけて暮らしの向上についてじっくり考えている村人たちの姿を想像した。

ラヴィ、一九九〇年代

ラヴィは同じ学科に所属しているもう一人の助講師、ニマール・コリアと親しくなった。父親が印刷会社を経営していたので、ニマールは写真植字に詳しかった。ウェブサイトの割りつけ指示を調べていたニマールは、それが植字のコードに似ていることに気づいた。そこで、ラヴィとニマールは大学のウェブサイト制作に取りかかった。彼らは、コンピュータサイエンス学科の専門家の援助なしにこの仕事をやり遂げてみせるという強い信念を抱いていた。

数学科にはダイアルアップ接続式のコンピュータが一台きりしかなかったので、二人の青年にとってそのコンピュータは祭壇のようなものだった。日中はいつも電話線が混みあっているので、彼らは夜を待ってウェブサイトの制作作業に取りかかるようになっていた。停電することもよくあったが、そんなときにはコンクリートの床の上に横になり、明かりがつくのを寝ながら待った。

ラヴィの語彙に「ヤフー」という新語が加わった。

睡眠不足でなかば頭がおかしくなりながら、ラヴィは開拓者や牧師が体験するような高揚した精神状態にあった。新聞紙で顔に風を送ると、排水溝の悪臭とニマールがいつもたっぷり持っている大麻の匂いとが混ざりあって鼻をついた。蚊がラヴィのくるぶしあたりでお祭り騒ぎをしていたが、ハイパーリンクの魅力にはあらがえなかった。ハイパーリンクを使えば、手品師が取り出す花束のごとく、一瞬で別のページに飛ぶことができた。目の前で次々とスクリーンが開いては消えていく様子は、溶解と増殖を繰り返す夢のようだった。

ラヴィは、ネットサーフィンと呼ばれる行為をマリーニに説明しようとした。ある電子風景が別の電子風景に画面を譲る様子や、表層と深層のあいだのわくわくするような宙づり状態。打ち込んだ一連の文字列が、願望に形を与えてスクリーンに映し出す様は魔法のようだった。場所という概念は解体されてしまったのだとラヴィは言った。彼は飛翔とスピードについて語った。

五、六年して、ダイアルアップ接続と「モザイク」という名のウェブブラウザがデジタル先史時代のぼんやりした遺物になると、そのスピードが実際にはどれほど遅かったのかラヴィはときどき思い出して感慨にふけった。未来のある日、ラヴィがシドニーのボンダイで信号待ちしていると、すぐ隣りで駆け足をしているジョギング中の女性が歩行者用ボタンをガンガン叩いた。最初にボタンを押した時点で彼女の要求は電子的に認識されており、そのあと何をしようと信号が早く伝わるはずはないのだが、彼女は手のひらの付け根部分でボタンを叩き続けていた。その様子を見て、マウスパッドの上でマウスを細かく揺すぶったり、円を描くように動かしたりしながらデータのアップロードを待っていた日々が蘇ってきた。それは、テクノロジーなんかに支配権を譲りたくないという人間らしい感情の働きだった。

ある夜、こうした現代の奇跡を体験してみたくてたまらないマリーニが、ラヴィの職場を訪ねてきた。そこに居合わせたニマールは、煙草の煙に包まれていた。子どものころの怪我が原因で彼の片腕は萎えていた。彼はぽっちゃりした体型で目玉が飛び出していたが、才能には恵まれていた。ニマールが独創性を優雅に浪費しながらウェブサイトを制作しているのを見て、ラヴィは少し嫉妬を覚えた。ラヴィ自身の知性はいわばアイロンのようなもので、でこぼこをならすのに向いていた。したがって、仕事が速く、完全無欠を少しばかり軽蔑していたニマールが作ったものを改善することならできた。あふれんばかりのニマールの才能に、自分の地道な才能が接ぎ木されている――ラヴィはいつも後塵を拝していることを意識せずにはいられなかった。

　この作業を始めたころから、ニマールはネット上にあふれているポルノグラフィにアクセスしていた。しかし、それらの映像は無料で流通しているわけではなかった。彼の萎えていないほうの腕がマウスの上で震えたが、彼はクレジットカードを持っておらず、手に入れる見込みもなかった。しかし、彼はジェニファー・リングリーというアメリカ人学生が、自分の部屋にウェブカメラを設置して日常を記録しているのを見つけた。その「ジェニカム」というサイトは三分ごとに更新された。ジェニファーが自分自身のことを延々と話し続ける退屈な時間もあったが、ニマールは一度、彼女が自慰しているところを見た。彼女はカメラの前で裸になると約束していたので、二人ともそれをとても楽しみにしていた。もし授業や停電と重なったらどうしよう。ジェニファーはあけっぴろげで偽りのない暮らしをすべての人に見せたいと話していた。それは途方もないプロジェクトだったが、目を離すことができなかった。ジェニファー・リングリーは新しいタイプの人間だった。歴史上、すべての暴君は隠された生活を窃視しようと夢見てきたが、その夢は隠そうとする臣民を必要としていた。日常を包み隠さずカメラにさらし、世界に向けて発信しているぽっちゃりした十八歳の前では、そんな夢は萎んでしまった。

　ラヴィは、マリファナと疲労で充血したニマールの大きな目がマリーニの胸のあたりをさまよっていることに気づいた。彼女の気をそらすため、ラヴィは早口で話しかけた。「君は君自身でありながら、空想の中では誰にでもなれる。ネットの世界も同じなんだ」彼は言葉の不十分さを感じながら、肉体を離れた旅を実演してみせようと、彼女を導いてポータルをくぐり、チャットルームに寄り道した。ウェブカメラはサンフランシスコの水槽や、ケンブリッジ大学の地下室でポットに滴り落ちているドリップ式のコーヒーを映し出していた。世界は縮んだのだとラヴィは言った。それは何ものにも制約されない触手のようでもある。ニューヨークからニゴンボにいたるまで暮らしはやがてデジタル化され、つながるのだ。重要なのはコンピュータ自体ではなく、コンピュータが解き放った可能性なのだ。「インターネットはこの状態から人びとを解放するんだ」とラヴィは宣言した。さっと振った腕は、湿気のせいで染みの浮かんだ壁、政治の大規模な暴虐、間に合わせですませるしかないちょっとした屈辱感などを含んでいた。

「もうすぐ、誰もが旅行者になるんだ」と彼は言った。

マリーニは検索エンジンに「人権　スリランカ」と打ち込んでいた。

その夜、マリーニはベッドの中で、サファリパーク内の集団墓地に投棄されていた遺体の身元を特定した法医学者の話をした。「肉体はいつでもローカルなのよ」と彼女は言った。

しかし、二人の抱擁はヴェネツィア的だった。流麗で崇高。彼女の中で溶けていきながら、ラヴィはイメージの奔流に襲われていた。ストリーミングと接続、データと肉体。ＨＴＭＬとＤＮＡ。さまざまなものが混然一体となって彼の脳裏を流れていった。

マリーニが参加しているＮＧＯは、南部の村でロープを製作する事業にかかわっていた。マリーニは、夜ごと父親にレイプされている八歳の少女の話を持ち帰った。その子の母親はジュネーヴで乳母をしているという。

「何が起きているのかみんな知っているのよ」

「なぜ誰も通報しないのかな？」

「その男が巡査で、彼の兄が巡査部長だからよ。私が知る限り、兄も関係しているそうよ。私たちが何とかしないと」
「でも何を？　たしかにひどい話だけど僕たちに何ができる？」
「私たちっていうのはＮＧＯのこと。誰もあなたに行動を求めてなんかいないわ」

嵐が到来すると、カーメル・メンディスは部屋から部屋へと慌ただしく動きまわり、雷を呼び寄せないよう鏡にタオルをかけていった。カーメルのそういうところがマリーニには我慢できなかった。カーメルはヤシの葉で作った十字架や、キリストが緑色に光っているプラスチック製の磔刑像を飾っていた。マリーニは、義理の母の迷信深さや敬虔さを軽蔑していた。

そんなマリーニにも崇拝対象があった。ラヴィがそれを知ったのは、彼女のブレスレットがなくなったときだった。それは明るい青と暗い青のプラスチック製ビーズでこしらえた子どもじみた代物だった。マリーニはそれをめったに身に着けなかったが、いつもあちこちに放置していて、とうとうなくなってしまったのだった。彼女はパニックを起こし、それから慰めようがないほど落ち込んだ。何もわかっていないラヴィは、代わりのブレスレットを買ってあげると言った。でもそれは、幸運を呼ぶ魔法の力を秘めた特別なブレスレットだったのだ。

彼女を知り尽くすことは到底できないと感じたラヴィは幸福感に包まれたが、それがさらにマリーニの誤解を招くことになった。ラヴィはまじめな態度を崩さなかったが、マリーニは彼の幸福感を感じ取り、彼女の悲しみに対して夫は無関心なのだと信じてしまった。

ローラ、一九九〇年代

僕は踏みならされた道のほうが好みだとシオはよく話していた。「僕そのものがヨーロッパなんだ。良くも悪くも。電車で行けないところで行きたいところなんてないよ」

「オーストラリアがあるじゃない！」

「夢の場所だな。空想にゆだねておくのがいちばんだ」

「インドは？」それというのも目の前の棚に、インド亜大陸を扱った大型本のちょっとしたコレクションが並んでいたからだ。

「ムティが残していったんだ。母さんはとんだ写真ヒッピーだったから。母さんはギャビーと僕を無理やりメキシコに連れていったんだ。すべてがすばらしかったけど、僕たちには何ひとつ理解できなかった」彼はインドに関する本を一冊手に取ってページを繰り、冠のごとく七匹のコブラに頭を取り囲まれたダンサーの写真を見せた。「たとえばこの男。彼を突き動かしてここまでやらせる信念は何なのか――僕はいつだってぽかんと見つめるしかないだろうな」彼は説明しようとして、広い額をこすった。

「それが旅する理由でしょ？　発見することが」

「観光には過去が存在しない。あるのは連続だけだから。時間が生じるだけの時間がないんだ」

「知っていることが異質なものに変化する瞬間を僕は願っている」とも彼は言った。

でも、友人の情熱を矮小化しておとしめようとしないところがシオの美点のひとつだった。彼はローラと一緒に地図を眺めながら旅の目的地について意見を述べ、特別割引料金について助言した。

ある午後、ローラが留守を任されていたベルサイズパークの家にシオが訪ねてきた。雨の降り続く朝で、彼は水の滴る並木の下を歩いてきたのだった。ドアを開けた瞬間、この人は私のために来てくれたのだとローラは冷静に感じた。雨の新鮮な匂いが家の中に流れ込んできたからだった。ほかの人には何の脈絡もないかもしれないが、それはローラにとって自然な連想だった。家に入ると、シオは屋内を見回して――それは打ちっぱなしのコンクリートに壁面照明を備えた、個性を排したシックで現代的な家だった――「なんて興味深い無情さなんだ」と言った。彼の髪も靴も湿っていることに彼女は気づいた。しばらく会っていなかった友人に偶然会ったのだとシオは言った。ミーラ・ブライデンは高級旅行雑誌の中でもとびきり高級な『ウェイフェアラー』誌の編集者に着任したばかりだった。「もちろん彼女は誌面を全面的に刷新するつもりでいる。そこで、執筆を依頼するのにうってつけの人物を知っていると言ったんだ」彼はローラに名刺を手渡した。「君に電話してほしいそうだ」

「すてきなシオ!」とミーラは言った。「彼ね、あした夕食を食べにくるの。あなたも来ない？　ぜひ会ってみたいの。私に読んでほしい文章を忘れずにね」

ローラは働いていたレストランに電話して、インフルエンザにかかったので欠勤すると伝えた。彼女はノートパソコンを準備して、その前に座った。「ミーラはどこの話だろうと気にしないよ。インドでもいいし、シドニーでもいい。僕に話してくれた場所からひとつ選べばいいのさ」ローラのそばにはウェイフェアラーの最新号が置かれていた。彼女は適当にページを開いて読んでみた。「壮大な陸路の旅で発見したこと。アフリカは冒険だ」黒ずんだ石の尖塔が、警告するように彼女の心に浮かんだ。彼女はまだシオに話していない、そして誰にも話すつもりのないストーリーについて考えていた。去年、ストラスブールで出会った男の話。週中限定の特別価格の航空券につられて出かけた旅だった。彼女は駅の近くでいつも見つかるようなホテルに部屋をとり、街を見物しに出かけた。ガイドブックのおすすめは有名な大聖堂と、その中にある有名な時計だった。大聖堂を見物したあと、まだ落ち着かない気分のままぶらぶら歩いていると、「コンフィチュール・ド・ビエール」を販売している店が目に入った。ビールのジャム！　なぜオーストラリア人は思いつかなかったのだろう。ジャムに限定する必要もない。ビアブレッド、ビアソーセージ、ビアパスタ……。脂っこい羊毛の断片を櫛でとかして引き伸ばしたような雲が、こちらに迫ってきた。それは彼女を呑みこみ、町を暗くしていった。恐怖を感じてもおかしくなかったが、雲はすぐに流れ去った――慌ただしく、取り澄まして家路を急ぐ人びとのように。夜が訪れた。ローラは家並を上下さかさまに映し出した運河に沿って歩いた。バーに入り、カウンターに立ってワインを飲んだ。フランス人は正確な平叙文で互いに話しかけていた。ある男がアン・フリュ・ナザルでまいっている、と話していた。それは英語の鼻水（ラニーノーズ）が出るより明らかに格調高い表現だったので、ローラは顔を背けてひとり微笑んだ。

一人でテーブルに座り、腕でビールを抱くようにした男と目が合った。男の爪は短く切り詰められ、鋤のような形をしていた。ほどなくローラとエミールは、月に冷たく照らされた通りを一緒に歩いていた。通りの片側には、背の高いのっぺりした壁が続いていた。壁が途切れたところには、枝つき燭台のような木が植えられていた。葉のない枝には、蝋細工のような花が空に向かって咲いていた。

ホテルの部屋に入ると、雰囲気を出すために天井の照明を消し、代わりに部屋の隅にある洗面台の明かりを点している時間すらなかった。数時間後、エミールは服を着ながら、地元の人間が旅行者に尋ねがちな気のない質問をした。通りの奥に建っている大聖堂が目に入ったとき、恐怖を覚えたとローラは答えた。「大きなあやまちが起きてしまった現場を見ているような——災害の現場に出くわしたような——恐怖感を抱いたわ。大聖堂はとても汚くて巨大で、まわりにはほかの建物が迫っていた。眺望が欠けているのね」そう話しているあいだ彼女の心に浮かんでいた映像は、見ることなどできない、出会うしかないものだった。大聖堂から歩み去る途中でローラは振り返り、大聖堂の側面を見た。ローラの目に映ったのは、建物に突っ込んでそのまま石になってしまった巨大な蝙蝠の翼だった。

エミールは注意深く聞いていた。そして、俺は十九歳で家を出たきりで一度も帰っていないと言った。空港からはマルセイユ行きの飛行機とグルノーブル行きの飛行機が飛んでいた。飛行機が着陸したときには夜も更けていた。移住に必要な書類を揃え、旅費も出してくれた叔父が、ヘッドライトの光だけが闇に穴をうがっている夜道を運転して、町はずれのアパートまで送ってくれた。次の朝、ついにフランスにやってきたという歓喜と共に目を覚ました。学校ではフランスで起きた革命について勉強し、フランスの詩を暗唱し、フランスの主要輸出品のリストまで作ったものだった。俺は窓に駆け寄って鎧戸を跳ね上げた。そして、叫び声をあげた。

部屋の中ほどに引き戻されてから聞いた説明によると、彼が見たのは山だった。彼がいる高層アパートは、その岩がちの黒い山肌に打ち込まれたくさびだった。窓から身を乗り出せば、岩肌に触れることすらできそうだった——誰かが足を押さえてくれていればの話だが。「それにしても忘れることができない。初めて目にした麗しのフランスが、太陽の光を遮っている大地殻変動だったんだから」

そこまで話が進んだところで、お互いに話すことはもう残っていないことに二人は気づいた。二人がベッドの中で途中休憩をはさみながら行った行為は時間を超越していた。しかし、今では過去が姿を現していた。それは木の姿をしており、根は埃っぽい灰色のカーペットを突き破り、壁をこすっている枝には耳障りな声を張り上げている派手な色彩のオウムと、フランスの三色国旗を屍の山に突き立てている兵士と、『三銃士』を枕元に置いて眠っている少年がいた。

ロンドンの夜は更けていき、ローラはミーラ・ブライデンに渡すストーリーを執筆していた。最初のうちは、パソコンの便利さに心が浮き立った。スケート選手なら、こんなふうに素早く急降下したり滑空したりする感覚をよく知っているだろう。しかし、ストーリーが形を取り始めると、彼女の熱狂は後退していった。誤り、最初に書き留めたアイデア、代案などは跡形もなく消しさられ、紙なら残っていたはずの苦労の跡はどこにもなかった。書き終えるころには、ローラはもはやスクリーンに浮かんでいる処理済みの言葉を信用していなかった。傷がなくても鮮度に欠ける言葉は、スーパーマーケットに並んだ林檎を思い出させた。彼女は組んだ両手を頭上に伸ばしてストレッチしながら、エミールのことを考えていた。彼の手はかすかに胡椒の匂いがした。彼は彼女の中で揺れていた。ホテルの部屋の奥まったところでワードローブの扉が突然開いた。その中にはゆがんだワイヤーハンガーがぶら下がっていた。追憶に浸っている今になって、自分たちが交わした物語には何の共通点もなかったことに気づいた。ひとつは場所についての物語、もうひとつは時間についての物語だった。ローラは見慣れぬ光景が旅人に与える心理的ショックについて、エミールは幻滅への道のりの最初の一歩――それは実のところ少年時代の終わりについての物語だった――について語っていたのだった。話しているあいだ、彼は真剣で親切そうに見えた。しかし、ひとたび話し終えると、大きな失敗から距離を置こうとするかのように、そそくさと上着を着て部屋を出ていった。

「心配無用さ」とシオは言った。「ミーラはきっと君のストーリーが気に入るよ——君のこともね。彼女はとてもいい人なんだ。それに、夫はあのすてきな彼だし」

ルイス・ブライデンは言った。「オーストレイリヤ？　俺はあの国で牧場見習いとして最高にすばらしい時間を過ごしたよ。あのすばらしい奥地。シドニーやメルボルンよりはるかに本物って感じがしたな。だって、オーストレイリヤの都市に何の意味があるっていうんだ？　二流の猿真似じゃないか」ローラに対して、ルイスは親切につけ加えた。「でも、あの国はずいぶんよくテレビや映画に登場するじゃないか。女子学生ばかり狙う殺人鬼が登場する、あの最高によくできた映画があっただろ。ダーリン、何ていう映画だったかな。ほら、ケイト・ウィンスレットが出てた」

その晩、ルイスはずっとこの調子でしゃべり続けた。彼の横顔は映画向きだったが、とめどないおしゃべりは映倫の規制に引っかかりそうな内容だった。ポロシャツの襟の上に載っている頭は、いとも簡単に胴体から転げ落ちそうな印象を与えた。ルイスが長広舌をふるっているあいだ、時間は楽しく過ぎていったが、ローラが見ていたのは彼が自分の頭を小脇に抱えて歩き回っている姿だった。

ブライデン夫妻は結婚してからまだ日が浅かった。ルイスは何かと理由を見つけては、肉づきのよいセクシーな妻の身体に触れた。テーブルに身を乗り出して彼女の指を撫でたり、彼女が皿を取り換えているあいだ尻に手を置いたりした。ミーラが電子メールについてローラたちに説明し、自分たち夫婦はすっかりはまっていると話している横で、ルイスはにやにやしていた。二人がどんなメッセージをやりとりしているのか、知りたくなくてもその顔が物語っていた。

地下鉄の駅までの道すがら、ローラの腕にもたれて歩いていたシオはしゃがれ声でうめいた。「なんて、なんて幸運なミーラ！」

シオの愛しい男たちのコレクションにルイスが加わったことをローラは知った。

プラットホームへの階段を下りていく途中でシオがふらついた。そのとき、フレイザー一族に受け継がれてきた、命を守るためには他人に容赦しない自己防衛本能が反応した。一瞬、形のよい自分の手が突き出され、シオの身体がコンクリートの上に長々と横たわっている姿がローラの脳裏に浮かんだ。もちろん彼女は、シオの身体をしっかり掴んで支えていたのだが。

ブライデン家で過ごした夜以降、表面的にはローラとシオの関係に変化はなかったが、目に見えない何かが決定的に変わっていた。その結果、距離を置いてシオを観察できるようになっていた。友人がハムステッドの家を辞そうとしても、シオはもはや無理に引き留めようとしないことにローラは気づいた。今では「君はそんなにつまらない奴なのか？」という言葉が彼の口から飛び出すようになっていた。軽くからかうような口調だったが、シオは本気だった。たいていローラは、心地よく鋭利なシオの敵意に屈した。彼女は付き合いのいい人間だったから——それがオーストラリア流ではないか。しかし、そんな日の翌日は怒りが湧いてきて不機嫌になった。私は働いて生計を立てているというのに、シオときたら子どものように机に向かっているだけではないか、と彼女の筋肉が叫んだ。

彼が拾ってくるがらくたは、ますます増えていた。車庫にしまわれていた寝台が家の中に持ち込まれ、今では机に立てかけられていた。ダイニングの重厚なカーテンが姿を消し、代わりに夕暮れどきの燃え上がるような太陽が印刷されたオレンジのベネチアンブラインドが取り付けられていた。鏡タイルが廊下の壁を占領し、藤色と銀色の渦巻きの壁紙が一階のトイレの壁を這っていた。ゴム製の小さな恐竜が家中の棚の上を行進していたし、SFに登場する羊から刈り取ったようなけば立ったホットピンクや暗青緑のラグがじゅうたんの上に鎮座していた。いたるところで牛乳運搬用の箱が増殖していた。

ボタン止めのブーツを履いた子どもがインドの墓場から蘇り、マントルピースの上に飾られた鏡の底を駆け抜けた。ヘスターの声が聞こえた。ル、ー、ス、は息が詰まって死んだの、――ル、ー、ス、の喉は灰色のビロードみたいになっていいた。その記憶はローラを誤った方向に導いた。アナ・ニューマンの家の中に姿を現しつつあった醜いモダンな家は、自分らしさを求めているというより、感染症の症状を呈しているように思われたのだった。

会話を心地よく包み込んでくれる均整のとれた二脚の肘掛け椅子に、第三の椅子が加わっていた。淡い黄褐色とブラウンのテキスタイルで覆われた、巨大なリクライニングチェアだった。歩道に捨てられていたんだ、とシオは言った。それは驚きね、とローラは返した。

ラヴィ、一九九〇年代

彼は練習帳から破り取られた罫線入りの紙の写しを見ていた。証人陳述書よ、とマリーニは言った。「この女性は寺院の裏に放置されたいくつもの死体を見たの。彼らは男たちを全員連行して、ライフル銃の台尻で殴ったそうよ。彼女は頭蓋骨がぱっくり割れる音――ココナツが地面に落ちて割れるのとそっくり同じ音――を忘れることができないって話していた」

こうした情報が国中の村を回っているマリーニの耳に入ってきた。ラヴィは彼女の話を聞いて身震いしたが、すぐに忘れることができた。八〇年代の末に起きた事件も含まれており、彼に言わせればそれらは遠い昔の出来事だった。

マリーニは勝ち誇った表情を浮かべて、その紙を折りたたんでいた。彼の身体の芯がうずいた。

セックスは彼女を饒舌にした。愛を交わしたあと、彼女は暗殺部隊や誘拐の話を始めた。ラヴィがいつでも彼女の話に耳を傾けているわけではなかったのは、そのせいでもあった。夫婦のベッドは恍惚と教育の場だった。友人の貸間で過ごした初めての午後から、彼女には慎みがなく、いつも実験的で大胆だった。

丸々太った赤ん坊だったヒランは、引き伸ばされて棒切れのような少年に育っていった。太らせるためにアナマルバナナを食べさせたが、藁しべみたいにやせっぽちのままで、ほとんど目に入らないくらいだった。

「カン　カン　ブウル！　チン　チン　ノル！」という声が聞こえてきた。ラヴィは窓から通りを見下ろした。

彼の息子を含む、何人かの子どもたちが下宿屋のそばの空き地で遊んでいた。マリーニが働いているあいだ、近所の女性がヒランの面倒を見てくれていた。ヒランはその女性の子どもたちとすっかり親しくなっていた。「走れ、走れ、走れ……」背の低い、太った少年がほかの少年たちを従えているようだった。硬く伸ばしたままの腕を振りながら、ヒランはほかの子どもたちを追って駆け回っていた。このところ、ヒランはあちこちで走り回っていた。すばやい、ぱたぱたという足音が、貸間暮らしの背景音のひとつになっていた。

ラヴィは煙草に火を点け、窓辺から見守っていた。下では別の遊びが始まっていた。子どもたちは自由に駆け回っていたが、誰かが「爆弾!」と叫ぶと、たちまち地面に身を投げ出し、大の字に横たわって身じろぎしなくなった。しばらくすると子どもたちは起き上がり、ふたたび走り回るのだった。ラヴィにはこの遊びの目的がわからなかったが、子どもたちは一時期、延々とこの遊びを繰り返していた。

マリーニは同僚のディープティ・ピエリスという女性との関係がこじれていた。二人の仲違いの原因ははっきりしなかったが、教育に関することか——ディープティは自分の子どもたちをインターナショナルスクールに通わせていた——、机の位置だったか、そんなところだった。仲が悪くなる前は、マリーニは自信家で軽率なところのあるディープティに魅かれていた。二人は自分たちの古いつながりまで掘り起こしていた。マリーニの父は、社会面担当の駆け出し記者だったころ、ディープティの叔母が舞踏会デビューした場面に居合わせた。彼女のドレスをデザインしたのは建築家だった。ドレスの裏地には目の粗い暗い色のシルクが、表地には驚くほど薄いメッシュが使われていた。舞踏会の直前、何百匹もの蛍が生地のあいだに放たれ、開口部が縫い付けられた。彼は、今でもその瞬間が忘れられなかった。生きた光に包まれた少女。一斉にそちらに向けられたあ然とした顔。彼のカメラマンを務めていた興奮しやすいユーラシアンは卒倒してしまった。

最近、ディープティは義理の兄の名前を漏らした。それは、タイヤ工場を所有しているならず者だった。工場の従業員の一部がストライキを呼びかけたとき、その中でもっとも率直な物言いをする人物のところへ二人組の男がやってきた。男たちが去っていくとき、彼の背骨は折れていた。「ディープティは、義兄が自分のかかりつけの専門医にお金を払って、その従業員の診察をしてもらったって言いふらしてるの」マリーニはラヴィに言った。「そもそも誰が入院させたのか、みんな知らないとでも思ってるのかしら」マリーニが職場から持ち帰るディープティの話はそんな内容だった。

おまけに、そのピエリスという女はかんしゃく持ちだった。その朝も、彼女は給仕係の青年に怒りを爆発させ、クビにしてやると脅したところだった。その出来事のあと、彼女はオフィスの全員に愛想よくチョコレートケーキを押しつけて回り、大きすぎる声で笑ったりおしゃべりしたりした。「典型的ないじめっ子だわ。やり過ぎたって突然気づいて、みんなを味方につけようとするの」

ならず者やチョコレートケーキはおまけに過ぎないというのがラヴィの見立てだった。初めのうちディープティを気に入っていたことが、マリーニの彼女に対する敵意の根源だった。学校や机の件があって、これまであの女に騙されていたと感じたに違いない。おまけにマリーニの父親がこの事態全体にからんでいた——父親のことになると、マリーニは猫のように気難しくなるのだった。少女時代の輝かしい記憶だった蛍のドレスが、ディープティに語られることによって曇ってしまったのだ。ラヴィはこうした考えを如才なく、まわりくどく妻に語り聞かせ、このピエリスという女が何をしたにせよ、義兄がやったことについて彼女には責任がないと付け加えた。

マリーニは考え込んでいるようだった。ラヴィは彼女がひと言も聞いていなかったことに気づいた。「ねえ、あらためて考えてみたら、ディープティは給仕の青年に悪いことをしたって本気で考えていたのかもしれない。わざわざみんなにケーキを配ったりして。彼女が本気でケーキをあげたかったのは、あの男の子だったんだわ」

二連の祭壇画：

ひとつめのパネルには新婚の夜が描かれている。マリーニの誘いで、彼は指を優しく彼女の中に挿入する。指を抜くと、輝く細い糸がまとわりつき、ところどころで固まって銀色の節になっている。その後も長いあいだ「ワールドワイドウェブ」という言葉を聞くたびに、ラヴィはそのきらめく網のことを思い出した。

ふたつめのパネルは、二人の結婚生活最後の年である。部屋の隅の、ナイロン製の紐に布を掛けただけの間にあわせのカーテンの背後でヒランが眠っている。鼻腔内に何秒か息を閉じ込めては吐き出している。それは緊張感を生むリズムだ。かすかな寝息をひとつも聞き逃すまいとして、ラヴィ自身の息もしばらく止まる。

そのあいだ、マリーニはある女性の話を囁き声で語っている。ある日、女性のもとに小さな包みが届いた。宝石商が扱うようなビロードの小箱を開けてみると、象牙色のサテンに包まれた夫の眼球が収まっていた。彼女の夫はジャーナリストで、行方不明になってから何週間か過ぎていた。

「気をつけて」ラヴィの口から大きすぎる声が飛び出した。

ローラ、一九九〇年代

ナポリに住んでいるビーの従妹のヴィヴィアンが、父親の病気のためロンドンに帰ることになった。しかし、彼女は自分の住んでいるアパートも、報酬をもらって英会話を教えている生徒たちも手放してしまうのが惜しかった。

ビーは何気なくローラにこの話をした。彼女たちの心の中で、あるアイデアが同時にひらめいた。それは五月のある日曜日の朝のことで、二人はビーの庭つきアパートの中庭に張り出した、青い丸天井の部屋でコーヒーを飲んでいた。壁には黄色とクリーム色のバラが一輪ずつ咲いていた。大型のプランターからは丘陵に似つかわしいタイムの香りが立ち昇り、その隣には月桂樹が植えられていた。ローラはランチタイムのシフトが入っていたため、あと二十分でイズリントンに向かわなければならなかった。運命の予感——稲妻の一閃が浮かび上がらせた未来——が彼女を興奮させ、怯えさせた。ビーの顔を覗き込んだローラは、彼女もまたぞくぞくするような興奮を感じていることを知った。

私にはとても務まらない、外国人に英語を教えたことがないし、何から始めればいいのか見当もつかない、とローラは言った。

ビー・モーリーの唇の上には、黄金の産毛が目立つことがあった。彼女は今、その黄金のひげを撫でながら、期待外れの部下と差し向かいで話すときに好んで使う、きびきびと励ますような調子を呼び覚まそうとしていた。「もちろんできるわよ。ただ会話をするだけなんだから」ビーはやり手のフィクサーだった。ローラがいなくなればシオはもっと私を頼りにするかもしれない、という考えが頭をよぎっていたとしても、彼女はそれを追い払った。

運命、魔法、あらかじめ定められていたかのような成り行き――それらはまだローラを見限っていなかった。ブライデン家に夕食に招かれてから数週間が過ぎていたが、ウェイフェアラーに記事を書くという話はなかった。今ではブライデン家の常連になっているシオに尋ねるのは気が進まなかった。

ナポリ出発の二日前の晩、ローラがシオの家を訪ねているときに電話が鳴った。「君にだよ」とシオは言った。

ミーラ・ブライデンは、もっと早く連絡できなくて本当にすまなかったと言った。しなくちゃいけないことが山ほどあって。そもそも、なぜこの雑誌の編集を引き受けたりしたのかさっぱりわからない、きっと頭がどうかしていたのね。でも、あなたのストラスブール大聖堂のエッセイは気に入っていたの。どれほど冷えびえした印象を受けたか、あなたに話したかしら。それにとても独創的だし。気に入ったのよ、本当に。あのエッセイを掲載できなくて本当に悪かった。去年、ストラスブールの有名なクリスマスマーケットを特集したところだったの。でも、あなたナポリに行くらしいわね。なんて気のきいた目的地かしら。実は雑誌の次のテーマが南イタリアに決まったの。プーリアかシチリアの特集を組んでみたい――ストラスブールのエッセイより知的な感じをほんの少し抑えて、もうちょっと官能的な感じで。編集部としては南部地方のシンプルで素朴な料理を取り上げたいと考えている。読者はエキゾチックな土地の食に関する記事を読むのが大好きだし、きれいな写真も掲載できる。やってみる気はないかしら……？

シオはヒースロー空港まで送ると言ってきかなかった。ローラが乗る便の搭乗案内が流れると、彼はバックパックから包みを取り出した。「ナポリに着くまで開けてはだめだよ」

彼女は座席についてシートベルトを締めるとすぐに包み紙を破いた。客室乗務員がひとつひとつの座席の背もたれに触れて、離陸前の最後の確認をしながらこちらに歩いてきた。彼は乗客が何か赤いものを抱えているのを見つけて立ち止まった。女性がティーポットを抱えて静かに泣いていた。乗客が機内に持ち込むものときたら！　あの注ぎ口が誰かの目に突き刺さったらどうする？

ローラ、一九九〇年代

ナポリの空港では、ロンドンからの到着便の最後の荷物が引き取られ、ローラがひとり取り残されていた。ターンテーブルがまた一周した。哀愁漂うゴムの流れ。制服姿の人物が近づいてこなければ、彼女は永遠にそこにたたずんでいるか、いちばん早い便でロンドンに引き返していたかもしれない。空港の職員たちは無線機越しにあれこれ話していた。ローラは書類に必要事項を記入しながら、兆候をあてにするなんて馬鹿だったと考えていた。すると、壁の一部が魔法のように横すべりして開き、オーバーオール姿の男性が現れてローラにスーツケースを手渡した。荷物運搬車から滑り落ちていた彼女の荷物を回収してきてくれたのだった。

空港バスが到着するころには、ナポリの街は茶色を帯びたベンゼン色の夕暮れの中にたたずんでいた。私は何を期待していたのだろう。アリアか発砲か、あるいは古代ローマの百人隊長の亡霊だったか。プロのスリが彼女のポケットを探ったのはたしかだった。車の流れは詰まり、アイドリングの音が立ち昇っていた。「歩いてすぐ」ヴィヴィアンが地図と一緒に送ってきた手紙にはそう書かれていた。しかし、ローラはディスクマンを売りつけようとする男と、携帯電話を売りつけようとする男に両脇から挟まれていた。彼らを振り払うと、ローラは人混みの中に踏み込んでいった。両側には靴下、櫛、ポケットナイフなど、安くて役に立つ品物を並べた折り畳み式のテーブルが連なっていた。影がひとつ近づいてきて、ハシシはどうだい、宿も紹介するよと囁いた。明確な目的と土地勘があるように見せるため、ローラは足を速めた。広大な広場が掘り返され、立ち入り禁止の柵が取り囲んでいた。この広場を横切らなければならないのに。そのとき、鋼のような手が彼女の腕を掴んだ。あやうくバスの前に飛び出すところだったのだ。ローラは礼を言い、泣きたいような気持ちで細い通りに逃げ込んだ。宵は深まっていた。大粒の雨の染みがどんどん地表を埋めていく。不意に目の前に傘の花束が現れた。肌の黒い男が彼女のほうへ突き出していた。通りには街灯がほとんどなく、歩道も皆無だった。彼女は上着のフードをかぶった。駐車した車の下で、猫が小さな鳴き声をあげた。雨が斜めに小止みなく降っていた。靴がびしょ濡れになり、やがてその中の足も濡れた。車輪つきのスーツケースはぐらぐらしながら敷石の上を進んだ。悪夢に登場する内反足のストーカーのように、その重い足音はつねに一歩遅れて追いかけてきた。まぶしいひとつ目のライトがまっすぐ彼女に迫ってきた。彼女は冷酷無情な石にぴったり身体を寄せてかわした。笑い声をまき散らしながら、ヴェスパが猛スピードで走り去っていった。ふと気づくと、頬の赤い固太りの幼子をまつった祭壇が壁に設置されていた。黒く濡れたファサードに留められた、安っぽいブローチのようだった。祭壇のネオンが広場の名前を照らし出していたので、地図で確かめようとしたが見つからなかった。誰かが咳込んでいるのをやり過ごした。行く先々でかならず新しい広場や十字路が現れ、スクーターが暗がりから飛び出してきた。

ピザ屋の窓にソフィア・ローレンの写真が飾られていた。店内は混雑していたし、彼女はずぶ濡れだったので、中に入るには勇気が必要だった。店を通り過ぎ、重い足取りでさらに歩いていくと、道路に隣接した戸口に行き当たった。内開きの扉が音もなく開いた。中は芳香が漂い金箔が輝いていて、後宮か教会のようだった。通路の角を曲がると、段差の低い階段が幻のように現れ、アーチ道へと続いていた。その先には鐘があった。ローラは気づいていた。自分が道に迷ってしまったことに、そしてこの場所が気に入ったことも。

その後の数か月、孤独を感じたときや気温や気分が落ち込んだときなど、この街に共感している自分に驚く時間と機会はたっぷりあった。それは説明不可能だった。人情味がなく、爪のあいだに汚れがたまっているくたびれた貴婦人のような街。ナポリには弁護の余地などなかった。

ヴィヴィアンのフラットは、元は貴族の館だった建物の四階にあった。通りに面して自動車修理工の作業場があり、中庭にはバイクや車があふれていた。エンジンをふかす騒音に幽霊の声が忍び込んでくることもあった。「君は自分の感情だけを頼りにしている、ヴァネッサ。だから、サルバトーレと僕たちの祖母の関係がどんな性質のものなのか、ぜひ考えてみて欲しい」ヴィヴィアンの手紙は、予備の鍵と排水溝に関する助言のあい間に、ささやく壁についても触れていた。シニョーラ・フロレスクがテレビのメロドラマを見ているだけ。彼女の居間とうちの居間は隣り合っていて、彼女、いつも大音量でテレビを見ているの。彼女はルーマニアかどこかその辺の出身で、無害だけど完全にイカれてる。

ビー・モーリーが訪ねてきた。背が高く、相手に威圧感すら与えることのある彼女が明らかにぞっとしていた。彼女は長いブロンドの前髪を払いのけ、ほとんど口もきかず、頬を吸いながらこそこそと通りを歩いた。彼女の気分がローラにも伝染した。ローラはナポリの魅力を伝えようとしたが、気がつくと欠点を列挙していた。車が歩行者のために止まらない。郵便局なのに切手が売り切れている。スリにサングラスを盗まれた。じめじめした午後には下水の匂いが漂ってくる。車が赤信号で止まらない。野良犬がわんさといる。スリに鍵を盗まれた。歩道に放置されたごみが腐っていくままになっている。救急車が近づいてきても車が止まらない。新聞の見出しがまた別のマフィアによる殺人事件を伝えている。ヴィヴィアンの浴室の窓が開かない。

ビーが帰国する朝、彼女たちは亡くなった女性の写真がパッチワークのように並んでいる新聞の売店を通り過ぎた。ビーは、ケンジントン宮殿の外に積み上げられた献花の山について話した。「あのことで冗談なんて言えなかった。分別があると信じていた人たちが気を悪くするんだから。でも、お葬式は最高だった。葬列がそろそろウェストミンスターに到着する時間、道はがらがらでノッティングヒルからバタシーまでたった十五分で走れたのよ。王室のお葬式が毎週あってもかまわないわ」

修道院に収蔵された絵画のコレクションを見に出かけた。鑑賞したあと、ローラは階段を下りたところにある扉を開けた。二人は戸をくぐり抜けて、中庭を取り囲む回廊に出た。庭には育ち過ぎたオレンジとビワ、それにイチジクが繁っていた。壁は風雨にさらされ、クリーム色がかった黄色に変色していた。色褪せ始めたクチナシの花の色、とローラは言った。オレンジの葉は緑のブリキ缶から切り抜いたように光沢があり、くっきりしていた。その夜、叫び声、耳障りな金属音、場内放送から漏れてくるアリア、スニーカーのきしむ音などに満ちたプラットホームで、ビーはあの修道院を決して忘れないだろうと言った。「すばらしいところだわ」ローラが文句ばかり言っているのが彼女には理解できなかった。「ここに住めて、あなたはとてもラッキーね」とビーは言った。

ヴェニス、ローマ、フィレンツェなどの都市は、行きずりの人間にもその魅力を差し出してくれる。一方、ナポリは秘密と啓示を好んだ。ローラは薄汚れた陰気な通りを歩き、あまり期待できそうにもない階段を下りていくことを学んだ。すると、アーチ状の天井やつる棚の下でメロンにかぶりついている家族、それにフレスコ画の痕跡や石に刻まれた彫刻の崩れかけた顔などに出くわすことがあった。退屈な街路を歩いていると、赤いローブの胸に矢が突き刺さった聖女が目に入った。ローラは頭をめぐらして、その絵が銀行の窓に掛かっていることを知った。その日は角括弧のように二枚のカラヴァッジョに挟まれた一日になった。彼女はその朝、冷たい風が吹き抜ける教会で別のカラヴァッジョの前に座っていたのだった。ナポリではこうした発見に事欠かなかった。あるとき、曲り角を間違えて、港に近い工業地帯に出たことがあった。重い荷を積んでゆっくり走っていくトラックが、通り過ぎるたびに排気ガスを顔に吹きつけていった。やがて、薄汚れたアーチの並んでいる場所にやってくると、ひとつひとつのアーチの奥に海が待っていた。海は汚染され、それでも輝いていた。ローラは子ども時代の宝探しを思い出した。神秘や驚異や才能は誰かにもらうのではなく、みずから探して手に入れるものなのだ。

復活祭の休暇にロンドンへ立ち寄ったドナルド・フレイザーは、ローラにデジタルカメラをプレゼントして、妻と娘だけではなく自分自身も驚かせた。長年、彼は謎めいた間隔をあけて、不可解な金額の小切手を娘に送ってきた。たとえば、二十七ポンドの小切手が届いた五週間後に、千百四十三ポンドの小切手が届いたりした。こうした送金がどんな計算に基づいているのか、当のドナルドにも説明がつかなかった。ある衝動が二、三日のあいだに必然となり、彼はただ従順にそれを受け入れていただけだった。直近の例では、彼は自分用のカメラを買うつもりでチャンギ空港の免税店に入り、販売スタッフがやってきて搭乗券の提示を求めるまでそう信じ込んでいた。搭乗券を手渡す段になって、ようやくこのカメラは娘へのおみやげなのだと気づいたのだった。この十年間でローラに会ったのはわずか四、五回だった。一度ジュネーヴで会ったが、あとはロンドンだった。この過酷な世界で、我が子が遠く離れて誰にも守られずに生きているという思いが胸を切り裂いた。少年時代に習った詩が彼の脳裏をよぎった。「「戻って来い！　戻って来い！」悲しみの底で彼は叫んだ／「この嵐に沸き立つ海を越えて……」」［スコットランドの詩人トマス・キャンベルの "Lord Ullin's Daughter" より］　彼は科学者であり、合理的な人間だったが、長身の息子を一人亡くしていた。免税店のカウンターで、芳香剤とエレクトロポップにまとわりつかれながら、ドナルドは肩に息子の亡骸を収めた棺の重さを感じていた。その感覚は、デジタルカメラが娘の安全を守ってくれるという、常軌を逸しているが絶対的な確信をもたらした。

彼が麻酔科医である妻にこの話を打ち明けると、彼女は時差ぼけだと診断した。私、ローラでも気に入るようなすてきな香水のサンプルを持っているわよと彼女は言った。ドナルドは妻のほのめかしを理解して、ロンドンに向かう機内で妻のためにオブセッションを一パイント買ったが、自分の意志は曲げなかった。

娘とケンジントンのホテルで再会したとき、彼は懐かしい嫌悪感に襲われた。遠く離れていることで、末っ子の存在感は減少すると同時に高まってもいた。記憶の中の娘は縮んで小ぶりになっていたが、あまりにたくましい彼女の肉体を目の当たりにすると、そんな幻想も瞬時に消え去った。髪はたくみに結い上げられ、乳白色の櫛で留められていたが、免税店の袋の中を覗き込もうと前かがみになった頭は灰色になりかけていた。ドナルドはその兆候が何を意味するのか理解できなかった。小さくひ弱だった子が、もう若くないことを理解するのにたっぷり五秒かかった。子ども時代を思い出させることによってローラがドナルドに自覚させたのは、芳醇な彼の絶頂期も過ぎ去ってしまったということだった。彼女は父親に笑顔を向けていたし、よろこびが少女っぽい仮面となって彼女の顔を覆っていた。しかし、カメラを掴んだ彼女の指先には、爪が盛り上がっていた。ドナルドの胸の中に閉じ込められている何かが、檻にはげしく身体を打ちつけた。

その年、ローラは父にもらったカメラを頻繁に持ち歩いた。ずっしりした銀のお守りだった。ナポリでは、足の爪にパールがかったサンゴ色のネイルカラーをほどこして、似合っているとは言いがたいその仕上がりを写真に収めた。赤いティーポットと、青いプラムを盛った黄色い皿の写真も撮った。キッチンの窓の下の瓦に飛び散った、ざらざらした鳩の糞の広がりも毎日記録した。これらすべてに人の心をとらえて離さないところがあった。キュウリのような緑の地にライラックの花をあしらった、ヴィヴィアンのインド風キルトの写真も撮った。テレビの上に飾られたブロンズ製の踊る神の像や、椅子に敷かれたミラー刺繍のクッションも撮った。ミーラ・ブライデンの指示でローラはシチリア島に渡り、お菓子についての記事を書いた。あぁ、アイスクリームと殺人の都、パレルモよ！　岩山にぶつかって行き止まりになっている通りで、ローラ・フレイザーはカンノーロの朝食をとった。彼女はまず、甘いピスタチオ風味のクスクスと一緒にカンノーロを写真に収めた。この街には、アーモンドビスケットやカッサータ、それに豚の血のチョコレートケーキなどもあった。でも、豚の血のケーキは季節外れだったため、写真を撮ることはできなかった。

ラップトップコンピュータに取り込んで画面上で見る写真には、塗りたての絵の具のような特別な輝きがあった。少し気恥ずかしさを覚えながら、ローラはヴィヴィアンのフラットの写真を何枚か父に送ったが、返事はなかった。シオやこの星のあちこちに住んでいる友人たち、そしてウェイフェアラーからのメッセージが舞い込んだ。それに、金もうけの方法を宣伝するメールやセックスを誘う見知らぬ人からのメールも届いた。この世界に新しい宙づり状態が誕生していた。ダイアルアップ回線でデータを送り、メールボックスが色のついた四角形でいっぱいになるのを心待ちにしながら画面に見入る人が増えるにつれ、電話会社の利益が膨らんでいった。

リンカーンでは、ヴィヴィアン・モーリーの父親が手術によって元気を取り戻していた。しかし、彼女はジンという女性と出会い、人生を一変するような深い恋に落ちていた。彼女は年末まではナポリに戻る予定だったが、次の夏まで滞在してもらえないかとローラに尋ねてきた。ローラの返信メールには、恍惚として踊るブロンズ像の写真が添えられていた。

また記念日がめぐってきた。三十四歳を迎えて最初の日だった。誕生日は清算と願いごとをする日だが、ローラはその日をマジパンと「貪食の勝利」という名前のケーキについての記事を書きながら過ごした。通りのどん詰まりのカフェで食事をしている客たちを、アコーディオンが奏でる「ルナ・ロッサ」が悩ませていた。ラップトップを閉じてからかなり時間がたっても、ローラはまだ人生の無常と砂糖について考えていた。彼女はシナモンの香りをつけたリコッタチーズを詰めた、ふわっとしたペーストリーを食べた。さらにもうひとつ。その朝、彼女は目覚めてすぐに寝室からの眺めを写真に撮った。じめじめした日のコンクリートの壁。なぜわざわざそんな写真を撮る気になったのだろう。ローラは指環を三つ持っていた。銀のシンプルな指環、琥珀の指環、それに丸くて赤いカットガラスの指環。指環をはめたまま通りを歩くのはみずから災いを招くようなものだった。彼女は指にはめた指環をくるくる回した。夜は世界に気づかれずに過ぎていく術を知っていた。彼女の価値のなさをかき集めて、愛すべき意味を与えてくれるまなざしが、どこかに存在するのだろうか。

中庭では男が口笛を吹いていた。亡霊の囁き声が壁を通り抜けて染み込んでくる。「でも愛しいアスンタ、私たちはみな運命の輪に縛りつけられている。それなのに、なぜ君は裏切りの話をする?」世界がダイアナ妃の死を知った日、誰かがローラのフラットの扉をドンドン叩いた。扉のチェーンの向こうで、子どもと変わらぬ背丈の老女がすすり泣いていた。アクセントがすべて間違った位置に置かれているシニョーラ・フロレスクのイタリア語はまったく理解できなかったが、亡くなった女性の名前を繰り返していることだけはわかった。彼女はダイアナのために泣いていた。ローラは隣人の肩を抱いた。傾げた首は驚くほど太かった。椅子に座らせてお茶をすすめると、シニョーラはますます激しく泣きじゃくった。彼女はクッションを手にすると、涙に濡れた顔をそこに埋めた。あとで確認してみると、縫いつけられた小さな鏡の上に鼻水の跡が光っていた。ローラは片手鍋に水を汲んで火にかけた。いつまでたっても沸騰せず、自分も泣きたい気分になった。シニョーラ・フロレスクはいつしか自分の母語に切り替えていたが、彼女が言わんとしていることは正確にわかった。ダイアナはみずからあんな事態を招いたわけではない。彼女はただ、存在の耐え難い悲しさを体現していたに過ぎなかったのだ。ローラにそれがわかったのは、彼女も同じとらえどころのない悲しみに囚われていたからだった。「奥歯を噛みしめて」と彼女は自分に言い聞かせた。軽い調子で自分だけに聞こえるように言うつもりだったが、口から出てきたのは思いがけず大きな声だった。火にかけていた鍋のたてる音が変わり、シニョーラ・フロレスクは白髪頭を上げた——彼女は本当に、強烈に醜かった。皺の寄った子どもみたいな彼女が舌を突き出した。

ローラの誕生日にも、シニョーラのテレビは囁き声による攻撃をやめなかった。「私はあなたの教師かもしれない、マッシモ。でも、その前に私は女よ。そしてまた一年が過ぎてしまった」ローラは対抗してヴィヴィアンの大型ラジカセの音量を上げた。少年が、ハレルヤ！ ハレルヤ！ と声を張り上げた。彼の声はいつだってこの世のものとは思えなかった。今ではその少年も死者たちの群れに加わっている。ローラ・フレイザーは誰もいない部屋に座り、重たい指環を回しながら誰もが祈ることを祈った。

ラヴィ、一九九〇年代

ラヴィの友人であるニマール・コリアは、旅行者に宿泊先として地元住民の家庭を紹介するオンライン代理店に引き抜かれ、大学を去った。「リアルランカ」は、ニマールが以前教えていた学生の一人が始めたビジネスだった。外科医の息子で、ずば抜けて出来の悪い学生だった。彼の父親が開業資金を出し、出資してくれる支援者を紹介したのだった。ニマールは修士号を諦めてコルペティに移り、大学の二倍の給料でその会社のウェブサイトを設計開発した。それでも給料はたいした額ではなかったが、会社が上場したあかつきにはストックオプションで大金持ちになるのだと、ニマールは自慢せずにいられなかった。彼は『ワイヤード』誌のバックナンバーを送ってきて、いつかもう一度、二人でウェブをデザインしようと誓った。「俺たちのポータルはみんなの目をくぎ付けにするぜ」

もうひとつ、不安を掻き立てる展開があった。マリーニが所属しているNGOの重役にイギリス人女性が着任し、突如として湧き上がるあの激しい友情がマリーニとその女性のあいだに燃え上がったのだ。フリーダ・ホブソンの父親はイギリス人で、彼女自身もサリー州育ちだったが、母親の一族はスリランカのジャフナ出身のタミル人だった。「彼女は私たちの同胞よ」とマリーニは言ったが、すぐに訂正した。「いや、違ったわね」そして、笑い声をあげた。

マリーニは美しく波打った髪を短くした。すると、大きな耳があらわになった。鏡に映った耳をじっと見つめていた彼女の顔には、少し無理をした笑みが浮かんでいた。

彼女は、ジーンズやシルクのブラウスなど、これまでとは違う服を着るようになったが、それらはフリーダから譲り受けたものだった。その中には、オレンジのポケットがついていて、縁取りもオレンジの青いスカートもあった。そのスカートはまったく申し分なかったし、マリーニによく似合っていたのだが、ラヴィはそれをはいている妻を見るのが嫌だった。理不尽な考えだったので、そのスカートがいっそう嫌いになった。

フリーダの名前が口にのぼるたびに、ラヴィは肘の赤い白人女性を思い浮かべていた。そしてついに彼女と会う機会がやってきた。彼女の瞳は肌の色よりさらに濃かったが、その茶色は紫がかっていた。彼女はいくつも指環をはめた手で、力強く握手してきた。「ラヴィ！ なんて素敵なのかしら！ ずっと会いたかったのよ」とフリーダは言った。さらに、「マリーニ、ダーリン、避難所に関するあなたのアイデアにたくさんの支持が寄せられているの。ほら、私のあとに続けて言ってみて。私は天才だ、私は女神だって」彼女の美しさは話し方と同じく過剰で、ラヴィはどちらも信用しなかった。彼はフリーダがどんな人間か、ひと目で見抜いていた。人生の再配置をうながす人物がまた現れたということだった。

ラヴィのフラクタル研究はあまり進展していなかった。その研究に意義が見いだせなかったのだ。ニマールは、来年かその翌年には二人でウェブ開発会社を設立できると確信していた。俺たちのインターフェイスはほかのどれよりも優れていて、おまけに格好よくて最高にシ、ン、プ、ル、な、も、の、に、な、る。しかし、カエル顔の指導教授は海外の大学院の博士課程に進学できるよう、奨学金の申請を勧めていた。教授はラヴィを自分のオフィスに立たせたまま、彼の未来を描いてみせた。一生机に向かい、同僚を三十年もいじめ続ければ、自分もカエル顔みたいになる見込みは十分あるとラヴィは思った。

教授は自分の教え子の中から、聡明だが優秀過ぎない青年を弟子として選び出すのが好きだった。彼は弟子たちを軽い軽蔑をもって扱い、服従を求めた。つまり、教授の息子たちというわけだった。彼はラヴィのキャリアについていちいち指図し、さらには大学のウェブサイト開発がラヴィとニマールに任されるよう介入さえした。カエル顔がウェブサイトを重視しているというわけではなかった。むしろ、彼はすべての応用科学を軽蔑していたのであり、侮辱するためにそうしたのだ。コンピュータサイエンス学科の学科長に誰が我慢できる？　あの男には両手のひらを握りしめたり開いたりする癖があるのに！　副総長のオフィスにメモが届き、ウェブサイトには大学の威信がかかっているので、開発には流行を追って新設された学科よりも数学科が優先されるべきである、と記されていた。副総長はカエル顔の娘と結婚していたので立場が弱かった。

今回、カエル顔はラヴィにカナダか日本行きを勧めていた。しかし、たとえ奨学金を勝ち取ったところで、マリーニは一緒に行きたがらないことがラヴィにはわかっていた。妻がＮＧＯで責任ある仕事をしており、ついてこないだろうと話すと、カエル顔は「置いて行きなさい」と助言した。一時的に、という意味だった。教授は、もし男が女をうまく扱えなければ、女に操られることになるという信念を持っていたが、同じ程度には結婚の神聖さを信じていた。自分には子どもがいると明かしたとき、カエル顔が「それでは今や君は奴隷ということだな」と言ったことをラヴィは憶えていた。

息子をあとに残していくことについて考えるのは、無限を測ろうとするようなものであり、不可能だった。しかし、マリーニにはひと言も告げず、ラヴィはその年のうちに旅券を申請し、取得した。なぜかと問われれば、衝動的な行動だったと断言したかもしれない。しかし、それなら何か月もかけて取得費用を貯めていたのはなぜなのか、説明がつかなかった。

ラヴィは旅券を古い解答用紙の山の中に隠しておいた。それは手元に置いておくと安心できるお守りだった。旅券が届いた日、彼は仕事のあとにマリーニと会う約束をした。数学科の建物から出てくると、近くにいた彼女をすぐに見つけた。キャンパスに住み着いている野良犬の一匹が、ロティらしきものを食べていた。おそらく餌を与えた当人と思われるマリーニは、塗装された壁に背中をあずけてその様子を見ていた。かつては、彼女こそすべての重要な問いに対する答えだと思えた。しかし今、例のスカートをはいて壁を背に立っている彼女は、射撃の標的のように見えた。

ローラ、一九九〇年代

ローラは生徒の一人と親しくなり、彼女を相手にイタリア語の練習をするようになった。二人がレストランで昼食をとっていると、広場を横切ってきた男性がテーブルの前で立ち止まった。シルヴィアは顔を上げてキスを受けると、テーブルに加わるようしきりに勧めながら、旧友のマルコよ、とローラに紹介した。

近ごろ、彼はローマで画廊を経営していた。彼が女としてのローラを値踏みし、却下したことがわかった。しかし、イタリア男らしくすすんで人を好きになり、感じよくふるまおうとする性格らしく、ローラがオーストラリア人だと知ると、本物の興味を示して話しかけてきた。彼の画廊は民族芸術が専門で、オーストラリアにも旅行したことがあった。「雄大な国、途方もない場所だ」と、彼は早口のイタリア語でシルヴィアに話しかけた。話しているあいだ、彼の腕が自動制御の機械のように動き、彼女の青い肩掛けを直した。

彼はふたたびローラに話しかけてきた。北部準州には圧倒されたと言った。「あの砂漠の色ときたら。フウ！」

ローラはずっと前から、パリやローマの上品な地区に住んでいるヨーロッパ人は、決まって長々と砂漠の話をすることに気づいていた。さあ、今度はアボリジニの話を始めるわよ、と彼女は思った。それとも星かしら？

「星は最高だった。満天の星！」

彼に害はなく、単に予測可能なだけだった。ローラはせわしくなく動いてシルヴィアの身体に触れている、手首の太い彼の手を記憶にとどめた。そして、その手が自分の両脚のあいだに置かれているのを想像した。

マルコは画廊が直面している危機について語り始めた。オーストラリア本土の北に位置する島に住んでいるティウィという先住民は、チュチニと呼ばれる彫刻をほどこしたポールを制作してきた。「知ってるかい？」と彼は尋ねた。彫刻をほどこされた木製のポールにはふたつの異なる目的がある。ティウィの人たちが埋葬の儀式に用いるポールは墓のそばに立てられる。それらはすみやかに風化し、朽ちてしまう。もう一方は、商業目的の画廊で販売するために制作される。マルコは日に焼けた太い腕をひろげて強調しながら、それらは儀礼用のポールとくらべて美しさも彫刻にかける手間も少しも劣っておらず、まったく違いはないと言った。チュチニを何本か手に入れて、コレクターに販売できたのは実に幸運だった――彼はプレヴィレジアートという言葉を使った。

ところが大手新聞に雇われている美術評論家が特集記事の中で、画廊で販売されているチュチニには本物が持つオーラが欠けていると批評した。彼女はメルヴィル島で本来の場所に立っている――朽ちかけている――崇高な――儀礼用のポールを見たことがあった。それは西洋社会で消費されるために制作された、傷ひとつない彫刻とは比較しようがないと彼女は主張した。

その記事が掲載されて間もなく、顧客の一人がチュチニを返品し、払い戻しを求めてきた。マルコはほかの購入者もあとに続くのではないかと恐れていた。その評論家を相手に訴訟を起こそうかとも考えたが、彼女には高い地位についている親族が幾人もいた。

注文した料理がテーブルに運ばれてきた。マルコは席を立とうとしていた。マンマが待っているからそろそろ帰らないといけない。丸顔の物乞い女が、灰色の髭を生やしてニットの上着を着た男に伴われてテーブルに近づいてきた。その日は日曜日、すなわち物乞いの日だった。物語かそれとも歴史だろうか、女はシルヴィアに、キリストの愛のために（ペール・アモール・ディ・クリスト）というフレーズが繰り返されている手書きの紙きれを渡した。シルヴィアはその紙に目を走らせているあいだも、ローラとマルコにちらちらと視線を投げた。今ではテーブルを物乞いたちとウェイター、そして立ち上がったマルコが取り囲み、ちょっとした人だかりのようになっていた。

物乞いたちがシルヴィアの視界に入ってくる隙に、ローラは名刺をマルコに渡した。「あなたのオーストラリアでの冒険をもっと聞きたい」彼女のジャケットのボタンは外されていた。あまり背が高くない彼にも巨大な胸が見えるように、彼女は身体の角度を調整した。

キリストの愛のために、と老人は抑揚を抑えた声で言った。

シルヴィアは物乞い女の手紙に視線を戻し、片方の肩を上げた。無関心でも黙認でもなく、諦めて受け入れるしかないという仕草だった。「マ？」で、どうすればいいの？　開きっぱなしの彼女の唇と同じく、その質問は宙に浮いていた。彼女の大きな緑の瞳は、ギリシャ人がナポリに残していった遺産だった。その瞳はヴェスヴィオ火山の噴火に怯え、不幸な結末に甘んじてきた民族の諦めを宿していた。

ローラの知り合いの中で、マルコは携帯電話を持っている初めての人間だった。その日の夜、彼女のアパートで彼は手の届くところに携帯電話を置いて服を脱いだ。彼は頻繁に伝言を聞きながら、携帯とローラを交互にもてあそんだ。ある時点で、彼はローラの胸に埋めていた顔を上げて叫んだ。「大ばかやろう（ケ・イディオータ）！」

「誰が？」

「あのいかれ女。あの評論家、あいつが……あいつが……」ベッド脇のランプの光で見ると、彼は自分のことで頭がいっぱいの、むくんだ老女のような顔をしていた。歳をとると、鏡の中にマンマの顔を発見することになるだろう。別のコレクターが画廊に電話をよこし、購入したチュチニを直ちに「本物」と交換するよう強く求めてきたという。「それならあの島々のどれかに移住しろと言ってやりたいよ。ティウィ族の一員になれって。この間抜けが言うように、もし本物かどうかが問題だとすれば、問題はポールそのものじゃなくて、ポールを所有していることにあるんだから」

彼はローラの足の甲を両手で包んだ。まっすぐな足指を撫でながら、君はきれいな足をしていると言った。

「私、実用的な靴を履く階層の出身なの。それに、シドニーの子どもたちはいつも裸足で駆け回っているし」しかし、彼が言おうとしていたのは別のことだった。「オーストラリア人の女の子は、みんな足がでかすぎる。でかいと興ざめしてしまうんだ」

彼女はその発言を放っておいた。別に本気でマルコに興味を持っているわけではなく、彼がこれから提供してくれるものに興味があるだけだったから。

春になるとシオが訪ねてきた。彼は南フランスと北イタリアでぐずぐずし、彼女の元にやってくるまでに何日もかかった。電車の窓枠に収まった彼は、以前よりかさが増した一方で、彼らしさがあいまいになったという奇妙な印象を与えた。あごの下に肉が垂れているのが見えた。顔がぐったりしていて、両目の下には隈ができていた。彼の美しさがこの世界から消えてしまったことをローラは知った。彼女はプラットホームの上を急ぎ足で駆け寄ると、彼の腕の中に飛び込んだ。

彼のおみやげはルビー色のガラスの星で、五つの突起の先端が銀で覆われていた。真ん中の仕切りはちょうつがいで開き、中にティーライトキャンドルを収めるようになっていた。その夜、二人は窓に映って輝いている置物を並んで見つめた。シオが「夜の小さなオブジェ」とつぶやいた。

もうひとつ、シオからのプレゼントがあった。彼の母親が新婚旅行先のカブールで買った、アンティークのキリムラグだった。艶のない暗赤色の地に、褪せた茶と緑の簡素な幾何学模様が織り込まれていた。

その日も次の日も、空はどんよりしていた。三日目、暗殺者のように建物のすき間に身体を押し込んでくる太陽の光が、ローラの部屋にも差し込んだ。すると、ラグの抑えた色合いに命が吹き込まれた。それからというもの、彼女はラグが変身する午後のその時刻を心待ちにするようになった。変化は愛する顔を迎えるときのように訪れた。どんな顔だったか覚えていて期待しながら待っているのに、いつも思っていたのとは少し違っているのだった。


通りではいつもがらくたが売られていた。ナイロン製のレースやリックラック、壊れた靴、縁の欠けたエナメル容器などの半端品が並び、その脇に人が座っていた。それがナポリに心動かされる理由のひとつなの、とローラは言った。もっと裕福な土地なら捨ててしまうような物から価値を絞り出しているところ。南イタリアのあちこちで、ローラの頭の中で遠い熱帯の国々と結びついていた情景に出くわした。むき出しの配線が花綱飾りのようなコンクリートの安アパート、共同水栓から水を汲む女たち、プラスチックボトルを使って遊ぶ子ども——それは間にあわせの世界共通ネットワーク（ワールドワイドウェブ）だった。

シオはローラの話を聞いていなかった。がらくたを寄せ集めたテーブルの上から、ある写真をさっとつかみ取って、「まさしく僕が必要としているものだ」と言った。ひびの入った額縁に、農民風のブラウスを着て首から肩を大きく露出させた地中海美女の写真が収まっていた。

シオからのメールには、お粗末な大型の絵の写真がよく添付されていた。早駆けしている白馬、秋らしさを誇張した森、舗装された道のように見えるビーチで巨大な白鳥の翼に守られている裸の恋人たち。「僕の大衆向け傑作コレクションにもそろそろ終わりが来るような気がする。この一枚が最後かも——誰にわかる?」

ローマ人が建設した街路は、時の経過にもまったく動じることがなかった。光が差し込まない狭い通りには、黒い火山岩の石板が敷き詰められており、広場や十字路に出るとふいに光があふれた。シオは彫刻のほどこされた扉を撮影するために立ち止まったり、バリスタといちゃついたりしながらのんびり歩いていた。壁に取りつけられた小さなガラスケースに、ナポリ中で崇拝されているマラドーナの写真を飾った小さな祭壇が収まっていた。そこでローラは振り返り、シオが追いつくのを待った。彼は影に沈んだり、光に照らされたりを繰り返しながら歩いてきた。天体による光と闇の切り替えこそ絵画の明暗法の起源だということを、目がくらむほど明白に示しながら。


ある国王の名を冠した十九世紀の巨大なアーケードは、王室と同じく荒廃して歴史的遺物となっていた。二人は誰にも邪魔されることなく、大きなガラスの丸天井の下で周囲を見渡した。アイスクリーム売りがアーケードの入り口付近をうろうろしており、ときどきグレーのスーツに身を固めたビジネスマンがふたつの街路のあいだを近道してさっそうと歩き過ぎた。こうした脇役の存在が、列柱回廊がかもし出しているこの世ならぬ雰囲気を高めているとシオは考えた。「夢のへりに隠れていて、決して顔を見せようとしない人物みたいじゃないか」

この言葉を縫って風が吹き抜けていくのをローラは感じた。ガラス張りで中身は空っぽの高層建築。二人がナポリで交わしてきたのはそんな会話だった。もちろん友人たちについても話したし、親密さが薄れていくにつれてゴシップも入り込んできた。シオの愛する俳優が——シオが旅行中の土曜日はビデオを観て時間をつぶしている——、キャリアについて悩んでいることをローラは知った。彼は偉大な俳優になりたいと願ってきたのに、これまで得られたのは成功だけだった。ゲリラ庭師は回想録を書こうとしていた。彼は飢えに苦しんだ経験も、殴られたこともレイプされたことも中毒になったこともなかった。何不自由ない幸福な少年時代を過ごしたというのに——その本はさぞかし評判になるだろう。ゲープハルト博士は？　彼女は僕の人生から消えたよ、とシオは言った。シカゴで開催された国際会議で学部長が倒れた。ゲープハルト博士とのやりとりによる精神的な疲労が原因だった。アメリカのヘンリー・ジェイムズ研究者たちは、学部長が書いたジェイムズについての学識に富んだ研究書を忘れたことはなかった。その本は、ジェイムズの最良かつもっとも大胆な作品は、彼が祖国に背を向けるはるか以前に書かれていたと論じていた。信用できない語り手、ケーキ用フォークの置き方による侮辱、華麗な演奏を思わせるセミコロンの用法など、すべての技巧は巨匠が十二歳のときに書いた物語の中ですでに完成されていた。ヨーロッパは、燦然と輝くアメリカ生まれの才能を無理に拡張し、破壊したに過ぎない、と。すべての書評がその研究書をたわごととみなして退けていたこともあって、アメリカの研究者たちはその著者をますます温かく迎えることができたのだった。ゲープハルト博士にあてがう創作科の教授職が見つかった。その大学はアメリカ中西部に位置するかつて製鉄でにぎわった町にあったが、給料がよく、楽そうな仕事だったので、ゲープハルト博士はためらうことなく引き受けた。装飾を排したデリダ風の寓話が解像度の粗い靴の写真と共に『ニューヨーカー』誌に登場し始めていたので、すでに彼女が影響力を行使し始めていることがわかった。いずれにせよ、僕の学位論文はほとんど完成している、とシオは付け加えた。あとは結論だけだ。

こうした気安いたわごとの中にも、鉄のように堅いものが潜んでおり、ローラとシオが築いてきた心もとない関係を支えていた。アーケードを離れるとき、彼女はシオの腕をとったが、そこにアイスクリーム売りの手押し車が割り込んできた。シオと親密でいたいという願いは、ピスタチオかヘーゼルナッツかを決めかねているあいだに、そしてナポリ市民が愛するもの――ジェラート、花火、音楽――はどれも儚いというシオの言葉に溶けてしまった。

そんな二人の最後のよりどころが観光だった。食事や買い物に出かけ、名所めぐりをした。ムッソリーニ時代に建てられた郵便局の威圧的なファサードには、ネオファシストのスローガンが落書きされていた。大理石の柱はファシスト党の黒シャツ隊に劣らず黒ぐろしていた。日々の郵便業務は人目を忍んで建物の隅の半地下になった場所で行われていた。その上には、もはや使われていない電信サービス用の大広間があった。そこにはコミュニケーションとスピードについて何かを訴えているポスターが貼られていたが、角のひとつがはがれていた。ポスターの下のテーブルでは、アフリカ人が腕に丸い頭をのせてぐっすり眠り込んでいた。

シオは絵はがきを買いたがっていた。ずいぶん探して、ようやく絵はがきのスタンドが見つかった。ナポリ湾、火山、オペラ劇場。誰もが知っている名所の写真はどれもピントがずれていた。ナポリは自分自身を演じることを拒んで観光客を逆上させることがあった。この街はひどくだらしなく、何ごとにも無頓着だった。スクーターに轢かれた猫は路上に放置され、徐々に平べったくなっていった。博物館のいちばん魅力的な部屋は何の説明もなく施錠され、十七世紀の中庭は駐車場になっていた。「私、ずっとこの街にいたい」ローラは言った。その発言に対して、それはありえない――君なしでどうやって暮らしていける？　と応じることもできただろう。しかし、シオは貝の身をフォークですくいとる作業を続けていた。二人は、近くにある病院のスタッフ向けレストランで昼食をとっていた。そこへ、白衣を着た二人連れの医者が入ってきた。長い楕円形の顔に、目尻の下がったうつろな目をした女性はモディリアニそのものだった。シオが買ったぼやけた大聖堂の絵はがきは皿の横に置かれていた。宛名はルイス・ブライデンだった。「たしかにむさくるしいところだし」ローラは続けた。「正直、私も我慢ならないことがしょっちゅうある」

「むさくるしいのは、この街がまだ生きているからだ」とシオは言った。「完全なのは死者だけさ」帰り道、彼はふたたびこの話題を取りあげた。パリもフィレンツェもローマも、みんな壮麗な霊廟だ。「そこにはヨーロッパが埋葬されている。ヨーロッパは臨終を迎えているんだ」彼はローラの手をとり、しっかり握った。「この街の通りを歩くたびに、わっと泣き出しそうな気分になるんだ」

　夜になると、シオはヴェスヴィオ火山の斜面で栽培されている葡萄を使ったキリストの涙というワインを飲んだ。それでもローラは彼が努力しているのを感じた。一度はボトルを手に立ち上がり、半分残っていたワインを流しに空けてしまったこともあった。

　ある昼下がり、ローラが英語のレッスンを終えて帰宅したときにちょうど電話が鳴った。マルコからだった。たまたま通りかかったんだけど、オーストラリアについて話す時間はあるかな。それは何度か会ううちに二人が編み出した符丁だった。ローラは声を抑えて、友人が泊まっているの、と返事した。その夜、シオが庭の梨の木について熱心に語っているあいだ、この十分間、マルコとオーストラリアについて話すことばかり考えていたことに気づいた。目の前にはいつでも相手をしてくれるシオ・ニューマンがいるのに、私はおあつらえ向きの下衆（げす）野郎を求めている。ローラは立ち上がった。「よく休んでね。じゃあ、また朝に会いましょ」

シオがバーでコーヒーを注文したり、勇敢にも食事と一緒にミネラルウォーターを注文したりするとローラは安心した。しかし、私をよろこばせるために抑制しているのだという印象がつきまとって離れなかった。以前は互いに気を使う必要なんてなかったのに、と思った。

帰国する前日、シオはローラを夕食に誘った。フラットに戻ってから、彼は自分のグラスにワインを注いだ。グラスは手つかずのまま彼の前に置かれていた。小さな赤い偶像。それからローラに結婚を申し込んだ。

「君は僕が与えられないものがわかっている。僕の正体も知っている。でも、君にはどんな害も及ばないよう最善（マイレベルベスト）を尽くすよ」

マイレベルベスト。ヴィクトリア朝の詩で使われていそうな表現だった。シオ・ニューマンは公正に行動すると約束しているのだ。いまでも目を引く灰色の瞳は、驚くほど心を動かした。しかし、少年向け読本のような言葉の響きが引っかかり、イギリスのパブリックスクールに通う少年が、利己的な目的のために私を操ろうとしているのではないかという、ローラのオーストラリア人的猜疑心を呼び覚ました。

「私はそのイルカをタヒチで見つけたんだ」すぐそばで実体のない声がした。「パスクアルがなんと言おうと、すべて説明はついている」シオは額をこすりながら、君がほかの男と会うのは自由だし、好きなようにしてくれていいと言った。「つまり、僕は子どもが欲しいんだ。それなら僕たち二人で十分うまくやれると思わないか？」

その夜は、四月が十二月からくすねてきたような寒さだった。ローラは家までの道を手袋をして歩いてきた。手袋は、手の形を保ったままテーブルの上に置かれていた。彼女は片方をつまみあげるとくるくる巻いた。「ごめんなさい、シオ」彼女はようやく言った。

その日の夜中、彼女はベッドを抜け出すと、青いローブを首のあたりでぎゅっと絞って居間に入っていった。シオは引き出し式のソファベッドで寝ていた。大きく深いいびきのうねりのあい間に鼻を鳴らす音が混ざり、シンコペーションになっていた。シオはティーライトキャンドルを消し忘れていた。星形のガラス容器の上半分は、まだ弱く光っていた。赤い三つの突起が暗闇の中に浮かぶ船のようだった。あなたの提案する取り決めに赤ん坊を含めるのはよくないと思う、とローラはシオに――と言うよりも自分自身に――言ったのだった。なぜ一年前に思いつかなかったの？　と彼女は考えていた。今この瞬間、二人で子どもの顔を覗き込んでいたかもしれないのに。シオを揺り起こし、気が変わったと告げたい衝動に駆られた。

彼女の考えが自然に伝わったかのように彼はいびきをかくのをやめ、片方の腕を頭上に伸ばして指を動かした。ローラは蝋燭をどうにかしたほうがいいのかしらと考えた。またいびきが始まったが、さっきよりもリズムが乱れ、切り刻むような音だった。彼女は目を閉じて、耳を澄ました。目を開けると、赤い輝きは弱まったようだった。もうすぐ自然に燃え尽きるだろうとローラは思った。

それから何日か経った。彼女はまたフラットの中をうろついていた。真夜中を少し過ぎたころ、電話が鳴って起こされたのだった。彼女が受話器を取ると、相手は電話を切った。

ナポリに到着してから間もなく、深夜に電話がかかってくるようになった。シドニーでもそうだったように、年に二、三度かかってくるのだった。何年も電話のなかったロンドン時代を経て、ひたすら待ち続けた電話の主の忍耐力にぞっとした。電話がつながっているわずか数秒間の沈黙は巨大だったが、そこにはとてもかすかな音が含まれていた。囁き声が反響しているのかもしれなかった。それは底知れぬ深さ、真っ暗な深海の揺らめき、星々のためいきを思わせたが、非常に不自然でもあった。世界の外から吹いてくる風のような。眠気のからみついたローラの思考は衛星と一緒に軌道を回り、光ファイバーの送ってくる信号にあわせて脈打った。そして、金髪の頭に押しつけられた受話器の黒い弧の形を感じとった。

不眠には個性があり、崇高でぼんやりしていた。意識が大網膜のすき間からのぞいている状態。ローラはランプを点けて部屋の中を歩き回り、いろんなものに触れ、夢見心地でいじってみた。震えた囁き声が尋ねた。「マリアナ、悪魔祓い師への依頼を考えてみただろうね?」クッションにはシオの甘い香りが残っていた。彼が去ってから頭痛がするようになっていた。鳥が舞い上がったり舞い降りたりするような痛みだった。電話代を抑えるためメールを確認するのは一日二回までにしようと心がけていたが、今では見ずにはいられなかった。しかし、彼女宛てのメッセージは届かなかった。

ラヴィ、一九九〇年代

マリーニはＮＧＯでの地位が上がり、今では週四日働いていた。それはつまり、訓練やセミナーや会議などが遅くまで続くことを意味していた。毎日、延々とバスに乗って家と職場を行き来するよりも、たまにはシナモンガーデンズにあるフリーダのフラットに泊めてもらうほうが楽だと彼女は言った。

同じころ、ディープティ・ピエリスがＮＧＯを辞めた。フリーダ・ホブソンは彼女に好感を抱いていなかった。ディープティが推進していた識字率向上プロジェクトに問題が持ち上がると、フリーダは彼女に対して、あなたにはもっと向いている場所があるんじゃないかしらと言った。プロジェクトの挫折はＮＧＯのメンバーを意気消沈させたが、決定的に重大な問題とは言えなかった。フリーダ・ホブソンの紫色の瞳を覗き込んで、ディープティには彼女のたくらみが見えてきた。ＮＧＯでの最後の日、ディープティはひと悶着起こした。あの「タミルの性悪女」とグルになって私を追い出したとマリーニを非難したのだった。マリーニはこの事件の顛末を大よろこびでラヴィに報告した。「彼女がどんな人間かわかるってもんだわ」

夕食は中国料理のレストランにしようと彼女は言い張った。ラヴィは香辛料で香りをつけたヌードルと酢豚を食べた。ディープティはガラスの扉や「車のクロームメッキやスプーンのすくう部分」に映った自分の姿を見つめ、うっとりせずにはいられないのだとマリーニは話していた。話のきっかけになったのは、レストランの向こう端の壁を覆っている巨大な鏡だった。給仕がその前を行きかい、青みがかった白い照明に照らされた広くにぎやかな店内が、鏡の奥へと無限に続いていた。ラヴィはずきずき痛むこめかみを押さえた。マリーニはテーブルの上に指で平行な線を引いていた。顔をしかめてその線を見つめながら彼女は言った。「いろんなことがあったけど、ディープティはかわいそうだと思う。彼女がNGOに残れるよう、私たちで何か方法を見つけてあげるべきだったって考えずにはいられないの。だって、あのお茶くみの青年も含めて、彼女は誰ひとり受け入れることができなかったのだから」

その夜、彼女の顔には黄金の粒を散りばめたような輝きが戻っていた。そのおかげで彼女の顔がくっきり目に映った。自分がこれまで何かをじっくり観察したことがないことにラヴィは気づいた。何を見ることになるのかあらかじめわかっていたので、わずかな注意しか払ってこなかったのだ。世界も妻も目の前をぼんやり通り過ぎていくだけだった。しかし、マリーニは魔法が作り出した女性だった。

ヒランは幼稚園に通い始めた。小学校に通うのもそれほど先ではない。でも、ヒランはまだ幼い子どもの特権である、豊饒な不思議の世界と現実の世界を自由に行き来していた。ヒランのつぶやきから、その世界の驚異と法則をうかがうことができた。「郵便屋さんは鳥の赤ちゃんをきっと連れてくるよ。七、八、九、二十、百羽も。郵便屋さんの手は頭痛なんだ。よい年になりますように。オートバイはみんなアメリカで暮らすために引っ越しちゃった。ご飯は全部食べないと病気になって死んじゃうんだ。彼女は来るのかな、来ないのかな。今日の太陽はね、まるまる一日は欲しくないんだって。仕方ないよ。バスは足りているよ」

ヒランが母親と一緒にフリーダのフラットに泊まった。ラヴィは母親のいないところで息子を問いただし、フリーダが世界一大きなテレビを所有していることを知った。マリーニとヒランがフリーダのベッドを使い、フリーダは別の部屋で寝た。土曜の朝はみんなでプールに出かけ、そのあとチョコレートアイスクリームを食べた。

　こそこそ息子を尋問するようなやり方は我ながら嫌になったが、そうしないわけにはいかなかった。ラヴィは遊びのようにふるまい、軽い口調を保とうと決めていた。しかし、ヒランは父親の偽りの気安さをまねて笑っているふりをしたり声を張り上げたりして、無理に答えていた。小ぶりの鏡が自分の手管を忠実に映し出していることを知り、ラヴィは衝撃を受けた。

　そんなフラストレーションと怒りとみじめさが入り混じった感情は、これまで経験したことがなかったので、名前を与えるのに何か月もかかった。マリーニはブラウスを脱いでいた。ラヴィは彼女が前にホックのついた、ピンクと白のしゃれたストライプのブラを着けていることに気づいた。すぐに、指環をたくさんつけたイギリス女の手が、マリーニのブラの位置を直している姿が目に浮かんだ。

　彼は妻の上に覆いかぶさり、腕をつかみながら訊いた。「フリーダは女性が好きなのかい？」

　マリーニは目を見開いた。しかし、彼女が発したのは「そうかもね」というひと言だけだった。彼女はかかとをラヴィのお尻にあててうながしさえした。彼女の乳首が見る間に硬くなっていった。


　煙草や飲み物を扱っている店からマリーニの声が漏れ出し、夜の中に漂っていた。店内では男がカウンターの奥で丸椅子に座っていた。覗き見ショウよろしく電灯に照らされ、棚の上のラジオの脇で歯をほじっていた。ラヴィは、向かいのイスラム料理屋から香辛料のきいた肉を焼くピリッとした匂いが漂ってくる歩道をぶらつきながら、マリーニが戦争で家を失った女性や子どもたちへの支援を訴えているのを聞いていた。タミル解放のトラが銃を突きつけて村々から少年兵を集める残忍なやり口や、反対派幹部たちの粛清を非難する段になると、彼女の声はだんだん怒りを帯びてきた。それから間を置かず、タミルの民間人に対する空爆を調査しなければならない理由をひとつひとつ挙げていった。

ネズミが空中ブランコのような電話線のケーブルを軽やかに駆け抜けた。ラヴィはラジオから聞こえてくるインタビュアーの声にとまどいの響きを聞き取った。「結局、この状況に責任があるのはどちら側だとおっしゃるんですか？　政府ですか、それともテロリストたちですか？」

ラヴィは答えを聞かずに足を進めた。彼は最近、弁護士や知識人たちで人いきれのする講堂で、治安部隊による日常的な拷問をテーマとしたスピーチを聞いた。マリーニの番になると、彼女は「私はテロリズムに反対です」と切り出した。「テロリストによるテロも、国家によるテロも」彼女は村に住む女性たちから聞いた証言を静かな、しかし力のこもった調子で再現したので、ラヴィと同じ列の端のほうに座っていた男性は涙を拭っていた。ラヴィの隣に座っていたフリーダ・ホブソンは、いくつも指環をはめた手を顔の前まで上げて拍手を送った。指環のひとつは大きな青いサファイアだった。彼女に見つめられたときと同じく、人はその前にひざまずくしかなかった。彼女は赤いブラウスと、青地に赤のサリーという服装だった。マリーニは青いブラウスと、赤地に青のサリーを着ていた。よろこびに顔を輝かせたマリーニは、ぴょこんとお辞儀すると演台をガタガタ揺らしながらマイクから離れた。**私は自分の人生を無駄にしない**。そう大文字で書いた女学生は、その誓いを守り続けていた。

まだ両親と暮らしていたころ、ラヴィは色とりどりの電球に照らし出されたビーチで半裸の少年が踊るのを見たことがあった。その様子を外国の男たちの一団が、魔法にかかったようにうっとり見つめていた。エスカレートしていくマリーニの活動に、ラヴィはその少年と同じ危険な自発性が揺らめいているのを感じた。

彼女のパフォーマンスはフリーダに向けられていると彼は確信していた。心臓がぎゅっと絞られるようだった。二人が着ているサリーは互いに求めあっていた。ひょっとすると、そうなのだろうか。彼女が大切なことを最後に話してくれたのはいつだっただろう、とラヴィは思った。

彼はティーンエイジャーだったころ以来の、ホルモンの分泌によるとめどない欲望のとりこになっていた。彼はテクノロジーに解決を求めた。今では職場でのダイアルアップ接続を独占することができたので、オンラインのチャットルームでどんなやりとりが交わされているのかしばらく様子を見ていた。それから掲示板に次のような書き込みをした。「ハイ、わたしトパーズ十八歳、私とおんなじような女の子が好き、お話ししない？」

すぐに何通も返信が届いた。しばらく待っていると、立て続けに二度、三度とメッセージを送ってくる返信者がいた。間もなくエイミーと彼は、二人だけのプライベートなメッセージウィンドウの中で毎日メッセージをやりとりするようになった。エイミーは従順で、ラヴィのシナリオに黙って従った。シナリオは何の苦も無くキーボードから紡ぎ出されていった。ラヴィの頭の中では妻とフリーダが登場するビデオが途切れることなく流れており、それを文字に起こすだけでよかった。

エイミーは手の込んだ展開を提案してきた。彼女のメッセージは可愛らしかったが、綴りの誤りが多かった。ラヴィはエイミーの推論能力を少しずつ洗練していった。彼の描写はシンプルで、彼女の背後に立って腕を回し、前留めのブラを胸（「あなたと同じCカップよ」とすでに聞いていた）に着けてあげるだけということもあった。メッセージのやり取りの中で彼女が絶頂に達するか、あるいは達したと宣言するまで、病院らしき描写が形を変えずに何度も繰り返された。彼自身の絶頂にはバーチャルなところはひとつもなかった。彼は自分の意識と幻想を直に接続していた。彼は同時に目撃者であり、参加者であり、演出家だった。肉体が石のように固くなる瞬間でさえ、漂流する身体が何の苦もなく形をとり、溶解するのを感じていた。

ローラ、一九九〇年代

ローラはケント州の町でフラットをシェアし、フリーランスでウェイフェアラーに寄稿していた。仕事を依頼されると、ミーラの望む切り口には合わない素材がいつも見つかった。そこで、原稿に手を加えて再構成し、ほかの会社に売ることにしていた。写真も売ったし、上流階級向けのガイド本にホテルのレヴューも書いた。それは豪華ホテルに無料で宿泊できることを意味していた。どこに住んでいるのか尋ねられると、ロンドンと答えることにしていた。でも同じくらい誠実に、ホテルや空港のラウンジ、タクシーや飛行機の中、ユーロスターやヒースローエクスプレス、動く歩道やエスカレーター、シャトルバスや無料送迎バスに住んでいると答えることだってできた。彼女はいつも何かにくくりつけられていたのであまり動き回ることができなかったが、それにもかかわらず早送りで世界を駆けめぐっていた。自分名義のパスポートをふたつにメールアドレスを三つ持ち、いつも目的地の中間地点にいて、オンラインや電話回線上のバーチャルな存在だった。彼女は留守番電話の声であり、ここにもそこにもいなかった。彼女は時差ぼけを防ぐために強烈な緑色をした小粒の薬を飲んでいた。いっそヒースロー空港に住み着こうかと考えることもあった。ローブをまとったアフリカ人の家族はまさにそうしているように見えた。寝るときはプラスチックの椅子の上に身体を伸ばし、ファーストフードを食べ、フライトのあい間には空港の利用者アンケートに答えて時間を潰せばいい。ある新聞の旅行特集担当の編集者がローラに助言した。「あんたの価値は記事の中身で決まるんだ。あんたが賢い人間だったら動き続けることだ」ローラ・フレイザーは二十世紀末のグローバル人だった。地理はもはや重要ではなかった。

サンクトペテルブルグ、ジャイプール、リュブリャナ。タイの丘陵トレッキング、ワイト島の修道院で過ごす週末。ニューヨークでは、モダニスト的な碁盤目の繰り返しから導きだした最初の評価が完全に間違っていたことを知った。マンハッタンでは同時代性は建築によって表現されるのではなく、不可視化されている。たくさんのコンピュータスクリーンが並んだ塔の中に隠れ、同軸ケーブルに埋もれ、バイトによって運ばれているのだ。

香港は巨大なキャッシュレジスターで、そこで繰り広げられる売買のサウンドトラックは携帯電話の着信音だった。資本主義と統制のあいだにピン留めされた上海では、あらゆるものが宙づり状態だった。高架の高速道路が恐ろしく高い高層ビルが林立する区画の中層あたりを縫ってリボンのように走り、魅惑的なバーがネオンの海に浮かんでいた。ダブリンはギネスと雨だった。ローラがオイスターを食べたパブでは、誰かがペニーホイッスルを吹き、赤毛の男たちが物静かな軽い声で話しかけてきた。彼女の心は、特徴的なものを見つければしがみついて離さない風刺漫画家のようだった。ローラは、フリーマーケットや遊園地、儀式、ダフ屋などについて、締め切りまでに求められた分量の文章をそつなく効率的に仕上げていった。ローラ・フレイザーは「ヒップスターの集まるバーは見逃さない」ように心がけ、「霧に包まれた丘陵」で目覚め、「北京のアートシーンを散策」した。彼女は「ここで世界が衝突する」とも書いた。

彼女のラップトップパソコンのフォルダーには、売ることのできない文章が保存されていた。中国での凍てつくような夜に、タクシーが曲り角を間違えたことがあった。彼女が連れていかれた場所ではナフサランプが揺らめいていた。ローラはそこで寝具や鍋や労働者の顔を目の当たりにした。自分たちが建設している高架の高速道路の下で、労働者の暮らしが繰り広げられていた。

シンガポールでは、建設現場で働いている労働者を運ぶ側面の開いたトラックが、ローラの乗ったタクシーと並んで走っていた。肌の黒い男たちの一人は、積み上げられたレンガの上で居眠りしていた。ほかの男たちは、トラックの側面から転がり落ちないよう足を踏ん張って立ち、腰に手を当てて身体を支えていた。

バンコクのアーケードでは、ヒップホップが大音量で流れていた。アーケードの入り口近くで、物乞いの女とその娘がひび割れた歩道の一画を占領していた。「インテル入ってる」という赤いロゴが色褪せたTシャツを着て、少女は両脚を前に投げ出し、母親と向き合って座っていた。ローラはインスタント麺の空き容器に施しを入れるつもりで手にお札を握った。しかし、二人に近づいていくあいだに少女が何かしゃべり、それを聞いた母親が微笑んで身体を前に屈め、少女も笑った。その親密な瞬間の、視線とよろこびが絡まり合った閉じられた回路に割り込みたくなかったので、ローラはそのまま通り過ぎた。しかし、あとになって考えてみると、二人の邪魔をしたくないという思いが分別によるものだったのか、あるいは彼女の心に潜む他人に対する冷酷さのかけらから生じたのか、自分でもわからなかった。さらに時間が経ち、ホテルの窓から光のカーテンがかかった垂直のコンクリート壁を眺めながら、あの親子にお金を施さなかったのは、物乞いと幸福を結びつけることができなかったからだと思いあたった。彼女の失敗は慈善精神の欠如ではなく、想像力の欠如によるものだったのかもしれない。困窮しているからといって人生が惨めなわけではなく、そこにも人間らしい楽しみやよろこびがあふれているのだ。しかし、異質な存在は不透明であり、これまでの彼女にはその内奥を覗き込むことができなかったのだ。

ミュンヘンでは、ガルガンチュアが食べるのか思うほど大盛のムサカが、ポテトフライに覆われて彼女の前に置かれた。ギリシャ人にはその巨大な物体がムサカであるとは信じられないだろう。ローラは注意深くフォークを操ってその塊に挑んだ。店内では男が一人、一本ずつセロファンで包んだ茎の長いバラを売り歩いていた。その男がバラを差し出す機械的な仕草をみていると、売れるとは期待していないようだった。彼は明るい茶色の肌をしており、口ひげを綺麗に整え、短く刈り込んだ灰色の髪のところどころに黒い部分が残っていた。イラク人だろうか、それともトルコ人？ 彼はドナルド・フレイザーとおない年くらいに見えたが、二人の差は世界そのものと言ってよいほど広かった。客たちはほとんど彼のほうを見ようともせず食事を続け、手のひらをわずかに振って花を買う気がないことを伝えていた。青いスーツに白いシャツという身なりで、男は人びとの会話、料理の匂い、スプーンのたてるカチャカチャいう音のあいだを縫って歩いた。ウェイターたちは彼を無視していた。ローラは、彼がウェイターを避ける達人であり、この部屋の中で最年長だろうと見当をつけた。

妻や息子たちと食事していたドイツ人の男性もその花売りを見ていた。ピンク色をした彼の顔は無表情だったが、ローラには彼が何を考えているのか理解できた。なぜならローラも同じことを想像していたからだ。その男性もローラも、花売りの男が秋を切り裂く冷たい風に吹かれながらレストランの戸口に立ち、誰も欲しがらない花をこれから売ろうとしている瞬間にわが身を置いてみようとしていた。それで十分なのだろうか、とローラは考えた。彼女と同じ立場に置かれた人間は、想像することで申し開きしようとするものだろうか。その空想は彼女の頭から離れなかった。それは、正義という人類が生み出した偉大かつ曖昧で、ときには慰めにもなるフィクションが、いまだに実現されていないことをほのめかしていた。

こうした出来事や場面や省察は旅の余剰であり、ローラが量産する均整のとれた文章には収まらない、扱いにくい素材だった。

ラヴィ、二〇〇〇年

マリーニは週末を両親の家で過ごすことにした。正午に仕事を終え、学校でヒランを拾い、バスに乗って内陸の単調な緑の中を実家に向かうとしよう。彼女は前もって知らせずに帰ろうと考えていた。そうすれば、父もお酒の空き瓶を隠す時間がないはず。

今では、メンディス家は下宿屋の奥まったところに広くて静かな部屋を借りていた。土曜の午後、ラヴィが学生たちの課題を添削しているとインクが切れてしまった。新しいペンを探しているうちに、がらくたをしまっている箱の中に青いプラスチックのビーズをつなげたブレスレットが入っているのを見つけた。どうしてこんなところに？　ラヴィとマリーニはそのブレスレットを見つけようとして、以前住んでいた部屋を徹底的に探したというのに。ラヴィはブレスレットの埃を払い、目立つようテーブルの上に置いた。大よろこびする妻の姿を想像して、笑みがこぼれた。

その夜、ラヴィは遠くの叫び声に目を覚ました。いずれ、それが夜間警備員のあげた声だったことがわかるだろう――この警備員は頭をタオルで包み、階段の上り口で大の字になって眠り込んでいたのだった。彼はあとで警察に事情を訊かれ、脇腹に衝撃を受けて目を覚ましました、誰かが踏みつけていったんです、と答えるだろう。車が加速する音が聞こえるのと同時に、通りに面した扉が開いていることにラヴィは気づいた。

ラヴィは起き上がると自分の部屋のドアを開けた。頭はまだぼんやりしていた。廊下に人影がなかったのでベッドに戻りかけた。しかし、本能のようなものに導かれて、彼はロビーに向かって廊下を進んでいった。

ロビーに着いたラヴィは、まだ寝ぼけた手つきで腰にサロンを結わえつけようとしていた。灰色がかった闇の中に、パーティーで眠り込んでしまった客のように、椅子がテレビを取り囲んで並んでいるのを見分けることができた。しかし、テレビセットの上には見慣れない巨大な塊が載っていた。階段を上ってきた警備員が電灯のスイッチを入れた。ラヴィは瞬きしたが、目の前の物体が何なのかまだ見分けることができなかった。どことなく見覚えがあるものの、言いようもなく奇妙だった。やがて自分が目にしている物体が、ふとももの半ばあたりと胸の上のところで切断された女性の胴体であることがわかった。上面の切り口が広げられ、そこに切り落とされた手脚が詰め込まれていた。その全体的な配置は花瓶を思わせた。肉質の茎に、手のひらや足が風変わりな花のように咲いていた。

彼はその肉塊に近づいていったに違いなかった。気を失う寸前に、「ラヴィ」という文字が腟に白く引っ掻かれているのを認めたからだ。

ラヴィ、二〇〇〇年

ラヴィはひたすら眠り続けた。ショックのせいだとフリーダ・ホブソンは言った。それに彼女のかかりつけ医が処方した注射と薬の効果。ラヴィは彼女の話を最後まで聞いてからあくびした。

葬式の当日も起きているのがやっとだった。ようやく警察から戻された遺体はマリーニの両親の家に安置された。島中から会葬者が集まった。彼らは一時間並んで順番を待ち、一列になって蓋が閉じられた大きな棺と小さな棺に別れを告げていった。ヒフンの遺体は下宿屋からそれほど離れていない路上で見つかった。ロビーでの遺体発見の騒ぎに紛れて、小さな身体は初めのうち気づかれずにいた。やがて、同僚から見えないところで嘔吐していた若い警官が、ふたつの建物のあいだに横たわっている犬が動こうとしないのを不審に感じたのだった。

シルクの喪服を着た老女が立ち上がり、ラヴィを抱きしめた。彼女の腕はじっとり湿っていて、息が臭った。墓から蘇った死者に抱きしめられたような感じがした。「あの子が」とバスナヤケ夫人は嘆息した。眼鏡から水があふれだしているようだった。「あのすばらしい子が」

部屋の中央で騒ぎがもちあがった。当然酔っぱらっていたラヴィの義父が、娘の棺台の足元で崩れ落ちたのだった。

誘拐事件の発生した午後、マリーニがラップアラウンド型のサングラスをかけた若い男に話しかけている姿が目撃されていた。ヒランは黄色い笑顔マークがプリントされた、お気に入りの赤のTシャツを着ていた。その男は、バスターミナルのそばの曲り角に停めたアイスブルーのメルセデスに寄りかかっていた。男は話しているあいだ、手にしているボールペンを無意識にカチカチ鳴らしていた。二人の会話は急いでいる様子もなく、くつろいだ感じだった。

男が車の後方のドアを開けると、ヒランが乗り込んだ。背中には、フリーダから誕生日プレゼントにもらった赤いミッキーマウスのリュックを背負っていた。マリーニが息子のあとに続いて乗り込み、男は運転席に回った。車の窓ガラスは黒かったが、後部座席にもう一人の男が乗っていたと証言する者もいた。

メルセデスは新しい趣向だった。たいてい白のバンが好まれるのだが。

警察がラヴィを取り調べるときには、瞳の色が薄い平服の男がいつも同席していた。彼はいつも控えめにしていたが、磨かれた灰色の石のような目のせいで印象に残った。その男が口をきいたのは一度だけだった。それは二度目の取り調べが終わるときで、男はラヴィのすぐそばまで寄ってくると、「訊かないほうがいい質問もあるとは思わないか?」と言った。感じのよい、くだけた口調だった。「あんたはラッキーだよ。二人が死んだってわかっているんだから」

フリーダ・ホブソンはラヴィをすくい上げて、自分のフラットに住まわせた。彼女は高級アパートが建ち並ぶ地区に住んでいた。そこでは、大きな新築住宅はクレーンで釣り上げておろしたかのように、土地いっぱいに建っていた。初めのうち、ラヴィはフリーダの申し出を拒否できる状態ではなかったし、後にはこの取り決めをありがたく感じた。そのフラットは空白地帯だった。そこで愛する人と過ごしたことは一度もなかったから。

そのフラットで過ごした最初の数週間について憶えているのは、明るさと空間だけだった。部屋に置かれている物は、輪郭を黒く縁取りされているみたいにくっきり浮かび上がって見えた。光は妨げられることなく彼の身体を通り抜けていった。部屋の両側には窓があって、ラヴィはそのどちらかの下で寝た。そう彼は思い込んでいたのだが、あとになってその部屋にはベッドの上に背の高い窓がひとつあるきりだと気づいて驚かされた。

悲しみはこっそりついて回った。シャツを着ながら、「このシャツを最後に着たときには、あの二人はまだ生きていた」と考えているかもしれなかった。ベンガルボダイジュの木がいつも身近に感じられ、あるいは大きくなったり、あるいは縮んだりした。暗く、四角く広がった枝が、未来や息子の最後の数分間など想像できないものすべてを包み込んでいた。

一週間前には二人はまだ生きていた。十日が過ぎ、十二日が過ぎた。息子が最後に爪の手入れをした日、最後にくしゃみをした日。「走れ、走れ、走れ、……を取ってこい」ベンガルボダイジュの根がラヴィの体内で盛り上がり、乾いた引き攣れが彼の胃を締め上げた。妻と息子を蘇らせてくれる魔法の品をラヴィは思いつくことができなかった。

息子が死んだのはマリーニのせいだった。ときどき、マリーニを殺してやりたいと思うこともあった。

カーメル・メンディスは、近所で借りたベークライト製の黒い受話器に向かって泣きながらも、未婚女性と二人きりで暮らしている息子を叱った。世間が何て言うだろう。

ここがいちばん安全なんだとラヴィはフリーダの意見を繰り返した。フリーダのフラットが入っている建物は飛行機のように真っ白で流線型をしており、監視カメラによる警報システムを備え、守衛が昼夜を問わず巡回している。周囲に張りめぐらされた塀は高さが三メートルもあって、その上には尖端を上にした釘が敷きつめられている。フリーダがこうした安全管理システムをひとつひとつ挙げていくのを聞きながら、ラヴィは電気配線を遮断したり、警備の人間を脅したり賄賂で買収したりするのはたやすいことだと考えていた。しかし、彼は何も言わなかった。こうした対策がフリーダを安心させ、彼は外の世界に対して無頓着でいられたからだ。フリーダはラヴィの沈黙を理解力の低さのせいだと勘違いして、防犯の仕組みをもう一度説明した。

ラヴィはそれらを母親に伝え、自分の部屋まで与えられていると言い添えた。「僕専用のバスルームまである」そう話しながら、二人の人間が別々にバスルームを持っているなんてずいぶん変な話だと思った。

彼はこうした情報をすべて小声で伝えた。ラヴィに母親からの電話を取り次ぐと、フリーダは自分の寝室に引きとってドアを閉めた。この行動のせいで、ラヴィは壁の向こう側にいるフリーダを生々しく意識せざるを得なかった。

好奇心という回復の早い感情がカーメルの中に湧き上がった。「息子や、そこはどんな具合なんだい?」テレビドラマの「ダラス」の場面を次々と思い浮かべながら、彼女の心は手の届かないすばらしいものを求めていた。しかし、時代遅れの理想であるヴァランシエンヌ産のレースから先には進めなかった。カーメルは

「シャペロンを頼むことはできないのかい、息子や?」と尋ねた。日の光が射し込まない少女時代からすくい上げられたこの奇妙な言葉が、痛みのようにラヴィの身体を貫いた。

ニマール・コリアは、ラップトップパソコンとジョニーウォーカーの瓶とすでに巻かれた状態のマリファナを持ってやってきた。彼はマリーニとヒランを追悼するために制作したウェブサイトをラヴィに見せに来たのだった。殺人犯についての情報を受け付けるメールアドレスも掲載されていた。警察の捜査に対する信頼は控え目に言っても低かった。

ラヴィは息子の写真を見るのを拒んだ。実のところ、そのサイト自体を見たくなかったのだが、ニマールの気を害さずにどうやってそれを伝えればいいのかわからなかった。ニマールが画面を下にスクロールしていくと、マリーニのまなざしを容赦なく正確に再現した目が画面の中から見つめてきた。

ニマールは悪いほうの手の小指にガーネットの指環をつけていた。だいぶ肉がついた彼は、悪態を交えながら正義と復讐を訴えた。ニマールがマニラ封筒の中身をテーブルの上に広げ、ラヴィは印刷された電子メールにざっと目を通した。お悔やみの言葉や犯人への真摯で正義感あふれる非難などが書かれていたが、役に立ちそうな情報はなかった。ニマールは貧乏ゆすりをしながらラヴィの様子を見守っていたが、ときどき頭を垂れてばつが悪そうに指環を回した。

これまで酒もマリファナも口にしてこなかったラヴィだったが、その日はためらわずにニマールからの贈り物を試してみた。それは妻と息子の葬式に参列するのと同じで、まったく予測していなかったのに、突然逃れられなくなったという感覚だった。誰かがあの出来事を持ち出すたびに、ガラスケースで囲われたような距離感がラヴィを包んだ。友人を慰めようとするニマールの努力に心を動かされないわけではなかったが、見知らぬ人からのお悔やみ、ユニット式の革張りソファセット、犯人を見つけて復讐するという友人の宣言など、すべてが映画のようでスケールが大きすぎた。ラヴィはお悔やみを述べるメールの中に、NGOでマリーニの旧敵だったディープティ・ピエリスからのメールも含まれていることに気づいた。それは、この事件の非現実的な展開に似つかわしかった。

ウィスキーの瓶が三分の二ほど空いたところでニマールが泣き崩れた。俺はお前に居場所を提供したかったのだが、俺の宿舎はリアルランカの事務所の二階の一部屋きりなんだ。世界中でドットコムビジネスが破綻しているあおりで会社の上場は延期され、ニマールの給料はコロンボの中心地での生活費にほとんど消えてしまった。彼は泣きながら「仕事、仕事、いつも仕事に追われているんだ」と訴えた。子どものようなぽっちゃりした顔を鼻水と涙で汚しながら、ニマールは時間がないと何度も繰り返した。「すべてのスピードが上がっちまった。仕事も速く、食事も速く、糞も速く済ませなけりゃいけない」

ラヴィは聞いていなかった。彼は自分の手に気づいたところだった――おやおや！　腕の先でいったい何をしているんだ？

時が過ぎ、彼はいまだに薬を飲み続けていたが、眠るのをやめていた――あるいはそう主張しただろう。しかし、浜辺に腰を下ろして何時間も黒い波をみつめていたことを思い出せる朝もあった。

ある日、ラヴィはフリーダに尋ねた。「誰が僕を傷つけたがる？　なぜ僕はここにいなくちゃいけないんだ？」彼女は帰宅したばかりで、まだ手に鍵を握っていた。彼女は顎を引いてラヴィを見据えたが、彼の困惑に偽りはないことは明らかだった。

しばらくして、フリーダが部屋に引き取るとラヴィは彼女のドアのそばに立った。彼女は携帯電話で話していた。「そうね、昨日は改善の兆しがあるって本当に思ったの。でも今日は、命が危険にさらされているかもしれないってことをかみくだいて説明しなきゃならなかった。知られたくない情報を、マリーニが伝えていったって。それでも彼は理解しなかった。「でも、僕はこれまで何もしてこなかった」って言うの。だから言ってやったわ。「そのとおり。彼らはあなたに行動を起こして欲しくないのよ」」

さらに話し声が聞こえた。「きっとあなたの言うとおり、薬が原因ね。彼は人と交わろうとしないの」そして、「ほんと、超悲しいわね」


フリーダが仕事に出かけているあいだに、ラヴィは彼女の部屋に入っていった。そこはラヴィの母親の寝室と同じで、秘密めいていて静かだった。しかし、カーメルの部屋にはどっしりした暗い色の家具がところ狭しと置かれていて、陰気な湖と崖が詰め込まれた慎ましい風景のようだった。フリーダの部屋には、ネックレス、色鮮やかな箱、写真、ベッド脇に積まれた本の明るい背表紙など、心奪われるような品々が並んでいた。ラヴィはフリーダのフラットの様子を母親に訊かれたとき、すべてが新しいと答えるべきだったと気づいた。彼はお金の意味を理解した。それは、親から譲り受けた醜いテーブル、でこぼこした枕、たわんだ椅子からの解放だった。

トレイの上では指環が輝いていた。彼の同国人がみんなそうであるように、ラヴィも宝石には目が利いた。フリーダが「石臼」と呼び、フラットに何気なく置いているダイヤモンドと、堂々としたサファイア——ラヴィはその青い深みの中に、ジャフナ出身のタミル人であるフリーダの母親を嗅ぎつけた――があった。ひし形のターコイスがはまった銀の指環、魔除けのオパールもあった。紫とライラックが練り込まれたガラスリングにプラスチックを成形した大きな赤いバラを組み合わせたまったくのがらくたもあった。

彼は指環に触れた。指環は死体のように冷たかった。

初めて会ったときからフリーダは誰かを連想させた。この印象――影から鳥を特定しなければならない――は、ラヴィの頭の片隅にいつもぼんやり浮かんでいて消えなかった。ラヴィは衣装ダンスの上に並んでいるフレーム入りの写真をじっくり眺めた。ある写真には愛想のよさそうな金髪の男性が写っており、別の写真には雪景色を背景にその男性がモコモコした腕でフリーダを抱きしめている姿が写っていた。ラヴィはフリーダの部屋から居間に移動し、そこに飾られているもっと大きな彼の写真をじっくり見た。彼は写真からあふれ出し、フレームによって四角く切り取られていた。ラヴィは良質なイギリスのバターを思い浮かべた。それに、その男性の体内にたっぷり収まっている赤いローストビーフのことも。

ラヴィが煙草を吸っているバルコニーの前には広葉樹が立っていた。通りの向こう側のちょうどコウモリが電線にぶら下がっているあたりで車が止まり、少女が降りてきた。彼女はジーンズとUCLAのTシャツを着ていたが、オイルを塗り込んだ艶やかな髪が腰まで伸びていた。幼いヒランは、母親のおさげをほどくと髪を握りしめたまま彼女の周囲を歩き回り、髪の毛の中に閉じ込めて大よろこびしていたものだった。ラヴィは葉むらのすき間から、インターコムに向かって話しかけている少女を観察した。彼女の前で門扉が回転しながら開き始めた。バルコニーから飛び降りて彼女に掴みかかり、その頭髪をむしり取る時間はまだ残されているかもしれなかった。

フリーダはパワーブックを電源につなぎ、メールに返信していた。彼女は誇らしげに、私ニュース中毒なの、と言った。「ほら、見て！」というのが彼女の口グセだった。それから、パレスチナ情勢がテーマのサミットを論じた『ワシントンポスト』紙の社説や、Y2Kのバグを振り返る『ガーディアン』紙の記事を見せられるかもしれなかった。彼女の肩のあたりに亡き人の姿が漂っていた。ラヴィにはあごを手に載せ、短波ラジオから流れてくるBBCワールドサービスの「アメリカからの手紙」に聞き入ったり、「ちょっと待って」のコーナーに微笑んだりしている父の姿が見えていた。

フリーダにラップトップパソコンを使わないかと勧められたラヴィは、その申し出を断った。彼が口にしなかったのは、物にはそれぞれ身の丈というものがあり、かならずしも同等ではないということだった。イグナティウス修道士の古い地図が代表する原始的なテクノロジーでさえ、それをわきまえていた。しかし、インターネットは距離を消し去ることによって相対性を侵蝕していた。インターネットはサファイアもプラスチックも公平に差し出した。マリーニと口論になると、ラヴィはよく「レイプされたり、拷問を受けたり、殺されたりした人たちは、君とは何の関係もないじゃないか。どうして君はそんな人たちのことを気にするんだ？」などと口走ったものだった。なぜマリーニは、「どうしてあなたはケンブリッジ大学のコーヒーポットに入ったコーヒーの量なんか気にするの？」［世界最初のウェブカメラは一九九三年、ケンブリッジ大学のコンピュータサイエンス学部のコーヒーポットに入ったコーヒーの量を確認するために設置され、インターネット上で誰でも確認することができた］と切り返さなかったのだろうか。

居間には留守番機能つきの電話があったが、よく鳴るのは携帯電話のほうだった。ラヴィは彼女の親指がすばやく動き、端からは判別できないメッセージを携帯電話に打ち込んでいくのを見ていた。彼女がその優雅な小さい電話からひとときも離れたがらないことにも気づいていた。彼女は携帯電話を部屋から部屋へと持ち歩き、出かけるときにはバッグの中に入っていることをかならず確認した。ラヴィは母親がいつも持ち歩いていた聖クリストファーの長円形のメダルを思い出した。カーメルはそのメダルを安全ピンでパジャマやブラに留めていた。

フリーダはメッセージを再生した。「こんにちは、ルイスだよ。私よ、ダーリン。ハイ、ジャミーラ／ニック／フランだよ」彼女はよくラヴィに「イモジェンと私は同じ大学に通っていたの。今、彼女はホーチミン市にいるわ」とか、「ジョエルはとってもいい人なの。本当、彼ってニューヨーカーのイメージからかけ離れている」と言った。金髪の男性の名前はマーティンだとわかった。業務内容は「英米系の鉱山開発合弁企業における顧客対応部門のリーダー」で、役割は「なぜ英米資本の鉱山が必要なのか、アフリカ人が理解するのを助けること」だった。

王家の谷から絵はがきが届いた。フリーダはそれをセビリアからの絵はがきと並べて棚の上に飾った。ソファの脇に置いてある雑誌のひとつには、飛行機の運行ルートが急降下する鳥の軌跡のように描き込まれた世界地図が挟まれていた。グローバル、つながった世界。それがラヴィの想像するフリーダ・ホブソンの人生だった。

ドアの呼び鈴が鳴ったとき、フリーダは仕事で外出していた。ラヴィは自分が殺されるだろうとわかっていたので、ためらうことなくベッドの下に潜り込んだ。

その夜フリーダは、清掃夫がベルを鳴らしたのにどうしてドアを開けなかったのかとラヴィに尋ねた。「どこかに出かけていたの?」外出は禁止こそされていなかったが反対されていた。普段、ラヴィは警備員から煙草を買っていたが、たまに大通りの店まで出かけていることをフリーダは知っていた。彼の喫煙をめぐって緊張が高まっている理由のひとつがそれだった。ラヴィはフリーダが清掃夫を雇っているなんて知らなかったし、フラットの清掃なんて考えてみたこともなかった。そんな労働は彼のまわりにいる女性の誰かがいつもこなしていたからだ。清掃夫が来ることをあらかじめ知らせておかなかったではないかと指摘してもよかったが、その言葉が思い浮かばなかった。どうやって「知らなかった」と言えばよいのか、彼には思い出せなかった。ラヴィは沈黙したまま、彼女の顔にいらいらした表情が浮かび、消えていくのを見つめていた。

どこに出かけても、フリーダ・ホブソンは自分が選んだ女性に対してかけがえのない存在になることができた。男たちは彼女を称賛した。少なくとも初めのうちは。彼女はとても若い時分に両親の結婚パターンを抽象化し――刃とまな板――、その理解をくるくる巻いて望遠鏡代わりにして世界を見るようになった。彼女は親しい女友だちを二十人か三十人ほど選び出して、彼女たちの誕生日を手帳に記録していた。フリーダは彼女らと喧嘩するわけでもなく、見捨てるわけでもなかったが、新しい友人とのあいだにはかならず何か問題が発生し、彼女を心底がっかりさせるのだった。見知らぬ男がどんな言葉を使って車内にマリーニを誘い込んだのか、フリーダはもう一度考えてみた。マリーニには口の滑らかな男を前にすると少女のようにふるまうところがあった。その弱点は、彼女がひどい父親に対して幼いころに抱いていた愛情によって説明できるとフリーダは考えていた。ではなぜラヴィをパートナーに選んだのか?　そこには明白な説明が存在したが、月並みな外見の男にしか恋しないことにしているフリーダは、それ以外のタイプの男に心を動かされなかった。金魚だって装飾的ではないか。今回の清掃夫の一件には我慢ならなかった。この清掃夫は気まぐれで、何週間も姿を見せないことがあった。清掃夫の親戚である昼間の警備員は、途方もない言い訳を口にしたが、フリーダはそれを拒絶もしなければ信じようともしなかった。ラヴィはというと、フリーダに指摘されるまで皿一枚洗おうとしなかったし、そもそもどうやって食洗機に皿を詰めたらいいのかすら知らなかった。フリーダは実家から持ってきた絵画や彫刻でフラットを飾っていた。美しくて見慣れたものをいくつか身近に置いておきたかったからだ。しかし、ネフェルティティの頭部が刻印されたベルベットの壁掛けは壁を台無しにしていた。それは清掃夫と同じく家主から一方的に押しつけられたものだった。彼女はすぐさまそれを戸棚にしまいこんだ。ある日、ラヴィの部屋の敷居から中を覗き込んでみると――境界を尊重しているのだから、侵入ではなく観察だった――、ラヴィはその忌まわしいベルベットをベッドの脇にかけていた。しかし、本当に計り知れないのは、ラヴィが自分のために行動しようとしないところだった。あの出来事を目撃した衝撃で彼の目は虚ろになっていたが、彼はカウンセリングを受けようとしなかった。彼の魂は――フリーダには受け身でしゃくに障ると同時に、助けも必要としている人間にぴったりの言葉が思い浮かばなかった。軽い刺激物を分泌する、絶滅危惧種のナメクジとか？

清掃夫の一件があってから、ラヴィは神経過敏になっていた。夜に聞こえてくる物音は彼を不安にしたし、静寂がどんどん膨れ上がっていった。彼は自分が死に対して無頓着で、人生の終焉をよろこんで受け入れるだろうとさえ考えていた。ほかの人たちは死を恐れていた。初めのうち、彼はいつも見張られていて、決して一人にしてもらえないと考えていた。両端に窓がある部屋には、見知らぬ黒い顔や白い顔がぶら下がっていた。しかし、清掃夫が呼び鈴を鳴らしたとき、ベッドの下に潜り込んで埃まみれになりながらじっと息を殺していたのは、死に対する抵抗に違いなかった。頑固な命の自己主張。ラヴィは、子どものころに切り花を色水につける実験をしたことを思い出した。色水を吸い上げ、やがて白い花びらが染まっていったものだった。彼は血管の中を執拗に流れる赤い力を感じた。

殺害事件直後の報道は詳細で同情的だった。勇敢な編集者もいたし、まだマリーニの父親を憶えている記者もいた。ラヴィの息子は写真映えしたし、人びとの心理的反応が弱まってくれれば、奇妙にアレンジされたマリーニの死体が補強した。しかし、事件に進展はなかったし、無名の市民が殺害されるのはそれほど珍しいことではなかった。ドラマとしては、戦争の最新の展開に対抗できるほど材料がそろっていなかった。停戦の噂や国際的な調停の動きが虐殺を加速させていた。タミル・イーラム解放のトラは軍事作戦で立て続けに成功を収めていた。マリーニとヒランの事件は、紛争のすみやかな解決への希望と同じく、蝋燭の炎のように揺らいで消えてしまった。

ローラ、一九九九年から二〇〇〇年

ローラは、特集を組んでこれまで見過ごされてきた観光地としてナポリを売り出すようミーラ・ブライデンを説得した。ポンペイやアマルフィ海岸に向かう何千もの観光客がナポリを経由するが、ナポリ自体の観光は低調だった。ナポリは危険すぎるとか、汚い街だというイメージが定着していた。評論家たちは、ナポリはいつか破綻するだろうと年じゅう警告していた。ローラは明らかにするとか、秘密を暴くとか、発見するといった言葉を織り交ぜて説得を試みた。すると予想していたとおり、ミーラはすぐに賛同した。ウェイフェアラーを支えている旅行熱（ワンダーラスト）はつまるところ欲望（ラスト）であり、膜が突き破られるという性的な比喩によって掻きたてられるのだ。

シオの昔からの取り巻きは、忠誠心がよそに移るか剥がれ落ちてしまったか、あるいは仕事や子育てに時間を取られるようになり散り散りになっていった。サーフィンについての本を書いた女性はマンチェスターに移ってブランド戦略の専門家として売り出していたし、凸版印刷工はすでに亡くなっていた。ビーは週六十時間勤務の職位へ昇進していた。ゲリラ庭師は貴族の称号を受け継いでスペインの城に移住していた。

シオは新しいプロジェクトを発明した。何十年もシドニーの街を歩き回って、歩道にチョークで「永遠」と書きつけ続けている男の話をローラから聞き、触発されたのだった。シオは週に一度、日が暮れてから外出し、彼の「チョーク名詩選」の最新作を路上に書き込むようになっていた。ある日の午後、地下鉄の駅から地上に出てきたローラは、「彼は口笛を吹いて自分のユダヤ人たちを呼び出し一列に並ばせる」というチョークの落書きを見つけた。ローラはスイスコテージを歩き回り、壁や歩道や縁石に書き込まれたパウル・ツェランの「死のフーガ」の一節を見つけていった。しかし、全部見つけるのは無理だった。

記憶している詩の中から適当に選んでいるだけで、アンソロジーに特別な意味はないとシオは言った。彼はルイス・ブライデンの関心を引いて、そのプロジェクトに誘い込もうとしていた。夜、一緒に出かけて詩を書こうじゃないか。ローラにはこうしたシオの行動が美術学校じみているように感じられた。ヒップで、もったいぶっていて、気に障った。レストランでビーと夕食をとっていたローラは、「あんなことするなんて、少なくとも十歳は年を取り過ぎてるわね、彼」と断じた。ビーも同意した。二人はシオにそんな手厳しい評価を下すことを許すようになっていた。それからビーはフォークを下に置いた。ビーの鼻の下に生えている黄色い産毛が目立つ日だった。彼女は泣きながら産毛に触れた。「でも、シオに私たちと同じような分別があったら最悪よ！」

以前はとても楽しみにしていたシオと二人きりで過ごす晩を、ローラは億劫に感じるようになっていた。彼女がシオの家にやってくると、たいてい彼は呂律が回らなくなっていた。彼の話は同じところを堂々巡りしたかと思うと道をそれ、勝手につまずき、迷路のようにこんがらがっていった。ある晩には、初めて一人旅に出たときの非常に大切だが謎めいた記憶を延々と繰り返した。汽笛が鳴ると、銀ボタンのついた丈の短い青のジャケットを着た母親はきびすを返し、堅苦しい足取りで去っていった。ローラの思考は焦点を失ってしまった。要領を得ない話がだんだん収束していくのを見計らって、論文は完成したのかと訊いてみた。突然明晰さと集中力を取り戻したシオは、「君はいつから詮索好きになったんだ?」と鋭く切り返した。

もはやシオは、一人きりのときには酒を飲まないという作り話すらしなくなった。それも今では許容されるようになっていた。シオは、三日も四日も酩酊していたこともあるとローラに打ち明けた。「心地よく酔った状態。想像もつかないだろうな。酩酊の彼岸は驚くほどすばらしいんだ」しかし、ビーはシオを連れて週末にバークシャーに出かけたとき、浴室から「哀れなシオ、哀れなシオ」というか細い嘆き声が聞こえてきたと言った。シオがようやく浴室から出てくると、空っぽのジンの瓶を手に頬をピンクに上気させていたという。

もはや泥酔しているときだけではなく、しらふの状態でも支障が生じるようになっていた。ビーがローラの誕生日を祝うため友人たちをお茶に誘ったとき、招待されていたシオは姿を見せなかった。ビーは険しい顔で、「シオの短期記憶はすっかりいかれちゃったのね」と言った。彼女たちは延々と待ち続けた。シオに電話しても応答はなかった。とうとう誰かが部屋の照明を消した。蝋燭を立てたケーキを抱えたビーが暗闇から現れた。炎が横に流れ、ペナントみたいだった。ローラはナイフを手にした。

ハムステッドを訪ねたある晩、シオは話しの途中で眠りこけてしまった。寒い夜だったので、一階の客間にシオを放置しておくのは気が引けた。ローラはシオを押したりなだめたりしながら、二階の寝室に連れていった。それは危険でわびしい旅だった。キルトをかぶせてやり、いびきをかいているシオを残して部屋を出た。ローラは踊り場でひと息ついてあたりを見回した。大量生産の版画が壁を覆っていた。胸の大きなナポリの農婦、密林の水場からあがろうとしている半裸の女性、骨ばった青い顔の中国人の娘。しかし、下に降りていくにつれ、壁には俗悪な泣き顔が繰り返し現れるようになった。ローラが初めてこの家に足を踏み入れたときに気づいた、天使のようにぽっちゃりした涙顔の男の子たちがいつのまにか増殖していた。男の子たちは廊下へ進出し、階段を這い上りつつあった。

それからしばらく、深夜にシオの部屋まで往復した記憶がローラの脳裏から離れなかった。通り過ぎたドアはみんな閉じられていた。しかし、ほかの何かが――ローラの手をすり抜け、悩ませ続けるものがあった。いいいいいいいいいい、この絵のどこがおかしいでしょう？ しかし彼女にはその謎を解き明かすことができなかった。

そのとまどいは、そのころローラを覆っていた気分の背後に隠れてしまった。シオに論文のことを尋ねたのもそのせいだった。ローラはノスタルジアにとらわれていた。始まりはナポリだった。ウェイフェアラーの取材であの街に戻っているあいだ、彼女は毎晩シドニーの夢を見た。目が覚めるとどんな夢だったのか思い出せなかったが、フィルターでろ過されたあとの断片が記憶に残っていた――砂岩の壁、バルコニーに干されているビーチ用のタオル、小さくていやらしいゴキブリ、短パンをはいたバス運転手。

ローラはその気分をナポリの気候のせいにした。ひどい蒸し暑さが子ども時代を呼び覚まし、わくわくしながら雨を待ち望むオーストラリア人気質を引き出したのだと。ブーゲンビリアの紫の花が象る聖公会風で無秩序なアーチにも責任があったし、渡し船や大型の船舶が出入りする港もノスタルジアに拍車をかけた。

しかし、ナポリからイギリスに戻っても故郷の記憶は訪い続けたし、もはや夢の中にとどまってすらいなかった。ロンドンのコンクリートを踏みしめながら、ローラの靴底はユーカリの木の実を踏んでしまったときのごりっとした感触を思い出していた。散歩していると、乗船用の足場が連絡船のデッキを打つカチャンカチャンという音が聞こえてきて、ローラの意識をシドニーに運び去ってしまった。耳には教会の連祷のようなフエガラスの声が蘇り、ショッピングモールに流れているキンキンしたポップスの音を覆い隠した。

ローラは吊革をしっかり掴んで地下鉄に揺られていたが、心の中では船のデッキに立ち、岬が送り出してくる波に負けぬよう足をふんばっていた。

ジャカランダへの追憶は何週間も続いた。機内からの眺め、日没、映画『シックス・センス』の結末。ローラはそれらをみんな見逃してしまった。彼女の心の眼はジャカランダへと漂っていった。野生の木々が生み出す叙情！　ジャカランダは春の終わりから次の春まで誰にも気づかれることなくひっそりしているが、あるときいっせいにその存在があふれだす。それはもはや開花ではなく顕現だった。ジャカランダの花は谷間を紫で埋め、屋根のあいだの漏斗状の空間を埋め、郊外の丘を一変させた。雨の日の光の中では、ライラック色の花が青色にも見えた。それはノスタルジアの色そのものだった。とらえどころがないのに見間違えようがなく、記憶であり、約束だった。ノスタルジアが呼び覚ましたジャカランダはロンドンの往来を覆い、スーパーマーケットの通路の上を漂った。ローラの部屋はケンティッシュタウンの大通りに面した建物の三階にあったが、カーペットには枝から落ちた花が吹き寄せられていた。

やがて、ジャカランダに代わってホワイトノイズのような囁き声が聞こえてくるようになった。ホテルのチェックインの列に並んでいるとき、機内映画が始まるのを待っているとき、万能アダプタープラグをコンセントに差し込んでいるとき、レシートの金額をポンドに換算しているとき、グーグルを初めて使ったときや最後にファックスを送ったとき、ファイルをバックアップしているとき、フルートグラスに注いだシャンパンを手に世界中のコンピュータがクラッシュするの待っているとき、ローラの耳に「オーストラリアの夏、オーストラリアの夏」という声が聞こえてきた。枯草が放牧地を茶色く覆っていた。涙がこぼれる前のように鼻がチクチクした。

ノスタルジアを抑える方法もあった。人と違うものを選ぶと、お高くとまっていると後指を指されることになる。オーストラリアでは、電車に二日間揺られて降りてみたら同じ風景が広がっていることもある。電線には感電死したフルーツコウモリが、リコリッシュ味のチューインガムのようにぶら下がっていたりした。それに、シドニーの夏について軽口をたたいていたのは自分ではないか。どしゃぶりのときを除けば、分厚い黄色いカーテンに覆われて息が詰まってしまうとか。ローラはこれに類するエピソードをいくつか思い浮かべてみた。フレイザー家のいとこが自分の歯で羊を去勢したという自慢話など。

その囁き声は執拗かつ周期的に聞こえるようになり、「お前はここで何をしている?」という昔なじみの問いに帰り着いた。ローラはエコノミークラス症候群を予防するため加圧式の靴下を買い、ロサンゼルスへのフライトをアップグレードしてもらった。眼科医からまばたきの回数が足りないと言われた。シオと一緒にスクリーン・オン・ザ・グリーンという名前の映画館に出かけ、ミーラとランチをし、ビーとバークシャーで週末を過ごした。こうして、すべてがほぼいつも通りに進んでいった。また夜中に電話が鳴ったが、電話線の向こうには誰もいなかった。

ラヴィ、二〇〇〇年

ラヴィは仕事に復帰し、バスで片道一時間半かけて職場に通った。同僚も学生たちも食堂で働いている女性も、みんなラヴィに優しかった。キャンパスで寝そべっている犬でさえ、彼が通り過ぎると親切なまなざしを向けてくるように思えた。カエル顔の教授は彼を避けて机にしがみついていた。その姿は、誰かが空気を入れて膨らますのを忘れてしまったかのようだった。教授の研究室には、昔ながらの手動式スミスコロナ社製タイプライターが置かれていて、教授がその機械と格闘している姿を見かけることもあった。タイプライターのキーは鳥が喧嘩をしているような騒々しい音をたてた。

枝を四角く張り日の光を遮っているベンガルボダイジュが蘇ってくると、ラヴィは数を数えることにしていた。ぜろ、いち、に、さん、し……。ずっと昔、円周率を二百桁まで暗唱できる生徒がいた。ラヴィは彼女を真似てみるか、あるいは素数を数え上げてみようかとも考えたが、複雑さはためらいを生んだ。ためらいは壁に開いた狭い割れ目のようなもので、そこに滑り落ちかねなかった。単純明快なものなら考える必要はないし、最高に頑丈な防御壁になってくれる。はっぴゃくよん、はっぴゃくご、はっぴゃくろく……。

ラヴィはガラスのボウルを床に落としてしまった。ボウルは五つのギザギザした破片に砕けた。フリーダの家の中にあるのは途方もなく高いものばかりだと思い込んでいたラヴィは怖くなって、破片を集めるとそのままごみ箱の中に捨ててしまった。「こんな捨て方だめ！」フリーダは叫んだ。「誰かが怪我するかもしれないでしょ。よく考えて捨てなきゃ！」

ラヴィが煙草を吸うときにはバルコニーに出る決まりになっていた。室内に戻ると、フリーダの沈黙がチクチクするシャツのように感じられた。あるとき、彼女はあごを上げて尋ねた。「バルコニーに出て姿をさらすのは、ほんとに分別ある行動だと言えるかしら？」指環をつけ忘れているときでさえ美しい彼女の手は、磨き上げられたように滑らかだった。その手が動き、何か不要なものを追い払うしぐさをした。

マリーニと同じくフリーダ・ホブソンはほっそりした身体つきだったが、声だけではなく身ぶりも大きかった。そのため、フリーダがずいぶん広い空間を占めているようにラヴィは感じた。ラヴィは彼女を避けて、夜は自分の部屋で過ごすようにしていた。幸運なことに、フリーダのオランダ人の友人たちはゴールの旧市街に家を持っていたので、フリーダは週末を彼女たちと過ごすことが多かった。彼女がラヴィを避けているという可能性はあるだろうか？　小さな空間を共有することで否応なく押しつけられる親密さには抑圧感がともなった。あるとき、毎日通っているプールに出かける前にフリーダがバスケットの中を掻きまわしていて、極小の青い下着がラヴィの足元に落ちたことがあった。それに、ラヴィは毎朝きちんと服を着てから部屋を出るようにしていたが、玄関のドアがバタンと閉まる音を聞いて一度だけサロン姿で出てきたこともあった。ところがフリーダはまだ出かけていなかった。ラヴィはすぐ部屋の中に引き返した。頬骨がチクチクした。フリーダは半裸のラヴィの姿を見ても気にしていない様子だったが、下着を落としたことは気にしているのがラヴィにはわかっていた。

以前住んでいた部屋に戻ろうという考えが抑えられなくなった。今ではフリーダの部屋は罠のように思えた。ネズミを使って残酷な実験が行われている清潔で科学的な罠。ラヴィは下宿屋へ通じている横道に戻ってきた。しっかりした足取りで階段を上り、踊り場を通り過ぎた。しかし、管理人は「爆弾をしかけられるかもしれないから」と悲しげに言って、なじみのスーツケースをラヴィに手渡した。最後に見たときのまま、ベッドも乱れた状態で自分の部屋が待っているなんてなぜ思ったのだろう。その日はずっと、オレンジのポケットがついた青いスカートがハンガーに掛かっている様子を思い浮かべて恐れていたのだった。しかし今では、そのスカートがスーツケースに詰め込まれているという考えにとても耐えられなかった。

フリーダが反対するだろうとわかっていたので、ラヴィはフラットを出ていく計画を口にしなかった。初めのうち、ラヴィは彼女がマリーニにつぎ込んでいた好意や贈り物を思い出して、フリーダは負債で編まれたひもにぶらさがった権力を楽しんでいるのだろうと考えていた。しかし、フリーダに嫌われていると確信すると、彼女はエンドウ豆を手元に置いている童話のお姫様なのだと考えるようになった。それがわかったのは彼もまた同じように感じていたからだった。フリーダ・ホブソンは彼の人生を破滅させたすべての出来事の背後にいた。彼はフリーダのそばにとどまり続けるという罰の中でのたうち回っていたのだ。顔を寄せ合って話している二人の女性がもたらす害悪に限度はないのだろうか? ラヴィはもっと毅然とした態度で、用心しなければいけないと印象づけるべきだったのだ。一歩も譲らず、フリーダに会うのを禁止すべきだった。あのとき求められていたのは、信念を曲げず、認めないと大声で怒鳴りつける口髭を生やした夫だった。残虐な連中によって錆びた自転車のスポークを目に突き立てられた少年の証言を出版するという計画を、黙って聞いているような間抜けではなかった。

スウェットパンツと濡れたセメント色のゆったりしたTシャツという格好でフリーダが部屋から出てきた。頭痛がすると言った。彼女の細く高い鼻に貼りついた皮膚は薄く見えた。紫の瞳は眼窩の奥で暗い色を帯びていた。ラヴィは、彼女が墓の中で浮かべているであろう表情を見ていた。

夜中や早朝に、彼女の独り言が聞こえてくることがあった。そんなとき、ラヴィは息子の長いつぶやくような独り言を思い出して、フリーダを血が流れるまで痛めつけてやりたいと思った。そんなことを考えたあとには、いつも罪の意識にさいなまれた。彼女がラヴィをフラットに迎え入れ、救いの手を差しのべてくれたのは純粋な親切心からだった。彼女と知り合いでお前は幸運だ、とラヴィは自分に言い聞かせた。そう、彼はまさに超ラッキーだった！　この世界で最愛の二人の人間が、すでに死んでいることすら知っているのだから。


フリーダは自分のディスクマンをラヴィに押しつけた。すぐにラヴィは、この小さな機械に対して強い愛着を抱くようになった。夜が更けていく中、彼はベッドに寝転がってフリーダの音楽を聞いた。フリーダはテーマを決めて自家製のアルバムを編集するのが好きだった。ラヴィのお気に入りは「カラー」だった。そのCDには「リトルグリーン」、「ベイビーズインブラック」、「パープルヘイズ」などの曲が収められていた。彼はボリュームを上げてそのCDを何度も聞いた。音楽をこんなに親密に、浴びるように聞いたのは、デブレラと過ごした遠い昔の土曜日以来だった。音楽に没頭していたころに感じた、自分の領域が侵犯され、やがて解放される感覚をラヴィは思い出した。より正確には身体が憶えていた。音楽はラヴィの体内の入り江や洞窟に奔放に流れ込んできた。ラヴィは「レッドライトハンド」という曲をもう一度聞いた。

ある夜、フリーダのパワーブックがラヴィの目を引いた。ほんの数か月前まで感じていたインターネットに対するはっきりした嫌悪感はすでに霧のように薄れており、馬鹿ばかしく感じられた。ラヴィはインターネットの魔法によって、我を忘れる感覚を強く望んでいた。歴代ベスト百曲にはどんな曲が含まれているのだろうか、サラミン―ブレント・アルゴリズムとは？　こうした疑問をアスク・ジーヴズという検索エンジンに尋ねることもできた。ライブカメラがモンテビデオ市内の様子を中継してくれるし、ミスワールドのクローズアップを見ることもできた。マイケル・ジャクソンのファンクラブにも加入できるし、マスカットの天気もわかるし、相性のいい女性をメイン州に見つけることもできた。

軽いショックとともに、ラヴィはエイミーのことを思い出していた。ラヴィは彼女の身体のあらゆる谷間を知っていたが、記憶の中の彼女は輪郭が薄れ、銀色を帯びていた。しかしそれは、つねに時代遅れの記憶がアナログ状態で保存していた幽霊を呼び覚ましたに過ぎなかった。実際には、エイミーはコンピュータのクリップボードにコードとして貼りつけられていて、簡単に呼び出せる最新状態の亡霊だった。しかし、彼女を蘇らせるのはラヴィの役割ではなかった。彼はラップトップの表面を撫でた。アップル社製のコンピュータ。期待で口の中に唾が湧いてきた。ラヴィは白いプラスチック製の蓋を持ち上げた。しかし、そのパワーブックにはパスワードがかかっていた。

ラヴィは自分の希望をフリーダに伝えさえすればよかった。彼女は隣の部屋にいたのだから。しかし、気が変わったと認めるのは、フリーダに小さな勝利を与えることを意味した。

リングファイルにはいくつかのNGOから寄せられた報告がファイルされており、重要な箇所にはあせた緑色のマーカーで印がつけられていた。四人の学生が至近距離から撃たれた。六人の農民がナタで切り刻まれた。十一人の遺体が溝に放置されていた。延々と続くリストには、陽気で浮かれた感じすら漂っていた。いかいかいかいかいかいか、八人の乳しぼりをしている女中、七羽の泳いでいる白鳥。ラヴィは小さな声で口ずさんだ。彼は長いあいだ、その歌を思い浮かべさえしなかったのに、今は頭の中を跳ね回っていた。そのファイルがテーブルの上に置かれていたのは、彼に読ませるためだったのだろうか。フリーダ・ホブソンは正確な事務処理に強い信頼を寄せていた。彼女の言い回しはマリーニに似て裁判官のようであり、証言や根拠や証明への病的な執着を示していた。

カーメル・メンディスから電話がかかってきた。ロシ・ド・メルの父親アロイシアスから手紙が届いたという。今はバンクーバーに住んでいる、スリランカ陸軍の大佐だった知人が、マリーニとヒランの事件に関しては何もするなと「上層部から」警察に指令があったと伝えてきたらしい。老亀は自分自身の意見として、「過去のことは水に流したほうがいい」と書いてよこした。ラヴィは激怒した。アロイシアス・ド・メルは、殺人はちょっとしたいさかいの解決手段にすぎず、度量の大きい人間なら見逃してやるべきだと考えているのだろうか。

「絶対にその手紙を手に入れないと。ねえ、わからないの？　決定的な証拠よ。お母さんに言ってすぐに送ってもらいなさい」とフリーダは言った。

頼むではなく言うという言葉をフリーダは使った。いずれにせよ、アロイシアスはその手紙を破棄するようカーメルに指示していた。彼にはスリランカに住んでいる妹がおり、面倒に巻き込まれるのはご免だったからだ。すでにカーメルは、青い紙吹雪になるまで手紙を破いてしまっていた。

もう何度目だろうか、刑事はラヴィにマリーニには敵がいなかったかと尋ねた。女性のために働いている人たちが、女性に復讐する機会をうかがっている男の注意をひきつけることもあると彼らはほのめかした。警官たちが事前通告も裁判所命令もなしにNGOにやってきて、マリーニの使用していたパソコンとファイルを押収していった。ラヴィは夫婦のベッドの上に緩くとぐろを巻いていた数々の話を思い出した。火を放たれた息子たち、割れた瓶で脅されながら乱暴された娘たち、警察署に出向き二度と戻ってこなかった兄弟。私たちを何だと思ってるの？　軽い軽蔑を込めてフリーダが訊いた。ＮＧＯが人の命を危険にさらすような資料を渡すとでも思った？　フリーダはすべての英字新聞に、もしラヴィの妻と息子の殺害が純粋に個人的な復讐のせいだったとしたら、なぜ誰も逮捕されないのか、という書簡を送っていた。窓に彼女の輪郭が映し出されていた。彼女の横顔は暗く、完全無欠で恐ろしかった。ラヴィは気づいた。彼女はスペードの女王なのだ。

フリーダは蛾をそっと手のひらに包み込むと、バルコニーから放してやった。自分の人生を言葉で表現せよと無理強いされたら、ラヴィは「解体された」という意味合いの言葉を探しただろう。フリーダは手についた鱗粉をはらいながら部屋に戻ってくると、トラウマについて話し始めた。ラヴィは、自分がトラウマのせいで人生と「折り合いをつけられなくなっている」と教わった。フリーダはもう一度、「あなたは誰かに話してみるべきよ」と提案した。あなたを助けることができる、訓練を受けた専門家がいるのだから。「もちろん、カウンセリングを受ける準備ができたらだけど。必要なだけ時間をかけるべきだわ。でも、トラウマからの解放には話すのがいちばんいいって言われてるのよ」

そうしてフリーダが説得しているあいだにも、彼女の目はヒランの目に変わり、ちょっとした罪のあれこれを許してと懇願してくるのだった。彼女の意思とは無関係であるかのように、一定の間隔を置いて、助けを求めなさいという助言がフリーダの口から飛び出してきた。最初にそれを聞いたとき、ラヴィは「誰が死んだ二人を助けてくれた?」と思った。自分ではそれを口にしていたことに気づいていなかった。今こうしてフリーダの顔のきめの細かい肌を見ていると、彼の思春期を台無しにしたニキビが思い出された。潰してはだめだと誰もが言った。誘惑に負けるたびに、噴き出した膿とにじみ出た血がラヴィに嫌悪感をもよおさせたが、同時にホッとした気持ちになったものだった。

そのころ、ラヴィは身体を洗うのをやめた。初めのうちは蛇口から温かいお湯が出てくる目新しさに魅かれて、一日に二回、シャワーヘッドからほとばしる十分間の豪雨を味わった。それから彼はシャワーを浴びなくなった。決心したのではなく、単にやめたのだった。口の臭いがいやで歯を磨いたし、ねばついたり汚れが目立つと石鹸で手を洗った。あまり人目を引きたくなかったので、数日に一度は髭をそった。しかし、身体や髪を洗うことはなかった。

彼はベイビーパウダーの缶を買い、脇の下や股間にはたきつけた。しばらくは頭皮がむず痒かったが、すぐにその不快感も消えた。彼は今でも洗濯機で洗った衣類の新鮮な匂いを楽しんでいた。洗浄から脱水までひと通りの作業が終わると、洗濯機はメロディーを奏でた。フリーダのフラットが発するさまざまな短い電子音は、違う種類の人生を感じさせた。フリーダの携帯電話の呼び出し音、吐き出されるのを拒むＤＶＤがたてる音、電子メールが着信を知らせる音。電子レンジはチン、と鳴った。

ローラ、二〇〇〇年

プラハのホテルの部屋で、ローラは受話器をとった。「ローラ、ダーリン」ミーラ・ブライデンだった。ローラのプラハ旅行に同行していた男――ウェイフェアラーのクリスマスパーティーで出会った写真家――がリモコンに手を伸ばした。

「ダーリン、とても、とても悲しい知らせよ」恐ろしい沈黙の中からミーラの声が告げた。「シオが死んだの」

シオは酔っぱらって眠りこけてしまい、自分の吐瀉物を喉に詰まらせて死んだ。招待していたディナーパーティーにシオが姿を見せなかった二日後、ルイス・ブライデンが彼の家に勝手に上がりこんだところ、キッチンに置かれたふわふわの合成皮革の寝椅子の上に横たわっている彼を見つけたのだった。

それからの日々、ローラはありふれた感情に苦しんだ。荒れ狂う陳腐な感情。予想していなかったのは虎の毛皮をまとった嫉妬だった。シオの葬儀に参列したローラは、ほとんどルイスの顔を見ることができなかった。シオがルイスに鍵を預けていたなんて！　この男は馬鹿だった。どうしてあの男が図々しくもやつれた顔をしているのだろう。彼女の鏡は平静な顔を映し返しているというのに。ローラはルイスの頭が薄毛の兆候を示しているのに気づいて満足を覚えた。それに、今も彼の頭は簡単に肩から転げ落ちてしまいそうな印象を与えていた。ローラは斧を振り下ろす自分の姿を思い浮かべた。

シオの姉のギャビー・シャプトンは、弟と同じ黒くて濃い眉の持ち主だったが、弟のような美しさは持ち合わせていなかった。彼女は子どもたちに囲まれていたが、天使のようにかわいいそのうちの一人は、その場にふさわしくふるまおうとすっかり自意識過剰になっていた。ギャビーは子どもの黒髪の上にかがみこんで、リボンを結び直してあげていた。

ローラは彼女に近づくと、「弟さんのこと、本当に残念です」とだしぬけに言った。

ギャビーは背が低く、ぼんやりした目をした穏やかな感じの女性だった。そうした特徴のせいで、横に引き伸ばされたような、人間らしくない印象を与えた。喪服は幾重ものひだになって皮膚のように垂れ下がっていた。ギャビーはローラの指先を握って、「あら、私も」と言った。

シオを支えて階段を上がり、寝室まで連れて行った夜のことがいつまでもローラの頭から離れなかった。彼女はもう一度階段の踊り場に立ち、まず上を見上げ、次に下に目をやった。廊下から階段にまであふれ出ていたひどい写真のことが思い出された。彼女を拒むようにどのドアも閉じられ、お墓のようだった。

彼女は何がおかしいのかようやく気づいた。階段を上りきった踊り場に窓がなかったのだ。

ローラはプラハに戻っていた。今度は一人だった。彼女はビーにメールを送った。子どものころ、階段のてっぺんの踊り場の窓の下で何時間も本を読んでいたこと、シオから聞かされていた？　いいえ、とビーは返信してきた。でも、寝室の窓から見える梨の木のことはよく話していた。その木を切り倒さなければいけなくなって、とても悲しんだことも。

ローラはこうしたすべてのことについて考えた。マーケットで赤い林檎を見かけて、シオの家の庭に植えられていた林檎の木のことを――その幹の太さと枝の広がりを思い浮かべた。ロンドンに戻ると、ローラはギャビー・シャプトンの住所を捜した。彼女は手紙を書き、書類挟みに突っ込んだ。数日後に読み直してごみ箱に投げ捨て、また別の手紙を書いた。

ギャビーからの返信は、その週が終わる前に届いた。

「シオがあなたに語っていたのは母から聞かされた話ね。イギリスに連れてこられた当時、母は自分の家族のことをいっさい話さなかったと思う。永遠に失われてしまったものを思い出しても仕方ないでしょ？ 学校での母は、英語を話せない薄汚いドイツ人だった。ベルリンの可愛がられていた末っ子。きっとそんな過去は、ほかの誰かのものと感じていたに違いない。

子どもができて初めて、お母さん(ムティ)は過去を振り返ることを自分に許したのだと思う。お母さんはいつも私たちにベルリンのことを話してくれた。お母さんの口からは思い出話が次々にあふれ出た。どんな母親もそんなふうに話すものと思っていた私は、それが当たり前だと信じていた。お母さんは並外れた記憶力の持ち主で、私が子どもたちにねだられて少女時代の話をするときよりずっと上手に話してくれた。本を覗き込んで、そこに描かれている挿絵を説明しているみたいだった。お母さんは何でも憶えていた。おもちゃのこと、カーテンのこと、プディングのこと。上がアーチになっている小さな窓に打ちつける雨、口からスープの匂いを漂わせている医者、私のおじいちゃんのボタン穴に挿してあったモクセイソウ、首がブラブラする中国人形。お母さんはとめどなく話し続け、聞いている人がすべて自分の目で見ているような気持ちになるくらい鮮やかに描写してみせた。だから、シオが自分の目で見た情景だと信じていたとしてもそれほど驚かない。中国人形のことを読んで涙が出たわ。あなたの手紙が届くまですっかり忘れていたから。

お母さんはシオを誰よりも愛していた。子どもたちは平等に愛してあげるべきだけど、なかなかそうはいかないもの。おてんばの私はお父さん子だった。でも、お母さんとシオは何時間も一緒に過ごしていた。お母さんがベルリンの話をして、シオがそれをぜんぶ吸収する。今振り返ってみると、私たちに昔の話をしているときのお母さんはとてもしあわせそうだった。でも「私たちに」という部分はあまり正しくないかもしれない。私たちはある意味でおまけだったから。ひと言ひと言、お母さんは失ったものをもう一度かき集めていたから、自分自身のために過去を回復しようとしていたからしあわせだったのでしょうね。

両親が離婚してお父さんがロサンゼルスに移住すると、夏休みにはお父さんに会いに行った。一緒に行こうとしないシオを、飛行機が怖くて乗れない弱虫坊やってからかったのを憶えている。きっとシオは八歳くらいだったはずよ。私がからかい続けると、とうとうシオは、「だって、戻ってこられなくなるかもしれないから」と言った。その言葉があまりに痛切だったから、私はそれ以上からかえなかった。結局、お気に入りの子どもはそれなりの報いを受けるのね」

ミーラからの電話を受けて、ローラは男にひと言も告げずプラハのホテルの部屋を出た。青く晴れわたり、冷え込む午後だった。彼女は延々と続く広場を横切り、河のこちら岸を歩き、今度は向こう岸を歩いた。有名な橋を渡り、もう一度渡った。マフラーを巻いた我慢づよい観光客がカフカの城に入るために並んでいた。オルガンのコンサートを待つ列もあった。道端の似顔絵描きを通り過ぎ、ガラスの向こうで野菜のピクルスを食べている人たちを横目に通り過ぎた。彼女の心にはひどい言葉が浮かんでいた。「これで決着がついたのだから、もう結論に困ることはないわね」誰もローラに話しかけてこなかった。コートも身に着けず、髪をひっつかんで、泣きながら歩いていたというのに。

翌月、記事の調査のためにプラハに舞い戻ると、肌を刺すような寒さが戻っていた。あるいは寒気がずっと居座っていたのかもしれない。ある晩、どこか夕食をとれるところはないかとシャッターをおろした店をいくつも通り過ぎていると、あまりに寒さが厳しかったので目に涙がにじんできた。街灯の下で、ある女性がローラを呼び止めた。北米アクセントの優しい声が、あなた大丈夫？　と尋ねてきた。さらに数ブロック進むと、豊かな黄色いおさげにニット帽をかぶった別の女性、いや正確には少女がいた。その少女は恋人の腕をほどくと手を伸ばしてローラを引き留めた。そして、理解不能な音節を連ねて、なぐさめか助けの申し出と思われる言葉をかけてくれた。ローラの笑顔に安心して少女は歩み去った。手袋をはめた手で両目をこすりながらローラは歩き続けた。そして、自分が本気で泣いていたことに気づいた。歩きながら、ローラの心はいまだにシオを求めていた。しかし、すでに一日のうち数時間は彼のことを考えなくなっていた。彼が亡くなってまだひと月も経っていないというのに。忘却こそが死の本当の意味だった。ヘスターが死んだときも同じだった。でも、あのころのローラはそれほど気に留めなかった。大叔母はすでに高齢だったし、いつでも過去に属していたから。さまざまな別れにとらわれ、未来にも心奪われて身動きできずにいたローラは、ヘスターの記憶が薄れていくのに任せた。それは、幸せな気持ちにしてくれた風景を観光客が最後にもう一度眺めてみるのに似ていた。名残を惜しみながら、それどころか悲しみに暮れながらも、前に進まなければという気持ちにうながされてバッグを拾い上げる。死者を一人また一人と少しずつ裏切ることによって、生は己の存在を主張する。それは棺のそばで、ギャビーが娘のリボンを直している瞬間から始まっていた。私は忘れないとローラは誓った。忘れない、シオ、私は忘れないから。涙があふれ続けた。そんな彼女のまぶたの裏に、ある映像が浮かんだ。それは彼女が強く求めていた食事——湯気をたてている、でんぷん質のとろみがついた料理だった。

ラヴィ、二〇〇〇年

ラヴィ宛ての手紙が届いた。封筒の中には紙が一枚入っており、花を活けた花瓶の様式化された絵の上に、フリーダのアパートのセキュリティーコードが印刷されていた。

フリーダは小さい銀色の電話をまだ耳にあてていた。彼女は警察に通報し、セキュリティーコードの変更を手配した。彼女は、この惑星と自分の足並みがそろわないときに見せるとまどった様子をしていたが、最初に口にした言葉を繰り返した。「単なる脅しよ。そうでなければ警告なんてしないはずだわ」

ラヴィはサングラスをかけた男がペンを無頓着にカチカチ鳴らしている様子を思い浮かべた。メルセデスに乗ったヒランが看板やバイクを眺めているのを想像した。青写真がなくても、恐怖の館はどんどん建っていった。空気のように実体のないその屋敷には、いつでも新たな翼棟を付け加えることができた。ラヴィは自分がこれから生きるであろう人生を目撃しているのだと気づいた。

すぐにここを出る、とラヴィは言った。

「それでどこにいくつもり？　お母さんのお家かしら。それとも前みたいな下宿屋？　連中はあなたがそんな場所に引っ越すのを待ち構えているのよ」

バルコニーのそばに生えている木の上端に近い枝が、居間の壁にぼんやりした影を投げかけていた。ラヴィはその影を見るのをやめられなかった。柔らかな形。葉のすき間を探りあてて差し込む光。

フリーダはラヴィをコロンボ近郊のハーヴェロックタウンにあるフラットに移らせた。それは彼女の友人のフランス人男性が借りていた部屋だった。猫背で口元が前に突き出ている鷲のような風貌の男だった。事件が起きてから日の浅い、まだ眠りに包まれていた日々にラヴィの上を漂っていた顔のひとつがこの鷲顔だった。ラヴィは恥ずかし気で野性的な笑顔を憶えていた。冷蔵庫にはウォッカのボトルとライムがふたつ、それにミネラルウォーターのスプレーしか入っていなかった。フランス人は「肌のつやにはこいつがいちばんさ」と言って、ラヴィの顔にスプレーを吹きつけた。フラットの中は薄暗く、エアコンは氷山に適した温度に設定されていた。すでに部屋のあちこちに小さな氷山が生まれていた。それらの正体はガラスの灰皿で、その多くは吸い殻でいっぱいだった。

毎晩、服を着こんだままベッドの上掛けの下でふるえているラヴィの耳には、庭からの足音と囁き声が聞こえてきた。このフラットの窓の外には木が生えておらず、茎の太いツタが這っているだけだった。その黒々とした根は土の中を掻きまわし、死者の眠りを妨げていた。ヒランの声は出口を見つけ、父のあとについて回った。その声は長い耳の悪魔に気をつけてと警告していた。でも悪魔はラップアラウンド型のサングラスをかけて現れた。その耳について証言する者は誰ひとりいなかった。

ラヴィは仕事に復帰した。一週間後、フランス人のフラットに例の絵が届いた。

「仕事を続けるのは無理よ。あの連中は家までつけてくるわ。すぐにここを出なきゃ」

午前一時、フリーダはラヴィを車に乗せ、異常な回り道をして、ふたつの検問所を通過した末に五つ星ホテルに到着した。

ホテルのフロント係がフリーダのビザカードを認証しているあいだも、ラヴィは小声で抵抗し続けていた。彼女は「大丈夫よ、問題ないから」と言った。しまいには強い調子で、「これくらい払えるの、わかるでしょ」と言った。

フロント係がカウンターの上を滑らせてキーカードを差し出した。その男はフリーダを見るのを避けていたが、ラヴィにちらりと投げた視線は二人の関係はわかっているとほのめかしていた。それもまつ毛によってすぐに隠されてしまった。

フリーダのロジックは容赦なかった。たとえラヴィが新しい働き口を見つけたとしても、やがてばれてしまうだろう。彼には収入が必要だ。だから、彼はこの国を出なければならない。

「海外留学したら？　あなたが留学を考えてるってマリーニが話していたわ」なるほど、二人で僕のことを話していたわけか！　虫が這っているように頭皮がムズムズした。妻が何を話したのか想像できた。ラヴィは横になり、そのまま眠りについて二度と目覚めたくなかった。フリーダ・ホブソンを殴ってやりたい気分だった。それか、抽斗の中にしまいこんで二度とその顔を見ずに済むようにしたかった。ラヴィは奨学金や申請手続きのこと、それに成功の見込みがないことをフリーダ相手に話し始めた。フリーダは愚か者に言った。「明らかに来年まで待つリスクは冒せないわね」

最近フリーダは、顔の皮膚が骨に貼りついたようなやつれた表情をよく見せるようになっていた。今、彼女の目は輝き、顔には新しい光が宿っていた。僕を追い払いたくて仕方ないんだな、とラヴィは思った。

それから三日後の夜、彼女はバーで買ったビールを片手に彼の部屋に戻ってきた。彼女はラヴィがすでに知っていることを告げた。海外滞在許可を申請したスリランカ人は何年も待たされたあげく拒否されることが多い。フリーダが何人かの外国人――信頼できる事情通の友人たち――に相談してみたところ、みな観光ビザを申請してみるよう勧めたという。滞在許可を申請するよりも速いし、成功する確率も高い。

目的地についたらすぐに亡命を申請すればいい、とフリーダは続けた。「勤め先の大学に頼んで、旅行から帰って来ても職があるという手紙を書いてもらえるかしら？　それがなければどんなビザも発給してもらえないから」

ラヴィは、彼の反論も含め、フリーダがあらゆることがらについて前もって検討してきたことを了解した。「お金を振り込めるよう、あなたの銀行口座の詳細が必要になる。向こうに着いたとき、自分の貯金でやりくりできるという証明が必要なの」とフリーダは言った。飛行機のチケットの面倒も見ると、彼女はあごをあげて付け加えた。高価で魅力的だが触れてはいけないもの。子どもの手が届かないところに置かれた陶人形のような効果を彼女は持っていた。

ホテルの部屋には椅子が一脚だけあったが、フリーダはそれを無視した。世の中にはどんな部屋にも違和感なく調和し、まわりに自然と空間がアレンジされるような人たちがいる。ラヴィは、警官やジャーナリストや悲しみで逆上した恐ろしいマリーニの父親が、フリーダの意思を黙って受け入れるのを見てきた。部屋であればなおさらだった。フリーダはベッドの頭板に背中を預け、デニムをはいた片足をベッドの上に投げ出して座っていた。指には多面体にカットされた大きな石が輝いていた。それはラヴィがまだフリーダのフラットに滞在していたころに、彼女がゴールで買ってきた指環だった。フラットに戻って来るやいなや、彼女はそれをラヴィのほうに突き出して「超ゴージャスじゃない？　緑のアメジストよ。買わずにいられなかったの。今朝、私が泳いでいた入り江と同じ色なの」なんて馬鹿げた理由だろう！　彼女だったらルビーやエメラルドのような本物の宝石を買うことができるのに。アメジストが意味するのはただひとつ、水晶だ。

フリーダの弾力のある髪はだいぶ伸びていた。ラヴィは、彼女が首にかかった髪を持ち上げるのを見ていた。彼は呼応していた二着のサリーを思い出した。それぞれの耳の上で、クリップで留められていた黒髪も。友情は容易に模倣へとつながる。つかの間、彼の脳裏に衝撃的なほどあからさまで受け入れがたいイメージが浮かんだ。象牙色のベッドカバーの上に全裸で横たわり、誘っているフリーダの姿。

「実際、問題が生じるかもしれない。どこかの大使館があなたの経歴を調べたら、すぐに殺人事件のことがわかってしまう。あんな出来事のあとで、ただ休暇を楽しもうとしているなんて誰も信じない。現地で難民申請を行う可能性が高いと大使館が考えたら、観光ビザすら手に入らないでしょうね」彼女は手の甲でビールの泡をぬぐった。ラヴィを魅了すると同時に嫌悪感を抱かせる彼女の行動のひとつが飲酒だった。フリーダは、退屈でありきたりな室内調度に心を奪われたかのように部屋の中を見回して、「でも、それにかけてみるしかないわね」と言い残して帰ってしまった。

「ラヴィ、私よ」五分後に彼女が戻って来て、彼の部屋のドアを引っかいた。彼女は室内に入ると椅子に腰かけ、カーテンに軽蔑したような視線を投げた。「実はね、観光ビザを手に入れる別の方法があるにはあるの。でも、そのことを持ち出すべきかどうか決心がつかなかった」彼女は両手を動かした。白い炎と青い炎が揺らめいた。あなたを仰天させてやる、という目つきでフリーダが自分を見据えていることにラヴィは気づいた。

「大使館勤務の、あるオーストラリア人がいるの」フリーダは自信なさそうに、ラヴィがしなければならないことを説明した。しかし、視線を下げたのはラヴィのほうだった。

フリーダの話が終わったあと、ラヴィは何分間か沈黙していた。それから、どうやってこの男と知り合ったのかと尋ねた。

「J・Pよ」それはあのフランス人だった。「去年、この方法でタミル人の少年を海外に逃がしたの。実を言うと、全部J・Pを通して進めなくちゃならない。ほかの誰かが知っているとほのめかすだけでも、あのオーストラリア人は手を引くから。それですべての努力が水の泡になってしまうかもしれない。彼はとんでもなく用心深いの。扱うのは年に一人か二人だけ」

「オーストラリア人が引き受けてくれたら、警察のチェックとか、ひと筋縄ではいかないさまざまな手続きも任せられる。もちろん、とても卑劣なやり方だけど、彼が危険にさらされている人たちを救っているのも事実よ」

フリーダは「引き受けるかどうか決める前に、彼はあなたの写真を求めてくる」と言って、ついに視線をそらせた。ジーンズから存在しないほつれ糸をつまみ上げながら、彼女はつぶやくように言った。「もちろん、カナダとかアイルランドとか、どこかほかの国が観光ビザを発給してくれることを期待して、働きかけ続けることもできる。あなたがそっちを選ぶとしても、その理由はよくわかる」

「いや、僕はやってみる。もし、その男が引き受けてくれるのだったら」とラヴィは言った。

「もちろん、ロンドンに行けたら最高だけど。でもこんな状況だから、オーストラリアも悪くないと思う。私、シドニーに住んでいるすばらしい人を知ってるの」彼女は平静を取り戻していた。その声は彼女の手と同じくらい磨き込まれていた。ラヴィはフリーダには最小限の手間をかけさせるのみで、自分が情け深く捨てられる運命にあることを知った——そうね、オーストラリアは申し分ないわ。シドニーにもニューヨークにもホーチミンにも知り合いがいるフリーダ・ホブソンは、ふたたび世界を動かしていた。

フランス人が思いついた工夫をフリーダは「天才的なアイデア」と呼んだ。彼女は話し続けながら、車輪のついた小ぶりなスーツケースから中身を取り出していった。その中には、デイパック、厚底のスニーカー、サンダル、カメラ、それに衣類が詰められていた。それから、サングラスと「ファーストボストン」という投資銀行のロゴ入りの野球帽も入っていた。ビザの発給を待つあいだ、故郷を訪ねている移民のふりをして過ごすことになったのだ。ラヴィが新しいジーンズと、さっと筆をはらったようなナイキのロゴ入りTシャツに着替えるやいなや、フリーダは彼を車に乗せて別のホテルへ向かった。

ラヴィ、二〇〇〇年

　夜、ホテルの庭ではロープ状の光が木々を縫って輝いていた。どの幹の陰にも、男がぴったり身を寄せて立っていることをラヴィは知っていた。廊下の曲がり角に近づいてくる足音のように、恐怖が彼を追いかけてきた。料理を半分残したまま席を立つと、ウェイター長があわてて駆け寄ってきた。ラヴィはあちこちに見張りがいると確信していた。大理石のロビーに置かれたベンチにも、芝生の向こう端のデッキチェアにも。

　この時期の夢の中のような場面が何を意味しているのか明らかになるのは、こうした状況が終わり、かなり時間がたってからだろう。そのころ、過去を映し出すスクリーンを操っていたのは結婚式だった。ホテルでは頻繁に式が行われていた。ラヴィは廊下の角を曲がったところで、あるいはエレベーターを降りたとたん、自信に満ちて腕をむき出しにした新婦の付添人たちに出くわすことがあった。縁起がいいとされている日には、次々に披露宴が催された。フォーマルな衣装を着ることで無骨な敵意を抑制しながら、男たちはお互いの背中をたたき合っていた。母親たちはハンドバッグを掻きまわして、何か非常に大事なもの——口紅や警告——を捜していた。ロビーには、ミニチュアの蝶ネクタイをした少年たちがあふれていた。ローズやライラックや柔らかな青の衣装を着た少女たちが集まっている様子は花束さながらだった。ラヴィはテラスやレストランからその様子を眺めていた。旅行者は神への捧げ物のようにプールサイドに寝そべっていた。

　何の前触れもなく黒い四角形が湧きあがり、拡がっていくことがあった。それから痙攣が襲ってきた。そんなとき、ラヴィは数を数えた。いち、に、さん……。記憶への抵抗が復讐を招いているのだった。口の中に食べ物を入れてから、次に何をすればいいのかわからないこともあった。口いっぱいに食べ物を頬張ったまま、彼は延々と座り続けた。時間から切り離されたラヴィは、時が過ぎていくのを傍観していた。部屋を出ることすら謎をかけてきた。ドアから出入りすることや、椅子から逃げ出すことを人はどうやって考えついたのだろうか。

彼が振り返るとマリーニがいた。彼女は磨き上げられた階段を下りてくるところだった。彼女のところまでやってくると、それはチェック柄のズボンをはいた太った女性だった。そのとき初めて、二人はもうこの世にいないのだと、ラヴィは胸に刻み込んだ。死者がどこで暮らしているのか、それは誰にもわからない。ここではないのは確かだった。時という魔法使いはいつも袖の中に思いがけないものを隠しており、そのショウは無限に続く。しかし、二人はその繰り返しから永遠にこぼれ落ちてしまったのだ。

ラヴィはオート三輪に乗ってクラフトショップへ出かけ、フリーダに贈る手織りのテーブルクロスを買った。シナモン色と赤の縞模様が美しい品だった。代金を支払うとき、フリーダがくれた紙幣が──紙幣ですら──これまで手にしたどれよりもきれいでパリッとしていることに気づかされた。新しい紙幣は子ども向けのボードゲームに使うおもちゃのお金みたいで、何の価値もないように見えた。ラヴィは気前よくチップを与えていたが、ある出来事を境にそれをやめた。ある日の午後、滞在しているホテルのマッサージコーナーから一人の男が出てきた。アーユルヴェーダのマッサージ師がそのあとを追って、「旦那様、旦那様」と声をかけた。男が振り向くと、マッサージ師は胸の前で両手を合わせて「旦那様、チップを、旦那様？」と言った。

男は虚ろな青い目で一瞥した。「チップ？」希望がその翼を広げるのに十分なたっぷりした間をおいて、

「チップはやらん。札しか持ち合わせていないんだ」と言った。彼は伝統的に心が宿るとされている場所をポンポンと叩いた。

それ以来、ラヴィはチップをけちるようになった——そのほうが目立たないのはたしかだった。鏡には、見慣れた顔だが柔らかい肉体をした見知らぬ男が映っていた。彼は食欲を取り戻していた。実際、彼の食欲はすさまじかった。ドーナツを生まれて初めて食べ、たんぱく質をどんどん腹に詰め込んだ。ビュッフェスタイルの食事では、エビやビーフやチキンのクリーム煮を二度も三度もおかわりした。

いつしかラヴィは、深くたっぷり呼吸できるようになっていた。肋骨は柔軟に左右に開き、あわてることなく元の位置に戻った。新聞に隠れて見張っている男もいないし、大きな柱時計の陰で待ち伏せしている男もいなかった。胴体から切り離され、ガラスケースにしまわれているこの国の指導者たちの頭像も、せいぜい自惚れ屋といったところでそれほど悪くなかった。悪には実体があった。ラヴィは己の目で見たのだ——それは花瓶に似ていた。ここで華やかに繰り広げられているのは、ピアノ奏者が浮かべている笑顔と同じ、無害な見せかけに過ぎなかった。サリーを着た新婦が漂うようにラヴィのそばを通り過ぎていった。巨大な何かが翼を広げたように空が暗くなった。しかし、雨から逃れて駆けこんでくるのは旅行者ばかりだった。

数日おきに、夜になるとフリーダが迎えにやってきた。彼女はルームミラーにちらちらと視線を走らせながら、一度来た道を引き返したり、ときどき道端に車を停めたりしながらラヴィを次のホテルへ連れていった。十五分くらいで済みそうな道のりが一時間に引き延ばされた。こうした時間の引き延ばしにも夢のような感覚——夢の魔法によって時の流れがよどんでいる感じがつきまとった。選んでおいたホテルに近づくと、フリーダは電話をかけた。部屋が空いていなければ、やはり事前に考えておいた別のホテルへ向かった。子どもたちが企画した余興に加わって自分の役を楽しんでいるように、そんなときの彼女は我慢強く、ユーモアがあった。彼女はこのたくらみを楽しんでいるのだろうとラヴィは思った。彼自身、まったく楽しんでいないわけでもなかった。

「ラヴィ・メンディス、旅行者」という役を演じるのは、選ばれた観客の前だけだった。身分証明書を提示するので、フロント係にはラヴィが地元の人間だとわかるはずだった。しかし、彼はテレビの取材を断ってきたし、ニュース番組の編集者の多くは肩をがっくり落とし、顔を両手で覆っている男というドラマチックな映像を選びがちだった。リーボックのスニーカーとアメリカ製のジーンズをはいてフロントに近づいてくる人物を、あの不運な男と結びつける人は誰もいないようだった。いずれにせよ、フリーダが三枚のクレジットカードのうちの一枚を差し出すと、どのフロント係も最初のホテルのフロント係と同じ結論を下すようだった。

市内の検問所では、フリーダのパスポートはちらっと見るだけなのに、ラヴィの身分証明書はじっくり調べられた。フリーダが身を乗り出して、「私の友だちなの。今から私のフラットに向かうところ」と言うと、守衛は行けという身振りをした。その身振りに含まれている卑猥さに気づいていたのは車内の二人のうち、一人だけだった。

ホテルが収集した宿泊者のデータにアクセスできるのは、政府の役人とコネクションのある人間か、たっぷり金を持っている人間だけのはずだった。しかし、フリーダの番号に電話してきたのは、なぜかカーメル・メンディスだった。近所に住んでいる年配の男が、駅で見知らぬ人物と言葉を交わした。ある時点でその男は、何年か前、ここの出身のラヴィ・メンディスという男と大学で知り合いだった、と告げたという。彼は今どうしているのだろうと独り言も言った。老人は、ラヴィ・メンディスの母親の近所に住んでいるが、息子は長いこと見かけていないと答えた。何日か経って、その会話を思い返して不安になった老人が、カーメルに打ち明けたのだった。

「駅で会ったのがどんな男だったか、その人は話してくれました?」とフリーダは尋ねた。しかし、老人はぼんやりしていたか怯えていたか、あるいはその両方だった。フリーダから質問を授けられたカーメルが老人を訪ねると、彼はそれ以上何も憶えていないと言い張った。彼の妻は、うちの人は何年も電車に乗っていない、きっと夢を見ていたのだと断言した。

そのころ、ラヴィの夢によく父が現れた。ある夢の中で二人は車に乗っていた。父は何事においてもそうであるように慌てず運転していたのだが、車は目的地を通り過ぎてしまった。引き返さなければ駄目だとラヴィは言い張った。両親の家の部屋や、緑色のガラスで作られた小ぶりで高価な人形を売っている道路脇の露店も登場した。それらは、ラヴィにとって取り戻さなければならない大切な場所だった。父親の夢はいつものように彼の心を満たしてくれた。目が覚めたとき、ラヴィは癒され、元気を回復していた。

しかし、ときには目の色が薄い警官が登場することもあった。短く、悪夢のような力を持つ夢の中で、ラヴィは彼と一緒に庭に立っていたり、バスの車内で近くに座っていたりした。すべてが平静で、ありふれていて、恐ろしかった。ある夢では、靴がピカピカに磨き上げられているのに、警官は靴下をはいていなかった。その夢はとりわけ不快だった。

カーメルに手紙が届いた。彼女はその手紙をフリーダに転送し、フリーダの手からラヴィへ渡った。タイプライターで打たれたメモには、きちんとした服装をした三十がらみの男が、大学のキャンパスでラヴィのことを聞き回っていたと記されていた。警察が殺人事件に関する新しい手掛かりを見つけ、ラヴィと話したがっているとその男は話していたという。そのメモに署名はなかったが、タイプライターはカエル顔の教授が送り主であることを告げていた。

フリーダは捜査を担当している刑事に電話した。同僚が殺された事件に関して、新たな情報が得られたという噂を耳にしたのですが、と彼女は尋ねた。刑事は、でたらめな噂ですよと答えた。彼は礼儀正しく、捜査に進展がないことを済まなく感じている様子だったが、何気なくラヴィの近況を尋ねてきた。私のフラットを出てから彼がどうしているのか、まったく知らないとフリーダは答えた。彼女は「彼の面倒を見るのはあなたの仕事でしょ」と付け加えずにはいられなかった。

フリーダは大よろこびだった。「ほらね。連中は見当違いの場所ばかり探している」しかし、彼女は四六時中コロンボに滞在しているのは避けたほうが賢明だと判断した。そこでラヴィは、一泊か二泊のツアーに参加するようになった。彼は、象のサンクチュアリ、巨大な遺跡、「世界の果て」と呼ばれる絶壁など、有名な場所を訪ねた。仕事を訊かれると、九年前から住んでいるフェニックスで顧客管理をしていると答えた。彼は次々に写真を撮った。彼の歩みにあわせて、シャッター音がメトロノームのように規則正しく刻まれた。カシャ、カシャ、カシャ、カシャ。彼はマリーニに話しかけた。「ようやくわかったよ。カメラは顔を隠してくれるし、会話する必要もない。手を使ってすることも与えてくれる。観光客はいつも何かを恐れているのかもしれない」ラヴィは最初のフィルムを使い切ると、それを捨てて新しいフィルムを買った。フランス人が貸してくれたミノルタの「メモリーメイカー」というカメラはラヴィの首にしがみつき、胸骨に鼻先をこすりつけてきた。硬くて小さい僕の子ども。

茶葉の農園で、若い女性が帽子を脱いで頭をさっと振ると、髪が薄い銅のシートのように拡がった。「それでこの国はいろいろ変わっていたかしら？」と彼女は尋ねた。奥地の朝は霧が立ちこめていた。彼女の腰にはカーディガンが巻かれていた。規則正しく並んだエメラルド色の模様は、丘の中腹に広がっている茶畑の畝を写し取ったようだった。彼女の声が真剣になった。「故郷が恋しくて仕方なかったでしょうね。ここは間違いなく地上でいちばん美しい場所だから」

こうして旅行するようになったころ、質問を避けるもっとも効果的な方法は、こちらから質問することだとラヴィは学んだ。人はたいてい自分のことについて話す前置きとして会話を始める。彼女は答えた。「そうね、いろんなところに行ったわ。もう十二日になるの。見るべきものはみんな見たわ」彼女の肌はとても白かったので緑が映り込んでいた。

観光は時間から切り離された時間の中で行われた。潤滑油をたっぷりほどこされ、何物にも触れない時間。次々と切り替わる場面は、その表面に死体であるかのようにラヴィを浮かべて運んでいった。彼のスケジュールはいっぱいだったが、しなければならないことは何ひとつなかった。それこそが休暇の意義だった。彼を乗せた長距離バスは、仏舎利塔を通り過ぎ、砂嚢を積み上げた銃座を通り過ぎ、竹馬のような足場に乗って漁をしている男たちを通り過ぎ、一人で立っている兵士や三々五々集まっている兵士たちを通り過ぎていった。昔のラヴィは兵士と目を合わせるのを避けていただろう。今ではサングラスに守られて、彼らの顔を覗き込むようになっていた。多くの兵士は若者で、神経質そうな表情をしていた。

道路脇を人がひっきりなしに歩いていた。バッグや赤ん坊を抱えた女たち。思うがままに腕を振って歩いている少年たち。貧しい人たちはこうして移動するのだとラヴィは思った。学生時代のラヴィにとって、映画を見に行ったり、女の子に会いに行くのに一時間や二時間歩くのは何でもなかった。今では、忍耐強く、ゆっくりした人間の歩調で行われる移動が驚くべきことに思えた。観光客は見えないものを見ているのだとラヴィは気づいた。

ときには観光客の視点をとらえ損ねることもあった。今では観光客のグループの中で、彼が真っ先にカメラを構えることが多くなっていた。道端のほこらや夕焼け空、あばらが船腹のような曲線を描いている水牛が水田を耕している光景。でも、なぜほかのツアー客は「パルワイト石鹸」の広告板を見て笑っているのだろう。農村の女が二人、唐辛子を石ですりつぶしている光景のどこが魅力的なのか。ラヴィが通過していく場面のところどころに、いまだに馴れという塵が積もっている部分があった。

ラヴィは有名ホテルのダンスホールで開かれた、伝統的なキャンディアンダンスの催しに参加した。両手を高く掲げて拍手喝采を送りながら、ラヴィは隣の席に座っている女性に向かって微笑んだ。その女性は冷房の風を防ぐためにショールを引き寄せながら、「なぜこんなショウに申し込んでしまったのかしら。こういう観光客向けのショウってずいぶんわざとらしいと思わない?」とつぶやいた。リネンのズボンに熊のような巨体を押し込んだ彼女の夫が身を乗り出して、「アストリドと俺は、正真正銘のその土地の文化に興味があるんだ。どこにいけばいいか教えてくれないか」しばらく考えたあと、ラヴィは「リアルランカ」のＵＲＬを教えた。

手入れされたジャングルに囲まれ、今ではホテルとして利用されている白壁の大邸宅にラヴィは宿泊していた。大理石の薄暗い浴室は墓のようだった。ラヴィは蛇口をひねり、縞模様の走る浴槽にお湯を張った。彼は香りのついたローションの小瓶をあけて、手のひらに少し垂らしさえした。しかし、夜が訪れても彼は身体を洗おうとしなかった。膝の後ろの襞の部分には赤い湿疹が広がり続けていた。

彼らの乗ったミニバスは、混みあったキャンディロードのヘアピンカーブを苦労しながら上っていた。このハイウェイのどこかに、最初の暴動にかかわったとして数十人の学生が夜中に連れてこられた場所があった。彼らは切り立った路肩に並ばされ、銃殺された。夜間外出禁止令が発令され、いつ終わるともない夜が続いていたころ、この話は艶が出るまで磨きあげられた。当時、ラヴィはほんの少年だったが、その話はいつまでも消えず、何年も続いているゲームのチップのように人びとの会話の中でやりとりされた。谷底に落ちず、茂みに引っかかって腐っていく死体もあり、その悪臭は本当にひどかったと伝えられていた。

暗闇の中で後ろにくずおれる身体や立ちこめる悪臭など、この話の細部はラヴィ少年の恐怖のレパートリーに加わり、色鮮やかにその一隅を占めていた。彼の心はほとんど満足すら覚えながら、その場面へ滑り込んでいった。彼は妹が持っていた三体の人形をすべて拉致してその場面を再現した。人形をベランダの縁に並べると、棒で強く突いて未舗装の道の上に落としていった。プリヤが気づくまで、ラヴィはそれを何度も何度も繰り返した。

バスの窓から外を見ると、太陽が枕を並べたような雲に閉じ込められていた。むかし聞いた話が今でもラヴィの頭の中で震え、燃え上がり、表面をきらめかせたかと思えば、神秘的な底知れぬ深さを感じさせた。道端には調理用バナナやパイナップル、それに鍋を積み重ねて売っている露店がちらほら並んでいた。艶やかな毛並みの雑種犬が三本足で立ち、腹を掻いていた。ミニバスはじわじわ前進し、谷を挟んだ向かい側に陰気な緑が生い茂っているのが見えてきた。

正確にはどこで処刑が行われたのだろうか。もちろん、それは記念の銅板を設置したくなるような出来事ではなかった。あの話は錨もないまま漂い続けたが、殺害現場は風景の中に還元され、埋もれていた。あれは人びとがでっちあげた、血塗られた噂話のひとつにすぎなかったのだろうか、という考えが浮かんだ。いずれにせよ、ラヴィは陰気に広がるパノラマにカメラを向けた。浮かしていた腰を座席に戻すと、彼は隣の席のフィンランド人に微笑みかけ、「景色が」と言った。フィンランド人は頷いたが、ラヴィがフィルムを無駄にしたと考えているのは明らかだった。

両腕を身体の脇にピッタリつけて、小さな男の子が道路脇のスペースを横切って走ってきた。ミニバスを見ると、男の子は立ち止まって手を振った。何人かは手を振り返したが、ラヴィは身体中のネジが外れてしまい、動くことができなかった。

マリーニが頻繁に姿を現すようになった。ラヴィが近づきすぎたり、見つめすぎたりすると、彼女は別の人間に姿を変えた。二人は沈黙したまま長い会話を交わした。あるレストランでは、マリーニが「あなた、頭が変になったの？　イカは嫌いだったはずでしょ」と話しかけてきた。びっくりして、彼は向かい合って座っている女性を見た。それは髪の薄いアメリカ人女性で、柄の長いスプーンでアイスクリームを食べていた。

宝石が採掘されている町では、青いムーンストーンを手に取って眺めたあと、ラヴィが店から出てくるとマリーニが待っていた。彼女は少女時代の奇妙な体験をとりとめなく語り始めた。両親とコロンボに出かけてある映画館に入った。メインの映画が始まる直前、彼女はトイレに行った。すると、あとについて女の人が入ってきた。客席案内係の一人だった。その女の人が言うには、映画が始まって十分経つと、すべてのドアに閂がかけられて観客は秘密の場所へ連れ去られる。そこでは誰もが食事と水を与えられ、快適だが外の世界から隔絶された環境の中で死ぬまで囚われの身で暮らすことになる。ペットは持ち込めるが、ラジオはだめ。「冗談なのね！」マリーニは微笑んだ。「私はふざけてなんかいないわよ」と案内係が言った。「チケットをあなたたちに販売した男の人は片目がないのよ。前回、逃げおおせたのは彼だけだった。カーテンの陰に隠れていたの」すっかり怯えたマリーニは、なぜそんなひどいことをしなければならないのかと尋ねた。それは科学的な実験で、その様子はフィルムに収められ、研究に利用される。人間の知識を高めるには、すべての慰安を与えられながら、他人の声を聞くことが一切許されない環境で人間に何が起きるのか確かめる必要がある。しかし、その案内係はマリーニの味方だった。彼女はロビーへ通じているドアの脇に立ち、開いたドアを片手で押さえながら、走って逃げるよううながした。マリーニは太陽の光を顔に感じた。彼女はスローモーションで進んでいた。案内係がマリーニの背中に飛び乗り、猿のようにしがみついていたのだ。

ラヴィは率直に、その話がまったく信じられなかった。二人のやりとりは喧嘩に発展しそうな勢いだった。しかしそのとき、警官がやってきて道を空けるよう命じ、通行人を砂嚢の後ろへ追いやった。バイクに乗った先導隊が近づいてきた。大臣の一人がこの町を訪問中だったのだ。大臣の車が一瞬のうちに走り過ぎていった。さらに多くの武装したエスコートが車両の両脇と背後を守っていた。「まったく勇気づけられるわ」とマリーニは呟いた。「私たちの指導者がどれほど国民に愛されているか自覚しているというのは」

週に二度、ラヴィはコロンボで人に会うことになっていた。日が暮れてから、彼はタクシーで街外れに向かった。ラヴィはオーストラリア人の外交官が下し、フランス人によって伝達された指示にしたがって行動していた。袋小路のいちばん奥に建つ、まだ誰も住んでいないアパートのコンクリートの階段がラヴィを待っていた。最上階のフラットでは、いつも蛇口から水が垂れていた。音は聞こえていたが、目で確かめたことは一度もなかった。決まってラヴィは三本の溝が刻まれた階段を、一段一段ゆっくり昇っていった。恐怖を覚えたのは最初の一度きりだった。フラットのドアが開くと、そこに悪魔が立っていた。二本足で立ち、背が高く、頭はヒランが背負っていたミッキーマウスのリュックだった。

オーストラリア人は滅多に口をきかず、仮面を外すことは決してなかった。仮面はラヴィに恐怖を与え続けたが、それは彼にとって有利に働いた。ラヴィの抱いている恐怖が、男を興奮させたからだ。その後はすべてすみやかに進んだ。天井で回っている送風機は強風に設定されていたが、ラヴィの肌はいつもべたついていた。一度か二度、フリーダの車で新しいホテルに送ってもらっているとき、彼女が曖昧な口調で、すべて順調に進んでいるといいけど、と言ったことがあった。ラヴィは仮面にも、それがもたらす恐怖にも触れなかった。彼は仮面の下の顔はキツネの顔だと想像していた。それは、男の手の甲を覆っているカールした赤毛からの連想だった。結び目のある小さな鞭も新しい啓示だった。鞭が襲いかかってくるとラヴィはよろこびを感じたが、それにはいくつも理由があった。何よりもまず、自分が生きていることを確かめることができた。彼はまた、権威ある人間が、「お前は向こうの部屋に入る権利を勝ち取った。お前の妻と息子は再会に大よろこびするだろう」と言ってくれるのを待っていた。

その建物は最近完成したばかりだった。ロビーに射し込む光をさえぎる日よけはまだ取り付けられていなかったし、塗料の臭いが階段の吹き抜けに漂っていた。その臭いは強烈だったが、ラヴィは階段を上るときにしかそれに気づかなかった。階段と一緒に臭いも上がってくるようだった。

二十四回目となる最上階への階段を上ったとき、彼のパスポートが返ってきた。そこには三か月の滞在を認めるオーストラリア大使館発行のビザが押されていた。その翌日、フリーダはラヴィの航空券を買った。

ローラ、二〇〇〇年

シドニーオリンピックをテレビで見守っていたローラは、巨大なパブリックビューイング用のスクリーンのまわりに集まっていたオーストラリア人たちが、彼らの首相が勝利した競泳選手をネズミみたいな笑顔で脅しているのを見た途端、一斉にブーイングを浴びせるのを目撃した。

彼女はラップトップパソコンを開くと、グーグルの検索窓に「ロンドン　シドニー　片道」と打ち込んだ。

ラヴィ、二〇〇〇年

カーメル・メンディスは、腱膜瘤で腫れ上がった足を苦労してハイヒールに押し込んだ。結婚式の招待客のようにファンデーションをはたきつけ、口紅を派手に塗ったカーメルは、膝のあいだを開き、少し前屈みの姿勢で立っていた。ちらちら光るピンクのドレスは、尻のあたりに皺が寄っていた。彼女はさらに肉づきがよくなっていて、肩のあいだに身体全体が埋もれているような印象を与えた。プラットホームで待っている母親を目にした瞬間、自分は決してこの国を離れることはできないだろうとラヴィは悟った。

プリヤは結婚して、今ではデブレラの家の近くに住んでいた。相手は妻に先立たれた裕福な男性で、年齢は六十近く、すでに成人している息子が二人いた。それに、妻よりも三センチほど背が低かった。プリヤはホテル勤めの人生が永遠に続くように感じていたころを思い出すたびに、今の自分の幸運を数え上げた。彼女は赤ん坊を身ごもっており、寝室が四つもある家の女主人であり、連れ子たちは穏やかな性格でそれぞれあまり特徴のない女性と結婚していた。しかし、おそらく二度と履くことがないピンヒールのことを思うと、ときどき胸が疼いた。

ラヴィの視線はどうしても妹のお腹に戻ってしまった。マリーニが臨月を迎えると、ラヴィは彼女のおへそに向かって、「早く出ておいで！ こっちの世界ではすばらしいことが起きているよ」といつも囁きかけていたものだった。

プリヤの家ではストリングホッパーのごちそうが待っていて、ラヴィに敬意を表して客が座る場所にはそれぞれクッションが置かれていた。食事しているあいだ、カーメルは末っ子が姿を見せないことを嘆いていた。ここ二年、ヴァルニカはタンザニアのドイツ系の病院で小児科の看護師をしていた。ラヴィはヴァルニカの写真を見せてもらった。制服を着て片腕に一人ずつアフリカの子どもを抱えている姿と、花の咲いた灌木に囲まれた芝生で、ジーンズをはいて仲間たちとくつろいでいるところだった。なんてこざっぱりして落ち着いて見えるのだろう。三人がまだ子どもだったころ、ラヴィとプリヤが壮絶な喧嘩をしているときも、ヴァルニカはいつも距離を置いて超然としていたことを思い出した。でも、ヴァルニカの笑顔はいつも自然だった。

ヴァルニカはしあわせそうだね、とラヴィは感想を述べた。カーメルはぎゅっと唇をすぼめて、写真を片付けた。息子は、いや、ここにいる全員が明日はヴァルニカの誕生日だということを忘れてしまっているようだった。難産だったことを思い出して、二十七年前の今ごろはすさまじい痛みと闘っていたのに！　とカーメルは思った。赤ん坊は下りてくる途中で身体が横向きになり、頭を産道の壁に押し込んでいた。しかし、私の子どもたちは、そんなことにはまったくおかまいなしだ。私の身体から引きずり出された、鳥の骨のように華奢だったあの子が、今ではアフリカの大地を歩き回り、お金とプレゼントを送ってくる。「アフリカって以前は貧しい人たちが住んでいるところじゃなかったかい？」カーメルは頭に浮かんだ疑問を口にして、「ああ、もしアフリカ人と結婚なんかしたら？」と叫んだ。

ラヴィは、口元を隠さずに楊枝で歯をほじくり返している夫を、プリヤが恥ずかしく感じているのがわかった。ラル・フォンセカは陳腐な言い回しの宝庫で、真珠を差し出すような重々しさでそれをゆっくり口にした。政府はそのうち降伏するとタミル解放のトラが考えているなら「とんでもない打撃を受ける」ことになり、「事態はいったん悪化するだろうが最終的には持ち直すだろう」とラヴィに向かって言った。それからラルは頭皮をボリボリ掻き、爪のあいだを調べた。ラヴィはあらためて、この人好きのするうすのろにどれほど恩恵を被っているか考えてみた。ラルがいなければ、母親とプリヤをあとに残していくのは不可能だっただろう。
お母さんを私に押しつけて、自分たちは好き勝手に旅に出たり戻ってきたりするのはまったくラヴィやヴァルニカらしいとプリヤは考えていた。最近、お母さんが高血圧と診断されたのをラヴィは知っているのだろうか。そのとき、ラヴィが旅立つ理由がショックと共に脳裏に浮かんだ。プリヤは片手でお腹を抱えてキッチンに駆け込むと、調理人に感情の嵐をぶちまけた。

ラヴィはその晩、浜辺に最後の散歩に出かけた。家へ帰る道すがら、魚を揚げる懐かしい匂いが漂ってきた。彼が感じていたのは……よろこびではなく——なぜならそれは彼に対して堅く扉を閉ざした家だったから——平静な自分を取り戻し、周囲と調和しているという感覚であり、つかの間、己の存在が輝きを放ち、充満している状態だった。子ども時代という失われた国が親しみをこめて呼びかけてきた。カエルの鳴き声、テニスシューズを真っ白に磨き上げるときに指にこびりついたパイプ粘土の滓。
ツタが——あるいはアサヒカズラだろうか——、大きな緑のハートと小さなピンクのハートを有刺鉄線の柵に捧げていた。ラヴィはここに住んでいたころの満たされなかった気持ちを思い出した。これからも物事は何ひとつ変わらないだろうと感じていた。それでもあのころは、いつか幸せが訪れるという可能性がラヴィを手招きし、心を支えてくれていた。今ではすべてが過去だった。

彼はベンガルボダイジュの木がアスファルトを侵蝕し続けている場所にやってきた。その植物的な暴力は、ラヴィが記憶していたよりさらにすさまじかったが、以前ほどには心を乱されなかった。昔、マリーニがこの木陰に立って、手首に垂れてきたアイスクリームを舐めていたのを思い出した。そのとき彼女は、探偵小説に熱をあげていた中学時代について話していた。彼女は父親が所蔵していたアガサ・クリスティとナイオ・マーシュの朽ちかけたページに夢中になり、一年ですべて読了した。マリーニは、まっとうかつ十分な手がかり、読者を欺くほのめかし、そして事件に納得のいく解決を与えるという探偵小説の決まりごとから逸脱している作品を容赦なく非難した。一度だけ、先が見えない緊張感に堪え切れず、殺人者の名前を知るために小説の途中をとばして最後を読んでしまったことがあって、いまだにそのことをうしろめたく感じている、と打ち明けた。その会話を思い出したとき、ラヴィの瞼の裏に閃光が走った。マリーニが誘拐犯にその話を聞かせてさえいれば、彼女もヒランも助かっていたのではないだろうか。虹色に輝くその考えには説得力があり、狂気でもあった。死ぬということは、物質に変化するということ——しかし、そう考えたときでさえ、息子の遺体の記憶が追いついてきた。息子の身体は損壊され氷のように冷たかったが、それでもなお人間のままであり続けていた。遺体安置所に横たわった身体は、まだ願いや悲しみや恐怖を宿しているようで、ラヴィにひどい苦しみを与えた。一方で、下宿屋のテレビセットに載っていた遺体は人でもなければ、物でもなかった。それは無-物だった。なぜマリーニは、ページを先まで繰って誰が犯人なのか知ろうとしたことをサングラスの男に話さなかったのだろう。その些細なルール違反はこの上なく人間らしい行為だった。誘拐犯ですらそれを理解できただろうに。

帰り道、ラヴィはすべてを注意深く観察し、なじみ深い光景に最後の機会にふさわしい厳粛さを与えようと考えていた。しかし、さまざまな物思いにからめとられていたラヴィは、足が身体を機械的に運んでいくのに任せ、通り過ぎたものにほとんど気づいていなかった。

プリヤは明日の朝早く来て、朝食にミルクライスを作ってあげると話していた。しかし、いざやってくると、彼女は母親の寝室に姿を消し、数分後、色褪せた布切れを胸の上に巻いて現れた。そしてラヴィに向かって「兄さん（アイヤー）、一緒に来て」と言った。

中庭にある井戸の水は、いまだに炊事用に使われていた。プリヤは桶を下ろし、慎重に水を汲み上げた。兄の助けは断った。そして、ラヴィの頭上で桶の水を空けた。

ラヴィはサロンの上にTシャツを着ていた。「どうしてTシャツを脱がないの?」とプリヤは尋ねたが、ラヴィは桶を扱うのに忙しいふりをして耳を貸さなかった。ロープを繰り出しながら、ラヴィは昔よく母親が歌っていた歌を口ずさんだ。「ジョン、ジョン、灰色のガチョウが消えちゃった／キツネが町に来ているよ」彼の背中には、今でも鞭で打たれた跡が鮮やかに残っていた。例のアパートの浴室には、キツネがラヴィと遊ぶのをやめたら必要になりそうなものがすべてそろっていた。清潔なタオル、消毒薬、痛みを和らげてくれるローション。そのひとつは、「アロエヴェラ」という美しく神秘的なヒロインを思わせる名前だった。初めての日、ラヴィは注意深く身体をひねり、鏡に映った背中をじっくり観察した。そして、鏡の中の怯えた顔に「キツネが歩いた跡にすぎないよ」と話しかけた。

兄妹は一緒になって「キツネはクワッ、クワッ、クワッ、クワッという鳴き声も、ブラブラしている両足もおかまいなし」と歌った。プリヤは歌を中断して、「子どもに聞かせるにはとんでもない歌詞ね！」と叫んだ。彼女の目は満足しきっていた。妊娠してからのプリヤは、カーメルとの距離を縮め、育児という厳粛なテーマについて計画的に助言を求め、ときには却下した。「今どきの育児は昔と全然違うのよ」

ラヴィとプリヤは交互に水をかけあった。プリヤは未使用の石鹸とシャンプーのボトルを取り出した。二人して贅沢品を身体にこすりつけていると、プリヤは妻に先立たれて独り身になったアロイシアス・ド・メルのことを話し始めた。アロイシアスがクリスマスに長女とそのカナダ人の夫を連れて帰郷した。「でも会ってみたら、彼女の夫は中国人だったの」ド・メル家の人たちは、ロシを除いていずれかの時点で帰郷していた。「あの子は未婚だけど子どもがいるんだって。おじさんが口を滑らせたの。恥ずかしくて顔を見せられないのも当然よね」

そう話しながらプリヤは、唾に濡れて輝くロシの大きくて貪欲な歯を思い出していた。人生は、ときになんてよろこばしい罰を与えてくれるのだろう！　満足の声がプリヤの口から漏れた。妊娠して美しく丸みを帯びた彼女のむき出しの腕と、指に光る小さなダイヤモンドの粒を充足感が包んでいた。赤ん坊が男の子なら、新しい指環――たぶんルビー――が加わるだろう。

プリヤはド・メル家の娘から聞いたエピソードをラヴィに話した。一家がカナダに移住する際、アロイシアスはひと握りの祖国の土が入ったビニール袋を持ち込もうとした。バンクーバーの税関でひと悶着あり、その袋は没収されてしまった。そのエピソードは、ド・メル家がはしゃぎながら披露する馬鹿話に加わった。しかし、プリヤとラヴィは身体を拭きながら、老いぼれ亀にしてはなかなかの意思表示だと認めざるを得なかった。馬鹿げているがあっぱれだ。

朝食の支度を待つあいだ、ラヴィは裏庭に面したベランダに出て食器棚の表面を撫でた。今ではすべての抽斗が引っかかっていた。しかし、扉の前にしゃがんで引っ張ってみると、それはまだ開いた。食器棚の中には何か黄色いものがしまわれていた。祖母の家を訪ねたときにヒランが置き忘れていった、おもちゃのビューファインダーだった。

フリーダは空港までラヴィを送っていった。フリーダが最後に口にしたのは、「彼女はとても勇敢だった」という言葉だった。

二人を隔てる税関の仕切り柵のところで、ラヴィは振り返らなかった。戻された搭乗券を受け取った瞬間から、彼は新しい国へ足を踏み入れていた。かの国の市民が彼のまわりにあふれていた。サーフボードを抱えて背中にバックパックを背負った若者、それとわかる手荷物を持った富裕層、群がっている貧乏人。いつものことながら、貧しい人たちはほかのどんな集団よりも数が多く、彼らが携行しているダクトテープで留められた段ボール箱や、謎めいた包みや、角がめくれあがっているスーツケースと同じく、どこにでも存在した。

ラヴィの硬い灰色のスーツケースは、彼の両親が新婚旅行に使ったものだった。カーメルがそれを譲ると言ってきかなかったのだった。本当にもう必要ないのかと尋ねると、カーメルは「息子や、今さらどこに行くっていうんだい？　行くとしたら病院だけだよ」という返事が返ってきた。銀色のロックをパチン、パチンと閉めるようになっている重たいスーツケースは、実用的ではなかったので、本当は受け取りたくなかった。開けてみると、レースをほどこした青いサテンのポケットがあった。その中には、「よい旅を」という文字が流れるような字体で浮き出し印刷された母親からのカードが収まっていた。そのカードは長いあいだ日光にさらされていたのか、折り目のところが黄色く変色していたが、輸入品で当時は高かったに違いなかった。母親からのメッセージの上には詩が印字されていた。

わたしのかわりにブラーニーストーンにキスをして〔アイルランドのブラーニー城にある石でキスをすると雄弁になれると言われている〕
そしてもしチャンスがあれば
わたしの心からの愛を――ねえ、きっと！
フランス大統領に伝えて

わたしにピラミッドを持って帰って
そうでなければスペインの櫛を
そしてあなたの帰りを歓迎する準備が
すっかり整っていることを忘れないで

フリーダからの最後の贈り物は書類の束だった。彼女はあらゆる文書について複数の写しを作成していた。新聞の報道、署名つきの証言、電話の会話記録、乱雑な見取り図、カエル顔の教授からの匿名の手紙。さらにフリーダ自身による、マリーニの活動の詳細と殺人事件後に起こった出来事を書き連ねた公式の陳述書が含まれていた。フリーダがどうしてもと言い張るので、ラヴィは国連人権委員会に不服申し立てを行った。ラヴィのペンは、申請書の単純明快な質問にもとまどい、揺らいだ。Rev., Mr., Mrs. のいずれかを選んでください。フリーダは「苦情申し立ての対象を尋ねる質問には、「スリランカ警察犯罪捜査課」って書くのよ」と指示した。

ラヴィはすべて彼女の言うとおりに回答していった。フリーダが彼に手渡した書類挟みの中には、その書類の写しと受領控えも含まれていた。

搭乗案内を待つあいだ、ラヴィはトイレにいった。トイレに入るとリュックの中からフリーダの携帯電話を取り出した。空港に着いたとき、彼はあちこちのポケットを派手にはたいて見せてから、パスポートが見つからないと告げた。一緒になって車の床や座席を捜しまわってから、切羽詰まったフリーダはトランクに紛れ込んだのかもしれないとつぶやいて、車の後部に回った。ラヴィは彼女のバッグからすばやく携帯電話を抜き取った。それから大声で、リュックの底にあったと言った。ラヴィは彼女の携帯を便器の中に落とし、水を流すとトイレの個室を出た。なくなっていることに気づいたフリーダがどれほど落ち込むか想像しながら。

ときどき、様式化された電子地図が客室前方のスクリーンに映しだされた。タイ上空に差しかかると、緑の点の脇に「カンチャナブリ」という緑の文字が輝いた。ラヴィはうとうとしたり、目を覚ましたりを繰り返していたが、そのうち緑色を帯びた単調な歌が過去から蘇ってきた。「カン　カン　ブウル！　チン　チン　ノル！　走れ、走れ、走れ……」

シンガポールとシドニーのあいだのどこかで、ラヴィは目を覚まして真っ直ぐ座り直した。照明が落とされた機内は暗かった。窓から外を見ると、飛行機は巨大な夜の広がりの中で宙づりになっていた。マリーニがやったことはすべて、父親のためだったのだとラヴィはようやく理解したばかりだった。結局、フリーダ・ホブソンは何の役割も果たしていなかったのだ。日が沈んでからある家の前を通りかかると、ちょうどドアが開いて、明るい光の通路が闇を裂いて現れたような感覚だった。光の道が浮かび上がらせていたのは、ふたつの棺と酔いどれた父親だった。マリーニは機内の通路を挟んだ席でくつろいでいた。ラヴィは彼女に向かって怒りを爆発させた。「あれほどの犠牲を払う価値が君の父親にはあったのか?」しかし、彼女の座席に座っていたのは見知らぬ男だった。マスクをつけて座っている姿は、椅子にしばりつけられて処刑を待っているようだった。

II

はたらき、苦しむのはその土地に根を下ろしているということ

そのほかはすべて風景にすぎない……

エイドリエンヌ・リッチ「旅行者と町」

ローラ、二〇〇〇年

ローラは帰国するタイミングを慎重に決めた。シートベルト着用のサインが点灯していたので、彼女は座席から首を伸ばして、裏庭のプールが描く長方形のターコイスと、その周囲に点々としている紫色のパラソルのようなジャカランダの木を見た。

タクシーの中で、ローラは目に飛び込んでくる木々に触れずにはいられなかった。運転手は、「俺の場合、ジャカランダを楽しみにしているとは言えないな」と応じた。「ジャカランダが咲くころは黒色腫（メラノーマ）が痒くなるんでね」

帰国して六か月が過ぎても、帽子をかぶってサングラスをかけた赤ん坊や日焼け防止効果三十の日焼け止めクリーム、それに小さな子どもたちの首から膝まで覆っている水着には違和感を覚えた。街にはフランジパニや羊肉のバーベキューなど、懐かしい夏の匂いが染みついていた。黄昏どきには、ボウルの中で熟れていくパイナップルの匂いが辺りに充満した。しかし、もはや公園には、記憶の中に残っている日焼けローションの強烈なココナツ臭は漂っていなかった。故郷では、この惑星が直面している災禍はわずか三語に集約されていた。「オーストラリア人は、太陽を、恐れている」

ローラはシドニーでの最初のひと月を父親の家で過ごした。ローラの継母である麻酔科医は、職人が居間の改装を行っていること、ドナルド・フレイザーは引退したにもかかわらずコンサルタント業でこれまで以上に忙しいこと、メルボルンから訪ねてきた長期滞在中の母親がローラの古い寝室を使っていること、クリスマスはそろって彼女の姉が住んでいるポートシーで過ごす予定なので家には誰もいなくなること、ロットワイラー犬が見知らぬ来訪者に危害を加えても責任は取れないことを警告してから、もちろんあなたの滞在は歓迎するわよと付け加えた。

ラヴィ、二〇〇〇年から二〇〇一年

太平洋に突き出た岬に初めて立ったとき、ジョギングしている男が迫ってきて、「そこをどけ、メイト!」とラヴィを怒鳴りつけた。その命令は、風と足音と打ち寄せる波のせいではっきり聞こえなかった。「同志（メイト）」という言葉が含まれていたが、彼の口調には敵意が感じられた。その謎について考えているうちに、ラヴィは狭い遊歩道を駆け抜けていく男の肘で胸のあたりを突きとばされていた。金文字で刺繍された「高みをめざせ（アスパイア）」という言葉が緑のサテンの尻に揺れていた。反対方向に歩いていく年配の女性が、「なんて失礼な男かしら」と言って、両腕を大きく振りながら行ってしまった。

シドニー在住の弁護士で移民案件を扱っているアンジー・シーガルは、フリーダの知り合いだった。彼女は友人を空港に寄こし、ラヴィを出迎えた。車で自分のフラットへ向かうあいだ、ヘレン・ゲストはゆっくりはっきりとしゃべった。「アンジーはポートヘッドランドに三日間釘づけになっているの。私の話していることわかる?」そう言うと、指を三本立てた。「彼女、あそこの収容所で亡命希望者の書類手続きをしているの。西オーストラリア州の町よ。報酬が高いから断れないの」

ヘレンの顔は、彼女の髪と同じで長くて青白かった。彼女はキッチンから、あなたベジタリアン? と尋ねてきた。それから、「ああよかった。食べ物をあれこれ気にする人は嫌いなの」と言った。

彼女はスパイスの効いたおいしいスープをごちそうしてくれた。ボウルが空になると、おかわりをよそってくれた。テーブルには、パンとバター、それに白い皿に盛った赤い林檎が載っていた。食事しながら、ヘレンは行きあたりばったりの事実を明快な言葉で説明してくれた。「私たちがいるのはクロヴェリーよ。シティの東側。玄関からビーチまで歩いて十分で着く。水曜の朝、シティのアンジーのオフィスであなたを下ろすわね。私たち、同じ学校に通っていたの。鍵はあなたのベッドの脇に置いておいたから」

テーブルの上のボウルを片付けると、ヘレンは彼のために地図を描いてくれた。彼女の髪は幾筋かの光る帯になってブラウンのシャツに垂れかかっていた。あなたはタミル人なの？　と彼女は訊いた。それから、「アンジーはプロボノ〔公共のために無償でおこなう社会貢献活動〕であなたを引き受けたの。プロボノってわかる？」と言った。ラヴィにはヘレンが親切な女性だとわかった。だからこそ切実に、彼女から逃げ出す必要性があった。さもないと、彼女は一日中、説明を続けるかもしれない。

彼女の地図に導かれてアスファルトで舗装された丘を越えていった。庭には故郷でも咲いていたハイビスカスやキョウチクトウやつる植物が植えられていた。足元にはピンクやクリーム色の花が咲いていた。ヘレンはそれらと同じよい香りのする花をテーブルの上に撒いていた。ヘレンはそのひとつに軽く触れながら、あなたに居心地よく感じてもらいたくて花を撒いておいたの、と言った。「スリランカでも咲いているでしょ？」ラヴィは頷いて「テンプルフラワー」と言った。「オーストラリアではフランジパニって呼ばれているのよ」とヘレンは言った。

すべてが奇妙さという光沢を帯びていた。恐ろしいスピードで行きから意地の悪い車、落ちているごみといえば散り敷いた花ばかりの歩道。オーストラリアで過ごした最初の午後に目にした光景は、どれも輪郭がくっきりしていて、その後の体験から際立っていた。路上に引き上げられて水に飢えたボートは、パリパリの防水シートに生まれ変わった青い波に覆われていた。ある壁には巨大なヒエログリフが落書きされていた。

<<+#>>その先進的すぎる数式にはラヴィの理解が追いつかなかった。

しかし、精気に満ちた海の匂いは懐かしかった。崖の上の小道を歩いていると、髪の根元を持ち上げる風が冷たかった。いったん消えた風がまた戻ってきて眼球を撫でた。空には太陽が輝いていたし、ラヴィは長そでのシャツを着ていたが、暖かいという感覚はなかった——夢の中にいるように物事の道理が緩んでしまっていた。自分が太平洋のそばに立っているという事実も、やはり夢を見ているような感覚を生んでいた。太平洋について、その広大さのほかに知っていることを思い出そうとした。マリアナ海溝にベーリング海峡。青いページからいくつかの名前が難破船の残骸のように漂ってきた。

やがて、丘の中腹にひらかれた、段差が低い階段状の共同墓地にやってきた。その敷地に入ったラヴィは、通路を無視して草が繁る墓石のすき間を登っていった。頂上に着いて見下ろすと、大理石と花を咲かせた雑草が渾然一体となって海になだれ落ちていた。ラヴィが知っている墓地には、威厳すら感じさせる落ち着きがあった。その重みの下で、死者たちは静かに横たわっているはずだった。しかし、ここでは偽善的な白い墓の上で光が踊っていた。無頓着という気が満ちていた。鈍重なモニュメントが今にも起き上がり、忍耐とかごまかしよりも消滅を選んで、みずから崖の下に身投げしてしまいそうだった。太平洋があくびした——世界にはたっぷり時間がある。青い肌の下で海が震えた。

ラヴィは記念物の多様さに目を見張りながら墓地の中をさまよった。簡素な銘文や手の込んだ銘文が刻み込まれた廟や墓石、斑紋のある大理石や純白の大理石、輝く御影石、天使、十字架、写真、手すり、彩色された磁器製の花束。どれもそこに葬られている人物の好みや人柄に応じて選ばれたに違いなかった。しかし、圧倒的だったのは決して個々の死ではなく、すべての人間に課せられた死という暴虐だった。

アンジー・シーガルは鳥を思わせる黒目がちの丸い目と、鳥のようなすばやい動作の持ち主だった。彼女はフリーダが集めた書類一式に目を通し、ラヴィに質問してその答えをラップトップパソコンに打ち込んでいった。ラヴィの中でキーボードの入力音と彼女の声が結びついてひとつになった。カチャカチャしたすばやいさえずり。彼女は部屋を横切って書類棚から申請書を一枚取り出した。机の上には固定電話が載っており、その隣には携帯電話が置かれていた。そのどちらかが始終鳴っていた。アンジー自身も小刻みに振動し、震え声でさえずっているようだった。彼女は「海外渡航の書類を揃えるのはたいへんだった?」と尋ねてきた。ラヴィがすぐに答えなかったので、彼女はパソコンのスクリーンから顔を上げた。そのとき、ラヴィはコンクリートの階段に漂っていた塗料の臭いを思い出していた。

午前が過ぎていった。アンジーは缶からミントを取り出してラヴィに与えると、自分も口にした。彼女はラヴィが話した内容をときどき読み返し、さらに詳しく話すよう要求した。「あなたの申請が認められるかどうかは情報の信頼性にかかってるの。だからこそディテールが大事なのよ」ラヴィは通りの反対側に建っているビルを見た。彼がいる建物と寸分たがわぬ灰色で、細めた目のような窓が並んでいる。話せることならいくらでもあった。大文字で書かれた誓いのところで開かれている学習帳、息子にはアナマル種のバナナを食べさせていたこと、妻はオレンジのポケットがついた青いスカートを持っていたこと。ラヴィの頭の中には求められているのとは異なる細部、つまり何も証明しない細部ばかりが詰まっていた。アンジー・シーガルはカエル顔の教授の手紙を手にして頭を振った。「署名がなければ何の役にも立たない。あなたが自分でタイプしたかもしれないでしょ」

ひと休みすることになり、彼女はラヴィを銀行に連れて行った。ラヴィは初めて目にする通貨を興味深く眺めた。カラフルなプラスチック製の紙幣と重たい硬貨。彼が銀行から出てくると、アンジーは端からレタスとハムが飛び出ているロールパンのサンドイッチをそれぞれの手に持って待っていた。事務所に戻ると彼女は自分のデスクに座り、携帯電話を取り出して番号を押すと、握った拳の関節をかじりながら相手が出るのを待った。アンジーは電話をかける前に、机を挟んで座っているラヴィに向かって、「スリランカ出身の難民申請者のほとんどは若いタミル人男性なの。移民局も彼らの事情は理解している。別に移民局が同情的だと言いたいわけじゃなくて、彼らの想像力は限られているっていうことを言いたいの。あなたのようなシンハラ人の申請は例外的なのよ」と言って、またミントを渡した。

アンジーが携帯電話に話しかけた。「ハイ、ヘイゼル、アンジーよ。彼はここにいるわ。あら、忘れてた——ちょっと待って」彼女は電話を下げると「あなた、犬は大丈夫？」と尋ねた。それから、「大丈夫、問題ないって」と言って、また拳をかじった。

次の日、アンジーはラヴィと彼のスーツケースをピックアップして街の反対側に向かった。車内にはジュースのボトル、包装紙、駐車券、ボールペン、油染みのついた紙バッグなどが散乱していた。「エアコンが故障していて利かないの。悪いわね」とアンジーは言った。信号で停車すると、新聞を拾い上げてあおいだ。「これから何か月か、蒸し暑い日が続くわ」彼女のセリフはラヴィには不可解だった。彼にとって天気とは、こんなふうに息が詰まりそうなじめじめした暑さを意味していたからだ。

アンジーの車の前にタクシーが割り込んできた。アンジーは「このろくでなし」と口走った。こうした出来事が因果律に基づいていることに、ラヴィはすぐには気づかなかった。オーストラリアでは車がほとんど蛇行しないことにラヴィはあらためて感嘆していた。ヘレンと同じでアンジーもひたすら直進し、誰かが直線からそれるとすぐにいら立つのだった。

車の流れが止まると、彼女は「ポートヘッドランドにあなたと同じ名前のスリランカ人がいるなんて信じられる？　奥さんがタミル人なの。移民収容施設に入ってしばらく経つのよ」と言った。それから、これから会うヘイゼル・コスティガンは以前、ＤＨＳ［社会福祉省］に務めていたと言った。「私の母さんと一緒に管理部門で働いていたの。人員削減が行われるまで」こうした話もラヴィにはピンとこなかったが、ヘレンと知り合ってからは、直接的な指図ではない会話に感謝するようになっていた。

アンジーは出発するときにラヴィに道路地図を渡し、道を指示するよう言い渡した。「私、生まれも育ちもカッスルヒルで、パラマッタ通りより南はまったくお手上げなの」交差点では、しばしば右折禁止の標識に行く手を阻まれた。アンジーはため息をつくと、チョコをかぶせたピーナッツを口に放り込んだ。ラヴィは地図で別ルートを見つけ出し、まもなくハールストーンパークの目指す住所に到着した。門扉が開く音を聞きつけて、犬が吠え始めた。

フェアプレイという名前のこの犬は、ビーグルとウィペットの雑種だったが、ペットショップではスパニエルとして売られていた。もともとフェアプレイは、ヘイゼルの次男であるロボの犬だった。ロボのガールフレンドのスーズが名づけ親で、ロボが「たんまり稼がせてもらった」競走馬にちなんだ名前だった。最初の一年は大いに甘やかされ、クリスマスには妖精の羽根飾りをつけてもらい、ソファでごろごろするのも歓迎され、好きなだけうなり声をあげることができた。やがて娘のベタニーが生まれると、フェアプレイは物置小屋に追いやられた。当然ながらフェアプレイは柱をかじり、ペチュニアを踏み荒らし、自分の特権を奪った赤ん坊に突進していった。スーズはその犬をデュラルあたりで捨てるというアイデアに賛成だったが、そこにヘイゼルが介入したのだった。

フェアプレイはラヴィに向かって突進してくると、彼を品定めしながら派手に吠えたてた。その日はラヴィが危険を冒して裏庭に出るたびに、犬はうなり声を発した。そこがフェアプレイの住処だった。それというのも、この家には訪問者が絶えず、孫たち――その中には犬アレルギーの子もいた――もやってきたからだ。フェアプレイは彼ら全員を嫌っていた。ベタニーに対しては容赦ない憎しみを抱いていた。ぽっちゃりしたベタニーが姿を現すと、フェアプレイは不気味な沈黙を保ちながら近寄っていった。幸運なことに、ロボとその家族はサンシャインコーストに移住したのでそんな事態はめったに起きなかったが。そこで妹が誕生し、ベタニーは新たなコンプレックス一式を与えられたのだった。

ヘイゼル・コスティガンは、広い敷地の小さな家に暮らしていた。今では狭い敷地に大きな家を建てるのが主流だが。庭の離れには、入れ替わり立ち替わり間借り人がやってきたが、フェアプレイは彼ら全員を支配してきた。ラヴィがやってきて初めての夜、フェアプレイはドアを前足で引っ掻き続けた。ラヴィがドアを開けるとベッドの上に飛び乗り、そこで丸くなった。夏の夜は、小さな生き物たちがみずからの命を差し出してくる戸外を好んだのだが、この日はラヴィを試したのだった。

フェアプレイは美しかった。サテンのような黒い毛皮をまとい、腰は細く引き締まり、腿の筋肉は狩人のそれだった。日がな一日、彼女はトカゲを追いかけてカボチャ畑で踊り跳ねていた。狩りをするときには長い耳を裏返したので、二本のバラが頭を飾っているように見えた。そんな風にしているとチーターかコウモリのようだった。育ち過ぎた灌木の葉むらが投げかける影や、甘い香りのする長い草の陰にいる鳩など、いつも何かしら調べるものがあり、殺すべき獲物がいた。ときには地質学にも興味を示した。彼女は小屋の脇に、さやかな石のコレクションを集めていた。たまに、ヘイゼルの四番目の息子のケヴが、大きなブロンドのラブラドールのレフティを連れて立ち寄ることがあった。フェアプレイはすべての犬を嫌っていたが、レフティだけは別だった。フェアプレイは献身的な愛の衝動に抗えず、レフティの頬に噛みついて全力で引っ張った。また、レフティのお腹の下に立ち、鼻づらを伸ばしてレフティの喉に牙を食い込ませたりもした。ロマンチストのレフティは、こうしたコケティッシュな迫り方を寛大に受け流していたが、ごくまれに彼女の頭の上に座り込むこともあった。

息子たちは思い出すたびに、裏庭に面した壁を取り払うようヘイゼルに迫った。折り戸にしてテラスを設けたらいいじゃないか。あの眺めを見てみなよ。彼らはキッチンのドアのそばに立ち、河の上をゆっくり沈んでいく太陽のほうにあごをしゃくるのだった。しかしヘイゼルは、彼女の母親も調理していたこの薄暗いキッチンと、並んだ窓が電車を連想させるサンルームが好きだった。結婚したてのころ、夫のレンは新しい食器棚と屋内トイレを増設した。息子たちが成長すると、洗濯室（ローンドリ）――ヘイゼルは今でもウォッシュハウスと呼んでいた――にふたつめのシャワーを取り付けた。もう改装はたくさんだった。

離れにはいつも誰かが住んでいた。日本との戦争で人が変わってしまったヘイゼルの叔父のヴィック、レンの父親、息子たちのうちの誰か。外国人に貸したら、と勧めたのはヘイゼルと一緒にこの家に残っていた末息子のデイモだった。デイモはほかの息子たちとは違っていた。デイモは、外の世界から放っておけないアイデアを仕込んできては、その棘だらけの花束を母親に手渡すのだった。世間には新しい環境になじんで住む場所を探している移民や、暖房のない部屋で法外な家賃をふっかけられている留学生がいると彼は言った。

ヘイゼルが余剰人員とみなされて解雇されると、息子たちは、母さん、光熱費だけじゃ割に合わないから家賃を上げるべきだよと言った。あんたたちには関係ない、とヘイゼルは言い返し、上気した顔にかかった灰色の前髪を払いのけた。解雇手当だってもらっている。それに最近は椅子だって。

成人してからのヘイゼルは、道端に捨てられた古い椅子をステーションワゴンの後部に積み込んで持ち帰り、新しく蘇らせてきた。持ち帰った椅子は詰め物を外し、紙やすりで磨き、ウレタンフォームを適切なサイズに切って貼りつけ、縁飾りを鋲で固定した。父親は椅子にクッションを張る職人だったので、彼女は幼いころから万力や椅子の座面を支える力布に親しんできた。家の椅子はすべて彼女が作り直したものだった。フェアプレイも家の裏手のパティオに自分だけの玉座を持っていた。その心地よいヴィクトリア様式の椅子は、えび茶色のクッションを備え、背もたれの両脇のウィングはけば立ったパイル生地で覆われていた。

ヘイゼルはベランダに置く椅子を探している近所の住人に、仕立て直した椅子をあげた。息子たちが独立すると彼らにも与えた。しかし、その贈り物はいつも歓迎されるわけではなかった。「きれいな中間色のどこが悪いのよ」というスーズの疑問は的を射ていた。ヘイゼルは座面の張替にも廃品を利用しており、大胆な色が好みだったからだ。道端に捨てられた古いベッドカバーやテーブルクロスやカーテンが、彼女の元に集まってきた。さらにスーズは、「それにあそこはギリシャ人（ウォグ）が多い地区よ」と付け加えた。この発言の原因となったのはヘイゼルが贈った肘掛け椅子で、座面にはエンボス加工のライムとターコイズの布地が使われていた。この布はもともとカツォウリス家のベッドカバーだった。椅子の背もたれには、イエス・キリストの聖なる心のタペストリーが使われていたが、それはダゴスティーノ夫人お気に入りの図柄だった。スーズは「二軒となりの家をインド人の家族が買ったのよ。あなた、わかってる?」と警告した。案の定、次にヘイゼルが制作した三脚のキッチン用椅子には、ボリウッド映画の一場面が派手にプリントされていた。さらにヘイゼルは四つめの椅子に取りかかっており、丈夫なビニール製の買い物袋をカットしていた。

そのころ、デイモが家でバーベキューパーティーを開いた。そこに、彼が英語を教えている学校に赴任してきた美術教師が招かれていた。ヘイゼルが作り直した一対の椅子を目にした彼女は、だんだん興奮してきた。彼女の夫はリサイクル家具の販売店を経営していた。偶然の糸がつながった結果、今ではヘイゼルは注文生産するようになったばかりか、需要に追いつかないほどだった。ケヴがサリーヒルズにある店の偵察に出かけ、写真をメールに添付してロボに送った。写真のひとつには値札が写っていた。スーズは「世の中には、センスよりもお金をたくさん持っている人たちがいるのね」と結論した。

ラヴィの借りている離れには衣装ダンス、電子レンジ、小ぶりの冷蔵庫とスタンド付きのテレビが備えつけられていた。ベッドはすでに整えられ、黄色いシェニール織のベッドカバーがかかっていた。床全体に芥子色のカーペットが敷かれていたが、ヘイゼルによればそれは父親が亡くなったとき、長男のコルのために敷かれたものだった。「そんなときにはカーペットが大事な意味を持つこともあるの」そこには、彼女が蘇らせた安楽椅子とまっすぐな背もたれの椅子も一脚ずつ置かれていたが、もちろん彼女は椅子にはとくに触れなかった。

「何か必要なものがあれば声をかけて」フェンスの近くにある屋外トイレ——よろい窓にはパッションフ

ルーツのつるが絡んで目立たなくなっている――や、パティオに隣接した洗濯室は案内済みだった。洗濯室ではシャワーを浴びたり、服を洗ったりすることができた。ラヴィは一人になるとすぐにタオルを持っていないことに気づいたが、もう二度と人に頼み事はしないと心に誓っていた。

彼が最初にしたのは、壁にかかっていた絵を外し、表を下にしてベッドの下に滑り込ませることだった。

アンジー・シーガルは、移民局がラヴィの難民申請を処理するのに一年か、おそらくそれ以上かかるだろうと言った。アフガニスタンからたくさんの移民が押し寄せているので、いつも以上に手続きに時間がかかっていた。三か月が経過し、ラヴィの観光ビザが失効したら、当面の滞在用として仮のビザであるブリッジングビザが発給されることになっていた。彼は合法的に入国していたので、新しいビザを得れば働くこともできた。しかし、アンジーがラヴィのような立場にある人たちの職探しを手伝ってくれたり、彼女が言うところの「支援者」を探してくれる団体に言及したとき、彼の胃はぎゅっと縮んだ。ラヴィは自分と同じ境遇の人たちに「紹介される」のはご免だった。

アンジーはきつい調子で「お金は大丈夫なの？　ヘイゼルに家賃をいくら払っているの？」と尋ねた。彼女はラヴィに、携帯電話とミニサイズのマースチョコバーを押しつけた。一年分チャージしてある。あなたと連絡がつかないと困るから、と彼女は言った。フリーダから解放されたばかりなのに、新たな義務の迷宮に閉じ込められてしまうことをラヴィは恐れた。アンジー・シーガルとフリーダ・ホブソンはロンドンのフラットを二年間シェアしていた。アンジーは「彼女って本当に最高じゃない？」と言った。

コルの誕生日を祝うためキャンプシーの中国料理店で飲茶のテーブルを囲みながら、ヘイゼルの息子たちは新しい間借り人について分析し、査定していた。

三男のラスは「誰か七チャンネルで放送している、移民審査の順番抜かしを扱った番組を見たことあるか？」と言った。それから、「たしかにハワードは不快なクソ野郎さ。俺が言ってるのは、もしこのランカ出身の男が難民だったら、なんで施設に収容されないんだってことさ」と付け加えた。

ケヴは「奴が履いているリーボックは安くないぜ」と言った。

デイモは「彼の顔もね」と言った。

ローラ、二〇〇〇年から二〇〇一年

ラムジー出版はヨーロッパのガイドブックを担当する委嘱編集者を募集していた。応募しない手はない、とローラは考えた。生活費を稼ぐために仕事が必要だった。ガイドブック専門の出版社向けの履歴書が好都合なのは、無職の期間をごまかす必要がないところだった。それどころか、空白の期間を強みに変えることができた。旅行して経験を積んでいました！面接ではイギリスの書店員と交わした、「オーストラリアのガイドブックだけど、よくできている」というくだりを話した。驚いたことに、彼女は採用された。

雇用条件は夢のようだった。定期的に口座に振り込まれる給料、勤務表に基づく休日、有給休暇の見通し。もちろん、定時に合板製の机に着席して何時間もそこで過ごさなければならなかったし、冷房が効きすぎのオフィスで開いているのはウィンドウズだけという息苦しい空間に閉じ込められるのを我慢しなければならなかった。重要業績評価指標や、会社を指して「我われ」という言葉を使うことにも慣れる必要があった。

全体会議で新人の紹介が行われた。ラムジーを選んだ理由を話すよう求められ、ローラは勇気を振り絞って「旅への愛です」と答え、礼儀正しい拍手をもらった。彼女に続いて、もう一人の新人のポール・ヒンケルという地図製作者が両腕をさっと広げた。「君たち」と彼は叫んだ。「ここを選んだのは君たちがいるからだ。君たちは最高のチームだ！」

喝采。宙に突き上げられた拳。ローラは誰かが「さあ、コークを飲もうじゃないか！」と叫ぶのを待っていた。

　仕事の世界。ドアがスライドして閉じる音が聞こえた。

　ラムジーの本社は、チッペンデールの元は編み物工場だった建物に入っていた。ローラは煤煙に満ちた大気の中をバスか徒歩で通勤した。手ごろな賃貸物件があるアークスヴィルに引っ越し、ダニ・ホルトというジャーナリストが所有している、倉庫を改装した集合住宅のフラットをシェアしていた。元倉庫だったらさぞ広々しているだろうと想像したくなるが、建物にたくさんのフラットを詰め込み過ぎた結果、ダニのフラットは狭苦しく天井も低かった。ダニが購入した五年前には新しさという美点があったが、今では朽ちかけている腰板や壁に広がっている染みが、気候と食欲の影響を物語っていた。

　バルコニーに通じるドアの分厚い二重ガラスのあいだには結露してカビが生えかけていた。バルコニーからは、駐車場やたくさんの集合住宅や中国の手書き文字のようなアンテナが見えた。空港に向かって高度を下げていく飛行機が、たびたび空を覆い隠した。「騒音にはそのうち慣れるわよ」とダニは言った。そうならないことをローラは祈った。それは自分が死んだことを意味するから。

　イギリスのケンティッシュタウンの陽光が差し込まないフラットで、ローラは緑を育てるという幻想を抱いたものだった。今はトマトの苗と、スプリングオニオンを植えたプランターを心に描いていた。さしあたってバルコニーに置かれているのは、花をつけていないクチナシの鉢ひとつきりだった。

　彼女はときどき夜の散歩に出かけた。西のサバーブは高級化しつつあって、どの通りにも「売り物件」という紙が張り出されていた。ローラは、雨戸を閉め切って「全面的な改修が必要」と張り出された家の前で立ち止まった。写真のひとつには雑草に埋もれた裏庭が、別の写真には鏡のはめ込まれたマントルピースとベッドが写っていた。むき出しのマットレスにはサテンで縁取られたオレンジの毛布が掛かっており、貧しさが眠っていた。看板には「あなたの想像力、持ち込み自由(BYO)!」とうたわれていた。

昔は窓から漏れてくる青白い不気味なテレビの光によって不眠症の仲間がいることを知ったが、今では寝つけない隣人たちはパソコンの明るい画面の前に座っていた。ローラは職場で親しくなったロビン・オーアに、この進歩のことを話した。「二十世紀に残してきた元カノとか元配偶者を深夜に検索してるのね」

ロビンはマーケティング部門のリーダーだった。「たぶんポルノをダウンロードしているのよ」と彼女は言った。

ラヴィ、二〇〇一年

フリーダは「銀行口座を開設したら詳細を知らせてちょうだい。そうしたらもっと送金するから」と話していた。しかし、口座を開設する代わりに、ラヴィはフリーダから受け取っていたルピーをドルに交換した。ラヴィは現金を衣装ダンスに隠し、お金を取り出さなければならないときにはいつも憤りを感じた。フリーダが四週間分と見積もっていた金額で、二十一週間持ちこたえた。

アンジー・シーガルに持たされた携帯電話が鳴った。「フリーダからあなた宛てにメールが届いているの。正確には三通よ。わたし今、ブリスヴェガス〔ラスヴェガスにかけたブリスベンの愛称〕の親戚の家に来てるの。メールを印刷して郵便で送ろうか？　それともあなた、転送できるメールアドレスを持ってる？」

ラヴィは「いや」と答えてから、「ありがとう」と付け加えた。

アンジーはひと呼吸おいて「わかったわ」と言った。

ラヴィはベイクドビーンズ、即席麺、砂糖たっぷりのお茶、トマトソースをかけて食べるスパゲッティ、ビニール袋に包まれて乾燥することもなければカビも生えない食パンのトーストなど、安くておいしい食べ物で食いつないでいた。今日はごちそうと決めた日には、ハンバーガーかチキンナゲットかツナの缶詰のパスタを食べた。ツナ缶を開けると、魚の臭いに惹かれてフェアプレイが寄ってきた。フェアプレイの目は漫画に登場する異星人のように大きくて、艶やかだった。ラヴィは缶詰の汁を彼女の皿に注いでやった。

ヘイゼルはかぼちゃのスコーンや手作りのマーマレードを分けてくれた。彼女が住んでいる通りでは、近所の住人のあいだで野菜やゴシップや草花が交換された。ヘイゼルはアルミホイルに包んだカレー味の豆料理をラヴィに渡しながら言った。「ドクター・ミシュラからよ。参ったわ、潰瘍ができていることを彼女に打ち明けたくなかったの」

ヘイゼルが庭でソーセージや骨つきのあばら肉を焼くときにはいつも余分があった。彼女は「食べてもらえると助かるのよ」とか「大人数の料理を作るのに慣れてしまっているから」などと言いながら、ラヴィにおすそ分けしてくれるのだった。細いソーセージは石鹸の味がした。オーストラリアの食べ物だったら何でも気に入っているラヴィは、そのソーセージも気に入った。

花が咲き乱れた草地で、フェアプレイは輪廻から蛾を解放してやっていた。イソマツがフェンスを覆い、夕暮れどきにはその青い花がこの世ならぬ風情を漂わせていた。裏庭の真ん中には、ラヴィが巨大な傘の骨と認識している物体が立っていた。ヘイゼルはそのあばら骨に洗濯物を留めてみせた。それは回転式屋外物干しと呼ばれる代物だった。「オーストラリアの偉大な発明品よ」それからもずっと、ラヴィは壊れ物という認識をあらためなかった。

屋外トイレのドアは透明なガラスだった。デイモの思いつきなの、とヘイゼルは言った。デイモは古いドアを取り外しながら、なぜ夕陽を無駄にするんだと言ったらしい。ヘイゼルはラヴィのためにカーテンを吊ろうかと申し出てくれた。「でも、あそこじゃあなた一人きりだけど」

便器に腰かけて、ラヴィは重なりあっている雲を眺めた。立ち上がると、濡れた深い切り傷のような河が見えた。ある晩、トイレの電気を消し忘れたことがあった。ほかの人なら、明かりの点ったトイレを見て電話ボックスを連想しただろう。しかし、消し忘れに気づいて振り返ったラヴィが見たのは、おとぎ話に登場するガラスの棺だった。

いつもディモは、アンジー・シーガルにひとつかふたつ質問した。それから、「スリランカの政治」をグーグル検索した。解説を読み終えてすぐにとった行動は、ラヴィに何かをあげることだった。ディモは車で母の家に駆けつけ、ラヴィに何気ない様子で話しかけた。「このフリース、俺には小さすぎるんだ。季節が変わったら役立つかも」

ディモは、ラヴィがカウンセリングを断ったことをヘイゼルに話した。「アンジーは同じコミュニティ出身の人たちに紹介することもできるとラヴィに言ったんだけど、彼はそれも嫌だと言うんだ」彼はビールの小瓶をふたつ取ってきた。ヘイゼルとディモは、サンルームの窓越しにラヴィに貸している離れを見つめた。ヘイゼルは自分が発見したことを黙っていた。離れのドアはしっかり留まらないことがあった。ラヴィが出かけた風の強い朝、ドアがバンバン音を立て始めた。誘惑に負けて中を覗き込んだヘイゼルは、部屋からなくなっているものにすぐに気づいた。その小さな謎が彼女を悩ませた。ラヴィは版画を売ってしまったのだろうか。しかし、あの版画にはほとんど価値なんてなかった。まさか捨ててしまった? ずいぶん昔、ケヴが創作に関心を持っていた時期に買ったものだった。ヘイゼルはディモに消えた版画のことを話したかったが、そうするとラヴィの部屋を覗いたことがばれてしまう。彼女の末息子は堅い信念の持ち主だった。ディモが帰るときには、たいていその前にフェアプレイに服従の姿勢をとらせるのだった――犬の意思を少しくじいて。それは残酷さとは呼べなかったし、しつけとして通用するはずだった。それでもときどきヘイゼルは、ディモが教えているティーンエイジャーたちをかわいそうに思うのだった。

晴れた日には、ラヴィは散歩に出かけた。散歩は適度な疲労感をもたらしてくれたし、時間をつぶすこともできた。彼のリュックにはピーナッツバターを塗ったパンと水のボトルが入っていた。「フェニックス出身のラヴィ・メンディス」のクッションの効いたスニーカーは、ラヴィを軽々と運んでくれた。河沿いの道をさかのぼり、下り、サバーブを横切り、あちこちのショッピングセンターに足を運んだ。彼のいちばんのお気に入りは公園と家が立ち並んだ通りだった。ショッピングセンターでは、手の届かないごちそうのおいしそうな匂いが彼をあざ笑うように漂ってきた。

かなり月日がたってから、あの果てしない夏の日々を振り返ると、思い出されるのは孤独だった。誰も話しかけてこなかったし、誰も彼の居場所を知らなかった。マリーニに会いたかった。彼女は強い光で目が痛くなると言って、誘っても出てこようとしなかった。ラヴィは偶然通りかかった小さな公園に入っていった。その公園は巨人の居間を模していた。巨大な寝椅子には色タイルで表現された背もたれカバーが掛けられ、座面はコンクリートの階段になっていた。ヒランを連れてきたらどんなによろこんだだろう。次の瞬間、目の前にあのベンガルボダイジュの木が出現し、暗く巨大な四角い頭がラヴィの目に映った。その影は、火床が売店になっている鏡張りの巨大な暖炉を覆い隠してしまった。

飛行機が轟音をたてて頭上を通り過ぎていった。あれだけ低いところを飛んでいるのだから、道路標識を参考にしているに違いなかった。通りに沿って、マジパンで飾られた誕生日ケーキのような家々が並んでいた。緑にピンクに黄色。塀や線路を支えているアーチには、ラヴィが初日に見たのと同じ記号<<+#>>が、スプレーで吹きつけられていた。それに花――こんなに花があふれている町があるなんてラヴィには思いもよらなかった。道に散り敷いた花が曼荼羅模様を描き、そのところどころに踏みつぶされたゴキブリの死骸が添えられていた。ラヴィはそこにメッセージが込められているとでもいうように、花の曼荼羅をじっと見つめた。彼の意識が白い熱を帯びてきた。それはサーチライトに捉えられた動物の精神状態と同じだった。

アンジーは片手をあげて、国際法で規定されている迫害理由を指折り数えあげていった。人種、宗教、国籍、特定の社会的集団の構成員、政治的意見。「あなたの場合、最後の理由があてはまるわね。政治的迫害」

僕はこれまで一度だって政治活動にかかわったことはない、とラヴィは言った。

「でもあなたの奥さんは違った。そして、彼女を殺したのが誰であれ、あなたは命の危険を感じている」

誰もあなたの行動なんて期待していない。強烈な光が無節制に飛び跳ねている夏の路上で、マリーニの声が草刈り鎌のように一閃した。ラヴィは足を止め、壁にもたれるかベンチに座るかして休むしかなかった。誰を待つわけでもないのに、彼はいつまでも座り続けていることがあった。ラヴィが顔をあげると、ぶかぶかのTシャツを着て、すべての指に指環を光らせたフリーダが立っていた。彼を助けにやってきたのだ。二人は人気のない通りを車で走り抜け、冷房の効いた部屋で休息するだろう。「どうかしたの?」とフリーダが尋ねた。いつの間にか、彼女はがっしりした体格のくたびれた女性に変身していた。その女性は買い物袋のぶら下がった手押し車を押していた。「うちの亭主、誰かがうちの壁にもたれて座っているのを嫌がるの」

散歩には透過性があり、外の世界が体内に染み込んでくる。夏が終わるころには、オーストラリアがラヴィの身体に浸透していた。これからは世界中どこに出かけようと、オーストラリアが旅の道づれになるだろう。

ヘイゼルが住んでいる通りには、さえない赤レンガの家ばかり並んでいた。裏庭の向こうには小道が走っており、その道を散策してみると、表からはわからなかった建て増しやプールに気づいたり、あじさいの生垣に出会ったりした。住人の個性が表れている建物もあった。カツォウリス家は木製のベランダの支柱を縦溝が刻まれたギリシャ風の柱に変えていたし、車庫までの道には大きなオレンジのタイルを敷いていた。しかし、中核となる部分はどの家も同じだった。屋外で焼いたTボーンステーキを食べながら、ヘイゼルはラヴィに近所の住人について詳しく教えてくれた。ドクター・ミシュラは歯科医で夫はエンジニアだった。カツォウリスさんは空港で働いていた。ダゴスティーノ一家はデリカテッセンを営んでおり、三軒先に住んでいる娘は教師だった。通りの向こう端に住んでいるロシア人はバスの運転手だった。出勤する様子を見ていると、制服を着ている人、スーツ姿の人、中には短パン姿で出かける人もいた。こんなふうにさまざまな暮らし向きの人たちが隣り合って暮らしているなんて、ラヴィには思いもよらなかった。彼の故郷では、貧しい人たちは小さくてすぐにも崩れそうな家に住み、裕福な人たちは大きくてどっしりした家に住んでいた。ヘイゼルはいつも椅子を修理していたので、ラヴィはある種の大工だと理解していた。しかし、石膏の果物や鳥で飾られた彼女の家の天井は宮殿にふさわしい美しさで、昔のラヴィだったら想像することすらできなかっただろう。

マリーニはあいかわらず姿を現すのを拒んでいたが、代わりに夢の中にヒランを送り込んできた。夢に現れるヒランは幼児の姿をしていた。彼は両手をたたいたり、上体を起こしてマットの上に座り、笑みを浮かべたりした。ラヴィは誕生日ケーキのような家をスライスしてヒランに与えた。二人は交互にそれを齧った。ヒランはラヴィに、炉棚の上の鏡を絶対に覗き込まないで、と注意した。スペードの女王がそこに住んでいるから。手を伸ばしてパパを引きずり込んでしまうかもしれない。

夜になると花は香りになって戻ってきた。夜中に尿意を覚えて目を覚まし、外に出ると、芳香に満ちた大気がラヴィを迎えた。クチナシにインドソケイの香り。それに、小道全体に星を散らしたように咲いているジャスミン。

洗濯室に設置されたシャワーは、縦に刻み目の入った琥珀色のガラスで仕切られていた。ある朝、シャワーを浴びているあいだに誰かが洗濯室に入ってきたと確信したラヴィは、中でしばらく待っていた。洗濯室には冷たいすき間風が吹き込んできたが、それ以来ラヴィは、スライド式のドアを開けたままシャワーを浴びるようになった。

夢を見た。プリヤがカーテンを引くと、ウジ虫が息子の顔を貪っていた。

サーキュラーキー［シドニー湾に面した埠頭。シドニーを代表する観光名所で周辺にはハーバーブリッジやオペラハウスがある］に初めて出かけたときには、長い道のりを延々と歩いていった。あまりに時間がかかったので、到着するころにはサンドウィッチをすっかり平らげてしまっていたが、それでもまたお腹が空いてきた。おまけにどしゃぶりの雨になった。それ以来、サーキュラーキーに出かけるときにはハーバー行きの二階建て電車に乗ることにしていた。天気がいい日には、岬をこえて静まりかえった入り江まで歩いた。波止場のひとつには、建物の角の辺りに腰を下ろすのにちょうどいい場所があった。座っているあいだに何時間も過ぎていった。水の中では光が骸骨のように揺れていた。ラヴィは海を見ながら煙草を吸った——煙草をばら売りしているバングラデシュ人の店を見つけていたのだ。オーストラリアでは肉は安いが煙草は高かった。シドニーでの最初の日に経験した冷たい太陽の光と同じで、それはこの国での生活について回る倒錯のひとつだった。

朝は晴れわたっていたのに、電車がハーバーに到着するころには雨に変わっていることもあった。そんなときには駅を離れず、二番のプラットホームに向かった。それは驚嘆すべきプラットホームだった。ハーバーブリッジとオペラハウスが同時に視界に入るその光景を、ラヴィは記憶にある限り昔から知っていた。誰かがその眺望の絵はがきを買い、その裏に何やら走り書きして彼の両親宛てに送ってきたのだった。驚くべきは、その実物が通勤する人たちに無料で提供されていることだった。この国にあふれている光といい、なんと気前のいいオーストラリア！　ラヴィの背後では銀色の電車が次々にホームに滑り込んでは出ていったが、彼はそのことに気づきさえしなかった。

雨の日や暑さが厳しい日に彼が好んだもうひとつの場所は、セントラル駅のハングリージャックスだった。スモールサイズのフレンチフライを買えば、駅のコンコースに並んでいるテーブルのひとつにいつまでも座っていることができた。それをとがめるのは鳩の目だけだった。子どもたちやスーツケースは、田舎に向かう電車へと導かれていった。上唇の片端を持ち上げて、プラットホームの番号をじっと見上げている年配の女性がかならずいたし、無料で読める新聞もかならずあった。

ハングリージャックスの隣には、コンコースに面していくつか入り口が設けられているパブがあった。中を覗くと、ベストを着たバーテンダーや、天井から鎖で吊り下げられたランプが一日中輝いているのが見えた。店内には格子状の天井や、曲線を描いている磨き上げられたカウンターもあって、途方もなく豪華な場所に思えた。ハングリージャックスとは違って、客は例外なくラヴィが考えるオーストラリア人――つまり白人だった。ラヴィはたった一度でいいから中に入ってみたかった。しかし同時に、フォーマルなジャケットを着て止まり木に腰かけ、黄金の飲み物を飲んでいる男たちにはどこか悲し気な雰囲気が漂っていた。やがてラヴィにはその謎が解けた。ハングリージャックスには、男子中学生や恐ろし気なアイシャドウをした女の子やぎゅっと締まった赤ん坊を抱いている母親などが引き寄せられてきた。明らかに、あるいは人知れず破産した人間がフレンチフライを食べているかもしれなかった。しかし、バーの客は年齢にかかわらず、一様に老けて見えるのだった。

しばしばラヴィの心は、太平洋を見下ろす共同墓地に漂っていった。あの奇妙なオーストラリアでの最初の日に目にした光景は、彼の想像力に刷り込まれ、居座っていた。心の奥底にしまっている風景と同じく明るく輝き、ラヴィのお守り代わりになっていた。どうやったらもう一度あの場所にたどり着くことができるのか、ヘイゼルに尋ねてみようかとも思ったが、しばらく考えてから自分があの場所を特別な機会のためにとっているのだと気づいた。それがどういうことなのか、彼自身にもよくわからなかったが。

ラヴィの歩調はゆったりしていて一定だったが、それでも歩いていると疲れを覚えた。これまでの人生で彼が知っていた地面は、たいてい海水面と同じ高さだった。脛が痛くなるのは、彼には丘を上る習慣がなかった証だった。シドニーの街路は、初めのうちは平坦でもいつの間にか傾斜がついていることがあって油断できなかった。ラヴィはシドニーの地勢にまだ慣れていなかったので、急な下り道の先に突然川が現れたり、遠くの谷間を郊外の家並が覆っている風景に出くわして驚くことがあった。それは眺望と呼ばれていたが、報酬と同じ価値があった。それに沈みゆく太陽——空を燃え上がらせる夕陽は彼にも無縁ではなかったが、丘を上ってその炎の中に踏み込んでいくと全身に戦慄が走った。

ラヴィはひたすら歩いたが、どんなに歩いても風景が変わるばかりで、オーストラリアを超えていくことはできなかった。赤い屋根に覆われた谷間に閉じ込められていると感じる日もあった。小さな飛行機が川底を飛んでいった。ラヴィは空を見上げて、飛行機が屋根のはるか上を動いていくのを見つめた。聖書の物語の挿絵のように、雲が割れて巨大な光の梁が谷間に降りてきた。「丘は神が我われの想像力に与えてくださった賜物なのです」とイグナティウス修道士はかつて言った。「丘の向こうに何があるのか誰にわかるというのでしょう」

ローラ、二〇〇一年

毎日、何か新しい知らせや予測不能な知らせ、あるいは気まぐれな知らせがローラの電子メールの受信トレイや未決書類入れに届き、口頭で伝えられた。誰にも邪魔されず働くことに慣れていたローラには、オフィスで働く心構えができていなかった。それは、言葉がわからない国に放り込まれたような感覚だった。方向感覚が失われ、焦点がつねに移動した。些細なことがらと極めて重大なことがらが同等に示される場所でもあった。一九一一年の時点では、キュビズムはこんなふうに見えたに違いないとローラは思った。解釈のヒエラルキーも、意味を生みだす定点の存在も認めない狂気。

典型的な一日はジーナ・ピゴットからのメールで始まった。ジーナはラムジーのロンドン事務所の責任者で、メールを送信するときはCCで出版部門のトップにも送った。彼女は最新のメールで、ブルターニュ地方の新しいガイドブックの中に見つけたという三十一か所の誤りを列挙していた。こんな不注意は私たちの信用を大いに失墜させる、と書かれていた。

それらは初版につきものの誤りであり、たいした問題ではなかったが、ジーナはヨーロッパのガイドブックの編集部門をロンドンに移したがっていた。ロンドンの事務所スペースの賃貸料は、人件費や間接費その他もろもろと同じく、シドニーよりもはるかに高かった。それは誰もが知っている事実であり、ジーナ自身もよく心得ていた。しかし、ラムジーUKはマーケティングに特化した事務所であり、編集部門は出版社の華だった。ジーナは私の編集チームについて話してみたいと強く願っていたし、彼女にはビジネスで大きな成功を収める人物特有の頑固さがあった。いずれジーナが勝利を収めるのは、ローラの目には明らかだった――ほかの社員はみんな彼女と議論することにうんざりするだろうから。

シドニーでは、ジーナ・ピゴットの下で働くスタッフは「小さな犠牲者」と呼ばれていた。いつも不当に人を傷つけたり非難したりする彼女のメールは、夜のあいだに届いた。そんなメールを読まされるのが一日の始まりに向いていないのは明らかだった。

緊急案件を示す赤字の「!」付きメールが届き、営業部門の誰それのマグカップが見つからないと告げていた。

フリーランス編集者の委託料に関する打ち合わせを招集するメールが届いた。

制作部門を統括しているジェニー・ウィリアムズＩが電話線の向こうで「ちょっと時間ある？」と言った。彼女のオフィスに出向くと、ジェニーは黙ってガイドブックの新刊見本を差し出してきた。やはり黙ったまま、彼女はローラが背表紙を読むことができるよう本の向きを変えた。スイスのつづりからｔが抜け落ちていた。ラムジーは印刷を海外で行っており、たいていシンガポールか香港に発注していた。そのほうが国内で印刷するより安上りだったし、世界各地の倉庫に発送するのに都合がよかったからだ。しかし、ジェニーは最近、さらに安いインドネシアの会社を使っていた。

「デザイン部門の読み書きできない奴のしわざよ。それに工場の従業員は誰ひとり英語が読めない」とジェニーは言った。「二万部よ」

地図記号の変更を検討する会議が開かれた。参加者は委嘱編集者と上席地図製作者に限られていたが、なぜかポール・ヒンケルによる、ホテルやレストランや名所などを表わす新しい記号を提案するメモが回覧された。よく書けていたし細部まで検討が加えられていたので、会議のメンバーは感心した。会議のあと、ローラは腕組みしたポールが管理職と意見を交わしているのを見かけた。ローラが通り過ぎるときポールはチラッと目を走らせたようだったが、彼女の存在に気付いているそぶりすら見せなかった。まるで彼女が地図上の空白地帯であるかのように。彼の赤い小さな口は小刻みに動き続けていた。なぜポールがある種の女性にもてるのか、ローラには理解できた。彼は心肺蘇生の訓練用ビデオに登場する男性のように、有能で特徴がなかった。

適切な価格帯を検討する打ち合わせを招集するメールが届いた。

『アイルランド』の改訂に関する報告書の締め切りが明日だと念押しするメールが届いた。

キャンピングカーでヨーロッパを回った作家から出版権の売り込みの手紙が届いた。「私の旅行記は家族や友人たちに大評判だった！」

オフィスのキッチンで、ローラはデザイン部門のヘルムート・ベッカーと雑談していた。「僕は芸術家だ」ハーブティーを淹れているローラに向かってヘルムートは宣言した。「芸術はとらえがたい。芸術はインスピレーションだ。あれをしろ、ヘルムート、これをしろ、ヘルムート、表紙が六つ必要なんだ、はやく（シュネル）、はやく（シュネル）。映画に登場する極悪非道なナチじゃあるまいし、そんなこと言うべきじゃないんだ。創造的な雰囲気というのがあるだろ。すべてはまっているときには夜明けに仕事を始めて、一晩中机に向かっていることだってできる」とヘルムートは高らかに告げた。オフィスで彼の姿を十時より前に、あるいは六時半よりあとに見ることは決してなかった。ローラはそんな彼が大好きだった。

版権部門からのメールが知的財産法に関するセミナーの開催を提案していた。

ウェブサイト開発者のナディーン・フラナガンが、ロシアの教会をテーマにしたオンライン特集用の宣伝文をリクエストしていた。

『ギリシャの島々』改訂版のリサーチ担当の一人であるサリ・ガーディナーのメールは、締め切りが現実的ではないと訴えていた。それはサリの初仕事だった。ガイドブックの締め切りはいつだって決して現実的ではないことに、彼女はまだ気づいていなかった。情報は集める前に古びていく。それがガイドブック本来の賞味期限であり、ガイドブック出版社がもうかる仕組みだった。この実態が新人のリサーチ担当者にどんな影響を及ぼすか、悲しくもすでにローラの日には明らかだった。彼らはエネルギーと情熱をみなぎらせ、採用を勝ち取ろうと必死になった。タダで旅行ができる！　最高！　と考えて。しかし、事実調査の凄惨なスケジュールが始まって二、三日も経つと、この仕事はギャップイヤーとは根本的に違うことがだんだん見えてくるのだ。応募者が動機としてかならず書いてくる「異文化とのふれあい」は、甘い言葉で離国者や官僚から情報を引き出すことに限られていた。そして彼らの情報源は反射的に嘘をつく――離国者は己の経験を誇張するために、官僚は足跡を残さないために。

人事部門から近隣のジムとの法人会員契約変更のあらましを説明するメールが届いた。

本の表紙の宣伝文に関する打ち合わせを招集するメールが届いた。

ローラは行きつけの韓国料理店でロビン・オーアと昼食をとっていた。カーラ・ブルーニの歌をバックに、ロビンはまくしたてた。「クリフのオフィスで、私が交渉していた空港の書店との取引を説明していたの。そしたら急にクリフが、『これをどう思う？』って訊いてきたの。その手紙――タイプしてあるのよ、何ページも何ページも。信じられる？――、以前うちのガイドブックを卸していたインドの代理人からだった。ロンドン事務所がその男との取引を打ち切ったので、苦情を書いて送ってきたというわけ。インドで最初にラムジーの商品を卸したのがうちだったとか、暗黒時代のころから忠実に仕えてきたとかなんとか。そこで、この男はいつだって何か月も支払いが遅れていたことをクリフに思い出させたの。この前の会議で、ジーナは完全に切れてた。たしかに、ジーナがどんな人か私たちみんな知っているけど、この男には我慢も限界よ。ジーナの立場だったら、私だって契約を打ち切る。いずれにしても、クリフはひと呼吸おいて、「我われは彼に親切にしてやってもいいんじゃないか」なんて言うのよ。それからぼんやりしちゃってペンをカチカチし始めた。心が何マイルも離れているときの彼がどんな感じか、あなたも知ってるでしょ？」

ローラは同情しているような表情を浮かべた。しかし彼女は、まったく最高経営責任者らしくないアロハシャツやマンボ社のＴシャツを着ているクリフ・フェリアーを、すでに好もしく感じていた。

ローラとロビンは似ても似つかなかった。ロビンは二十八歳で、赤いフレームの細い長方形の眼鏡をかけていて、どんどん出世していた。小柄な女性が、チヂミをのせた巨大な皿を抱えてテーブルの上へ身を乗り出してきた。

「六〇年代の男たちときたら！」とロビン・オーアは言った。

かかりつけの歯科医院の受付女性から、明日は診察日ですという留守電が入っていた。

ジムの法人会員契約に関するメールへの返信がＣＣで二十三通も届いていた。

ラムジーで長年リサーチを担当しているクライヴ・メイソンからのメールが、『ウィーン』を改訂する費用として提示された金額が現実的ではないと申し立てていた。彼はコストや為替レートなどの詳細な内訳を添えていた。新人調査員は時間が足りないと文句を言い、ベテラン調査員は金が足りないと文句を言った。調査員は入社して五年も経つと、凶暴化して野蛮で脅迫的なメールを山ほど送りつけたあげく消えていくか、熟練調査員になるかどちらかだとローラは教わった。後者は、ラムジーから搾取されているという揺るぎない確信を抱くと同時に、別の職業に就く可能性を考えてみる能力が病的に欠けていた。

受付からのメールが次の土曜日にガレージセールが開かれると案内していた。

勤務評価に関する打ち合わせを招集するメールが届いた。

ローラは、出版部門を統括しているクエンティン・ハスカーとの毎週の打ち合わせに耐えなければならなかった。クエンティンの魂は会社に捧げられていた。しかし彼の肉体は弱く、パブのランチのチキンパルミジャーナの誘惑に抗えなかった。今、彼の肉体は、出版部門のアシスタントを務めているジェニー・ウィリアムズIIの誘惑に屈することを望んでいた。すでに彼女はメールでクエンティンへのブリーフィングを済ませ、二人きりの打ち合わせは金曜日、場所はダーリングハーストにある彼女のフラットにセッティングされていた。

ローラは自分が担当している本についてひと通り報告を終えた。一冊は予算オーバーで、さらに一冊の編集が遅れていると正直に告げた。沈黙が続いた。なぜならまだクエンティンは、乳首にリングをぶら下げ、ブーツを履いたままのジェニーが黒いキャンドルの炎に照らし出された姿にうっとりしていたからだった。トマトソースの染みが彼のシャツに点々とついていた。クエンティンは自分がオープンであることを示すため、いつもシャツの胸元を大きく開けていた。彼の姉のアラベラは、アラン・ラムジーの元配偶者だった。オフィスで広まっている伝説によると、彼女の結婚式とクエンティンが採用されたタイミングは一致しており、ラムジー家の後継ぎの誕生は彼の最初の昇進、離婚は二度めの昇進と重なっていたという。金曜の夜のパブで、ソーヴィニヨンブランと、いつも通り最悪の事態の連続だった一週間にどっぷりつかっていたジェニー・ウィリアムズⅠは、またその話題を取り上げた。「神にかけて、アラベラは離婚調停の合意書にこう書き込ませたのよ。『一年ごとの美容整形とクエンティンが会社に残ること』」

ローラはついに思い切って、締め切りやどんどん増えていく費用を挙げてクエンティンに助言を求めた。エロティックな職務から現実に引き戻されたクエンティンは、「君が決めてくれ」と言った。彼が道しるべにしていた経営管理の手引書はどれも権限委嘱を勧めていた。それに狡猾さも。「実はあまり体調がよくないんだ」

ローラのお腹があいまいな音をたてた。

「ああ、ありがとう」クエンティンはこれ見よがしに腕時計を見た。まだ三時にもなっていなかった。「君が正しい。今日の仕事はこれくらいにしておいたほうがよさそうだ。僕たちは身体に備わっている叡智から学ぶべきことがたくさんある」彼の湿った茶色の瞳に偽りはなかったが、信頼することはできなかった。

百八十三ページに及ぶラムジーの改訂版スタイルマニュアルの最新原稿が、ローラの机の上で待っていた。その原稿について今週中にコメントするよう求められていた。

受付からお詫びのメールが送られてきた。「当然だけど、さっきのガレージセールの案内はスパムのフラグを立てるつもりだったの！　勘弁してね‼」

フォントサイズを検討する打ち合わせが開かれた。フォントサイズをひとつ下げれば、ページ数はそのままでより多くの情報を載せることができるし、持ち運びやすさや価格面からも好都合だった。他方で、読みやすさにも配慮する必要があった。まだ三十歳前のスタッフがサンプルページを見ながらけげんそうに尋ねた。「本当に小さすぎて読めない？」ローラはぼやけた印刷を凝視した。

彼女のスクリーンに貼りつけられた付箋が、小口現金九・十五ドルの借りと知らせていた。

アバディーンに住む女性が訴訟を起こすと手紙で脅してきた。彼女が経営しているB＆Bが『スコットランド』の中で「心地よいあばら家」と紹介されていたのだ。

ローラはその日中に承認しなければならない三件の原価計算のうち、ひとつめの検討に取りかかった。

労働安全衛生局が火災避難訓練の通知メールを送ってきた。

ＣＣで届いた十一通のメールが、ジムとの新たな法人会員契約についてまだやりとりを続けていた。

ラムジー出版の創始者であり、唯一の取締役であるアラン・ラムジーから世界中のスタッフにメールが届いた。アランが日々の経営を彼の下で統括部長を務めていたクリフ・フェリアーに譲って十二か月が過ぎていた。アランは、クロアチア出身で下着モデルをしていた若い新妻と世界周遊旅行に出かけていたので、高貴な者の務めとして小さき者たちをよろこばせてやらねばと考えたのだった。エアコンによって脳の働きが鈍り、スクリーンの見つめ過ぎで目が充血した従業員たちは、アスペンでのスキーは期待以上だったとか、オート＝プロヴァンスのトリュフレストランは文句なしにミシュランの三つ星にふさわしいなどと聞かされた。

「やあ、みんな。私たちはミランに滞在中だが、カンタスがまた私たちの荷物を失くしてくれた。昨日、ジェレーナは一日中買い物をする羽目になったのですっかり疲れてしまい、「最後の晩餐」の内覧をキャンセルしなければならなかった。でも、ニューヨークはすばらしかった。ビル・クリントンはとても気さくで、ジェレーナの隣に座り……」ローラはそこまで読んでメッセージを削除した。

ラヴィ、二〇〇一年

プリヤが娘の写真を送ってきた。彼女はまったく無意識に、赤ん坊そのものよりも、肉づきがよくて美しい自分の腕が目立つ写真を選んでいた。彼女はまた妊娠していた。インターネットカフェでメールをチェックすると、いつもプリヤからメールが届いていた。彼女のとりとめない長文のメールには、スペルミスだらけの不平と、ラヴィがほとんど知らない彼女の友人たちの近況が詰め込まれていた。たくさんの知り合いがスリランカを出ていったので、プリヤは世界中にメール仲間がいた。パースにはプリヤと同じ学校に通っていた友人が住んでおり、キャンベラでは夫の姪が学校に通い、シドニーにはカーメルのいとこが長年住んでいた。プリヤはこれらの人たちの住所を送ってきて、ぜひ訪ねてみるようにうながした。

ヴァルニカもメールを送ってきた。プリヤのように定期的に送ってくることはなかったが、たまにメールを寄こしてラヴィを驚かせた。彼女は家族を訪ねてスリランカに一時帰国していたが、すでにタンザニアに戻っていた。彼女の最初のメールは件名のみ――「気にいるかもしれないと思って」――だった。そのメールには母親の写真がふたつ添付されていた。ヴァルニカからメールが届くと、ラヴィは一日中、何となくそれについて考えてしまった。彼女のメールは短く、取り立ててどうということもない内容だったが、「私はこの土地で胸いっぱいの希望を抱えている」と書かれていたこともあった。

ラヴィはニマールとも連絡を取っていた。ニマールが働いていたリアルランカは、すでに会社を畳んでいた。リアルランカの事業は初めのうちこそ人盛況だったが、徐々に売り上げが低迷していった。顧客たちは、信用のある通貨で気前よく払ったというのに、ツアーの体験は本物感に欠けていると文句を言うようになった。都市に暮らす家族を選んだ旅行者は、受け入れ家族が英語で話しかけてきたり、アメリカの昼メロの再放送を見ようと誘われたりして気分を害した。あるノルウェー人は、彼があてがわれた家庭はひどく物質主義的だったと書き込んだ。仏教徒の一家だと聞かされていたのに、食卓には五種類のカレーが並び、その中にはビーフカレーまであった。また、あるニュージーランド人が返金を求めてきたのは、受け入れ家族の十一歳の娘が、大人になったらブリトニー・スピアーズみたいになりたいと打ち明けたからだった。

リアルランカは戦略を拡大した。旅行客を混じりけのない、まったく理解不能な地方言語しか話さない村人たちの家庭に割り当てたのだ。彼らは水田での重労働を手伝い、ひどく臭い米や激辛のサンボルを手づかみで食べ、泥小屋の土を固めた床の上で蚊のうなり声を聞きながら寝た。街ではスラムの住人の元に送り込まれ、臭い共同便所にしゃがみこんで用を足すために列に並び、デング熱に感染して寝込む旅行者もいた。イタリア人の民族学者がこうした試練にすっかり魅了され、大学院生のグループを連れて戻ってきたことがあった。そのうちの一人が錆びた刃で足を切ってしまい、敗血症で命を落とした。その機会を逃さず、リアルランカは伝統的な葬式を企画し、一人三十ドルでチケットを販売した。

それでも顧客の不満は悪化する一方だった。喫煙に対する苦情ももちろん寄せられたが、そんなものは些細な問題だった。オンラインですばやく簡単にメッセージをやりとりできるようになった今、不正に対する疑いを抑え込むのは不可能だった。いくらリアルランカが警戒を怠らず、提供している各種のプログラムから弱点を取り除こうとしても、噂は勢いを増していった。メールはどんどん拡散した。年じゅう朝から晩まであんな環境で暮らしているなんて信じられない。これはすべて見世物だ。大学院生の死も葬式もでっちあげで、俳優を雇って僧侶の演技をさせていたに違いない。リアルランカが提供している体験以上のもの、甘やかされるわけでも危険にさらされるわけでもなく、エキゾチックであると同時に説得力がある体験を利用者は求めていた。あいまいな定義だったが、こうした体験の欠如を旅行者は痛切に感じていた。不正に関するチャットが乱れ飛び、予約はだんだん減っていった。

ニマールはIT分野のキャリアを追求するのはやめにしたと書いてきた。書きかけて放置していた論文にふたたびとりかかることもできたかもしれないが、アカデミズムの世界に戻るなんて想像もできなかった。幸運にも、彼のふところに少額の遺産が転がり込んできた。彼は生まれ育った南部に戻り、兄と共同事業を始めた。二人は観光客でにぎわうビーチの近くにインターネットカフェを開いた。今のニマールが求めているのは、マリファナを吸うことと、彼を外の世界に連れ出してくれる外国人と結婚することだけだった。ロシア人は薄情だったが、ドイツ人にはゆとりがあった。年配の人たちもテクノロジーを使いこなしていた。ニマールはボン出身の退職した校長に大きな期待を寄せていたが、彼女の飼い猫が行方不明になったというメールが届き、ニマールの作戦は途中で打ち切りになった。

ラヴィの元には、母親から毎週欠かさず航空書簡が届いた。青い薄紙はいつも心配と助言で埋め尽くされていた。しかし一度だけ、カーメルが重大な知らせを寄こしたことがあった。フリーダが彼女を訪ねてきたというのだ。フリーダはデニム生地のスカートをはき、婚約者――「とても感じのいい白人青年」――と一緒にやってきた。フリーダがイギリスへ帰国することになり、最後の機会として二人で島を回っていたのだった。白人青年はウェファースビスケットをふたつ食べたが、フリーダはお茶すら口をつけなかった。二人が訪ねてきたとき、ジンジャービールを切らしており、カーメルはもてなしの失敗をずっと気に病んでいた。おまけに、彼女は室内履きのまま戸口に迎えに出てしまった。客はベルベットのような白い蘭の花を抱えていた。白人の青年はプリヤの赤ん坊の写真を褒めた。フリーダはラヴィが元気にしていることを願っていると言い、彼によろしく伝えてほしいと頼んだ。カーメルがそのカップルに不満を抱いていることは、お茶に口をつけなかったという細部に加え、「あの二人は登記所で結婚する予定らしい」という言葉にも表れていた。

いつものように、ラヴィは母親からの手紙に返事を書いた。大事なことをはぐらかすため近況だけを書き連ねた手紙だった。「元気にしています。肌寒いけれど天気はいいです。僕の難民申請に関する通知はまだありません。僕の部屋はとても快適です。昨日、ハーバーに行きました」ラヴィは学校の作文──私の休日、私の家族──を通じてこの文体を完成していた。教師は多くの情報を得ることができたが、大事なことについては何ひとつ知ることがなかった。父親が死んだとき、ラヴィは次のように書いた。「いとこたちがゴールから来なかったので、僕のクリスマスは静かでした。チキンをふた切れ食べました。彼らは贈り物のハンカチが入った箱を次の機会までとっておいてくれるでしょう」

メールを下のほうまでスクロールして、ラヴィはプリヤのメールにもう一通のメールが続いていることに気づいた。上のメッセージとほぼ同じ内容だったが、そこには赤ん坊の鼻が少し低いので、毎日鼻筋をつまんでいるという情報が含まれていた。プリヤは赤ん坊なんて気の利かない話題だと思い直し、メールをコピーして赤ん坊に関する記述を削除したのに違いなかった。しかし、そのあとで元のメールを削除し忘れてしまったのだ。このミスはプリヤの性格をくっきり浮かび上がらせていた。いつもやり損ねる用心深さ。

ヴァルニカは次のようなメールを送ってきた。「兄さんがマンゴーの木から落ちて、手首を骨折したのを憶えている？　あれはプリヤが誰かの自転車から落ちてあごをぱっくり切ったすぐあとの出来事だった。次はきっと私の番だ、何が起きるのだろうと思って、私とても怖かった。それ以来、心の片隅で、ひどい事故が私を待っているんだってずっと思ってきた。先週、子どものころに学校で階段から落ちて欠けた歯を歯医者さんに直してもらったの。歯医者さんの掲げた鏡を覗き込んで気づいた。九歳のときに起きていた災難を、私はその後もずっと待っていたのだと」

くる夜もくる夜も、ヒランは叫んだ。「パパ！　パパ！　パパ！」ラヴィがいちばん新しい夢から目覚めたとき、激しい雨が彼の寝泊まりしている離れの屋根を叩いていた。ベッドの下に隠したもののことを考えただけで耐えられなくなった。ラヴィはそれを引っ張り出し、ビニール袋にしまうと新聞紙で包んだ。納屋まで走ればすぐだったし、びしょ濡れになるだけの価値はあった。

雨が降っていたのでフェアプレイはラヴィの枕を選び、真夜中の出撃を控えていた。生の鶏のすね肉と林檎と草を主食にしているので、彼女の息は掘り起こしたばかりの土と同じ、強く、甘い匂いがした。ラヴィが横に潜り込んできたとき、彼女の目は開かれていたが、身動きひとつしなかった。人間はやかましい種族で騒々しい音をたてずにはいられない——お座り！　と叫んでみたり、だめ！　と叫んでみたり、こんなふうに死者を悼んで嘆き悲しんだり。どれも彼女の知ったことではなかった。

ラヴィ、二〇〇一年

バンクシアガーデンという高齢者介護施設で働き始めたラヴィは、衛生帽に髪の毛を押し込み、鍋をこすって汚れを落とし、食器を片づけ、食洗器の中に使用済みの器を並べ、トレイの色に合わせて配膳した。赤は糖尿病患者、青は裏ごしした食事、灰色はその他の人たちという具合に。厨房補助の仕事は、余計な考え事をせずに済む、ほどよい集中力を要した。すべてをお膳立てしてくれたのは、道を挟んでヘイゼルの向かいに住んでいる老カツォウリス夫人だった。道で年上の子どもたちと遊んでいた彼女のひ孫が、転んで膝をすりむき、大声で泣き出したことがあった。カツォウリス夫人が門のところまで出て来るのと、通りがかったラヴィがかがみ込んでその子を立たせてやったのは同時だった。その子は「あの人、大嫌い（ヘイト）」と叫んだ。黒い肌に対する恐怖をよく知っているカツォウリス夫人には、少女が「大嫌い」と言ったのは、怖いという感情をどう表現すればいいのかまだ知らなかったからだということがわかった。夫人はラヴィをいちばん立派な椅子――ヘイゼルの椅子ではない――に座らせ、蜂蜜が染み出しているケーキを彼の前に置いた。彼女が知っている二百九の英単語の多くは、リューマチ性関節炎に関係していた。それでも夕方、バンクシアガーデンのマネージャーをしている孫娘が子どもたちを迎えに来ると、カツォウリス夫人はどうにかラヴィが仕事を探していることを伝えた。

　ラヴィの仕事のひとつは、食堂のホワイトボードにその日のメニューを書き込むことだった。料理はとても高価に感じられた。いつも食事はふたつの料理から選べるようになっていた。たとえば、ランチはソーセージ&マッシュポテトかシェパードパイ、ディナーはチキン・ヴォルオヴァンかウェルシュレアビットというふうに。軽い食事を好む利用者は、サンドウィッチやスープやサラダ、あるいはデザートを選ぶこともできた。金曜日には魚料理、日曜日には肉料理が出された。

ラヴィは、晴れた日にはレンガを敷き詰めた中庭でお茶休憩するのが好きだった。そこに、豊かな胸をした正看護師のマンディが加わった。「うわっ、この匂い！　ひき肉と消毒薬ね。ここに来るといつもうんざりする」彼女はカップ越しにラヴィを観察した。「あなたのような民族の人たちにはきっと耐えがたいでしょ。どうやって我慢してるの？」

ラヴィは用心深く微笑んだ。

「というか、私が言いたかったのはここのほうがましだってこと。でしょ？」そう言って彼女は笑った。それがラヴィを不安にさせた。「ほらあそこ、見える？　ほうきが突っ込んであるコンテナみたいなやつ。私が初めてここに来た日、あの容器に貼ってあるラベルを読んで思った。『塗料には向かない名前ね、うちの壁をグレイビー色に塗るのはごめんだわ』それが空っぽのペンキ缶じゃなくて、まさにグレイビーそのものだってピンと来るのに丸々二分もかかった。ここではグレイビーソースは二十リットル缶に入って届くのね。それをミートローフにかけて出すなんて、気持ち悪くない？」

ラヴィはシューフラワーと呼んでいた花が、オーストラリアではハイビスカスと呼ばれていることを彼女から教わった。胸が水色の小鳥たちが、木に咲いている花を念入りに調べていた。中庭は静まりかえっていた。老いた女たちと、施設で唯一の男性利用者であるジョージが日光浴にやってきた。手の先の歩行器まで冷え切っていた身体がゆっくり温まっていった。ラヴィはこの不可解な気候についてじっくり考えた。冷たい空気は西から洪水のように吹き寄せてくる。しかし最初の冬は、施設の中庭の日当たりとは関係なく、その後に経験したどの冬よりも暖かく感じられた。熱帯育ちの人間は、暖かさの記憶が身体に刻み込まれている。安物のナイロンジャケットを着ていても、その温もりはしばらく持続する。なぜなら、彼らは冬の存在を信じることができないから。しかし、想像力の拡張は避けがたく、やがて寒さは受け入れられる。彼らはフリースやダウンジャケットやマフラーを発見するが、見つけたところで役に立たなかった。

余裕ができると、ラヴィはすぐに電話線を引いた。そして、ラップトップパソコンとモデムを家電量販店のビングリーで購入した。三か月間は無利子だったが、まだ返済は終わっていなかった。

ラヴィはニマールと一緒にデザインしたウェブサイトをすぐに開いてみた。教員のリストを除けば、サイトはほとんど変更されていなかった。彼はそのサイトが及ぼす効果に対して心の準備ができていなかった。骨に伝わるコンクリートの床の感覚、蚊に刺された時の独特の痒み、腹立たしい停電。さらに危険だったのは、マリーニの記憶が呼び覚まされたことだった。彼女の腕と、キーボードの上を素早く動く短い指が見えた。生命感あふれる、編まれた髪も。

ラヴィたちが構築したサイトと他のサイトを比較すると、雲泥の差があった。変化は計り知れなかった。画面は明るく、速度もはるかに速くなっていたし、いたるところに画像が貼り付けられていた。グーグルの時代が到来していた。ラヴィはブログを発見し、RSSフィードを発見した。あらゆるものがオンラインで販売されているようだった。リンクは見栄えの悪い下線ではなく、フォントの色を変えることによって示されるようになっていた。ウェブは実用本位から進化して美しさを備えるようになり、現実世界に劣らず、複雑で多様だった。ラヴィの心に浮かんでいたのはサーキュラーキーの臨海部だった。船に積み込まれる貨物、ぶらぶらしている人びと、商業、大道芸人などが万華鏡のごとく混然一体となり、目くるめく変化と流れが生まれている。ウェブの世界も同じで、見知らぬ者が集い、つながる都市だった。多様なニーズを持つ人びとが世界のいたるところから引き寄せられてくる場所。ウェブは可能性と魔法とそこに潜んでいる危険性で人をわくわくさせる。マウスをカチカチとクリックしているラヴィは時を計っているかのようだったが、それは錯覚だった。オンライン上で過ごした時間は、CTRL-A + Delete キーを押せば速やかに、そして効率的に消去されるのだから。ウェブ上にはチカチカ点滅し、利用者を惑わすものがたくさんあった。

ヘイゼル・コスティガンが年を取ったと初めて感じたのは、その冬だった。限界を感じたり、新たな痛みに見舞われたりといった具体的な問題が生じたわけではなく、認識の問題だった。夢の中の彼女はいつも長く黄色い髪の花嫁だった。しかし、電話番号簿を開いてみると、取り消し線の引かれた名前がまたひとつ増えていた。夜明け近くに目覚め、お茶を淹れるときには、ラヴィのいる離れの明かりを目で探し求めるようになっていた。不幸な国と同じで、その離れは誰もが逃げ出したくなる場所だった。板で仕切られた空間は、冬にはすき間風が吹き込み、夏は地獄のような暑さだった。シャワーもトイレも外にあった。ラヴィも仕事が見つかったら出ていくだろうとヘイゼルは予想していた。彼女はサンルームの窓際に立ってお茶をすすりながら、過去の間借り人を順に思い出していった。電話番号簿と貸間の離れ。消えていった名前へのこだわりが病的な執着になりつつあった。ある晩、夕食のあとでラヴィが彼らしい気おくれした様子で、戸口に立ったままヘイゼルを待っていた。ヘイゼルは、ほら来た、と思った。フェアプレイが二人のあいだに割り込み、ラヴィに身のほどを思い知らせるため、彼の足の上に立って背中を弓なりに持ち上げた。ラヴィは話を中断してフェアプレイを抱き上げると、その耳を引っ張ってさらに苦痛を与えた。彼はもっと家賃を払うと言い張った。「あなたの厚意に卑しくつけ込むのはよくないと思うんです」卑しくつけ込むというのはカーメルがよく使う言い回しのひとつだった。ラヴィはこの表現の使い道が見つかってうれしかった。ヘイゼルは笑いそうになったが、ラヴィが真剣であることに気づいた。二人は話し合って金額を決めた。ラヴィは二週間おきに現金で支払った。ヘイゼルは、受け取った家賃を亡命申請者の支援団体に寄付した。

ウェブ上では、アクセスが有料になっていたものの、ジェニカムがいまだに公開されていた。しかし、ケンブリッジ大学のコーヒーポットのサイトは停止されていた。最後に掲載された空のポットのグレースケールの画像はあまりにみすぼらしく、無防備に見えたのでラヴィはすぐに別のサイトへ移動した。しかし、数日後、彼はそのサイトに戻り、ブックマークした。

大きな封筒が郵便で届いた。中にはイギリスの切手が貼られたもうひとつの封筒が収まっていた。アンジー・シーガル気付けで宛名はラヴィになっていた。見覚えのある、フリーダ・ホブソンの字だった。ふたつめの封筒には、銀の包装紙に包まれた柔らかくて湿った長方形の物体が入っていた。中身が何か、開けてみなくてもわかった。川のそばで、湖のそばで思い出して……。フリーダは結婚式の日にラヴィのことを思い出し、ケーキをひと切れ送ってきたのだった。

ラヴィ、二〇〇一年

たった一人でオーストラリアにいる彼のことを思うと、デイモの心は蝕まれてしまう。デイモはラヴィが少し観光でもしたいのではないかと思った。

日曜日の朝早く、二人はデイモの車で出発した。ラヴィはオーストラリアをガラス越しに細かく観察した。セール中の家具販売店のショウルームの外で、ピンクパンサーが手を振っているのが見えた。ブランケットを掛けた馬やビスケットのような絶壁も見えた。にわか雨に降られたある朝、デイモは告知した。「今日は、ハーバーブリッジを渡るぞ」彼らはSFに出てくるような高速道路の景色やガラス張りの高層ビルなどを通って、そのランドマークに近づいていった。未来を想像させるような風景だなとデイモが言った。それから「どうして未来の風景はメルボルンに似ているんだろう」とつけ加えた。彼は、ハーバーブリッジを「洋服のハンガー」と呼んだ。ラヴィはなるほどと思った。人は夢をハーバーブリッジに掛けられると思ったからだった。デイモの声は蔑むようでいて誇らしげな調子に変わった。それはずるいオーストラリア人の声だった。ヘイゼルが「オーストラリアの偉大なる発明品よ」と言うときの声だった。ラヴィは「御用は何(キャンナイ)でしょう?(ヘルプユー)」というのは「早く消え失せなさい(ゴーアウェイ)」という意味だということを思い出した。それに、同志(メイト)という言葉に脅しが含まれていることも思い出した。

デイモとラヴィが靴下と靴を脱ぎ捨てたパームビーチの砂は、湿っていてピンク色だった。にわか雨が降り出したのでレストランに入り、デイモは紅茶を注文した。昼食には早すぎる時間だったので、客といえばべランダの端のテーブルに座っていた女の子たちのグループだけだった。雨が斜めに振り込んできたので彼女たちは立ち上がった。「濡れてしまうわ！」と互いに声を掛けあって、こんなことってあるんだ、と言わんばかりに驚いていた。彼女らの手足や髪は健康そのもので金色に光り、おまけにこんな天気だというのにひらひらした小さな洋服を着ていた。彼女らがハンドバッグを握りしめているあいだ、二人のウェイターがカップを回収に来て、それらを別のテーブルにセットし直した。そうこうしているうちに雨は止んでしまった。デイモとラヴィはピットウォータを目指してさらに進んでいった。太陽が顔を出してはまた消え、また顔を出した。やがて彼らは緑の島と島のあいだを往き来するフェリーに乗った。週末を過ごして街に戻る人びとが、楽器や枕をかかえたり赤ん坊を抱いていた。一人の男が明るい青緑色のコンゴウインコを鳥かごに入れて持っていた。レストランにいた女の子たちのグループが白い埠頭に現れた。彼女らの輝くばかりの髪は光を通さない雲のように濃密だった。一人の少女がグループを離れると風が彼女のスカートを煽った。彼女は素早くスカートを膝のあいだにはさんで、スカートが舞い上がるのを止めようとした。

車の中は暖かかった。ラヴィとデイモはそれぞれが自分の話をしたり相手の意見を聞いたりした。そんなときは普通、音楽をかけていた。デイモは次の外出をいつにするか計画を練った。彼がいちばん好んだのはブッシュウォーキングだった——自生の森はデイモにとって神聖な場所だった。彼が属する大陸は、崇拝するものを必要とする人間ならば当然のこととして、自然に目を向けてしまうような場所だった。自然は人間が作り出すものすべてを凌駕しているからだった。宗教的な崇拝は、巡礼者、宗教的分立、預言者、教義、それに神聖なものを汚すことに人生を捧げる冒涜者などを生み出した。公平な精神を大切にしなければならないと思い、デイモはラヴィにホークスベリー地区やサウスコースト、それにかつて金が採掘されていたが、今では廃れてしまった場所などに案内した。しかし彼らはいつも国立公園に、つまり標識が立つタン皮が敷き詰められた小道に戻っていった。ブッシュはそのあたりに迫っていた。デイモはアカシアの木やイワムシクイ、それに季節ごとの花々について説明をしたが、それはラヴィに知識を与えるためではなく、こうした植物に新たに感動していたからだった。クァンドン、ユーカリノキ、ハウエア。これらの名前を聞くだけでも詩を感じた。しかし森の中は寒くて陰鬱だった。ビーチは岬と岬とのあいだに横たわっていてココヤシの葉が見えないので、ラヴィが思っていた浜辺の概念と一致しなかった。それでも森の中では、惑星の規模を実感することができた。

ラヴィは昼食が楽しみだったのでブッシュウォークをやり遂げた。コスティガン一家の人たちと同じように、デイモは食事を燃料だと考えていた。彼はラヴィを連れて認可されたピクニック場に向かった。そしてリュックのファスナーを開き分厚い白い食パン、固ゆで卵、板状の黄色いチーズ、それにバナナとチョコレートをとり出した。公共のバーベキュー設備のあるところでは、厚切肉やTボーン肉、ソーセージやケチャップの入れ物を出した。食事のあいだ、話はしばしばスリランカのことになった。デイモは個人的な話は避け、クリケットの選手や紅茶について質問をした。政治に触れるのは、王様の野望の証人となっている廃墟の話になったときだけだった。ありがたいことにラヴィは、自分が経験したガイド付きのツアーのことを思い出し、デイモに多くことを話した。寺院の建築物だとか豹の習性についての話だったが、その多くはあやふやなものに過ぎなかった。

ある日、彼らが湖のそばでベーコンサンドを食べていたとき、一台の車が停まった。一人の女性がピクニック用のテーブルの上にプラスチックの入れ物を並べ、子どもたちは監禁から解放されてよろこびの叫び声をあげていた。男はパン切りナイフを使って、焼いた肉の脂身をこそげ落とした。

ディモは新参者たちがスリランカ人ではないかと思い、「君、わかるかい？」とラヴィに聞いた。

母親が息子に、そんなにポテトチップスを食べたらお昼ご飯が食べられなくなるでしょう、とシンハラ語で注意していた。「インド人」とラヴィは言った。鮮やかなピンク色のサリーのひだがベルト付きのカーディガンに包まれていたが、この光景はシドニーで見たもっとも悲しいものとして彼の心に焼き付いた。そばで走りまわっていた息子はヒランと同じくらいの子どもだった。

日曜日の外出は不定期に行われた。ディモは学校行事のキャンプ、友人の結婚式、あるいはなかなか去ってくれないインフルエンザなどで忙しかったのかもしれない。ときには週末が雨続きのこともあった。それに一人の男がいた。彼はとても若くて恋愛の話ばかりしている嫉妬深そうな男で、ディモは彼を観光に誘って、ラヴィに会わせようとした。しかしその男はいろいろと陰謀を画策することのほうを好んで、その誘いを断わった。日曜の外出がなくなり、ラヴィは寂しかったり、寂しくなかったり。ラペルーズの黄色い岩の上でむさぼったフィシュアンドチップスは思い出すと唾が出た。しかし彼が本当に望んだのは、太平洋を見下ろす墓地にもう一度行くことだった。彼は決してそのことをディモに頼んだりはしなかった。観光の行き先は自分で選べるものではないと思っていたからだった。最初のドライブのとき、ラヴィはガソリン代を払うと不器用に、しかも過剰な金額を申し出たのだが、ディモは手で払って断った。ディモは「いつかカレーを作ってくれればそれでいいよ」と言ってラヴィを驚かせた。カレーを作るなんて、何から始めればいいのか彼にはまったくわからなかった。彼の頭の中でその約束は、ユーカリノキと同じくらいに危険なものだとぼんやり考えていた。ユーカリノキは枝を落として不注意な人を押しつぶすことがあると聞いていたのだ。海岸沿いに生い茂るブッシュの中を延々と進む散歩に付き合って、ラヴィはフィシュアンドチップスのお返しをした。道の両側のブッシュは、ラヴィの頭の上くらいまで伸びていた。したがって彼には何も見えなかった。季節はずれに出てきているキノコについて、デイモは感動したように話した。一九三〇年代のその地域は、街から流れついてきた失業者たちの一時しのぎのスラム街だった。指揮官や法律によって念入りに形成された居住地は跡形もなくなっていた。こうしたことすべての中で、ラヴィは「大恐慌」という言葉を忘れないだろう。

二人がカトゥーンバの、鉛色をした山の上のカフェに入って過ごした午後のことだった。彼らはスコーンに紫色のジャムをつけて食べた。それから車に戻る途中、デイモは二十世紀半ばの工芸品を売っている店の中を覗き込んで、赤い陶器の馬に目を止めた。ラヴィは待っているあいだ、ガラクタが載せてあるトレイの上のあれやこれやをひっくり返してみた。ひとつの箱の中に大勢の中国人たちのスナップ写真が入っていた。中国人のカップルが低木や池のそばでポーズを取っている写真、しかもかならず摩天楼を背景にしている写真が何枚も入っていた。女性たちはビーハイブ型に髪を結い、身体にピッタリのテカテカ光る洋服を着ていた。ラヴィは埠頭で見かけた、ひらひら風になびく洋服を思い出した。写真は少し色あせていたけれど、誰もが若くて幸福そうに写っていた。デイモが馬を持たずに店から出てきた。ラヴィは家に帰る途中、あの写真の中の男女がラヴィにずっと問いかけてきているような気がした。なぜ自分たちのあの写真がはるばる海を渡って、最後には箱の中に押し込まれてしまうようなことを、自分たちを愛してくれた人たちがしたのだろうか、と。

ある日、新聞販売店を通り過ぎながら、ラヴィは新聞の「タンパ」という見出しが気になった。

仕事場ではみんながそのことについて話していた。アフガニスタンの難民たち、それにノルウェーの船がかかわっていた。政府は強硬な態度をとっていた。中庭でマンディが言った。「私は人種差別主義者じゃあないけど、移民審査の列の割り込みには反対だわ。みんな公平でなくちゃあ」彼女は制服を胸の下から引っ張って整えた。そして優しい口調で説明した。「それがオーストラリアのやり方でしょう？」

マンディが建物の中に入っていったとき、ラヴィはエチオピア人の看護助手と目が合った。アベベ・イサヤスは夜間に働くのを好んでいた。二人のシフトはあまり合わなかった。しかしそんな二人のあいだには共感があった。眼鏡をかけて小ざっぱりしていたアベベには、以前の人生でそうだったように会計士の雰囲気があった。いつの日か、アベベはふたたび会計士の顔が似合うようになるだろう。アベベはオーストラリアで会計士の資格を取るためにパートタイムで勉強をしていたのだ。「政治家たちが「われわれは感傷的になってはならない」と言うときには何かよからぬことが起こるものだ」と彼は言った。彼の話し方は慎重でややアメリカのアクセントがあった。ずいぶん昔のことだが、彼はセントポールで高校生活を送ったことがあったのだ。

新しい居住者ベリル・ドゥーンは歩行器を押して中庭に入ってきた。二人の男たちを見て彼女は「私の視界から消えな！　あんたたち黒んぼ！」と叫んだ。激高しやすく怒りに任せて人を打ってしまう小柄なグローリー・ウォーレンとは違って、ベリルは認知症というわけではなく、単に気が触れていただけだった。彼女はドアの入り口に立ってどなった。「黒い手で触らないでって言ってるのよ！」

「しー、静かにして」とマンディは網戸越しに言葉をかけた。彼女にはお気に入りが何人かいて、相手がお気に入りであれば、何を言っても意に介することはなかった。

ベリルは立ち上がって震えていた。彼女の顔色は着ていたブラウスのように薄紫色だった。薄紫色のように淡い低音で彼女は繰り返し言った。「黒んぼ野郎、黒んぼ野郎」この言葉は、あたりに落ち葉をまき散らしている木々にも等しく向けられた。彼女は落ち葉の上を、動かせる範囲で歩行器を前後に動かした。

イベントを担当していたサンドラは、ベリルの役に立つようにすぐそばに現れた。「ねぇ、歌の集い（シングアロングズ）が始まるわよ。みんなあなたを待っているのよ」ベリルがためらいがちに歩行器をあちこち動かしているとサンドラが肩越しにこう言い放った。「そこのお二人さん、悪いいいわね！」

しばらくしてベリルが「古びた小屋に曲がりくねった道を戻っていく」という歌詞を声を震わせながら歌うのが聞こえた。彼女の声は低くてなめらかで深みがあり本物だった。食堂とピアノ室は隣り合っていた。表面がメラミンのテーブルの上に午後のお茶の準備をしていたラヴィの目はうるんでいた。老人たちが歌うとかならず彼の心に響くのだった。アベベがグローリーの手を引いて入ってきた。グローリーは一緒に歌いたくないと言い、椅子に座ってナプキンを畳んだ。そのナプキンは彼女が昔持っていた、たったひとつの人形に似ていたのだ。隣の部屋では「ワルチング・マチルダ」が演奏されていた。「クーラバの木の下で」とラヴィが演奏に合わせて歌った。マンディが手押し車を押して通り抜けようとする途中に、「どうしてその歌を知っているの？」と噛みついてきた。

「学校で習ったんだ」

「でもそれってオーストラリアの歌でしょう？」とマンディが異議を唱えた。やがて彼女の手押し車は、入り口のところで立ち往生している老婦人に出くわした。「そのまま進むのよ！　とにかく止まっちゃあだめ！」

その日の夜、ラヴィがバスを待っていると電話が鳴った。アンジー・シーガルだった。「タンパ号事件で、労働党がハワードを支持しているってことを読んだと思うけど。ひどい奴らよ」そして言った。「ちょっと待って」

彼女の背後で携帯電話の鳴る音が聞こえた。ラヴィは彼女が机についている姿を思い描き、彼女の引き締まった小さな顔の皮膚のすぐ下に骨を見た。

アンジーは携帯での会話を終えるとこう言った。「私は一日中、こうして顧客の電話をさばいているのよ。これは彼らにとっては悪いニュースだと誰もが恐れているわ」彼女はラヴィに、パニックに陥ることはないと言った。「政治家たちは正体を表して、まるでならず者みたいにふるまっている。選挙運動なんだから、あなたには何の影響もないわよ」パニックに陥らないようにと、繰り返し彼に忠告した。その忠告を聞く必要があるのは彼女のほうだったのは明らかだった。

ラヴィのいつものシフトは早番で三時に終了だったが、その日は九時に仕事を始めていた。彼を家に送り届けてくれるバスは、エンジンを吹かしながらあちらこちらで止まりつつ、さらに犠牲者を呑み込んでゆっくりと車のあいだを進んでいった。いくつかの歌がラヴィの耳について離れなかった。彼が子どもだったころ、日曜日の夜になるときまって近所の人たちがメンディス家に集まってきた。ラヴィの父親がギターを弾き、みんなが歌ったのだ。その夜は歌とともに更けていった。バンクシアガーデンでも、「僕は気ままに」や、「ゴールウェイ湾」など憧れや飛行の歌が好まれた。音楽は実に簡単に世界旅行に連れて行ってくれる。マリーニはヒランにビートルズの歌を、そしてシーカーズの「涙のカーニバル」を歌った。愛の歓びは、逃げている、はるかに越えて、遠く広く、とマリーニが歌っているのを聞いて、ラヴィはマリーニが歌詞を間違えていると注意した。ところが彼が歌ってみても、それらしく当てはまる言葉は見つからなかった。マリーニがいら立つのはもっともだった。三時間も続いたラッシュアワーのバスの中に居心地よくおさまって、彼は数を数え始めていたかもしれなかったが、むしろ声を出さずにハミングをした。

ローラ、二〇〇一年

ローラは気味の悪いくらいに静まりかえった通りを歩いて仕事場に向かっていた。エンジンを吹かしたり、信号が青になったとたん急発進する車はなかった。ラテを買おうと思って入ったテイクアウトの店では新聞がうず高く積まれていて、そのいちばん上の新聞にはすでに偶像化されている写真が載っていた。彼女は注文を変えて、ダブルのエスプレッソを注文した。前夜、寝ようとしたときに電話が鳴った。ダニが「テレビをつけてみなよ」と言った。ローラはその日の夜のほとんどの時間をテレビの前で過ごすことになった。

道路の向こうに機体の大きな飛行機が低空飛行で降りてきた。エンジン音は不自然なほどの静けさの中でさらに大きく聞こえた。それは永久に変更されてしまった日常の光景だった。人びとは上空を見上げ、目を逸らせた。それからハンドルやカップなどを握っている手をさらにきつく握った。

少年は道路の反対側にいた。ローラより少しばかり前を歩いていた。その年齢の少年が一人で学校に歩いていくのを見かけるのは最近では珍しいことだった。子どもたちは、おしゃれに着飾った母親にワンボックスカーに押し込まれるか、自由奔放な父親にあこがれて、そのあとに群れをなして自転車に乗って移動したりするのが普通だったからだ。しかしながらローラがその子どもに気づいたのは、彼のたたずまいが何かを警戒しているからだった。彼は学校に行きたくなかったのではないだろうか。ローラが家にいたいと思ったあの朝が蘇った。そのときの彼女は胃と喉の痛みを感じた。そして涙があふれ出た。ヘスターはやさしく、しかし無情に林檎とサンドイッチのランチを準備して、とてもおだやかな口調でその理由を尋ね、次のように結論を下した。「もしも何も理由がないのだったら……」

どうして六歳の少女ローラが、巨大で冷酷な罠への不安を表現する言葉を見つけられるというのだろうか？　そう考えると、学校とはなんと恐しいところか。毎年時間割が組まれ、他人にくどくどと小言を言い、成長する少女を締めつける。子どもたちが泣いてそこから逃げだそうとするのはいかにも理に適っている。

十字路で、ローラは右側をちらりと見た。赤いリュックを背負った少年が通っていった道だった。しかし彼は姿を消していた。どこかの脇道にそれて学校に向かったのだろう。

ローラ、二〇〇一年

ダニはクリスマスに飲み会を開催し、数人を招待していた。スパークリングワインにディップをつまみながら、連邦政府の選挙によって負わされた傷をまだ検証していた。「そうなの、信じられる？　彼らに三回目の任期を与えたのは一体誰なんだろうね？」ローラはバルコニーに逃げた。髪の毛をまだらに染め、シドニーっ子にお決まりの身体にぴったりしたデニムを着て、ホルタートップに四インチのヒールのある靴を履いた女性が「こんにちは！　アリスよ」と言った。

彼女たちは互いに近い距離で立たなければならなかった——バルコニーはそんなに広くはなかったのだ。支柱で固定されている緑色の丸いトマトが、暮れゆく陽光を受けて光っていた。筋の入った銀色に光るサトウダイコンがもうひとつの桶の中に入っていた。それはズッキーニだったかもしれないが、自然にできていた緑色の花綱がプランターから亜鉛メッキをほどこした鉄板の手すりの上を覆いかぶさるように伸びていた。

「私、野菜を育ててみたいのよ」とアリス・マートンが告白した。「全部ウールワース（ウーリーズ）で買えば、済んじゃうけどね」それから彼女は完璧ですばらしい形の鼻に皺を寄せた。「何なの、あの臭いは？」

それは最近ローラが肥料として使っていた鶏糞から、ずっと発散されていたいちばん鼻につく臭いだった。はっとして、アリスは大声を出した。「これ全部あなたがやったの？　ダニだと思っていたわ」

アリスの恋人が様子を見るためにバルコニーのほうに人を押しのけて出てきた。彼はダニの編集者だった。身体が大きくしゃれた男だった。アリス・マートンを見失うのを恐れて、すぐに彼女の手首を掴んだ。しかしその女の注意はローラに向けられていた。「あなたはずっとここで暮らすつもり?」

マクマホンズポイントにある家は、さびて緑色に変色したシャッターが下りていた。窓に置いてある植木箱からルリマツリが垂れ下がり、筋の入った黄土色の壁を背景に青い花がよりあざやかに映えていた。小さな庭の半分くらいのスペースは、レモンの木と生い茂った夏野菜で占められていた。通りの向こう側には葡萄棚が見えたが、その上にはオレンジ色のぬいぐるみの犬が置かれていた。

ドアを開けた男はローラが知っていた顔だったが、そう思わせたのは今現われた顔ではなく、その顔の完璧さが骨格だけではなかったときの顔だった。タイムトンネルを抜けると、彼女は制服を着て立っていた。そしてカルロ・フェリが描かれている肖像画の前でうつむいていた。ガルノー女史はその画廊は十年も前にその肖像画を手に入れていたと説明した。それは、ヒューゴ・ドラモンドが描いたその絵がアーチボルド賞――もちろんあの論争となった――を受賞したときのことだった。

故ドラモンドの愛人は、今では第三の足の杖を使っていた。その杖の先端はクロム金属でメッキがほどこされた鉤爪の形をしていた。

カルロは、アリス・マートンよれば、人工股関節置換術を拒否したのだった。しかもドラモンドがかつて住み、そして亡くなった家を、出ていく気はないとのことだった。アリスが言うには、自分が引っ越してこようと思っていたのだった。彼女の両親が道路の先のほうに住んでいたし、カルロを生まれてこの方ずっと知っていたから。ところが――

ところがカルロは茶色の手をローラの手のなかに滑り込ませた。

階段の下のところでカルロは杖を持ち上げた。「上だ、上」

二階と三階のあいだの階段は梯子とほぼ同じだった。彼女は階段のいちばん上でドアを開けて屋根に上がっていった。

ハーバーブリッジに船舶、過剰な光、踊ったり跳ねたりする怪しげで魅惑的なショーが繰り広げられていた。ローラはその風景にほとんど反応しなかった。セイヨウキョウチクトウ、ザクロ、クチナシなど、テラコッタのポットに植えられていたすべてに彼女は見入っていた。オリーブ、ローズマリー、バイカウツギ。イタリア南部（マッゾジョルノ）だ！　インドソケイがピンク色の花を逆さまに落としていた。彼女は蛇口と引き込み式のホース、しなやかなブーゲンビリアに注意を払った。補給に関する課題は明らかだった。階段の一方の端には栄養剤、腐葉土、水が必要で、もう一方の端には関節のまわりにつける軟膏が必要ということだ。老人が屋根の上まで上っていくことを考えると、骨と骨がぶつかりあってこすれる音が、もう少しで聞こえてくるようだった。

四つ目格子の葡萄棚と葉っぱに覆われた部屋は施錠されていなかった。流し台の下にあった食器棚には剪定バサミのような実用的なものが入れられていた。もちろん窓からは景色が眺められた。足元に港の光景が展開されるこの部屋で、晩年の苦悩を思わせるようなモノクロームの作品を、ヒューゴ・ドラモンドはカンバスに何層も色を塗り重ね、ブローランプで焼いて描き出した。

彼女は重たい足音を響かせて階下に降りた。古い家屋は骨組みに沿ってミシミシと揺れた。

台所ではカルロ・フェリが一杯のエスプレッソを前に、物問いたげな様子で待っていた。

「オオバゲキツは剪定していいわ」とローラは言った。「適量のシーソルなら全部の植物に与えても大丈夫よ」

彼の目は満ち足りた様子だった。「身体が大きくて、いい女だ。肥肥をかかえて階段を駆け上ったり下りたりするんだ」

二人ともそれぞれにこの光景をじっくりと想像していた。

友人たちは言っていた。「あそこはハーバーの裏側よ！　あそこに住むなんて、とても無理！」

ところが、ローラにはそれができるのだ。

ローラ、二〇〇二年

ローラはうなずいた。

「……マオっていうの？　昔は靴の修理屋があった場所じゃないの？」とロビンは言っていた。

「そうよ、どこだかわかるわ」とクリスタル・ボウルズが言った。「文化大革命のファンキーな装飾があるところね。食べ物はどんな感じ？」

クリスタルはｅゾーンの机から台所に向かうロビン・オーアを見つけ、あとを追ってきたのだ。ロビンはかっこよかった。そしてマネージャーだった。クリスタルの姉ジェイドがロビンと一緒に働いていたことがあった。だからクリスタルがウェブ出版の編集の訓練コースに応募したとき、ロビンは本当に親切にしてくれた。

「一体誰がレストランにヒトラーという名前をつけようって考えつくと思う？　あとスターリンとかね。それでマオがどうしてファンキーってことになるの？」ロビンは意地悪くコーヒー抽出器（プランジャー）に集中した。「なぜってマオは何百万人もの人たちを殺したけど、アジア人だけだった。だからなのよ」

クリスタルは根気強く説明した。「名前っていうのは単なる冗談よ。たとえばジェイドと私が香港へいったときに買ったミッキー・マオのTシャツだとかね」それでロビンがジェイドとの関係を思い出して害になることはないわけだから。「皮肉みたいなものよ」

「本当にくだらないわ、クリスタル。どうしてホロコーストが」――ロビンは疑念を示す引用符を左右の手の二本の指で作って、「皮肉でないって言えるの？　理由はふたつあるわ。a.白人に起きたよからぬことは滑稽ではない。b.オーストラリア人が、先住民（ブラックフェラ）の次に好きではないのが中国人だから」

「でも、マオで働いている中国人もいるわよ。窓越しに見たことがあるわ」クリスタルは、この人アボリジニだわ！　と思った。アボリジニの人たちってエスニシティについてはすごーく敏感だ。クリスタルは「今ではマオはブランド名のようなものじゃない？」と言いながら、自分が同情的になっていると感じた。それから湿ったセレシャルハーモニーのティーバッグをキッチンの流しに、しかもちょうど**悪事を働いてはいけません、汚物はゴミ箱に捨てましょう**と書かれたサインの真下に置くと、彼女は気取った足取りでその場を去った。

カウンターにもたれかかってロビンは言った、「とんでもない週末だったわ。信じないでしょうけど。ファーディと私は、そう、ほとんど破局するところだったのよ」彼女はティースプーンでマグカップの縁を叩いていた。「バンドの件については実現しそうもないわ。どんな経済的な状況でもね。ファーディは、ウーリーズの店の棚に品物を重ねることに人生を費やしても幸せみたいなの。つまりね、私はあの男のことが好きよ、だけどね、よくわからないけど彼には活力というものがないのよ」

ファーディナンド・ハローはバンドでベースを担当していた。そのバンドはインタヴューに応じるのを拒んで漫画が描かれた覆面をつけて演奏した。彼の名前は自分でつけたものだった。ずいぶん昔にカンボジアで違う名前を持っていたのだが、その名前を知っている人たちはみんな亡くなってしまった。

「私はマーケティングが得意だから、彼の履歴書作成だって手伝えたわ」とロビンは言った。それから「あら、やだ！　五分前の会議に出席するはずだったのに」

彼女はクリスタルに腹を立てたりしたのはまずかったかな、と考えながら立ち去った。彼女がくだらない女であったとしてもだ。ロビンが向かっていたグローバルな運営方針についての会議だって同じようなものだ。ロビンは会議の議題を知っていた。九・一一以後、アメリカ人たちは旅行をしていなかった。アメリカのオフィスからの利益は下がっていた。その筋書きがどうなるかを見抜くためには天才である必要はなかった。

しかし道徳的な憤りは、管理職向きではないことをロビンは知っていた。

ローラは街までフェリーに乗り、オフィスまではバスで行った。電車は速くて安く、また時間の節約にもなった。しかしフェリーを選ばない人なんているだろうか?

夜になると、自分が家に帰るのを待ちきれないことに気づくかもしれない。それなら電車に乗って、さっさとブリッジを通過して家に帰り着く。彼女はすぐさま二階に駆け上がった。

ローラがアースキンビルから引っ越したとき、アリス・マートンの学生用住居に彼女が持っていた家具やその他のものを少しばかり寄付した。ロビンはローラと彼女の二、三個のスーツケースを自身のシャレードに乗せて運んだ。マクマホンズポイントのローラの部屋は二階の裏側だった。彼女はそこに洋服を置いた。部屋には浴室に通じるドアがあった。釉薬をほどこした中国製の植木鉢にパラゴムの木が一本生けてあった。修道女向きのようなベッドには刺繍をした白いカバーが掛けられていた。

しかしローラにとっては、屋根の上のドラモンドのアトリエに置いてある寝椅子のほうが好みだった。キッチンの流し台の横には電気湯沸かし器を、それにボウルひとつとマグカップふたつ、ワインを開けるコルクスクリュー、コーヒーを入れるための用具を置いた。フォーク類も。階下で料理をすることもできた。「遠慮しないで、使っていいよ」とカルロ・フェリが言った。しかしローラはテイクアウトのラクサや寿司、あるいはビールで溶いた衣で揚げた魚を屋上で食べるほうを好んだ。天気がよければインドソケイの下にある横板を渡した小さなテーブルで、天気が悪ければアトリエの中の窓際で。

あぁ、シドニーは大きな月が出ていると素敵だわ。

それにクルマエビがあったらね。

涼しい夜に備えてキルトが置いてあった。それからシオの赤い毛布が、絵具が飛び散っている床に置かれていた。

フェリーが通過した。フェリーはまるでケーキのようにライトアップされていた。ブリッジは街を二等分した状態を保ち続けていた。土曜日の夜には、サンドストーンのテラスの上のあちこちで人びとはカオを楽しみ、蚊が飛び交っていた。ルナパークでは、けばけばしい恐怖の叫び声がミナレットを輪縄で絞めていた。

ローラは、オパール色に空が染まる朝方に起き出し、植物にホースで水を撒いて、ブラインドクロスを掛けた。週末になるとしおれた花を摘みとり、枝を剪定したのちに培養土を鉢に継ぎ足し、魚肥を計量して水遣りの缶に入れ、多量のエンドウ藁を持ち上げて、散らばった藁にほうきをかけた。

彼女はいろいろな角度から植物の写真を撮り、それらの画像をストレージに上げて、艶のある葉っぱのついた七つのクチナシの花とともにラップトップをカルロのところに運んだ。

一階は壁が打ち抜かれていた。ここでカルロは料理をし、テレビを見て煙草を吸っていた。彼は茶色と赤のオイルクロスの上に小さなカップを並べてローラを迎えた。アーチ型の通路がキッチンとリビングを分けていた。張り出し窓の下のソファは彼のベッドの役割を果たしていた。その部屋にはなんとレコードと、手動式のアームが付いたプレイヤーが置いてあった。かかっていたのは、にんにくと塗布剤、煙草のキャメルの匂いの入り混じった、コーヒーみたいに濃厚でどろどろした歌だった。裸の黒人の女性が持ち上げているランプがつねに煌々と輝いていた。シャッターがいつも閉まっていたからだった。

建物の裏にある中庭には、堆肥用の箱と実をつけたイチジクの木があった。朝日が当たる場所にはベンチが置かれ、ハーブの花壇があった。この中庭でも、家の正面でよく育っていた野菜のときと同じく、カルロはローラの助けを拒み、多年草のバジルの前でまるでお祈りをするかのように、マットにひざをついていた。一日に一度、彼は自分の二本の足で立ち、最初の踊り場までの階段を上ったり下りたりと、彼にとっては難しい運動に挑んだ。「おいぼれ、まだまだやれる」天気がどうあれ朝になると、理不尽な高低差のある入り江に沿う緑に覆われた小渓谷と道を、老人は這いつくばるように上に下にと歩いた。

「この年で俺すごい、思うね？」ローラが同意すると、「俺、いつもすごかった！　いつもだ」と、とびっきり嬉しそうに語った。

トレイシー・レイシーは友人の幸運をよろこんでいた。もっとも彼女は、個人的にはハーバーの景色はいかにもそれらしいといつも思っていたのだが。彼女のボヘミアン魂は、パドの歴史的遺産のテラス以外には、どこにも居場所がなかった。トレイシーがいつも言っていたように、シンプルであることが重要だ。彼女とゲアリーが根本的に合わなかったのはそういう点で、彼が物事を判断したり理解するときのいつものやり方だった。それでも覆水ベッドに戻らずよ、ダール、彼がブルースを新しいパートナーにしたときも、トレイシーはまったく冷静だった。恨みに思うこともなく——いい離婚弁護士がいたから別れただけよ。それにしてもメルボルンのシーンって仰々しいのよね——人びとはメルボルンをマンハッタンみたいなところだと言い張っているけど。夢を見ていればいいわ！　ここの雰囲気はまったく違うわね、とてもおおらかで、それにシドニーの人たちは革新的なものに本当に心を開いているのよ。「そうそう、私、新しいメディアを担当することになったのよ、ダール？」

ローラはおめでとうと言った。それから、新しいメディアはいつまで新しいのかを何気なく尋ねて、祝意の効果を台無しにしてしまった。「それって、いつ古いメディアになるのかしら？」

正直言って、トレイシーほど忠実でない人間だったら、誰しもローラ・フレイザーのメールを無視しただろう。だけどヒューゴ・ドラモンドの周りには何かざわつくものがあった。ギャラリーでは、トレイシーが彼女の友人が住んでいる場所についてたまたま口にしたら、人は聞き耳を立てた。オーストラリア現代美術館のトーキルは、トレイシーをランチに招待し、彼がカルロ・フェリに送った手紙はすべて無視されてしまったことを彼女に話した。ドラモンドのディーラーも同様に、彼にすげなくされたようだった。それというのも、八〇年代にはいさかいが過剰にあったからだった。そのころは誰もドラモンドの絵を買おうとしていなかったのだが、彼はそれを自分以外のすべての人間のせいにした。トーキルはドラモンドを知っていた。「ぞっとするような年寄りだったよ」それからドラモンドは死んでしまった。そしてカルロは、ドラモンドの死も芸術界に責任があるという印象を持っていたようだった。トーキルは、ドラモンドの生誕百年と合わせて回顧展を開催したかったのだが、カルロ・フェリがドラモンドの後期の作品をどうしてしまったのか、誰にもわからない。カルロはナポリ人で興奮しやすい。トーキルは三杯目のピノグリージョをまじまじと眺めながら、ラテン系の人によくある不可解な理由で逆上した結果、切り込みが入れられ、空っぽの細口瓶が投げつけられ、ピザ窯の焚きつけ用に細かく刻まれた画布を想像した。ずいぶん昔のことだが、ドラモンドがまだ仕事の注文を受けていたころ、彼に肖像画を描かせていた社交界の女主人が、ドラモンドをパートナー同伴でダブルベイのディナーに招待した。カルロは女主人の夫がイタリアのオペラについて言った何かに腹を立てた。彼は出されたカキを拒んでスパゲッティでなきゃだめだとごねた。それが出てくると彼は手づかみで食べた。招待客には、司教や爵位の肩書のありそうなデンマーク人もいた。「ドラモンドは、そのことを何年間も話題にしていたよ」

トレイシーは唇をペパーミントティーで潤して、自分はギャラリーにパートタイムで勤めているとローラに説明した。それはまだデスティニーがたったの三歳だからよ、あなたにはわからないでしょうけど、水泳のコーチからピアノの先生までみんなが、この子は年のわりに成長していると言ってくれるわ。トレイシーが自分の将来について正しい決断を下したと認識したのは、彼女がシドニーに戻ってステューと出会ったちょうどその週のことだった。宿命を信じなければならなかったの、そうでしょう（ネスパ）、ダール？　ステューが仏教徒だってことを話したかしら？　でもあの原理主義的で菜食主義者ではないほうのね。

土曜日の朝だった。二人の女たちは屋根の上に置かれたインドソケイの鉢の下に座っていた。自分はこれなしで、どうやって何年間も過ごせたのかとローラは思った。ロンドンではシドニーというと夏の日曜日をいつも思い出していたのに、今ではロンドンを思うとすべてが冬の午後の出来事のように思われる。パブの昼のシフトのあとに汚れたエプロンを外していた彼女は若かった。床にモップをかけたばかりだったので窓は曇っていた。ビーが蝋燭を持って暗い部屋に入ってきた。炎は横に流れていた。ドアが開くとシオがいて、雨の匂いが漂ってきた。冷気が大理石の柱から伝わってきた。彼女は手編みのマフラーを巻き、白い息を吐きながら広い中庭を急ぎ足で通り過ぎていった。ぼろの塊がミトンを伸ばしてきたので、ローラは冷たいコインをそれに詰め込んだ。彼女は夕陽を見た。

ローラはアーモンドフィンガービスケットを出した。

「糖分や炭水化物は禁物なの、ダール。すぐにサイズエイトまで膨張するから」とトレイシーは機械的に断った。なぜなら、彼女はノースショアの文化的荒地を耐えるくらいなら死んだほうがましだと考えていたからだった。彼女はそういう人だった。つまりつねに知的刺激を求める人間だったのだ。知的刺激は敏感さと身体の細さとともにある。太った人の考えはのろのろと進行するが、それは高いGIの摂取がコレステロールの脳へのコーティングに関係しているからだろう。毒を噛みながら座っているそこのローラ・フレイザーを見ればわかることだ。彼女の目は虚ろだけどすっかり満足げだ。実際彼女はビスケットをもう一枚食べようとしている——びっくりだわ！　それに髪の毛！　トレイシーよりも鈍感な友人だったら、ファブリスの名刺を手渡して彼に連絡するよう勧めていたところだわ——彼はそうするに値する美容師だから。彼がフランス人だということはすぐにわかるはず。それと同じように、トレイシーが人生の旅路でカラーストリークスを入れてもいい年齢に差し掛かっていることを、彼はひと目でわかったのだ。

ローラは目を半開きにしてちらちら光る水面を眺めていた。もしかしたら気候や風景に甘やかされてできあがった偉大なるオーストラリア人の自己満足的な気質を、彼女自身もうっかり身につけてきたのではないかと恐れていた。最近ではどんな酒類販売店にいっても、世界的に認められた品種のワインを手にすることができるのは言うまでもない。しばらくのあいだだったら海外も悪くないのだが、という決まり文句からどうか私を遠ざけてください、と不信心者に特有な熱意で祈った。その日の午後、ローラはビーにハノイかスプリトのどちらかで会う計画を立てるという内容のメールを送ることを誓った。旅のことを考えると、シチリアでの一日のことを思い出した。長くて退屈なバスの旅を続けてたどり着いたところは、雨のそぼ降る陰気な街だった。ジャケットのフードから顔をのぞかせ、イタリア語の仮定法の難しさと眠りについたような日曜の午後の通りに四苦八苦しながら、辛抱強く方角を聞いた。週末にその有名な場所を訪れることができるかどうかの意見は分かれた。道標は山の上に導いてくれた。番犬のいる大邸宅の建ち並ぶ地区に入っていった。ここではさらに多くの道が分岐していて、方向がわからなくなった。ローラがあてにしていた路線バスは、日曜日には走っていなかった。雨は止んだ。九月の気候が自己主張をし始め、暑くなってきた。彼女がついに廃墟にたどり着いたとき、管理人は彼女が差し出す金を手を振って拒んだ。その日は国定記念物日だったため入場は無料だったのだ。その静寂さ、湿ったギリシャの石碑、草が生い茂って荒廃した道などを求めて、わざわざこの地を訪れる者はいなかった。ローラは結局街のほうに戻った。最初に通ったときにはまだランチ営業をしていなかったカフェが、今では店じまいをしていた。また雨が降り始めた。バスに乗るためにローラは走らなければならなかった。彼女はすでに、その日が観光の退屈さや気ままさを救いだす一日であったことはわかっていた。彼女の頭の中にあったのは、ポプラの木立が見える風景と国定記念物とともに、たった一人で過ごした一時間だった。ところが時間がたつにつれ、その日のひとつひとつの出来事が欠くことのできない貴重なものになったように思った。飢え、眉を顰めるようないびつな広場、郊外を抜けて坂道を登っていくときに抱いた不安、ゆったりとした時間を過ごした学生や移民たちを詰め込んで街に戻るバスなどが。

時間だわ！　レンジローバーのキーをどこにしまったのかしら？　デスティニーの自由な身体表現（フリーエクスプレッシヴムーブメント）の授業が十分足らずで始まるわ。それから三十分もすればライカート地区で五歳以下の子どものためのイタリア語のクラスがあるの。「だけどねぇ、私たちが農家を買うところではみんな方言を話すわ。本物の田舎でないところにステューは農家を買ったりしないから。ところがデスティニーの先生からは、彼女にはすごく才能があるからトスカーナ地方のなまりをすぐに身につけてしまいますよ、って言われたのよ」二人で階段を下りながら、トレイシーはずっと目を凝らし、いぶかしげな顔をしていた。展示されていたものにはドラモンドによるデッサンすら見当たらなかったからだ。ホワイトリーの作品が踊り場に、モルヴィグの作品が階段に沿って展示され、カール・プレイトのコラージュも続いて一列に展示されていた。すべてのドアが閉められていたので、トレイシーは結局尋ねざるを得なくなった。

　家の中にはドラモンドの作品はなかったわ、とローラは答えた。ジャコメッティのリトグラフなら階下の洗濯場を通り抜けた先にあるトイレに掛けられていた。しかしカルロがいないときにトレイシーをそこに通す気にはなれなかった。毎週土曜日にはカルロ・フェリのいとこのロザルバが、ハバーフィールドにある彼女の家までカルロを車で連れ出した。翌朝、彼はピアモントにある魚市場で買い物をして、湿った包みといとこが作ったラヴィオリを抱えて戻ってきた。

　引っ越しをしてからほどなく、ローラはこのロザルバと廊下で出会った。ヨーロッパ風の身だしなみで金髪は不自然に固められていた。ピカピカに磨かれぴったりとした靴に押し込まれた足は、おそろしく蒸れるのをものともしなかった。つま先のところの幅が広く、踵の部分はおしゃれなデザインになっていて、なんとなく高価な靴であるように思われた。それにしてもこの靴はパステルカラーの夏のスーツとしっくりこないのではないか！　ローラは論理的に推理をしてみた。貧乏くさい田舎者が、値段が高すぎる靴だけど、黒だったら年中使えると納得して買ってしまった、ということか。この俗物根性の噴出は、傍観者には聞こえないが当事者たちの耳をつんざくような敵意から生まれるもので、二人のあいだでは即座に生じた。

この身体の大きな新参者と向きあって、ロザルバはただこう言っただけだった。「ああそう、あなたがここに来た人ね」彼女の声はハスキーで、イタリア人がしばしば英語を話すときにありがちな、低音に向かって抑揚がつく傾向があった。そのせいなのか彼女が言ったことすべてが皮肉っぽく聞こえた。

ラヴィ、二〇〇二年

ラヴィは、オーストラリア人が捨てる物を忘れることができなかった。ベッドの枠組み、テレビ、テニスボール、マットレス、長椅子、Tシャツ、コンピュータ、おもちゃなど。スリランカだったら、多くの人は道路がショウルームだと思っただろう。電線からスニーカーがゆらゆら揺れていたり、足元では硬貨が光っていたりした。ラヴィはいつもテニスボールをフェアプレイのために家に持ち帰った。フェアプレイは誰も見ていないところで、テニスボールの外側の緑の布を噛みちぎって、ほかの動物の内臓をむさぼる心地よい記憶に浸っていた。ラヴィはもちろん、足元に落ちていたお金をポケットに入れた。

道路にはおびただしい物があふれていた。そのためにラヴィは、ヘイゼルの家の外の地面に草が生えている場所があることに、長いあいだ気づかなかった。堂々とした市有のイチジクの木の下で、子どもたちがゲームを楽しんでいた跡がしばしば見られた——少なくともラヴィはこれらの展示品をこんなふうに理解していた。クレヨンで色づけをして不器用にはさみで切り取った、たぶん星らしきものがちりばめられていた。あるいはユーカリの実のガムナットかプラスチックの小さな像、白い小石が並べられていることもあった。あるときは小さな灰色のゴム製の象が、横になった状態で身体半分が埋まっていた。

初めのうちは、彼は単に変化する展示品を心に留めておこうと思ったに過ぎなかった。あとになって彼の頭はそのことでいっぱいになった。このゲームにはどのような意味があるのだろうか？　この背後にいる子どもたちは一体誰なんだ？　ミーシャ家の女の子たちは年齢が行き過ぎているし、カツォウリス家の子どもたちは幼すぎる。ヘイゼルの家は道路沿いの途中にあった。子どもたちの家はヘイゼルの家から両方向へ広がった区域にあった。しかしラヴィはその子どもたちがヘイゼルの家の門のところで遊んでいるのを見たことがなかった。それでもときどき子どもたちの一団が、大きな黒い瞳の女の子に引き連れられて、大声をはりあげて走り回っていたのは本当だった。

ラヴィは子どもたちの一団を見張りはじめた。その一団が、テ・レ・フォン・テ・レ・フォン、と唱えながら勢いよく移動していくのをラヴィは見た。黒い瞳の女の子はライラという名だった。彼女は暴君だった。ラヴィは彼女がこんなふうに命令を下すのを聞いた。「おまえの戦闘エネルギーのカードを渡しなさい。そうしないとぶん殴るわよ」この子は木に登っている猫に石を投げた。ラヴィがある日の午後、仕事から帰宅途中に彼女が塀にまたがっているのを見かけた。彼女は顔をきつくしかめて、集中しながら歓喜の表情を見せていた。ラヴィが女の子のもとにやってきたとき、彼女はおならをした。彼女の家来どもはその態度をすごいと感歎しつつもひるんでしまい、ベランダでクスクス笑っていた。

上部にプラスチックの輪っかがついている鏡は、鳥かごの中に吊るせるようにデザインされており、木にピンで打ちつけられていた。地面から三フィート、ちょうど子どもの背の高さのところで鏡が太陽に反射してピカッと光った。眼下の芝生の上にはハートのジャックがあった。このアッサンブラージュは名状しがたい方法でラヴィを困らせた。暖かい夕方には人びとはベランダに出て座り、彼らの弾んだ話し声が通りを覆いつくした。ラヴィが門のところで煙草を吸いながら立っているとコーヒーが出てきた。穏やかな蝋燭の火が灯され、子どもたちはカーポートデッキに集まり、小鳥のような声で「赤い、赤いワイン」と歌った。その謎に彼はずっと悩まされ続けた。

彼はある夜、固定電話に出た。そして「プリヤかい！」と言った。しかし電話の主は彼に一度も電話をかけてきたことのないヴァルニカだった。彼女は、アフリカで彼の間違いを笑っていた。電話の声ははっきり聞こえたけれど、よくあることだが二人は互いの言葉をさえぎってしゃべり、うまく会話が成立しなかった。それぞれが謝り礼儀正しく相手の話を聞こうとしてしゃべるのを待った。ところが結局、二人はまた同時にしゃべってしまうのだった。

二人が沈黙に陥ったあるとき、ヴァルニカは「兄さん（アイヤー）、私がシドニーを好きになると思う？」と言った。そのことで、彼女は電話をしてきたのだった。

ラヴィが住んでいる場所が気に入らないのかと尋ねると、彼女は好きだと言った。ところが彼女は最近、別の可能性について考えていたのだ。夢想しているのよと彼女は言った。「結局多分私はここに留まると思うわ。ここに慣れているから」彼女の話し方はさりげないものだったが、ラヴィは不幸を感じ取った。プリヤが新年に彼に電話をかけてきたとき、彼女が突然に尋ねた。「妹（ナンギ）もその中の一人だと思う？」ラヴィにはそれがどういう意味なのかわかっていたが、知らないふりをした。彼はプリヤに罰を与えていたのだ。なぜならば、彼自身の頭の中をよぎったけれど口にしなかった考えを、彼女が口にしたからだった。プリヤは彼らの妹の最近の写真を引き合いに出した。「彼女が髪をどんなに短く切ったか見た？」

ヴァルニカが電話をかけてきたとき、ラヴィは自分のラップトップの前に座っていた。彼女の声を聞きながら、写真付きのメールを見つけた。そして添付ファイルを開いて彼女の写真を表示した。滑らかな肌に繊細な顔立ち、母親のお気に入りのかわいい娘だったのだ——しかしあの髪の切り方は無謀というものだ。ラヴィは彼女にバンクシアガーデンで聞いたこと、つまりオーストラリアでは看護師の数が不足していることを告げた。

その数日後、彼の携帯電話が鳴った。アンジー・シーガルだった。彼女はラヴィの担当官——「ちょっと頭が足りないけど、実際にはそんなにひどい奴じゃないわ」——と話をしていた。彼の難民申請が入国管理局に提出されてから十四か月間、何も起こらなかったからだった。「彼はかなりはぐらかしていたけど、結局去年はいくつかの申請用紙が行方不明になったかもしれないって、ほのめかしていたわ。行方不明ですって！」とアンジーは言った。「いやいや、失くしたなんてことはないはずよ、絶対に。誰かさんが**うっかりしている**あいだに、書類の受け入れボックスの底に張りついてしまったのよ」彼女はこうも言った。「彼に超特急であなたの申請を審査してもらうことを約束させようとしたの。もっとも、こういった男たちをどれくらいがんばらせるか、それにも限界があるけれど」

彼女の声はしだいにしぼんでいった。ラヴィは何かが裂ける音を聞いた。アンジーがお菓子の袋を破って開けようとしているのではないかと思った。彼は「もう片方のラヴィ・メンディスの申請は受理されたのかな？」と言ったが、このあと沈黙があった。だからラヴィはその人物を特定した。「ポートヘッドランドにいる男のことだけど？」

アンジーは聞きとりにくい声で言った。「彼らの申請は却下されたわ」

「だけど彼の奥さんはタミル人だよ」と訴えるようにラヴィが言った。

電話を切る前に、ヴァルニカはどちらかというと冷静に、自分はオーストラリアのことを調べてみようと思っているわ、と言っていた。ラヴィはどうやらヴァルニカを失望させてしまったという気持ちになった。

なぜ自分はこう言わなかったのだろうか。もしも彼女がオーストラリアに来てくれるならば、僕の人生はまったく別物になるだろう、と。彼はシドニーにいるヴァルニカのことを想像せずにはいられなかった。ラヴィは、自分と同名の人物が世界中をぐるぐる回って、彼とタミル人の妻が必要とされているとは限らない場所にときどきたどり着いているのを想像せずにはいられなかった。ラヴィはその男が何歳だったのか、いったいどんな仕事をしていたのか、彼の結婚生活は何年になるのかについても、アンジーに聞いておけばよかったと思った。

その日の夜、彼の夢の中には兵士たちの前を一人の少女が躓きながら歩いているという、ずいぶん昔の光景が出てきた。目覚めたとき、彼の頭に残っていたのはひとつの画像ではなく、よくあるのだが、ひとつの文章だった。そんな人たちをどのくらいがんばらせるか、それには限界はない。

ローラ、二〇〇二年

十九の職がラムジー社のシドニーオフィスから消える。二週間にわたる憶測と密室会議に続いて告知が行われた。人事部の人びとは四六時中会議室から出たり入ったりを繰り返し、重要な決断や懸念を思わせるような表情を見せていた。

ローラは、これで終わりか、と思った。彼女は肩を回転させた。ついに失職してしまったか。

最初のうちは、仕事を覚えることで満足感を得た。一冊の本がどのように編集されるのか、営業レポートの解読法などを学んだ。予算を立てたり推薦広告を書いたり、デザインをチェックするときには何に気をつければよいのかを考えたりする場面があった。調査員への謝礼を計算し、初版の企画の方法なども教えてもらった。同僚たちの締め切りに間に合わせるように、夜遅くまで校正の手伝いをすることに充実感を味わった。その仕事は彼女に要求されたわけでも、期待されたわけでもなかったのに。専門的な語彙を使えるよろこびを感じることができた。オザリッド複写――すばらしい単語ではないか。

新刊見本ができ上がったときはすばらしい瞬間だった。この世に生まれたばかりの物体。手触りのあるたしかな形となった労働。それが手から手にわたるとき、誰もが微笑んだ。

仕事における充実感や物作りを学ぶよろこびがあった。だからこそローラはいくつもの会議、任務と将来構想についてのセミナー、例年のクリケットの試合、義務的な情熱、さらに多くの会議、水曜の午後のスランプなどをこなして、彼女にとっての最初の年を乗り切ることができた。

しかしながら、技術は一度習得するとお決まりの手順となってしまう。ガイドブックという出版の仕事には特別な単調さがあった。出版される前に時代遅れになり、つねに更新が要求されるガイドブックは、完璧な商品だった。ローラがラムジー社で働き出して一か月が過ぎたころ、もっともよく売れているフランスのガイドブックが印刷に回っていた。それから出版スケジュールを調べていると、すぐに次の版の依頼を始めるタイミングであることがわかった。このことがローラに恐怖心を植えつけ、こうした状況は自分には不相応だと思った。その恐怖を振るい落とすために、トニー・ハイモアという編集者に相談した。その日の夕方、中央駅に向かっている途中でたまたま彼に出会ったのだ。「ああ、そうだね」と彼は言って、リュックが彼の背骨の中央に当たるように背負い直した。「めぐってくるんだ。私が会社に入ってどのくらいになるのか人に聞かれても、十年とは言わないことにしている。『インド』の三版分だ、と言うことにしているよ」

家に向かうあいだずっとローラは、人はどのようにしてこれに耐えていけるのだろうと思った。だからメールを開くと、会議が招集されて彼女の運命が告げられることを、ほとんど安堵の気持ちで予想していた。しかしことはそう単純ではなかった。彼女は三十八歳になろうとしていた。恐怖が彼女のあばら骨を出たり入ったりとのたうち回った。ミーラ・ブライデンが言っていた、「私たちはいつもあなたに戻ってきてほしいと思っているのよ」と。しかし、ミーラはウェイフェアラーを辞めていた。彼女が脳性小児麻痺の赤ん坊を産んでからのことだった。それから、メールの返事が彼女から返ってくることはなかった。ローラは、ミーラのあとに入った男性については何も知らなかった。もちろんほかにも旅行雑誌はいくらもあった。しかし、空港までの電車、安全に関するアナウンス、明かりを制御するキーカード、無視してもよい請求書。それに狭い裏通りの背中の曲がった職人たち。そしてぶつかりあい、絡みあう無数のムンバイ人たち。

許容範囲内で選択肢となる勤め先はなかった。だからみんな我慢した。どのように我慢したのか。何かに集中することによって。野心だって役に立つことをローラは理解した。陰謀、姦通、ゴシップ、作り話なども同上だ。

本当のことを言う必要性に押しつぶされ、彼女はロビン・オーアのオフィスの中に入っていった。ロビンの部屋の壁にはホワイトボードがあった。すべてのマネージャーはホワイトボードを持っていた。創造性を刺激するためだった。ロビンのホワイトボードにはこう書かれていた。「ブラッド・ピットがまた電話してきた」ファーディの筆跡だ。

賞をとったポスターには「国のために尽くそう――出発せよ！」と書かれてあった。ローラはその下に座り込んでこう言った。「ラムジー社はガイドブックを出版する会社でしょう？　売れるものを出版するのが会社の仕事よね。仕事が成功するか失敗するかは、数字で判断されなければならない」

「そのとおり」とロビンは言った。「聞いてちょうだい。私は明日、マーケティング担当者の会議でリーダーを務めるの。私はラムジーという会社のコア、核は一体何か、という質問をすることから始めるつもりだったの。でも私は、「核（コア）」というよりも「本質（エッセンス）」のほうがいいと思うようになったのね。そのほうがかっこよくないかしら？」

自分が言おうとしていたことに気をとられてローラは答えた。「髭剃りあとのローションみたい。「ラムジーのエッセンス」今日の旅行者のために」

「ハ、ハ」とロビンは笑った。彼女の如才ない顔は停止した。

ローラはここでやめるのが賢明だと思った。しかし彼女はしばらくのあいだ、このことについて考え続けてきたのだ。それは彼女の頭の中でははっきりしていた。そして洪水のようにあふれ出した。「気づいていたかしら？　このあたりで聞かない単語といえば「観光（ツーリズム）」だってことを？　なぜって観光がお金を意味するってことは、議論の余地はないでしょう。だけど「旅（トラベル）」と言うとふりをすることができるのよ。旅にはオーラがあるわ。つまり旅という言葉を使うとガイドブックの出版はよいことだと信じることができるの。私たちに言えるのは、私たちがしていることはグローバルな調和や国際理解に貢献することだということ。そうよね、いちいち説明しなくてもわかるでしょうけど」

　ローラは息継ぎをするために止まった。ロビンは瞬きをした。

　ラムジー社は成功している共同体だ、とローラは続けた。成功している共同体が共通して持っているものは自賛という神話で、忠誠心と献身を刺激するものだわ。「だから販売が落ち込むとみんなびくびくしてしまう。ただ仕事がなくなるということではなく、もっと油断のならないものよ。突然に利益が重要になってくるわ。しばらくのあいだふりをすることができなくなる、ということね」

　ロビンは考えていた。編集者って奴は！

　ローラは幾分やけになってこう言った。「私が言いたいのは、人は旅について暖かくてあいまいな感情を抱いているってことなの。その感情が人を残業に駆り立てたり、締め切りに間に合わせたり、仕事に誇りを持たせたりしてくれるわ。つまり、やる気を起こさせてくれるのよ。その感情が人を扱いやすくしてくれるってこと。そしてラムジー社がその利益を搾取するってわけ」

「みんなこの会社で働くのが好きなのよ。仕事をするにはいい場所だから」とロビンが言った。「フレックスタイムで仕事ができるし、有給の育児休暇もとれる。ラムジーは、法定最低賃金を超えた支払いをしているし、まあ、そんなところかしらね」

「そうね、確かに。だけどその献身は、もっと大きな理由のために仕事をしていると感じている人たちのせいじゃないかしら? つまり旅は、そう、いいことだ、というような?」

「ええ、そうね、そうなんじゃない?」

ローラは思った。世界中のほとんどの人びとには旅をする余裕がない、というのはまた別の話だ。彼女が言いたかったのは、正確にはこのことではなかった。彼女の頭の中に現れた映像は、マンハッタンのバーの外で、雪がまるでぼろぼろのレースのように降っている光景だった。それから彼女はシンガポールの通りに沿って歩いていた。そこでは汚らしいアパートの窓に洗濯物が吊るされていた。ハンガーにかけられた白いドレスが揺れていた。そのドレスのウエストの部分は透きとおるように薄い生地で、上下にレースが飾られている。どんなに試しても、ローラはこれらの場面と彼女の毎日の仕事を結びつけることはできなかった——おそらくそれが彼女の言いたかったことなのだろう。だけど本当のことというのは結局、真実と同じではなかったのだ。

ローラは立ち上がった。「ごめんなさい。来週のこの時間に誰がここにいるのかわからないからなのよ。変な感じだけど」

「あら、そうなの」ロビン・オーアはいい人だった。だから彼女はすぐに言った。「ほら、私には確かなことは何もわからないの。でも思うにあなたは大丈夫よ。ここに何年もいた人たちが去っていく。まず第一に彼らの賃金は長い年月をかけて、少しずつ上がっていったから」

ローラは恥ずかしくなって立ち去った。なぜなら、ロビンがローラの言っていることを理解していなかったのと、ローラ自身が自分の不安定な足場からさっさと退散しようとしたからだった。もしもローラと同僚たちとの関係を支配していた力学に名前があるとすれば、広い意味での欺瞞のようなものだと彼女は思った。

確かにやめていったのは長年勤めていた人たちだった。クリフォード・フェリアーは会合での挨拶で遺憾の意を表明した――彼の深い青色の目が後悔で腫れていた。しかしそれは、九・一一以降のラムジー社の生き残りを確実にする、という問題だった。それは決定的だった。ブランドの生死が秤にかけられるとき、人間の不幸とはいったい何だったのだろうか?

クリフは、続けて新しい雇用については無期限に凍結していることを告げた。補充の雇用は個別に判断されるだろうし、短期契約に限定される。最後に「次のような報告ができることをよろこばしく思います。グローバル経営チームは賃金十パーセントのカットに合意しました」

この報告を聞いて沈黙が続いた。それはひどく驚いたからだった。それから誰かが――それはポール・ヒンケル付近から螺旋状に広がっていったのだが――拍手喝采をし始めた。

ラムジー社では一年を終えた従業員のすべてに、総会で記念品が授与された。いかなる同族意識の導入にも必要とされる屈辱感は、ひどい賞品に象徴されていた。賞品はリサイクルショップとか二ドルショップから仕入れた類のものだった。小さなガラクタが授与されると困惑した。なぜならその物体によって自分が会社のどの位置に属しているかが示され、より高い理想を抱くことを放棄させられることになるからだった。金箔で縁取りがほどこされ、ずんぐりした形の陶磁器の灰皿がローラに授与された。彼女はそれを抽斗にしまった。ときどきそれを覗き込んで、自分が気軽に受け入れたものに対して当惑した。灰を入れるくぼみは肉質のピンク色をおびて、あいまいな形をしていた。それは心臓か、はたまた女性の外陰部のようなものなのか——いずれの場合も、火をもみ消すのに適しているように思われた。賞の授与式に慰めがないわけではなかった。ポール・ヒンケルに授与されたのは、頭部がうなずくような動きをする子犬の人形だった。ローラは目を輝かせている従順な彼を見て、ワンワンという鳴き声を思い浮かべた。

ロビンはコーヒーを飲みながら言った。「私は不平なんか言ってないわよ。賃金カットは正しいことだと思う。でもクリフにとって話は違うのよ。彼はローンをかかえていないから」

アラン・ラムジーは、staff@ramsay.com 宛てにメールを送った。その内容は、この決定が苦渋の決断だったことをみんなに得心させるためだった。そして彼のサポートが遅くなったことを謝罪した。理由は、ブラジルのエコリゾートはインターネットへのアクセスがなかったからだった。またジェレーナと彼はケニアにいくつもりだったが、象のポロを観戦する場合ではないと感じた。その代わりにラムジー一家はパリのアパートメントに引きこもり、ことの次第を熟考し、よく検討してみることにした、ということだった。

首がつながった委嘱編集者たちとの会議で、クエンティン・ハスカーは言った。「みなさん、この問題について我われの考え方は柔軟であるべきではないでしょうか。こんなふうに考えてみてはどうでしょう。余剰労働者の解雇とは、別の言い方をすれば好機とも言えるのではないか？　つまり新しい出発を意味するのではないか、と。未知の世界への船出と捉えるのです。ぼくはあの解雇された人たちにかなり刺激されているんですよ」

この発言を聞いて沈黙が続いたが、それは驚きの沈黙ではなかった。

ジェニー・ウィリアムズⅡは数分かかったが、ハスカーがこんな言い方をするなんて！　と思った。

ローラは台所でポール・ヒンケルともう一人の地図製作者に出くわした。ポールは両腕を組んで枯れ木について話をしていた。これはクエンティンも使っていた比喩だった――いつもはスコアボードの得点のように自分のビジネス歴の長さを語っていたにもかかわらず、こうなんだから。

その日の午後に人事部からメールが届いた。二人の解雇者と一人の退職者が出たために、地図製作部署の小規模な建て直しがあったというのだ。人事部では、「この変化の時期に指導力を発揮してもらうため」に、上級のスタッフが新しく必要となった。その結果ポール・ヒンケルが「昇進して」この任務に就くことになると伝えた。

官僚主義的手順の主たる目的を、官僚主義の退屈さを回避することであるとする人事部にとって、これらの日々は重要だった。人事部は再生（ルネッサンス）の時代を生き延びようとしていたのだ。つまり、会議と機密性に卓越し、戦略と勧告に真剣にとり組み、グリーフケアと退職者面接に熱意を示す時代を。

枯れ木は去ったので、ラムジー事務所の緑色の月桂樹の木はみごとに生い茂るでしょう。ある経営コンサルタントはオフィスの雰囲気を好転させるために雇われたのだが、「マインドマップ、創造性におけるその役割」というテーマで一時間しゃべり続け八百ドルほど稼いだ。

トニー・ハイモアは刈込用ののこぎりで最初に刈り取られた人物だった。やがて彼はメルボルンに移動し、ロンリープラネット社で働いていたことがわかった。その後、彼のことはさめざめと、そしていつも過去形で語られた。

ラヴィ、二〇〇二年

日曜日のデイモとの小旅行は消えてしまった。理由はいろいろあるが、デイモが新しい男に心を奪われてしまったからだった。昔の男は騒々しく動き続けた。一日に五、六回は電話してきて、家の外で徹夜の監視をしながらむせび泣いていた。彼はデイモを失うことはわかっていたし、起こりうる出来事をすべての角度から想像してみた。しかし予見は何の役にも立たなかった。身に降りかかった不幸を撃退することも和らげることもできなかったのだ。デイモとタイラーは、理屈では彼を気の毒に思っていた。しかし二人が知り合ってからまだ数えるくらいの日数しかたっていなかったので、二人はほかの誰にも心からの関心を持つことはできなかった。

バンクシアガーデンの、手の衛生に関するポスターの下に置いてあった積み重ね可能なオレンジ色の椅子に腰かけて、アベベ・イサヤスは新聞を読んでいた。新しい格安航空会社の広告が裏ページに掲載されていた。その広告はミステリーツアーを宣伝していた。四十ドルで、行き先を知らされていないオーストラリアのどこかへ飛行機で日帰り旅行ができるというものだった。ベリル・ドゥーンがアベベの横に立ち警戒していた。彼女の薬が変わり、目つきも変わっていた。彼女は今では冷淡でしかも驚異的な方法で、嫌悪するとはどんなことなのかを知った。

その週の土曜日に、ラヴィは朝いちばんの電車で街へ出かけた。六時前には航空会社のオフィスにいた。しかしそのときにはすでに行列ができていた。にもかかわらず彼はキャンベラへのフライトの席が取れた。

彼は翌週もまた列に並んだ。それから三か月間、毎週土曜日になると航空会社のミステリーツアー企画は続いた。ときどき彼は取り損ねたけれど、ミステリーフライトは彼を至るところに運んでくれた。メルボルンでは埃っぽい風が吹き、路面電車は強風に煽られ揺れた。それにしてもなぜ、誰もが葬式のかっこうをしているのだろうか。ラヴィは夕方の五時になってもまだ街の中心にいた。人びとは黒い洋服に身を包み、彼らの姿は夜の闇の中に溶けこんだが、彼らの顔だけが路地裏を漂い続けていた。

彼がいったところはどこも友好的だった。アンジー・シーガルは慰めの言葉を手探りで求めて、こう言ったことがあった。「不確実性はあなたにとってとても厳しいことだとわかっているわ。だけど少なくとも難民収容所にいる訳ではないのだから。こうした場所で起こっていることは、拷問並みにひどいのよ」アデレードでは、砂岩の上を飛び跳ねる強烈な南の太陽の光は情け容赦なかった。ラヴィは手で目を覆った。そこから車で一日の距離の収容所で、有刺鉄線の囲いの中に入れられて、難民の子どもたちは口を堅く閉じていた。しかし彼が家に持ち帰ったものは、オーストラリア人がいかに親切であるかということの認識だった。

パースへの往復はまるで夢を見ているような長いフライトで、飛行中は目に見えない時間帯が広がり、その日をバラバラに崩壊させた。復路は窓側の席にすわった。彼が外を眺めていると特別な瞬間があった。眼下に広がる景色を自分は知っていることに気づいたのだ。時差の関係で得をした時間ができ、そのあいだに思い出にふけった。ラヴィは自分のイニシャルを彫りこんだ木製の机に座っていた。イグナティウス修道士は木が生えていない広大な土地を描写していた。ラヴィは自分の顔の表情が崩れるのを抑え切れるかどうか確信が持てず、顔を窓ガラスのほうに向けたままだった。

社員が病欠を伝えてくると、ラヴィは率先して可能な限り代わりを努めた。暇なときにインターネットをした。彼はチャットルームへいき、知らない人たちの日記を読みイメージを膨らませた。昔の知人の名前をグーグル検索したりもした。オレンジ郡で仕出し屋をしていたり、ペナンで会計士になっていることがわかった。中国人と結婚したロシ・ド・メルの姉は、スパイスについての本を書いていた。しかしロシ自身はラヴィの友人のモハン・デブレラと同様に、インターネット上で足跡を追うことができなかった。

ラヴィは、ビーグルやウィペットの習慣や癖について詳しく述べてあるサイトの情報に目を通した。両方の品種はともにおだやかな性格だという意見があった――ラヴィは結局フェアプレイは特別だと思った。ラヴィは、アリススプリングスの少年が、ブーギーという名のビーグルに捧げたウェブページに目を止めた。この犬は前年に轢死していた。ブーギーの写真、それに誕生日と亡くなった日が掲載されていた。ブーギーの好きだったおもちゃや、彼女ができる芸のリストも載っていた。その少年の家族と友だちは彼女への賛辞を残していた。これらのメッセージの雰囲気から、亡くなってからまだ数日あるいは数週間のうちに書かれたものであることがわかった。喪に服すという目的が達成されると、サイトは顧みられなくなった。その犬の一周忌にメッセージが投稿されていなかったことにラヴィは気づいた。少年は新しいペットを飼い始めたのだろう。少年の人生に新しいサイクルが始まったというわけである。彼はそのページをブックマークした。

ラヴィはそのうちに見捨てられてしまったウェブサイトを収集するようになった。オフィシャルサイトは老朽化すれば再建されるか、サイトを作った組織のサーバから削除されるかのいずれかだった。しかし個人的な目的で作成されたサイトは、作成された目的が達成されれば単に放置されるものだ。これら放置されたサイトはラヴィの興味をそそった。たとえばトロイの部屋のコーヒーポットのように、かつて有名だったサイトもあった。しかし彼がブックマークしたサイトのほとんどは、ブーギーの追悼サイトと同じように目立たないものだった。キャッシュサイトやウェブアーカイブがあった。放置されたブログや個人的なウェブページがあったし、何年間も更新されていない家系図に捧げられたサイトもあった。人を楽しませたハイパーモダンなウェブの外観の背後には崩壊し、朽ち果てて散り散りになった光景があった。それは観光事業に逆らうものだった。ラヴィは宣伝すらされていないランドマークにやがて遭遇することになった。それらの物悲しい魅力には、偶発的で予期しないものに遭遇したときの驚きがあった。まるで迷路のように入り組んだ真新しい館を彷徨っているような感覚だった。その館の中でドアを開ければ墓石が現われるのだった。

ヴァルニカの電話をきっかけに、ラヴィはヴァルニカがシドニーに来て暮らすようになる幻想に身を委ねていた。想像に身を任せて、彼女との旅の計画を立てた。ハーバーやショッピングセンターを回ったり、ヘイゼルを訪問したりした。ヴェルニカは椅子を引き寄せて、彼女が作った料理を二人で食べた。ラヴィの思いつくまま終わることのない独り言が続いた。天気やバーゲン、バスのルート、バンクシアガーデンで働く同僚たちの特異な性質などについて妹にアドヴァイスをした。深く根づいた関係性は、女性が食物の源であり、さまざまな指図を受け入れる容器であることを彼に示した。ラヴィはそうした考え方を否定していたつもりだったが、それは彼の結婚生活、その曖昧であると同時に確固たる現実との関係を乗り切り、生き延びてきた。

不動産のサイトで彼はまずアパートを訪れ、それから――当然のことだが――ヴァルニカと彼が一緒に借りるかもしれない一戸建てのサイトにいってみた。すでに借りられたり売れていたりする物件の詳細が、不動産のサイトに数か月間掲載されたままのことがある。ラヴィはこれらのゴーストリストをブックマークした。知らない人の家の中に入り込むという、彼の子どもっぽい白日夢は実現された。彼は誰にも見られることなく、家庭用ジムの部屋を抜けてダイニングキッチン、一段低くなっている洗濯場に入っていった。ときには一人の子どもが彼の前を走っていたが、いつも視界から外れていた。声が背後から聞こえてくる。その声によると犬がプールで溺れてしまったらしい。その声は、どうして写真の中の子どもたちはみんな太っているの？　と尋ねていた。ラヴィはその子どもの声を追って「愉快な裏庭」と「総レンガ造りの家」をめぐった。「義理の家族と住むにはぴったりの対決住宅（デュエルレジデンス）」もあった。写真で見るテレビは机より大きかった。しかしそれは不正確な比較だった。机は存在していなかったのだから。コンクリートの小道はすべて回転式物干しに続いていた。洗面台はピカピカに光っていた。紫がかった黄昏どきに撮られたぞっとするような写真では、新しいけれど空っぽの家の窓が黄色く輝いていた——いったい誰のために？

エンフィールドの台所は、「転出する退職者」のものだった。レースのテーブルクロスが、フルーツの模様のあるテーブルクロスの上に掛けられていた。テーブルの周りには木製の椅子が三つ置かれていた。四つ目の椅子は背もたれを壁につけていた。その椅子が置かれるはずのテーブルのほうのスペースには、パッド入りの肘掛けがついたパイプ椅子が置かれていた。窓際にある紫色のプラスチックのポットの中にはセントポーリアが花を咲かせていた。窓の向こう側では灌木が緑色の表面をガラスに押しつけていた。動物の死体のように留め金から吊るされているティーカップをとおして、天井の蛍光灯の光が照らし出されていた。

カーメル・メンディスの息子宛ての手紙は元気がよく闘志満々で、子どもたちをいかに育てるかについてのプリヤの考えの愚かさを、こと細かく並べ立てていた。しかし時おり、手紙からは息切れのことや詰まった流しのことに触れられていた。ラヴィが記憶している限り、母親と娘のあいだには激しい口論の火花が散っていた。しかし彼は、今となっては火花が大火災になることを恐れていた。残された子どもとのあいだが疎遠になった場合、母親はどうなるのだろうか？　誰が医者を呼びに行くのだろう？　誰が詰まった排水溝のことを心配するのだろう？　バンクシアガーデンに来たばかりの住人はむっつりしているか、そうでないときには泣き疲れて諦めるまで泣き続けた。彼らのペットが処分されていたのだった——兄弟のうち誰かが電話で話しているときに、話のついでに教えたのだろう。ホームでは年老いた女たちは安泰だった。クランブルかタルトのどちらかを選ぶことができたし、ときには親切にしてもらうこともできた。それでも、できれば出ていきたいと誰しも思ったであろう。

　エンフィールドのパイプ椅子の座席部分は、追加のクッションで底上げがなされていた。この椅子はラヴィの夢の中からなかなか消え去ることはなかった。バンクシアガーデンが彼に教えてくれたのは、中空のスチール製の椅子は動かしやすいように軽くしてあったが、その椅子に肘掛けがあるのが重要なのだということだった。バンクシアガーデンの背もたれがまっすぐなすべての椅子には肘掛けがついていた。肘掛けは膝が使えなくなったときのために必要だったのだ。庭の植物がはびこったり、手元に残されたものがひとつのポットに収められたときでも、肘掛けを使えば立ち上がることができる。

　二月になって母親の誕生日にラヴィは母親に電話をしていた。受話器はプリヤに渡され、彼女の夫のラルにも渡された。みんなが同じ質問をした。天気のこと、そして時間のことだった。それにタミル・イーラム解放のトラとの停戦をよろこんでいた。ラヴィは戦争を続けてほしいというわけではなかったが、重要なものが失われていく感覚を振り払うことはできなかった。青い家は現実の建物ではなく、彼の人生が形成された空間だった。そこでは子どもたちに見捨てられた母親が、過ぎ去った過去のように形がなく音が反響する部屋の中を漂流した。ラヴィの空想の中で彼女は躓いて腰の骨を折り、バンクシアガーデンのようなホームで孤独に死んだ。母親が最後に見たのはマンディの顔だった。ラヴィはメールではなく、事の重大さの証として手紙を書いた。手紙の内容は和解と分別を促すもので、カーメルを当惑させた。カーメルは、陰でラヴィに愚痴をこぼしているとプリヤを非難した。何か月ぶりに、二人の女は口げんかをしたのだった。

ローラ、二〇〇二年

ローラはカルロがどこで身体を洗うのかと思っていた。一階の浴室でないことは確かだった。そこにある湿ったタオルや散らばった髪の毛は彼女のものだった。

階下では、トイレを流す音が聞こえていた。おそらく彼はトイレの洗面台で済ませているのだろう。あるいは台所の流し台か洗濯場の洗い桶か。

彼はいつもきちんとしていた。頬はなめらかで爪は手入れをしていた。着るものにもこだわっていた。外出時にかぶる淡い色の麦わら帽子と青いシャツは、日焼けした肌に唯一無二の効果を出していた。靴はピカピカに磨きこまれてレースの紐で結ばれていた。家にいるときにもゴロゴロ音をたてるエアコンをつけて、薄手のソックスに皮のスリッパを履いていた。

結論からいうと、ちょっとばかり南欧出身の移民風だったのだ。しかし、人を感動させるのはその努力だった。かつてはそんな努力は必要ではなかった。マントルピースや飾り棚の上の写真がそれを証明していた。初めての聖餐式で襟付きの正装をしている子ども、木綿のズボンに若さという金粉だけを身に纏っている一人の男。写真の人物は努力なしで人を魅了していた。

彼のオレンジの花のオーデコロンはつけ過ぎだった。彼が出かけてすぐにローラが玄関をとおると、アグリジェントにあるパティスリーにいて、シルバーのトレイでケーキが運ばれてくる気分になった。これらはカルロの領域を示していた。香り、過剰な行為。

カルロはローラをある日曜日にランチに招待した。二人は優に二時を過ぎた遅いランチをとった。ムラサキ貝のスパゲッティ、トマト、ズッキーニ、唐辛子と一緒にしっかり焼いた魚、苦いピンク色の葉っぱのサラダというランチだった。ローラは自分のグラスが曇っていることに気づいた。彼のスプーンの上にも、小さなものが乾燥してこびりついていた。キッチンは少し汚れていて、水切り板が調理台と接するところには黒っぽい線が見えた。カルロの肩にかかっていたティータオルも汚れていた。これらは特に注意を引くほどのものではなかったが、フレイザー家の人間は不潔という言葉とは無縁だった。

カルロは虚栄心から眼鏡をかけなかった。おろし金やスポンジの場所を突き止めるためにキッチンを探し回った。彼の周辺で起きていることの全貌が、ゆっくりと明らかになってきた。時間の引き伸ばしもまた、独特なものだった。

屋根の上には明るい部屋があった。階下の部屋は日当りがよくなかった。それぞれの部屋にはそれぞれの気象と規律があり、それぞれ特別な原因に導かれて別々のことが起こっていた。ふたつの部屋を結びつけるのは絵画が掛かっている階段だった。

食事が終わりカルロはソファの上に横になり、頭をクッションにのせ煙草を吸った。ローラはラップを広げて残り物にかけ、鍋をごしごし洗った。

食後にはコーヒーと、ハバーフィールドから持ち帰った白い厚紙の箱に入ったカッサータが出てきた。カルロは光沢のある食器棚からリキュールを出して勧めた。あそこに自分のシャツがしまってあるんだ、と彼は言った。ローラはキャメルを一本もらった。「アヴェ・マリア」とマリオ・ランツァが叫んだ。レコードの針が飛んだ。ずいぶん昔のことだが壁は濃い赤紫色（ワインレッド）に塗られていた。やがて時間がたち、部屋に太陽の光が入ることが許された時期に、壁はむらのあるバラ色にあせていった。ほかより黒ずんでいる四角い部分が複数あった。そこには昔、絵画がたくさん掛けられていて、緑のガラス製の壺の中には孔雀の羽が入れてあった。ランプはレースが掛けられたテーブルの上に、裸で立っている女性に高く持ち上げられていた。ヒューゴ・ドラモンドの形跡は、掛けられていた絵画と一緒に、幼児だったころのキリストが描かれた油絵風の石版画の中に、ポリエステルと綿の混紡で波形紋様が織り込まれている椅子のカバーの中に、背もたれがまっすぐで生贄のように一列に並んだ四つの椅子の中に吸い込まれ、消えてしまっていた。カルロが吸っていた煙草はチンザノの灰皿の中で燃えていた。ローラはナポリの路地裏でちらりと見た部屋を思い出した。彼女は自分のまわりに残されたドラモンドの影のようなものを探してみた。額に入れられた一ドル紙幣が壁に掛けられているのを半分期待しながら。

花は生けられたばかりだった。しかしその場にふさわしく悪趣味だった。花の香りが三つのカットグラスの花瓶から漂っていた。青果店のバケツから買ってきたビロードのような雄しべのある大きな百合の花は、完全なピンク色で挑発的ではあったがすでに花の盛りは過ぎていた。

テレビの上に掛けられた細長い敷物の上に、白い漆喰の小像が置かれていた。カルロはローラの目線を追った。「これ、知ってる?」彼女は一九五八年、ピウス十二世教皇がテレビの守護聖人としてアッシジのキアラを選んだことを学んだ。なぜなら、彼女は女子修道院の小部屋の壁に映し出された天からの啓示を見たことがあったからだった。テレビの上に聖キアラの像を置くと受信状況がよくなると言われていた。「母さん、テレビ持ってなかった。キアラ像、テーブルの上に置く。だから買った。毎日、神様がテレビを送ってくれること、祈った」

それが日曜日の儀式になった。カルロが準備をした料理を二人で食べた。彼が育てたトマトとハーブで作ったソースもあった。いつも海の風味のあるものが出された。彼らはむさぼるように食べた。カルロは貝殻の中に舌を押し入れ、ローラはパンで皿をぬぐった。友人の一人はカルロが栽培したブドウからワインを造ったが、それは薄青色のスパークリングワインで、ラベルのついていないボトルに入れてあった。彼らは胃にもたれそうな小さなケーキを少しずつ齧った。カルロは、素敵なシャツを着て煙草を吹かしながらソファに横たわっていた。二人ともコーヒーをすすっていた。缶の中には角砂糖が入っていた。午後になると次第に暗くなり煙草やニンニク、気絶しそうな香りを放つ花の匂いが充満していた。

彼らはカンバスの端をめがけて塗りつぶしながら、互いの過去を埋めていった。

カルロはベスビアス山麓の小さな丘にある村で生まれた。彼がまだ幼いころ、事故にあった父親は――カルロはそれについてはあいまいな記憶しかなかったが――亡くなってしまった。母親は三人の子どもを連れてナポリに行った。安アパートが建ち並ぶスペイン地区に住んでいた親戚を頼ってのことだった。母親は女の赤ん坊を産んだが、その赤ん坊は親切にも亡くなってくれた。

長男は十五歳のときに、街をドイツ軍から解放したナポリの四日間のあいだに殺害された。

数年後、カルロは明け方に市場でアーティチョークの荷を下ろしていた。すると酒飲みのグループがほかの人びとを押しのけるように広場に入ってきた。彼らはまるで炎のような髪の毛をした女性に先導されていた。彼女はパレルモ出身の公爵夫人(プリンチペッサ)だった。イスキア島にある彼女のストロベリーピンク色のヴィラで、カルロはプリンチペッサの夫からも歓待された。

石づくりのテラスや一世紀も前に造られた椰子の木の並木道のあるヴィラの庭は壮大だった。公爵（プリンス）は植物採集者だった。生長するものすべてに興味を持っていた、ということだった。カルロは芽つぎナイフの使い方、排水方法、煤水、元気な種子の選別法、根っこに粘土、砂、水などを混ぜてこね土にすることなどを学んだ。プリンスは地面が湿っているときに植物を植えるのがいちばん良いと言った。流れるような雨の中でカルロはユッカ、藤色のユーカリノキ、セイロン原産のフィカスなどを植えた。プリンスは黄色と青色の傘をさしながら、高慢な態度で指示を与えながら忙しく動いていた。

彼らは魔法にかかったようなすばらしい年月を過ごした。「誰もがやってきた」テラスにはつねにシャンパンがあった。できたばかりの日本式広間では、いつも誰かがトランプでひと財産を失っていた。外国人や芸術家たち、貧乏な大佐や優雅な生活から落ちぶれてしまった外交官などが出入りしていた。アルゼンチン人の実業家は、マカオ出身の小人同伴でこの家の常連客だった。映画スターや知識人もやってきた。「このウィスタンという男、イギリス人だが——知っているよね?」

ヒューゴ・ドラモンドもやってきた。彼はビールを頼んで騒ぎになった。

八か月後、彼はふたたび現れた。

雨の降るある日の午後、ドラモンドは出ていってしまいふたたび戻ることはなかった。そしてカルロも彼と一緒に出ていった。プリンチペッサはカルロを脅し、怒り狂った。彼女は切手の大きさもあるスクェアカットの宝石がはめこまれた指輪を与えると言った。プリンスは何も言わなかった。しかし傘もささずに雨の滴る椰子の並木道を歩いていた。

彼らは旅をした。フランスの南西部にあるカレに近い農場（マス）に数年間住んだ。農場は部分的に廃墟となっていて、まるで枯れ葉色のようだった。彼らは家禽類のことについては何の知識もなかったがアヒルを飼い、もともとなかった金を失ってしまった。一度はドラモンドの母親が、手紙の中に紙幣を折り畳んで送ってくれたので、助かったこともあった。

ドラモンドはいちばん近い街で英語を教えた。カルロは近隣の農場で働いた。彼らはフランス人が好きではなかった。「みんなファシストだ」ドラモンドが描いた《カレの中産階級の人びと》という絵があった。「これ、知っているだろう?」それ以上、言うべきことはなかった。

カルロの母親は亡くなった。彼女のテレビを求める祈りは叶わなかった。穏やかだけれども死という重みを感じた秋だった。ドラモンドの父親は一か月後に亡くなった。父親は、何年も息子について口にしていなかった。

十一月の真っただ中、シドニーからまた手紙が届いた。今回はいとこのミーヴ・イーバリーの番だった。彼女の事務弁護士の手紙では、ミーヴがジャイナ教の寺院に彼女の財産と家具を遺し、自宅の自由保有権を最愛の名付け子であるヒューゴ・ドラモンドに遺すと書いてあった。遺言状の写しが同封されていた。ドラモンドは十一歳のときからミーヴに会っていなかった。ドラモンドがハエを強打したことで、彼女がひどくしかりつけたとき以来だった。

彼らはミーヴの遺産の家を売ってヨーロッパに留まるかどうか、冬のあいだじゅう議論した。カルロは「僕たち、どっちに決めたか、知ってるね」と言い、それから言い直した。「ヒューゴ、決めたよ」

彼は、それをイタリア語と英語の半々で、ユーゴゥと発音した。

ときどき、ローラはそっと家の中に入るとき、あるいは階段を降りているときに、カルロが幽霊に向かって話しているのをよく耳にした。行きなさい（ユーゴウ）、行きなさい（ユーゴウ）。初めて聞いたときはびっくり仰天して、ローラはカルロが自分に向かってそう言っているのかと思ったのだった。

ラヴィ、二〇〇三年

ラヴィは、丸くて薄いフラットブレッドを小さくちぎり、それでシチューをすくって食べた。アベベ・イサヤスはジアンとアイリーンとそれぞれの夫たちに、その食べ方を教えていた。ラヴィはこの二人の中国人の女性を知っていた。二人ともバンクシアガーデンの手伝いだった。ピクニックは公園の中で、編んだマットを囲んで行われていた。ハナというアベベの妹も、タリクという娘と一緒にきていた。ほかにもエチオピア人の家族がいたし、ハナと一緒に仕事をしているジョディという女の子もいた。ジアンは食べ物を噛んで「おいしい」と言った。それは質問のようにも聞こえた。アイリーンと中国人の夫たちは、食べ物が口にあうかどうかと聞かれたときに、にっこり笑っていた。彼らは固ゆで卵を食べ、パンを端から少しばかりちぎった。大勢いた子どもたちはコーンチップスをつまんでいた。実際、子どもたちは初めて会うときにするように、序列を形成していた。ときどき、一人の子どもは興味深そうに、ケンタッキーフライドチキンのバケットのほうを見た。二人の子どもはオーストラリア人で、丸い口と丸い目をしていた。その子たちがそこにいたのは、近隣の人に親切なジアンのおかげだったのだが、ラヴィはジョディの関係かと思っていた。そばかすだらけの子どもたちの見た目からは、ジアンのつながりとは、とても気づかなかった。

フラットブレッドはスポンジのようにふわふわしていて、かすかに酸っぱい味がした。ラヴィはホッパーを思い出した。子羊の肉が入ったシチューはつるつるすべるような食感だった。しかし、そのぴりっとした辛さが欲求を満たしてくれた。一週間に一度バングラデシュ人の店で、アルミホイルの入れ物に入ったカレー風味の山羊の肉と、ジップロックに入っている小さな青唐辛子を買うことができた。スライスしたチーズとパンを唐辛子と一緒に食べると口内炎ができた——でもラヴィはこれなしではいられないくらいはまっていた。ハナはジョディとの会話を中断して、光沢のあるボウルを取り上げた。「これがアジファよ。マスタードシードと一緒に調理したレンズマメ。私が特別に作ってきたの」膝をついて立ち、彼女は大きなスプーンを差し出した。やわらかな草の上で、子どもたちは向きあいながらゲームに夢中、というより死に物狂いになっていた。中国人たちは相変わらずニコニコしていた。

ハナはラヴィのほうを向いて、「調子はどお？」と言った。ハナは兄のアベベのように大きな背中をしていて、背筋をまっすぐに伸ばしていた。ラヴィが彼女と初めて会ったのは、ある朝、バンクシアガーデンにハナが現れたときだった。ハナは病院に検査を受けに行っていた。そしていい知らせがあった。彼女はすぐに兄に直接会ってそのことを伝えたかったのだ。ベリル・ドゥーンは、純粋に勝ち誇って、自分の生暖かい汚物にまみれて横たわっていた。だから不潔な黒い手が近づいたとき、ベリルはわめきながらその手を払いのけたのだ。グローリー・ウォーレンは躓いて倒れ、唇を切ってしまった——アベベがどうしても必要だった。ラヴィは自分の備えの中にあった紅茶を淹れて、ダイニングルームで待っていたハナのところに運んだ。彼女は積み重ねられたアンドレ・リュウのDVDから目を離して、「私、すごくあわてん坊なの」と告げた。ラヴィはマリーニがよく言っていたことを思い出した。人は自分が誇りに思っている弱点だけを白状するものだ。ラヴィはハナの衝動のひとつとなった。アベベはある日曜日にラヴィに電話をした。ラヴィを路上フェスティバルに招待しようと思ったからだった。あるいはビーチでその日を過ごそうと思ったのだ。背後ではハナの声が聞こえていた。「彼に二時って言って。あ、じゃなくて十五分過ぎね」オーストラリアは取り上げてしまったものの埋め合わせをするために、フードフェアやガイド付きの無料ウォーク、公園コンサートなどを開催した。ハナは、「すばらしい国じゃない」と言った。彼女は恐らく彼女の兄よりも少なくとも十歳も若いはずで、三十歳にはまだ届いてはいなかったが、今では私が若いときにはね、という言葉でパリのことについて話し始めた。

ハナがパリについてたくさんの話をしたので、ラヴィは彼女がそこに何年も住んでいたのではないかと思った。ある日彼がそのことを尋ねると、彼女は「十三か月よ」と答えた。彼女の七歳の娘が父親の写真を見せてくれた。ラヴィは葉っぱのような形をした子どもの目を見て、写真の中のまったく同じ目をまじまじと眺めた。そのときハナが台所のカウンターからコーヒーを温めた平鍋を持って振り返った。「タリク、何度言ったらわかるの？　お客様のお邪魔になってはいけないって」子どもは母親をいらいらさせる才能があるようだった。それは不器用さ、あるいは復讐のための天性の才能だったのかもしれない。「タリク、あといくつ寝たらお誕生日？」とアベベが聞いた。しかし、アベベはタリクには取るに足らない存在だった。ハナは娘にとってはそこから逃げ出さなければならない影であり、また必要とする太陽でもあった。タリクはテレビを見たがったが、ラヴィがいるあいだは許されなかった。だから彼女は「私、フランス人なの知ってる？」などと言い出した。彼女がこう言ったのは、父親がリール出身だったからだ。いつかハナはラヴィに、なぜ彼女の名前がタリクなのかを話すつもりだった。「その名前には歴史、驚異という意味があるのよ」しかし彼女が娘に話しかけたとき、家の中の電気を消して回っている人のようだった。

ピクニックでは、ハナのパリでの生活の話になった。長時間、地下鉄に乗ったあと混乱してしまい、日の当たる場所に出て広場を通り過ぎて迷子になったときの話だった。彼女は方向を確認するために通行人に近づいた。しかし彼女の姑が、ハナがしゃべるとラシーヌの言葉がシチュー鍋をこすっているように聞こえると言ったことを思い出し、ハナは文法と発音が不安になり、通りすがりの人に方角ではなく時間を聞いてしまった。「それで、その人が私になんて言ったと思う？」「君、私がインフォメーションデスクの人間だと思っているのかい？」ですって」ハナの話はすべてこんな風だった。つまり、フランス人の粗野な振る舞いを証明するようなことばかりだった。病院で働く彼女の夫の上司は、住み込みの家庭教師として雇っていた留学生を、一週間後に首にした。そのカナダ人の少女は食事のとき、ワインではなくミルクを飲んでいたからだった。

もう一人のエチオピア人の女性アドセダは、以前にイタリアの叔父を訪ねたことがあると言った。彼女が二度とそこを訪れたくないと思っていることは明らかだった。アイリーンの夫の隣に座っていたラヴィは、彼に中国ではどこに住んでいたのかと聞いた。「上海だ」とロングは答えた。それは本当ではなかった。寧波は中国ではもっとも古い街のひとつであり、戦争中、日本軍が腺ペストを持った蚤を使って寧波を爆撃したのだった。しかし、そのことを知っているオーストラリア人は誰ひとりとしていなかった。上海は寧波から数百キロしか離れていなかったから、上海と言ったほうがことは簡単だった。そうすれば、人はこう言うのだ。「あぁ、行ってみたい！」と。するとロングはうれしくてぞくぞくするのだった。それは一種の敗北だったけれど、戦いの前線は限られていた。シドニーに到着して一か月たったとき、ロングは自分の名前から連想できるだじゃれは終わっていたと思った。六年がたって、彼はまったくそうではなかったことを知った。工場で一緒に働く仲間が、彼をロンと呼んだ。彼にバツの悪い思いをさせないようにと親切心でそう呼んでくれたのだった。アイリーンはこのお手本で背中を押され、彼に名前を変えるよう勧めた。しかし、ロングはそうすることはなかった。

デザートはジアンが作ったパヴロヴァだった。子どもたちは誘惑された。いちごとキウイフルーツの上に、紙で作った小さな旗がなびいていた。アベベとハナ、それにタリクがオーストラリアの市民権を獲得できたからだった。ファンタとコーラで乾杯をした。与えられた緑色と黄色のリボンで結ばれた切れ味の悪いナイフで、タリクは指とナイフの刃をなんとかクリームの中に沈めた。それと同時に彼女は母親のほうを見た。彼女はその目を反らしてすばやく指をなめた。タリクは見た目がかわいくなくても魅惑的だった。タリクの表情は母親のそれと同じくすぐに変化した。タリクはある部分は鉱物でできていて、ほかの部分は宝石でできていた。堅くもあるが光を受けるときらきら輝きもした。

パヴロヴァのおかげで子どもたちのあいだでは、短いながら何もしゃべらない静かな時間があった。そのあと、子どもたちは真面目な顔をして、「進め、美しのオーストラリア（アドヴァンス・オーストラリア・フェア）」を歌った。最初の詩行のあと、二人の中国人の男の子たちは「ゴッド・セイヴ・ザ・クイーン」へと展開させていった。彼らの父親は、学校で覚えたつまらない歌はきりがないね、と言った。公園の向こう側で一人の男が叫んでいた。「やめろ！」子どもたちは足でリズムを取りながら歌い続けた。パヴロヴァは、とっくに形が崩れていた。ジョディとハナは、働いていたスーパーマーケットの話へと話題を変えた。ジョディは、半分食べかけのバナナとかチョコレートバーを彼女に渡して会計しようとした買い物客の話をして、みんなを怖がらせたり楽しませたりした。ジョディはハムのような顔をして、口はキスを誘っているような女だった。ハナが話したのは、勤務時間の最後に売上を計算するのがもっとも嫌だということだった。「あんなに汚れた五セント硬貨を全部数えるなんて」食事を始めるとき、ハナはパンを一切れ使ってシチューをすくいあげ、それをジョディの口に入れていた。これはグールシャと呼ばれる、友情を表わす行為だとハナは説明した。

職場の話が日曜の午後の空気に浸透していった。管理者や労働条件、同僚の愚かさなどの不平を言いあった。月曜日が悪寒のようにみんなを脅かした。ミュージカルホーンが脇道から聞こえてきて、ワゴン車が現われ公園の反対側で止まった。「パパ、アイスクリーム、食べたい！」と子どもがぐずるような声をあげ、その場で飛んだり跳ねたりした。「アイスクリーム！」「ママ、だめよ、それは言わないで！」

ハナが言った。「娘が昔信じていたことってわかる？」それに対してタリクが叫んだ。「ママ、だめよ、それは言わないで！」

「ホイッピーさんがあの旋律を流しているときは、アイスクリームは売り切れましたよ、という意味だと教えていたんですよ」

みんなが笑った。タリクは大声で「ママ、嫌い！」と言った。

ベルモアから帰宅する電車の中で、ラヴィの頭はふたつの光景のあいだを行ったり来たりした。ハナの長い指はべとべとの硬貨をじゃらじゃら触っていた。タリクは一匹の動物のように仲間たちに背中を向けて舌で指をなめていた。あるとき、ラヴィは自分が本当に魅了されたのは、友だちのふくよかな唇を触っているハナの手だということに気づいた。その親密な動作をしている手は、興奮させると同時に硬貨を連想させて不潔だと思わせるものだった。

長いあいだヘイゼルの門の近くの芝生には何も残されていなかった。しかし、そのときは飛行機のプラモデルが送電線のあいだに引っかかっていた。ラヴィは近くに寄ってみた。すると飛行機には羽がついていた。それは鷗で、白い羽は溶融して電線に絡まっていた。

自室の離れのドアをカチャと背後で閉めたところに、電話の音が鳴り響いた。

その後、ラヴィはメールをアンジー・シーガルに送った。彼女は翌日まで読まないだろうが、起こったことを文章にするのは真実を明らかにするための長い調整に入ることを意味する。彼は部屋の中をうろついた。雨が降り始めていた。雨が降っていなければ、暗闇の中を散歩にでかけていたところだ。ヘイゼルは外出していた。ロボとスーズのところに行ったのだ。ラヴィはデイモのことを思った。デイモはラヴィに打ち解けてもらおうと努めてくれた。またアベベ・イサヤスのことも思った。アベベはハナとその娘とのばらばらな関係をとりもつ、三角形の頂点に立つゆるぎない存在だった。しかしラヴィはイサヤス一家に別れを告げたばかりだった——とにかく、それは日曜日の夜のことだった。人びとが世界から退いてしまうときだった。ラヴィは明かりの点った窓と人通りのまったくない通りを見ていた。間借りしていた離れは長さが六メートル、幅が四メートルあり、今まで自分だけに与えられたことのあるどんな場所よりも広かった。その中では一人だった。フェアプレイが彼のベッドの真ん中に座っているのが見えた。フェアプレイが振り向いた。美しい目は瞬きをすることもなかった。彼女はラヴィを気づかっているわけではなく、ただラヴィが彼女に餌を与えるのを忘れていただけだった。フェアプレイが鼻づらを上げて吠え始めたとき、ラヴィはそれを結束と悲しみの表れとして理解したのだが、こう考えるのは人間という種族の傲慢さの尺度を示すものだった。

ラヴィは自分のラップトップに戻った。彼はモデムをオフにしていた。固定電話が繋がるようにしておく必要があるので、モデムのスイッチを切っておいたのだ。しかし自分が愚かだったことに気づいた。重大なことはすでに電話で話し終えていた。彼はプリヤ、ヴァルニカ、そしてラル・フォンセカとも話していたのだった。二週間の休暇で家に帰っていたヴァルニカは朝遅くに目覚めて、家が静かなことに気づき母親の寝室に入っていった。ラヴィがピクニックに行っているあいだ、彼らはラヴィに電話をかけ続けていたのだ。プリヤは「お母さんは苦しまなかったわ」と言って泣き始めた。彼女の夫が受話器をとって、事の次第を説明した。カーメルの心臓が検査されてから一か月足らずだった。ラル・フォンセカはこのことを、そしてそのほかすべてのことを二度も伝えることになった。状況はラルのために整えられ、力強く落ち着いた、よく響き渡る言葉使いが並べられたショーケースのようだった。これから何週間にもわたって義理の弟が、完全な検査をして、すべてが明らかになって、心拍停止になったとあちこちで何度もくり返すであろうことがラヴィにはっきりとわかった。しかし、彼が嫌ったのはヴァルニカだった。彼女と話ができたときには、話すことは何も残されていなかった。彼女の声は不明瞭で震えていた――しかし、彼女は現場にいたのだ。彼女は母親の死を発見するという経験をしたのである。それはラヴィが認識していた一般的なパターンだった。保護され甘やかされた末っ子は運がいいってことなのだ。昔ながらの不公平さが、ラヴィを鉤爪で引っ掻いた。その最たるものがヴァルニカで、彼女はつまらないものを食べさせられるのを拒んで、そそくさと逃げてしまった。

彼がラップトップの前に座っていたとき、フェアプレイがやってきて頭を彼の膝にのせた。それでもラヴィは彼女を無視した。この態度は強力で今までになく不可解なものだった。フェアプレイは、古来の女性のジレンマについて悩んでいた。横柄な男は罰せられるべきか、それとも地の果てまでついていくべきなのか。ラヴィはニマールを思い出して、彼にメールを送ろうと思った。しかしそうはしないで、マリーニとヒランに捧げられたサイトを開いた。バックライトに照らされ微笑んでいる彼らの顔は衝撃的で特別なものだった。それを見たときからもう数年はたっていた。内臓の痙攣がよく起こるのでしっかりとそれに備えていた。

しかし痙攣したのは彼の両手だった。マリーニの生年月日は彼のオンラインのパスワードのひとつに使われ、ヒランの生年月日も別のものに使われた。母親のものは、三つめのパスワードになるだろう。パスワードは黒丸かアスタリスクで暗号化された現代の墓標だった。姿を現したり消えたりする死者は、機械（マシーン）の中の幽霊だった。

彼の両手の痙攣がついにおさまったとき、ラヴィは画面を下方にスクロールした。数十の――数百の――メッセージがサイトに残されていた。ニマールはずっと以前にその現象についてラヴィに注意を喚起しており、そして弔辞を読むよう説得していた。ラヴィはそうし始めたが、ちょうどそのとき、電子音の音楽が鳴った。メッセージを集中して読むというよりも、単語の上に目を滑らせただけだった。そして音楽は、単にこの行為に付随するものと思われた。それから彼は、これが自分の携帯電話の着信音であることに気づいた。アンジー・シーガルのパートナーにとっての悩みの種は、彼女が日曜日の夜に仕事のメールをチェックすることだった。

ローラ、二〇〇三年

レコードがかかっていた。甘ったるいアリアだった。この演奏にカルロは酔いしれていた。雨が降っていた。それもかなり強い降り方で。空気は生暖かかった。夏の暑さで汗をかき、クルマエビを食べながらリモンチェッロを飲んでいたローラの身体はだらけていた。縦樋の轟音や主張の強いテノールの声にかき消され、断片的になった声を聞いた彼女は、身体を動かして大声で言った。「何ですって？」

ソファの深い底のほうからうなり声が聞こえた。「美しいおっぱいだ！」

騒音の内側で、音楽が始まる前の一瞬のように、まるで日曜日のロワーノースショアのように、すべてが静まり返った。

ローラはよく考えてから、心の中で笑った。ハ、ハ、ハ！

あるいは、キモイ！　あっちへ行ってよ！　年寄りは！　と叫んだ。

クリフ・フェリアーが、我われは彼に親切にしてやってもいいんじゃないか、と言ったのを思い出した。リモンチェッロは本当に気分が悪くなる飲み物だわ——年寄りと観光客にうってつけ。

いや、彼女が言おうとしたのは、年寄りと恋人たちってこと？

どんな場合でも、リモンチェッロは確実にクリフ・フェリアーの味方だった。

だから、ローラはボタンをはずした。

彼女が立ち上がったとき、カルロの顔に何かうさんくさい空気が一瞬走った。しかし彼女はその位置にとどまった。そしてまるで花びらのように洋服を脱いでいった。下着でいつもの気まずい雰囲気になった。その気まずさをとりなそうとしたとき、彼女は気取った態度をとって下着をなでた。美しいおっぱいですって！　彼女は目を閉じて音楽に合わせてハミングした。彼女は感傷的で自意識過剰になり、驚くほど力強さも感じた。しかも準ポルノっぽく興奮させるほどにセクシーだった。しかし、テノールの声がしつこく繰り返されると彼女の考えはさ迷った。彼女はビーに会いにカフェにいったときの、ロンドンでの一日を思い出した。ローラは少しばかり遅れて到着した。しかし、そこにはビーと思われる人影はなかった――大きな頭に金髪が薄くなっている男が一人で座っているだけだった。彼が上を向いて、手を上げた。もちろんそれがビーだったのだ。このことを思い出し、ローラは自分の髪の毛を指で梳かした。彼女はカルロのほうをこっそり見た。ソファの上で血管の浮き上がった手が動いていた。アリアが終わった。別のアリアが始まった。彼はついに身震いした。

そのパフォーマンスが日曜日に加えられた。上から照らされたランプ、小さなスティッキーケーキとともに、それはバラ色の部屋のもうひとつの構成要素となった。午後は気まずい時間が流れた。たくさんあるレコードの中から、二人のうちのどちらかが選んでかけると、それは始まった。

ローラはいつもすぐさまその場を去った。彼らは互いに触れ合うことはなかった。何が進行しているのかについて語ることもなかった。しかし数週間たったところで、彼女の銀行から一通の手紙が届いた。カルロの口座に送金していた家賃が戻っていたのだ。

日曜日には洋服の下に何も着ないのが彼女の習慣になっていた。あるいは涼しくなってくれば、シルクとレースの手の込んだ下着だけは身につけていたが、すぐさま脱ぎ捨てられた。

彼女は夜遅くまで働いた。誰もがそうだった。いくつかの本も保留になっていたし、スケジュールも延期になっていた。ラムジー社は人手不足だった。ローラは帰宅後も長いあいだ、頭の中の雑音が消えなかった。

睡眠はつかみどころがなかった。彼女はなんとか眠りを引き寄せようとした。ところが眠りはのらりくらりとしてそのうちにいなくなってしまう。彼女は、夜になってこの近辺を散歩することはなかった。歩道にはすっかり人通りがなくなっている。壁は高く、監視カメラとインターフォンが設置されていた。屋根の上のドラモンドの寝床で、彼女はラップトップの電源を入れた。シオの姉からのメールが届いていた。ギャビーは子どもの七歳の誕生日の写真を添付してきた。黒い眉をした天使の写真だった。その子はスノードームを収集していた。ローラはその子に素敵なスノードームを送っていたのだ。エメラルド色とオレンジ色の魚がゆっくりとオペラハウスのまわりで泳ぎまわり、ブリッジの上に虹色に煌めく雪片が降っていた。アトリエには殺伐とした蛍光灯しかなかったので、ローラはマッチや蝋燭を手の届くところに置いていた。蝋燭に照らされた彼女の顔は窓辺を訪れた聖母だった。ハーバーの両サイドにある高い建物は空から降ってきた星座だった。ティーライトがシオの赤い星の中で輝いていた。

ローラはいろいろな名前をグーグルで調べた。ときどき画像が現れた。彼女が学校時代に知っていた女の子は、今では紛争解決カウンセラーとなり、自身の母親の姿そっくりになっていた。林檎のように赤い頬をした憧れの少年は、色艶のない中年の顔を纏っていた。スティーヴ・カークパトリックは死亡通知を出すこともなく消えていた。チャーリー・マッケンジーの最近の個展の批評を見つけた。二流の画廊ね、とローラは意地悪く思った。ほめ言葉は際立つほどわずかだった。

彼女は思い出した。四、五年ほど前に「情報スーパーハイウェイ」という言葉が流行っていたことがある。情報は、ニュース編集室や統計学者の思考や、引力や重さの概念に貢献した。しかしローラのインターネットの経験は、不可視性、異国趣味、不連続性、つまりは軽さだった。彼女は型のないダンスを盛り上げていくように、サイトからサイトへと動いていった。ひとつのステップから次のステップへと繋ぎ、演技と振り付けは一体だった。たしかに彼女は真面目な意図で始めるのが普通だった――今夜彼女は、『ニューヨークタイムズ』が掲載していた新保守主義者の戦略の分析から始めていた。それにしてもいったいどうして、四十三分後にストリートファッションについてのブログを読むことになったのだろうか？　道すがら、メキシコ映画の批評が載っていたし、オーバリン大学の二年生によるヨガのクラスについてのブログ、減量のための宣伝、ルイーズ・ブルジョワのインタビュー、また、ワンクリックすれば飢えている子どもたちに食事を与えることができ、もう一度クリックすれば十一・四エーカーある熱帯雨林を保護することができるサイト、地球温暖化について毒舌をふるうフォーラム、日本人のデザイナーが竹の使用について解説している動画もあった。情報は実にふんだんにあるが、成功していたのは一部分で個別的なものだった。世間を覗き見することには中毒性がある。ローラは見ず知らずの人の告白や彼らの反感、また彼らが住んでいるアパートの部屋を覗いたり、彼らが推薦するレシピやニュースへの反応を覗いたりした。

彼女は同僚たちをグーグルで検索してみた。ロビン・オーアの写真が出てきた。彼女がかつて働いていた格安旅行会社を代表して賞を受け取ったときのものだった。クエンティン・ハスカーは、デジタルの足跡をまったく残していなかったが、彼の妻マリオンはウラーラでインテリアデザインを配信していた。「床から天井までの本棚は、洗練された印象を与えるが、同じ効果は壁紙でも得られる」マリオンの個人的なスタイルはインドに影響を受けていた。彼女は家族と一緒にインドで休暇を過ごすのが好きだったのだ。いわゆる英国のインド統治は、彼女に現状打開の概念、「より偉大なる買い物」を提供してくれた。グローバルな融合とは時間を超越すること、つまり今なのだ！　ローラは、ペーズリー織りの肩掛け、紫檀の戸棚、それに真鍮の盆の上に探検帽と一緒に並べられている骨董の仏像を眺めた。

彼女がグーグルで発見できた唯一の生存しているポール・ヒンケルは、バルティモアの大学で経済学を教えていた。オンラインで系譜をたどっていくと、ハーグで亡くなった人が一人見つかった。それはそうだ、とローラは思った。ローラにとって、無数のチューリップには連隊の雰囲気がある。大声をはり上げて、英雄気どりで最初に堤防めがけて突進するのは愚か者だ。

歌詞のサイトはひとつの教育だった。大昔のなぞが解けた。結局のところ聞き間違いだったのだ。クイーンが歌っていたのは「モヘアチャンピオン」ではなく「モエエシャンドン」だったし、オーストラリアのロック歌手は「安ワインと十代の山羊（ティーンエイジゴート）」ではなく「安ワインと三日伸ばした無精ひげ（スリーディズグロウス）」と歌っていた。ポリスが「見つめていたい」で歌っていたのも、「ビリヤード場のエース（プールホール）」ではなく「ちっぽけな心の痛み（プアハートエイク）」だったのだ。しかし、あぁ、ローラはブライアン・フェリーに「アナログ、アナログ」と歌い続けてほしかった。彼女は、その歌がすばらしくモダンだと思っていた。テクノロジーに対するラブソングなのだから。

グーグルは貪欲だった。だからローラは何時間も検索を続けた。彼女のラップトップは薬物を投与された子どものうるさい息遣いのような音を出し続けていた。

仲間内だけの隠語やメールでまた一日が終わろうとしていたある日の午後、ローラは嫌気がさしていた。まだ午後四時にはなっていなかったが、彼女は仕事場を出てサーキュラーキーのほうに向かって歩いた。まるで彼女の靴に何かがこびりついているかのように、事務所をこそげ落としながら店のウィンドウを覗いた。そして一軒の店に入り、ひとつだけ高価なチョコレートを買った。さらに露店でガーベラを買った。フェリーのデッキに出ると、冷たい風がローラの頬骨を薄切りにするように吹いていた。しかし船内に入ると仕事を終えたサラリーマンたちで空気が淀んでいた。彼女の目的地がぼんやり現われると、アジア系の男性の一団が埠頭で釣り糸と釣り竿を組み立てているのが見えた。一人の男がタータン模様の魔法瓶を横に置き、別の男がプラスチックの箱をパチンと音をたてて開けた。地味な服装の乗船客たちが船を降り始めた。誰も釣り人のほうを見る者はいなかった。釣り人も通勤客の流れに気づいている様子はなかった。ローラは記憶や空想の中で生きているように感じた。つまり意味と可能性で張り詰めた映画の中のワンシーンにいるような、あるいは夢の中の出来事のような感じだった。釣り仲間から遅れていた男が水辺まで急いでやってきた。トラックスーツのパンツにスニーカーをはき、航空会社の古いバッグを揺らしながら——人混みは彼の目の前で、彼がまるで使者であるかのようにふたつに分かれていった。男はほかの釣り人たちよりも若かったので、ローラは彼に向かって微笑んでみた。しかし彼の目は彼女の目と合うことはなかった。薄暗い夕暮れどきに、不自然に光を放っていた大きな黄色い車が、道路の行き止まりに停められていた。ドアのひとつがくすんだピンク色に塗られた、へこみのある古いキングスウッドだった。このあたりでは、もしも路上に車を停めなければならない不幸に見舞われると、RAV4かスバルだったらその埋め合わせができた。釣り人たちは一体どこから来たのかしらとローラは思った。そして近くに寄って釣り人たちのナンバープレートを読んでみた。

きけんと書かれていた。彼女はこのことがあって、丘の上に到着するまでずっと笑みを浮かべていた。

彼女の家の屋根から埠頭は見えなかった。ところがローラはその夜目覚めたとき、釣り人のライトがピカピカ光っているのが見えると思った。食べ物の匂いもした。スパイスの香りが漂っていたのだ。彼女は確実に釣り人たちの声を聞いた。彼らの話し声は、鳥の鳴き声のようにどこかかけ離れていて、心がひきつけられるものがあった。遠くからではあるけれど、はっきりとシオが笑っていた。ハーバーは錬金術師だった。ラジオは大音量で響き、赤ん坊は泣き叫び、シオのワイルドな笑い声は噴火した。春になって空に向かうオニカッコウの鳴き声がシドニー中に響き渡っていれば、ローラはシオが自分のことをあざ笑っていると断言できたであろうに。彼の星の光は鳥肌が立っている腕を照らした。過去が彼女の墓の上をさまよっていた。

暗闇の中のすぐ手の届くところで鋭い音がして、ぎょっとした。ローラは自分の携帯の場所を確認した。携帯の表面が光ってまるで手の中の生き物のようだった。番号は表示されていなかった。彼女が電話に出たとしても、聞き覚えのあるかすかな反響音が聞こえてはいるが、沈黙があるだけだろう。彼女は電話の電源を切った。以前、電話の音でたたき起こされ、こう叫んだことがあった。「キャメロン、何が言い、い、いたいの？」かけてきた本人はすぐに電話を切った。

　ローラはレモングラスとジンジャーのお茶をマグカップに入れた。花屋がワイヤーで支えてくれていたにもかかわらず、ガーベラの花は重そうだった――そのうちに花がうなだれてしまうことを彼女は知っていた。でも、仕事を終えたローラは、花や、すみれ色の紙でひねるように包まれた黄色の梨などが、しばしば無性に欲しくなった。つまりは、その日の仕事の疲れを癒してくれる何か素敵な物が、彼女には必要だったのだ。

それにしても兄がどうやってローラの電話番号を手に入れたのだろうか。父親に番号を教えたとき、誰にも教えないようにと頼んでおいたのに。ところがドナルド・フレイザーはアドレス帳に番号を書きとめる世代だったのだ。彼の電話番号帳は玄関のコードレス電話の横に置かれていて、簡単に手に入れることができた。キャメロンは生まれつき、その上訓練のおかげで性格がひねくれていた。ローラは彼が電話帳をポケットに隠し持ってトイレのドアをロックして、Lの頭文字のページを調べているところを想像した。シドニーに戻ってきてたった二回しか彼女は兄に会っていなかった――したがって彼は他人も同然だった。実際、埠頭で走っていた若い釣り人と同じくらい、彼女にとって兄は不透明な、よくわからない存在だった。

マグカップを傾けたとき、その日の午後のワンシーンが、カップの底にたまったお茶の葉っぱから浮かび上がってきた。彼女はラムジー社から遠ざかるように歩を進めていった。通りの反対側には三人の見習い工がいた。二人の若い男と一人の若い女で、みんな淡黄褐色のオーバーオールを着ていた。一人の子どもが彼らと一緒に歩いていた――いやそんなふうに見えた。しかし今、ローラは確信できなかった。彼は二、三歩後ろを歩いていた。ローラは彼を以前見たことがあったように思った。赤いリュックと、ぼさぼさの黒髪でそう思ったのだった。彼のところにいって話しかければよかったのに、と声にならない声が非難した。その若い女の存在で判断を誤った。そうした繋がりが生き続けている脳のどこか深いところで、その子どもは三人組と一緒なのだと、その若い女の存在でローラは信じてしまったのだった。実際のところ、ローラはその三人組にはほとんど注意を払っていなかった――彼らはローラが必死で離れようとしていた方向に向かっていた。その日のいらいらや、クエンティン・ハスカーが「このことをはっきりさせて反応を見てみよう」とまたばかげたことを言い始めた記憶が頭の中をふさいでしまい、他のことを考える余裕がなくなっていた。今となって彼女は、焦りと後悔をともなって、どうしてあんなへまなことをしたのかしらと思った。

ラヴィ、二〇〇三年

母親の葬式の日に、ラヴィはバンクシアガーデンに電話をして、自分は病気だと言った。彼は二階建ての列車に乗り、ボンダイジャンクションまで別の電車に乗り換え、そこからバスに乗った。遠回りだったけれど急ぐことはなかった。二番目に乗った電車は街から地下に潜り、ふたたび光の中に出た。何か締めつけられていたものが、扇形に広がり解放されたように感じた。ラヴィは、これが青い塊のように現れた空間の広がり——ばかげたジェスチャーであると気づいた。

海岸の絶壁に沿った歩道に差し込む光は麻酔薬だった。ラヴィは南に向かって歩き、海水プールと断崖にある人目につかない窪みを通り過ぎていった。バルコニーにはビーチタオルが干されていた。反対方向から歩いてきた中国人の男は両手首を振っていた。

一本の木に灰色のまつぼっくりがたわわに実り、白い鳥たちが群がっていた。ラヴィは鳥やその木の正しい名前を言うことができた。ハナがそういうことを知っていて、タリクに指で示していたからだ。アベベが運転する車の助手席に座り盗み聞きをして、ごろつき（フーン）、道路沿いの芝生（ネイチャーストリップ）、ガソリンスタンド（サーボ）などの単語をラヴィは覚えた。「なんでこんな言葉を知っているんだい?」とラヴィはある日聞いてみた。ハナも驚いたようだった。図書館には本があるし、仕事場で人びとが話をするのを聞けるし、自然に関するドキュメンタリー番組もあった。ハナはオーストラリアの植物のリストを作って、タリクにコンピュータでそれらの写真を調べさせた。ところが水着のことをスウィムスーツではなくコジーだと教えたのはタリクだった。「それか、スィマーズって言ったっていいんだよ」ハナは大よろこびした。彼女はオーストラリア人の子どもがほしかったのだ。アジスアベバでは、彼女は医療機器を輸入する会社の秘書として働いていた。そこで夫となる男性に会ったのだ。エリトリアとの最近の戦争の四日目に瀕死の人を介抱しているあいだに、夫は砲弾に当たって死んでしまった。家族はオーストラリアの居住権を申請していた。アベベはすでにそこに住んでいた。申請書類は通過して日取りも決まっていた。そのフランス人が前線に行く必要はなかったのだ。ところが彼のアフリカについての知識は、外国人によくあるあやふやなものでしかなかった。「こんな人たちのために彼の命を捧げるなんて！」ハナの声の調子は昔の言い争いがつきささった有刺鉄線だった。彼女自身は、その場から逃げ出したくて仕方がなかった。彼女が十五歳のとき、父親がマルキシストによって絞首刑に処されていた。彼女はたった一度だけ、決して二度目はなかったが、自分の母親について語った。アベベは車のハンドルを操りながら何も言わなかった。

　ラヴィのバンクシアガーデンでの最初の週に、「一体どうして、スリランカからわざわざここまでやってきたの？」とマンディに聞かれた。「政治的な理由？」少し間をおいてラヴィはそうだと答えた。政治と答えておけば、彼がオーストラリアに来た理由になるだろう。政治はほとんどのことをカバーできるから。仕事場では、彼は過去のことをほとんど話さなかった。むしろカレー風味の鰆（さわら）、モンスーン、海辺の青い家について話した。仕事仲間のほとんどは移民だった。故郷の思い出にふけるときは、誰もが食べ物や植物、子ども時代のこと、天気などに執着した。どこか別の場所で、心の中の踏み車（トレッドミル）だけかもしれないが、彼らがオーストラリアへ来ることになった理由を答える練習したのだとラヴィは思った。あるいは恐らくそんなふうにして記憶というものは、結局、政権を凌駕するということだ。一輪の花のほうが政治よりも重要であることを認めることによって。
公園では、行く手にバタンインコが金切り声を張り上げていた。遠くのほうでは、別の一羽が低木の上で落ち着きなく動き回っていた。扇形をした鮮やかな黄色の鳥冠にじっと目を凝らしながら、ラヴィはそのインコに飛び立ってほしいと思った。僕が十を数えるまでに。二十を数えたところで彼は肩越しに覗いてみた。バタンインコは片足を上げ、自分の頭を引っ掻いていた。フリーダ・ホブソンのアパートのバルコニーでもまた、ラヴィは自分の死が安らかであるかどうか、少なくとも声をあげると人に聞こえるような場所で死ぬことができるかどうか、そうしたことの前兆となるものを探していた。もしもカラスが三度鳴いたら。その木の葉が落ちてきたら。太平洋の海水は岩肌に砕け散った——水しぶきは美しくしかも無頓着だった。しかし死者の街がついに視界に入った。ラヴィは午前中ずっと墓地がどこにでもあるようなものではないかと恐れていた。墓地が目の前に現れたとき、そうではないことがわかった。

盲目の天使の視線のもとで、ラヴィは航空書簡を取り出した。前日に届いたものだった。見納めとなる薄青色の封筒を開封するとき、手荒な扱いをしてしまったために、手紙の下の部分が真ん中の部分から垂れ下がってしまった。母親からの手紙で、豪雨のこと、孫の熱のこと、ヴァルニカが届けたプレゼントのことなどが書かれてあった。そして三日後に彼女の心臓は止まった。ラヴィは手紙をふたたび読んだ。「親愛なる息子」という書き出しから「愛する母より」という結びまでに、特に何も書かれていないことが改めてわかった。書かれていたのは雨のこと、薬用効果のあるお茶のこと、石がはめ込まれた時計のセットのこと、それら以外には何も書かれていなかった。彼が目を閉じてひとつひとつの文を暗誦できたころ、彼は自分の手首を見た。

母親はもう土の下にいた。海は何度も咳こむような音をたてていたが、ラヴィが聞いたのは、桑の木にゆっくり落ちてくる降り始めの雨音だった。雨音に反応して、部屋を出入りするゴム製のスリッパのパタパタという音が聞こえてきた。その足音は母親が雷光に備えて鏡にシーツをかぶせて回っている音だった。これらすべては遠い昔のある時代のことではあったが、それらは進行中で、今でも不意に襲ってきては流れていく。

アイルランド人の少女が、墓石のそばの細長い暗がりの中で両膝を立てて座っているラヴィの姿を見た。ケイラは本の形をしたおびただしい数の大理石の墓石と、ゆらゆらと揺れる海の光を、自分が独り占めしているかのように思っていた。しかし彼女はとりあえず、その男のほうに向かって微笑んだ。キリストは他人の姿で訪れるというのは、彼女の祖母の訓示のひとつだった。少女は老女の代わりにこの墓地を訪れているのだとラヴィに話した。「祖母の兄がここに埋葬されているんです。彼は十七歳のときにアイルランドを去って、二人はそれっきり会うことはなかったようなんです。今思うと悲しい話でしょう?」

彼女が抱えていた円錐形のピンク色の紙の中には、たくさんの赤い花が束ねられていた。彼女のTシャツには、「パリを愛す(ジェームパリ)」とカジュアルな手描き風文字で描かれていた。ラヴィは彼女が話していることをすべて理解できたわけではなかった。最初のうちは彼女が英語を話していることすらわからなかった。まだらに聞こえてくる波の砕ける音か、鳥の鳴き声にしか聞こえなかった。木綿の日除け帽で陰になっている彼女の顔にもまた、神秘的なものが漂っていた。ひとつの文章がそれだけで浮いているように聞こえた。「この場所って特別じゃないかしら?」墓は断崖に面して、無限の孤独や危険を感じさせた。

彼女がその場を離れたとき、ラヴィも一緒に離れた——そうすることが期待されているかのように。ケイラは「シムズという名前を探すのよ」と言った。まもなくその名前を見つけた。その男の墓石の上のガラスにはめられた写真から、死んだ男が傲慢な顔でラヴィをじっと見ているように思えた。ラヴィは写真の中の目を見た。その目は、亡骸を花崗岩の下に置き、墓碑のまわりをコンクリートで固めることになった根拠でもあった。少女は、カサカサになった茶色のバラの花を写真の下の瓶から揺さぶるようにしてとり出し、自分のボトルから水を注いだ。彼女の手がふさがっているときにサングラスがずり落ちた。彼女はそれを指関節で押し上げた。彼女が持ってきた花を活けているとき、ラヴィは目を反らせた。ケイラは話を続けた。シムズにはプロテスタントの妻がいた。彼女は骨壺に入れられ近くのどこかに埋葬されていた。ラヴィは結婚によってできたひび割れが、二世代にわたって続いていることを知った。

ケイラが墓から離れたとき、彼女はラヴィが過去に見たこともない行為をした。つまり電話を持ち上げて写真を撮ったのである。

彼はネットでカメラ付きの電話について読んだことがあった。「免税で買ったの」ケイラは説明した。ラヴィは、「僕の写真を撮ってもらえないかな?」と尋ねた。

その少女にとって、これはいつものパターンの割り込みだった。カチッという音をあやうく聞くところだった。ダブリンとシドニーのあいだで、彼女は暑い場所にだけ滞在した。それぞれの場所で黒髪の男たちが写真を撮ってくれと要求してきた。彼女はカメラのファインダーの中のラヴィを、がっかりした気分で眺めた。それまで味わったことのないかすかな、ちくっとする傷みのような何かを感じながらも。

前日の夜、眠ることができなくて、ラヴィはラップトップのスイッチを入れた。そしてヴァルニカから送られてきた最初のメッセージを検索し、彼らの母親の写真をひとつ選んだ。少し操作に手間取ったが、その写真はスクリーンセイバーになった。彼がコンピュータの周りに四本の蝋燭を置いたところで通夜が始まった。

ロザリオがわりのマウスに触れるカチッカチッという音で、母親のカーメルがラヴィを見守り続けていることを確認し、コンピュータがスリープ状態に陥るのも確実に防ぐことができた。

ラヴィが朝になって鏡の前に立つと人の像が映っていた。これこそが悲しみの像だと考え、彼はその写真が欲しいと思っていたのだった。彼がフリーダ・ホブソンを許すことができなかったことのひとつは、彼女の医者だった。もしも地獄でひとつの季節を過ごしたことがあるならば、そのことを示せる何かを持っていてしかるべきだった。ラヴィの地獄のみやげは注射器の記憶とピルの思い出だった。今回は記念品がほしかった。しかし、彼はオーストラリアに出発する前に、メモリーメイカーを返していた。彼はアイルランドの少女の携帯をまっすぐに見つめた。ケイラが生まれてこのかたずっと知っていたひとつのイメージが、彼女の頭に浮かんだ。聖女のベールに刻印されているキリスト受難の顔だった。

彼女のいとこのアパートは表通りから道路を二、三本ほど奥に入ったところにあった。二人が一緒に歩いているとき、ラヴィはケイラがケアンズに行く途中であることを知った。友だちが待っているし、バックパッカーの人たちにビールを出す仕事も待っていた。「どう思う？　ラヴィ。クィーンズランドを好きになれるかな？　給料は話にならないけど、リーフを見たくてたまらないの」

玄関で帽子を脱いでサングラスをはずすと彼女の顔は普通で、思った以上に満足のいくものだった。彼女の喉の周りには、小さな赤と青のビーズで編まれたバンドが巻かれていた。墓石に囲まれたところで、彼女はラヴィのメールアドレスを書き留めてお茶に誘ったのだった。ところが彼女が作ったのは、冷水の水差しにスライスしたレモンを入れたものだった。彼女の目の色は、はるか遠くの青い山並みだった。

彼女のいとこのアパートのリビングルームは、小さなほら穴のようにほの暗かった。まるでお棺のような形をしたサイドボードの上では、死人が暗闇の中で作り笑いをしていた。大昔、こぶの形をした塊が、この場所に掘られていた彼らの墓穴に沈められ、表面に層が形成されていた。雑草の葉っぱが棚から垂れ下がっていた。枝分かれして丸い形になった珊瑚の塊があった。ラヴィはもっと写真を見た。白い犬に黒猫の写真など。ケイラはその動物たちも死んでいることを認めた。彼女のいとこは街で働いていた。あと数時間は家に戻ってこないだろう。いとこは毎朝アパートのシャッターについての説明を繰り返していた。光が射し込むと室内の装飾品をだめにするからだった。ケイラはピッチャーの表面の湿気で指を湿らせてこめかみを軽くたたいた。とにかく部屋は東向きなの、と彼女は言った。

廊下の突き当りのドアが開いていた。書類整理用のキャビネットにリュックサックがもたせかけてあった。

「もしも身体をそこに押し込んで、机の横でつま先立ちをすれば、海が少しだけでも見えるわよ」――しかしラヴィは彼女を見ていた。Tシャツの中の彼女の身体は、蝋燭のように白かった。部屋はそこにあるソファのように灰色でわびしいものだったが、彼らの必要には完全に見あうものだった。

彼は、断崖に沿った小道を戻っていった。犬と犬に引っ張られて歩いている人たちがそこかしこにいた。ジョギングをしている人びとは、身体にぴったりの高級なトレーニングウェアを身につけていた。夜になって仕事から解放された労働者たちは、急いでビーチに向かった。気持ちのよい入り江では子どもたちが叫び声をあげていた。ラヴィはピクニックをしている家族と、太極拳をしているグループを通り過ぎていった。彼は、シドニーが単調でつまらない仕事をさっさと脱ぎ捨てて、肩にタオルをひっかけ波間に向かっていく気楽な様子を驚きの目で見た。

一人の女が外国語で電話に向かってしかりつけていた。ラヴィはアイルランドの女の子のことを思った。彼女の指が彼の背中の刻み目に気づいたとき、二人は動きを止めた。ラヴィはこんなふうに言うこともできたのに。一匹のキツネがそこを通ったんだ——なんでもないよ。しかし彼は大きく開いた目に涙があふれるのを黙って見ていた。最後の最後に彼は、彼女に渡したアドレスの .com を .net に書き換えた。アイスクリーム屋の「グリーンスリーブス」が遠くからまるで葬送歌のように聞こえてきた。チョコトップアイスクリームを食べたいという食い意地の背後に、前の年に届いた航空書簡が浮かんできた。手紙の途中で母親はこう書いていた。「私がよく歌っていた古い歌があったの。「一瞬にすべてを捧げるわ。あなたと一緒のパリの橋の下で」これ、覚えているでしょう?」ラヴィがこの手紙に返事をしたときにはこの質問を無視した。その古い歌の引用には何の意味もなかったが、ある必要に応えていたことが今になってわかった——つまりそれは、彼がみずから頼んだ写真を断念した決意のようなものだった。彼の画像はアイルランドの女の子が消してしまうまで、彼女と一緒に旅をするだろう。墓場の隣りで執り行われる葬式と同じように、画像が記録するのは繋がりではなく敗北であろう。結局、それが記録したすべてだったのだ。母親の手紙は息子の不在を隠そうとしながら、それを宣言していたのだった。彼は帰宅するとすぐに、母親が書いていた歌をグーグルで調べようと思った。しかしそれが彼に伝えようとしたことはいつもはっきりしていた。母親は晩年まで、ラヴィがいなくて淋しい思いをしていたということだった。定期的に届くひとつひとつの航空書簡は、同じ旋律を奏でていた。

長い一日が終わろうとしていることに気づく前に、彼はボンダイに到着するところだった。眼下のビーチよりも遊歩道のほうに人が大勢いた。ラヴィは、保護柵を握りしめて、今いるところにじっとしていた。もしも一番星が見えたら。もしも最後のサーファーが海を離れたら。そのとき、マリーニが彼の肩のところにいた。ラヴィは彼女を見ることができなかった。けれど彼女は、彼が見ていなかったものに気づかせてくれた。水平線に沿って帯のような暗闇が大きくなっていった。夜が地上に昇ってきていた。

ローラ、二〇〇三年

カルロはナポリの話をほとんどしなかった。しかし彼は昔、母親とそのほかの女たちがスペイン地区の家から家へと、ロザリオの祈祷書を朗誦して回っていたことを語った。

ある日曜日に、ローラはナポリの近郊住宅地について長々と話したことがあった。火事になると疑いもなく逃げ場を失う、ぞっとするような高い建物がびっしり立ち並んでいて、マフィアの地上げ部門が取り仕切った仕事だった。ローラはそうした区画のひとつを訪ねたことがあるとカルロに話した。彼女の生徒の一人からランチに招待されたからだった。近隣の人たちがたてるナイフやフォークの音、食事の前に祈りを捧げる聖人たちの名前までもがはっきり聞きとれるような部屋だった。ローラは落書きや注射器が散乱したコンクリートの玄関ホールの様子を述べた。それからあの女学生の部屋のドアにつけてあった、予備の三つの錠についても説明した。

カルロが大声で言った。「スペイン地区、美しいこと、たくさん。私の母、一生、水道の蛇口から水飲んだことない。家の中、トイレない。母親、年とった女、七十一歳、真冬の夜中、中庭で用を足す」

そこで口論になった。二人は意地の悪い冷たい言葉で言い争った。彼の妹は郊外の高層ビルに住んでいると言った。「暖をとる、トイレある。雨降っても屋根から雨漏らない。でも美しくない。金持ち、美しい、いいもの、写真に撮る。君みたいに。だけど、生活のため、よくない」

そんなのフェアじゃない、とローラが言った。彼女はそれまでスラム街が絵になるなんて言ったことはない。お手ごろ価格の住宅が――ここで彼をやり込める言葉を探した――「美的に心地よいっていうのはありうるでしょう？　それに私って金持ちなんかじゃないわ」

「金持ちじゃないって？　君、金持ちじゃないだって？」

二人はにらみ合っていた。

カルロは、自分の身体をソファの中でなんとか立て直した。この弱々しさを見せつけられて、ローラは不快に思った。

「見ろ」彼は片方のスリッパを脱ぎ捨て、その足の靴下を引っ張った。「ほら、見ろ」彼は唾を飛ばしながら大声で言った。太陽に当たらない腫物は、生まれつき目が見えなくて防腐剤の中で保存されている生き物のように見える。三番目の腫物が二番目の腫物に重なっていた。ゆがんだ切り株のような腫物が足の皮膚のあちこちにできていた。

「僕の妹、同じ。ぼくのいとこ、同じ。みんな同じ。学校に行く人、靴を履く。それ規則」彼はあごを拭いた。「僕たち、同じ靴、三年も四年も履く」

細長いペルシャ絨毯の上の子犬のようになめらかで黒いロザルバの靴が、ローラの心にあざやかに浮かびあがった――その靴は何にでもよく合ったことを思い出した。ローラは犠牲にしてきたもののことなど何も知らずに、倹約のためだと決めつけてたのだ。

次に起きたことは、ほんのはずみから生じたものだった。しかし協定の儀式のようなものだった。ローラは孔雀の羽をマントルピースから引き抜き、大きくゆるやかな弧を描いてカルロの足先に置いた。彼女は緑や青の豪華な孔雀の羽をあちこち動かしながら、彼のひどい肌をなでた。そして彼の踵のまわりや足の裏を軽くさすった。

その日からカルロは、以前にも増してナポリについて気楽に話をしてくれた。彼は砂糖を入れた缶を手にとった。薄緑色の四角い缶には、オレンジ色のバラの花が描かれていた。そのバラの花には、エメラルド色の葉っぱをつけた小枝が描かれ、荒っぽいタッチで葉脈の筋が白く描かれていた。缶の蓋のバラの花は、本体の葉っぱと合わさるようになっていた。カルロはその缶を母親にもらったと言った。母親は、カルロがほしがっているビスケットの缶を買う余裕はなかったが、近所の人が彼女に空き缶を譲ってくれたのだった。それから母親は、木工でキリストの降誕を制作している工房に頼み込んで、塗料を少し分けてもらった。彼女は息子の命名日のために、木の枝をブラシにしてほかのどこにもない缶を作り上げたのだった。この話をしたときのカルロの手は震えていた。缶の中で白くて甘い立方体が、カチャカチャと音を立てていた。

ローラは、彼が子ども時代のことをあまり語らないのは保身のためだと思っていた。遠い過去は危険だということを彼女は知っていたのだ。彼女はカルロが、自分の人生はドラモンドで始まったと考えていると想像していた。彼女も同じように、海外に出る前の年月は人生の序曲だったと考えていた。本当の人生はひとつの決断で始まったのだ。命じられた恋人、浪費か貯蓄のために相続した遺産。それ以前には押しつけられたものしかなかった。それは実にオーストラリア的な自己形成の理想だった。しかし今、スペイン地区についての自分の考えは、間違っていたことがわかった。カルロは自分があの湿っぽい部屋で愛されていたことを知っていた。部屋のまわりに張りめぐらされたバリケードは、過去を封印することに役には立たなかった

——それらは侵入者を寄せつけないためのものだった。

ローラはドラモンドについても間違っていた。彼女は彼の幽霊がバラ色の領域から消えたと思っていた。しかし幽霊は、カルロの中に居座っていたに過ぎなかった。ときどきその幽霊は外をじっと見た。幽霊は用を足す責任があったのだ。「もう我慢の限界だ」とカルロ／ドラモンドは言うかもしれない。あるいは、オレンジ色のやせっぽちの犬を誰かがくすねたときには、「とんでもないチンピラどもめ」と言うかも知れない。

夏のある夜に、ローラは切迫していたイラク侵攻の反対集会に参加していた。彼女は一日中、物を食べたり、キスしたり、身体を掻いたり、バスが遅れて運行されていらいらしている人々を想像していた。すぐにでも、彼らは死んでしまうかもしれない。しかし、集会からの帰宅途中には、行進のとき彼女の隣を歩いていたフェルディナンド・ハローのことを彼女は考えていた。「ハロー」というのは、オーストラリアで初めて彼にかけられた言葉だった。「フェルディナンド」については、その名前がいったいどんな夢あるいは茶番から生まれたのか誰も知らなかった。いずれファーディと呼ばれるだろう四歳の子どもは、母親が眼鏡をかけているという理由で有罪となり、洋鋤で打たれて死んでしまうのを目撃した。悲しみに暮れた十年を過ごしたところで、父親がメルボルンで橋の上から川に飛び込んだのだった。

カルロは自分が育てているトマトのまわりで無為に過ごしていた。ローラの悲しげだけれど正義感にあふれる顔を見て、「どうしたんだい、おじょうちゃん？」と、上の空で尋ねた。

ラヴィ、二〇〇三年

アンジー・シーガルは、テディベアのチョコレートの頭部をかじった。ラヴィは彼女の指に新しいゴールドの指輪がはめられていることに気づいた。彼は難民認定申請が却下されたのを知った際に、最初に言ったことを繰り返した。「僕は、そのときに国に戻っておくべきだった」そのときそうしていれば、彼は母親の葬式にも出席していただろう。そして教会からだらだらと進んでいく葬列を先導することもできただろう。彼は自分が墓石の縁に覆いかぶさるようにからだを曲げている姿を思い描いた。

「二年にもなるのに、面接もせずに却下ですって」アンジーはこう話しながら移民局からの手紙に目を通していた。「本当に残念だわ、ラヴィ。むちゃな話だわ」

難民認定を希望する人びとに必要とされる、迫害の現実的な見込みに裏づけられた十分な恐れが、ラヴィには欠けていると判断されたのだ。移民局は、彼の妻と息子の殺人が国家的策略であるという申請者の主張に対して、実質的な証拠を確認することができなかった。それは純粋な刑事事件であったかもしれず、そうであればラヴィはスリランカで恐れることは何もない。移民局からは、同情ではなくて以下の定義が示された。「現実の実質的な根拠がある場合、恐れは十分なものとなるが、それが単なる仮定であればこの限りではない。現実的な見込みとは、間接的でも、非実質的でも、こじつけの蓋然性でもない見込みのことである」

アンジーは手紙を置いて眼鏡をはずした。眼鏡もまた新品だった。「むちゃな話だわ」と彼女はまた言った。「まずはアムネスティなどからの第三者的証拠書類の提出が欠けていたわけではない。スリランカにおける人権侵害に対して声をあげて反対するあなたの奥さんのような人に起こることについてのね。移民局はそれを無視することを選択したに過ぎない。だけどね、ラヴィ。今回はうまくいかなかったけど、終わりってわけではないの。異議申立をするってことよ」

彼女の携帯電話が鳴った。顔をしかめながら腕を伸ばして、それを手にした。「この電話には出なくちゃ」しかし受話器を耳に当てながら、彼女はラヴィに話し続けた。「手続にかかる費用は千四百ドル。ただし、成功しなかった場合のみ。あなたとしては最良の選択だと思うわ」彼女はテディベアのチョコが入った皿を、机の向かい側に押しやった。

ラヴィは今では朝起きるとすぐに、マリーニとヒランのウェブページを見ることが習慣になっていた。初めのうちは少しずつ写真を見ることに慣れるよう努力した。それから彼はサイトに書かれてある内容を読めるようになった。ほとんどのメッセージは、殺人事件のすぐあとの時期に書かれたものだったが、新たな追悼メッセージも書かれ続けていた。

最初に読んだとき、最近のメッセージには特に注意を払っていなかった。実に多くのメッセージには、大なり小なり同じようなことが書かれていたからだった。勇敢で素敵な女性だった。悲しいことに惜しい人物を失った。ディープティ・P。しかしその夜眠れないでいると、昔のいさかいを思い出した。ディープティ・ピエリスはマリーニとフリーダといい争いをしたあとNGOを去った女性だった。今さら哀悼のメッセージを送ってくるというのは、いったいどんな力が働いたからなのだろうか。それから、プリントした紙が散乱するのを押さえる赤い指輪を光らせた障害のある手が頭に浮かんだ。ニマールがラヴィに見せた最初のメッセージのうちのひとつは、このピエリスという女からだった。ラヴィはそれを確信した。彼はベッドの上に身を固くして横たわっていた。

彼は、アンジーが電話を切るとすぐにこのことを彼女に伝えた。早口でしゃべったので話がごっちゃになってしまい、彼の疑いをふたたび説明しなければならなくなった。

アンジー・シーガルは才能ある夢想家には慣れていた。難民認定を希望する人たちは、孤独、悲哀、不審、そして恐怖を最大限に活用した。彼女は言った。「人は自分が知っている人が亡くなると心が沈むものよ。たとえ亡くなった人が好きではない人でも。いいえ、恐らくそうであるからこそ特に気持ちが沈むということね」

「だけど二回のメッセージ！」おかしいと感じたのは繰り返し送っているところだった。過剰な隠ぺいは心の奥底に潜む嘘を暴くものだ。「ふたつのメッセージは、ずいぶん時間が離れていた」とラヴィは言い張った。

「恐ろしいことをずっと考え続けるのは、普通にあることだわ」アンジーの声はおだやかだった。彼女は僕に当てつけを言っているんだ、とラヴィは思った。それと同時に怒りを覚えた。アンジー・シーガルは甘いものに慰めを見い出すタイプの女だ。彼女が見たのは、様式化された花瓶に描かれた絵だった。しかしラヴィはその絵が嘲っているものを見たのだ。

彼は穏やかに話す努力をした。移民局は正しかったと彼は言った。当時そう考えておくべきだったのは明らかだった。肉体をイメージした花瓶は悪意に満ちていて、個人的なものだった。「僕の妻の殺人は彼女を知っていた誰かによって仕組まれたものだった――妻の星占いの予言のことを彼女が話した誰かによって。その予言によると、妻の運命には花が関係しているということだったんですよ」ラヴィはそれを骨の髄まで知っていた。ちょうど机の反対側にいる女性が自分を憐れんでいることを、また自分を信用していないことを知っていたのと同じように。彼女は評決を和らげ、覆い隠すような言葉づかいでラヴィに告げていた。それは間接的で、非実質的で、こじつけの蓋然性だ、と。

彼らの母親が亡くなってから、ヴァルニカはラヴィに毎週電話をかけてくるようになった。前回、彼女は彼にこう質問した。「私たちが、ゴールであの死体を見たときのことを覚えてる?」彼女はそれを忘れたことがないと言った。公道から車庫に通じる私道に、棺に入れられた多くの死体が規則的に並べられていたことを。「まるでショーウィンドウの中の配置のようだったわ。でなければパズルのピースのような」だけど、ラヴィもヴァルニカもそのようなものは見ていなかったと、ラヴィは異議を唱えた。彼らが車で通り過ぎたのは、囚人たちの列だけだった。残虐行為で来客を怖がらせていた彼らのいとこたちは、彼女を混乱させていた。

「私には自分が何を見たのかわかっているのよ！　恐らくあなたには何も見えていなかったんだろうけど。車の中のあなたが座っていた側からはね」子どもだったヴァルニカは時間を駆け抜け、大人になって金切り声で叫んだ。「知らないことを言おうとするのはやめて！」

それこそが、ラヴィがアンジー・シーガルに向けて叫びたいことだった。彼女は、仕事場で言い争いになったからといって殺しあったりしないものよ、と言っていた。「もっともそこに誘惑があるってことは確かだけど」彼女はラップトップでマリーニとヒランのサイトを開き、しゃべりながら走り読みもしていた。

ラヴィはふたたび話し始めた。「この女性の義理の兄が……」

アンジーは彼の話を最後まで聞いた。それから、彼女のラップトップを彼のほうに向けた。「あなたは、ディープティ・ピエリスの名前が最初のメールにあった、と言ったわね。この最近のメッセージはディープティ・Pからよ――ディープティというのはめずらしい名前かしら?」ラヴィが、その名前がめずらしいものではないと認めたとき、彼女は言った。「だったらどうしてあなたは、それが彼女だと言いきることができるの？」

アンジーの携帯が鳴った。彼女は電話を手にとって、「悪いわね、ラヴィ。すぐ戻ってくるから」と言った。トイレで彼女は母親の話を聞いていた。アンジーは目を閉じていたが、彼女の瞼の中に刻印されていたのはコンピュータスクリーンで見た子どもの顔だった。新婚のころにアンジー・シーガルは流産で赤ん坊を亡くしていた。彼女は親指を噛んだ。ラヴィ・メンディスがどうやって生きてきたのか、彼女にはわからなかった。

「もう僕は故郷に帰っていいでしょう」とラヴィは、アンジーが自分の机に戻ってくるなり断固として言った。この二、三日で計画は形を成してきていた。善き場所というのは今ではとても狭いところだ。それは旅行疲れのあとに倒れ込むことのできる清潔でしっかりとしたベッドだった。当初、ラヴィはピエリスという女を探し出すために、自分がすっきりと眠りから目覚めたように感じた。プラスチックの袋の中にバッテリー酸を隠し持って、彼女の机のところまで運んでいく。あるいはひと缶のガソリンとひと箱のマッチを——どちらがいいか決心がつかなかった。しかしディープティ・ピエリスがどこにいるかに関して何でもいいから見つけてくるようにと、ラヴィから頼まれていたニマールは、ピエリス一家が数か月前にすべてを売却してアメリカへ移住したことを突き止め、その日の朝ラヴィに告げた。にもかかわらず、ラヴィの考えに重大な変化が起こっていた。故郷に戻るということは、今では難民認定が却下された結果というよりもむしろ、願望の意味あいを纏うようになっていたのだ。ディープティ・ピエリスは自由へと脱出したのかもしれない。しかし誘惑するベッドはそのままだった。ラヴィは横になりたかった。彼はじっとして光が部屋のまわりを動くのを眺めることもできるであろう。もしも彼が頭を枕の上で回転させると、三つの墓石を見ることができるだろう——墓石は無傷の状態に保たれていて、今彼が横になっているところからでも、墓の手入れをすることができるだろう。

彼はアンジーに、ピエリス一家についてのニュースを話し、「だから今はもう、僕にとっては何の危険もないんだ」と結んだ。

アンジーは、テディベアのチョコレートをパキンとふたつに折った。そして「本当にそうなの？　どうしてそう信じるのかわからないわね」と言った。

ラヴィがずっと以前に知っていた女の子は、スリランカの北部育ちだった。彼女の父親は治安判事だったが、自分がお茶に招待した男に子どもたちの前で射殺されてしまった。それ以来、娘は花火の音が聞こえると、空を見上げるのではなく、隠れる場所を探すようになった。どの部屋にいても彼女が選ぶ椅子はドアのほうに向いていた。歴史は、動じない人にとってはひとつの教訓で、本人に直接そのメッセージを伝えるものだ。街灯柱に縛りつけられた複数の死体、サテンの上に置かれた眼球、ココナツのような音をたてて粉砕された頭骨。しかし一体このようなことを誰がしでかしたのだろうか。それを確かめる必要があるので空想小説が生まれた。その内容は、湿気で染みが滲んだ表紙と表紙のあいだに存在し、それはつまり探偵小説として知られるようになった。罪を犯した集団はひとつの顔を与えられ、たとえばディープティ・ピエリスと呼ばれた——ページを飛ばして最後へと進むとすべてが明らかになる。ひとつの声が叫んだ。「見ちゃだめ！」しかしその囚人は、つねに兵士によって前に進むよう急かされた。ラヴィは一体どのようにして、何かを確かめることができるというのだろう？　誰の顔がマスクで隠されているのかもわからないで。それがまさに恐怖というものだ。ベンガルボダイジュの根が盛り上がり、黒い枝が腕のように広がった。恐怖心を持ったままラヴィはバスに揺られ、スーパーマーケットに行き、シャワーを浴びた。恐怖は始末に負えないものだったが、その根拠は充分だったのだろうか?

アンジーは言った。「難民認定の再審を申請しましょう、いいわね」

次にデイモが立ち寄ったときに、ヘイゼルは自分が見つけたものを彼に見せた。「小屋のなかにあったのよ。古い石油ストーブの後ろに押し込まれていたの」緑色のガーデニング用のより糸を巻いたものが彼女の手から転がった。控え目にではあるが冒涜の言葉を吐きながらそれをたぐり寄せようと身体を曲げたときに、彼女はビニール袋を見つけたのだった。

「三年続けてケヴのいちばん得意な科目は美術だった」とヘイゼルは思い出した。サンルームのドレッサーの上には、息子たちが嫌いだと言う五枚の写真があった。それらの写真は、少年たちの赤ん坊のときのものだった。しかしながら彼らの母親が見たのは、一列に並んでいる穏やかで生き生きとした表情の赤ん坊ではなく、五つの象徴的な光景だった。子どもの水遊び用のプールの中でまるまると太っているケヴの写真は、ひまわりの絵を見ている一人のティーンエージャーを思い起こさせた。彼はひまわりの絵の版画を購入するためにお金を貯めて、木製のフレームを作り、それを自分のベッドの上の釘から吊るした。十四歳のときの彼の顔はそばかすだらけだったにもかかわらず、恭しくさえあった。その顔はヘイゼルを動揺させた。彼女は息子たちには配管工のように、何か確固たるものを身につけてほしいと望んでいた。しかしながら過去を振り返ってながめていると、息子を神聖化してしまう。消えてしまったあの少年にとって貴重なものは、蜘蛛の巣だらけの暗闇に委ねられていて——永遠に失われてしまっていたかもしれない。ヘイゼルはこれまで宗教にのめり込んだことはなかった。あのビートルズがインドを発見したときでさえもそうはならなかったのだが、彼女は必要としていたひとつの言葉を見つけることになった。冒涜だった。「もしもこの絵が気に入らないのなら、どうしてラヴィは壁からちょっと取り外すことができなかったのかしら？　どうして小屋の中に押し込んだりしたのかしら？」

デイモは何も言わなかった。しかし彼はタブーということを理解していた。彼の父親が事故で亡くなったとき、彼は八歳だった。そしていまだにパラマッタ通りのあの一画を避けるために、遠回りをしていた——モーターバイクを目にしただけでも縁起が悪いと考えた日々もあった。彼の手は花瓶に生けられた黄褐色の花の版画をなでた。

ヘイゼルのドレッサーの上にあった五枚の写真は、ある国のみやげ物だった。子どもたちはその国から引き離されてはいたものの、母親の存在を通してそのすばらしさを知らされていた場所だった。間貸ししている離れに住んでいる者たちと彼女の関係において、彼らがヘイゼルの息子ではないという理由で、彼女が怒りをあらわにするときはつねに訪れた。彼女はもちろんこのことに気づいていなかった。それにもっと直接的な恨みごとがいつもに身近にあった。いちばん最近のものは水の中に書かれていた。十二月に山火事で街が火に囲まれた。気候が変化しているのだ。毎週のようにニュースで、ダムの水位を示すグラフが下がっていることが告げられた。ヘイゼルの医者はコレステロールについて怒鳴りながら、彼女に野菜スープを飲むように命じた。彼女はズッキーニ、ブロッコリ、セロリーをボウルに入れて洗った。水を節約するために野菜を洗った水を、ボウルをさかさまにしてクチナシにかけていった。洗濯場でラヴィがシャワーを浴びていると、水道管をガラガラ鳴らしている音がハンドミキサーのブーンという音の上にかぶるように聞こえてきた。クリスマスにはラヴィは庭の隅っこで、煙を見ながらヘイゼルと一緒に立っていた。天気に何が起こっているのかほとんど見逃すことはできなかっただろう。ところがラヴィはそれでもまだ八分間のシャワーを浴びていた。ヘイゼルは寒さを感じたことがなかったし、冬が恐いということもなかった。湯気の中から冷たい空気の立方体の中に足を踏み入れる怖さも知らなかった。洗濯場の放熱器は奇跡を成し遂げていたかもしれなかったが、彼女の想像力はそれほど遠くまでいくことはなかった。毎日彼女はラヴィに何かを言おうと心に決めた。それから彼が姿を現わすと、ヘイゼルは地獄を覗き込んだことのある目を見ることになるのだった。

　デイモの頭の奥でまとまりつつあった計画が、最終的な形を成してきた。ヘイゼルの家の外に立ちながら、デイモは電話を取り出した。九輪の赤い椿の花が蝋のような光沢を放ち、歩道と車道のあいだの芝地の上に四角い形に並んでいた。デイモはそれらが視界に入ったものの、見ることはなかった。

ローラ、二〇〇三年

グローバル販売戦略会議のあとのパーティーで、海岸沿いのホテルのテラスのまわりにちょっとした人だかりがあった。ローラはバーからふらりと出てきて、年代の区切り方について交わされていた議論に加わった。八〇年代が終わったのは株式市場が破綻した八七年だったね？ あるいはその二年後の東ドイツの崩壊のときだったのか？ ウォールストリートなのか、ベルリンの壁なのか？ 意見はあちこちへと傾いていった。いずれにせよ九〇年代は九・一一まで続いたということで意見は一致した。月の出ていないビーチの向こうでは太平洋が波音を轟かせその牙をむいていた。酔いつぶれたクリフ・フェリアーは眠そうな声で六〇年代は七五年のサイゴン陥落まで続いたんだ、と言った。

「そんなことあり得ないわ。オルタモントフェスティバルですべてが終わったのよ」

「そこが君の間違っているところだ。ベトナムこそが六〇年代なんだ」

ラムジー社のハイジ・コスはアメリカ支社の支店長だったけれど、人員削減で五人のうちの一人を失った。彼女はもうこれ以外のことでは譲る気はなかった。さらにいえば、ブルックリンとロンドンの支社の連中はシドニー支社に誤解され、無視され、欺かれていたと強く確信していたのだ。ハドリアヌスの城壁にいた古代ローマの軍団兵は、これとかなりよく似た思いで、ローマが霧に対して無知であったことに不平を述べていた。

クリフ・フェリアーの真ん丸いまなざしは動くことはなかった。「すごいね！ 君はセクシーだよ、ハイジ」と彼は言った。「君は、ラムジー社の中でいちばんセクシーだ。多分この地球上でいちばんんだ」

しんと静まりかえった。

ローラ・フレイザーが「それって先週の金曜日に私に言ったこととまったく同じじゃないの、クリフ！」と叫んで沈黙をやぶった。ローラの頭の中のどこかで、まったく同じという言葉がいったいどこから出てきたんだろうと思った。そう思いながら、借り物のかん高い声で、「あなたって私にやきもちを焼かせたいのね」と続けた。

結局誰もがこの冗談につきあった。ハイジもしぶしぶそうした。なぜなら――相手はローラ・フレイザーだから！

かん高い声で笑いながらローラの指はクリフの腕をぎゅっと締めつけていた。「私たちの歌よ！」

クリフは、ローラがダンスフロアーのほうへ誘っていくのにおとなしく従った。テクノダンスミュージックが流れる場所に静かに近づくと、彼は「やれやれ、これはかなり絶望的なケースだな」と言った。そして「俺はいつもあの子がレズだってことを、忘れてるんだよな」と続けた。

ローラが異議申し立てをしたとき、彼は歯ぎしりをしながら笑った。そして彼女の胸の中に倒れこんだ。

ロビン・オーアは赤いシルクのキャミソールを着て、踊っている人たちを見ていた。彼女はあたかも空中で舞い、水の上を歩いているようだった。会議はお世辞満載で進行していた。何週間もかけて詳細に企画され、二日間で最高潮に達しようとしているが、台無しになる可能性も大いにあった。しかしそうはならなかった。ロビンの発表は明快で説得力のあるものだったし、時間が超過するセッションもなかった。本当に、面白い発表はワークショップで聞くことができた。料理の調達もうまくいき、徹底した菜食主義者も満足していた。もっともよかったのは雰囲気だった。ロビンは売上の数字がみんなをがっかりさせるのではと心配していた。ことに自らを弁護する必要があり、気持ちを引き締めて出席していたアメリカ人にとって、そのことは心配だった。しかし統計表の数字は、むしろ出席者の気持ちをひとつにし、事態を逆転させようとする決意を生み出し、彼らを元気づけることに役に立った。人びとのざわめきが感じられた。

数分前にロビンはロンドンから出席していたサイード・ジャミールと踊っていた。彼女は、サイードにすこしばかり性的な欲情を感じた。彼も彼女に対して同じ気持ちであることをかなり確信していた。彼は彼女の耳元で「下心がありそうだね」と囁いた。そんな気持ちがどこかに行きついてしまうというようなこともなく、二人はともに抜け目なくふるまった。結局、彼女は彼とダンスをしたのは二回までだった。

突然ローラが現れた。彼女はクリフを前に押し出して、シーッといって注意を引いた。ローラの手がクリフから離れるとすぐに、彼はゆったりとした足取りでその場を去っていった。

「クリフはばかなことをしてるわね。大丈夫よ、私が彼から目を離さないようにするから」とロビンが言った。ロビンは少しばかり酔っ払ってしまったと判断したが、彼女の頭はウォッカと同じくらい冷静で明瞭だった。クリフのあとを追ってロビンも姿を消した。今日彼女は、すべてをうまく処理していた。

DJは「愛の魔力」のマッシュアップを始めた。ローラはテラスのほうに戻った。そこには誰もいなかった。彼女は影がもっとも色濃くなっているところまでゆっくりと歩いていった。首を傾けて喉に風を受けた。彼女は時計をつけてくるのを忘れていた。何時ごろ家に帰れるかしらとか、タクシー代はいくらかかるかしらなどと思いをめぐらせていた。

声が聞こえてきた。「クリフへの対応、なかなか気が利いていたね」

その男からはビールの匂いがした。「あの年代ごとの出来事についての議論だけど」とローラは言った。「人がある年代や時代の終焉について魅了されるのは、それが一種の死への準備になるからなのかな？」ローラは夜の始まりにウォッカをロビンと一緒にがぶ飲みしていたので、ポール・ヒンケルがまるでまったく別の種類の人間であるかのように思えて、彼に話しかけていた。

「クリフって、頭がおかしい(ディックヘッド)ね」とポールの声は真剣で低く響いた。「誰だって、ここでは君が断然いちばんセクシーな女性だって思うのに」彼は片方の手を彼女の胸の下に置き、彼女にキスをし始めた。

喫煙者のグループがテラスのほうに流れてきたので、彼は場所を移した。彼は手のひらをペタンと手すりに押さえつけて震動している暗闇の空間に向かって言った。「携帯持ってるかい？」

彼女は携帯をコートの中に入れたままだった。だから彼の言う携帯番号を繰り返した。打ち寄せる波のように狂乱する何かが彼女の中に突き破って入ってきて、そのために番号をうまく覚えることができなかった。しかし結局、彼女はその番号を暗記した。

「オーケー、だったらこうしよう。荷物をとって会場にいる何人かに挨拶をする。それから受付で部屋を予約する。その部屋に到着してから、僕の携帯に電話をしてどの部屋にいるのか教えてくれないかな」

彼女はこれらのことを、あたかも彼から出された指示ならば何でも実行したかのように、次々とこなした。指示されれば、静かに毒薬を飲み干しもすれば頭骨をこなごなに砕きもしただろう。

その週の日曜日にローラはカルロにとてもやさしかった。昼食のあいだずっとおしゃべりをして、ワインをぐいぐい飲んだ。哀れな老人だと彼女は思った。かわいそうな奴。彼女は何度もにっこり微笑んだ。

アリアの最初の音色を聞いて、彼女は自分自身が夢の中に出てくる女のように、優美でしなやかだと思った。

もしも幸福が別の感情に場所を明け渡すとするならば、それは罪悪感だろうという痛みを感じて、ローラはバラ色の部屋でのパフォーマンスが最近おざなりになっていたことを認めた。しかし今日の彼女は、香りのするローションを手足にこすりつけていた。大きく寛大な目的のために、彼女は乳房のまわりを手のひらで包み、背筋を伸ばした。そして指で髪の毛を梳いた。彼女は哀れな老人と思いつつも、命を吹き込まれた抜け殻に、自分の見事な肉体の恩寵を捧げた。彼の身体が痙攣すると、ローラはにっこり微笑んだ。

ローラ、二〇〇三年

即座に形が整えられた。二人は火曜日と木曜日のランチタイムに会うことにした。彼は水曜日にはクライミングのジムに通っており、金曜日は締め切り日だった。月曜日は問題外。それには理由があったのだが、ローラはその理由を思い出すことができなかった。ローラは木曜日にはいつもロビンと昼食をとっていた。しかしそれはいとも簡単に変更できた。

彼女はモーテルまで歩いた。彼は車だった。したがって彼らは一緒にオフィスを出たり戻ったりするところを見られたことはなかった。オフィスの裏にある駐車場には十二台分ほどのスペースしかなかったが、早起きは三文の徳という教えに従い、それらはほぼふさがっていた。ほとんどの人は公共交通機関を使っていた。ラムジー社のロケーションは、街の中心部へのアクセスが抜群だったからだ。ポール・ヒンケルは車を使うほうを好んだ。いい規律になるんだと彼は言った。晴れやかな早朝に目覚めてオフィスの机に向かえる。それが彼の言い方だった。つまり、彼にとって緊急で特別な必要がある場合には、ありきたりなものでごまかしてしまう。そのような必要性のひとつがローラ・フレイザーだった。両方の手で彼女をぎゅっとつかんで喘ぐように言った。「君は、……すばらしい」彼女は彼の奉仕のもとで、のたうちまわった。彼は自分が果たせないことについては何も約束しなかった。彼は的をしぼって集中することのできる熟練者だった――人は彼のことをプロフェッショナルと言えただろう。

ときどきモーテルに急ぐローラに、昔聞いたことのある囁きが聞こえてきた。お前はここで何をしているいんだ？　しかしながら、人間には孤独を終わらせたい願望がある。毎週日曜日に示される明白な事実、長椅子の上で欲望にとらわれるただの面倒な肉体よりも、人間の存在は大きなものであると信じる必要があった。彼女は時おり、果てしなく続く通りの行き止まりで子犬が躍っているのを見た。ところが太陽が差し込んでくると、目は眩んでしまった。太陽はポール・ヒンケルの顔を纏っていた。恍惚として圧倒的で、強い欲望でギラついていた。

ポールがパートタイムでＭＢＡを履修する手続きをしたことを知って、ローラは自分の意見では、ビジネスの管理は「利益第一」という唯一無二の原理に要約されうると述べた。ポールは、誰かが数字の動きを把握しなければならない、とやさしく答えた。彼け簡単に怒ったり、あざ笑ったりするような人間ではなかった。

彼らの逢瀬のあいだに時間は音をたてて過ぎていった。時間には警戒しなければならないと、彼は言った。頭の中で編んだ時間の糸をほぐしながら、ローラはスケジュールに縛られたまま、せかせかと時を刻む時計の音を聞いた。

その後ポールはシャワーを浴び、そのあいだローラはベッドに横になっていた。彼女は洋服を着てその場を立ち去ることもできたはずだ。しかしそうすると二人一緒にオフィスに戻ることになるかもしれなかった。彼女のほうが長時間、仕事場から離れられるとわかっていた——まるで彼女の仕事のほうが軽く扱われているかのようだと、ローラは憤慨しながら思った。しかし彼女が彼よりも遅くまで仕事場にいられるというのは本当だった。彼には幼い子どもがいて、託児所の調整をしなければならなかったのだ。

これらすべてのこと——怒りと論理——はローラの心の奥深いところで流れており、心の表面に断続的にのみではあるが、ふつふつと湧き上がってくるのだった。そのことは、ポール・ヒンケルには見えていなかった。彼がシャワーを浴び、彼女が遅れてこの場を去るという段取りは当然のこととして、彼の計画の中に組み込まれていたのだ。しかもそのことにおいては彼女も共謀者だった。彼女は自分の裸をたっぷり彼に見せつけて、その日の午後になってもポリエステルとコットンの混紡のシーツのしわと贅沢な女性の肉体の、まるで絵画のようなイメージが彼の心を捕らえて離さないことを願った。

ところが彼女は、ドアが閉まるとすぐに洋服を引き寄せて身につけると、足早にモーテルを出ていった。

彼女がオフィスからほんの数ヤード離れたところにいたある木曜日、彼女の前にポールがぼんやりと現われた。彼の色白の肌はすぐに赤くなった。ラップアラウンド型のサングラスで顔を隠して頷き、そのまま歩いていった。入り口近くの、太陽が照り付けている低木のそばで煙草を吸いながら一人の男が立っていた。ウェブ部門の新人、ラヴィだった。ポールは立ち止まって、彼に何かを言っていた。ほんの二十分ほど前にポール・ヒンケルはモーテルから出てきたばかりで、石鹸で洗い立ての脇の匂いを漂わせていた。彼のそばを通り過ぎるとき、ローラはツーンとくる彼の汗の性感をそそる匂いをかいだ。

ランチタイムミーティングに現れたラムジー社への訪問者は、ポールの駐車スペースを占領していた。彼は駐車スペースを見つけるために三区画ほど車を走らせなければならなかった――見つけた場所での駐車時間は一時間というリミットがあった。午後のあいだずっと、彼はコインを持って行きつ戻りつすることを余儀なくされた。ある時点で彼は上司に呼び出され打合せしていたのを中座し、また全速力で走らなければならなかった。次の週、彼がまだローラの中で休んでいたあいだに、このトラウマが彼の中から漏れ出た。彼は何回も繰り返す余裕なんてないんだよ、と宣言した。彼が何を考えているのか、ローラにはよくわからなかった。経営管理の引き締め、駐車料金、いろいろな骨の折れる仕事、あるいはこれらのこと全部なのか。ローラは自分の身体を彼の太股にこすりつけて、これから毎週木曜日あるいは火曜日を差し止めにしようとする、恐ろしい宣告を彼から受けるのではないかと思った。ところが彼のほうはピチャピチャ音をたてて身体を離すだけだった。

余裕の問題なんだ、と彼は言った。余裕ね。ローラは彼がお金に対して締まり屋であることに直面した。初めてモーテルで過ごしたとき、互いの洋服を脱がせながら彼女は声をうわずらせて、「コンドーム」と言った。彼は所持していなかった。彼らはもちろん前回、つまり、パーティーのあとのときと同じようになんとか処理した。ローラにぴったり入っていたとき、彼はつぶやいた。「コンドームを持ち歩くなんて、ほとんどないね」セブンイレブンに立ち寄ることだってできたでしょうに、という考えがローラの頭をよぎった。しかしそんなことを話している場合ではなかった。

その後は彼女が調達した。部屋代も支払った。なぜなら彼女のほうが先にモーテルに到着するからだった。やがて小太りで十代のゴスファッションを纏った受付嬢はキーを用意しておくようになり、宿泊票のローラのサインを見ようとさえしなかった。携帯電話の会話をわざわざ中断することもなく、金属で飾った耳で電話を肩に押しあてながら、ビザカードを機械に通すだけのこともよくあった。

駐車スペースを奪われる場合に備え、ポールはローラに一時間だけを割り当てた。時間が逃げるように経過するにしたがって、彼女の喉は締め付けられた。彼はベッドにもぐりこんで彼女にまとわりついた。彼女は時計がチクタクと進んでいくのを感じた。彼女が思い描く彼の生活は、エクセルのスプレッドシートそのものだった。時間管理における数多くの挑戦としてのよろこび、父性、熱情、希望などを彼女は想像してみた。

彼女も少なくともひとつ、そうした挑戦を打ち明けることができたかもしれなかったが、二人には時間がなくなっていた。

しかし、そんな無上のよろこびもあれば、それだけの贖いもあった！　週末は永遠に引き延ばされ、月曜も際限なく続いた。火曜日になると、彼女は早めにモーテルに着いた。しかしそれとほとんど同時に、彼がドアをノックする音が聞こえた。彼はひざまずいて、彼女の下着を剥ぎ取り脇に放り投げた。この予定外の焦りを見せて、彼は自分でもびっくりしてしまい、「待てなかった」と余計な告白をしてしまった。

夢を見ているかのような慈愛がローラからほとばしり続けた。それは、ローラにポール・ヒンケルをもたらしてくれたラムジー社にまで拡散していった。オフィスでの生活は、ありえない気質や不揃いの才能が結集し、寛容さが教え込まれ、少なくともそれが強要されるところだった。クエンティン・ハスカーが独自なコンテンツを生み出すよう戦略的に集中すると述べ、自分が口にした言葉の詩情に感動してそれを繰り返したときも、ローラは軽い吐き気を催しただけだった。それから人事部は十八ページにわたる調書を作成し、すべての従業員にそれを更新し続けることを求めたが、その調書は「私の目標と進展（マイ・エイムズ・アンド・ディベロプメント）」と名付けられていた。もしもその作成者がタイトルの頭文字ＭＡＤに気づいていたとしても、それは取るに足らないことと判断したのだ。ローラはこのことを、滑稽だとしか思わなかった。昔だったら絶望していたかもしれないのに。

昼間に抜け出した時間の埋め合わせとして、彼女は遅くまで仕事をしなければならなかった。しかしそれさえも彼女には心地よかった。蛍光灯の光があちらこちらで偏頭痛の襲撃のようにまぶしい光を放っていた。しかし夜のオフィスの静けさは、おおむね乱されることはなかった。ローラは、お気に入りの四色のビックのボールペンで原価計算にサインをして仕事を終えた。そのボールペンは彼女が生まれたときから知っていて、いつも机の中にスペアを入れていた。それは彼女の中に強くて素朴な感情を目覚めさせた。幸運をもたらすペンというのは、当たらずとも遠からずだった。ビックはオフィスの備品としては標準的なものではなかったが、魔法のような力を帯びていたのか、ラムジー社で働き始めて二日目にローラの机にひとつ置いてあった。彼女は周囲に聞いて回わったが、誰のものなのかわからなかった。オフィスでの生活は、こうした小さなミステリーがたくさんあった。付箋がなくなった。ホッチキスは出てきた。ピカピカのコピー機はいつも故障していた。反面、古いコピー機のほうは片面A4サイズ白黒のみで、一度に三十枚まで問題なくコピーができた。緊急メールはうまく受信できなかった。迷惑メールは二度あった。彼女のハードディスクから文書が消えた。画面が明るくなったと思ったら暗くなった。仕事場というのは有機的なところだった。そこには独自の生命（バイタル）兆候（サイン）があった。スピードと抜け目なさを伴った、策略の多いところだった。それは呼吸をしていたのだ。

　モーテルでは、ワラタのプリント柄の模様のついたカーテンがいつも閉められていた。その年の十月に、ローラは突然花屋とマーケットを訪れまとめ買いをして、彼女のまわりを赤い花で立体的に飾り立てた。ポール・ヒンケルは彼女の机の上の、暗号化された声明を理解するだろうか？　すべてのものが彼女を魅了しよろこばせた。会議室からこぼれてくる彼女の笑い声が、階段にまで聞こえてきた。ガイドブックの新刊見本が印刷所から届いた。ヘルムート・ベッカーがそれをローラのコンピュータの脇に立てかけた。その本は、ひとかけのフルーツがくさびの役割を果たし、開かれたままになっていた。彼女はモーテルから帰ってきて、手書きの説明文がついているアッサンブラージュを発見した。説明文には、ラスト・マンゴー・イン・パリと書かれていた。彼女はヘルムートを探し出し彼をハグした。彼女は大笑いをした。

ラヴィ、二〇〇三年

ずいぶん昔のことだが、ある人が親の介護の負担をバンクシアガーデンに救済してもらったそのお礼として、浅い磁器製の鉢植えの花を贈ってきた。花は玄関の入り口に置かれていて、花びらが固く黒くなり、ついには木質のような外観を見せていた。ある日、グローリー・ウォーレンは遠出をしたときに集めてきた白い小石を、堅くなった茎のあいだに滑りこませた。このことは老人の競争心を刺激し胸をときめかせた。松の球果が鉢植えの花をどんどん増やした。誰だかわからないが、鉢に格子模様のリボンを結んだ。訪れる人が最初に目にする鉢植えの成果は、実に創造的だと評され、貧乏なお年寄りの仕事としては確かに充分と言えるものだった。

ラムジーのオフィスには、芸術的に入り乱れた花が週に二回ほど生けられ、受付で訪問者を迎え入れた。ラヴィは花を無視できた——花瓶にぎっしり詰め込まれるよりはむしろ、光沢のある金属製のバケツの中でゆったりもたれかかっている花のほうが彼のじゃまにならなかった。ラヴィがeゾーン部門のデザイナーとして働くようになってから一か月が経っていた。彼の頭は昔の仕事場と新しい仕事場とのあいだを今でも飛び回っていた。こんなふうに旅行者というのは、知らないことを明らかにするために、自国と今いる場所との比較をするものだ。ここでは誰もが明るく大きなスクリーンの前に座っていて、誰もが繋がっていた。みやげ物は、地球上の何気ない知識を明らかにしてくれる。たとえばグッゲンハイム美術館のマウスパッドやジャワ島の影絵、あるいはエッフェル塔のスノードームなど。絵はがきはモニターに粘着ラバーで止められ、スクリーンセイバーはフィヨルドやヌードルの屋台になっていた。そのまま進むのよ！ というのをラヴィは思い出した。とにかく止まっちゃあだめ！

住宅ローンと高等教育のための借金の話がラヴィの耳に聞こえてきた。しかし彼が気づいたのはお金の魔力だった。自由に使える収入は雪のように静かで、変化をもたらす力があった。お金はその平凡な日常の本質を、MP3プレイヤー、カメラ付き電話、マイナスイオン発生器、環境にやさしいマグカップのテイクアウトコーヒーなどでぼやけさせながら、単調さを和らげた。

ラヴィはバンクシアガーデンのことを振り返ると、以前と以後で人生の質が変わっていることに気づいた。若さ、健康、あるいは単純な帰属意識などはすでに失われた風景だった。多くは一時的に繕うことはできたが、修復されることはなかった。点検してみるとひび割れがいつも目についた。彼の新しい職場は、それとは反対に前向き志向だった。企業理念がそれを要求していたのだ。ラムジー社は堅く引き締まった肉体を持ち、髪はメッシュ入りのブロンドで、フッ化物と第一世界の歯科技術のみが達成できる微笑みを浮かべていた。熱心に実践されていた多様性は人事部の聖戦だったが、ラヴィにとっては誰もが同じに見えた。電車の中や路上では多種多様な顔が見られた――それはシドニーの驚きのひとつでもあった。しかしラムジーのオフィスでは、中国、アイルランド、ハンガリー、レバノンなどの国の人たちが、まったく同じような澄みきった目の輝きと、キラリと光る髪の艶を放っていた。ラヴィはエネルギー、自信、ポスト工業化のレール式可動照明を見た。隠れるところはどこにもなかった。人びとはやさしく話すけれど、ラヴィは彼らが言っていることを理解するのが困難だった。試しにやってみる（ギブ・イット・ア・バール）、はどういう意味なのか？ 彼の向い側に座っている女の子は椅子をぐるぐる回しながら、「ねぇ、あなたってタミル人？ だったら、いつ難民収容所を出たの？」と尋ねてきた。彼女の髪の毛と目は明るい茶色で、金髪の筋が混じっていた。彼は彼女をまともに見つめないようにした。彼女は名前も美しかった。クリスタル・ボウルズ。

タイラーは「スリランカのサイトは九〇年代かな？　彼に技術があるとはとうてい思えないね」と異議を申し立てた。

「研修生だよ」とディイモが言った。「彼は費用の削減になる」

ずるい話だった。タイラーはずっと予算の仕事にかかりきりだったので、その週末の日曜日の夜になって、彼らは初めて顔を合わせた。彼はためらった。タイラーが犯しそうな、小さいけれど致命的な過ちだった。

「彼の申請は再審理されているんだよ」ディイモはとっさにそう言った。「ラムジー社での仕事はラヴィに有利に働き、難民認定を左右することだってある」

タイラーは反発した。「旅の経験というものがある。ラムジー社ではそれが重要だ。デザイナーはユーザーの出身地を知らなければならない」

「ラヴィは、スリランカを旅して回っているよ」

「彼はその土地の人間だ。外国人とは違う」

「そのとおり。彼は新しい視点を提供してくれるよ」

タイラーは話の方向を変えて、またへまをしでかした。「新しい雇用は凍結されている」

「正規雇用だけだよね」ディイモとタイラーの関係は、まだ互いの仕事の愚痴をしっかり聞きあう段階だった。

ディイモは「君はラヴィと契約してあげることができるんじゃないか」と言った。また彼は、ラヴィが受けとる郵便物の中に、四週間以内に国外退出を求める通知があるかもしれないことを指摘した。「ありそうな筋書きなんだ。だから、君の従業員名簿にいつまでも残るってわけじゃないんだよ」

あとになってデイモは「難民だよ、タイラー。彼の人生を変えてあげることができるんだ」と言った。そして「そうすることは先見の明のある行いになるだろう」と続けた。

この先見の明という言葉こそがタイラーを刺激し、彼の頭の中でキラキラ渦巻いていた可能性を解放した。その昔、タイラーはラムジー社のＩＴ部門を率いるために新しく雇用された。彼はカーゴパンツをはいて大人のマネージャーたちの気を引いた。やる気満々で顔を輝かせ、バランスボールの上でちょっとばかり弾んでみせた。彼は妖精の塵のような聞き慣れない用語をまき散らした。たとえば電子書籍、誰もが検索可能なナレッジベース、イントラネット、インタラクティビティなど。これらの用語は聞いている者の頭の中を漂いながらも、ほとんど印象に残らなかったが、効率と利益で煌めいていた。これらの言葉は、耳を傾ける者をみんなデジタル時代に連れていくことを約束し、光を放っていた。新参者の名前すらも魔力を感じさせた。タイラー・ディーン。後ろからも前からも読める呪文。その名前の響きは若くて最先端、まさしく現在の、という意味でアメリカ人のようだった。誰しもアナログみたいに過去のものとして時代に取り残されたくはなかった。成功はたったひとつの横顔を持つ唯一の神で、過去を向いていなかった。

その昔とは、ドットコム企業がバブルが弾けてドットボム企業に変異してしまう前のことであり、それは九・一一の前まで遡る。グローバル販売が急降下する前であり、破滅的なラムジー社のデジタルベンチャーが、旅行者のためにスマートカードを発行する前のことだった。タイラーはそれでもまだ下唇の下と顎のあいだに四角くひげを生やしていたし、経営チームにおける彼の立場を保っていたけれど、すでに輝きを失っていた。彼が会議で話をするとき、彼の考えには迷いがあった。ITは昔の場所に戻ってしまい、社内のほかの部署のためのサービス部門になってしまった。タイラーは前に進みたかったのだろう。彼はラムジー社に勤めて四年になるが、おそらく三年でやめるべきだった。彼はぼんやりとではあるが、マキアヴェリについて教わったときに、かつて経歴は長い時間をかけて進展させるものだと考えられていたと聞いたことがあった。彼は自分の身を立てる方法は、短期間で次々と転職していくことだと考えていた。ひとつの会社から別の会社へと自由に流れ、必要に応じて戦略とスタイルを変えていく自分を見ていたのだ——敗者だけが動きを止めた。しかし彼のメールに返事をよこさなかったヘッドハンターたちは知っていたのだ。市場では、ストックオプションを現金化するのに遅れをとってしまったスタートアップの青年実業家が供給過多であることを。

二十八歳で、タイラー・ディーンは過去になってしまった。

しかし現代の職場では柔軟性がスローガンだった。難民との連帯は魅力的だった。ラヴィを雇って市場価値の高いスキルを身につけさせれば、ラムジー社初の試みとなるだろう。戦略的な階段は形を成しつつあった。高度な技術に感情を加え、チェックリストの項目を埋めていく。タイラーは頭の中で履歴書を更新し、その見出し項目を上から下へと流れるように視線を落としていった。

彼は、「考えてみるよ」と言った。

デイモは彼にキスをした。

ウェイバックマシンというインターネットアーカイブは、何年間にもわたってウェブページを保存した。そしてデジタルな過去の記録を提供してくれる。デイモと会話をしてから数日後、タイラーはウェイバックマシンを使ってスリランカの大学のアーカイブサイトにたどり着いた。フレームの使用、変わることのないコンテンツ、双方向性の低さなど彼が思っていたとおりだった。コールトゥアクションはどこにあるのか？思えば、すべてのウェブがこんなふうだったときがあった！　調和していない書体、雑然としたナビゲーション、各ページの余白の大きさなどにタイラーは注意した。リンクは切れている！　と彼は思った。

このサイトはとても面白い、本当に。それと同時に……一種、偉大とも言えるものだった。ほんの二、三年しかたっていないが、それはウェブサイトの草分けだった。このような男たちは、前進しながらウェブの世界を切り拓いたカウボーイだったのだ。タイラー・ディーンはそれを愛さなければならないと思った。

タイラーはギャップイヤーにジンバブエに旅をした。いとこと一緒に家族の古い農場を訪ねた。フレイムツリーとジャカランダの並木道が一マイルにわたって続いていた。タイラーは、自分の人生の最初の三年間のことはすべて忘れてしまったと信じていた。それから、彼はこれらの木々を見たのだ。

ランチを済ませてから再び出発したとき、いとこは肥料を手に入れるために街に立ち寄った。埃にまみれた一本のユーカリノキが、通りの向こう側に枝をひじ状に曲がりくねらせた姿で立っていた。農場では樹木に花が咲いていていた。タイラーの人生は、朝、いとこの家のベランダから見える景色のように、彼の目の前に広がっていた。あと戻りすることだけが禁じられていた。そこには犯罪の気配が張りつめ、怒り顔の犬たちが監視していた。タイラーのいとこは、車のグローブボックスの中に拳銃を入れていた。もしもタイラーが車の中で一人きりだったら、声をあげて泣いていたかもしれなかった。

彼は車から降りて、何か写真に撮るものがないかと探しながら道路沿いをさまよった。やがてレクリエーションセンターにたどり着いた。ドアの上の標識にそう書いてあったので中に入った。ホールにはコンクリートのステージと卓球台があった。タイラーはスリランカのウェブサイトを見て回りながら、あのホールのことを思い出していた。風よけの壁と卓球台の上にたまった埃。卓球台のネットはたるんでいたし、吊るしてあった電灯のコードも同様だった。彼のところに出迎えにきた人の姿が現れた。ディーン・タイラーだった。もう一人の自分か生き霊か、自分自身でありえたかもしれない人物。タイラーのスクリーンでは、オープン階段が水性塗料で塗られた建物の中に昇っていった。そしてあの黄色の色合いもまた、彼が以前に見たことのあるものだった。ラヴィがあのサイトをデザインするにあたってどのような難題に直面してきたか、自分にはわかったと想像したのは、タイラーが傲慢だったからか、親切だったからか、あるいは間抜けだったからか。彼は自分のメールを開いて人事部に送るメッセージの構成を考え始めた。


クリスタル・ボウルズがタイラーのオフィスに滑り込んできた。彼が耳に差し込んでいたイヤフォンをはずすと彼女は言った。「ラヴィのことで何がわかったと思う?」

「やあ、クリスタル」

「ラヴィは収容所にいたことはなかったのよ」

「そうだね。いいじゃないか」

「彼が難民だって言ったのはあなたよね。それに彼も自分が難民だって言っているし。じゃあ一体なぜ拘留されなかったの?」

「彼に聞いてみた?」

「彼が仕事を始める前に、人事部がみんなに送信してきたメールを読んだでしょう? 難民に対してとる適切な行為についてだったわよね？」徳を意識してクリスタルは言った。「私は彼に気を遣って接していたし、彼が経験したことについては触れないように彼の権利を尊重してきたわ」

「ボートピープルは拘留される」タイラーはデイモの説明を暗記していた。「ラヴィのような飛行機難民はビザを取って入国してくる。だから彼らは居住権の申請が審査されているあいだはコミュニティで生活するんだ。ふたつのグループを区別するのは政府の戦略の一部なんだよ。つまりはボートピープルを糞みたいに扱う、という政府の方針を強化するってことだ」

リストラが行われる数週間、タイラーはほとんど眠っていなかった。経営会議中にテーブルの周りで飛び交っていたのは、再設計だのスリム化だのという言葉だった。マウスでクリックしたとたん、スプレッドシートの中のセルが消えてしまうのをタイラーは目にした。その手順は痛みもなく効率的で、さっぱりとしたものだった。それからクリフォード・フェリアーは、「これが意味するものは、人びとが仕事を失うということだ」と言わなければならなかった。会議室にいたそのほかの顔がタイラーに教えたことは、彼自身が感じていたこと、つまりクリフに対する純粋で焼き尽くしてしまうほどの憎悪の念だった。

タイラーは仕事を大胆に削減し、悩み、誰をまず最初に救うかということを学んだ。彼はＩＴから去っていく人たちを召集した。「君たちはすごい人たちなんだ。君たちが担ってきたのは、もっとも創造的で刺激的、そして挑発的な仕事をラムジー社から生み出すことだったんだ」タイラーが泣き始めたとき、彼の犠牲になった人たちも一緒に泣いた。彼らは戦争、飢え、疫病などを免れた世代だった。しかし先祖たちが経験したこうした大災害は彼らのＤＮＡの中に暗号化されていた。むしろ新奇で恐ろしいのはありふれた災害だった。一人ひとりが個人的に責任を感じていた。彼らは新しく必要不可欠な技術を身につけておくべきだったし、あるいは少なくとももっと早く転職すべきだったのだ——結局、彼らをラムジー社に引き寄せたのは、彼らの中にある旅への愛だったのではないか？　ウェブマスターのディブ・ホールデンはみんなを代表して、「やあみんな（デュード）。俺たちの苦しみを共有してくれてありがとう」と言った。

タイラーにとって、何人かの本当にすばらしい人物を手放さなかったことが、せめてもの慰めだった。クリスタルもその中の一人だった。彼女はリストラの直前に訓練を終えたところだったので、eゾーンではほかの誰よりもコストがかからなかったし、頭のいい人材だった。彼女を引き留めておくことは意味のあることだと思っていた。ナディーン・フラナガンは、ディヴの後釜に雇われたのだが、話をするよりもメールのほうを好んだようだった。したがってタイラーが、クリスタルの感情を映し出すスクリーンとなってしまった。最近タイラーは、クリスタルが彼に課された懲罰のように思えてきたのだった。彼女は、「それで、ラヴィは本当に難民だったの？　たとえ拘留されていなくても？」と言ってきた。

「拘留されていたほうがよかった、っていう意味かね？」

「いや、ただ口にしてみただけよ」とクリスタル・ボウルズは言った。

ローラ、二〇〇三年

韓国人たちがふたたびカーラ・ブルーニのCDをかけていた。ロビンは、「次にくるときには本気で彼らに新しいCDを持ってくるから」と言った。彼女は自分のナプキンを払ってからローラを念入りに観察した。「上品とはいえないけど素敵に見えるわよ。そのシャツなかなかいいじゃない」

そのシャツの色は美味しそうなマスカットグリーンで、真ん中がくぼんだオパール色の貝ボタンがついていた。ローラは洋服をふんだんに買っていた。サリーヒルズのブランドものを売っているちょっとした店や、オックスフォード通りの高級店の下見に土曜日を費やした。体重を落としヘアスタイルも変えていた。それは環境に合わせているってことなんでしょうけど、とムラなく均一なローラの黒髪に注目しながらロビンは結論づけた。ノースショアには、八十歳以下で白髪の女性は一人もいなかった。よき旅行者のようにローラ・フレイザーは土地の人に溶け込んでいたのだ。

「お昼どきに運動をするっていうのはあなたに向いているようね。どこを歩くの？　もしかして、私も一緒に行っていいかな？」とロビンは言った。

友人関係には、いつも打ち明け話をしたくなる誘惑が存在した。それ以上に、ローラは奇跡を広言したくなった。すなわちポール・ヒンケルという名前の聖なる音節を叫んでみたくなったのだ。

幸運なことに、シーフードのシチューが二人の仲を割って入ってきた。「多分、私がベトナムから帰ってきてからになるけどね」とロビンが続けた。「まもなく休暇に入るってとき、どんなものかわかるでしょう。これから出発までのあいだに立て続けに会議があるのよ」

「どのくらい、いく予定なの？」

「一週間よ」ロビンが繰り返した。「そんなものよ、わかるでしょう？」

ローラにはわかっていた。ラムジー社で働くことを夢みたのは、旅が好きだったからだ。ページが追加されたパスポートを携えて、ギャップイヤーが三年にもなっている。次はどこへいくのかと尋ねられると、遠くへと答える。だから会社はあなたを雇うわけだ。就職してから、旅について知っていることと言えば毎日の通勤くらいだった。

「ファーディはどうしてる？」とローラは尋ねた。それというのもロビンは、ちょっと前までは確実に上向きだったのに、最近は元気がなさそうだったから。

「うん、元気よ」ロビンは、サイコロ型の白い肉の塊を箸で掴んでいた。それを持ち上げるには、あきあきするほどの練習を積んだ慎重さにも似た努力が必要だった。会議のパーティーのあとに何が起こったのか誰かに話したいと彼女は思った。しかしローラはテーブルから立ち上がり、あわてふためいた様子でレストランを出ていった。真剣な顔つきだった。ロビンは身体をよじって窓から外を見たが、そこに見えたのはランチタイムの通りの光景に過ぎなかった。

ウェイトレスが、大丈夫ですかと尋ねた。

戻ってきたローラは謝罪した。彼女はドスンと椅子に座って言った。「あの子、前に見かけたことがあるのよ。一人でふらついていたんだけれど、でもまだそんな年齢じゃないはず。変よね」

「学校が休みなんじゃないかしら？」とロビンが言った。「時間をもてあましている子どもって多いのよ。本当にその子、一人だったの?」

ローラはただシチューを食べ始めることしかできなかった。ようやくさっきの会話を思い出して「さっきあなた、何か言ってたっけ?」

ロビンは忘れてしまったわ、大したことではなかったんでしょう、と言った。

ローラは二、三の編集に関する問題について、上席地図製作者たちに自分からメールを送った。彼女はそうしたあと、ポールにだけ追伸を送った。

二人が次に会ったとき、ポールはローラに自分は社内メールを信用していないと言った。「技術者がメールを傍受しているんだよ」

「そうなの?」

「どこにでもあることだよ。こそこそしたやつが、子どものポルノを会社のコンピュータでダウンロードしていないかってね」彼が公務員だったころの同僚が警察沙汰になっていたのだ。

ローラは、ポールがかつて公務員だったことを知らなかった。彼女が彼について知っていたことは、皮膚のように親密で表層的なことだけだった。実際、例をあげるならこんなことだった。ポール・ヒンケルはできるときはいつでもサーフィンをし、写真に凝っていた。タイ料理が好きだったけど魚は嫌いだった。ずっと昔のことだが、彼は聖歌隊の白衣を着て大聖堂で歌っていた。彼の娘はアヌークという名だった。彼の父親は家族と一緒にロッテルダムからシドニーに移住した。彼は花粉症にかかって、くしゃみは大きな破裂音を伴った。ローラはポールがロンドンでほぼ二年間を過ごしていたことを知ると、彼らの経歴が二人をひきつけた。彼はシェパーズブッシュというパブでバーテンダーとして働いていた。彼女がほとんど毎日のようにそのパブの前を通っていた時期があった。話が噛み合って、彼らはクールブリタニアを思い出した。（あぁ、私たちの青春のブリットポップの日々だわ！　本当に、大きな眼鏡をかけた人で、一九九五年ころのジャーヴィス・コッカーよりメジャーな人はいたかしら？）彼らが、エラスティカのハマースミス宮殿で開催された同じコンサートに行ったことはかなり確実だった。ポールは「スタッター」のリフを口ずさんでいた。彼らは同じ電車に乗り合わせて間近な距離で立っていたかもしれなかった。ロンドンは彼らにとって、起きる可能性はあったけれど実際には起きなかった出来事の秘密の貯蔵庫となった。「もしもそのときに君に会っていたなら……」と彼は言って、自分の口で彼女の口を塞いだ。言いかけた文は未完のままだった。その結論はすべての可能性を残すと同時に、あいまいなままだった。

たまに正気に戻るとローラは、彼のやさしさが示す唯一の未来は回顧だということを理解した。フェリーの上にいるとき、スーパーのレジに並んでいるとき、あるいは高いところから動きのあるハーバーを見下ろしているとき、地理は分解してしまった――ローラは、ポール・ヒンケルとシェアしているラドブロークグローヴ通り沿いの部屋に駆け上がった。彼らは一緒に旅をしていた。ベルリンのバーで、鏡に映った互いの姿を見ながら乾杯をした。ブカレストのフリーマーケットで二人はジャケットを選んだ。またパサデナの商店街で、九〇年代はパステルの色合いだと意見が一致して、オブセッションの香りをかいだり、スターバックスを味わったりした。ジャイプールの丸天井の宮殿の影の中で、ミラーワーク刺繍がほどこされた自分たち用のベッドスプレッドを買った。

ローラはこんな風に過去をファンタジーに代えていった――実際、彼女が作り直したのは単なる過去ではなく時間そのものだった。彼女が作ったシナリオは、昔起きたこと、あるいはこれから起きること、はたまたいつかあるいは当時に、同等に属していた。ポール・ヒンケルに宛てた白紙のままの、終わりのない手紙はさらに恣意的なものだった。ワラタのカーテンが掛かった部屋での出来事が二人に蘇り、創造的に変えてみようと提案した。時おりいっそうありふれた愛撫に脱線してしまうことがあったとしても、文法、構文、語彙などは一貫して性欲をかき立てるものだった。彼女の文章はその先へ進むことを拒んだ。

もしも、二人の予定を変えなければならない場合は、携帯でメッセージを送りあった。彼らは電子機器への好みを共有していた。たとえば彼女がｉＰｏｄを手に入れると、二日後には彼も買った。彼女は彼と同じ歌をダウンロードするために、彼のプレイリストを調べた。彼はザ・ホワイト・ストライプスのほうがコールドプレイよりもすごいと主張した。彼がシャワーを浴びているあいだ、彼のｉＰｏｄは彼女の胸に押し当てられて、「セブン・ネイション・アーミー」が彼女の身体の中に落ちてきた。彼は青くさいロマンティシズムの趣味があって、彼女を驚かせた。彼女は夜になると何度も何度も「ザ・シップ・ソング」や「ルビーズ・アームズ」を聞いた。彼女はどこにでも携帯を持ち歩いた。クレジットの通知が来たり椅子が後ろに引かれて軋み音がすると、すぐに電話のスイッチを入れたものの、彼からのメッセージはまれで、あっても打ち合わせに三十分遅れるといった類いのものだった。彼は教訓を警告に貶めてしまうような人間だとローラは思った。彼女の頭をよぎったのは、法廷で用いる意地悪な洞察力のひとつで、自己防衛的で役に立たないものだった。携帯でメッセージをやりとりすることは、姦通者たちにとっていかに完璧で好都合なものか。瞬時にできるし人目につかない。それに携帯の操作はすぐにうまくなるしメッセージを消すことも簡単だ。この考えはクエンティンの顔を見て誘発された。有名な話だが、昔クエンティンは、とても小さなキーパッドを巧みに操作して、技術者にコンピュータをオンにするボタンがどれかを教えてほしいと聞いたことがあったらしい。けれどもクエンティン・ハスカーから発せられるものが何であっても、それをワラタの部屋での交わりに結びつけることは、涜神行為の一形態だった。

仕事場では、ポール・ヒンケルからのグループメールには顔文字が使われていた。ローラは自分が、メールに顔文字を使うことを軽蔑していたのを思い出した。なぜだろう？ 彼女はなんという俗物だったのだろう！あのちょっとしたウィンクや笑顔はチャーミングだというのに。今では、彼女自身のメッセージも顔文字でにぎやかだった。

ポールは、ラヴィ・メンディスを、そう、あの実にいい奴を、ある夜に車に乗せたといっていた。ローラは恥ずかしいと思った。ラヴィにすごく好意を寄せていたけれど、彼女は実際、自分から彼に話しかけたことはなかった。今では彼とすれ違うことがあれば、笑顔で「調子はどう？」と必ず声をかけることにした。

冷水器の周りではラグビーの話で盛り上がっていた。なぜローラ・フレイザーがそのあたりをぶらついていたのか？ なぜなら、州のチームがワラターズだったからだった。誰もワラターズと口にしていたわけではなかったが、その単語は語られずともみんなの関心の的だった。

こんな思いが浮かんだ。これが終わったら一体何が残るのだろうか？ 彼女は彼のことを隈なく知っていたが、彼の手書きの字を見たことがなかった。手紙をもらったことはなかったし、写真も持っていなかった。プレゼントをもらったことはないし、メールすらなかった。メッセージをほんの数回受け取ったことはあったが、それは仕事上のやりとりと同じように素っ気ないものだった。それにほんの少しの感傷的な音楽を、彼女のプレイリストに加えてくれた程度だった。花やモーテルへの浪費が記録されているビザカードの明細は残るだろう。これが現代風の愛というものだった。跡形も残さず冷ややかなものだ。しかしこれが終わったら、これが終わったらは、論理学における不完全な命題と同じように何の意味もなさない。

ローラがポールの上に覆いかぶさっていたとき、彼の携帯が鳴った。彼はローラから身体を離し、携帯を探り当て誰からの電話かを確認したあと、あわててしかも力なくバスルームに駆け込んだ。彼がふたたび現れると、行かなければならないと彼女に告げた。子どものアヌークが喘息を患っており、呼吸困難な状態だという。確かにローラもそのことは知っていた。彼の親指が二重関節だということ、彼の両親が離婚したということも知っていた。それは彼女が、深夜にインターネットを底曳き網で漁るのと似ていた。彼女は非常に多くを学んだが、それらは互いに何の関係もなく、重要性もまちまちだった。

ときどきローラはそのことを説明しようとした。この必要性、この心酔、この……、しかし彼女は「愛」という言葉に抵抗した。「情欲」もぴったりこなかった。たとえ情欲がこれとは切り離せないにしても。これは愚行でありまた明快でもあった。頭の片隅で、彼女はポール・ヒンケルに対する彼女自身の最初の評価を見失うことはなかった。しかしそれは重要なことではなかった。

夜になると、赤い星が徹夜で彼女を見守ってくれる中、ローラはポール・ヒンケルをシオ・ニューマンのせいにする傾向があった。シオはリスクを提供し、彼女はそれを拒否し、そして彼は死んでしまった。だから今回はやり通す必要があった。つまり冒険を受け入れ、死体と彼が申し出た子どもが出没する道の行き止まりまであとを追っていく必要があった。死人たちは幽霊と呼ばれるが、存在しなかった人たちをどう呼べばいいのか。ところが日中ワラタの部屋で起こったことはそれだけで完結し、幽霊は出なかった。ローラにとってワラタの部屋での逢瀬は楽しみでもあったし、仕事では得られない危険とスリルで興奮させられていた。

ではなぜ、出産可能年齢の活力のさらに先を見てしまうのか？　しかしそれはあまりにも単純なものだった。ローラが最後に受け入れた理由は実に簡単なことだった。「なぜなら、それは彼だから（パルスク・セテルュイ）、なぜなら、それは私だから（パルスク・セテ・モア）」そこには理由などなく唯一無二のものだった。

　土曜日の朝のブルースポイントロードで、ローラはアリス・マートンと顔を合わせた。彼女は大きな金色の動物と一緒だった。アリスの両親が休暇のあいだ、彼らが飼っていたレトリーバーを散歩させていたのだった——たまたまカルロとローラを訪ねる途中だったと説明した。あいにくカルロはいないわよ。ロザルバがいつものように彼を連れ出したわ、とローラは告げた。代わりにローラはアリスをカフェでの遅い朝食に誘った。人懐っこいレトリーバーは頭をローラの膝に押しつけた。

　その日の朝、アリスが現れたことはとくに歓迎すべきことだった。最近ローラは屋根の上の仕事をおざなりにする傾向があった。帰宅してから追加の仕事をするにはあまりにも疲れていて、庭いじりを考えることすらできない状態だった。土曜日には彼女は洋服を買いに行き、ぶらぶらしてぼんやり過ごした。映画に行くこともあれば、ロビンやファーディと食事をすることもしばしばあった。日曜日は朝寝坊した。するとすぐにカルロのところにいく時間になってしまう。そのあいだ、剪定挟やホースを使って気乗りのしない仕事を行った。

　カルロは食事に時間がかかった。ローラはいらいらした。彼女がそこにいたのはたったひとつの理由のためだった。トルテッリーニのきのこソースあえがその理由ではなかった。彼女は皿をぞんざいに、まるで歯列矯正中の顎のような食洗器の中に詰め込んだ。バラ色の部屋の中でコーヒーをゴクゴクと飲んだ。そして粗暴な精度で針をレコードの上に置いた。しかしカルロがまだ長椅子でぐずぐずしていた。ローラはとんでもない身振りで自分自身の身体をなでつけて、落ち着くよう努力した。もしもローラが目を閉じたとするならば、彼女が頭に抱いていた視線は確実にポール・ヒンケルの視線だとほとんど信じることができた。しかし枯れかけた百合の花の香りが漂ってきた。アリアが終わり次のアリアが始まった。テノールでさえも緊張しているように聞こえ、レコードの針すら苦労して滑っているように感じられた。

ある日、カルロが「できない（ノンポッソ）」と言った。

ローラはよろこんで手を貸そうとした――それは、彼女のポール・ヒンケルからの自立を意味する彼女の宣言でもあった。しかしローラがカルロにやさしくしているあいだ、ポールはすぐそばにいた。目に見えない三番目の存在。ローラはポールのむかつきと興奮を感じた。彼女が自分の洋服を整えて出ていったとき、彼女のあとを追ってきたのは、目の焦点が定まらないクライマックスのときのポールの顔だった。

冬の夜の街をびしょ濡れにした大雨と、夏の豪雨。近年こういうことは少なくなっていたので、そのほかの場所では大陸はしなびて、古代の地肌はひび割れていた。しかしここはシドニーだ！　湿気でじくじくしていた。水でできた土地も同然だった。これでどうしてダムの三分の一ほど水位が下がったと言えるだろうか？　旱魃、つまり昔は礼儀正しく姿を消してくれていた疾病が、今では顔や首にまで広がっていた。カルロは言った。「君、根覆い忘れてないか？」エンドウ藁が、彼の栽培していた野菜のあいだにこんもりと置かれていた。裏の小屋にはもう一梱のエンドウ藁が置かれていた。ワインを造っていた友だちが届けてくれたものだった。「上、運んでくれ」ローラは急いでフェリーに乗るために、その必要はないわよと大声で言った。彼女はすでに植物の根覆いをすべて済ませていたのだ。

それは本当だった。しかし彼女は秋に藁を敷いて、春にそれを新しくするのを怠っていた。アリス・マートンに出会ったその週の土曜日に、ローラは屋根の上で一輪の枯れたクチナシに気づいた。彼女はロザルバの車の音が聞こえなくなるまで待ち、それからパリパリに枯れた茎を引っこ抜き、培養土がぎっしり詰まったプランターを空にした。彼女はテラコッタを金槌で叩いて破壊した。バラバラにした土はそこら中に散らばった。切り刻まれ、彼女の生贄となった花は堆肥と化してしまった。テラコッタの破片はビニール袋に詰めて隠した。ローラは、アリスの姿を見る数分前に、それをゴミ箱に捨てていた。

これらの行動をよく考え実行していた一方で、彼女は告白すればすぐにカルロは許してくれることがわかっていた。大切なことが何でもそうであるように、ガーデニングは何かを失うことと切り離すことはできなかった。失った一輪のクチナシ！　十二輪はそのまま健在だ。しかしローラはカルロには絶対に言えないということもわかっていた。もしも酸素を与えたら燃え上がる恥は、しなびた葉っぱとはほとんど関係がなかった。恥は、バラ色の部屋の彼女を支配するようになっていた、やさしさに汚染されていない冷静な判断によって焚きつけられた。ここのところ彼女は彼のために、まるで彼を鞭打つかのように洋服を脱いだ。より小さな怠慢を認めることは、曖昧だけれども間違いのない方法で、もう一方の怠慢を白状することだった。

土で汚れたプランターを叩き壊したために、彼女は心の一部が痛んだが、別の部分では、一人の老人と彼との情事にかかわって、なぜ自分自身を痛めつけて時間を無駄にしているのだろうかと肩をすくめてしまった。ところがアリスに会うと、顔立ちのはっきりとした若い女性のあの顔を見て、ローラはすぐに自分がしてしまったことに押しつぶされそうになった。だからその女性にせっせと食べ物を与えること、マフィンと愛情をふんだんに与えることはとても重要だった。

アリスはグァヴァジュースをすすり、大学のことや映画のことなどを話した。光が彼女の髪の中で揺れ、レストランの自家製のミューズリーにキノアを添えたものが、目の肥えたウェイターによって彼女の前に運ばれた。アリスは映画の脚本を書いていたことをそっと打ち明けた。彼女が実際に教えたかったのは、その日の午後に訪ねてくる男のすばらしさだった。アリスは大学で彼のコミュニケーション論の講義を受けていた。そこで、秘密裡に情事が行われた。背後には一人の女性が見え隠れしていたし、前の結婚でもうけた子どももいた。しかしアリスは洋服を脱いだとき、新しい恋人が身を震わすのを見てしまった。ローラ・フレイザーはフィレンツェ風オムレツをスライスして開き、アリスはこの選択の決め手について話すよう強要された。カルロとロザルバが計画どおりに結婚していたならば、この二人はどうなっていたかしら、とアリスは独り言を言った。

ローラにとって、それは初耳だった！

「カルロはロザルバと結婚の約束をしていたみたいね。それから彼はあのプリンチペッサと出会ったのよ。まるで本の中の話みたいじゃない？　ひと目惚れ（クードゥフードル）だったみたいよ」とアリスが明言した。彼女の恋人はフランス人でその利点を最大限利用した。

カルロはおくびにも出さなかったわ、とローラはいささかむっとなって言った。彼女が知っていたのは、ロザルバが石工と結婚して、その石工が彼女をオーストラリアへ連れてきたということだった。そこで彼は、果物の卸売りで大儲けをしたのだった。

あぁ、カルロは何も言わなかったわ。その秘密を漏らしたのはロザルバだったのよ、とアリスは言った。

「ママが彼らの家の建て増しをしたときだったかな？　ママはロザルバのことを本当にすばらしいと思ってい

るわ。彼女は十三歳で学校をやめたけど、夫のために帳簿をつけていたのよ。その夫はつまらない男だった、とママが言ってた。ロザルバは彼のために喪服を身に着けることを拒んだ。今でも、彼女を見かけると、彼女を避けて道の反対側に逃げる人もいるのよ」

レトリーバーはすばらしい忍耐力を示していたが、ローラの足のくるぶしのところをなめ始めた。しかし彼女は犬の訴えを理解できず、ウェイターにパンの皮を下げさせてしまった。

ラヴィ、二〇〇三年

ポール・ヒンケルの茶色の髪の毛は縮れてかさかさしていた。彼の目も同じく茶色で、目尻にはしわが寄っていた。身長は高すぎるというほどではなかった。多くのオーストラリア人はまるで樹木のように、ラヴィの上に覆いかぶさるように背が高かった。春のある日曜日に、ラヴィは二階建ての電車に乗ってポールが待っている駅に向かった。ほんの少し車を走らせると、ポールのテラスハウスに到着した。車が私設車道に入っていったとき、ドアが開いた。ポールの妻が階段の上に現れた。彼女は頭を前に傾け、両方の手のひらを合わせてラヴィに挨拶をした。

中庭で昼食をとりながら、ヒンケル夫妻はラヴィに自分たちのスリランカへの新婚旅行の話をした。昼食は鶏の胸肉のマリネだった。タイ風の芝海老とローストしたジャガイモ、オレンジのサラダとグリーンサラダというメニューだった。皿は白くて大きかった。浅い楕円形の皿もたくさん積まれていた。ポールは最初のひと口を口に含んだときに、「ウーン」とうなり声をあげ、ラヴィに「マーティンは料理がうまいんだ」と言った。その日はお天気がよかったが、隣のアパートのせいで中庭には影ができていた。太陽が当たっている唯一の壁際には一本の木が立っていた。その木の枝はワイヤーに沿って伸びるように固定されていた。ラヴィは十字架が植物界にまで及んできていることは知らなかった。もうひとつ風変りなのは、地面からおよそ六インチほどの高さまで底上げされ、側面がコンクリートで固められた花壇にテーブルとイスが置かれていたことだった。その光景はまるで墓石の上でランチをしているという印象を与えた。ばかげたデザインだよ、とポールは言った。彼らは花壇を平らに均して、コンクリートを壊して中庭に砂利を敷き詰めようとした。しかし赤ん坊が思ったより早く生まれてしまった。この話は、厚紙を差し込んでもガタガタしているテーブルへの、せめてものお詫びだった。テーブルが置かれていた長方形の灰色の地面には、一本の草の葉や一本の雑草が力を振り絞って生き延びていた。

チョコレートとヘーゼルナッツのケーキがホイップクリームを添えて出されたときに、ちょうど南風が吹いてきた。ガラスのドアは、暗い中庭からさらに薄暗い部屋へと通じていた。部屋の片側にはキッチンがあり、ポールは食洗器に皿を並べていった。マーティンが暖房をつけたり、ランプを点灯するために動きまわった。それから彼女は長椅子にラヴィと一緒に座り、写真のアルバムのページをめくった。過去が風景として蘇った。ラヴィは彼の知っている寺院、そこから続く小さな店、オランダ城壁の遺跡を見た。魚市場で撮られた写真の中では、一人の白髪の老女がうろついていた。その女性はアンラード夫人だということを、軽いショックを受けながら認識した。彼は母親のその古い友人のことは何年間も考えたことがなかった。彼女のゲストハウスはしばらくのあいだ、盛況だった。しかし、その商売を安定させるために彼女は多額の借金をしていた。八〇年代の終わりに旅行者が消えたとき、銀行は妥協を許さなかった。アンラード夫人は、ベッドルームと温水つきの家を失ってしまい、弟の善意に頼らなければならなかった。弟は彼女を台所に寝かせて、まるで召使いのように扱った。彼女の歯が抜け落ちていくのをラヴィは見ていた。ラヴィは、今いるその場の心地よさと暖かさを、そしてマーティンの髪の毛の清潔な香りも意識した。彼女はおだやかな口調で話す、無害な熱狂者だった。時おり、彼女は自分の喉に手を当てた。彼女の楕円形のつめは青白く、かなりピンクがかってもいた。ポールは台所を動きまわって、あちこちの表面をスポンジで拭いていた。

ドアのベルが鳴った。「母さんだ」とポールが言った。彼が戻ってきたとき、自分のミニチュアのレプリカを抱いていた。「アヌークだよ」マーティンはすでに子どもに手を伸ばしていた。ポールと一緒に入ってきた女性は、「こんにちは。レオニーよ」と言った。「あぁ、立たなくていいのよ。長くはいられないから。ジムにいくことになっているから」彼女はトラックスーツのパンツをはいていた。ぴったりのベストからは、筋肉質の茶色の腕が伸びていた。

マーティンは赤ん坊をポールに戻して、台所に入っていった。ベンチのところに立ちながら、彼女は白いカップを用意し始めた。レオニーの髪は真夏の太陽にさらされた草のように黄色く干からびていた。彼女は尋ねた。「ポールは父方の祖先がセイロンにいたってこと、あなたに話したかしら?」そして、「それで、あなたはどこの収容所に入っていたの?」彼女の声もまた乾いていて、黄色くかん高い響きがあった。ラヴィはバンクシアガーデンでグローリー・ウォーレンが「パチン! パチパチ! ポン!」と叫び、そのあいだにボウルの中に注がれるコーンフレークのことを思った。部屋の中の何かが変わった。その変化はレオニーと絹のような髪の毛をした子どもを、そしてティースプーンを鳴らす音を包み込んだ。しかしラヴィには測ることのできない角度があった。

レオニーは二年間、ヴィラウッドにいたタミル人の難民申請者を訪問していたことがあると話した。「ナセダン? いや、ナデサンね。いい男だったわ。みんなネディ、と呼んでいてね。彼に会ったことがあって?」彼女はまたこうも言った。「私は司書(ライブラリアン)なんだけど、ポールがまだ小さかったころ、みんなに自分の母親は同性愛者(レスビアン)だと言っていたのよ」彼女の大きな微笑みは生き生きとしていた。彼女にラヴィよりも年上の息子がいるなんてとても信じられなかった。レオニーは離婚する前に、セイロン産の黒檀に彫刻をほどこしたアンティークのドレッサーを持っていたとも言った。ポールは棚のところに行ったり、階段の下に取りつけた安全柵をまたいで別の部屋に行ったりした。そのことを証明する写真を探していたのだ。

台所では電気湯沸かし器がカタカタ音をたて湯気が立ち昇っていた。赤ん坊がなんとか長椅子から降りてよちよち歩き、突然座り込んで自分のしたことの器用さに驚き、目を大きく開いた。ラヴィが赤ん坊を膝の上に載せた。この子は未熟児だったの、とレオニーが説明したが、赤ん坊の年齢からすれば決して遅れているようには見えなかった。ラヴィは永遠にそこに座っていたいと思った。レオニーが「スリランカ人はとてもやさしいわ」と言うあいだに、赤ん坊は笑顔をふりまき、彼の顔をさわっていた。そして過去は、四×六インチの長方形に分けられ、プラスチックで保護されて一冊の本の中に安全に閉じ込めることができた。

マーティン・ヒンケルが水差しをポットに傾けていると、彼女の中で恐怖がまるで水のように湧き上がってきた。ティースプーンの音がそれを挑発した。ずいぶん昔のことだが、彼女が愛した人びとが彼女に、黒い肌は細菌を隠し持っている、と教えたのだった。マーティンの人生がどのようなものであったかを知っていれば、誰も彼女に責任があるとは思わなかっただろう。しかし彼女は、自分の過去をつまらないものとして封印し自分を欺いて過ごしてきたが、その過去はつねに首のまわりにまとわりついていた。彼女の中でゆがんだままになっていたもののひとつは愛だった。彼女は決してそれを光のもとにさらすことはなかった。そのほかのことはゴミと化してしまったとマーティンは信じたかった。アジアやアフリカにいるとき、肌の黒い子どもを彼女は魅力的だと思っていた。しかし、それは彼女が自分の子どもを持つ以前のことだった。ちょうど今、トレイの上にティーカップを整えていると、時が突然先の場面へ飛んだ。それは翌日の朝、いやその次の日の朝のことだった。アヌークはママに言われるがままに口を大きく開いて、柔らかい卵を口に入れようとしていた。ラヴィが触っていたティースプーンがその安心しきっている口の中に入っていった。理性が言った。食洗器、消毒、そうしていちばん大きな声で、あなたは堕落していて狂っている。しかしマーティンは、追い越すことのできない影の中で震えていた。赤ん坊はラヴィの頬を叩いていたが、それは重要なことではなかった——脅威となったのは、口とスプーンとの結合だった。マーティンの想像の中の、よだれ掛けをしている子どもは未来からきたのかしら？　それとも過去からなの？　彼女の手は喉元に運ばれた。そして何かが所定の位置に落ち着いているかどうかをチェックした。

レオニーが言った。「お茶はどうなったのかしら、マーティン？　あと五分しかないんだけど」

マーティンの指は、戸棚の奥にある必要なものを見つけた。彼女はトレイを持って前に歩み寄り、ポールのまわりにスペースを探した。トースターの型番、水差しの重量といったことが、夫にとっては大切なことだった。彼が選んだ長椅子を買う余裕ができるまでは、床の上のクッションに座って過ごしていた。望みどおりの食器類がピーターオブケンジントンのセールに並ぶまで、箸か、あるいは二ドルショップで買った安っぽいナイフを使っていた。マーティンは、ティーカップを配りシュガーボウルを置きながら、いつもと違うことをポールが見抜いていることがわかった。ラヴィの足元の革張りのオットマンの上でマーティンはそっと言った。「これはアリススプリングスからのおみやげなんだけど、紅茶をかき混ぜるのに使ったあと、よかったらお持ちになって。ディンゴはオーストラリアのアイコンでしょ？」赤ん坊が、マーマーマーとラヴィの膝から身体を乗り出した。彼は赤ん坊をマーティンに預けて、スプーンを受け取った。

ラヴィ、二〇〇三年

ラヴィはクリスタル・ボウルズのような人物には会ったことがなかった。それに、彼女の髪のように、金髪に茶色の筋の入った髪も見たことがなかった。クリスタルは髪をおさげにするか、無造作に頭の上でまとめていた。ラヴィとクリスタルがそれぞれ自分のスクリーンに向き合っていたとき、ラヴィは彼女の髪と、しっかりとした首筋をまじまじと観察することができた。彼が彼女と会うときにはいつでも、スーパーのお気に入りのデザートのことをつい考えてしまった。カラメルにクリーム、そしてチョコレートがプラスチックの容器に別々に入っているデザート。彼女はジーンズの上に短いスカートをはいていた。寒い日の朝は、ヒョウ皮のコートを着て出社した。ラヴィにとっては贅沢の極みのように思われたが、ヒョウ皮が中国で製造されていることを彼は知らなかった。この魅惑的な洋服の下には洗濯してよれよれの、「私は社交好きに見えるかしら?」と書いてある緑色のTシャツを着ていた。ラヴィは、クリスタルがヴィニーズで洋服を買っていると聞いた。彼にはクリスタルのような女の子が、見ず知らずの人が捨てた洋服を探しまわることが理解できなかった。彼女はよく病気で会社を休むと電話をかけてきた。ラヴィは、彼女の洋服の縫い目にひそんでいる病原菌によって代価を支払わされていると確信した。

ラヴィは、街で開催されるウェブデザインの短期訓練コースを、派遣されて受けることになった。カーソルを動かすと見た目が変わる画像。最初のオンラインの個人指導は、ロールオーバーを作成することだった。コーヒータイムのとき、ラヴィの近くに立っていた少年は言った。「これって、グライドオーバーというべきだよ。だって、実際にはロールしていないもの」ラヴィは、底に固いゴム製のボールが埋め込まれた古いモデルのマウスのことを思った。彼の手の中の、そのマウスの形を思い出した。ボールの上にこびりついた埃を吹き払ったことも思い出した。その少年は鼻にしわを寄せた。「ああそう。面白いね」ラヴィは自分が年を取ったと感じた。

仕事は学びの場であり、寓話、ミステリーでもあった。ウェブマスターのナディーン・フラナガンは、ラヴィに「フィードバック」というタイトルのメールを送った。「ハイ、ラヴィ、会議であなた自身のアイデアを聞けるとありがたいわ。私たちはeゾーンのプロアクティブプレイヤーなんだから！」ラヴィは「先見的（プロアクティブ）」とは何か、オンライン辞書で調べてみた。毎週行われるシンクタンク会議で、彼の同僚が言ったすべてのことに興味を持って聞いた。もしもどう思うか質問されたら、ラヴィはナディーンか、その部署のデザインの指導者であるウィル・エイブラハムズのどちらかに賛成すると言うだろう。それが自然で、礼儀正しいし安全に思われた。すべての人はラヴィよりも経験があったし、彼よりも先輩だった。ラヴィはほとんど自分の机を離れることはなかったし、個人的な電話をしたことも受けたこともなかった。割り当てられた仕事を与えられた時間内にやり遂げた。向かい側に座っているクリスタルを見た。彼女は電話で質問をしていた。「それで、アダムは結局キスをされたの？」彼女は心地のよい、きしむような声を出していた。グレイの長いソックスに、ブロンズ色のスティレットヒールのサンダルを履き、丈の短い青のドレスを着ていた。髪を留めている透きとおったプラスチックの櫛が光を反射していた。

ラヴィは抽斗から煙草の箱を取り出し、一本抜きとるとオフィスを横切った。ラムジー社のオフィスでは、いつも誰かが動きまわっていた。文房具が入れてある戸棚を往復したり、会議室に出入りしたり、煙草が吸える駐車場に出たり入ったりした。移動するときはみんな携帯電話を持ち、電話をかけるチャンスを狙っていた。階段を上ったり下りたり、コピー機が置いてある部屋やキッチンに出たり入ったりした。ラヴィにとってこの仕事場は、小さな銀色のボールを転がせるようにデザインされた、プラスチック製の片手で持てる迷路にときどき見えることがあった。これは彼自身のアイデアだったが、それがいいとは思わなかった。

間口の狭い家々のテラスは駐車場に隣接していた。それぞれの家は小さな商売を営んでいた。床屋、中国の薬草販売店、芸術家共同組合など。床屋の裏庭の端のほうにあるフェンスの上には、曲がったハイビスカスが伸びていた。ラムジー社の側のほうに茂っている丈の低い枝は、トラックが倉庫へ安全に配達できるよう刈り取られていた。長いつる植物も柵から垂れ下がっていた。瑞々しい緑色のつるを背景に、ハイビスカスは関節炎を患っているようだった。ところがある朝、灰色の一本一本の枝が、絹の渦巻きのような赤い花を誇らしげに咲かせていた。枝を切り取られたハイビスカスの輝きが、ラヴィに異なることを話しかけてきた。結局、それが青い家の古い食器棚と絡み合っていたことに彼は気づいたのだった。煙草を吸うために事務所から出てくるたびに、最初に彼が探すのはハイビスカスの木だった。

ラムジー社で彼がびっくりしたことについてハナに話すたびに、彼女は言った。「まさにオーストラリア人って感じね!」彼女はラヴィに、彼女の兄が最初にシドニーにやってきたときに、ペンキ屋の助手の仕事に就いたことを話した。その仕事の量ときたら、とても二人で処理できるものではなかった。「オーストラリア人たちが家を買って最初にすることは、その家を変えることなのね。どうしてあの人たちって、自分の気に入った家を買わないのかしら?」

ハナは一軒家を借りたいと思っていると言った。そうすれば、娘が庭で遊ぶことができる。だけど公認会計士の試験は一年以上先だった。試験に受かるまで今借りているフラットの賃貸料が上がらないことを願うばかりだった。そのフラットは、オレンジ色の煉瓦ブロックの建物で正面には駐車場があった。フラットの主室にはアベベが眠るソファベッド、テレビ、コンピュータ、家族が仕事をしたり食事をしたりするテーブルがあった。部屋の奥には小さなキッチンがあり、反対側にはタリクとハナが共有する寝室に続くドアがあった。ラヴィはハナの娘がキックボードで、建物脇のコンクリートの通路をいったりきたり乗り回す姿を想像した。そこにはゴミ箱が置かれていた。「またオーストラリア人の話になるけど」と、ハナが大きな声で言った。「オーストラリア人って、アフリカ人は誰もが泥の小屋に住んでいると思っているのよ」

この会話は、カーニバルの人混みの真ん中でかろうじて交わされていた。通りは歩行者に開放され、春の祭典の屋台が並んでいた。クック島の文化協会やイスラム教徒女性支援本部、警官の新人募集のブースもあった。生春巻きが食欲をそそり、トルコのパンケーキ、マレーシアの麺料理、レバノンの焼き菓子やインドのスィーツなどが並んでいた。

アベベは、最初の屋台の近くにタリクを連れて行った。ラヴィがその子どもと次に会ったのは、四人の西アフリカ人たちがドラムを設営していたステージのそばで、彼女はピンクの綿菓子をなめていた。そうしているうちに人混みが大きくなり、彼女はふたたびいなくなった。ラヴィはタリクに質問をしたり、からかったりするようなことは決してなかった。ラヴィは子どものころ、大人が割り込んでくることに怒りを覚えたことを思い出していたからだった。しかし今では、蜂蜜入りのお菓子の箱をハナに押しつけていた。チョコレートや小さなケーキを手土産に訪れるというのが、彼の戦略だったのだ。その贈り物はタリクだけのものではなかったが、彼女のことを念頭に置いて選ばれたものだった。

ハナは並べられていた靴を念入りに調べるために足を止めた。そして、ベージュとブルーの蝶結びのリボンのついた、ブルーの上履き用のバレエ靴を選んだ。ハナはそれをひっくり返して靴底を調べた。そしてもう一度ひっくり返して、手のひらに載せた。靴を高く持ち上げそれから下において、嫌気がさした様子でその場を立ち去った。彼らは通りのいちばん端のほうまで来ていた。ラヴィは数えていたのだが、その通りを歩くあいだに白人には十二人しか会わなかった。その中の一人は地元選出の議員だった。その人物は、誰も欲しがらないチラシを歯を見せながら配布していた。彼の頭の上の横断幕には、「リチャード・マディソンは多様性を支持する」と書いてあった。ハナは「彼って、こんなことをしている自分に誰かがメダルでもくれるんじゃないかと思っているみたい。そんな顔をしているわ！」彼女は、エチオピア難民の支援団体が売っている、がっかりさせられるような安っぽい家庭用の陶器や化粧品などが配列されている場所の前で足を止めた。ハナは、テーブルの後ろにいた女性たちと二言三言、言葉を交わし、香料入りのキャンドルを手にしてその場を離れた。彼女はそれをバッグの中に押し込み、ラヴィに言った。「故郷ではあんな人たちには絶対話しかけないのよ」

子どもたちはどこにでもいた。ベビーカーの中の元気な赤ん坊、両親に車に乗せてもらっている子どもたち、人混みの中を一人で縫うように進んでいく少年や少女たちがいた。タリクがアベベを先導するようにして現れた。「ママ、ちょっと見て」子どもの顔はピンクやオレンジの花びらで色づけされていた。彼女はプラスチックの輪っかでシャボン玉を作って母親に向けて吹いた。ハナは、「上手ね」と言ったが、本当にそう思ってはいないような言い方だった。タリクは、唇を堅く結んでうるさい音を出しながら、その場で飛んだり跳ねたりと踊りだした。アベベは自分の手を彼女の肩に置き、こう言った。「三十分後に車のところで会おうか？」彼は、ラヴィを見て、それからハナのほうを見た。アベベの言い方は疑問形だったが、それだけではなかった。ラヴィには、アベベが結論に達しているように見えた。外出するとき、アベベはいつもラヴィとハナを二人にして、しばしばタリクをどこかに連れ出す理由を見つけているようだった。ラヴィはこれを、母親と娘の距離を確保するための戦略だと思っていた。しかし、今ではそうなのかどうか、確かではなかった。

ハナはバッグからキャンドルを取り出してタリクに渡した。「やだ！」とタリクはいった。「ヤック、そしてヤックをダブルで返すわよ」とハナは返答した。「百万回、十億回、一兆回のヤックをママに」「頭を袋の中に突っ込んでなさい！」ハナと子どもの頬は同じように長く、鼻はとがっていた。それに二人はウインドブレーカーにジーンズと、同じような洋服を着ていた。ラヴィは、ハナはいつもあんなふうな洋服を着ているなと思ったちょうどそのとき、クリスタル・ボウルズの何が引っかかるのかを理解できた。クリスタルの洋服は、バランスがとれていなかったのだ。彼女の服装は個別には魅惑的でも、全体としてはあきれるような文法を形成するひとつの文章を作り上げた。会議で彼女が掲げる目的地の要約は、しばしば称賛に価するものだった。彼女は、つまらない事実から幻想的な驚異をすばやく掴んだ。「歴史に驚いてみよう！」それは、確かに、創造的だった。ラヴィは自分の机に戻ったあと、彼女の記事のひとつを調べてみると、その記事が内戦と皇帝の馬の逸話に同じくらいの重みを与えていることに気づいた。それは、ソックスを履いてからスティレットヒールの靴を履くのと同じように不安定だと思った。

ハナは子どものころ、何か月間もベッドで過ごしたことがあったと言っていた。「心臓の具合が悪かったみたいで」今でも時おり、不規則な心拍を打つことがあった。かつてはモニターを装着していたこともあった。

ラヴィは、鎖骨の近くにワイヤーがテープで止められていたのを見たことがあった。ハナの指はしょっちゅうその場所へ動いていた。その動作は肢体不自由者のそれであり、哀れを誘うものであり、落ち着きのないものでもあった。かつてラヴィの見ているところで、あの美しい骨ばった手がタリクの腕にやっと届いたことがあった。指の下の肉をつまんだとき、ハナの顔はうっとりとした表情に変わった。子どもは目を大きく見開いて、かすかな作り笑いを浮かべながらじっとしていた。

週末になるとシドニーが待っていた。魔法のバスのルートは東方向に曲がりくねり、いくつもの入り江の中では光が揺らめいていた。本から出てきたようなドニーの風景をラヴィは目にした。砂岩がアーチやタワーの形を成し、丘の上に積み上げられていた。雲を背景にしてそびえているのは修道院だろうか？　学校だろうか？　それとも妄想か？　いずれにせよその建物は預言や幽霊の気配を帯びていた。やがてバスはその場所をあとにして、海に向かって進んでいった。ときどきラヴィにとって、その街と住民のすべては、何にも拘束されないあの青い終点だけを求めているように思えた。オーストラリア人の心が、きらきら光るレールの上を滑るように進み、その終点に向かっているように思えるのだった。車がのろのろと喘ぐように進み、うめき声をあげて傷の手当てをしているオックスフォード通りでも、車の排ガスには塩の香りが含まれていた。塩の香りに励まされて車はなんとか進んでいき、息が絶えてしまう前に波の景色をひと目見ようとするのだった。海への狂信はどこまでも浸透していた。乾燥しきった内陸の住宅地は、ビーチロードやベイストリート、海の見える三日月形（クレッセンツ）の街路などを誇りにしていた。ラヴィはオーストラリアで最初に過ごした日に、ボートが路上に置かれたまま干上がっていたのを思い出した。

ある日曜の夜、ラヴィは近所にでかけた。その場所では皮の洋服にタトゥー、眉に沿って弧を描くように鋲をつけている者たちが大勢いた。長い銀髪の男が、複合スポーツ施設をスケートボードで滑って通り過ぎていった。二人の女性がキスをしているのに気をとられ、ラヴィは別の一人にぶつかりそうになった。ロビン・オーアが「あら、こんにちは、ラヴィ」と言った。彼女は、出てきた建物の色と同じ赤のフレームの眼鏡をかけていた。「私、このちょっと先に住んでいるのよ。ここは本当に便利なところなの」彼女の眼鏡と髪につけられた金属製のクリップのせいだろうか、長い道路の眺望を背にした肩幅の広い姿は一種の輝きを放っていた。その輝きは、ラムジー社で彼女が振りかざしている権力の投影だったのだろうか。彼女はより高度な文明を持つ宇宙から送り込まれていたのかもしれなかった。そう思ったところで、ラヴィは彼女の背後の赤い建物は、中華レストランだということがわかった。ロビンは言った。「実際、マオっていうのは、今ではブランド名になってるのよ」

最近、ラヴィはほかのぜいたくな街区で身につけた鑑識眼で、西シドニーを詳しく調べてみた。あの場所では丘陵地が造成されていて、土地の陥没があちこちに現れていた。気候も特徴的で、西のほうは風も吹かず、しかも暑かった。約束されていた海への期待は姿を消してしまい、その代わりショールームが大きくなっていた。ショールームは、新しく華やかな展示物にあふれ、人びとを誘惑した。「スリープワールド」や「カーペットワールド」。その住宅地はサリーやベトナムのフォー、韓国の漬物、イランのレーズン、北京語による税制アドヴァイス、ポルトガルからのワイン、スカーフをかぶったおばあちゃんたち、儀式のために生贄にされた紫色の山羊の肉などの積荷を載せて山のほうへと流れていた。こうして既知の世界は共謀して、オーストラリア化を猶予しようとしていた。ラヴィは、セントラル駅のハングリージャックスに戻っていたかもしれない。シドニーの西部にもまた、いろいろなところから買い物客がやってきて、バーゲン品に飛びつき、夢の中に沈んでいった。彼らは、力強く貪欲なオーストラリア人の子どもたちを乳母車に乗せ、転がるように未来に向かって押し進んでいった。

ラヴィは、ラムジー社のシドニーについてのガイドブックを調べてみた。サーフィン、博物館、砂岩などをもう一度見てみた。「秘密のシドニー」というセクションも、パラパラとページをめくった。ヌーディストビーチや、多彩色の煉瓦を使った屋敷街、ゲイのキャバレー、決して閉まることのないカフェなどへの道案内が掲載されていた。ナディーンが次のeゾーンの会議で意見を求めたところ、ラヴィは率直に発言した。彼はシドニーのガイドブックでは、シドニーの西のほうの地域が無視されているのではないかと言った。そしてこの軽視されている地域を、ウェブ上で取りあげてはどうかと提案した。彼は、ラムジー社がよく使う慣用的な表現をさりげなく、それでもプライドを持って言ってみた——あまり知られていない変わった場所、というものだった。

クリスタルはあたりを見回した。それから視線を自分のコーヒーに落とした。カップを眺めている彼女の微笑みがいくらか薄らいだ。答えなくてはならないという義務感からナディーンが言った。「だったら、いったいどんな魅力のあるものをリストにあげられるの？」

「太った人たち」とクリスタルが口を挟んだ。「それからミルペラのホテル。あのバイクの虐殺［一九八四年にシドニーの南西部ミルペラで勃発したオートバイのギャング同士の争いで、七名が死亡、二十八人が負傷した。この事件がきっかけでＮＳＷの銃規制が変わった］があったところよ」

提案が次々に出てきた。ギリシア風に装飾された家（アール・グレコ・ハウス）。レバノン人グループ。世界的に名の通ったＫマート。重要文化財となった石綿セメントの建物。安っぽい化粧張りレンガに囲まれた通りは言うまでもない。みんながが笑い終わったとき、ナディーンはラヴィをまだ見ていた。ラヴィの頭の中に浮かんだのは、押し合いへし合いしているうちに混ざり合っては離れ、変幻自在に形を変える群衆の光景だけだった。しかしそれは人生そのもののように、把握するにはあまりに多種多様で困難なものだった。彼は手探りをしながらめぐりめぐって、「多種多様な人びとが数多くそこで生活している」という文言を思いついた。

ナディーン・フラナガンの顔はスクリーンよりも白かった。会議は山だ。ナディーンは地面をしっかりとらえるブーツを履き、なんとか悪戦苦闘しながら山を登った。でも彼女はいつも公正さ、少なくとも論理のために努力を重ねた。ラヴィは研修生だった。彼には訓練が必要だった。シドニーを訪れる人びとは——ほかのどの場所の旅行者とも同じように——アイコンとなるような場所を探し求める、ということを説明するのがナディーンの職務だった。彼女は三大名所をあげた。ボンダイビーチ、オペラハウス、ハーバーブリッジ。

「人びとが訪れる典型的な場所よ」

ラヴィは、啓発された。「バーウッドのウェストフィールドショッピングセンター」

ナディーンの脇が汗ばんだ。彼女はなんとか「典型的だけど……ありふれてない」と言った。クリスタルは、頭の中に浮かんだ文章にふさわしい表情をした。彼女は自制したが、笑いが彼女の口元からこぼれた。

ラヴィは、次にどんなことが起きてもおかしくない、という印象を持った。ラムジー社の行事では、ラヴィはしばしば宙に浮いていた。しかし、ウィル・エイブラハムズはラヴィが核心をついていると思った。シドニーのガイドブックは、どうしようもなくつまらない。クリスタルが、カブラマッタを目的地として書くことが決まった。ほどなくして、「シドニーのサイゴン」という記事がウェブで公開された。「ホー・チミンとブッダ、二人のすばらしい男たちがシドニーの中心街から西に三十キロ地点で出会う……」クリスタルはラヴィに、カブラマッタ駅はヘロイン急行として知られていることを教えようと、椅子をくるりと回転させた。「スウェーデン人とか日本人の旅行者がそこに行って殺されたら、それって典型的？　それとも単にありふれているのかな？」

ラヴィは、クリスタルはどこに住んでいるのか尋ねた。「ブロンテよ。ビーチから五分以上のところに住んでいれば、それはメルボルンに住んでいるも同然よ」彼女は足を伸ばしてつま先を曲げたりぴんと伸ばしたりした。彼女はゆったりとしたレースのワンピースと、短くて厚ぼったいカーディガンを着て、ハワイアナスというブランドのゴム製のサンダルを履いていた。ラヴィと彼女はその足に見とれた。二体の小さくて完璧な金色の動物。クリスタルは言った。「ライフスタイルってやつよ」

ローラ、二〇〇三年

クリスマスの脅威を感じていたところに、麻酔科医からの呼び出しがかかった。クリスマスパーティーへの招待、ではなかった。なぜなら、ポートシーは神聖な儀式だったから。それは大晦日のドリンクパーティーへの招待だった。ドナルド・フレイザーとその妻は、かち合う招待を受けていた。下級王族を拘束していたある大使館からと、ヨットを所有している整形外科医から案内状が届いていたのだった――だからディナーに出かけることは問題外だった。けれど家族はいつか集まらなくてはならない。

電話越しの主張はあまりにもかん高く響き、それ以上会話を続けることはできなかった。

何年にもわたってベルビューヒルでは、食堂はジムに改築され、テラスは軽食用のダイニングとなり、外部は内側に向かって整えられ、内部は外側に向かって押し出された。洗面台はすべて壁に片持ちで固定され、カウンターはすっかりカララ産の大理石で覆われた。ゲストルームからの眺めも絶景で、ジャカランダは建築家によってとり払われた。台所はシステムキッチンで革命を起こし、玄関は床暖房で利用価値を高めた。リビングは強制循環で空調され、書斎は小ぶりのプランジプールに改装された。地下室はワインセラーとなり、ロットワイラー犬は灰と化し、駐車場には立体駐車システムが導入された。その屋敷は完璧に贅を尽くし、全体をルビャンカ風にまとめて、人目を引く要素として壁が現代オオトカゲ風(ゴアナモデルヌ)にペイントされるに至り、ついにはオークションで価格の記録を更新するためだけに存在する家となってしまった。そしてフレイザー一家はダーリングポイントのペントハウスにサイズを縮小することになったのである。

ローラはダーリングポイントに約束の時間に現れ、深紅色のプロテアを数本、まるでその瞬間の空気を和らげるかのように差し出しながらチュッ、チュッとあいさつのキスを交わした。彼女は言われるがままに居間に通され、数分かけて窓からの眺望のすばらしさを称えた。その景観は、鉄筋コンクリートの建物の二十一階分ほど縮小され、景色それ自体の縮尺模型になっていた。ローラはシドニーの象徴的な風景をじっくり眺めた。白い貝殻の形をした建物、遊園地の青い水の上に掛けられたアーチ。縮小されたこれらのみごとな景色の付加価値は、アミューズブーシュとともに、彼女をよろこばせるために披露されたのだった。

三脚台に載せられた望遠鏡がテラスの上に置かれていた。ドナルド・フレイザーは毎日数時間はそうするように、立ったまま望遠鏡をじっと覗き込み、水平線を追いかけたが、不本意ながら視線を自分の娘のほうに向けるよう説得された。

その娘は、少なくとも髪型に関しては人とは異なっていた。彼女の顔に何かが光った。そこにドナルドは妻を見た。妻——本当の妻、つまり死んだ妻——が彼に合図を送ってくるのがわかった。妻もまた、髪型に何か手を加える習慣があった。ドナルドは頭の中で逆毛（バックコーミング）を立てるというひとつの単語を探すのに苦労した。ローラが前に歩み寄ると、いつもあたりに煙草の臭いが漂うことにドナルドは気づいた。今、彼はほかの多くのことと同じようにそれを甘受し、ローラの抱擁に屈してしまったのだった。

キャメロンが一人の女性を同伴して到着した。彼は手を彼女の首に当て、自分の前を歩かせながら誘導し、犯罪者が人間の盾を操るようにして寄せ木細工の広い床を横切った。シドニーに戻ってきてからローラが兄に会うのは三回目だった。会うたびに違う女性を伴い、それぞれの女性をカーと呼んでいた。彼にカーと呼ばれる女性たちはみんな、長くて優雅な首筋をしていたが、それはおそらく彼がそこを掴みやすかったからだろう。

キャメロンはローラの手をつぶしてしまうほど握りしめ、彼女を「シス」と呼んだ。それは彼らが前回会ったときと同じで、気楽な雰囲気を醸し出すためだった。しかし彼女は納得していなかった。ほんの一週間前の朝の三時にローラの電話が鳴ったのだ。

カーは「カトリオーナなの、本当はね」と言った。

キャメロンはカーの首に当てていた手を離したが、またそこを掴んだ。カーはそのまま前に押されて景色が見渡せるところに進んでいった。

テラスの上を、無情にもさわやかな風が吹き抜けていった。その後、適度に間をおいてみんな室内に追い立てられ、座るよう命じられた。ローラは遠くの、取手付きの戸棚のほうに目をやらずにはいられなかった。そこでは番犬ロッティーが七宝焼きの壺の中で眠っていた。

麻酔科医は、彼女の椅子をまるで子どものように名前で呼んでいた――ゴーストという名前が付けられた椅子もあった。椅子たちは彼女によく似ていて頑丈で、じっと整列し無感覚だった。カーはチューリップと呼ばれる椅子に腰をかけた。キャメロンは「エッグに座って」と指示された。ドナルド・フレイザーはバルセロナに腰を下ろし目を閉じた。ゴーストは麻酔科医のお気に入りだったので、誰かの臀部を実際に載せられることはなかった。そしてローラは、レザーの長椅子の黒ずんでいる端っこに座っていた。そのソファが非常に長かったせいか、反対の端に座っていた麻酔科医が遠近法的に縮んで見えた。

キャメロンは、仕事上、破産に追い込んでしまった人びとの話をしてみんなを楽しませた。

カーが言った。「実際のところ、判定は簡単に逆になったかもしれなかったのにね」彼女とキャメロンとの関係が、年を越せるとしてもせいぜい数時間であることは、はっきりしていた。彼女は長い首を回転させて、ローラのほうに笑いかけてきた。そして彼女にどんな仕事をしているのか尋ねた。

彼女らが話をしているあいだ、麻酔科医は立ち上がり部屋を出ていった。彼女はとうとうこの企みを実現させたのだった。

彼女が行ってしまうと、キャメロンは前かがみになった。「シス！」彼はブラックベリーのスマートフォンをとり出した。一本の太い指をその上に構え、「お前に電話をするときは、どの番号がいちばんいいんだ？」と尋ねた。

ローラは落ち着きをとり戻して、「ええっ、知らないの？」と言い返した。キャメロンの厚かましさは、精神異常と呼ばれるものに違いなかった。しかし艶のあるふさふさした頭髪の下に見えるどでかい面構えは、堤防と同じように平板で味気ないものだった。

彼の中から言葉があふれ出てきた。父親やカーは重要ではなかった。キャメロンの心を奪っていたのは、自宅とこの場所とのあいだに存在する、百万ドル単位で計算されるその差だった。なぜ自分のところに金が入ってこないのだろうか——そしてシスだってもちろんそうじゃないか？「今、我われが財産を享受できるあいだに」彼はローラに、この問題をあの爺さんに提案してくれないかと頼んだ。文言の要点は指示するから、と。

ローラは黙ったまま、彼に注意を払おうとしなかった。彼女はクエンティン・ハスカーが、このような部屋で（もちろん、もっと小さい部屋だけど）、女たちのために、自分を犠牲者やドラゴン、はたまた騎士といったスターに仕立て上げ、作り話を組み立てるのを思い描いていた。キャメロンも単に平均的であるにすぎない

――せいぜいよくあるタイプだという考えが突然浮かんできたが、こんなことは初めてだった。

彼女の兄の声がした。「何をしたって許されるじゃないか。だってお前はいつも父さんのお気に入りだったんだから！」それは、四十年という深い谷間から、こだまのように響いてくる落胆の叫び声だった。ローラは名刺を受け取り、彼に電話をすることを了承した。しかし彼女は絶対にそうしないことはわかっていた。キャメロンの判断力はぐらついていた。それは表面的なところで停止していた。つまり、正義のための罰、共犯のための沈黙、やさしさのための小切手帳、相続のための利益、服従のための首の曲線など。カーは好きなようにシャンパンを飲んで、彼の誤算を証明した。

バルセロナの椅子にどっぷりつかっていたドナルド・フレイザーは恐れていた。彼の妻の目は彼女の指輪よりも小さかったのだ。フレイザーはこのことに最近気づいた。それは多かれ少なかれ、彼女の動きとも符合していた。軽く掃除機でテラスを掃除すると、重要でなかったものをすべてを吸い込んでくれる。今ではその実感は、耳の中で喘ぎ声をあげながら、彼から離れることはなかった。それより数日前に彼は思った。私は不幸につきまとわれている、と。それ以来、あのロットワイラーの番犬にもつきまとわれていた。その犬の犯罪的行為は、年をとるにつれ理不尽におならをすることだった。ドナルドは、望遠鏡で空を眺めるほかに一体何ができたというのだろうか？　かつては空を眺めることが最後の頼みの綱であった。あるいは、彼はそんなふうに思い出しているようだった。

ローラを防犯エレベータのほうに案内しながら、麻酔科医は近寄ってきた。エレベータはのろのろと上昇し始め、彼女はまるで特別に有害な武器めいたものについて言及するかのように、キャメロンには「考えがあるのよ」と心の内を明かした。ローラは分別がある人よね、と麻酔医は宣言した。どちらもドナルドの変化については言及しなかった。あのシドニー湾の美しい風景と同様に、彼の変化から逃げ出せるものではないというのに。彼の妻は軽い脳卒中という診断をしたが、ドナルドは検査を受けることを拒んだ。望遠鏡と彼の今までにない頑固さを関連づけるのは非科学的であり、それゆえに危険だったが、麻酔科医はそうせざるをえなかった。彼女は自分がいつも望遠鏡に反対していたことを思い出した。大きな黒い昆虫が、塵ひとつないテラスをとり散らかしてしまうことを、あらかじめ想定していたから。彼女がカレンダーを見て、自分の継子とみなされていた巨人たちに電話をかけるために受話器を取ったとき、証人（ウィットネス）のようなものを意味するひとつの単語が彼女の頭の中にあった。同じ理由で彼女の母親は、ロッティーが獣医のところへ最後の旅に出る少し前に泊まりにくるよう呼び出されていた。後日、麻酔科医はこんなふうに言うこともできた。「彼がどんな様子だか、わかったでしょう？　かわいそうな老人——もうこれ以上、彼を家で過ごさせることは現実的ではないわ」十九歳年上の男と結婚するのは、リスクと結婚するようなものよ。ドナルド・フレイザーの妻は、静かに年に一度の誓いを更新した。彼女は十五歳のときにそれを公式化し、親の期待や教授の皮肉、外科医のいじめに逆らって、この誓いを続けてきた。**私は看護師にはならない**。

ラヴィ、二〇〇四年

プリヤと彼女の夫は、カーメルが三人の子どもたちに遺した家を売りたがっていた。ラヴィは、その家の窓から見える知らない顔、壁が打ち抜かれた部屋、斧の前で命乞いをする桑の木を思い浮かべた。母親の化粧台が置かれている壁側には机がひとつあった。ラヴィは家が違う色に塗られるのを想像した。ヴァルニカもまた、家を売ることを望まなかった。メールや電話で議論が交わされ、その熱が高まったかと思うとすっかり冷めたりを繰り返した。

その議論は別の争いを生んだ。ラヴィの母親は人生最後の数か月を、自分の家で使用人とともに過ごした。この使用人の女性はまだカーメルが幼い少女だったころ、彼女の両親のための料理人だった。ある日、彼女はカーメルの家の戸口に立っていた。七十八歳になってどこにも行くところがなかったのだ。

ラヴィの母親が亡くなって数週間後に、その使用人がどうなったのかふと気になって尋ねた。プリヤは、彼女は出ていったと答えた。どこへ？ プリヤは知らなかった。プリヤには通いで毎日やってくる自分の料理人がいた。いずれにしても、その老女は役立たずだった。レンズマメから石を取り除くにも目がよく見えない状態だった。ラヴィはこのプリヤのメールを非難するメールを返した。それから彼はプリヤに電話をした。彼が本当に言いたかったのは、自分たちはこの老女にいくらかのお金を送るべきだった、ということだった。でも妹はあざけるように笑うだろう。彼が言おうとした言葉は、喉で詰まってしまった。やがてプリヤは大声で言った。出ていった人が非難をするのは簡単なことだわ。

それから、プリヤは自分のメッセージは添えずに、シドニーに住んでいる彼らの母親のいとこのメールを転送してきた。そのメールは、ランチへの誘いだった。デズモンドとマールは、ラヴィがなぜシドニーに来たのか、その理由となった出来事を議論したがるだろう。さらに彼らは、スリランカですべての状況がもっとよかった時代を思い出そうとするだろう——彼らが国を去ったときに、そんな時代は終わっていたのだ。

彼らの望郷の念は、今ラヴィを引きつけているものだった。パターノット家の人びとは、カーメルのことについて話すであろう。マリーニとヒランは決して彼の心を離れることはなかったが、想像を絶することが起こっていた。日々は経過し、ラヴィは母親について考えなくなっていたのだ。しかし、パターノット家の人びとは、パーティーやスキャンダルのことを思い出し、その結果ラヴィは母親のことを考えることになるだろう。ラヴィは、自分が生まれる前の母親を知ることになるだろう。引っ込み思案だったのか、それとも無為に浮気っぽい女だったのか、しかしいずれの場合でも、彼のその先の人生において世間の関心を集める役割についてはまだ無知だったころの母親のことを。

パターノット家を想像したとき、ラヴィは玄関ホールとそこから右手に開け放たれた部屋を思い描いた。実際には、彼はドアから真っ直ぐに居間の中に進んでいった。その部屋には大勢の人がいた。というのもその日はマールの誕生日だったから。デズモンドは招待客に、「こちらカーメルの息子です」とラヴィを紹介してまわった。老女がラヴィに、どこで会ってもあなたが誰かわかったはずだ、と言い「あなた、ヴァン・ゲイゼルの顔をしているもの」と言い添えた。デズモンドは、「スレッシュ・メンディスと結婚したカーメル・サンソニですよ」と説明した。その老女は嫌な顔をしたが、「そんなことどうでもよくてよ。どちらにしても、あなたが誰なのかわかったわよ」と言った。

壁に掛けられたスリランカの形をした大きな真鍮のトレイがキラキラ輝いていた。ラヴィは、そのときまで懐かしんだことのなかった何かを意識していた。それは個人的ではなく家族ぐるみの交友関係だった。どんなに人違いをされようとも、これらの人びとの中で、彼はいつも誰かの息子だった。さらに多くのゲストが到着した。誰もラヴィを探したりはしなかったが、いつも誰かが彼のほうを向いて会話をするか、彼の皿に食べ物を補充していった。昔の話は出てこなかった――ゴシップといえば、すべてシドニーのスリランカ人のことだった。オーストラリア人は三人出席していた。二人の女友だちと一人の義理の息子だったが、彼らはにっこり微笑んで楽しんでいるから大丈夫、少なくとも気にしてないから、と伝えているようだった。

ヘルスセンターの新人の足の専門医がマールの英語に敬意を表した。「オーストラリア人って、私たちが何語を話すと思ってるのかしら?」マールの甥がある店で働いていて、そこではスリランカからの最近の移民もまた雇われていた。この二人の男たちは、同じ国の出身者だから友だちになるだろうと思われていた。しかし新しく入ったほうの男は、指で米を食べるタミル人だった。ターニャはパターノット家の娘だが、ぴしゃりと言い放った。「そんなこと重要じゃないわよ。ね、ママ? 私たち今ではみんなオーストラリア人じゃないの」この部屋にいたオーストラリア人たちは、この発言を黙って聞いていた。ラヴィは、ターニャがこの発言をあべこべの方向に向かわせていることに気づいた。彼女が言いたかったのは、オーストラリアでは、みんなが単にスリランカ人だということ——バーガー人、シンハラ人、外科医も掃除夫もみんな同じだということだった。つまり移民は、歴史に対する地理の勝利ということだ。故郷ではあんな人たちには絶対話しかけないのよ。

例の老婦人は、ジョン・ハワードやケバブについて下品なジョークを飛ばしていた。みんな笑ったが、そのあとでデズモンドは言った。「彼らは経済の手綱をしっかりと握っているんじゃないかな?」ラヴィはこの発言の意味を、パターノット家の人びとは労働党ではなく与党のほうに投票したと捉えた。あの世代の出国移民者にとって、左派といえば藁ぶき屋根に火をつける松明のようなものだった。それは愚民政治であり、衣類のサービス券、規範の劣化、異臭のする御当地の配給米などで、つまりは水かさの上がり続ける洪水であり、彼らはそこから逃げ出してきたのだった。

ターニャは、赤と白のガラス製のしわくちゃのハンカチの形をしたお皿の中に盛りつけられたラブケーキを持って、招待客のまわりを動きまわっていた。彼女はラヴィに、家族と一緒にスリランカに初めて旅行をして帰ってきたばかりだといった。素敵な休暇だったの。必要なものは何でも買えたし、子どもたちはホテルがとても気に入ったわ。彼女はみじめさを感じるだろうと覚悟を決めていたが、しかし停戦によって旅行者が群れをなしてやってきていた――最近、貧困はなくなっていた。とはいうものの汚染はまた別の話よ。デズモンドは「彼らはカーニガレに行って、私たちの昔の家も見てきてくれたんだ。今じゃムスリム系の人たちが所有しているってことだけど。子どもたちにあちこち見せてまわって写真を撮らせてくれたりしたそうだ」「パパ、あそこはカーニガレじゃないわよ」と、ターニャが言った。「クルネガラよ」ラヴィは自分の両親もまた、古い名前を使っては子どもたちに正されていたことを思い出した。生活様式が消滅しただけでなく、それについての記憶さえも消滅しつつある。年毎に昔の呼び方で間違いを犯す人もだんだん少なくなってきた。

ターニャの夫ジャラッドが、休暇に行くのにラムジー社のガイドブックを使ったと言った。「あれは土地の背景についてはかなりよくできていたけど、物価については時代遅れだったね」彼はラヴィに、どうやってガイドブックのライターになったのかと尋ねた。「ぼくはいつも旅が好きだったんで、ライターはすごくいい仕事だと思ってね」彼の背後では、妻の目の表情が意味ありげだった。

帰宅するための車が手配され、ラヴィは日曜日の電車を二回乗り換えなくてもすんだ。デズモンドは若いころ紅茶農園主だったが、シドニーでは鉄道会社で働いていた。すでに退職していたが、今でもロザリオの祈りのように時刻表とルートを暗誦することができた。マールは、スリランカ料理のランプライスをビニール袋の中に入れて準備していた。「私いつも多めに作ってしまうのよ。男性一人にふたつね」老女はラヴィの顔を両手にはさんで言った。「あなた、お母さんにそっくりね。私は、彼女のお母さんとクラスメートだったの。どう、すごいでしょう?」それから、彼にすてきなオーストラリア娘と結婚しなさいとしきりに勧めた。

妥協点に到達した。カーメルの家の借家人が見つかった。ラヴィは古い戸棚をそのままの場所に置いておくという条件で同意した。彼はアンジー・シーガルの携帯電話を返却し、自分で最新のモデルを購入した。SMSの効率的な速記を使って、プリヤの薄情さと貪欲さについて、ヴァルニカに不平を言う新しい方法を発見したのだった。

ローラ、二〇〇四年

二月のある木曜日、ポール・ヒンケルはローラに週末はバリに行くといった。この通達はさりげなくなされ、彼はすぐさまシャワー室に逃亡した。

彼がシャワー室から出てきたときには、ローラは準備を整えていた。「今回は目先を変えて、あなたがホテル代を払ってくれるときだと思うけど」

彼は、ひねくれているけど魅力的な子どもとの交渉を余儀なくされている大人が、急場しのぎに行うユーモアたっぷりの言い方をしてみた。「でも、君はもう会計を済ませたんだろう?」

「だから、私に支払ってくれればいいのよ」彼女がそう言いながら、二人の支出の不公平な数字の列を見ていた。数字は赤字で終わっていて、何か決定的で怒りに燃えるようなものだった。

「僕にはローンがあるんだよ。つまり、予算があるってことなんだ」

「あなた、バリに行こうとしているでしょう!」

彼はまた落ち着いた調子で、休暇というものは前もって予算を立てるものだ、しかも休暇はたった七泊だよ、と言った。七日間でもなく、一週間でもない。人間が計算するときに使う言語ではなく、旅行代理店が特別な勧誘をするときに使う用語であることにローラは気づいた。しかし彼女を深く傷つけたのは、熱帯の地で過ごす七泊の夜のことだった。

彼女の顔には悲しみが読みとれた。それは彼が安全であるという合図でもあった。彼女の胸の谷間に柔らかい毛の生えた、十セントコインサイズのほくろがあった。それは彼が彼女にキスをしたい場所のひとつだった。彼は身体を起こしながら、バリの物価は爆弾テロから回復していないことを付け加えた。「すごくお得なんだ」

その週の日曜日、カルロはパスタが茹であがるあいだ、レコードの針を下ろした。彼の好きな歌だった。そのレコードは、待ち焦がれていた春の最初の晴れの日に、農家（マス）にあったマットレスをめくってドラモンドが発見したものだった。「中国の夜（ニュイシヌ）」、「甘い夜（ニュイカリヌ）」、「愛の夜（ニュイダムウル）」……フランスにいたときは貧乏で、レコードプレイヤーを買うことはできなかった。だから彼らがその歌を聞くには、シドニーまで、そしてアーチボルド賞を受賞するまで待つことになった。ところがその歌は、枯れ葉色をした家の中の、寒くて厚い壁に囲まれた部屋にふさわしいものだった。ヒューゴ・ドラモンドはカルロの腰をぎゅっと握りしめ、補助用テーブルの周りで巧みに半回転する危険を冒した。ローラはそれが愛だと理解し、グラスに三杯めのワインを注いだ。長年いい思いをした愛があなたの骨を危険にさらし、ラヴィオリの茹で加減すら危うくしている。「酔いつぶれた夜（ニュイヴレス）」カルロは、タイマーが鳴るのに気づかず歌った。「やさしい気持ち（ド・タンドレス）」霊視の達人、聖キアラが傍観していた。

七回の夜が過ぎた。そしてポール・ヒンケルはローラのもとに戻ってきた。彼の首はいつも柔らかい毛で覆われていたが、今では日焼けもしていた。ようやく二人が並んで横たわっているとき、ローラはポールに、社員が休暇から帰ってくるなり会社で問われる質問をした。ガイドブックはどうだった？　彼は枕の上の頭を回転させて、情報はすでに古くなっていたね、とまじめに答えた。彼は、そうしないではいられない人間だった。いつものようにローラによって部屋代が支払われ、コンドームも渡された。収支勘定は一時停止になっていたかもしれないが、誰かが数字の動きに絶えず注意しておかなければならなかった。

しかしながら、バリは変化をもたらした。超然としていて、ポール・ヒンケルを観察し評価し続けていたローラの一部が、強さを取り戻してきたのだ。彼には奥さんがいた。彼はしまり屋だった。彼が読む本といえば、『組織的な成功を収めるための百二十七通りの道』とか、『経営における卓越した六つの主要戦略』のようなタイトルの本だけだった。

悲劇が彼らの職場を襲った。フリーランスの地図製作者が交通事故で亡くなったのだ。ローラはその女性をほとんど知らなかったが、彼女はポールの部署で働いていた。彼はローラに、火曜日はキャンセルだとメッセージを送ってきた。その日は葬式があったからだ。ローラは人びとが、葬式から気分が沈んだ状態で戻ってくるのを見た。木曜日に慰めようとして、葬式の様子について尋ねた。彼は「とてもいい葬式だったよ」と答えた。「マネージャーも大勢出席していたし」

あのホテルのテラスで、彼を彼女に近づかせたのは一体何だったのだろうか？　とローラは思った。彼女が彼にとって最初の不倫相手だったことは、かなりの程度で確信していた。おそらく彼女はチェックリストの中のひとつの項目だったのだろう。若いころのヨーロッパでの放蕩、帰国してからの職業、結婚、家のローン、父親になること、浮気、どこにでもいるオージーの人生の大旅行における必須の停止場所。それに家の改築、その後の離婚が加わり、環状動脈血栓症へと続く。

ローラは彼の奥さんのことを考えると、これまではときどき道徳的な困惑が牙をむき出すのを感じるだけだったが、今ではその考えが定期的に頭をよぎるようになった。彼女は事務所のパーティーに多分出席したことがあっただろう。ローラが観戦した唯一のラムジー社のクリケット試合にも——でも彼女の姿を思い出すことができなかった。ところがひとつだけ、はっきりとした記憶があった。前の年の反戦集会に、ヒンケル一家（ラ・ファミーユ）、母、父、抱っこ紐で抱かれた赤ん坊が参加していた。そのとき、ローラはロビン、ファーディ、ジェニー・ウィリアムズIのグループの中にいた。すると誰かが、「ポールがいるわよ」と言った。ローラは彼の姿を見たが、彼は赤ん坊を胸に抱いていた。ローラにとっては「会社への服従」とは「右翼」とほぼ同義語だったので、彼がここにいることに少しばかり驚きを感じた。「彼、やるじゃない！」とジェニーが言った。声の調子から、彼女もポール・ヒンケルに驚いていることがわかった。群衆は方向を変え、ポールを飲み込んだ。一人の赤毛の女性が彼のそばを歩いていた。ローラは重苦しい気分で思い出したのだが、彼女はやせていて背はあまり高くはなかった。「小柄（プティート）」という表現がぴったりだった。ローラはそれにすごく苦しんだ。そして放心状態でロビンに言った。「ポールの奥さんの名前は何だっけ？　私、名前すぐに忘れちゃうのよ」ロビンは鼻に皺を寄せながら考えた。「ナタリー？　Nで始まる何かだったわよね。あー、もしかしたらTだったかも」ローラのほうがまだよく知っていた。電話帳で調べていたからだった。ヒンケル・P＆M、とあった。「そう、ダイアンよ」とロビンは確信を持って言った。

　ポールは子ども時代にサールールに住んだことがあったと聞いて、ローラはD・H・ロレンスのことについて触れた。ポールは、ピーター・オトゥールが出ていた映画を思い出したが、D・H・ロレンスがオーストラリアを訪れていたことは知らなかった。逆に彼はローラに、ブレット・ホワイトリーがサールールで亡くなったことを語ることはできた。ポール・ヒンケルにとって歴史は、多かれ少なかれ彼の誕生とともに始まるのだった。大聖堂で歌った少年は、モンティ・パイソンの寸劇にでてくる宗教裁判なら知っていた。ガリレオがガリポリ上陸作戦よりも前か後かについて答えるよう迫られて、彼は辛い思いをしたかもしれない。

しかし多くの同僚たちと同様に、彼はブランドに関する鋭い知識を持っていた。愚かであわれなローラはこれまでの人生で、自分が気に入ったものを、あるいは役に立ちそうなものを買っていた。会社では、やかんならアレッシーが熱望され、ステレオならばボーズの製品が望まれることを学んだ。不思議に思いながら彼女は、「カンペールの靴がいいよ」とか「GHDでないと、お金をむだにしているようなものさ」などという声を聞いた。ポール・ヒンケルはこの隠語を流暢に操り、ガジアやコンズなどのブランドのことをさりげなく親しみをこめて語った。彼は腕時計のベルトを締めながら、パテックフィリップが欲しくてたまらない、と告白した。「えぇ？　今何ていったの？」とローラは尋ねた。哀れみのような表情が彼の顔をよぎった。その表情は、彼がピーター・オトゥールに言及したときに彼女が見せた表情そのものであったことを、彼女自身は知る由もなかった。

およそ十日間にわたって、会社は噂と思惑、そしてすべてのコミュニティでときどき勃発する集団的な狂気で大騒ぎだった。ローラもその中に入るが、過ぎ去ったときにやっと伝染病のことを知るという具合に、まったく情報に疎い人たちもいた。結局、営業のサミー・マロウンとマイク・ロウズンが出どころであったことが確認された。彼らのあいだで交わされた会話はこんなふうだった。

「場所の名前がブランドの名前になっているだろう？　たとえばテルストラスタジアムとかオプタス競技場とか？」

「ああ、そうだね？」

「だから僕は論理的に考えて、次のステップは国がその名前をグローバルなブランド名に変えていけばいいと思うんだ。たとえばエクアドルみたいな国の名前をナイキにするってこともありだよ。法人のスポンサーは莫大な隠し財産を失うことになるけどね、まちがいなく。でもそれは、世紀の命名権取引となるだろうね」

「なるほど、いいところに気づいたな。空想の名前をつけたって、レバレッジ効果はたいして望めないってことか」

「そういうこと。もしも自分の国をナイキと命名すれば、その国の市民はすてきなスポーツウェアがもらえる。そうすればお金も入ってくるってわけ。言うまでもないけど。やっぱりそうすべきだね。ぼくのMAD調書にそのようにメモっておくよ」

「そうすれば、われわれにクロスビジネスのチャンスがあるってこと?」

「そうだな、はっきりしているのは、うちの会社はひとつの国をすぐにブランド名にする余裕はないってこと。端から無理がある」

「そりゃそうだ」

「でも都市だったら、できるかもしれない。もっと安価で。インドのどこかとか?」

「いやいや、数年前にインドでは場所の名前を全部変えたんだよ。彼らはそれをもう一度やりたいとは思わないだろう。考えてみろよ。地図を書き換えるのにどのくらい費用がかかるかって。インドはだめだよ。中国はどうだろう」

「いいかもしれないね。中国のラムジーと名付けた場所に住んでいる人はみんな、僕たちが出版した本を無料で受け取れるってことだよね?」

「そういうことさ。中国は、個人旅行者がもっとも急速に伸びている市場だし。あの人たちならこのアイデアを気に入るかもしれないね」

金曜日にパブで、ジェニー・ウィリアムズIは、いたずらっぽくまじめ腐った顔で、財務課のペータ・ベイリーにまず秘密を守ることを誓わせ、その考えを話したようだ。融通のきかないペータの気質だけでなく、金曜日の夜と月曜日の朝のあいだに大量のアルコールを消費していたこととも重なって、ペータは隣の机のアミーナ・カーンに、ラムジー社が中国に支店を出そうとしているらしい、と話してしまったのだ。

「早くその話が実現すればいいのに。中国に住んでみたいのよ、ちょっとだけね」

「そうねぇ、わたしもだわ。あそこは買い物にもってこいの場所よ。模造品もすごいけどね」

「MAD調書に書き込んでおくわ。中国支社で六か月働きたいってね」

「そうね、私もそうしよう」

この話は地下にもぐり、もつれた根っこの組織網で展開、拡大していった。それは編集部で、ロージー・ガットとベン・スウェイツの前で表面化した。

「最新ニュース聞いた？」

「中国支社のこと？　ずいぶん、無謀な話だよね」

「そう、むちゃくちゃな話よね！　中国人に本の制作を委託するんですって！　それってうまくいくのかしら？　たしかにコストはもっと安いわね。だけど、まず言葉はどうするのかしら？」

「そうだね、そのとおりだね。どんな経営の天才がこんなことを思いついたんだろう！」

「それであの人たちは、いつになったら私たちにその話をしようと思っているのかしら？　私たちの編集の仕事が危険にさらされているというのに」

「おそらく、アランが次の涅槃（ニルヴァーナ）への道すがら、たとえば「みんな、すごいニュースだぞ！　二〇〇五年には会社に戻ってこなくていい」って報告してくれるんじゃないかな」

「私のMAD調書に書き込んでおくわ。いったいどうやって、誰に対しても丁寧に思いやりを持って対応する、という我われの使命と調和させるつもりなのか?ってね」

「それは、我われのヴィジョンであって、使命ではないよ。とにかく、アランはおそらく丁寧に、しかも思いやりを持って報告するだろうから」

ほどなくして、デザイン部のジェマ・デクルーズは、技術部のジェイソン・タウンゼンドと一緒に煙草を吸いに駐車場に出てきたときにこう尋ねた。「この中国の件だけど、本当にそんな話があると思うかい?」

「あると思うよ、みんなそのことを話してるもの。一体だれが我われを買収したんだろう、知ってる?」

「中国の巨大企業連合じゃないかな」

「ありえないよ。クリフが戻ってきたら伝えてくれるだろう」

「それで君は、中国人たちが我われを雇い続けてくれると思っているのかい? それとも、彼らは中国人を取り込みたいのかな?」

「手掛かりがないからね。でも、ぼくが聞いたのは、本社がそこを拠点にするということだ。どうやら彼らはすでにオフィス地区を立ち上げたようだね。つまり上海の一部がラムジーと呼ばれることになるってことだ。だから君が中国へ移動することを望まない限り……」

「だけど、僕は新しいガールフレンドができたばかりだし! そんなのフェアじゃないよ」

「古代中国の呪いだよ、ジェム。君がフレックスタイムで生きられますように」

「それに中国の人権問題についてはどうなんだろう? MAD調書に書き込んでおかないと。我われの主義に反している人権は一体どうなるんだ」

「ひとつ問題があるんだ、ジェム。柔軟性が我われの哲学だ。構造改革から我われが取り出した七つの重要な新機軸のうちのひとつなんだ」

かくしてアラン・ラムジーは、カリブ海のクルージングの中途で、ジーナ・ピゴットからメールを受け取った。ジーナはラムジー英国支社の責任者として、この件についてなぜこうなったのかを知りたかったのだ。彼女は会社から中国への拡大について何ら情報を与えられてはいなかった。ほぼ同じころに、クリフ・フェリアーはタスマニアでの奥地の散策（ブッシュウォーク）からシドニーに戻って、ほぼ同じような説明を要求する人事部の代表団に直面していた。ハイジ・コスはブルックリンの自宅の長椅子の上で仰向けになって、本社から流されている最近のハラスメントの状況について、かかりつけの精神分析医にすでに情報を送っていた。彼女はどのように前に進めばよいのか、その方法がわからなかった。計画の方針には基本的に欠陥があった。アメリカ人にとって、オーストラリア人から進むべき方向について指示を受けなければならないというのは、明らかに間違っているのだ。

二十四時間後にローラ・フレイザーは、ポール・ヒンケルの胸を枕にして、「ねぇ、すばらしくない？ まさに伝言ゲーム（チャイニーズウィスパー）ってやつね！」と言った。

彼は向きを変えて、自分の身体を彼女から引き離した。そして、噂を広める人は経営に迷惑をかけるだけだ、と言ってのけた。二人のジャーナリストがすでにロビン・オーアに電話をかけてきた。とくにジェニー・ウィリアムズIは無責任だった。「上席マネージャーでありながら、予測される結果をじっくり考えていなかったなんて」

「冗談だったのよ。クリフは騒いではいないようだけど」

「クリフは頭がおかしい（ディックヘッド）んだよ」

この会話は、二人の関係が始まった太平洋を見晴らすテラスのことを二人に思い起こさせる、偶然の効果をもたらした。だから、彼らの現在の目的についても思い起こさせることになった。

その後、ローラが洋服を着ているあいだ、自分がポール・ヒンケルの中年の危機ではないかという考えがローラの頭に浮かんだ。でも彼はまだ三十六歳だ！　多分彼は早めにそこから抜け出そうとしているんだ。そうすれば自分の仕事に没頭できる。こう考えると、彼女が彼を満たしていたのは、彼の中にある変化を求める旅人の欲望だったのではないか、と思うに至った。結婚に囚われ、机に囚われ、それでも彼は動き続ける方法を見つけていた、ということだ。彼らの情事は、ラムジー社の動き続けるという掟に彼が肩入れをしていることの証明に過ぎないのかもしれなかった。ローラは、自分が彼の履歴書の箇条書きのひとつの点として終わるのだろうと思った。

その前年に、彼女が多かれ少なかれポール・ヒンケルにのぼせ上っていたころでも、彼女は彼がいなくてもちゃんとやっていたであろう。彼女が判決を下し、有罪を宣告した今となって、彼女の彼への欲望は、はかには何も考えられないくらいに心を奪われ純粋になっていた。

ラヴィ、二〇〇四年

アベベ・イサヤスは、「ぼくの妹には息子がいた」そして「彼女は、とても困難な人生を歩んできた人間じゃないかな」と言った。彼は、困難（ディフィカルト）という言葉の最後の音節まではっきりと発音した。

その子どもは、七か月という幼さで、眠っているあいだに亡くなった。その悲劇はパリ時代に遡る。ハナの夫、ピエールは遅くまで働いた。彼女は赤ん坊と一緒にアパートに一人でいた。彼の死は、もっとも残酷な不幸という以外の何物でもなかった。しかし警察は、何週間にもわたって彼女を尋問した。「私の妹夫婦がパリで生活を始めたとき、妹がどんなに興奮したか、それは想像を絶するものだったよ。それが彼女の夢だったし、フランス人といえばピエールだったからね」

ある日曜日の午後、ラヴィはアベベ、ハナ、そしてタリクと一緒にパラマッタにある大学に向かっていた。ジョディは、スーパーマーケットで知り合ったハナの友だちだったが、彼女は最近、その大学で観光学を専攻するコースに登録していた。そのときまでは、さらなる勉学はぼんやりとした青色のファンタジーの領域だったけれど、突然ハナの窓口まで押し寄せて、彼女は閉じ込められた子どものようにそわそわした。ハナは、ジョディはいい子だけど、誰も彼女のことを賢いとは言わないわ、と言った。「彼女のレジは計算が合ったためしがないのよ」それからハナはオンラインで、「幼児期発達」というコースについて読んでみた。しかし、同時にカウンセリングにも魅力を感じていた。問題は、彼女の高校の卒業証書が有効かどうか、あるいは高校の最終学年を受け直さなければならないかどうかだった。ハナはこれを調べる一方で、ひとつの未来像に支配され、すぐにでも「視察」するように仕向けられてキャンパスを訪れていたのだった。後ろのシートに座った彼女は批判的になったかと思えば、面白い話をしたり、熱狂的になったりとげとげしくなったり、代わる代わる変化した。彼女と会えないでいると、次に会えるのが楽しみでもあった。ラヴィが思い出すのは、彼女の豊かな唇、広くてまっすぐな背中、彼をしょっちゅう笑わせてくれるその笑わせ方だった。彼女は「さあ頭を袋の中に入れなさい！」というような、独特な表現をした。ときどき、ラヴィはそれがなぜそんなにおかしかったのかよくわからないのだが、この表現の中の「袋」は「茶色の紙袋」に変化したりした。ハナは、遠くからだとおだやかな風景に見えたが、近くに寄ると激しい雨風に打たれていた。

パラマッタへの途上で、ハナとタリクは数週間前に遭遇した同じ袋小路に行き当たり、旋回を繰り返すことになった。ハナは結婚したとき、苗字はそのままにしていた。それがエチオピアの習慣だったのだ。しかし、タリクは父親の名前、ジルーを受け継いだ。今、タリクは自分のタリクという名前をソフィーに変えてしまいたかった。ソフィーは彼女のミドルネームだった。学校でいちばん仲の良い友人の名前でもあった。母と子は、形のない何か重いものを引きずるように、あれこれ言い争った。「どうして私はソフィーになれないの？」「あなたの父さんがタリクを選んだからでしょう。父さんはあなたにエチオピアの名前を持ってほしかったのよ。アフリカでいちばん古くて、自立した国の出身であることを誇りに思ってほしかったのよ」愛国的な事実を並べ立てることと、故郷を否認することは、ハナには両立していたのだ——彼女は一度ならずラヴィに、「コーヒー」という言葉はエチオピアから生まれたとも言っていた。「もし、あなたをソフィー・ジルーと呼べば、人はフランス人だと思うわね。人は、あなたが穴のたくさんあいたパンを食べていると思うわよ」

キャンパスは川のそばに位置していて街の中心からは離れていた。ハナは、車を持たない学生がどうやってここに通うのか不思議に思った。駅も近隣にはなかった。「バスだよ」とアベベが停留所を指しながら言った。彼はハナを車から降ろし、それからタリクを彼らが通り過ぎた公園のところまで連れていくことを提案した。彼はラヴィを見た。「君は僕たちと一緒に来るかい、それとも妹と一緒に行くかい？」

この提案に誰も従わなかった。タリクはかかとでシートをドンドン叩いた。どうしてタリクが「ママの大学」を見てはいけないって言うの？　ハナは「もうやめなさい」と言い、そして兄に「ここはオーストラリアよ。私の娘はいずれ大学に行くことになるんだから。大学がどんなところなのか知っておくには早いほうがいいわ」と言った。アベベはハンドルから両手を一瞬離した。そしてわかった、わかったと言った。ラヴィはアベベのお粗末な戦略にどぎまぎして、車の窓から外を眺めた。また、ハナがアベベの意を汲み取れなかったのも、残念だった。

数人の学生たちが、図書館の外で電話をしたり煙草を吸ったりしていた。しかしキャンパスは全体的に寂れていた。ハナは標識のそばで立ち止まった。そして考え込みながら大きな声で、「オーディトリアム」と読み上げた。同じように、彼女は建物の前にいくとそれらの名前を読み上げた。「ホィットラムインスティテュート」、「スクールオヴロー」

タリクは、子どもじみた状態に戻っていた。彼女は母親の手をしっかりと握りしめ、地面をにらみながら歩いた。もしもハナが手を離せば、子どもはすぐに親指を口の中に入れてしまいそうだった。子どもの動作はわざとらしかったが、それでも二人の男は子どもが嬉しくないのは本当だと思った。まもなくラヴィは、この状態に耐えられなくなった。やがてハナは警告なしにラヴィのほうを向いた。「いったいどうしたっていうの？　もううんざりって顔をしてるわよ？」ラヴィは頭痛がする、とつぶやいた。「ラヴィに鍵を渡してあげて」とハナはアベベに言った。「車の中で待っててもらいましょう」

その場を立ち去ることができてほっとした。それと同時にラヴィは、自分が本棚に追いやられてしまった本のような気がした。彼は自分が自主的にふるまえることを証明するために、川のほとりの小道に降りていった。木々の枝からちらちら見える川の水は、濃厚な緑色だった。土手の上で、マリーニがマングローブのあいだから顔をのぞかせていた――だが、それは単に光のトリックに過ぎないことがわかった。しかし、疑いもなくヒランが近くにいたのだ。「ダディ、ダディ、ダディ」と、砂岩の立派な建物の中の鍵がかかった廊下を行ったり来たりした。その建物は、植民地時代初期に建てられた女子の孤児院だった。ヒランが両手を上げたが、彼は窓に手が届かなかった。ラヴィは足早に車まで戻っていった。

帰宅する途中、タリクは喉が痛いと訴えた。ハナは後部座席の真ん中に席を移し、タリクは母親の身体にもたれて縮こまっていた。アベベはレモンを買うために車を止める必要があるか尋ねた。少したってからハナが質問した。「ラヴィ、あなた頭痛だけじゃなくて喉も痛くない？」彼はシートの中で身体の向きを変え、それを否定した。彼女が言った。「それ本当なの？　こんなことって、ひどくうつりやすいものなのよ」彼女の口調は厳しかったが、顔は笑っていた。ラヴィは、彼女がいったいどっちの方向に接触感染が流れていると想定しているのだろうかと思った。ばかげたことだが、彼は自分を責めた。

タリクは、「ママ、私のクラスのジャシンタを知ってるでしょう？　私、彼女の髪が本当に嫌いなの」子どもはラヴィをしばしば無視して、挨拶をするときでも目を落とした。彼女が母親にすり寄るとき、あるいはゲームに夢中になっているように見えるときなど、ラヴィはタリクが実際には彼を観察していることがわかっていた。同じようにして、フェアプレイが椅子の上で丸まって眠っているように見えるときには、ひそかに観察を続けていた。タリクとフェアプレイの目は、同じような表情をしていた。冷酷そうだが生き生きとしていた。彼らはラヴィがどのような行動をとるか待ち構えていたのだ。この小さな女性にとって彼が脅威となっていることを、ラヴィは衝撃をもって理解した。ときには、ラヴィは好機を与えてくれる人物でもあった。子どもと犬は、お菓子やイワシをねだって、ラヴィを大っぴらに見つめたり飛び跳ねたりした。

ハナは「スクールオヴロー」とつぶやいた。ラヴィが振り向いて彼女のほうを見たとき、彼女はどちらかというと挑戦的に、「こういうことについては知っているんでしょう。私は今まで「ロースクール」と言っていたわ」「ホィットラムインスティテュート」、「キャンパスサービスセンター」、それに「オーディトリアム」などは単に標識にあるような名前ではなく、黄金の山に刻まれた階段だとラヴィは理解した。その頂上でハナは卒業式のときのガウンをまとい、角帽を被り、ベルトコンベヤーや疲労の匂いのするアパートの部屋に、そして娘と一緒に寝るベッドに別れを告げるために手を振った。彼女はバッグをさかさまにした。すると何枚もの汚い五セント硬貨がフランス人の義理の母の上になだれ落ち、そして彼女を殺してしまった。

ラヴィは駅で降ろしてくれと頼んだ。ところがアベベは、ハナとタリクを彼らのアパートに送り届けてから、ラヴィを家まで送ってくれると言った。「それはいいアイデアね」とハナ。「電車を待つあいだって、いつも冷たい風が吹いているもの」

ヘイゼルの家の外で、二人は車の中に座り続けていた。アベベはラヴィに紙巻煙草を差し出した。それからハナのことについて話した。救急車が到着したとき、彼女は聞いた。「私の息子は完全に死んでいるのですか?」これは、ラヴィが決して忘れることのない、彼女にまつわる数々の話の中のひとつだった。ラヴィは寒さに震えながら、彼の側の窓を上げるボタンを探り当てた。車から降りたとき、キャラメルポップコーンの紙製の皿を踏みつけた。彼はスニーカーを草の上で前後にこすった。車の向きを変えていたアベベは彼を見て笑った。

ラヴィ、二〇〇四年

長くて苦々しいメールがニマールから届いた。数か月間にわたって、彼はゴールに近い家を借りていたネバダ出身の離婚経験のある女性の気を引こうとしていた。彼女は四十歳だったが五十歳に見え、自分が行うすべてのもの、たとえばそれがフェラチオであってもマリファナ煙草を巻くことであっても、悲しいほどに不器用な情熱を注ぐのだった。ニマールは、立て続けの電話とメール、加えてほとんど毎日のように押しかけて、輪タクの運転手や成り上がり者のボーイを撃退した。ほとんどの外国人がそうであるように、その離婚した女は地元の社会的階層を理解していなかった。ついに作戦のクライマックスに到達したとき、ニマールは自分の指からガーネットの指輪をはずして彼女の指にはめた。二週間後に彼はそれを返してほしいと要求した。離婚した女は、そのあいだに生まれ育った土地に帰ることを提案されたが、断固として拒否した。彼女はあの冬の日々に戻る気はないと言い放った。ニマールはカリフォルニアとハワイではどうかと訴えた。サンタフェの平均の日照時間をグーグルで調べたが、すべてむだだった。二人の田園生活の中で、彼はSUVとステーキを夢想していたが、一方の彼女は水田や、朝食に出てくるできたてでパリパリのホッパーを想像して興奮するのだった。

ラヴィは、今ではほとんど毎週末にハナに会っていた。彼らの関係は自意識過剰気味になっていた。あるいは、おそらく変わってしまったのはラヴィだけだったのだろう。ハナはうきうきして計画を立てていた。彼女の兄は、その年の終わりに会計士の資格を取るための最終試験を受けようとしていた。それからが彼女

が勉強をする番だった。ハナは自分の高等学校の修了証書を、政府の事務所に審査してもらうために送った

―進学準備コースを取らなければならないかもしれないと思ったからだった。「自分の人生が変わることを想像できなければ、希望はない」と彼女は言った。「だから、バンクシアガーデンのような場所では悲しい気持ちになってしまうのよ」

タリクと彼女の母親は新しいゲームを見つけた。そのゲームとは、「私たちが一軒家に住むときには」というものだった。彼女らは代わる代わる続きを言った。私たちが一軒家に住むときには、バラとイチジクを植えるでしょう。私たちが一軒家に住むときには、二匹の猫を飼うでしょう。ハナはこれらのありふれた未来像にすぐに飽きてしまった。「私たちが一軒家に住むときには、カンガルーを飼うでしょう」タリクは浮かれて叫び声をあげた。しかし彼女の楽しそうな声にはパニックも入り混じっていた。もしもハナが同じような調子で続けていたならば、子どもはハナにやめてほしいと頼んだであろう。ゲームはタリクにとって厳粛なもので、ひとつの儀式だった。重要なのは、この誓約だったのである。私たちが一軒家に住むときには、タリクは自分の部屋を持つでしょう。それで、自分の部屋に何を置きたいの？　とアベベは聞いた。「テレビよ！」と、大きな声で言って上下に跳ねた。その動作は人の注意をそらすためだった。タリクは、大切なものを隠すことは賢明なことだとすでに知っているようだった。しかし彼女の願いは強く、心の中で蠢いていたものをつい口に出してしまった。彼女は「カラフルな、抽斗がたくさんついている戸棚」が欲しかったのである。この秘密を明らかにしながら、彼女は横目で部外者であるラヴィを観察した。実際に、ラヴィが見せられたものはただの入れもの、鉛製の小さな宝石箱だった。タリクは手で口を覆って、ついに叔父の耳元で囁いた。「わかった」とアベベは言った。彼の顔は近くで見ると毛穴と毛が見えて、子どもの中にある嫌悪感がかき立てら

れた。しかし、彼女はアベベが決して彼女を傷つけたりしないことを知っていた。「おじさんが言って」と彼をせき立てた。なぜなら、アベベという保護者と一緒ならば宝物は安全だったからだった。「本当にいいのかい？」彼女はうなずいた。「オーケー。だったらこんな感じなのかな。タリクはソックスやヘアバンド、それからTシャツを入れるそれぞれの抽斗を持つようになる。そして、彼女は代わる代わる抽斗をあけ、両手をその中に入れると、すべてのものがそれぞれの決められた場所におさめられている」

聞こうと思えば何時間でも聞いていられるやりとりだった。ラヴィは家族の計画、その意味のなさ、口論、陰謀などを懐かしんだ。アベベ、ハナ、タリク。ラヴィを引きつけたのはこの三人組だった。彼は同じ夢を続けて二度見たことがあった。彼は灰色の部屋にいた。アイルランドの女の子と一緒にいったことがある部屋だった。そこで彼はしわくちゃのシーツがかかった長椅子を見た。しかし白い枕の上にはハナの顔があった。彼女の豊かな唇は彼の指のまわりで閉じられていて、そして吸っていた。白日夢もあった。その夢の中で彼はゆっくりと彼女の洋服を脱がせるのだった。

ラヴィは、自分とハナの状況は左右対称を成していると大っぴらに言ってみたいと思った。彼は密かに、マリーニ、ピエール、ヒラン、パリで灰と化した赤ん坊、と暗誦した。彼は、死あるいは愛、無尽蔵に出てくる話題について、彼女に話すこともできたはずだった。彼女は彼の前にいたけれど、彼は重要なことは何も言わなかった。ハナが持っていた一枚の紙が、彼女にオーストラリアに居住する権利を与えていた。ラヴィは、自分がそれに興味を持っていると、彼女には思われたくはなかった。パターノット家の老婦人が年老いた顔を上げて言った。「ねぇ、いつになったら、すてきなオーストラリア人の女の子と結婚するのかい？」

土曜日の夜の十一時に電話が鳴った。誰もがそう思うだろうが、家のことかあるいは悪いニュースではないかと思って受話器に飛びついた。女性の声がした。「ラヴィ？　マーティンよ」ラヴィが見ていた古い映画の音声が彼女の声よりも大きかった。彼は「ちょっと待って」と言ってリモコンを探した。「ポールの妻よ」というのを彼は聞いた。

彼女はこんなに遅い時間に電話をしたことを謝罪した。ポールがその日の夕方に出かけて、まだ戻ってこないと言った。彼の携帯は電源が切られていた。「私思ったんだけど……」それから彼女が言った。「彼があなたのことをよく話すから、あなたを好きなことは知っていたわ。あの日、家にいらしてくださって、ありがとう」

彼女の話を聞いて、彼はマーティン・ヒンケルが自分にスプーンをくれたことを思い出した。彼はそれをソーサーの上に置いたままにして、今まですっかり忘れていた。彼女は、ずいぶん失礼な男だと思ったに違いない！　彼女の存在、彼女のやさしさ、それから彼女の髪の香りがはっきりと蘇ってきた。

じゃまが入って顔をあげたフェアプレイは、ラヴィの枕から起き上がり、ふたたび寝そべった。もう数週間になるが、彼女は自分が集めた石を、ひとつずつベッドの真ん中に移していた。ラヴィは眠くなったら、それらの石を動かさなければならなかった——石を庭に戻しても無駄だった。フェアプレイがまた持ち込むからだった。ラヴィがベッドに横たわるとき、足を伸ばすのを石が阻止した。石の存在は信頼していることの立派な証明だった。またベッドの領地の地固めでもあった。フェアプレイは、自分の宝物のそばでアポストロフィみたいに身体を曲げて、満足していびきをかくのだった。

ラヴィはヒンケルの幼い娘が元気かどうか尋ねた。会話は行ったり来たりで落ち着かなかったが、やがてその場に漂う沈黙に押しつぶされそうになった。しかもその沈黙は長々と続いた。テレビの光の中に座って、耳には受話器をあてているのはとてもほっとする気持ちになる何かがあった。そのあいだ、テレビの画面の中では、正気を失うことを怖がっている美しい女性が、蝋燭を持ち廊下に沿って忍び足で歩いていた。ラヴィは数分間、白黒画面の女性の陰謀の中にあえて捕らわれてみた。それから、かすかな音が電話で聞こえた。彼は何も心配することはないと繰り返した。まるでそれが、マーティンが待ち続けていた合図であったかのように、彼女は彼におやすみなさいと言った。彼女は、ラヴィがまたすぐに自宅を訪ねてくれることを望んでいると付け加えた。ラヴィは子どものことを思った。子どもの顔は部屋の中で唯一、輝かしいものだと感じた。彼は拷問にかけられた木を思い出した。

ローラ、二〇〇四年

彼女は電話をかけてきた人物の名前をじっとながめていた。それはひとつの徴候であり驚きでもあった。ポール・ヒンケルが土曜の夜に電話をかけてきたのだ！

彼は言った、「今家にいるのかい？　ぼくは君の家の外にいる」

その日の夜に、トレイシー・レイシーがローラを夕食に招待していたのだが、五時にキャンセルになった。ステューが熱を出したのよ。かわいそうに、自己啓発の巡回指導者はとても体力を消耗するの、彼はいつも頑張っちゃうのよ。トレイシーは、ローラが理解してくれることがわかっていた。ローラは映画館で観たいと思う映画は何もなかったので、外出するのをやめていた。音をたてて階段を降りながら、近くに潜んでいるどんな神であっても、短くてぶっきらぼうな感謝の気持ちを捧げた。

家の入り口の上り段で、廊下で、ポール・ヒンケルは繰り返した。「君なしでは生きていけないんだよ」しかし彼女は彼を階段の上のほうに誘導していた。

階段の踊り場で、ローラは自分のベッドが独身女性用の幅であることを思い出した。彼女は向きを変えて言った。「そっちじゃなくて、こっち」すると彼も急に向きを変えて、彼女の手を掴んだ。彼女は自分が「火星」とか「月」と言ったら、彼はそれに従ってくれるのではないかと思った。勝ち誇った気持ちと愛欲で半狂乱になって、彼女のご褒美を強く引っ張り、よろめきながら正面の大きなベッドルームに入っていった。ヒューゴ・ドラモンドが嫌悪感をあらわにして二人を眺めていた。その顔はマントルピースの上にそびえていた――その顔の半分は緑色だった。

彼の絵がそこら中に積み上げられて、ほとんどの壁を覆っていた。

何の儀式もなくベッドの上の絵は取り除かれた。

時が経過した。

ローラは階下に降りていった。氷水のジャーを持って戻ってくるとき、よろけてカンバスの上で転びそうになった。それは彼女がブラインドとサッシを上げたあとか、あるいは前だったのか、よくわからなかった。

ポール・ヒンケルは彼女の上にうずくまりながら、牛乳を買いに家の外に出たのだけれど、車をそのまま走らせたのだと言った。彼はずっとしゃべり続けた。わけのわからないことをずいぶん早口にしゃべっていたので、ある時点で言葉と一緒によだれが口から流れ出た。彼は二回ほど彼女の中で自身を空っぽにしても、まだ尽き果てていなかった。彼が、嘘にあきあきしてしていいるんだと、はっきり言ったのを彼女は聞いた。ローラは、自分の人生と彼の人生がひとつになった瞬間をちらりと見たと思った。サウンドトラックの音声が、録音された大げさな笑い声のあいだに大音量で聞こえた。部屋には鏡がなかったが、彼女は奥行きが後退していく印象をもった。頭を回転させると、ドラモンドの有名な渦を巻く視線に遭遇した。

彼らは眠った。彼女はポールの手が自分の両足のあいだに軽く触れたのに反応して目覚めた。

屋根の上は寒かった。彼らは洋服を半分脱いでいた。しかしローラは二人の姿をハーバーに向けて誇示することを強要されているように感じた。このように動物たちは生贄になる前にパレードをさせられるのだ。いやそれとも、夜明け前の暗闇の中で朝いちばんにさえずる鳥たちの声を聞きながら、彼女の中に入っているポールの姿をローラは想像していたのだろうか？　彼女は、夜明けのけたたましいさえずりを聞いていたった一人で目覚め、そんなことを何度も考えていたのだった。今、彼の前を歩きながら、オーストラリアの鳥たちの耳障りな鳴き声のことについて、たわいない話をした。彼はロンドンのクロウタドリを懐かしんでいたのだろうか？　それはばかげたことだった――ケンティッシュタウンでは、エアブレーキのため息のような音で彼女は目覚めていたのだから。しかしローラは、屋根の上で最初の一歩を踏み出すと、あらかじめセットされたルールに従って進んでいく機械装置に身を任せたのだった。

ポール・ヒンケルは危険な場所を切り抜けながら進んでいった。椅子に脅かされたり、ブーゲンビリアのとげに引っ掻かれたりした。月は、枯れた植物と生い茂った植物の見分けがつかないほどかすかな光を放っていた。葉っぱ、塔、目などの個別な存在すべては、したたる光の中で固体としての存在を示していた。

二人は暖かい腰と腰が触れ合うように立っていた。時計仕掛けのガイドはしゃべり続けた。ほら見て――あのハーバーブリッジを。それから向こうの――ほら見えるでしょう？　ルナパークよ。彼女は見てわかりさえすれば何にでも、たゆまず熱心な注意を向けさせた。ゴートアイランド！　と彼女は叫んだ。あたかも彼女の声を聞きつけて、その島が彼女を助けるためにこちらに動いてきてくれるかのように。バーチグローブ！そして、最後はやけになって、「ヒューゴ・ドラモンドのアトリエ――中に入ってみたくない？　パレットの絵具の削りカスは本物よ！」

やがて彼女のレパートリーは底をついてしまった。もはや避けることができないのは、記念碑ではなく静寂だけだった。

ピンの落ちる音でも聞こえてきそうな静寂。

空はほの明るくなった。

必要なときだというのに、ツアーガイドはどこにいってしまったのだろうか?

ポール・ヒンケルは実際、何かを告げるために分水を渡らねばならなかったのだが、結局その役割を担ったのはローラだった。「こんなこと、まずいんじゃない?」と。

彼はそんなことはない、と抗議した。いやむしろ叫んだ。一瞬、彼はほっとして声の調子を変えた。ところがそれは単に確認にすぎなかった。ここに秘密の暴露とも言えるものがあった。つまり彼の息はさわやかな匂いがしたのだ。彼がローラの家の入り口の上り段に立ち、彼女の上にしゃがんでやり直すんだと宣言していたとき、彼の言葉は濁流に運ばれていた。ローラは衛生上の手落ちではないかと思った。ずぼらなポール・ヒンケル、歯を磨くのを忘れる。あと戻りできない! 今、ローラは屋根の上にいて、そんな匂いについて書かれた小説をひとつかふたつ読んだことを思い出した。それが暴露したのは恐怖だった。別の男が自分の息に恐怖をのせて銃殺刑執行隊に直面しているかもしれないというのに、ポールは愛に向きあっていたのだ。小説家たちの発明であると信じていた現象を、現実の人生において確証を得られるとは、何という驚きかとローラ・フレイザーは思った。ポールがローラに語った君なしでは生きていけないとか、嘘にあきあきしているんだとか、その他の心に響く決まり文句は実際のところ、ポールが彼の妻に向けて語っていたせりふだったのだ――やれやれ、彼の息はそれを知っていた。僕たちは身体に備わっている叡智から学ぶべきことがたくさんある。悲しいことにローラは、クエンティン・ハスカーとポール・ヒンケルがつねに同じ鋳型から切り出されていたことを認識したのだった。もしもそれほど寒いと感じていなかったならば、彼女は微笑んでいたかもしれなかった。

即座に彼は身支度を整えて、階下に降りた。彼が車で立ち去ったときには、太陽はまだ勇気を奮い起こして、何とか地平線の上に姿を現そうとしていた。冒険がつまらなくなったとき、小さな犬は慌てて家に戻って干からびた餌と許しを求める。しかしまずは戸口の上り段でローラのほうを向いて、彼は匂いのない息で話しかけた。「君は正しい――これがいちばんいい方法だ。きれいさっぱりと別れることが。よりさっぱりとね」

正午が時を打った。カルロがハバーフィールドから戻っていた。ローラは彼がキッチンにいる音を聞いた。そこでは、魚のような匂いがした。そう、彼女はたっぷりと盛りつけられたトルッテリーニと、そのあとに続く選りぬきのおいしいちょっとした焼き菓子をやっつけることができた！ 最近老人は、食事を終えるとソファに身体を落ち着けていた。彼はそこからローラに神妙な目を向けて、彼女の判断を仰いだ。ローアがレコードに手を伸ばすかどうかの判断だった。ある日曜日、彼女はとんでもなく珍しいものを探しているかのように、積み重ねられた数多くのレコード盤の順番を時間をかけてごちゃまぜにして彼を困らせた。その後、彼女は自分の洋服を持って部屋から出ていったが、そのあいだ、感情の盛り上がりはまだバラ色の割れ目の中でその高まりの途中だった。廊下に留まって、彼が悪態をついているのを聞いてにやっと笑った。よくもまあ、期待なんかできるものだわ。彼女が週に二回モーテルで、たしかにすべては終わっているのに、裸で待ちながらしていることをカルロにも味わわせてあげようじゃあないの。ところが今日、彼女は情をかけてあげよう、愛撫してあげてもいいと心に決めていた。つまるところ、彼女はカルロに感謝しなければならない理由があったのだ。カルロは彼女に、どんなに老いぼれても、人はささいな断片を頼りに命を維持できることを示してくれたのだ。燃料には炭化物を、慰めには砂糖を、性的興奮を与えてくれるショーを見てたまにはいやらしい気分に。

二階の正面の部屋で、ローラは淡青色のサテンの覆いのしわを伸ばした。その上にカンバスを積み重ねながら、彼女はまずはひとつひとつを眺めた。カルロが同じことをして以来、どのくらいの時間が経ったであろうか。カルロが最後に二階に上がってきたのを見たのはいつだったか？　ローラがポール・ヒンケルを引っ張ってなだれ込んでいった部屋には沈黙が積み重なっていた。その部屋では、すでに二人があげた破壊的なうめき声の上に新たな沈黙が積もり始めていた。ドアがローラの背後で閉められたとき、無頓着がふたたびその仕事に従事し始めていた。その部屋は陽当たりのよい北側に面していたが、冷気がしみ込んできた。すべての祭壇がそうであるように、その部屋は信仰の篤い人間から献身の証を要求した。その部屋が要求したすべては、階段の上までの苦痛を伴なった行脚だった。

雨が降り出していた。昔のようにバケツをひっくり返したようなシドニーの強烈な雨ではなく、弦楽器の音のような音楽を奏でていた。窓辺でローラは屋根から落ちてくる雨音を聞いていた。ときどき、導管を伝って震えるような音を出し、パシャパシャという音が聞こえてきた。別の日ならば、彼女はハーバーに降っている雨を見るために屋上に上っていったであろう。しかし窓枠やブラインドが上げられたまま、水差しやグラスも放置されたままになっている限り、ローラ・フレイザーとポール・ヒンケルというパターンの痕跡は無関心という埃の膜をとおして煌めいて、結局は時がすべてに平手打ちを食らわせるのだった。

それからは、もう延期することはできなかった。奥歯を噛みしめて、窓をしっかり閉めて、ドラモンドの前で彼女は頭を下げた。ドラモンドは、おまえはばかだなぁと言った。違いは、カルロは愛されていたということだった。

数週間もしないうちに、ハーバーを見下ろす屋根の上は、大洋を見下ろすホテルのテラスを忠実に映し出す鏡であることにローラは気づいた。両者の対称性は必然だ。だからこそローラは、ポールを屋上へ引きずり上げたのだった。優れた編集者であるローラは、引用文を終了する閉じかっこを忘れることはなかった。これから物語の本筋の書き直しだ。ヒンケル・P＆Mは前進し続けるだろう。

ラヴィ、二〇〇四年

日陰に入ると身震いするような日だった。ラヴィは煙草を持って駐車場を横切り、柵のそばの陽だまりに向かった。冬の寒さで緑がすっかりはぎ取られた柵に沿ってさらに進むと、<<+#>>という白い記号が柵の上に現れた。

一人の女が車のあいだを縫って歩いていった。ローラ・フレイザーはラヴィに室内装飾品をしばしば思い出させた。マグカップを持った肘掛椅子が、コンクリートの向こう側に動いていくように見えた。

いいお天気ね、と彼女は言った。それから彼女は、週末に何か面白いことがあったかどうかラヴィに聞いた。ほどなく彼女は青いマツダ車のほうを指した。「あれはポールの車だと思う。中に子ども用のシートがあるから。ポール・ヒンケル、知ってるでしょう? 誰だってポールのことは知ってるわよね」

寒さで、ラヴィの唇はいつも乾いていた。彼はローラが話し続けているあいだ、唇をなめていた。「こんなところに車を持ちこむなんて、頭がおかしい（ディックヘッド）んじゃないかしら。そう思わない? セントラル駅がこんなに近いというのに。間抜けったらありゃしない」彼女は大っぴらに歯を見せて笑った。そのとき、彼女の茶色の目がきらりと光った。その目は何と小さくて獰猛なんだろう! ラヴィはその目の奥のほうが錆びついた色に変化するのを観察していた。「彼の奥さん、かわいそう」と彼女は続けた。「誰がヒンケル夫人になりたいって思うかしらね?」

ローラがラヴィをじっと見ているときは、彼に話しかけているのではなく、彼の肩のあたりにいる目に見えない誰かに話しかけているような、何とも気がそがれてしまうような気分になる印象を、ラヴィはいつも感じていた。彼はフェンスにもたれながら、こんなふうに言ってみる気になった。「ヒンケルの奥さんはとても素敵な人ですよ。とても親切だし」

ローラはそのあと、コーヒーを飲んだ。

彼女はほとんど毎日マグカップを持って駐車場に現れるようになった。カップを持つ手には大きくて赤い、安っぽいリングをつけていた。ラヴィは彼女に慣れてきた。ある朝、彼はあの白いヒエログリフにローラの関心を向けさせた。「ああ、あれはずっと前からあそこにあるのよ」と彼女は言った。バンドの名前だった。「こんなふうに発音するのよ」彼女は二度、舌打ちしたような音をたてた。「ベン・スウェイツ──彼、知ってる？　あの、すごく背の高い編集者だけど。彼はバンドのドラマーなの。バンドにはそのほかに三人のメンバーがいるわ。ロビン・オーアが昔よくデートしていた人もメンバーよ」

だけど、なぜバンドにまともな名前をつけないんだろう？

「それが彼らの哲学なのよ。彼らはコマーシャリズムに反対しているの」彼女はラヴィの顔を見て笑った。「あなたが思ってるよりいいバンドよ。面白いの、いい意味でね。CDに焼いてあげてもいいわよ」

ローラ・フレイザーの髪の毛は、顔のまわりに重くまとわりついていた。ときどき、彼女の手は髪の毛の塊をぎゅっと掴んだ。今、ラヴィはローラが楽しそうにしているのを目の当たりにして、自分が彼女のことを不幸な人だと思っていたことに気づいた。髪の重さがそれを示していた。ときどき、悲しみのように、彼女の髪の毛は頭の上に重ねられていた。彼が煙草を吸うために駐車場に出ていくとき、ハイビスカスの花を探すように彼女を探すのが習慣になっていった。しかし彼は、あの最初の日に、彼女が彼に恐怖心を抱かせたことを決して忘れることはなかった。

ヴァルニカは翌年、仕事の契約が切れたら国に帰る決心をしたことを告げるために電話をかけてきた。「私、ずっと家のことを考えていたの」地元の病院で仕事を得ることは彼女にとっては簡単なことだった。彼女は加えてこう言った。「私に夫がいない限りは、姉さん（アッカ）は心の平安を与えてくれないでしょうね。姉さんたちがラルのいとこの写真を送ってくれたってこと言ったかしら？　その写真があまりにひどいの。ラルってカメラを壊したにちがいないわ」

ラヴィは、彼女が結婚をしたいのかどうか聞いてみた。

「兄さんはどう思う？」

ヴァルニカの計画を知らされたプリヤは、自分はその発言をひと言も信じていないと、急いでラヴィに知らせてきた。「彼女は以前も気が変わったことがあったわ。今にわかるわよ、最後の最後に家の賃貸契約を更新するでしょうから」それから彼女は、カーメルの家の借家人について不平を言い始めた。プリヤは、彼らが家賃の支払いを渋って問題を引き起こすのだと信じていた。それを確信して、彼女は借家人の苦情を詐欺に切り替えてしまった。彼らの最近の策略は、屋根の上のフクロアナグマだった。ラヴィは妹の声に楽しんでさえいる響きがあるのを聞きとった。借家人のだらしなさと狡猾さは、プリヤにとってライブのテレビドラマだった。筋書きは満足感を与えてくれたし、独創的でしかも元気づけてくれた。ドラマが新しく展開するごとにプリヤがすでに知っていたことが再確認された。今度はおばあさんが裏のベランダに仕切りをつけてその背後に居住していたし、ビリンビの木は即座に枯れてしまった。魔術が絡んでいたのは明らかだった。

ヴァルニカが戻ってきたら気づかれない程度に、その青い家は彼女のものとみなされるようになるだろう。ラヴィは離れのドアを開けて、ヘイゼルの庭を見晴らしながら立っていた。それは冷たい南風が激しく吹きつけ、金色に輝く冬の日の午後のことだった。カンナリリーの花がよれよれになっていた。太陽の光は一千もの輝かしい約束で誘惑し、すっかり油断している人たちに風を吹かせた。故郷では何がドアをノックしようとも、少なくとも天気は微笑んで、ナイフで切りつけることはなかった。最近、ちょうどそんな日に、ラヴィはヒランが風の吹きすさぶ中、面倒を見てくれる人もなく外のどこかにいたことがわかった。それは夢でも幻でもなく、事実として理解されたのだった。彼は世の中の何よりも自分の子どもを抱きしめたかった。

ラヴィはアンジー・シーガルに電話をかけた。難民再審査審判所に判断を求めても意味がないと言い、国に帰ることを決心した、と彼女に告げた。アンジーは、今は結果待ちの段階だと答えた。そのあと、「だから、彼らがあなたの申請を却下するのを待ってみたら？　少なくともここにいるあいだは、ドルを稼げているんだから」と続けた。


アンジー・シーガルに電話をするようラヴィを促したのは、ある意味ハナだった。ハナは、その変化をもたらす計画や自生の植物のリストで反証となって教えてくれた。ラヴィは、鉄道の駅から出発した歴史ガイドツアーに、彼女のお伴で参加したことがあった。ガイドは宣言した。「オーストラリア人なら誰しも、ヘンリー・ローソン［植民地時代のオーストラリア人と彼らの生活を描いたことで知られるオーストラリアの国民的作家］の作品を知っているはずです」ローソンは駅で列車を待つあいだ、一篇の詩を書いた。当時は三時間に一本の列車しか走っていなかったので、詩は長いものとなった。ガイドはその詩を大きな声で詠んでいるあいだ、みんなをプラットホームに立たせておいた。ガタンゴトンという規則的な振動音が聞きとれた。ときどき投入される押韻が、ひとつの着想を閉じ込めるボルトだった。ところが詩のほとんどは、到着や出発、目的地を点呼する放送で聞きとれなかった。ハナはしかめ面をしてラヴィを見た。しかし彼女はバッグからペンを取り出して、ヘンリー・ローソンと自分の手のひらに書いた。バンクシアガーデンで働いている人びとの中には、彼女のような人は大勢いた。顔を未来に向ける新参者。それはひとつのタイプで必要なものだった。ところがラヴィは初めから、自分にとって共通するものが多いのは入居者の老人たちのほうではないかと思っていた。彼の人生においてもまた、きわめて重要なことはすでに起こっていたのだから。彼はもう疲れ果て、新しいことを始めようとは思わなかった。自己創造（セルフインベンション）は詩だった。行の末尾で自信にあふれた韻を踏み、エネルギッシュなビートに合わせて書かれている。その意味において、それは愛に似ている。アベベ、ハナ、タリクが一軒家に住むとき、ラヴィはまだ不安な状態で漂っている訪問者に過ぎないということは、大いにありうることだと思った。デスモンド・パターノットを見よ。彼は人生の三分の二をこの地で過ごしていたが、まだ別の国に住んでいるのだ。ラヴィもまた、自分がそんなふうに人生を終えるのではないかと思えた。彼のオーストラリアの知識は、連続して暗誦される駅の名前のようによそよそしいものだった。彼はスリランカに戻りたいと、アンジー・シーガルに言った。彼女は、自分の前にある剥ぎとり式のメモ用紙のつづりに、この男は何が起きているのかわかっていない、と書いた。

　アンジー・シーガルは、フリーダ・ホブソンにほんの数日前に同じことを言っていた。フリーダは、ラヴィが最初にシドニーにやってきたときほどではないにしても、頻繁に連絡してきた。それはフリーダが優れている点のひとつだった。フリーダの声を聞きながら、アンジーはなぜウサギを追跡するヒョウのことを考えたのかと思った。それはひとつまみの罪の意識によってもたらされたものに違いなかった。つまり、アンジーは友だちの誕生日を忘れていたのだった。仕事はいつもの一日二十五時間の大混乱だし、遅れてもいた……。しかしフリーダは、これらの弁解をさえぎった。二人の女性は、長い打ち明け話をした。互いに相手の話にはすべて同意した。アンジーと彼女の夫は体外受精を考えていた。マーティンもまた子どもをほしがっているとフリーダは言った。しかし、彼女の場合は特に急いではいなかった。彼女がダッカにいってしばらくになるが、サスティナブルシティーズトラストで仕事をしていた。やらなければならないことがたくさんあった。フリーダはウェイストコンサーン社の事業に携わっていた。この仕事はすこぶるうまくいっていた。「私たちは乾燥トイレについて影響力のあるイベントを実施したのよ——そのときの写真を送るわね」話がラヴィのことに向かうとフリーダは、彼が今でも過去に起こったことを処理できないのかと尋ねた。フリーダは、アンジーがラヴィとの関係でどんな経験をしているのかが正確にわかるとも言った——フリーダもまた、それを経験したのだから。「ラヴィは壊れた人間だということを頭に入れておくことは極めて重要だわ」フリーダが電話を切ってからも、長いあいだアンジーは「今でも」という言葉にこだわっていた。

ラヴィは、サーキュラーキー発の朝いちばんのフェリーに乗った——行き先はどこでもよかった。乗船する前にジェラートを買った。その日の午後もまた、柔らかく、黄色で、清潔だった。この半球とあなたは光の中に入っていくと、ジェラートは語りかけていた。またしても、シドニーは包装された贈り物で、煌めくようなリボンで結ばれていて、ラヴィは自分の名前がタグに書かれていることを願っている子どもだった。

静かな入り江では、芝生がゆるやかなスロープをなして海のほうへと続いていた。一人の少年が、上下に揺れている白いヨットのあいだを縫ってカヤックを操っていた。ラヴィはこの瞬間、パラダイスの光景を目にする恩恵に浴していた。シドニーハーバーで、一隻のボートの中で過ごす一人の少年の土曜の午後だった。ハナはその都市の過去について学び、植物のリストを作成し、その街の詩を暗記することができた。しかしシドニーはタリクに属していた。子どもの想像力はそれほど重要ではないものを、試金石に変えてしまうことができるのだから。夏の日の沼地、テーマパークを宣伝する単調な音（ジングル）、バスから見える放棄されたローラースケートのリンク。その都市は、タリクの個人的な神話と切り離せないものとなるだろう。タリクにとって驚異と歴史は等しいものとなるだろう。

影が水面に横たわり、崖がフェリーと岸のあいだを静かに滑っていった。少年、入り江、芝生、そして丘陵の斜面を登っていく赤い屋根が消えてしまった。大きな姿を現したクルーズ船は、あまりにも間近に見えた。それは捕食者の餌食になった者の視点だった。歯をむき出してにんまり笑っているクルーズ船の長い口に噛みつかれている複数の小さな点は、人間の顔だった。フェリーのデッキから、ラヴィは惑星のどこか別の場所で、もう一人のラヴィ・メンディスと彼の妻が、港と港のあいだを巡回しているのを見た。

定期船が通り過ぎていくとき、ラヴィの洋服にしぶきがかかってしまった。ラヴィは下を見て、ウィンドブレーカーを強く引っ張った。すると彼の腰には柔らかくて小さな贅肉の塊がついていた。それはパッションフルーツのジェラートと、決して黴ることのない美味しい白いパンを食べた結果であり、また歩くことをやめて船や電車に乗るようになった結果でもあった。あんたはラッキーだよ、と言われたのを彼は思い出した。ラヴィはその言葉をほとんど信じられるときがあった。そのときは、自分はオーストラリアに滞在したいと信じていたのだった。

ローラ、二〇〇四年

一週間が過ぎ、十日が過ぎ、十一日が過ぎていった。そしてまた火曜日がやってきて、二番目の木曜日。今、ローラは屋根の上で大失態を犯してしまったことを納得させられた。ポール・ヒンケルは、君なしでは生きていけない、と言っていたが、彼女は匂いによって——つまり実体のないものによって導かれていたのだ。どんな幽霊でもそうだが、それは心のいたずらだったのかもしれない。フレイザー家のご先祖さまは、読書は聖書と会計原簿に限定されるべきだと指示した。小説なんか読んだってどうなるっていうんだ。占い盤（ウィージャボード）のお告げに従ったり、霊能者に助言を求めたらいいんじゃないか？　ローラはフレイザー家の先祖の例に従うべきだったのだ。つまり彼女は手に入れることのできるものを掴み取り、垣根を建て、所有しているものを銃で守るべきだったのだ。

彼女はポールにメールを送った。件名＝編集にかかわる間違い、メッセージ＝話し合ったとおり、この問題は緊急を要する。できるだけ早く会議開催の日程を決めてください。

彼からの返信はなかった。だから、ローラは携帯でメッセージを送った。ふたたび、返信はなかった。

さらに時は経過した。彼女は社内の彼の部署に向かった。彼は目を上げて彼女を見るなり顔を赤くし、自分のコンピュータの画面に見入った。彼女は、彼の顔は煉瓦だと冷ややかに認めた。

二人は偶然、キッチンで鉢合わせた。彼が話しかけていたデザイナーがローラを見てにっこり笑った。ポールは、今度は自分のブッシェルズ紅茶をじっと覗き込んだ。

二人は偶然ではなく、コピー室でも出くわした。彼の両脇腹の骨と骨のあいだの、背中から腰にかけて広がる青白い肌の光沢が幻影となって彼女の目に映った。彼は何も言わずにコピー機のカバーを下ろして、設定を整えた。彼女は彼の名前を口に出したかったが、二人のあいだにはもはや挨拶すらなかった。彼がコピー機のボタンに触れるとピカッと光りが放たれ、彼の目はすでに閉じられていた。

ローラはラムジー社を離れると、またすぐにそこに戻りたくなった。事務所は二人が共有する活動場所なのだから。彼の姿が視界に入ってきて、二人はぶつかるかもしれなかった。しかし彼女の机では、時間がきしるような音を立てて過ぎていった。仕事上のささいなことが、彼女を閉口させた。『ルーマニア』の費用の見積もり、より効果的な宣伝文についての会議、締め切りに間に合わなくても、メールに返信をしてこない調査員をどうすればいいか、など。何人もの小さなローラが、彼女の頭の中の廊下で列をなして並んでいた。それらすべては蛍光灯の下で、緊急を要する意味のない労働の中に閉じ込められていたのだった。旅行ガイドの出版が、即刻、永遠に止まったとしても、世界の栄光のほんのひとかけらもかすんでしまうことはないであろう。ローラはそのことについてはつねにわかっていた。しかしオフィスで絶え間なく続く仕事の忙しさが、仕事のつまらなさを覆い隠していたのだった。バクダッドが戦火にさらされているとき、ローラを眠りから引っ張り出したのは、『ベルリン』の印刷が遅れてしまうという恐怖だった。

彼女は失態ばかりだった。日付とスケジュールをごっちゃにしたり、コンピュータのハードディスクからファイルを消去してしまったり。しつこいウイルスのように、失敗が彼女にまとわりついた。彼女は不運を引き寄せ、悪い雰囲気を放出した。昔からの友人である美容師でさえ敵に回ってしまった。彼がブローで髪を乾かすとき、彼女の髪にはちょうどよい角度があった。美容室のドア近くの長い鏡は、美しい手が、がっちりとした四角いぶかっこうな頭をブローしている姿を映していた。

簡単な会話が暗礁に乗り上げた。ロンダ・バーデットという編集者がローラに、会社を辞めることを告げにきた。建築家のパートナーがドバイでの二年間の仕事の契約を結んだとのことだった。「税率が信じられないくらいなのよ」とロンダが言った。彼女は内部事情に通じていると偉ぶって、花のように毅然として頭をあげていた。「もちろん、生活費はかかるけれど」

ローラは祝意を述べた――税率に対しての祝意、多分。そして尋ねた。「でもそこでの暮らしってどんなものかしら?」

「首長国については多くの偏見があるみたい」ロンダの声はこの質問をはねつけるような語気だった。「単なる無知なのよ。家でお酒を飲むことはできるのよ」

ラムジー社で誰にも知られていないのは、若者にありがちな思慮分別のない気まぐれで、ロンダ・バーデットがフィジーの人と結婚したということだった。幸運なことに、彼女が目を醒ますにはそれほど時間はかからなかった。彼女は、自分にふりかかる迷惑が最小限になるよう邪魔者を処理していた。その後、彼女は人種差別的な感情に警戒していたが、それでもしばしば心の奥深くに潜んでいるその存在を認めた。

「ドバイでは、女性は好きなものを着ていいみたい。言うまでもなく常識の範囲内でね」

ローラとロンダのあいだには、暖かみはあまり存在しなかった。ロンダが去っていくことに対して、ローラは何ら残念な思いはなかった。しかし、彼女は心の痛みと共に、最近の会議で、自分が彼女の昇進に異議を唱えた社員の一人であったことを思い返した。

「ドバイの人びとが、砂漠に対して行ったことって信じられないわ。あの人たちは、本当にモダンな建物を建てて、砂漠を覆い隠してしまったのよ」

この光景を思い浮かべて、二人は黙った。

ローラは何かを言わなくてはならないと感じてこう言った。「あなたの勤務評価なんだけど、それがあなたのこの決断に影響していないことを願うわ。つまり次回にはきっと……」

ロンダは言った。「私は個人的な理由で仕事上の決断を下したりする習慣は、実際のところありませんから」

結局、ローラは自分の憶測が図星だったことを知ったのだった。「このことは、ここ何年間あってもおかしくなかったの。マットは、ずっと前からその話を持ちかけられていたのよ」

「私たちみんな、淋しくなるわ、もちろん」

ロンダは頭の上で束ねた艶のある髪をローラに向かって下げて、感謝の意を表した。そして机から机へと進んでいった。その後、二、三人の気の合う人たちとカフェで昼食をとりながら、ロンダは、ローラが自分をプロ意識に欠けていると非難したことを明かした――ロンダはそう確信したのだ。カフェラテが運ばれてくるまでには、ローラ・フレイザーのアラブ人たちに対する信じ難い態度について、声を低くして話す気になっていた。この話を脚色したものが、ローラの耳にもこっそり届いた。ローラはこの馬鹿げた風刺漫画をほとんど抵抗することなく受け入れた。生きていくための必要経費だと思った。浴室の体重計に載った両足のあいだで数字が光った。彼女は声にならない声で叫んだ。私には完全な修復が必要だわ！　彼女は堅い鋼から切り取ったのではないかと思われるほど、すっかりきつくなったウエストバンドをはずした。

ローラは密かに見張っていた高窓から、ポールがスポーツバッグを持ってオフィスを出ていくのを見た。水曜日だったので、ボルダリングのジムに出かけるところだった。火曜日と木曜日は、机に座ったまま昼食をとり仕事を続けた。少なくとも彼は、彼女の代わりになるものを見つけてはいなかった。もしも可能性があるとすれば、設計支援ソフトのオートキャドか、あるいは更新された野心、といったところだろうか。

ある日の夜、ハーバーを見下ろせる場所に腰を下ろして、ローラはポールの家に電話をかけた。どこもかしこも嵐が起こる前の気難しい空の色だった。一人の女性の弱々しい声がこう答えた。「もしもし?」ドラモンドの軽蔑したような視線のもとで、ポールはローラに、妻がラヴィ・メンディスにティースプーンをプレゼントしようとしたことを打ち明けていた。ラヴィがポールの家から去った後に、スプーンはゴミ箱の中からポールのほうを向いてきらきら輝いていた。「どうしてそんなことになったのか、わからない」というひとつの成句を、ポールは繰り返した。まるで彼の結婚の中心にある謎のぬるぬるした塊を見つけて、びっくりしたかのように。そのティースプーンが数か月経って、コンビニを通り過ぎ、土曜日の夜の橋の上を覆う車の流れの中へと、彼を駆り立てたのだった——とにもかくにも、それはポールがローラに提供したたったひとつの家庭内の光景だった。「もしもし?」というつぶやき声は、さらに弱々しくなった。

ローラへの無言電話は相変わらずかかってきた。次にローラが電話で起こされたとき、彼女は階段を伝って屋根に上っていった。屋根の上は凍りつくように寒く、月は出ていなかった。ポリエステルのフリースに身をくるみ、アグ製のサンダルをだらしなくはき、彼女はシオの星の中の蝋燭に火をつけた。その火は夕食どきに開けたワインの上で輝いた。ワインはキリストの涙だった。しかし、キリストの赤い涙はシオを殺してはいなかった。過去へのまなざしがボトルを越えて、気管の中の吐物を越えて、真珠のようなポーランドの森に到着した。過去は樺の森から外に向かう道を見出し、シオ・ニューマンを探しにやってきたのだ。死んだ人びとだけが完璧だった。そしてすべての人はあまりにも早く去っていた。

ローラはラップトップのスイッチをオンにして、ナイチンゲールをグーグルで検索した。数分もしないうちに、一羽の鳥がブルターニュの森から囀り声をあげていた。ああ、とローラは思った、ああ。彼女はこの音楽は、それが連想させるロマンチックな愛のように、幻滅へと運命づけられていると想像していた。実際のところ、圧倒的なものが皆そうであるように、その歌は予想はできたかもしれないが、心構えはできていなかった。鳥は鳴き続け、ローラは奇跡の時代に生きていることを認識した。インターネットの批判者たちは、インターネットはつまらないもので、弱さに迎合し、誤った情報を伝えると指摘した。しかしそれはまた、シドニーハーバーを舞いながらさえずっている冬のナイチンゲールでもあったのだ。

くすんだ色に染まる季節のあいだに、彼女は恩寵の時間が与えられた。仕事場では午前中に駐車場でコーヒーを飲むのが習慣になっていた。もしもラヴィ・メンディスがそこにいれば、彼女は車のあいだを縫って彼のところに行った。最初のうちは、彼女の動機はヒンケルの家庭の覗き見だった。しかし、しばらくするとローラはこれらの幕間をそれ自体として評価するようになった。醜いコンクリートの裏庭には太陽と、風と、ポール・ヒンケルのマツダ車があった。ラヴィは一緒にいると気楽な人だった。がっしりしていて、寡黙で、ハンサムな男だった。

ある朝、裏のフェンスに沿って、明るいオレンジ色のものがつるから垂れ下がっていた。花はらっぱの形をしていて、蕾は先が太く、つけ根に向かって細くなっていた。「小さなオレンジ色のこん棒みたい」とローラが言った。ラヴィはつるを詳しく調べた。彼は蕾を引っこ抜いてそれを額の真ん中に当てて押し潰した。蕾はもっとも満足のいくパチンという音を立てて破裂した。ラヴィは言った。「僕が子どものころにした遊びだよ」ローラも試さずにはいられなかった。それはいつもうまくいくとは限らなかったが、うまくいったときには、うれしい気持ちを抑えることができなかった。

ラヴィ、二〇〇四年

彼が駅から出てきたとき、まるで針のように軽い雨が降っていた。彼はジャケットのフードを立てて足早に歩いた。アパートの区画のイサヤス家の駐車スペースは空になっていた。ラヴィは、アベはバンクシアガーデンでの夜勤シフトの仕事だろうと計算していた。タリクは母親と一緒に家にいるだろう。それは仕方のないことだった。ラヴィは、自分が言わなければならないことは、タリクにも関係していると思った。

正面の部屋のブラインドの背後に明かりが見えた。彼はせき込むような音を聞いた。それからトントンという音が走った。説明、躊躇、歴史は待ってくれる。戸口の上り段で彼は言った。「再審査審判所での聴取の日程が設定されたんだ。ぼくは多分、この国に滞在することは許可されないだろう。だけど長いあいだずっと毎日君のことを思い続けてきたことを、言わないで去ってしまうのは僕の本意ではないんだ」

彼はベルを鳴らした。

「ラヴィ！」ハナは防護ドアを開けた。彼女の心臓モニターのワイヤーが首のところに見えていた。「さあ入って、入って、濡れているじゃないの」

テーブルで、タリクは開かれた地図帳の前に座っていた。彼女はラヴィをちらっと見て目をそらせた。ともかくラヴィがこの場面を想像したとき、タリクはテーブルにいなかった。子どもはいるにしても、これから起きることからはずされていたのだ。彼が心に描いた部屋は広かった。ハナと彼は台所の隅っこで話している。そのあいだ、タリクは数ヤード離れたところにいる。ぼんやり明るいところで、ゲームか、おそらく

DVDを見ることに夢中になっているだろう。

「タリク」と彼女の母親が、警告を与えるような声のトーンで言った。

「こんにちは」とタリクは言ったが、彼女の視線はひとつのページに貼りついていた。彼女はテーブルに片方の手で頬杖をついていた。

「この悪い子は気にしないで、ラヴィ」と、ハナの声は厳しく響いたが、表情は嬉しそうだった。「この子、機嫌が悪いのよ。今夜はテレビを見てはだめ、と言ったから。この子に道理というものをわからせようとしているの。この子はボリビアがアフリカにある国だと思っているのよ！　キリンのように無知なんだから」

タリクは大きな声で笑ったけれど、楽しそうではなかった。テーブルの上にはいくつかコインが置かれていた。彼女はそれらをじゃらじゃら鳴らして、やめなさいと言われるのを待っていた。

「さあ、座って、座って。コーヒーをお持ちするわ」レンジのところで、彼女は見まわした。「わざわざ来てくれなくてもよかったのに。それに、こんなお天気の中を。あなたって私たちの本当によいお友だちね。でも、兄が言っておくべきだったのだけれど、急を要しているわけではないのよ。兄と話をしたのかしら、それとも彼からメールが届いたのかな？」

ラヴィは、彼女が何のことを言っているのかさっぱりわからなかった。

「兄が電話をしなかった？」ラヴィが頭を振ったところ、彼女はため息をついて言った。「彼はあなたに電話をするって言ったのよ」それから、「じゃあ、どうして来てくれたの？」

テーブルの向こう側で、タリクがコインをじゃらじゃら鳴らすのをやめた。

「ちょうど近くまできたもので」とラヴィは、母親と娘のあいだの空間に向けて声を発した。「この近くに住む人に会わなければならなかったんだ。駅に向かう途中で雨が降り出して、それにアベベが仕事だということを忘れていたんだ」

沈黙があって、美味しそうなコーヒーの香りが漂ってきた。ラヴィが言った。「ポールっていう人だ、僕が会わなければならなかったのは。会社の同僚なんだ」

ハナがプラスチックのお盆を持って近づいてきた。「来てくれてありがたいわ」と彼女は言った。「雨に濡れなくてよかった。それに私たちにとっても幸運だったわ。もうわかっているでしょうけど、私たちにはあなたが必要だったの」彼女はラヴィの前にカップを置いて、子どものほうを向いた。「タリク、本を持って向こうにいきなさい。そして寝る準備をしなさい」

「でも、私、ここにいたいの！」

「大事なことをラヴィにお話ししなくてはいけないの」ハナは唇をぎゅっと結んで、娘を見すえた。

タリクは椅子を後ろに引いて、こするような音をたてた。「私、図書館の本をあそこで読んでていいかな」とソファベッドを指さした。

「いいわよ」

子どもはやさしく歌うように声をあげながら、矢のように飛んでいった。「ポール、ポール、プリンとパイ」彼女はまた楽しくなさそうな笑い声を大きく上げて、クッションにすがりついた。タリクは、ラヴィが抱いていたイメージよりも背が高く、しかも年齢が上であることがわかった。ソファのそばの小さな電気スタンドから、彼女の頭の周りに光が漂っていた。

ラヴィの目の前で、彼のイメージどおりに場面は整えられた。

ラヴィと一緒にテーブルに着いて、ハナは説明した。彼らが使っているコンピュータは、アベベがオーストラリアに来てすぐに中古品で買ったものだったが、かれこれ十年になり、しょっちゅう故障してしまい、おまけに狂わんばかりに遅い。「大学のコースについて読もうとしても――兄が助けてくれたのよ、だけどすごく遅くて。最近はあれもこれもオンラインなので、新しいコンピュータを買うことにしたの」

簡単に解決できない問題は、こういうことだった。ハナの友人のジョディがハナに特別価格でマックを提供してくれる、と言うのだ。「彼女のボーイフレンドがそれを売っているとか作っているとか、よくわからないんだけれど。彼は展示用のモデルを提供してくれるらしいの」だけどこの家族が慣れていたのはウインドウズPCだった。「娘の学校でさえPCを持っているのよ。だから、私たちどちらを買っていいのかわからなくて、ラヴィ、あなたに聞いてみようと兄に言ったの。あなたならわかると思って」

ラヴィは部屋の隅の専用の机に置かれた、やたらにかさばる時代遅れのパソコンをちらりと見た。「もしもPCに慣れているのなら……」

「ジョディはマックだったら簡単に覚えられる、って言うのよ。兄の勉強仲間たちはマックを持っていて、マックのほうがいいって」

「人って慣れているものがいいんだよ」

「でもいったい違いは何なのかしら？」

「PCのほうがより多くのプログラムが使えるよ。とくにビジネス用のソフトウェアとかゲームとか。そうは言ってもマックのほうが、デザイン用のソフトウェアは優れているんだ」ラヴィは、この公平さはそれほど役に立ちそうもないことを認識した。しかしそれはラヴィの脳が、無意識のうちに勝手に生み出したものだった。

「全体的に見て、どっちがいいのかしら？」

ラヴィの頭の中で最重要の位置を占めていたのは、どうすればコンピュータの話を止めることができるか、だった。彼は、ハナが彼を必要としていることを話していた時点に戻りたいと思った。ところが、それはまるで部屋の隅っこに置かれている古いデル上でウィンドウズＸＰを動かそうとするようなものだった。それはもう彼の能力を越えていた。「マックには、ＤＴＰのよりよいソフトがあるんだ」とラヴィが言うと、ハナが無表情になったのがわかった。彼女は首にかけた針金細工を指で触り始めた。ラヴィはどういうわけか、思わずこう言ってしまった。「でもＰＣのほうが、一般的に言うとより速いんだ」

ハナは自分のコーヒーを混ぜた。そして彼女はマックの見た目が好きだと言った。

ラヴィも同意した。しかしこう付け加えずにはいられなかった。「ＰＣのほうが、アップグレードするのが簡単なんだ」簡単な言葉で説明するのに苦労しながら、彼はＯＳにＵＩ、メガヘルツや、しまいには精神的限界に達して、最大どこまで個別にカスタマイズできるかについて説明した。

それから彼は話すことがなくなった。

その後の沈黙は、コンサートで最初の音を聞く前の、期待で緊張した濃密な静けさのようだった。テーブルの上にはティータオルとコインが置かれていた。ラヴィのまわりの物は、ぼやけて見えたかと思うと遠のいていき、またぼんやりと見えた。彼はハナをちらりと見た。そして彼が目にしたものに衝撃を受けた。彼女の唇は乾燥していて無防備に見えた。彼女はほんの少し前のめりになっていた。

同情する気持ちがほとばしり出て、彼は説明を始めた。「こんなふうに言う人もいる……」――見たこともない、うろこ状の唇！　彼は自分の唇をなめざるを得なかった――「……ＰＣはウイルスに感染する可能性が高い。しかしＰＣには利点がたくさんある……」

　ハナは、ティータオルを畳んで、再び折り畳んで、小さな正方形を作った。彼女は、こんな場面をまるで想定していなかったわけではなさそうだった。しかし、面白いいたずら書きが、青写真になると驚いてしまうこともある。彼女は布を広げて、手のひらのつけ根のところでなめらかにした。アイリッシュリネン製のティータオルは、見栄えはひどいがとても丈夫だった――プレゼントだったに違いない。口をあけた魚の周りにマッシュルームを配置した図柄が印刷されていた。魚を見ていると、ハナはパリで過ごしたある夜のことを思い出した。その夜は彼女の夫のことに関係していた――それは励ましなのか警告なのか？　彼女はティータオルをラヴィのほうに押しつけてこう言った。「そうなのよ、これって、あのときのことを思い出させるのよ……」ピエールとハナは、未亡人だったピエールの母親をあるレストランに連れていった。そこで彼女はメニューにざっと目を通して、勝ち誇ったように指摘した。イワシ（サルド）の定冠詞は、ラではなくてルのはずよ、と断言したのだ。この間違いは、彼女が二流のレストランに連れてこられたことを証明した。ピエールの母親は、そうは言わなかったが、感情を害した誇り高い殉教者の表情を装っていた。息子のほうは、その魚の名前は男性名詞か女性名詞のどちらにもなりうる珍しい名詞のひとつだと思っていた、と穏やかな雰囲気で語った。そのことに対して、未亡人は逆上し、眼鏡をもぎとって涙を見せた。彼女は母語で初歩的な間違いを犯した息子を産み育ててしまったのだから！　さらに悪いことには、非難できるとすれば自分自身だけだったのだ。なぜなら、彼女は承知の上で、ポーランド人の母親を持つ男性と結婚していたからだった。

　ラヴィはこのくだらない長話から、たったひとつ理解をむしり取ったとすれば、それは女性というものは、夫を選ぶ際に慎重になりすぎるということはない、ということだった。ティータオルは彼の手の下でくしゃくしゃになっていた。もう遅すぎた。彼は、ハナを訪れて告げようとしたことを、もはや告げることができなかった。彼の心臓がおかしくなった——それを証明するために、モニターは必要なかった。

ハナの背後の光のよどみから声が聞こえた。「学校のモラン先生が二匹の犬を飼ってるんだって。犬の名前はマックとPCらしいよ。PCは臭くて、マックはすごーくかわいいんだって」

ラヴィはハナが笑っているのを見た。それと同時に、二人のあいだに生じた動揺は静まった。目に見えない手がテーブルの上を動きまわり、すべてをなめらかにした。彼女がコーヒーをもっといかが？　と促すと、彼はそれを受け入れた。二人はあれこれ話をしながらコーヒーを飲んだ。まるで濃い霧の中で、もう一歩進めば崖から下に真っさかさまという状態にあることをすんでのところで気づいた人間のように、ラヴィは恥ずかしそうな顔をしたけれど、ほっとした気持ちになった。

帰宅途中の電車の中で、ラヴィは何度もその日に起こったことを再生してみた。彼はそのたびに、自分がもう少しで大失態を犯してしまいそうだったことを思い出しては屈辱感を新たにした——しかも子どももいるところで。私道に響く彼の足音を、フェアプレイが聞いて吠え始めるまでには、彼は愛の告白を実行するつもりは決してなかった、と自分に言い聞かせた。通用門の閂をはずしながら、彼は亡くなった女性に話しかけた。君は本気で僕が君のもとを離れると思ったの？

ローラ、二〇〇四年

彼女たちは、韓国料理のレストランをやめて、新しくてしゃれた日本料理のレストランを選んだ。ロビン・オーアはこう言っていた。「……だから私たちはもう一杯飲んだのよ。すると彼は私に、彼のところに戻りたいかどうか聞いてきたの。で、彼はこう言ったわ。『ひとつだけ、言っておきたいことがあるんだ。僕はゲイじゃあないよ。だけど、女物のショーツをはくのが本当に好きなんだ』だから私はどうしてなの？って聞いたの。すると彼は、『僕のお尻は、Gストリングをはくとすごく魅力的なんだよ！』だって」

女たちは刺身の上に吹き出しながら涙をぬぐった。「やれやれ！」と声をあげた。そしてときどき「男って！」と嘆いた。

それから突然それは終わり、まるでロビンがインターネットで出会った男とデートした最近の話をローラにしていなかったかのように、二人とも憂鬱になった。

しばらくしてローラは遠慮がちに、ファーディのことを考えたりすることがあるかどうかロビンに聞いた。

ロビンはまばたきをした。「あの人との関係は行き詰まっているのよ。知ってるでしょう」

肝心なのは、どこかに行き着くってことだった。

二人は小さな刺身の切り身を憂鬱な気分で食べた。それもロビンがこう言うまでのことだった。「ねえ、このことはさしあたり黙っててね。明日は総会があるでしょう？　クリフが早期退職することを発表するの」

「えぇっ！　本当なの？」ローラは箸を置いた。「いつ？」

「来年早々よ。新しいCEOを見つけるにはちょっと時間がかかると思うわ」

ロビンは友人を注意深く見ていた。ローラ・フレイザーは体重が増えていた。ピラティスを求めて叫び声を上げていた彼女の横隔膜のまわりは、あの陥没した外観を呈していた。しかし、ローラは顎を引き上げてこう言った。「ロビン、あなた、どうするの……?」

ロビンはわさびが鼻につんときていた。否定するように手を振った。

「なるべきでしょう」と、信義に厚いローラ・フレイザーは言った。「あなたならぴったりよ。ほかにいったい誰が考えられる?」

「クエンティン」

「それはありえないでしょう」それからより確信なく言った。「まさか、そうはしないでしょうね」

「でなければ、外部から連れてくるってこともありかな」

しかしロビンは、アラン・ラムジーが要職についている者のうちの誰かを昇進させようとしていることを知っていた。それは、感傷的なことのように見えたが、本質的には抜け目のない考えだった。内部から昇進させることは、ラムジー社に忠誠心を育てることになり、やる気を起こさせるには重要だった。一方で、外部から採用する場合は、それが誰であろうと、採用者への忠誠心を生じさせる。クリフ・フェリアーはロビンを雇っていた。それはめちゃくちゃな白人の人種差別に対する罪の意識が理由ではなかった。ロビン・オーアは、ラムジー社でのマーケティングの仕事ではトップの成績を記録しており、マーケティングの天才とも呼ばれていた――クリフは彼女にかならずそう言っていたのだ。彼女は、クリフにいつも感謝していた。

それは昨年の会議後のパーティーが終わったあと、車で帰宅する前のことだった。

ロビンの家の通り道にパディントンがあったので、クリフとタクシーの相乗りをすることは理にかなっていた。後部座席には、ピザの食べ残しや金曜の夜の吐物のいやなにおいがしていた。ロビンはほとんどすぐに眠ってしまった。

数分後に、彼女が目を覚ましたとき、クリフがそばに近寄ってきていることがわかった。「私、いびきをかいていたかしら?」とロビンはつぶやいた。彼女は自分の頭を彼に預けた。彼はより楽な態勢をとり、腕を彼女の肩に回した。ロビンは目を閉じた。

片方の手が彼女の胸をかすめたとき、ロビンは寝ぼけて、ロンドン支社のサイード・ジャミールのことを考えていた。指が彼女の肌を揉むように触るとため息をついた。

僕の赤い、赤いロビンがボブ－ボブ、ボビンと、クリフはふざけて言った。

ロビンの目は突然開いた。彼女は身を引き離した。クリフの手が彼女の身体について行った。彼女は両手のひらでクリフの胸を強く押しのけた。「やめて。お願いだから、やめて」

初めのうちは、二人の呼吸の音だけが聞こえていた。それから、クリフが手を突き出してきた。しかし一本の指先が彼女の頬を降りてきたに過ぎなかった。ロビンの両肩がぐったりし、前かがみになった。彼女は許す気満々で、クリフに微笑みかけた。片手が彼女の顎をぎゅっと掴んだ。「君は、うまくやったと思ってるんだろう、どうだ?」とクリフは愉快そうに聞いてきた。彼はもっと強く締めつけた。「かわいい女だ、かわいい雌犬だ」と言って、彼は彼女を解放し、背を向けた。

翌日になると、一分間続いていた何かが、ロビンに幻覚のゆがんだ力をもたらしていた。彼女の目は、寝室のブラインドのように閉じられていた。クリフの顔はロビンのまぶたの下で、道化師の白粉のように真っ白い風船になっていた。彼の指がぐいと掴んでいた彼女の顎は柔らかくなっていた。しかし、パーティーの前に飲んでいた大アザミのカプセルが、ウォッカに対して効果が不充分だったことを証明していたので、そんな妄想は、彼女の頭の中の鼓動に比べれば何でもなかった。ファーディが、ジンジャーティーのポットを持って入ってきて、ロビンにキスをして、羽毛布団を整えて行ってしまった。

ロビンは自分がタクシーの中でクリフに寄りかかっていたことはわかっていた。彼は誤解していた、ただそれだけのことだ。淡いエロティシズムが二人のあいだに揺れ動いていた。ロビンはかなりひんぱんに、クリフがよろこぶことを自覚した上で、骨盤を前に出し肩を後ろに引いて自分の身体のパーツを点検させるような姿勢をとった。彼女は、公正に言って、刺激になるようなサインを出したことが決してないとは言えなかった。そして結局は何事も起きなかった。こうしてロビンは、芳しい香りを放つ蝋燭が縁に置かれている浴槽に横たわりながら、理性的に考えてみた。すでに起こった事柄を最小化する必要性は強かった。

ロビン・オーアはバカでも臆病でもなかった。侵害されたことを認めなければ、母親が自分の話の中に割り込んでくる子どもを無視するように、クリフの権力を否定することになる。冗談めかす準備をして、ロビンは月曜日に立ち向かうことができた。土曜日には正気に戻ったかしら？　と言ったりして。しかし、玄関と階段のあいだで、最初に彼女を大声で呼び止めたのはクリフのほうだった。「タクシーの僕の支払い分」彼が通り過ぎる瞬間に紙幣がはためいた。ロビンは反射的にそれをつかもうとしたが失敗し、間が抜けたようだった。ところが彼女はまだ、クリフの敵意の力を感じていなかった。彼は単純に、そして打ちのめすように彼女を無視することによって、その敵意を彼女に伝えた。会わなければならないときには、会話を短く交わすだけで、彼女の頭の横をじっと見るのだった。

ロビンの両親は黒人と白人で、共通の呪文（マントラ）を持っていた。あなたは、あなた自身の人生に責任がある。ロビン・オーアは決して後ろを振り返ってはいけない、という言葉を思い出した。もしも過去があなたの首をしばりつける岩だとするならば、前に進んでいくことはできない。だからロビンは前に進み続けてきたのだ。ヨガを始めたり、中国の都市のすばらしい案内キャンペーンを新しく編み出したり、ファーディに最後通告を突きつけたりした。クリフ・フェリアーが何かをやり過ごしたという感覚は、擦りむいたときにときどき感じる痛みのようなものだった。実物よりも白く大きな彼の顔がロビンの夢の中を漂っていた。彼の目は眼窩からあふれていて、大食漢の目だった。

事務所に帰る途中で、「それで、クリフはどうするつもりなの？」とローラが聞いた。

「ストックオプションを現金化するんじゃないかしら。バイロンの海岸の奥にある彼の家でバナナを栽培するとか。それとサーフィン。四六時中マリファナを吸ったりしてね。そんなところかしら」

グローバル経営会議以降、ロビンは試算をしてきた。アランはクエンティンを選び、クリフはロビンを選ばないだろう。どちらか、あるいは両方とも新人を選ぶかもしれない。クエンティン1、ロビン0、そしてダークホースが待っている。ロビンは後ろを振り返らないのが信条だけれど、昔の過ちのパターンがすぐ後ろにはためいていた。

道路を横切りながら、ローラは言った。「あなたは、このまま進むべきよ。約束よ？」

「もちろん」とロビン・オーアは言った。

ラヴィ、二〇〇四年

ラヴィはエレベータの中の鏡に、グレーのスーツの男とブルーのスーツの女を見た。アンジー・シーガルは頭を傾けた。「似合っているじゃない――スーツ、ピッタリよ。私にはわかってたのよ」スーツは彼女の夫のものだった。アンジーは鏡に映ったラヴィに微笑みかけた。ラヴィは微笑みを返そうと思ったのだが、その顔は強張っていた。

エレベータが到着すると二人の男たちが待っていた。そのうちの一人はガリガリに痩せていて、もう一人は頭にターバンを巻いていた。アンジーは痩せたほうの男に、手短かに話をし、その後ラヴィに情報を与えた。「フェヴェレルが今日の担当らしいわ。エイドリアン・フェヴェレルよ。彼は新人で――審査官たちはまだ評決を出していないようね。でも、彼はどうしようもない奴らの一人じゃない様子ね」アンジーはラヴィに、干しぶどうをチョコレートでくるんだお菓子を渡した。審理に向かう途中の横断歩道で、彼女は突然言い出していた。「審査官たちは賄賂の品をかき集めたようね。自分たちが立派な人間だと感じるために、けばけばしい車を手に入れるのよ。もちろん彼らのほとんどは、尻もちをついて権力者の言いなりになるのが落ちなんだけど」

受付の窓から見えた景色は、青と緑に覆われていた。ラヴィの肩のところでアンジーが言った。「ハイドパークよ」二人は黙って公園の木々を観察した。そして、はっきり見えるハーバーをじっと見つめた。初めてのことだったが、ラヴィがアンジーから連想していた、あの素早いトリルで演奏するような印象はなかった──彼女はカードの残高がなくなってしまった電話のようだった。そしてこう言った。「フェヴェレルはDFAT出身よ。つまり外務省ね」

いいいいいいいいいいい

もしもあの雲が、五を数える前に太陽に届いたなら。ラヴィはゆっくりと十まで数えた。雲は立ち往生していた。春は一枚一枚の葉のあいだをふんぞり返って歩き続けていた──審判所は、ラヴィの申請を却下するだろうという明らかな兆候だ。アンジー・シーガルはまだしゃべっていたし、いつもと違ってすべてのことを詳細に説明し続けていた。つまりはアンジーもまた、最悪の場合を想定していたことが、ラヴィにはわかった。

担当審査官が言った。「メンディスさん、あなたの奥さんと息子さんが殺されたことについては誰も疑っていませんよ。でも、あなたはなぜ、国に責任があると主張するのですか?」

ラヴィはこの質問については、アンジーと下準備をしていた。「誰も殺人容疑で逮捕されていないし、留置されてもいません。審査官殿、警察は確かな行動をとっていないんですよ。それに、私が人権委員会に提出した異議についても追跡調査がなされていません」

審理が行われていた部屋には窓もなければ人影もなかった。ラヴィに所定の宣誓をさせたとき、案内係のブロンズ色の唇が震えていた。案内係は彼の顎までしか身長がないように見えた。彼女は録音装置が作動しているかどうか調べて部屋を離れた。そうすることはラヴィにも納得がいった。聞きたくもないことを聞きながら、なぜ座ってなければならないんだ。

狭苦しい空間に、審査官の机が置かれていた。横をちらっと見て、ラヴィはアンジーがメモを取っているあいだ、彼女の青い袖が動いているのが目に入った。しかし彼は、アンジーから忠告を受けたとおりに、視線をフェヴェレルに向けていた。頭骨ぎりぎりまで刈り上げた白髪と、骨があらわになったフェヴェレルの顔を見た。その顔は、「……それ自体で、証拠を構成していない」と言っていた。

時間が経過した。アンジーにせき立てられて、ラヴィはアロイシアス・ド・メルに手紙を書いて懇願していた。驚いたことには、この年老いたのろまのカメは願いを受け入れてくれていた。彼の正式に認定された陳述のコピーが、フェヴェレルの多くの書類の中に紛れ込んでいた。その陳述には、アロイシアスがかつてカーメルに報告していたことが繰り返されていた。つまり警察は、マリーニとヒランの事件の捜査を中止するよう命じられた、ということだった。

フェヴェレルは陽気な声で質問した。「この陳述書は、なぜあなたの移民申請書の原本と一緒に移民局に提出されなかったのですか、メンディスさん？」

ラヴィは説明した。

「しかし、難民認定の申請が却下されてから、バンクーバーのあなたの友人の気が変わって、主張を書面にすることに同意したということなんですね」

アンジー・シーガルは、審理に同席することは認められたが、発言することはできなかった。ラヴィは彼女の心の乱れを見た、というよりむしろ感じた。彼は彼女に何かしゃぶるものを渡せたらいいのにと思った。たとえば親指とか菓子を。彼は言った。「ド・メル氏の、スリランカにいる妹さんが昨年亡くなりました。審査官殿。彼が帰国する必要はなくなったのです。ですから彼はいま、陳述することを何ら恐れてはいません」

「ド・メル氏の陳述内容はうわさです、メンディスさん。その内容は、不特定の第三者の陳述に依拠するものです」

これは、その日の朝に刻み込まれていた模様の彫りをさらに深くしたに過ぎなかった。この問題に関する書類一式には、難民申請が認められるべきであることを証明するものは何もなかった。つまり、ラヴィの追跡と殺害を命じる公式な書類があれば充分だったかもしれない。あるいはマリーニとヒランが当局の手にかかって殺害されたという、署名付きの告発などがあれば。反対に、書類一式の内容は何の証明にもなっていなかった。でっち上げられたのかもしれなかったのだ。ラヴィの事件には、存在と不在が同じように半信半疑の光を放っていたのだった。

アンジーはフリーダ・ホブソンと連絡をとりあっていた。フリーダは、自分の麻痺してしまうほど長い陳述の原本に新しく付け加えていた——新しい陳述書は何ページにもわたっていた。しかしフェヴェレルは、封蝋で閉じた美しく人目を引く書類へと移った。ラヴィはアンジーが、彼女のファイルの中のコピーを調べているのを横目で見た。アロイシアス・ド・メルのように、カエル顔は——立派なカエル顔！——ラヴィの嘆願に応じていた。

フェヴェレルは言った。「この人物」彼はカエル顔の宣誓のいちばん下にある名前をじっと見ていた。フェヴェレルを簡単に挫折させた高貴で音楽的な、多音節の名前だった。「なぜこの人の最初の手紙は、タイプされているのにサインがないままになっているんですか？」

「彼は特定されるのを恐れていたんです、審査官殿」ラヴィは付け加えた。「彼は僕に大学に戻らないように警告しようとしていただけなんです」

「もしも彼が特定されることを恐れていたならば、なぜ、今になって正式な陳述をしたのですか？　あなたのほかの友人とは違って、この友人はまだスリランカに住んでいるでしょう」

「彼はとても勇気のある紳士ですよ、審査官殿」

審査官はこれを黙って受け取った。彼はファイルのページをめくった。

しばらくして、フェヴェレルは、花瓶のスケッチは趣味の悪いジョークかもしれないと、それとなく言った。むっつりした口調が、ラヴィの回答の中にしのびより始めた。はい、私が固定した住所を持たなかったとき、スケッチを受け取っていなかったというのは本当です。いいえ、私を追い詰めようとした人物が誰であっても、なぜ失敗したのか説明することはできません。彼が本当に言いたかったのは、審査官殿、私が犯したのと同じ過ちを、あなたも犯しているということなのです。あなたは、手掛かりと関係性を探しています。でも起こったことにはなんの筋書きもありません。真実に過ぎないのです。ラヴィの目は、縁なしレンズの背後でかすかに青みがかっておだやかなフェヴェレルの目から、机の背後の壁にかかっている紋章のほうにそれていった。ラヴィは、カンガルーとエミューに話しかけた。お前たちは滑稽だな！　お前たちには、首尾一貫した物語があるかい？

「メンディスさん、あなたの陳述の原本では、殺人に関係した尋問を警察官が行ったとき、あなたは恐怖を感じたと主張していますね。なぜなんですか？」

「一人の男性の存在ですよ」

フェヴェレルはわざとらしい忍耐を示した。「どういう人ですか、メンディスさん。警察官ですか？」

「はい、そうです」

「彼の名前は？」

「誰も名乗りませんでした」

「それで、あなたは聞いてみようとは思わなかったのですか？」

「私は怖かったんです」

「なぜですか？」

「なぜって、彼らは警察官だからです」口にはしなかったが、彼はこう思った。ばかだなぁ、審査官殿は。

「それで、この警察官が何を言ったから、あるいは何をしたから、あなたは怖くなったのですか？」

「彼は、しないほうがいい質問もあると思わないか、と言ったんです。彼は私に、妻と息子が死んだことを知って、あんたはラッキーだよとも言いました」

「あなたはこれらの発言が、警察官があまり調査を続けたくない証拠だと解釈したのですね」

審問はこんなふうに延々と続いていった。ある時点で、ラヴィの視線はまるで横にすべるように引っ張られていった。アンジーはノートパッドを彼が見える角度に動かした。こ、の、ま、ま、続、け、て。う、ま、く、い、っ、て、い、る、わ、よ。

「メンディスさん、あなたはスリランカ当局があなたを迫害しようとしたと主張するのですね。しかし、オーストラリアの観光ビザを得るために必要だった警察証明書を取得できましたね。そのことについてあなたはどのように説明しますか？」

それから、「どうぞ、はっきりとお話しください。そうすれば録音機があなたの声をちゃんと拾うことができますから」

「一人の男性が助けてくれました」

「だれですか？」

「それは言えません」

「もっとうまくやらないと、メンディスさん」

「ずっと、上層部の人です」と、ラヴィはしばらく考えてから言った。

審査官の机の真ん中に、およそ六インチの高さで木製の仕切り板が据えられていた。アンジーは、この「目隠しバー」があることで、隣の人が何を書いているのか見えなくなっていると、審理が行われる部屋の構造について説明していた。目隠しバーはフェヴェレルの手を覆い隠してしまっていたが、彼が水の入ったグラスを持ち上げてそれをすすったので、ラヴィはグラスを握っている指が、赤っぽい毛で覆われているのを見た。ラヴィは視線をフェヴェレルの顔のほうに移した――その顔は、眼鏡をかけた聖人の顔のままだった。それは「なぜこの役人は、あなたの利益にかなうよう介入してきたのですか？」と質問していた。

紋章の上のカンガルーとエミューはキツネとガチョウに変わっていた。その動物たちが跳ねまわり始めたとき、ラヴィの手はその騒ぎの仲間入りをして跳ねまわった。「メンディスさん……？」と言ったフェヴェレルの目に、彼らのダンスは映らなかった。

「支払いがあったんです」とラヴィが言った。

「あなたは、警察証明書を手に入れるために、役人に賄賂を渡したと主張するのですね？」

「はい、そうです」

「その人物はスリランカ国籍ですか？」

クワッ、クワッ、クワッ、クワッという鳴き声も、おかまいなし、と彼は声にすることなく歌った。彼の手は拍子をとっていた。

「あなたはこの役人について、審判所にどのようなことが言えますか、メンディスさん？」

「審査官、私のクライアントは――」

しかし、ラヴィは援護を必要としなかった――彼には、キツネをよろこばせ、興奮させるものは何か、とてもよくわかっていた。「彼は怖い人でした」と彼は言った。柔らかそうな赤い手を、じろじろ見ないように努めた。

「たった一分前、あなたは自分を助けてもらうために、この役人に賄賂を渡したと言ったではないですか。違いますか？」

「彼は私を助けてくれました、審査官殿。しかし彼は恐ろしい顔をしていたんです」

フェヴェレルの目が眼鏡の背後で動いた。彼は「では、この男は警察の尋問のときの男のように、あなたを怖がらせたのですね」と言った。

紋章の上で彼らは歌っていた。ブ、ブラブラ、い、していい、い、い、お一！　ラヴィは一緒に歌う気満々だったが、借りてきたネクタイが彼の首を締めあげていた。

「偶然、同じ男だったのでしょうか？」とフェヴェレルは聞いた。

アンジーが何か辛辣なことを言いながら割って入ってきた。フェヴェレルは、彼女をつけ上がらせないようにするために時間を使った。しかし彼が言った嫌味は、ひとつの啓示としてラヴィに届いた。つまり、すべての悪魔は一人であり、すべて同じだということだった。幸福な時間のように、悪魔は以前に存在した悪魔たちを含み、それらによって増幅された。悪魔はおそらく長い耳、ラップアラウンド型のサングラス、あるいは借りものの顔を持っていたのかもしれなかった。薄青色の目でつき刺すことを選ぶかもしれない——確かなことは、悪魔はやってくるということだった。悪魔はすべての人にとっての最後の訪問者で、無味乾燥で宇宙的なジョークだった。

フェヴェレルは、次の質問へと移った。「メンディスさん、あなたがもしもスリランカに戻るとするならば、あなたはどうなると思いますか?」

クリスタルはこう言っていた。「ペチコートをドレスとして着るのが流行したのはいつだったか覚えてる?下着を洋服として着ていた時代のことなんだけど。私はブルーのペチコートにクリーム色のレースがついたのと、紫色のペチコートに黒いレースがついたのを持っていたわ」

「九七年から九八年にかけての夏だね」とナディーンが言った。

これに驚いて、eゾーンではマウスのクリック音がまったく聞こえなくなった。

ようやく、「九六年から九七年にかけてじゃなかったかな?」と返した。

しかし、ナディーンはその日のおしゃべりは終わりにしていた。

「ちょっと待って、私がニック・ケイヴを聞きにいったときには、黒のTシャツにブルーのペチコートを着ていたわ」クリスタルはグーグルで調べて、それから「そうね、あなたが言っていたとおりだわ。九七年から九八年みたい」

「そのときって、レイザーのキックボードが流行っていたときかな?」ウィルが尋ねた。

「いや、あれはずっとあとになってからよ。多分二〇〇〇年ね」

ラヴィのスクリーンでは、イスタンブールが「本日のお薦め旅行先」となっていた。写真がアヤソフィアを呼び出した。もしも、ラヴィがそれをクリックすれば、グランドバザールに連れていってくれるのだ。彼は昔、この楽な旅をすると、気分が爽快になっていたことを思い出した。身体はいつもローカルなのよ、と座を白けさせるマリーニが囁いた。ラヴィは特別オファーのためのオンライン販売促進ページをデザインしなければならなかった。でも、コールトゥアクションはどこにあったのか？　街のガイドブックを二冊買えば、三冊目は無料になる！　この仕事に意味を見いだせず、彼は悩んでいた。せかせか働いても無駄骨だった。それでもタイムカードを満たすには役立った。ここでは歴史ではなく時間が重要だったのだ――時間は管理できた。ラヴィの呼び出しに応えてヒランの写真が出てきたとき、彼は息子に黙って話しかけた。二〇〇〇年に、誰かがお前の喉を切り裂いたんだ。

審理が終わり、ラヴィが通常の洋服に着替えて、スーツをアンジーに返却したとき、彼は嘘だとわかっていたが、午後は仕事を休むと彼女に約束していた。彼は、ラムジー社の駐車場のいつもの場所に行き、片方の靴の裏をフェンスに押し当てて立った。春の気配は弱まり、灰色の毛布の下に寝かしつけられていた。しかし太陽さえ出ていれば、ハイビスカスのそばのその場所は暖かだった。彼がｅゾーンで聞いたのは、むだなおしゃべりに過ぎなかった。その会話が証明していたのは、クリスタル、ウィル、ナディーンの、あのときと今を結びつける能力だった。この人たちは、幸運な人たちだとラヴィは独り言を言った。もしも自分がこの国に住むことが許されたならば、その前とその後があるだけだ、と彼は思った。ハイパーリンクは、瞬時にスリランカをオーストラリアに置き換えることができた。しかし、スクロールダウンして連続した物語を望むならば、いったいどうすればいいのだろうか？　ラヴィは煙草が短くなるまで吸った。彼は、何かを待っているようだった。

ラヴィを解放する前に、アンジーはラヴィを昼食に連れていくと言い張った。せっせとパンにバターを塗っている彼女の荒れた小さな手は、染みひとつないテーブルクロスを見て恥じ入った。結審にあたってフェヴェレルは、決定を留保すると告げた。それはよくあることで、決定は数週間後に言い渡されるとアンジーはラヴィに教えた。「もしも決定があなたに不利になるようなことがあっても、いつでも連邦裁判所があるわ。でも私たちが補強証拠として提供した証拠は、このような案件としては強固なものよ」大皿から赤い鉤爪のシーフードが飛び出し、ラヴィの目の前で揺れていた。

部屋に入って二時間後、フェヴェレルは机の上の電話を取った。「審問係員、戻ってきてこの審理を終わらせていただけませんか?」彼女を待ちながら、ラヴィ、アンジー、フェヴェレルの三人は異様なほどに沈黙していた。ラヴィの手は静かに膝の上に置かれた。彼はフェヴェレルのほうをちらりと盗み見た。フェヴェレルの顎の下で組まれた両手に、こぶしを覆うように毛が生えているのがぼんやり見えた。ラヴィの頭の中でまっすぐ後ろ足で立ったキツネは、輝く赤みがかった動物で、血気盛んな男のように飛んだり跳ねたりしていた。このキツネはフェヴェレルという名前に反応したのだろうか? 主張は論理の飛躍だったし、書類一式は証拠に欠けていた。決定は留保される必要があった。キツネは強かったし貪欲だった。その上にラヴィは自分が言えないことを知っていた。アンジーは、詳細を述べて信憑性を高める必要があることを、何度も何度も彼の心に訴えかけていた。しかし記憶は、感覚のみを留めておくものかもしれなかった。コンクリートの階段のようにせり上がってくる痛み、屈辱、恐怖。キツネと一緒に過ごした時間に思いを馳せたとき、彼はぼんやりと焦点の合わない、撮り損ないのスナップ写真のような場面を見た。そこには、喜悦か恐怖にもがき苦しむふたつの姿があった。それだけだった。しかし、すべての本質的でないものがはぎ取られてしまうと、人生そのものがこのもがきへと行きつくのではないだろうか？　詳細は真実にとって必須ではない。必須なのは、説得力のある物語にのみである。最近、キツネのねぐらで蛇口から滴り落ちていた水滴の音のことを考えると、ラヴィはそれが記憶なのか、彼の脳が借りてきた何かなのか、確信が持てなくなった。密告者がモーテルの一室で汗だくになり、車のヘッドライトが外壁に弧を描いている、テレビ映画に現れるたぐいの詳細だ。「ここのホワイトチョコレートムースはとてもおいしいのよ」とアンジー・シーガルがしきりに勧めた。しかし、ラヴィは、もう充分いただいたと言った。

ラムジー社の倉庫では、アコースティックギターが「ハレルヤ」に取り組んでいたが、それは、フォークリフトのリバースギアのビーッ、ビーッという音で聞き取りにくくなっていた。ラヴィは自分がローラ・フレイザーを待っていることに気づいた。彼らは最近、ｉＰｏｄのことで意見を交わしていた。ラヴィはそれを買いたいと思っていることを打ち明けた。「ああ、それなら買うべきよ」とローラは勧めた。「私のｉＰｏｄ、とても気に入っているの」それから彼女は黙った。しばらくして彼女は、ある特別な歌がラジオから流れてくるのを待つのが懐かしいと言った。「ばかげているように聞こえるかもしれないけど、自分が聞きたい歌が聞きたいときに聞けるので、楽しみにするわくわく感が懐かしいのよ」

防火扉が開き、ポール・ヒンケルが出てきた。彼はラヴィに向けて手を上げ、そして彼の車を指さした。その日の午後は終わろうとしていた。ラヴィはどうやってタイムカードを書き込むつもりだったのだろう。彼は机に戻るのをさらに遅らせていた。ローラ・フレイザーがやってきて、その日の景色を変えてくれそうなことを言ってくれるかもしれなかったので。

ローラ、二〇〇四年

チャーリー・マッケンジーは髭を失い、顎を取り戻した。しかしローラが時間の穴を覗くと、色あせた赤いキルトが目に飛びこんできた。彼女は十八歳で、一人の美しくセクシーな男性がキルトの下で彼女の相手をしていた。ある日の夜遅く、ローラはチャーリーのギャラリーにメールを送っていた――迷子になった旅行者なら誰しもそうするように、よく知っている目印になる建物に戻ろうとしていたのだ。

その結果、彼女はキングストリートにある大きなタイレストランで、トムヤムスープとフィッシュケーキを食べながら、昔の恋人と向かい合っていた。チャーリーはその週末に車でシドニーに来ていて、近くの友人たちのところに泊まっていた。

レストランの中央の長いテーブルのあたりは、いつもどおりの大騒ぎだった。親切なウェイターがローラとチャーリーのために、そこからできるだけ離れた窓のそばの席をとってくれた。それでも、騒音が彼らのところまですさまじく鳴り響いた。チャーリーは大声をあげた。フィーは彼とのあいだの三人の子どもと新しいパートナーと一緒に、ダプトに住んでいる。だから彼は、ウロンゴンに引っ越したのだった。彼はそこの大学の非常勤講師をしている。「それで君のほうは?」彼は叫ぶように言った。

ローラも声をはり上げて、あれこれと話した。

彼女は、ポール・ヒンケルを引きつけるために買ったマスカットグリーンのシャツを選んで、この日のためにおしゃれをしていた。チャーリーは彼女を見るなり、大声で彼女が全然変わっていないと言った。「あなただって」とローラも返したが、それはつまり、今でも嘘つきで女ったらしという意味だった。ヘスターが亡くなったとき、どんなに親切にしてもらったかをローラは覚えていた。チャーリーのギャラリーのウェブサイトには、彼の最近の絵画が掲載されていた。そこでもまた、表面だけが変わっていた。

メインコースが運ばれてきた。少し静かになった。チャーリーは、「フィーは譲らない」と打ち明けた。それは決まり文句だったとローラは思い出した。昔は彼女に使われていたのだった。解読すると、彼の浮気相手たちを受け入れる気はない、ということだった。彼女は彼に微笑みかけた。彼は、その意味するところは、彼の膝を彼女の膝にくっつけてもよい、ということだと理解した。騒がしい音が沸き起こった。誰かの誕生日だった。ローラとチャーリーは、ときどき大声を張りあげて会話を続けた。しかしボトルを一本空け、ダックのレッドカレーを平らげ、テーブルの下で膝をこすりつけ合って昔のことを思い起こすことのほうが簡単だった。

彼女はレストランを出るときに、彼の友人たちのところまで一緒に歩きたいと提案した。暦の上ではまだ春にもかかわらず、夏から盗んできたような夜だった。通りを歩く少女たちは、肌も露わに、強烈な色合いの洋服を着ていた。彼女たちは大挙してパブから出てきて、パブの中にいた人たちにやじを飛ばしていた。シドニーの街は、酔っぱらいのために完璧な夜を演出することに最善を尽くしていた。チャーリーはローラを裏通りへ連れて行った。するとジャスミンの香りが裏庭から漂ってきた。

「絵のほうに戻ったことはあるのかい?」と彼は聞いた。

「絵画ねぇ!」

「君は確かにその畑で何かを持っていただろう」

「いえ、そんなことないわ。それにあなたはわかっていたでしょう。だって、私がドロップアウトしたことは、正しい判断だと言ったのよ」

「そうだった？　覚えてないな」そして付け加えた。「とにかく、僕の言ったことが正しかったなんて、誰にわかるんだい？」

彼女はびっくりした。チャーリーはやさしかったが、芸術についてはいつも辛辣だった。彼は「ダメ、ダメ、面白い、模倣、ダメな模倣」と言いながら、展覧会の会場を歩いたものだった。

道路の向こう側に背が高く間口の狭い家があった。鉄製の花に守られて、ひと組の男女が二階のバルコニーのテーブルに座って、蝋燭の光の中で食事をしていた。彼らの向こう側に見える明るい部屋の中には、家具の見慣れた輪郭がぼんやりと見え、窓に掛けられた薄いカーテンが、神秘的な雰囲気を醸し出していた。それは物語や進歩、シンボルを連想させる場面だった。そしてテーブルに座っている二人の関係の親密さと時間の長さを明らかにしてくれた。やがて彼らはバルコニーを離れ、窮屈さから明るく広々とした空間へ移動するだろう。その部屋の中に何があるのか、ローラにはぼんやりとしか見えなかったのに、一瞬にしてすべてがわかった。同時に、チャーリー・マッケンジーは自分とセックスをしたいがために自分をおだてようとしているだけだ、ということを理解した。昔、絵画は彼が決して偽ることのないひとつのことだった。結局、彼は変わってしまったのだ。ローラは過去を探しにいって、悪い模倣を見つけたのだった。彼の友人の家の門のところで、彼女はチャーリーにおやすみのキスをして、自分から彼を引き離した。

タクシーが彼女を自宅で降ろしてくれるころには、北東の風が強くなっていた。ローラはシドニーにいると、風の動きを意識した。ほかの場所ではそんなことはありえなかったのに。この地の天候は、羅針盤と地図を携えてやってくる。北東の風はどこかほかの場所で吹く風だった。その風はしょっぱい指で昔のかゆいところを引っ掻いた。彼女は鍵を錠に入れながら、どこかに行かなければ、と思った。

シドニーに戻ってきて以来、ローラはキューバ、タスマニア、北イタリアで休暇を過ごした。ロンドンを避け――ロンドンはシオだった――ハバナでビーに会い、ヴェニスでギャビーと彼女の子どもたちに会った。これらの旅は、満足と落胆の両方を与えてくれる間奏曲みたいなものだった。それらの間奏曲は、ホテルで読まれては捨てられる本のようなもので、話が続いているあいだは夢中になって読まれるけれど、後悔もなく置き去りにされた。ときどき話の内容は日常生活に漏れ出した。たとえばホバート近くの樹木の立ち並ぶ斜面は、嵐によって木の枝や皮がまき散らされ、ローラの夢の中にすべりこみ続けた。しかし現実の生活はシドニーだった。店やレストランが立ち並ぶいくつかの通りを含む地域、マクマホンズポイントの家、チッペンデールの事務所、それらの中心でつねに動き続けている青い拠点。今、ローラはまるで彼女の毎日が、鉄のレースで囲われているかのように感じた。明かりがついているけれどベールで覆われた部屋のように、曖昧で明るく広大な世界が待ち受けていた。いったい私はここで何をしているのだろう？　と彼女は思った。

シオの姉が撮ったヴェニスの写真が、ローラのラップトップに映し出されていた。どの写真も小さく明るいカナレットの絵画のようだった。水路や宮殿、いろいろな色に染まった空。ヘスターは、あの濁った緑色の水のようなガラス玉を所有していた――あれは一体どうなったのだろう。ローラの場所を離れることへの信念もまた失われてしまったようだった。ラムジー社でそれをなくしてしまったのだ。この会社では、旅についてはすべてのことがわかっていた。ひとつの都市が風景、市場、旅程、食事から成り立っているというのが本当であるのと同じく、そのことは本当だった。ガイドブックは、月の光の中のタージマハルや、夜明けのマチュピチュで人を誘惑する。ところがひとつひとつの旅における大切な瞬間は、解説にあらがうものだ。「自分へのご褒美」という見出し語では、その意味を調べることができない。なぜならば、それは一人ひとりの心にだけ語りかけるものであり、クリネックスの空っぽの箱とか、ぶら下がっているワイヤーのハンガーとか、寒い春に踏みつぶされた丘陵の斜面にほかならないのだから。

　旅立つことには、問題解決の側面もあった。それは拡張を期待させた。白熱して、はっきりとした形にならない、ポール・ヒンケルから離れる動き。ローラはそれをひどく恐れたが同時に望みもした。仕事場で彼女は偶然の出会いを企み続けた。彼がよく通る場所に行き、都合よくその近くに座っている同僚と下心のあるおしゃべりをした。彼の赤い唇が通り過ぎるときに、彼女が笑っていれば完璧だった。ところがその直前に電流が走るときが来た。彼女は彼を見ていなかったが、彼は彼女を見ないわけにはいかない瞬間と、ワラタの部屋に入りながら彼女の裸体を彼が見ていた、あの毎週火曜日と木曜日に起きたことすべてのあいだに電流が走った。今、そのときと同じようにローラは濡れていた。しばらくして彼女は自分の机に戻って腰をかけ、すっかり満足して空っぽになった。何も変わりはしなかった。それとほとんど同時に、次はいつ、自分はポール・ヒンケルにまったく無関心であることを見せつけてやろうかと案を練り始めた。彼女の脳の明晰な部分は、この行動様式を見てうんざりしたけれど、それに対してはどうすることもできなかった。きれいさっぱりと別れることが求められた——よりさっぱりと別れることが。ヴェニスが彼女のコンピュータの画面で輝いていた。ローラの中に開かれた空間、そして動き。彼女はラムジー社が一週間休みになるクリスマスに、この地を離れることにした。

家では、ローラが口論のテーマだった。彼女は階段のいちばん上でかたずを呑んで、この事実を知った。カルロの腰は、彼が栽培している野菜の前でもうこれ以上ひざをつくことができないところまで劣化していた。ローラがその野菜の世話を引き継いでくれるかどうか、カルロに聞かれた。彼女は仕事のことを引き合いに出して断った。「仕事か」とカルロは繰り返した。彼は必要なものを見つけようとするとき、あんなふうに凝視するような表情をした。しかし、彼は自家製ソースにやきもきして、背を向けてしまった。ローラがふたたび謝ったので、「わかった（ホ・キャピト）。気にしない」とカルロは言った。彼らのあいだに流れる空気は、にんにくで酔っぱらったかのようだった。彼女はほとんど告白しそうになった。カルロ、私がしたいのは、すべてをぶっつぶして世界を根こそぎ引っこ抜くことなの。彼は抑えがたい欲望というものを知っていた。だから絶望も知っていた。彼ならば理解できたであろう。しかし、彼の鼻は、ハーブを狂おしいほど慎重に刻んでいたまな板の上に集中していた。「どれどれ、私にやらせて」とローラは言った。彼女はその日の午後は、彼にひどく親切だった。

次の土曜日に、ローラがドアをそっと開けると、階下から声が聞こえてきた。かすれてとぎれとぎれの声が、前のめりにつま先立っているローラの耳に届いた。しかしその声はあまりにくぐもっていて、何と言っているのかわからなかった。それにカルロは、ロザルバと話すときはいつも方言を使っていた。ところがロザルバは台所から出てきて、純粋なイタリア語で、しかも語尾を下げて質問をした。「上の階の太った人（エクェラ・グラッサ・ディ・ソープラ）？」カルロは彼女のあとをのろのろと進んでいった。彼の声は荒っぽかった。二人は通路に沿っておぞましい足取りで歩きながら言い争っていた。家を出てからもそうだった。上の階の太った人は、手すりの端の支柱にもたれかかって萎縮していた。ホワイトリーの作品がぼんやりと浮かび上がった。肥満した女の風景のひとつだが、色あせた臀部と岩ばかりだった。ローラはその絵の中に入って消えてしまうこともできたであろう。彼女はそれが何についての口論なのか知っていた。昔からのいさかいで、これ以上大きくもならなければ消えてしまうこともない。ロザルバはカルロに、ハバーフィールドに移ってほしかった。彼女の家は平屋で実用的だった。大きくて清潔で静かな部屋がいくつかあった。ずいぶん昔には、庭に百日紅（さるすべり）が高く伸びて、ピンク色の花を雑然と咲かせていた。その木は切り倒され、芝はタイルに変わった。「彼女、全部掃き捨てる、いつもそう」とカルロは明かした。しかし彼はそれが不服ではなかった。「僕の人生、ここ」彼が言いたかったのは、ヒューゴ・ドラモンドと一緒だということだった。ロザルバは一人の死んだ男と格闘していたのだった。死人は恐ろしいほどの敵対者になる。しかしドラモンドは、ロザルバを避けるために道路を横断することはできなかった。ローラはロザルバに勝ち目があると思われたときに、自分が持ち込まれたのではないかと思った。太った人が反論の根拠であり、カルロが屋根に上がろうとして首の骨を折る危険がないことの証明、そしてつねに警戒する必要がある緊急事態時の救助となり、夜間に家にいてくれる人間だったのだ。

今、カルロは野菜の状況を本当だと認めているに違いなかった。疑いもなく、ロザルバは雑草が気になっていたし、レタスを間引く必要があることを指摘していた。

ローラはその週の日曜日のランチに、自分のラップトップを持参した。カルロは「オーガニックライフ」のサイトに掲げられている、発育がよく艶やかなクチナシに微笑みかけていた。クチナシの木ってこんな花を咲かせるのよと、彼女は納得させた。カルロはセイヨウキョウチクトウを愛情たっぷりに観察し、まだ熟れ始めたばかりの赤く輝いているザクロを眺めた。しかしそれから心配になってきた。給水制限は、水をよく吸うテラコッタの鉢の中で球状に固まっている根系を破壊してしまうのではないか。ああ心配ないわ、あの特別な保水性混合土を使い、ポットからあふれるまで規制を守って週に三回ホースで水をまいているのよ、とローラは言った。彼女がマウスのカチカチという音を立てて、つる植物が剪定ばさみで整えられる前と後の写真を呼び出し、エンドウ藁で保護された十を見せた。次に彼がいらいらしたのは、写真の中の葉っぱの上で光る斑点をカビと見まちがえたことだった。ローラはカルロをなだめて約束した。彼女はエンドウ藁のように大げさにカルロをなだめすかして、自分の手をヘビのように動かした。すべての写真は前の年に撮られたものだった。カルロは白内障を患う老人で、すでに見せられたものを覚えてすらいなかった。ローラは他人の庭から盗んできた花と艶のある葉っぱを、彼の花瓶の中に活けた。彼女は屋根に通じるドアに南京錠をかけて、その小さな鍵を彼女の鍵輪に通した。

彼女はクエンティン・ハスカーにクリスマスには旅行すると言った。「休暇前後の数日間も含めて。どこに行くかを決めたらすぐに日程を調整するわ」

クエンティンは、素直に未記入の休暇届に自分の名前を走り書きした。「詳細がわかったら記入しておいてくれ」二人が会っているあいだ、彼は冬のビーチハウスのような虚ろな視線をローラに向けていた。しかしながら彼は、もしも自分自身を表現するように言われたら、頭上に鳩が止まっている公園の彫像を思い出したであろう。とにかく何かそのくらい高くそびえ立ち、危険にさらされているものを思いついた。クエンティンはCEOに値する大胆で独創的な行動、ラムジー社の本質に訴える行動をやってのける任務を自分に課した。最初にこの表現を使ったのはロビン・オーアだったことを思い出した。即座にクエンティンの股間はうずいて、彼女の見事な腕前を認めた。これと同じような恐怖心を伴う尊敬の念は、ジェニー・ウィリアムズⅡがコルセットの紐を緩めながら、新しいタトゥーや空けたばかりのピアスの穴を見せるときに、いつもその場所をぞくぞくさせた。

ローラが部屋を出ていったとき、クエンティンは自分のホワイトボードにラムジー社の標語を書いた。旅行者はみなユニークだ。しばらく書いたものをじっと見て、彼は旅行者という単語を丸で囲んだ。それからリストを作成した。探検家、放浪者、遊牧民、冒険家。彼の口の中で金属のようなピリッとした味がした。このところ、ずっとそんな味がしていた。もしも自分がCEOにならなければ、クエンティン・ハスカーは一体どうなるだろうか？　ロビンの支配のもとで、少なくともほんの短い期間ならば留まり続けることもできるだろう。でも敗北は、誰もが、そして特にジェニー・ウィリアムスⅡが、彼を見て負け犬だと思うことを意味するのだろう。よりよい仕事に移ることが唯一、現実的な選択肢だった。しかしいったいどこに？　どこへ？　どちらに転んでもロビンは大丈夫だろう。マーケティングは内容に縛られない職業だった。ロビン・オーアはいつでもラムジー社に愛想をつかして、自分自身を歯磨き粉や無線機器、タイムシェアマンションの業界に売り込み、仕事を続けることができた。編集の仕事は違っていた。それは特定の目的を持つものに根ざしていた。編集者はラムジー社を辞めると、大学に戻って自分自身を一から作り直すか、あるいは自分の小説か映画のシナリオのことを話しながら成り行きまかせに漂い続け、結局はローン返済のためにフリーランスの仕事を探すはめになるのかのどちらかだった。ガイドブックの経験はあまりにも専門的すぎて一般的な出版に置き換えることはできなかった。クエンティンは、伝記の制作依頼をどのようにすればよいのか、あるいはスウェーデンのベストセラーの出版をするには版権をどのようにして得るのかを知らなかった。彼の将来に関するマインドマップについて言うならば、すべては未開地だった。ただし、はるか南方にそびえる『ロンリープラネット』は例外だった。

翌週に一通のEメールが人事部から届いた。マネージャーという職名はすべてリーダーと改名された。「マネージャーは管理を行うが、リーダーは生命を吹き込む。リーダーには洞察力がある」この提案はポール・ヒンケルが行ったもので、文章も彼によるものだった。「ラムジー社が企業理念の最先端を走り続けているのはポールの貢献の賜である」と、人事部はポールを褒め称えた。ローラは、密かに偵察していた窓からその日の英雄——あるいはリーダー——が、正午にはジム用のバッグを持って出かけていくのを見届けた。石から石へと登ってるちっぽけな（インシィ・ウィンシィ）ヒンケル。

連邦選挙があった。オーストラリア人たちは、二人のガキ大将のうちの一人を選ぶ機会が与えられていた。「民主主義の手順を楽しんでください」と、投票所の職員がローラに投票用紙を手渡すときに言った。段ボールでできた記入用の間仕切りの中で、「私はどの候補者にも投票しないことを選択します」と、用紙全体を覆うように書いた。

十月だったので強風が吹いていた。ローラは丘の上へ登っていった。ジャカランダが、これから打ち上げられる静かな青い花火の気配を放っていたが、彼女は頭を上げることさえしなかった。しかし彼女は柵の上に手を伸ばして、バイカウツギの花を盗んだ。そこには「この庭は再利用可能な排水を使用しています」と書いてあった。湾の見える窓辺の花瓶に生けてあるワラタは、現行犯への警告だった。

ラヴィ、二〇〇四年

ナディーンからのメール。「ウィルの言う通り」

ウィルからのメール。「人事部が定める四十七の技能のうち、ラヴィがどのくらいを満たしているのか私にはわからない。私には人事部が理解できない。それだけだ。確かに彼はいい奴で、一緒に仕事をするのは楽だ。頭もいいし、まじめに仕事に取り組む男だ。学習曲線は鋭いカーブを描いている。彼の技術やデザインのスキルはずいぶん上達した。しかし我われは、オンラインでリサーチをしたり、デザインのインスピレーションを求めたり、クールなものを調べるのに、どんなに時間を費やしているか知っているでしょう? 結局、ラヴィはいつもウェイバックマシンのようなアーカイヴの中で見つけたサイトを見ることになる。彼はそこから離れることができない。それは彼が集中力を欠いている、あるいは自立して仕事ができないということではなく、考え方にギャップがあるからのようだ」

クリスタル・ボウルズは言った。「彼のジーンズ、気がついた? Kマートよ！ 少なくともナディーンは、あのブスなオタクの女の子風にクールだわ」

タイラー・ディーンのオフィスでは招かれざるクリスタルが、ファッションデザイナーによる農作業の仕事着という理念で、全身を飾っていた。

タイラーは、ク、ク、クールというのは、仕事内容を描写する表現ではないと述べた。

「そうね」とクリスタルは認めた。「私たちは正面切ってそう言わないわ。だけどゾーンではそうなっているのよ。実際的でおしゃれな旅行コンテンツを伝えなさい。つまりおしゃれってクールってことでしょう」

クリスタルを追い払ってしばらくは、クールという言葉がタイラーを悩ませ続けた。タイラーがある意味、原因だったのだ。彼がラムジー社に入ってすぐに、書籍として知られる固体の生産を目指す仕事においては、デジタル出版は威信――つまり魔法の要素――を欠いていると理解した。タイラー・ディーンは若さ真っ盛りの中で働きながら、部署のイメージを刷新することに着手した。技術部門のメンバーは為す術もなかった。髪型はひどいし、体つきも不格好、新しいソフトウェアをインストールしてもその使い方を説明できないような連中だった。しかしデジタル出版は別物だった。タイラーは即座にウェブ部門に新しい名前を授けた。それがeゾーンだった。eゾーンというのはすこぶるかっこいいし、それがラムジー社の未来を意味した。しかも重要なことだが、それはラムジー社の過去でもあったのだ。トラベルコンテンツという表現を経営会議で使ったのはタイラーで、彼はラムジー社は創立以来トラベルコンテンツを伝えてきたと説明していた。伝達の古臭い形式がこれを曖昧にして、ラムジー社のビジネスの中核は本の中にある、という幻想を創り出してしまったのだ。バランスボールに乗って軽々と姿勢を正し、ガイドブックはウェブサイトの原型に過ぎない、すなわちガイドブックは、デジタル時代の完成形の初期の足跡だと指摘したのはタイラーだった。結局、すべての前衛と同様に、ウェブは過去のものに新鮮な光を投げかける頂点であると考えられるだろう。ラムジー社の全社員は、そのことにずっと気づくこともなく、eゾーンの提示した条件を目指してきた。

状況が変わってしまった。タイラー・ディーンの運勢は流転を知っていた。しかし、クリフ・フェリアーでさえ、デジタルは今であると認めるようになっていて、クールとeゾーンのあいだの関係はまだ生きていた。タイラーは、eゾーンで電子関係の仕事をしている人たちにこのことを説いた。eゾーンはトラベルコンテンツを変容させるだろう。グローバルでネットに精通したe世代のための、よりテキパキとより賢明な、玄米というよりは寿司になるように変容させるだろう。タイラーは、羞恥心によく似た気持ちで、彼がラムジー社の解体（デコンストラクション）について話していたことを思い出した。彼の意味するところは、正確にはいったい何だったのだろうか？　ともかく何年かたってから、ラムジー社の解体は、クリスタル・ボウルズをタイラーの部屋へと向かわせ、ラヴィ・メンディスのジーンズをせせら笑うことになったのである。

今、ラヴィの契約はもう少しで切れるところで、彼がラムジー社に残るか否かの問題は先のばしできなくなっていた。世界中で旅行はすぐに立ち直った——旅行というのはつねにそういうものであり、消失するのは目的地に過ぎない。販売は上向きだったので、ラムジー社はふたたび雇用を始めていた。タイラーは、eゾーンに新規の継続雇用を二人分申請していて、それはうまくいくだろうと自信を持っていた。しかしウィルによって作成され、ナディーンによって承認されたラヴィの公式の勤務評価は、用心深く口当たりのよいものだった。それは確実に不満の表れだった。マネージャーたちは、あからさまに否定的な評価を下すリスクを誰もとろうとはしなかったのだ。ラムジー社のような、こだわりのない今風の職場にはそぐわない対処法だからなのであろう。個人の周辺に聞こえてくる当てにならない噂話の中に、真の評価を知ることになった。従業員というものは、ラムジー社に適合する人間であるかそうでないかのいずれかで、ほかの本質的な問題と同様に、これを見分けることはたやすいが、説明するのは難しいものだ。重要なのは、オーラであり雰囲気だった。目をしっかりと見開いてこう言ったのは、クリスタル・ボウルズだった。「私が思うに、彼はちょっぴり気味が悪いのよ。とてもかわいらしい男の子の写真をスクリーンに映し出している彼を、私がびっくりさせたときのことを話したかしら？」

ラヴィ・メンディスは、タイラーが望んだとおりの役割を果たすことはなかった。ラヴィはいい奴なんだけど、適任者ではなかった。もしかして、彼は難民としても適任者ではなかったと言うべきなのかな？　彼の仕事仲間たちは、おあいその同情はほとんど示さずに、ラヴィのことを受け入れた。しかし彼らの頭の中で上映されていたのは、長くて危険な旅と鉄条網の映像だった。最初の総会の場で、自分のことについて何か話すように勧められ、ラヴィは介護施設での仕事について話をした。ラムジー社の中で五十五歳以上の老人といえばアランだけだった。ラヴィのほうに向けられた多くの同僚たちの表情は、個人的には老人たちに敵対心を抱いていたわけではなかったが、ラヴィが難民として経験してきた苦労について聞けることを期待していたのに、と言いたげだった。それは、タイラーがまた見込み違いをしてしまった、という最初の通達だった。

十一か月後、タイラーはラヴィについて、人事部の記録とは別の率直な評価をナディーンとウィルに求めた。タイラーはウィルの返答を三回読んでから、顔をオフィスから突き出してラヴィが電話で話しているのを確認した。そして彼にメールを送ることにした。送信をクリックしながら、これよってデイモと自分との関係が終わりになるのだろうと思った。正気の沙汰ではない！　それはある国を初めて垣間見た瞬間でもあった。そのときまでは伝説上の太陽が照ることのない領域としてのみ存在していたが、今では単なるもうひとつの場所、おそらく石のように非情なのに生き残れなくはない場所として姿を現わしたのだ。

電話の向こう側でアンジー・シーガルが言った。「ラヴィ」彼にはすぐにわかった。それは彼女が彼の職場に電話をかけてくる唯一の理由だった。審判所の決定の言い渡しに出席するかどうか問われ、彼は行かないことを選んだ。だから今、評決が文書にしたためられ、ラヴィが認可した代理人であるアンジーに送られてきたのだった。ラヴィがアンジーに手紙を開けてほしいのか、それとも彼女のオフィスに来るほうを望むのかを尋ねてきたのだ。「あるいは、宅配便で送ることもできるわよ、もちろん」

立ち去ることを想像するのと、追い出されるのとは、まったく別のことだった。アンジーの声を聞くや否や、ラヴィはブックマークを開き、マリーニの写真を呼び出した。彼女は、見るからに度胸の据わった様子で彼をはっきりと見た。彼は、「手紙の内容を知らせてほしい」と言った。タイラーからのメッセージ——小さな未開封の封筒のアイコン——が、ラヴィのスクリーンのいちばん下に現われた。

その日の午後、彼はKマートのジーンズをはいて、タイラーのオフィスに行った。「やあ、ラヴィ」とタイラーは言った。バランスボールからドアを閉めようと身体を乗り出したとき、彼はクリスタル・ボウルズを見た。彼女は観察するような目つきで、微笑んでいた。タイラーは以前、ヘルムート・ベッカーが、ドイツ人の管理職は人の尊敬を得るためにオフィスのドアを閉めておくと言うのを聞いたことがあった。「この考え方の本当に悲劇的なことは何だかわかるかい? そうすることで、うまくいくってことなんだ」オーストラリアでは、給料をのぞいてはみんな平等で、管理者の部屋のドアも広く開けてある。そうなると、閉じられたドアは警告へと切り替わる。人的要因はいかにひんぱんに理論を破綻させてしまうものか、ただ驚かされてしまうとタイラーは思った。

「ゾーンはどんな具合かね?」と彼は明るく尋ねた。

ラヴィは大きくにっこり微笑んだ。

「今日も、クールなことをしたかい?」

ラヴィは朝のこと――あのときから何世紀が経過しただろうか――を思い返してみた。そして、ワイヤーフレームのソフトウェアについて、オンラインの個人指導を受けたことが頭に浮かんだ。

「クール！」それから沈黙が長く続いた。「それはすごくクー――すばらしい！」

ウィルを悩ませていたのと同様に、タイラーをも悩ませ続けていていたのは、ウェイバックマシンについてのささいなことだった。すばらしいデザイノーは好奇心旺盛で、考え方が柔軟で流行に乗っている。ラヴィは後ろを振り返っているので、決してそこにたどり着こうとはしていなかった。しかしその日の朝、タイラー自身がウェイバックマシンを見て、ラヴィが開発したスリランカのウェブサイトの保管されたコピーを調べてみた。彼が目を閉じれば、今すぐにでもそれを呼び出すことができた。今の基準からするとがらくたの切り貼り芸術なのは確かだが、タイラーは自分のオリジナルな評価に固執した。そのデザインは気づかれはしない程度に著作権を侵害していたが、気迫あふれるものだった。そのデザインは「作る」文化――ウェブデザイナーにとっての生命力――を発散していた。昔のラヴィ・メンディスは、まったく異なる人物だったと、タイラーは誓って言うことができた。

彼は、「我われは、向かうべき方向について話すべきなんじゃないだろうか」と言った。

ラヴィはそのとき、バランスボールの上でときどき小さく跳ねているタイラーが、ラヴィの何かを必要としているのだと思った。よろこんでお役に立ちましょう――ラヴィはタイラーに好意を持っていた。彼のおおらかで轟きわたるような笑い声が好きだった。ラヴィは、ただ彼に指示をしてもらいたいと思った。この目的のために、タイラーの耳の端につけられていた、両手を広げた小さな銀色の男をじっと見つめた。

タイラーはすっかり気がそがれた。「人事だよ、君（デュード）。僕自身は流れに従うよ」と、彼はその場の思いつきでとり繕った――彼は「作る」文化に秀でていた。「だから、重要なのは、我われはここからどこへ向かうのか、ということだ。君との契約期間が切れるのはいつだった？」

ラヴィは、翌週にアンジー・シーガルに会う約束をしていた。会う日を延ばしたのは、彼女の考えだった。彼女はラヴィに、状況を理解しよく考えるには時間が必要だと言っていた。ラヴィは、アンジーに最初に言ったことをタイラーにも言った。「僕は、自分の国で旅行者になりたくないんですよ」そのことが重要だったのだ。彼には水晶（クリスタル）のようにはっきりしていた。「僕はスリランカに帰るつもりです」とラヴィは言った。

「ねぇ、君（デュード）！」タイラーの失望は心からのものだった。彼はよりよい仕事に移るラヴィを思い描いていたのに――スムーズに彼をコールセンターへ移動させるか、それともロンリープラネットは問題外だったかな？――これでは元に戻ること、輪（ループ）になってしまう。理由は明らかだ。「君の申請が却下されたんだね。ひどい話だ」輪（サークル）のイメージはタイラーの脳裏にずっと残っていた。彼はそれを忘れようと瞬きをした。すると、その輪はタイヤに変形し、人の首の周りで燃えていた。

「僕はとてもラッキーだ」とラヴィは言った。「僕の難民申請は認定されたんです」

「いや、そいつはすごいよ！　おめでとう！」タイラーはためらった。「それで……？」

「僕は帰りたいんですよ」

「しかし、君が帰ると危険なんじゃないのか？」

ラヴィはタイラーに、やつらは僕の子どもを殺し、妻を壺に変えてしまったと、言ったかもしれない。ヴァルニカと彼女の欠けた歯のこともタイラーに話していたかもしれない。すでに最悪のことが実際に起きていたのに、僕も同じように未来を恐れていたことを付け加えて。いやもしかしたら、こんなふうに彼に言ったかもしれない。聞いていなかったんですか？　私が最初に言ったのは何でしたっけ？

　彼が黙っていたあいだ、三つのことが起きた。タイラーがタイラーに言った。よこしまな気持ちを持つな、継続雇用のひとつに応募するようラヴィに伝えるんだ――すべてが違ってくるから。デイモがタイラーに尋ねた。ラヴィに留まるように言わなかったのかい？　そのときの会話がどんなふうだったか、正確に教えてほしいんだけど！　タイラーがタイラーに納得させた。ラヴィがオーストラリアに留まろうと出ていこうと、どこか別のところで働いたほうが彼はより幸福だろう。

「そもそも」とタイラーは言った。「私が何を言うために君をここに呼んだと思う？　もしも、推薦状が必要な場合、私が引き受けるから。いつでも言ってくれればいい」

ラヴィは、これについては考え込んでしまったようだった。それから「ここの人たちはみんなとても親切だ。いいところだと思う。ここを離れるのはとても辛い」と、たとえ動揺が顔に浮かんだとしても、まるで表情を乱さないようにしているかのように、注意深く話した。

　タイラーは三回、リズムに合わせて小さく跳ねた。くそ、くそ、くそ。彼は言った。「理論的には、ゾーンの中で少しばかりのことを始めるのは可能じゃないかな。結局のところ、人事部は実際には何もゴーサインを出していないってことだから」

　タイラーは、ラヴィが未来から自分自身の写真を見ていたこと気づいていなかった。それは四×六インチの写真で、カメラを持った男が唐辛子をずりつぶしている女たちに驚き、粉石鹸の宣伝で笑わされ、支払うチップをできるだけ少なくしようと工夫していた。彼の野球帽と頭のあいだから、ここには貧困はないというひとつの考えの吹き出しがもれ出した。タイラーの大きく心配そうな顔が介入してきた。片方の耳からは、小さな金属の男が今にも飛び降り自殺をしそうな体勢で、ずっとぶら下がったままになっていた。ラヴィはタイラーに、こう話していたのかもしれなかった。僕は帰るのが恐いんだ。だけどもしも僕がオーストラリアに留まったとしても、それからどうなるか、それも怖くて仕方がないんだ。

「僕は自分の国で、旅行者にはなりたくない」と彼は繰り返した。

このときタイラーは、ジャカランダとフレイムツリーの並木道を思い出した。その道はだんだん小さくなっていった。彼にできることといえば、最後の景色を見るためにバックミラーを傾けることだった。後部座席から、ディーン・タイラーが身を乗り出した。「あんた誰？ 見たことのある顔だな」と言った。タイラー・ディーンは誰かに向かって、「あんたの言っていること、わかるよ、君（デュード）」と言った。

その後、手早く手はずが整えられた。短期間の新しい契約が、ラヴィが出国するまでの期間をカバーした――タイラーの指がすばやく反応して、人事部宛てのメールを作成した。ラヴィは部屋を出ていくしかすることがなかったので、タイラーはぴかぴか光る合成素材でできたボールから立ち上がった。「君、この道を僕と一緒に旅してくれてありがとう」たまたま通りがかり、たまたま部屋の中を覗いたクリスタル・ボウルズは、タイラーがラヴィを抱擁しているのを見てしまった。

ラヴィ、二〇〇四年

ローラ・フレイザーは椅子についた車輪を滑らせて彼の机のところまでいき、どさっと座った。そしてスリランカのガイドブックをとり出し、緑色のペンで下線を引きながら質問をした。彼女が持っていた色つきボールペンは指先につけられた鉤爪のようだった。ラヴィは本というものは、高価で崇敬に値するものと教えられて育っていたので、たとえガイドブックでもあんなふうに美観が損なわれるのを見たくはなかった。ローラはラヴィに、クリスマスまでにスリランカに帰りたいのかどうか、オーストラリアを離れて本当にいいのかどうかを尋ねていた。ハイビスカスが立ち聞きをしている駐車場で、ラヴィはすでにローラに、スリランカに帰りたいとはっきり伝えていた。本当のところは、スリランカに帰ることを考えると、彼の心の内側に明るい空洞がぽっかりと空いたようだった。そして彼はその空白を埋めていく意味を、自由に選んであげることができた。

ローラのフライトはラヴィのフライトの二日後で、クリスマス・イヴの早朝だった。ラヴィはローラにコロンボをできるだけ早く出るようにとアドヴァイスした。それは、自分が旅行者を装っていたときに出会った外国人のあいだの標準的な知恵だったのだ。ああそうね、あそこには何もないから、私たちはできるだけ早く出るわよ。そのときのラヴィは感情的に混乱していた。コロンボにいったいどんな問題があるのだろうか？　ゴール通りを南に向かって走るとき、右手を一瞥すると細長いリボンのように長く続く輝くばかりの海が、埃っぽい車線に沿って曲がりくねっていく。しかしラヴィは今では鍛えられていた。彼はローラに、「コロンボは典型的で、ありきたりな街だよ」と言った。地元の人びとの生活ぶりを見るのはひとつの神話だということを実感した。庭を漠然と高尚なものにしてくれる彫像のように、その神話は、旅をする気にさせてくれる動機の絡まりの中に潜んでいた。休暇中の人ならば、普通の生活を経験したいとは誰も思わないだろう。休暇を取る人が離れたいと思うのは、普通の生活なのだ。それこそが、リアルランカの犯した過ちだった。神話を現実のものに変えようとする試みは、大理石の四肢を動かそうとするのと同じような過ちだった。このことについていつかニマールと話をしなければならないだろうと、ラヴィは思った。彼はローラに廃墟、彫像、南のビーチ、インターネットカフェを所有している友だちについて話した。「そこにいけば、友だちがあなたに会えてよろこんでくれるよ」ローラは自分のガイドブックの最後の白紙のページに、ラヴィが提案したことすべてを書いた。駐車場でクリスマスに脱出することについて話しながら、彼女は自分の髪の塊を掴んだ。「どこに行くかなんて、どうでもいいのよ」ラヴィは、スリランカには食べ物が美味しくて、格安の場所がたくさんあると教えた。ローラの顔は、あなたは私の気持ちがよくわかっているのね、とラヴィに語りかけていた。

「私は、環境に配慮した肉だけを食べるの」と、クリスタルは電話に向かって告白していた。ローラは自分のガイドブックを閉じて立ち去った。しばらくしてから、ラヴィはローラのペンが彼の机の上に置かれていることに気づいた。その日はウィルは代休で、ナディーンは会議に出席していた。ラヴィは、MAD調書を挟んだフォルダーの後ろにビックのボールペンを滑り込ませた。クリスタルが自分のワークステーションを離れた隙に、ラヴィはそのペンを自分のリュックの中に入れた。彼のこそ泥は単に自動的に行われたものだった。ビックを盗むことは、彼にとっては丸々としたオレンジの蕾を潰すほど、悪くはないように思えた。正しくないかもしれないが、自然な行為だった。

ラヴィはその日の勤務表に署名して退出した。階段のほうに向かっていると、ポール・ヒンケルがすぐそばに現われた。ポールはラヴィにセントピーターズ駅まで車で送ると言った——二人が同じ時間に会社を出るときにはいつもそうしていたのだ。ラヴィは彼に礼を言ったが、街で約束があると説明した。

ローラ・フレイザーが下に現われたとき、ラヴィとポールはちょうど階段の踊り場に到着していた。彼女は外に出る前に立ち止まって、受付係と言葉を交わしていた。しかしラヴィは——ほとんど身体的な認識だったのだが——彼女の興味の光線は自分に向けられているという感覚を持った。それと同時に、自分を辱めようとポール・ヒンケルとローラ・フレイザーは共謀していると理解した。ローラは彼の窃盗を彼に突きつけることになるだろうし、ポールは彼が逃げるのを止めるであろう。彼のリュックの中身がまき散らされ、彼の罪が同僚の前で暴かれて階段を流れ落ちていくことになるだろう。

ポールは言った。「大丈夫かい、君？」

ラヴィは、忘れ物をしたようなので引き返さなくてはとつぶやいた。

「じゃあまた明日な。楽しんでこいよ」

ラヴィは階段をできるだけ速く駆け上がり、リュックを肩から降ろして、それが下に転がりそうなところを何とか受け止めた。大勢が働く仕事場の、誰もいなくなった空間を通り抜けながら、リュックの中味をかき回してビックを探した。彼は大急ぎで走ったが、本能的にeゾーンから離れた。部屋の仕切りに取り囲まれて、オフィスのあまり見慣れない場所は迷路のように見えた。ローラ・フレイザーの腹を立てた目が、いつ何どき彼の背骨を捕まえてしまうかもしれなかった。誰もいないオフィスに通じるドアにたどり着き、机の上にペンを置いて立ち去るまで、ほんの数秒しかかからなかった。

アンジー・シーガルは言った。「これをあなたに見せなくちゃ」彼女は、コロンビアの弁護士が講演をした学会に出席した、とラヴィに告げた。「彼の国における人権侵害の歴史についての話だったのよ。コロンビアの軍隊では、投げ捨てる前に死体を切断していた時代があったんですって」ホッチキスで留められた書類が机の反対側から渡された。「四ページよ」ラヴィは図版をちらりと見た――ほんの一瞬だけ。ラヴィはアンジー・シーガルが残酷な人間だと思ったことはなかった。

彼女の携帯には、メールの着信音のちょっとした旋律が流れていた。アンジーはチョコレートが入っていたひだ入りの紙皿をくしゃくしゃにつぶした。ラヴィは途中下車して、店の中でもっとも大きく高価な箱を、アンジーへのお土産として購入していた。アンジーは立ち上がって、ラヴィの座っている側にやってきた。彼女の息は砂糖の匂いがした。「あなたの奥さんにされたこと――彼女の殺され方は個人的なもので、彼女の星占いのあの予言について知っていた人物が背後にいたと考えて、あなたにここを去ってほしくないのよ。彼女が生まれるずっと前に、地球の裏側ではプロの殺し屋たちが人びとを壺に変えていたのよ。すべての知識は移動するわ。治安部隊はお互い同士から学ぶものなのよ」アンジー・シーガルは狭い肩を張った。彼女は授業の課題の暗誦を準備する子どもだった。「もしも国に帰ったら、あなたは本当に危険にさらされると思うわ」

以前に彼女はこう言っていた。「国に帰ることは、あなたを恐怖に陥れることになるのよ。私にはそれがわかるの」それは本当だったので、ラヴィには返す言葉がなかった。ラヴィは、アンジーが言ったことのすべては、最善を尽くすためであることを知っていた――彼にとって最善とは、彼が安全に過ごすことができる場所を意味するものではもはやなかったのだが、それは彼女のせいではなかった。墓場もまた危険から逃れることができる場所だ。フリーダのようにアンジーもまた、彼を助けるためには何でもしてくれた。それなのに、ラヴィはこれら二人の女性に対して不当な態度をとった。ラヴィはそれを自責の念としてではなく、仕方がなかったことの証明として認識していた。

彼はふたたび、アンジーの時間をむだにしたことに対して謝罪した。「こんなのではどうかしら?」と彼女は言った。チョコレートの詰め合わせの中から、ラヴィが気に入ってくれそうだと思ったものを選んでいたのだろう。「居住権を得るまで滞在したらどう? そのあとにだって国に帰ることはできるし。あちらで物事がどうなっているかを見極めて、もしも問題があればこちらに戻ってくることだってできるわ」ラヴィは自分が銀色のカプセルの中のシートに縛りつけられ、日没のあいだを漂っているのを感じた。まるで雲の鑑定家のようで、どこにも属していない存在だった。助言は理性的で親切だったが、何の意味もなさなかった。第一に費用がかかった。彼の国では、子どもでもアンジー・シーガルにそう告げることができた。

彼女はエレベータのところまで彼と一緒に歩いた。アンジーはこぶしのところを噛む癖のある小さな手を彼の手の中に入れ、最後の紫色のアーモンド菓子、プラリーヌを手渡した。「いつかは子どもを持つかもしれないでしょう。ここに住む権利は、その子たちが高く評価してくれると思うわ」アンジーが理解していなかったのは、お菓子はときどき灰の味がするということだった。

道路では、神聖な鳥であるトキがその日の廃棄物の中を、足元の汚物に注意しながら貴族のように足を高くあげて進んでいった。ラヴィがヴァルニカに電話をしたとき、彼女はラヴィの話を黙って聞き、そして言った。「私が兄さんのために料理や掃除をすることをまさか想像していないでしょうね。私は国に帰っても、だれの召使いにもなるつもりはないから」ラヴィは、彼のニュースを聞いたときのプリヤの反応を恐れていたのだが、逆に彼女は大よろこびだった。彼女の継子の一人が、マレーシアに移住するつもりだと最近になって報告してきたのだ。プリヤは成熟と親切な気づかいを発散させて、今や息子の妻をそばに引き寄せながらこう言うことができるだろう。「そう、私は口出しをしないわよ、シャーマラ、でもあなたがいろんな角度から考えてのことなのかなと思うの。だって、私の兄は……」

サーキュラーキーの深い青色に染まった夜は、誘惑たっぷりだった。ラヴィは駅の中に入り、階段を昇っていった。列車がちょうど出ていこうとしていた。残されたのは、ブリッジ、フェリー、オペラハウスだった。ハーバーは光で覆われた宝石箱だった。どうして彼は、あの驚嘆すべき風景よりも歴史を選択することができたのだろうか？　彼はマリーニに、待っていてくれるかい？　と聞いた。どうやって僕は生きていくのだろうか？　誰も答えなかった。ラヴィは視線をその風景から無理に引き離し、やがて**す**、**ば**、**ら**、**し**、**い**、**プ**、**ラ**、**ッ**、**ト**、**ホ**、**ー**、**ム**、で、自分が独りぼっちであることを知った。しかし頭上にはひとつの約束が現れた。もうじき彼が乗りたい電車が到着するだろう。

ローラ、二〇〇四年

ロビンは顔をあげ、ローラを見て言った。「ちょっと待っててくれる？　クリスマスカードの整理を終わらせるから」机の上には数多くのカードが、著者、本屋、メディアなどと分類されて積まれていた。有名な支援団体によって制作された群青色のカードには、平和（ピース）という文字の上を一匹の鳩が舞っていた。二〇〇三年のカードは金色の星にハッピークリスマスと書かれた飾り書きが特徴だった。人事部が先頭に立って起こした反乱は、そのカードは多民族かつ特定宗派のない仕事場には不適当である、という判断を下した。たくさんのメールが飛び交い、会議が何度も開催された。広報部門の罪人が特定され、泣いてしまう人もいた。いつもより多くの人びとが、互いに話しもせずに口をつぐんでしまった。だから二〇〇四年は平和が君臨したのだった。平和がイルカとネルソン・マンデラと共に並んでいた。文句なしだった。

ロビンのところに到着する前に、彼女の何人かの同僚によって、カードはすでに署名されていた。短いメッセージを走り書きすることを選んだ人たちもいた。しかし、ロビンはクエンティンが署名だけをしたことに気づいた。彼女もメッセージを書かなかった――誰にそんな時間がある？　上席のリーダーに時間がないのは確かだった――が、名前の後ろに大きく青でXと記した。いかにも彼女らしかった。目立つし、効率的で暖かみがあった。

ローラは、『私というブランドを管理する』という本を念入りに調べた。

「すばらしい。やっと終わったわ」彼女はペンを置いた。開け放たれたドアのほうへ警戒心たっぷりの視線を向けた。そして声を低くしていった。「よく聞いて。ポール・ヒンケルはCEOを目指そうとしているわよ」

ローラは本を元の位置に戻した。彼女はちょうどいい感じのさりげなさで、ロビンにそれは確実なのかどうかを尋ねることができた。

「ポールは、私とクエンティンにメールをしてきたの。彼は」――ロビンは指で皮肉の引用符を作った――「私たちに知らせるのは正しいことだ、と考えたのよ。ポールは面接の経験は、プロとして成長する助けになると思うんだって」

ローラは、もしもポールが時間を浪費したいと思っているならどうぞご自由に、と思った。「上席地図製作者からCEOへ？　ありえないわね」ローラは軽蔑まじりの笑い声を小さくあげた。

「このあたりで思考様式がどう効力を発揮するのか、誰にもわからないわ」とロビンが不快そうに言った。

「彼には申し分のない付属品がそろっているわ。奥さんに二人の子ども、郊外に買った住宅のローン」

「一人。彼の子どもは一人よ」

「ああ、そうだけど、もう一人子どもが生まれるのよ。知らなかったの？　もうすぐ生まれるはずよ」

ローラの脳の冷静な部分が、今は十一月だと彼女に知らせた。十一から九を引くと二月になった。二月はバリにいっていた。愛の夜（ニュイダムール）のために七泊のバリ旅行の予算が立てられたのだった。赤ん坊のことは誰も話題にしなかった。

「とにかく、食事にいきましょう。お腹がぺこぺこよ」とロビンが言った。ローラ・フレイザーがぼんやりそこに立っているだけなので、「あなた、来ないの？」と聞いた。

ローラの意識はオフィスの中にゆっくりと戻っていった。彼女の意識はロビンの机の上に止まり、周りを見まわした。それが注目したのは、先が青と黒のフェルト製のペンが一本ずつ、修正ペンが一本、蛍光性のマーカーが三本、太くて短い鉛筆が一本、先が折れた緑色のダーウェント製の色鉛筆が一本、それから——

「これって、私のペン？」とローラは尋ねた。彼女は机のほうにいった。そして四色ビックのふっくらしたプラスチックの入れ物の全体を、指で包みこむように掴んだ。

ロビンはじっとみつめた。ひとつの記憶が蘇った。ビックと何か関係のあることだった。突然会話がそれたので、彼女は混乱していた。

「ねぇ、そうでしょ？」とローラは、「私のペンみたいね。会社の備品では、こんなもの手に入らないでしょう。私のペンだわね」

「それ、私のペンよ」とロビンが言った。なぜなら、彼女は突然、すっごくむかついたからだった。まずは、クリフ・フェリアー、それからポール・ヒンケル、そして信じられないことに、ローラ・フレイザー。オフィスに入ってくるなり、これは自分のものだと言い張っている。ロビンの手はさっとビックを掴んで、自分の机の上に置いた。

二人の女性は、にらみ合った。

まず、ロビンが先に正気に戻った。ロビン・オーアが有名である理由のひとつは、冷静さだった。息を静かに吐き自制した。彼女は軽快な声で「ランチに行く？」と誘った。

ランチに行く途中、二人はむしろ静かになった。ロビンは考え事をしていた。一本のペン！　しかしそれは編集者を興奮させるものだった。彼らはお気に入りのペンに夢中になり、そのペンで原稿にお気に入りのマークをつけるのである。

ローラは、ポール・ヒンケルの悪臭を放つ愛の告白を思い出していた。彼が恐れていたのも不思議ではない。彼が逃れてきた人間のうちの一人は、まだ生まれてもいなかったのだ。まだ生まれていない者と死んでしまった者が共有しているのは、彼らが負っている計算不能の債務だった。予算は決して均衡が取れない。

しかし、数字の動向を見失うものは愚か者だった。

ローラ、二〇〇四年

痛みとロザルバは、カルロをとうとう人工股関節置換手術を受けることに同意させた。十二月になり最後の饗宴だった。カルロは自家製のリングイネを使って、シーフードパスタを作るのに忙しくしていた。胡椒を振ったナスのパルミジャーナ、焼いた大きな車海老。ローラはグラスにプロセッコを注ぎ、すべての花瓶にはくすねてきたクチナシの花を生けた。大輪（グランディフローラ）のバラも当然だった。最近では、屋根の上の植物が窒息するか水分不足かでゆっくりと枯れていくのを観察するのが、近寄りつつある楽しみのようなものだった。逆境の中で栽培された灰色のオリーブだけが、ぞっとするような葉を絞り出していた。どちらにしても、そこにあるすべてはいつか死んでいくものだ。だから今だっていいんじゃないの？　ザクロ、セイヨウキョウチクトウ、ブーゲンビリア、ジャスミンは、装飾的なごまかしでなくしていったい何だというのだろうか？　それらは、鐘や乳香、銀色の燭台、受難者、壁龕（ニッチ）の中の彩色された胸像のように人を惑わすものだ。だからもしも女性司祭長がそれらに磨きをかけることを怠ったならば、どうなるというのだろうか？　第一、彼らの神はすでに逃亡してしまっているのだ。絵画に目が眩んだドラモンドが、階下のカルロに、おいビール、と叫ぶことはもう決してないだろう。庭のリニューアルの約束を踏み消すのは、本当のところ親切というものだ。成長というのは偽りであって、それは死という明白な真実を葉っぱで大げさに飾り立てたものだった。その日の朝、ハーバーが詐欺師の画家のようにウィンクをする中、ローラは盗んできたピンクのフランジパニを一輪、髪の毛に差した。彼女のラップトップがキッチンテーブルの上で生き返った。そしてカルロがその前に座り、魔法にかかる準備をした。非常に落ち着いて、ローラはスクリーンの隅の日付を確認した。ラファエル・ヒンケルがこの世での初めての一週間を終えたところだった。

ランチのあとで、カルロはカルーソの二重唱に参加した。美しい、ナポリ、恵まれた土地と歌った。キャメルとババケーキがあった。ショットグラスの中の液体は、ねばねばしていて汚らしい緑色だった。それを飲み干したとき、カルロが「何が、そんなに悲しいんだ?」と言った。ローラは否定しようと口を開いたが、聖キアラは青色の石膏の冷たい視線をローラに投げかけた。だからローラは言った。休暇が終わってもマクマホンズポイントには戻らないと決めているの。「仕事場にもっと近いところを探すつもり。たぶんサリーヒルズかな、と思っているの」

クリスマスまでには、カルロは人工股関節をつけてリハビリをしているだろう。その後、ロザルバが彼を帰すように説得されるまで、ハバーフィールドで静養するであろう。アリス・マートンは、ローラが休暇で留守のあいだ、上の階と下の階の植物の水遣りをすでに引き受けてくれていた。屋根の上の怠慢をさらけ出すのは、彼女の責任となるであろう。たとえカルロが許したとしても、ロザルバが許さないだろう。ローラは戻ることはないだろう。ハーバーの上を舞うナイチンゲールはもうたくさん、ニンニクと百合の葉と、バラ色の午後はもういや。シドニー湾が見渡せる窓辺で海の青色のシャツを着て、怠惰に過ごす甘いナポリは煙草の煙の輪をくゆらせていた。マントルピースの上には孔雀の羽が、全身を目のようにして注視していた。なんてことなの、私って、彼の庭をどれほど台無しにしてしまったのだろうか、とローラは思った。このことは繰り返されるテーマとなっていた。しかしその苦悩は、カルロの目の前では時おり鋭い歯を尖らせ、彼女が屋根に上るや否や、ヴェルヴェットのようにやわらかい口に変化した。屋根の上でできることといえば、全体を見渡し、正当化し、新しい嘘をでっち上げることだった。ふたつの心の状態が、おだやかに並んで成長し、互いになんの関係もない植物のように彼女の中で花開いた。進行中の惰性が両方を育てたのだ。階下と屋根が不連続の構成要素となっているその家は、彼女の共犯者だった。

ローラは罪の意識を感じたので、あわてて、あなたを捨てようとしているわけではない、とカルロを安心させた。「あなたは、来年になると私を必要としなくなるわ。新しい股関節がついたら、あの階段を昇れるようになるから」

彼は穏やかに、「そうだね（チ・チェルト）」としか返答しなかった。

「私がいなくなったって、どうということはないでしょう？」彼女は少しばかり気持ちが傷ついた。

「君、幸福でない。ここにいる、よくない」と彼は言った。「長いあいだ、君、幸せでない」

「仕事で疲れてしまうのよ」ローラはついに口にした。「あなたや、この家とは何の関係もないのよ。それに私がここにいることが好きだってこと、知っているでしょう」

「確かに（チ・チェルト）」ロザルババがどう頑張ったとしても、語尾は下がってしまうのだった。カルロ・フェリはうぬぼれが強く、感傷的で、臆病で、残酷なこともできるけれど、決して皮肉っぽい人間ではなかった。屋根の上のローラが彼の前で泣きながらひざまずいて、ごめんなさい、カルロ、ごめんなさい、と謝るのは、この先ありえないことだった。

彼女は最後のババケーキを、まるで苦痛を飲み込むように食べた。

ローラは指をスカートでふきながら、レコードを選ぶために立ち上がった。「いいよ」と彼は言った。「別にいいよ。大丈夫——いきなさい（ユーゴウ）」

「でも、私はそうしたいのよ。お願い」

それは本当だった。彼女は本当にそうしたかった。彼女はゆっくりと洋服を脱いだ。そしてゆっくりと彼女の華麗な肉体を見せた。午後は深まり、レコード盤は動かなくなり、カルロは喘ぎ声をあげた。いつものとおりだった。しかし、いきなさい（ユーゴウ）、いきなさい（ユーゴウ）。今回ローラは、彼が言っている意味を取り違えてはいなかった。誰も彼女にとどまってほしいと頼んでいなかったのだ。

ラヴィ、二〇〇四年

伝統的に第二金曜日に開催されるクリスマス・パーティーで、事務所の中が大騒ぎとなっていた。ラムジー家の人びとですら出席していたが、彼らはマスティク島でヨガ休暇を過ごして戻ったばかりだった。彼は、大騒ぎに脅威を与えてしまうような、静まり返った厳粛さをまとって巨大な姿を現わした。六フィート四インチの長身のアラン・ラムジーは、天候に左右されない高いところを飛ぶことに慣れていた。彼女のほうはあっさりと銀色に身を包み、上席リーダーたちだけに話しかけたが、小さな歯はみんなに向けられていた。彼女の後頭部は、バルカン戦争のときのどんな犯罪者たちのそれよりも、角ばっていて平らだった。しかしその部分は、誰の目にも触れることはなかった。彼女が、下着のミス・クロアチアを授与されたときに撮られた写真は、ラムジー社の中で広く流布されていた。給料が再検討されないなど職場に不安が生じる季節には、冷酷な人びとは、彼女の写真の目の中にピンを打ち込んだ。もっと野蛮でしかも技術的により熟練していた人たちは、フォトショップに救いを求めた。

ジェレーナ・ラムジーはラヴィの近くまで来ることはなかった。群衆がつねに二人のあいだで渦を巻いていた。だから彼は女神のような彼女を、遠くからちらりと見たに過ぎなかった。片やローラ・フレイザーのほうは、販売促進部のドアが開閉する度に聞こえたり聞こえなかったりする音楽のように、行ったり来たりしていた。ラヴィはダンスができるように片づけられたスペースにいるローラに、早くから目を止めていた。ローラはロビン・オーアと一緒にくるくる回転する動きのダンスを続けていた。彼女は白い腕を上げたり下げたりという動きをした――その腕は黒い網に包まれていたために、まるで海から引き揚げられた何かのように見えた。

ローラはラヴィの横に急に現われて、彼女のスリランカへの旅の計画を、彼の耳の中に金切り声で吹き込んだ。彼女は彼の提案をすべて受け入れていた。コロンボから南海岸にいき、そこでは約束どおりニマールのインターネットカフェを訪ね、それから古都を訪れ、岩を彫って作られた要塞を見にいく予定だった。クリスタル・ボウルズは、エメラルド・グリーンのカフタンを着て、それとマッチする飲み物を携えて滑るように通り過ぎるとき、髪の毛をゆらゆらさせ目を輝かせていた。ラヴィは自分が彼女にダンスをしてほしいと頼めるほどの神経があったらと思った。ローラはフレスコ画とアーユルヴェーダのマッサージのことをがなりたてた。ラヴィはローラの休暇については、目的地の選択における漠然とした自国の誇り以外には何の興味もなかった。しかし、彼女は彼に大声を出し続けていた。それからしばらく音楽が流れない時間があった。そして彼女はつぶやいた。「あなたの故郷の街――空港の近くだったわね?」彼女はまだ予約の最終決定をしていないので、簡単に変更できると言った。「私たち、会うことができるんじゃない。もちろん、あなたがそうしたければの話だけれど」

ラヴィはすぐに、南のビーチは西海岸のビーチよりずっといいよ、と返事をした。

「それはかまわないのよ」とローラは言った。「本当のことをいうと、別にどこに行こうと、こだわってはいないのよ」

ラヴィの中のプライドが、同じくらい漠然とわき上がった怒りに譲歩した。旅行者の群れの光景を頭に描いた。その群れは食べ、愛し、ふざけ、考えもなく踏みつぶしたりする。その群れの先頭にはローラ・フレイザーがいた。彼は子ども時代の部屋がこじ開けられ、略奪され、光の下に晒されるのを見た。彼女は彼の上に覆いかぶさるようにぼんやりと姿を現した。ずるくて、いかがわしく、そして――お前を殺してしまいたい、と彼は思った。

彼女はあわてて、もちろん訪ねていくのは不都合よね、と言った。「ばかなことを言ったわね。クリスマスだから家族と過ごすのでしょう。きっと家族に会いたいわよね」

ローラは、また音楽が始まったので、叫ぶような声で話し終えた。彼女の声をもっとはっきり聞きとるために、ラヴィは彼女の顔を覗き込んだ。彼は彼女の勝ち誇った顔を想像していたのだが、彼女は大勢の旅行者を率いて逃走中だった。彼らのために祈りなさい。息子よ。イグナティウス修道士が命じた。故郷を遠く離れ、さまよう者たちのために。あっけない降伏に戸惑う勝者のように、ラヴィは自分の行為が見苦しいものだったと感じた。赤い指輪がローラ・フレイザーの指の上で鈍く光っていた。黒い網で身体を包んで、彼女は包囲された塔だった。

ラヴィは翌週の金曜日まで働くことになっていた。しかし、同僚の多くはその日が彼の最後の日だと思っているようだった。パーティーのあいだじゅう、同僚たちが彼のところにきてはハグをしてメールアドレスを聞いたり、連絡を取りあおうとせき立てたりした。ラヴィは、自分が何と幸運なんだろうと思い、身体を震わせた。販売促進部では、ひとつの曲が終わって次の曲が始まっていた。その音楽は彼の骨から忍び出てきたものだった。最後にそれを聞いたのは、フリーダ・ホブソンのディスクマンで再生されているときだった。記憶に刻まれた当時の日々の質感が、彼を枕のように受け入れた。悲しみ、音楽、恐れなどが混じりあった木綿のような肌触りだった。彼が目を開けたとき、彼の前にクリスタル・ボウルズがいた。「ムッシュー、ダンスはいかが？」彼は、明るい青緑色をしたエナメルのスリングバックの靴のあとをついて、受付に設置された可動式バーを通り過ぎていった。ミラーボールの下で彼女は肩を上げて、両腕をなよなよと動かした。「ラ、ラ、ラ、ラ、ラ、ラ、ラ、ラ、ラ」とクリスタルは歌った。そのあいだ、ラヴィの足は彼女の腰の動きのリズムを追いかけようとした。彼女の両方の手のひらは彼女の腿をすべるように降りていった。「踊りましょう。ラ、ラ、ラ、ラ、踊りましょう」彼の従順な手が彼女に届いたかと思うと、音楽が止んだ。クリスタルはそっと離れていった。

人びとが、階段の下のところに集まってきた。ラムジー家の人びとが踊り場のところで待っていた。スイッチが一斉に切り替えられた。階段のところだけに明かりがつき、アラン・ラムジーが話し始めた——不安に陥れるような現象だ。まるでイースター島のモアイ像が生き返ったかのようだった。しかしアランは吉報をもたらした。世界的な売り上げの上昇は、全員にクリスマスのボーナスが支給されることを意味した。みんなで乾杯した。しかし出席者の幾人かは、ラムジー氏の妻のスカートの中をひと目見ようとして乾杯を逃してしまった。ジェレーナは、男たちがスピーチをしているとき、その場の状況を見極めながらも、神々しいまでにうつろな表情になるのが長いあいだの習慣だった。百年も昔のこと、奥深い山あいの村ではワインはパンのように黒色だった。その村について今でも残っているのは夢で、その夢の中でジェレーナは衣装ダンスを開けると、自分には靴がまったくないことに気づくのだ。けれど最近、彼女は夫に北朝鮮についてのドキュメンタリーを見るように言われた。ドキュメンタリーの中の、その場のすべてを見渡せる一対の肖像画に彼女は心を動かされた。一人は偉大な指導者で、もう一人は愛された指導者だった。踊り場の上の見晴らしのよい場所から、ジェレーナは受付の壁に目をつけていた。肖像画を掛けるには完璧だわ。金ピカの額縁、それともビーズの装飾をほどこしたベニヤ板のほうがエレガントかしら?

アランが喝采を浴びてふたたび無表情に戻ったとき、タイラー・ディーンが軽やかに踊り場に昇ってきた。彼の大きな半ズボンが膝のところでひらひらとはためいた。ジェレーナは一歩下がって彼を迎えた。しかし彼女の笑顔は微動だにしなかった。

タイラーは、手短かに済ませるからと約束した。「とことん飲むパーティーになることはわかっていますよ。でも僕が本当に言わなければならないのは――ラヴィ、どこにいるんだ? 出てこい!」

人の群れは分裂した。多くの手が、彼を明るい階段のほうにいそいそと押し上げた。ラヴィが踊り場のところに到着すると、「君と仕事ができたのはすばらしいことだった」とタイラーは言った。「君がいなくなるんでみんな残念がっている。もっとも今ではスリランカという押しかけるべき場所がひとつできたから、嬉しいんだけどね」この発言で階段の下では陽気な笑い声が上がった。「とにもかくにも僕たちみんな、君がいなくなって淋しくなるよ。それからぼくたちの物語の一部となってくれたことに感謝している」彼は、ラヴィに袋を手渡した。

ラヴィは袋から箱を取り出した。驚いたことに箱の中にはｉＰｏｄが入っていた。遠くの販売促進部ではミラーボールがきらきら輝いていた。近くではジェレーナ・ラムジーが暴力的なきらめきを放っていた。ラヴィはジェレーナのほうを、半分目を眩ませながら向いた。くだけた場だったのでジェレーナは一連のダイヤモンドのネックレスを身につけていた。とは言えラヴィは、彼女はひざまずかなければならない相手という印象を持った。ジェレーナは大きな笑顔を見せていたが、この場は自分とは何の関係もない、と言わんばかりに顎を上げていた。彼女の兄弟や幼い子までもが木立のほうへ連れ去られたときも、彼女はそんなふうに立っていた。

要求はだんだんエスカレートしていった。そして「デュード、話すんだよ」とタイラーが言った。彼はラヴィの肘のところに手をおいて、彼を群衆のほうに向かせた。ラヴィはありがとうと何度か言い、同僚たちに、自分は彼らのもとを去って淋しくなるとつけ加えた。「僕はオーストラリアで、みなさんと一緒に仕事ができてとても幸せでした」送別の挨拶としては無難だった。しかしジョークがあったほうが、あるいは完全に泣き崩れてしまったほうがよかったのかもしれない。好意的で熱心な大勢の人びとの青白い顔が、暗闇からラヴィのほうに向けてキラキラと光った。彼らは、ラヴィが無事であることを願ったが、彼にはちょっとばかり羽目をはずしてほしかった。何といってもその日は、クリスマスだったのだから!

iPodはディモのアイデアだった。タイラーが費用の五分の一を負担した。悪意のある個人レベルの声が、タイラーはラヴィ・メンディスを裏切ったと囁き続けていた。それに悪意が認められるのは、真実は正反対だったからだ。ラヴィこそがタイラーのキャリアを、敗者の街へと向かう真っ直ぐで平坦なハイウェイから救い出すのに失敗したのだ。最終的に、救いの手はタイラーの昔のウェブマスターから差し伸べられた。ラムジー社からリストラされたディブ・ホールデンは、今ではビデオゲームを制作している絶好調の会社で働いていた。その会社のクリエイティブディレクターの採用面接が月曜日に予定されていて、タイラーはただ面接に来さえすればいいと保証されていた。だから彼が、なぜパーティーにだけは出る気にならなかったのか、ちゃんと説明できるはずもなかった。彼は、親切心をこめてラヴィの肩にげんこつをくらわせた。そして手をたたき始めた。ラヴィは紙袋をしっかりと掴み、暗がりの中へと降りていきながら、こう泣きわめきたかった。僕がひどい間違いを犯さないように守っていてほしい。

ラヴィが落ち着きをとりもどして人の群れの背後に立っていると、クリフ・フェリアーが階段を昇ってきた。パイナップルとフラガールが、クリフのシャツの上で浮かれ騒いでいた。ジェレーナは姿を消していた。アランは遠くの人にまで聞こえるような声で、クリフが会社を去ることは大きな損失だと言った。「クリフはかけがえのない貴重な存在であるということを、みなさんも感じているでしょう。私も、間違いなくそう思っています。だから、私たちはなるべく早く後任を探さなければなりません」

聴衆はこのスピーチを、忍び笑いをしながらも従順に受け入れた。一方でアランは、これは当面の優先事項の中の優先すべき問題であると述べた。「数日中にクリフと私は、CEOの候補者に会う予定です。まもなくその結果についてみなさんにご報告できるでしょう。しかし、今週はたまたまとても重要な記念日に当たります。二十年前、ラムジー社がグリーブの私の屋根裏部屋で、ホッチキスとコピー機しかなかったところに、クリフは会社の一員として契約してくれたのでした。来年の二月に君が退社するときに、我われは盛人に送り出すつもりでいるよ、クリフ。しかし今夜君に用意したのは、ラムジー社での君の二十年間を称える特別なトロフィーだ」

ジェレーナ・ラムジーが上の階から下りてきた。形のよい足首が現われ、シルバーの靴を履いてしっかりとした足取りで進んできた。彼女は大きくかさばるものを抱えていたのでそれが動きの妨げになり、注意深く歩を進めた。階段の踊り場で向きを変えたところで、そのかさばっているものがみんなの目の前に現われた。陶器製の花瓶で、女性の裸身像の胴部に似せて成形され色づけがなされていた。バラ色の乳首と金色の葉が盾となって、ジェレーナは立ち止まった。それは覆い隠された輝かしい肉体の、等身大のパロディだった。

冷やかしの口笛やよろこびの声が上がった。「僕のお気に入りの趣味は——生け花！」と叫びながらクリフは賞品を掴んだ。ラヴィも手を突き出した。彼の手は何かをかわしていた。「彼は本当にいいやつだから（ジョリーグッドフェロー）」という歌詞が聞こえたあと、バンザーイという叫び声が響いた。そこから逃れようとして、ラヴィはもう少しで椅子とぶつかるところだった。しかし大きな一枚岩（モノリス）が彼の両手首を掴んだ。ローラ・フレイザーが彼の動きを安定させたのだ。ラヴィは彼女の上にもどしてしまうかもしれないと思ったが、彼女の肉体が彼を窒息させて、手前で食い止めた。

網で覆われた腕が、彼を引きずりながら可動式バーとデザイン部を通り抜けていった。ラヴィの頭の上では、「ラ、ラ、ラ、ラ、ラ、ラ、ラ、ラ」が聞こえていた。ミラーボールが威嚇していたが、ローラは財務部を通り過ぎるとき、部屋の仕切りとオレンジ色の魚の水槽とのあいだを、ラヴィを引っ張ってすばやくすり抜けていった。ラヴィの左手の先には、文房具用の戸棚がゆらゆら揺れ動いて見えなくなった。書類整理用のキャビネットが簡単に二人にとどめを刺すところだったが、彼女はくるりと向きを変えて階下の喫茶室を抜け、彼を安全な場所へと連れていった。「踊りましょう、ラ、ラ、ラ、ラ、踊りましょう」彼らが滑るように通過したのは「今月の売上トップテン」の棚だったが、「返品」の棚にはぎりぎりぶつからなかった。防火扉のところでローラはラヴィの片方の手を放して扉を開けるのに手間取った。それから彼らは駐車場へ出ていった。駐車場は空っぽだった。社員はその日の夜はへべれけに酔っぱらう予定だったから、それに備えて誰も車を運転してこなかったのだ。「ラ、ラ、ラ、ラ、ラ、ラ、ラ、ラ」雨が降ったに違いなかった。コンクリートが光っていたからだ。販売促進部に月は残してきたが、安全灯が星のようにキラキラ光っていた。彼らはふらふらしながら駐車場を、おおよそ対角線上に横切り、行き止まりのハイビスカスのフェンスまで進んでいった。「愛のはずれまで私と踊って」とローラが歌った。ラヴィは、歌詞の何かがおかしいと思ったが、それが何なのか思い出すことができなかった。

葉がうっそうと生い茂ったアメリカノウゼンカズラは、もう花をつけていなかった。ローラは歌うのをやめた。彼女の網で包まれた腕はまだしっかりと彼を掴んでいた。

ローラは激しい運動に慣れていなかったので、肉体は緩やかに波打っていた。

ラヴィはおならをした。

急に飛び出たおならは、臭いのない小さな破裂音だった。肉体による終止符だった。肉体同士の会話が終わったのだ。多かれ少なかれ、互いによく知らない二人の人間が、おならのあとでどんなことが言えるだろうか。一方の人間には屈辱を、もう一方の人間には当惑を感じさせた。その日は夜になるとひんやりした。二人は同時にそのことに気づいた。ありがたいことにローラは大声を出すことができた。「ラヴィ、あなたのｉＰｏｄはどこ？」と言って掴んでいた腕を緩めた。失くしものは、話をしたり追いかけたりするには役に立つものだ。逃げてきたときに紙袋を落としてしまったにちがいない。防火扉はひとりでに閉まっていた。だから彼らは建物の脇のほうに引き返さなければならなかった。庇の下にいた喫煙者たちが彼らに声をかけてきた。「私、ここで煙草をもらってくるわ」とローラは言った。「ｉＰｏｄを探すのに手伝いが必要なら声をかけてね」ラヴィは、ローラがコンピュータの下を覗き込むために、きしみ音を立ててぶざまにひざまずいているところを想像できた。しかし、二人が求めていたのは別のものだった。

ローラ、二〇〇四年

一週間かけて、彼女は折り畳んだ段ボール箱を仕事場から家に運んだ。文房具などの備品がしまってある戸棚からくすねたマスキングテープも。あとになって必要以上の段ボールを運んでいたことがわかった。シルクの洋服、ピンタックの入った木綿、古くて価値のあるインドのブロックプリントの生地で作った洋服など、いくつかはまだハンガーにかかったままだったが、それらをゴミ袋の中に詰め込んで、慈善団体の寄付集積箱の中に入れるつもりだった。すごくすてきな洋服の多くはもうローラの身体にあわなくなっていたが、これらすべては、ポール・ヒンケルのために買ったものだった。何たるばかげた衝動なんだろうと、彼女はレースのシャツをじっと見つめながら思った。おしゃれな服に費やされたお金のすべてを、彼は即座に彼女からはぎ取っていったのだ。シャツのボタンホールが引き裂かれていた。ローラは、もう我慢できないと彼が言ったのを思い出した。引き裂かれたシャツを見て、ゴスファッションの受付嬢が顔を赤らめて、ローラの目の前で子どもに変わってしまった。それから、その受付嬢は安全ピンを出してくれたのだった。

段ボールが踊り場に積み重ねられた。ロビンが自分のアパートに段ボールを保管してくれることになっていた。そのアパートはローラが自分の部屋を見つけるまで、彼女とシェアする予定だったのだ。「アパートはすごく広いの」とロビンは言っていた。「その部屋は、ファーディがシンセサイザーを置いていたの」ローラは最後の箱をテープで閉じて、それを積まれた箱に加えた。

その家はしんと静まり返り、謎めいてがらんとしていた。日曜日の午後にこの家に一人でいたことはなかった。彼女はマグカップに紅茶を入れ、衝動に駆られてそれを持って正面の大きなベッドルームに入っていった。最後にもう一度、ドラモンドと彼の作品をじっと見つめても害はないだろう。薄暗がりの中で彼を通り越したとき、彼の目は裁判官であり、絞首刑執行人だった。しかし彼女がブラインドを上げ、振り返ったときには、彼は緑色の顔をした一人の天才に過ぎなかった。

階下でベルが鳴った。ロビン・オーアが箱を取りに予定よりも早くやってきた――とローラは思った。しかし入り口のところで、「ダール、気をつけていってらっしゃい（ボンヴォヤージュ）も言わないで、あなたを出発させるわけにはいかないのよ！」と、トレイシー・レイシーは何度もキスをしながら言った。そのあいだ、彼女は広間を覗いていた。黒髪の妖精が、金色のリボンを結んだチョコレートパンフォルテの箱を差し出した。ローラはしゃがみこんで抱擁し、いつものようにその娘にうっとりした。デスティニーは抱擁を受け入れたが、それを返すことはなかった。何かが彼女に目を開いておくようにと強いたようだったが、大人の顔のクローズアップは彼女をうんざりさせた。分厚いあばただらけの肌、とんでもなく大きな黒い鼻孔！　しかし、彼女は学校での最初の週の終わりまでにはごまかすことを学んでいた。彼女の表情は従順でやさしいままだった。

玄関ホールのところでトレイシーは説明し、主張し、ぐずぐずし、そして不思議に思った。老人はいったいどこに行ったのだろうか。これがトレイシーにとって最後のチャンスだった。というのも、ローラ・フレイザーはいつも自分のことしか考えない傾向があり、突然、出ていくと言い出したからだ。しかしギャラリーでは、トレイシーがカルロの受け皿で、彼がいらいら、秘密、気まぐれなどを吐き出すときの聞き役だと思われていた。どうしてこんなことになったのだろうか？　トレイシーは、「彼ってほんとうにいい人よ、ダール。彼をうまく使うことが大事なのよ」のようなことを言ったかもしれないが、彼女にはよくわからなかった。あるいは、彼女はにっこりと微笑んで、まるで明らかにできることには終わりがない、というような表情をしたかもしれなかった。このことは誇張でもなんでもなかった。トレイシーは、カルロと自分が会った瞬間に仲良くなれる思っていた。ところがローラが招待してくれたときには彼は家にいなかったし、最近ではその招待もめっきり少なくなっていた。トレイシーが誘うと、ローラは決まって仕事やウイルスの作り話で迎え打つか、あるいはニュータウンでのランチを提案してくるのだった。だからもしもカルロの状況に関して誰かが責められるべきであるとするならば、それはローラ・フレイザーだったのだ。ところがトーキルに運が向いてきて、副館長に出世することになった。そして彼はトレイシーがカルロ・フェリと調査のための予備会議を設定することを約束していたと思ったらしい。トーキルには本当に理不尽なところがあって、ひとつの考えに深く噛みつき、何かが息の根を止めるまで揺さぶることができた。

ローラは、デスティニーを玄関ホールの反対側の部屋の中へと案内した。トレイシーもあとをついて台所までやってきた。テーブルにはオイルクロスが掛けられていた――オイルクロスは今ではレトロなのかしら、それとも今でもエスニックと間違って解釈されているのかしら？　しかし老人はいなかった。アーチ型の通路の向こう側には、何年間も外気を入れていないと思われる部屋があった。部屋の壁は色あせた赤色で、天井のバラ模様はニコチンのせいで黄色くなっていた。トレイシーはいつも積極的なエネルギーを維持しようと試みた――それがステューの基準（キーストローク）だった――が、頭痛が襲ってきたような気がした。鉛でできた水泳用キャップで、ギュッと全体をしめつけられたような頭痛だ。

トレイシーが振り向いたとき、ローラがアーモンドミルクのジュースでデスティニーに毒を盛ろうとしているのを、すんでのところで防ぐことができた。「砂糖は死よ、ダール！　無添加の新鮮なジュース以外はだめ、そうでしょう（ネスパ）？　でなければ天然水よ」そこにあったのは蛇口の水だけで、トレイシーは水差しの中にレモンのスライスを入れて毒素を中和させ、デスティニーのグラスを自分で洗った。トレイシーが屋根の上に行きましょうと誘ったとき、ローラは荷造り中だからあそこは散らかっているのよ、とぶつぶつ言った。ところが、トレイシーとデスティニーはもう台所にはいられなかった。すでにたっぷり吸いこんでいる受動喫煙の害がどれほどだと思っているの？

　踊り場のところでトレイシーは立ち止まった。通常ドアは閉まっているのに、今日は少し開いていることに彼女は気づいたのだ。もちろん昼休憩（ラシエスタ）よ！　それは彼女を即刻トスカーナ地方の農家へ連れて行ってくれた。トレイシー、ステュー、それにデスティニーは、羊飼いのサラダ（インサラタデルパストーレ）を食べたあと、鎧戸で閉められた部屋で軽いいびきをかいていた。部屋からいびきはまったく聞こえてこなかった。つまり老人はまだ寝入っていないってことね。すでにローラと先に行ってしまったデスティニーを大声で呼びながら、トレイシーは寝室に入っていった。ローラは「だめ！」と聞こえるような言葉を口にしていたが、イタリア人は子どもと甘いものに目がないからと、パドからわざわざデスティニーとパンフォルテを乗せて車を運転してきたのは、ローラではなく私なのだ。

　トレイシーは部屋にあったものを見たとき――そうねえ、トーキルにはこう言おう、それは縮図にほかならなかった、と。ローラがすぐそばで、「だけどカルロが」と言ってうるさい声をあげると、トレイシーは瞑想から我に返った。瞑想の中では、トーキルがスピーチの中で、彼女の我われの文化的遺産への非常に価値ある尽力について触れたとき、彼女は視線を落とした。それが彼女を大胆にさせて、カルロはどこにいるの？　と尋ねることになったのだ。「ハバーフィールドよ」とローラが答えた。「明日朝いちばんに腰の手術を受けることになっているの。彼のいとこが、今夜彼を車で病院に連れていくわ。だからそんなことは——」「もちろん、彼は気にしないと思うけど、ダール」とトレイシーが言った。「私は訓練を受けたプロだから、そうでしょう?」彼女はベッドの上に積み重ねられていたカンバスを調べていたが、記録する必要性に屈してしまった。彼女は電話をバックからとり出してねらいを定めた。「ママ」デスティニーは声をあげて泣いた。「ママー」デスティニー・レイシー・バックは退屈していたのだが、そんなことは許されなかった。退屈するというのは、形のない、木のない、それに天気も存在しない場所に対して、子ども時代につけられた名称である。そんな場所から記憶や前兆が生まれたのだ。しかしながら、パドでは退屈は口にしてはいけない言葉だった。ピアノのレッスン、イタリア語会話や水泳のクラス、自由表現運動などは、積極的なエネルギーを維持するためでなくして一体何のためにあるというのだろうか? 携帯のフラッシュが光り、トレイシーは、「デスティニーを屋上に連れていってくれない、ダール?」と頼んだ。「船を見ていらっしゃい。いい子ね、大きなハグ。ママは仕事よ」

彼女のまわりの枯れた野菜を静観しながらデスティニーは言った。「ここにあるものはみんな古くない?」彼女はまだ金色のリボンがかかったままのパンフォルテを持っていた。「少し食べてみましょうか?」ローラは包みをドラモンドのスタジオに持ち込み、ナイフを探した。そのあいだ、デスティニーは荒廃状態にあった屋根の上のあちこちを動きまわった。彼女の目は柔らかな黒色で、顔は濃いバラ色のパンジーのようだった。彼女の頭上高くには、夏のジャスミンの木質の茎が絡まっていて、その中に今まで誰も目にしたことがない薄青色の卵を彼女は見たのだった。それは彼女の手が届かないところにあったが、家にある植物と不思議な関係があった。その植物からは小さなピンク色と紫色のバレリーナがぶら下がっていた。それらの名前はフクシアで、薄青色の卵がそうであるように、犬を飼いたいというデスティニーの願いが叶うシンボルだった。スチューは「いいかげんにしてくれ、頼むよ」と言い、トレイシーは「うんちを拾いあげることを考えてみて」と言った。デスティニーは、小さなトレイシーと小さなステューが屋根から飛び込み、青色の海の中に消えていくのを見物した。彼女の音のしない口笛を合図に、ホットドッグはひと飛びでハーバーブリッジを飛び越した。その犬は泳いだり飛んだりした。

アトリエでは、ローラが赤いガラスの星を目にして、本来の目的から意識がそれていった。赤い敷物は巻かれた状態で踊り場の床に置かれていたが、彼女は星を持って降りるのを忘れてしまっていた。その年は、彼女のおつむの中のメリーゴーラウンドが、ポール・ヒンケルと彼女が互いにしたいことに向けて旋回していたので、シオの命日は彼女の知らぬ間に過ぎ去っていたのだった。忘れるということが死の本当の意味だ。彼女はプラハの寒い通りでそのことを理解した。彼女は星に向かって呼びかけた。まだあなたは亡くなっていないわ。私がここにいるあいだはね。シオは記憶されている限り生き続ける。不完全でまさに人間らしく。彼女は赤い星をカルロのために残しておこうと決心した。和解の象徴であるオリーブの枝や弁明のためではなくて、夜の小さなオブジェとして残そうと思った。彼が理解しようとすまいと、彼女が家を出ていったあとに暗闇だけを残したくはなかったのだった。

彼女はパンフォルテをふたつに切り分けて、インドソケイの下にあるテーブルの上に落ちた葉を払った。そのとき、ローラが顔を上げると、屋根の端っこに引きずっていった椅子の上で、デスティニーが自由表現運動をしているのが目に入った。保護になる壁があったが、子どもはすでにその上に片足をのせていた。ローラは大声を出して呼びつけた。デスティニーはホットドッグのおかげで完全に安全だった。しかし、彼女は呼ばれると素直にやってきた。「このあたりで子犬を見なかった?」とデスティニーは言って、意識がポール・ヒンケルのほうにそれていたローラを驚かせた。「あぁ、子犬はとってもかわいいのよ」とデスティニーは続けた。「艶のある茶色——いや違うわ、黒色かしら、このくらいの大きさで」彼女は自分の手で、子犬の大きさを測ってそれを表現した。そのあいだに、彼女は自分がパンフォルテが大好きかどうかを決めようとしていた。ローラがパドにやってくると、彼女はよく言った。デスティニー、私のバッグの中をちょっと見てみて。バッグの中には本かおもちゃ、あるいはブレスレットなどが入っていた。だけどここにはバッグはなかった。枯れた枝と酸っぱい水があるだけだった。ローラは大人たちが学校について尋ねるばかな質問のうちのひとつを質問していた。重要な質問は三つしかないというのに。見せてはいけないものは何?　誰がリーダー?　どこに隠れることができるの?

それからずいぶんたってから、トレイシーとデスティニーが立ち去るとき、子どもは自分からローラのところに行った。彼女はキスをするふりをして、口をローラの大きな耳のすぐそばに当てた。とてもやさしく、特別な意味をこめてはっきりと、軽い子どもらしい声で「誰もがあなたを醜いと言っている」と言った。デスティニーの親友が、学校の最後の日に、これと同じせりふを彼女に言ったことがあった。デスティニーは、そのせりふの威力を知っていた。門のところで彼女は花のような笑顔でローラを振り返り、手を振った。

その日の夜に彼女の携帯が鳴ったとき、ローラはそれを聞かなかった。彼女は屋根の上で見張りをしていて、電話は下の彼女の寝室に置いてあったのだ。ロビンの車に箱を運び込み、彼女を見送ってからローラは上の階に行き、剪定バサミでひどく乱暴なことをした。屋根の上のすべてのものが水びたしになってとんでもない状態になるまで水を遣った。ブーゲンビリアを攻めていた途中で、こうすることにどんな意味があるの？　と彼女は思った。だから彼女はシオの星の中の最後の蝋燭に火を点けて、蝋燭が燃え尽きるまで腰を落ち着けてそれを見届けた。ハーバーブリッジは、模造宝石がちりばめられ、仕上げにルビーで飾られた手錠の片方そのものだった。見えない手錠の片われは、ローラの心臓を掴んで締めつけていた。電話は消音モードで応答を求めていたが、子どもははっきりとしゃべった。誰もがあなたを醜いと言っている。その日の夜、ローラが聞いたのはその声だけだった。

　はるか西に位置するブルーマウンテンでは、ドナルド・フレイザーが携帯電話をドレッシングガウンのポケットの中に落とした。あのチビは、どうして今夜はあんなにすねているんだ？　ドナルドは、彼女が彼に話しかけようとしないときの態度が嫌いだった。それでも最後にはいつも、彼女の機嫌のいい（チアリー）挨拶（ハロー）を期待することができた。彼女は彼の本物の妻の、本物の子どもだった。ペテン師が彼を銀色の肌を持つ獣の餌食にしようとしていた。しかしドナルドは騙されなかった。ペテン師はその獣を、あなたのお気に入りの車、と勝手に呼んでいたけれど、ドナルドは歯をむき出して唸っている猫を見ることができたし、そのラベルをジャガーと読むことができた。それからほどなくして、キャメロンがやってきた。彼が尋ねた、「ねえ父さん、首相の名前知ってる？」この息子は正気を失ってしまったのだろうか？　首相の名前はいつも日和見主義者（オポチュニスト）だ。それからドナルドは何が起きたのかを悟った。ペテン師はキャメロンの目を指で掘り返し、彼女の指につけていた石と交換したのだった。閃光が文字の形になった。泥棒一味！　泥棒たちが一緒になってドナルドをここに連れてきたのだ。ここは素敵な場所だ、本当にホテルみたいで、きっと気に入るよ、と繰り返しながら。それは本当のことで、ドナルドは実際気に入った。寄せ木の床を歩いたあとでは、カーペットは彼の足の魚の目にはとてもやさしかった。五週間？　十八か月？　十一世紀？　これまで誰もドナルドに、「しっかりしなさい、ドン」と言ったことがなかった。ときどき、犬のロッティーは重い頭を椅子の肘掛に置いた。しかしペテン師は、彼女のオレンジ色の顔を、ドナルドの顔にぴったりと押しつけてムワ、ムワとキスして、永遠に消えてしまった。食べ物はすばらしく、彼女が約束したとおりだった。毎夜、星たちはパーティーを開いた。ドナルドの妻は普段はそこでキラキラ輝いていた。日中、望遠鏡を覗くと、滝と呼ばれる一筋の涙の跡の中に、彼女が自分の髪の毛に逆毛を立てているところが見えた。長い窓は開かなかったが、ドナルドは谷の向こう側で彼女が呼んでいるのをいつも聞くことができた。今夜、妻はドナルドに吹きこんだ。「ローラに何か言わなければならないことがあるんじゃないの？」ドナルドは、自分が何年間もあのチビに連絡しようとしてきたと説明した。しかし電話の向こう側で、彼女の声が挨拶をするときはいつでも、電話をかけるには時間が遅すぎたことに気づくのだった。

ラヴィ、二〇〇四年

光に向かって歩いている人びとは、車よりも速いペースで進んでいた。後部座席でハナは舌打ちをした。「大通りの近くに車を止めるべきだったわね」それは彼女が提案したことだった。しかしアベべは、そうすると十五分も歩くことになるよ、と言った。その日の夜はひんやりし、霧雨が降ったりやんだりしていた──外出を延期したほうがよかったのかもしれなかった。しかしラヴィが、クリスマスのライトアップを見たことがないとわかって、あの三人──ハナ、アベべ、そしてタリクまでも──がこう主張した。あのライトアップを見ずしてシドニーを離れることなどありえない、と。「私たちは毎年、違う場所にいくのよ」

庭のヤシの木の幹のまわりに光が螺旋状に照らされていた。ラヴィがそのことに触れるとタリクが言った。「ちょっと待っててよ」ある家族が彼らの静止していた車を、のろのろと通り越していった。三人の小さな子どもたちが、パジャマの上に部屋着を羽織っていた。三人の後ろにはライラック色のジャケットにデニムのスカート、ショートブーツをはいた女性が歩いていた。ラヴィは、車が彼女を追い越すときに、ずいぶん後ろから彼女のことに気づいていた。今度は彼女が彼らに追いついてきた。ハナが言った。「まるで違う国みたい。こんなに多くの人たちが、夜の街に出てくるなんて」犬や、抱っこ紐で抱かれたり乳母車に乗せられた赤ん坊、杖をついた男などがいた。前方の何かが原因で混雑が緩和され、車が前にのろのろと進んでいった。アベべは脇道を探したが、そんなものはなかった。まもなく、彼らはふたたび止まってしまった。ライラック色のジャケットが車に追いつき、元気よくラヴィの車の窓の横を通り過ぎていった。このことが二、三回繰り返された。彼女の髪と肌の色は黒かった。街燈の下では彼女のジャケットは、肩のあたりが蛍光性の青色に光っていた。ピザの箱を持ったティーンエイジャーのグループが歩道にあふれていた。ラヴィが次にその女性を見たとき、彼女はずっと前のほうを歩いていた。

とうとう彼らは環状交差路（ラウンドアバウト）に到着して左に曲がった。彼らの運勢は変わった。ちょうど彼らの前で、一台のパジェロが出ていこうとしていた。後部座席には聞こえないような小声でアベベが言った。「スペイン語でパジェロって、どういう意味だと思う？」彼は手をズボンの股のところに当てて、普遍的な身振りをした。

ラウンドアバウトに向かって丘を登っていく人の流れと一緒になったとき、ラヴィはすばらしいものを見た。遠く離れたところにライトアップされた一隻の船が、密集した暗い木立の上を漂っていた。ほかの三人も彼が指さす方向を見た。しかし「待っててごらん」とハナとアベベが一緒に言った。タリクも「待っててよ」と言った。

数時間後に、彼らはラヴィをヘイゼルの家で降ろした。彼が出発する二日前の夜のことだった。翌日の夜は、ヘイゼルと息子たちは彼をディナーに連れ出すつもりだった。翌々日はディイモが彼を空港へ車で連れていくことになっていた。ディイモが車で送るというその申し出は、苦心した末の結論だったが、ラヴィがそれを知らされることはなかった。ラヴィが祖国に帰ることを知ってすぐにディイモは、疑心、怒り、傷心、落胆、喪失——言い換えると、拒みたくなる気持ちがあふれて息がつまりそうだった。サンルームでディイモは、兄弟たちやヘイゼルと一緒にテーブルを囲みソーセージを噛みながら、こうもらした。「それで、そういうことなんだろうね。文字通り命がけでこの国に入国しようとしている人たちがいるというのに、軽快な足取りでやってきて、国に帰ることにしたってことか？」しばらくのあいだ、ナイフの音だけが響いた。それからラスがTボーンの肉にトマトソースをかけながら、やむなくこういった。「大学を出てから二年間もダブリンのパブでビールを注いでいたのは誰だったっけ？　これとどう違うのかわからないな」ラスはいつもこんなふうに愚かだった。まったく違うじゃないか、ワーキングホリデーと比較などできるはずもないのに……。デイモは、肉を噛みながらじっくりと考えた。ラペルーズにある疫病の墓地に、ラヴィを連れて行った日のことを思い出した。日射しの強い晴れた日の午後のことだった。彼らは患者から接触感染をしてしまった看護師、それもまだ二十代の女性たちの墓を見た。デイモの父親は彼をそこに連れて行った――その場所は彼にとって特別な場所のひとつだった。なぜデイモはラヴィにこの場所を見せたのだろうか？　フェアプレイはその瞬間を選んで、裏のドアのところで訴えるような声を出した。デイモは声に出すことなく心に決めた。お前はそこにいていいよ。

ヘイゼルからラヴィへのプレゼントは一冊のアルバムだった。彼女はそれを彼に前もって渡していた。もしも彼女が何か重要なことを忘れていたなら、彼が去ってしまう前にその写真を撮る時間があるというわけだった。夜毎にヘイゼルはサンルームにやってきて、そこに立っていた。ラヴィの部屋の明かりを探していたのだ。鏡つき衣装ダンスの上で彼女の赤ん坊たちは笑っていたが、ガラスの背後で毎日色あせていった。ルリマツリの低木の中で夜が明けると、ときどきヘイゼルはそんな時間でもその場所にいて、肘を抱きかかえていた。ルリマツリの瑠璃色の花を、彼女の母親は青い天国と呼んでいた。ふたつの質問が、徹夜の見張りのあいだにつばぜり合いをしていた。なぜ最後にはみんな去ってしまわなければならないのだろう？　いつ私の番がやってくるのだろう？

ベッドの上に座って、ラヴィはアルバムのページをめくった。間借りしていた離れの写真だった。夏はカボチャの侵略があって、冬はドアの入り口でラヴィがにやりと笑いながら、手をフリースの中に突っ込んでいた。トケイソウが屋外にあるトイレのまわりを、目のさめるような赤色で覆っていた。小屋、川を臨む景色、ジャスミンが生い茂った小道。フェアプレイは、レフティの顔を噛みながら、襲撃に備えて両足をふんばっていた。次のページでは、フェアプレイが仕留めたばかりのカバイロハッカムクドリの上で、尻尾はまっすぐに上げて立っていた。しかしラヴィの手を止めたのは三番目の写真だった。その写真は、自分の玉座で堂々としているフェアプレイが、片方の耳を後ろに折り曲げて頭を高くしているものだった。目を引いたのは、彼女の鼻面のところに白いものが広がっていたことだった。「フェアプレイ！」とラヴィは言った。小さな犬が容赦のない透明感でラヴィの枕からじっと見つめていた。そして、彼女が彼の目の前で年を取っていったということを彼は認識したのだった。その写真は、これまでの人生で無自覚だった変化を、彼に示してくれたのだった。

アベベが運転してライトアップから遠ざかっているとき、ラヴィはライラック色のジャンパーの女をふたたび見つけた。彼女は、今度は車の運転席の側にいて、一定の安定したペースでじっと前方を見ながら歩いていた。こんなふうにして幽霊たちは、壁を突き抜けて歩いていくと言われている。車は一瞬、彼女に並んだ。それから彼らはこの女を追い越していった。

後部座席でタリクが尋ねた。「ねぇ、どれが気に入った？」ハナは、屋根の瓦のそれぞれの列が光で繋がっている家がよかったと言った。タリクは、「トナカイかな」と言った。芝生の上をギャロップで走っている光り輝く動物のことだった。「それと赤ん坊のキリストの場面もね」「お前は、ミスター・ホイッピーのアイスクリームのバンが外に停まっていたから、その場面が好きなだけなんだから」「そんなことないわよ、私は小さな羊とロバと天使が好きなの」と、タリクは興奮した声で言った。アベベはバックミラーを見て「両方好きだっていいんだよ。ミスター・ホイッピーはいつもいちばんきれいなライトアップの家の外に停まっているんだよね」と言った。「一軒家に住んだら、トナカイを飾れるかな?」

誰もラヴィのお気に入りは何かと聞かなかった。彼も、これらすべてのものに釘づけになっていたのに。星と花と光の滝、イルミネーションをつけた家々をお祭り気分でぶらぶらと通り過ぎていく気のいい人たちの群れ、細くてしなやかなネオンの杖を振る子どもたち、目にも鮮やかな夜。ところが、静かなオーストラリアに火をつけるためにやってきたサーフィンをするサンタ、空気を入れてふくらませて作った雪だるま、電気仕掛けのキリスト降誕などの中で、ラヴィを本当に感動させたのは船だった。その船はまるで子どもが光で描いたような単純な輪郭線を浮かび上がらせていた。クリスマスハウス——タリクの言い方——が、坂を昇ったり降りたり曲がりくねっている四、五本の通りに沿って建ち並んでいた。その光の船は、ぼんやりと姿を現わしたかと思うと、通りの湾曲部に差し掛かってラヴィの視界から消えてしまった。しかしやがて船はまた姿を見せて、木立の上を漂うのだった。

結局、彼はそれ以上船に近づけないことを悟った。そんなことは気にならなかった。その船は彼にとって、輝かしい展望でありつづけるだろう。近寄ったら、魅了されなかったかもしれない。そう、これが僕なんだとラヴィは思った。幸福になるための最良の希望が、回避することである男。彼は全世界が彼の目の前で浮かんでいたときのことを思い出した。それは可能性という名の船だった。

ハナ、アベベ、そしてタリクは、それぞれ独自の方法でラヴィがスリランカに帰るというニュースに反応した。いつものように子どもは直接的には何も言わなかったが、彼女の表情は、彼をばかな人としてずっと認識していたことを宣言していた。アベベはうろたえたが、誰であれ人が望むことに反対するのはアベベの流儀ではなかった。まもなく彼は、ラヴィが国に帰ることは正しいことだと信じるようになった。停戦は続いているし、ラヴィのような人間のためのあらゆる種類の機会が生まれるだろう。「君のITスキルと英語をもってすればね」政治は、ラヴィが答えを持たない、なかなか聞けない質問として宙に浮いていた。しかしアベベとハナはそれを追及することはなかった。彼らは自分たちの計画を練ることで頭がいっぱいだったからだ。アベベは最終試験に合格して会計士としての仕事を探していた。ハナは社会学をパートタイムで学ぶために、ふたつの大学に願書を提出していた。彼女の注意力はラヴィからそれてしまっていた。彼はそれを、風が止まってしまったように感じていた。彼女の物言いは、相変わらずとげとげしく軽蔑的だったが、それは誰に対してもそうだっただけで、ラヴィが去る決心をしたことについては、「私を引きずりもどすものは、永久にないでしょうね」と言った。彼らがライトアップを見に出かけたとき、彼女はタリクと一緒に前を歩いた。アベベとラヴィはあとをついて歩いた。ある時点でラヴィは遅れてしまった。金色のサーフボードに乗っている、きらきら点滅する緑色のカンガルーに目を奪われていたからだった。彼が向きを変えたとき、ほかの三人は手をつないで道路を渡っていった。そのときアベベは、背の高い子どもの頭越しに、妹に向かって何かを言っていた。その日の夕方に、ラヴィは彼らと食事を共にした。アベベ・イサヤスは一枚のパンを引き裂いて、スパイスのきいたシチューに浸してラヴィの口の中に入れた。テーブルの向こう側でハナはかすかに微笑んだ。彼女の後ろにある、光沢のある新しいキーボードを長い指でせっせとたたいている姿を想像した。彼女がヘイゼルの家の外でさようならと言ったとき、彼の頬にあてた彼女の頬はなめらかで冷たかった。いずれにしても、彼女が彼の求めに決して応じないことはわかっていた。彼女はあの勝者の側、つまり未来に属していたのだから。タリクは後部座席でひざを立てて後ろを向き、アベが車を発進させると両手を振った。ラヴィは、車が角を曲がってテールランプが見えなくなると腕を下ろした。彼の目の端でキラリと何かが光った。彼が目を下ろすと道路の端には砕けたガラスが散乱していた。

それから一時間以上たっただろうか、それでもラヴィはまだ荷造りを始めてはいなかった。もう一度、彼はアルバムのページをめくった。ヘイゼルの息子たちはバーベキューを囲んで、彼に向けてずんぐりした指をあげていた。ケヴはビニールのエプロンをして、トングを振り回していた。ヘイゼルは彼女のいちばん新しい椅子に座って微笑んでいた。椅子の片方の腕のところにはコーヒー豆の麻袋でつぎを当てていたが、ラヴィはそれに気づかなかった。彼は、ライラック色の女性のことを考えていた。かなりはっきりと彼女を見ていたのだが、今、彼女を思い出そうとして、ハナ、マリーニ、そしてライラックの女性の合成した人物を創り出していた。その姿は、左右どちらにも注意することなく、しっかりと前に進んでいた。ほんのしばらくのあいだ、彼女の人生は彼の人生と歩調をあわせたが、両者は異なるスピードで動いていた。

中央駅に近いホテルで、モナ・フリューリー、昔の名前モハン・デブレラは、ライラック色のジャケットを脱いで、自分の部屋のバルコニーに出ていた。彼女がまだモハンだったころに生まれた、自分が父親である息子に会うためにシドニーにきていたのだ。息子は学校で、ずる休みをしたりいじめをしたりなどの問題モナは、息子の人生でよくないことはすべて、自分のせいであることを知っていた。なぜなら、息子が彼女にそう言ったからだった。息子は二人が会う場所と時間を決めていた。しかし、モナがドアベルを鳴らしたとき、彼は自分の部屋から出てこようとしなかった。彼の赤いリュックが、玄関ホールにまるで約束したかのように掛かっていたが、息子は彼女と会うことを拒否したのだった。ここ三年間、同じ主題の変形がずっと続いていた。彼の母親は、ディナーにゲストを招いていた。しかしモナは招かれていなかった。結局、モナは何もすることがなかったので向きを変えて駅まで歩いていった。モナは飛行機に乗り、タクシー、二階建ての列車へと乗り継いで、自分に会うことを望まない子どものところにたどり着いたのだった。どう見ても、彼女は長い道のりを旅してきたのだ。今や七階のバルコニーから見下ろすと、湿った道路は黒い鏡のようだった。モナ・フリューリーは、自分が歩んでいる場所をじっと見つめるように心がけていた。しかし過去を引き離すことはできなかった。そのことを認識しようとすまいと、結局過去は追いついてきて、追い越してしまうのだった。

彼の母親の灰色のスーツケースがカーペットの上に置かれていた。ラヴィがスーツケースを開けたとき、フェアプレイがベッドから飛び降りてドアを引っ掻いた——彼女は、空っぽのスーツケースが何を意味するのかを知っていた。そしてそれ以上ここで時間をむだに過ごすことはなかった。二番目のスーツケースがそばにあった。ラヴィは来たときよりも多くの荷物を携えて帰ろうとしていたからだった。プリヤは必要なものの詳細なリストを送ってよこしていた。しかも彼女はそれをほぼ毎日、更新していたのだった。これらのギフトに加えて、ラヴィはたとえば、メモリースティックだとか、レトルトのスープの袋、ロゴ入りTシャツ、

Ｋマートのジーンズなどを持ち帰ろうとしていた。

彼は写真のアルバムから始めた。スーツケースの内ポケットにそれを入れてみようとした。しかし障害物があった。ひだの入ったサテンの後ろに手を滑りこませて、テレビのような形をした黄色いビューファインダーを引っ張り出した。彼は小さなおもちゃを目にあて、そしてクリックしてみた。何も起きなかった。ずいぶん前に機械装置が壊れていたのだ。正座しながら、ラヴィには絵が変わっていないことがわかった。しかし、彼はかなり長いあいだ、クリックし続けた。

ローラ、二〇〇四年

スリランカでの初日は、コロンボの有名なホテルのテラスで、インド洋を見つめながら朝食をとることになっていた。しかしバンコクからの乗り継ぎ便は出発したものの、一時間後に引き返すはめになった。パイロットはエンジントラブルは深刻なものではないとアナウンスしたが、乗客たちはそのあいだ、互いに顔を見合わせた。何ともおかしな話だった——彼らはトレーニングウェアを着た禿げた男と一緒に、あるいは母親の靴の上に吐いてしまった子どもと一緒に死ぬなんて、予想すらしていなかったのだ。この便は規則に従って、出発した空港に戻らなければならなかった。そのあとの一時間は——ああ、それは数えきれないほど多くの「分」が詰めこまれている一時間で、六十分でないのは確実だった。時間は引きのばされ、のらりくらりと流れ、さえぎられ、歌った。その後、その日はゲートラウンジにクリスマスキャロルの電子音が響きわたる時間まで延々と過ぎていき、それからローラは乗り継ぎ便にふたたび搭乗した。スーツケースを回収して税関を通過し、ドルをルピーに換金したときに、スリランカ人の職員が「メリークリスマス、マダム」と言った。彼女の休暇の丸一日が消えてしまった。ローラは思った。南海岸に直接行ってはどうかしら？　バンコクでラヴィ・メンディスからメールが入り、新年は彼の家族と一緒に過ごさないかという誘いを受けていた。彼にコロンボを丸ごと飛び越したことを伝えることができるだろう。そのほうができるだけ早く出るよりもなおいっそうよい。彼女はレンタカーの看板を探した。

ローラは翌日目が覚めると、西海岸のラヴィの家族を訪ねるために旅程を見直さなければならない、と考えた。新しく入れなければならない予約もあるだろうし、さらに手付金を無駄にして、新たな混乱を招くこともあるだろう。前日の夜、ローラはレンタカーに乗って南部のホテルを次々に回り、最後に海に面していない老朽化したホテルに空き室を見つけた。このホテルにはプール、エアコン、それに到着時に出される優待のカクテルもなかった。あるのは部屋の梁に沿って、ネズミが素早く駆け抜ける音だけだった。しかしそれが何か問題でも？　彼女は、海岸沿いの派手なホテルに翌日の予約を入れていた。そうは言っても、部屋の窓からはココヤシの木が見えていた。コンクリートに囲まれ、ローラは夜が明ける数時間前に電源が切れた天井の扇風機に足の先を向けた。不測の事態があってこそ、観光は旅に回帰できるのだ。ところがラムジー社では正反対のことが行われてきた。それがラムジー社に無数に届く手紙やメールの真のメッセージだった。物価が高騰していたとか、貧乏人に脅迫されたとか、日没の風景に落胆させられたとか。しかし血を流し、告発していたのは魂だった。学んだのは、それが観光客——探検家でも、放浪者でも、遊牧民でも、冒険家でもない——ということだった。もしも助言が最高で、本当にすばらしい旅行だったと称賛されたなら、それは何を意味するのか？　正確に同じだということだ。本当のガイドブックならこう忠告するだろう。「注意をしなさい。親切にしなさい。二度考えなさい。口を慎みなさい」ローラは天井の扇風機に告げた。帰ったらすぐに、求職のサイトを探してみる。しかし、いったい何が自分に適しているのだろうか。それに何が変わるというのだろうか？　忙しさで気絶したり、日常業務でうとうとしたり、ゆっくりと死に至らしめる胴枯れ病のような妥協に感染したりしないで、彼女に何ができるというのだろうか。

しかし、観光というのは、そのような問題を先送りするために存在している。その日はローラの休日の初日だった。知らない土地で迎える、純粋な可能性に満ちた朝。そんな朝に出会うために起き上がり、彼女はよろこびを意識していた。魔法の国は存在していた。存在していなければならなかった——それを彼女はずっと知っていたのではなかったか。そのうちに、彼女はそれを見つけるだろう。衣装ダンスの奥深いところで、遠くに見える木の頂きで。

ビーチに沿って歩くあいだ、彼女の軽快さは持続していた。ローラは、ラヴィの友人が経営しているというインターネットカフェに向かった。温かくて海面がキラキラ光る入り江でひと泳ぎしているあいだじゅう、そして朝食をとっているあいだじゅう、この軽やかさは彼女のお伴になってくれた。朝食で、彼女はパイナップルジャムだと思って、辛いサンボルを固い冷めたトーストに塗った。いつもと違ったことをするというのが、家を離れることの重要な点である。ポール・ヒンケルは、彼女がシャワーを浴びるときまで現れなかった——家にいたときは、彼女が目覚めるや否や、彼が待ち構えていたのに。旅に出ることはやり直すことだ。更新（リニューアル）という古い夢がローラを奮い立たせた。アラン・ラムジーはそうして富を築いたのだった。休暇は、変化と言ってもよいくらいで、小枝の上の持続可能なグリーン成長だった。

そのことについては、カルロは彼女と同じだった。ローラがシドニーを離れる最後の日に、カルロの病院のベッドのそばで電話を受けたのはロザルバだった。手術は成功した、とローラは告げられた。その声はマスカルボーネだった。脂肪分をたっぷり含むチーズのようになめらかで、変性酸の気配もなかった。声はローラの気遣いに感謝し、話すと患者を疲れさせてしまうと告げた。ローラなら理解してくれると確信する響きがあった。ローラが理解したのは、ロザルバがカルロのベッドのそばに座って、半世紀ものあいだ、彼が自分のもとにめぐってくるのを待っていた、ということだった。その声は、「私のいとこのために、あなたがしてくださったすべてのことに」感謝の意を表した。「すべてのこと」がわずかながら強調され、上の階の太った人に、ロザルバは知っていいた——日曜ごとにバラ色の部屋で行われていたことを知っていたか、あるいは推測していた——と告げていた。でも、あなたは私がしていなかったことは知らないでしょう、とローラは電話を切ったあとで考えた。彼女は封をした封筒を手にとった。そして、それをカルロの残りの郵便物と一緒に置いた。封筒の中には彼女の貯金の大部分が入っていた。屋根の上に置く新しい植物を買うのに充分であれば、と、彼女は願った。ところが、あの封筒のことを今考えると、ローラは、彼女の父親の署名付きの小切手を長年にわたって受け取っていたことを思い出し、恥ずかしくなった。どんなフレイザー式の反射的反応が、損害はドルで帳消しになると彼女を説得したのだろうか？　カルロのほうがよく知っていた。彼は振り返りもせずに立ち去ったのだ。ロザルバは、スペイン地区で涙を流した。ストロベリーピンク色のヴィラでは、プリンチペッサが激怒した。裏切者は進み続けた。それが裏切りの意味だ。トレイシー・レイシーの携帯のフラッシュがドラモンドの顔で光った。それはカルロのために用意されたもうひとつの発見だった。彼を待ち受ける封筒の中には、画廊の名前が印刷されたものが混ざっていた。気息が漏れる囁き声がローラを確信させた。誰もがあなたを醜いと言っている。彼女は旅行から帰るとすぐに、赦しを請うためでも期待するためでもなく、カルロに手紙を書くと誓った。ローラは自分の人生を変えるつもりだった。もう一度やり直すつもりだった。

まだ九時になっていなかった。しかし、ビーチは人でいっぱいだった。旅行客や土地の人びとが日光浴をしたりホテルのテラスで朝食をとったり、波の穏やかな入り江で平泳ぎをしていた。雲ひとつない完璧な朝に、バティックやグリーティングカード、気が滅入ってしまいそうなレースのテーブルクロスなどを売る行商人たちが集まってきた。ローラは、ノーサンキュー、ノーサンキューと言って断った。ココヤシで屋根を葺いた釣り人の小屋が集まっているところにやってきた。大勢の子どもたちが小屋からあふれ出てきて、海の中に入っていった――ローラは気づいたのだが、海の中に入ったのは少年たちだけで、少女たちはスカートの裾をまくり、浅瀬に立っていた。

さらに進んでいくと、もっとたくさんの少年たちが、テニスボールを使ってビーチクリケットをしていた。ローラがまだ少し離れたところにいるうちに、一人の少年がボールをキャッチするために突進してきた。しかし彼はボールを捕り損ね、そのままボールを追って走っていった。少年の群れの中のいちばんはずれたところに、黒くてもじゃもじゃ頭の野手が手を腰に当てていた。四秒間でローラは思った。まず、あの男の子だわ。次に、でも背が高すぎるみたい。それから、そう、年月が経ったから成長したのだろう。最後に、やっぱり同じ男の子のはずがない！　彼はそのボールの運命を見届けるために身体を回転させた。それからローラが見続けているうちに、その少年はふらりといなくなってしまった。彼女は、結局その少年がゲームとはまったく関係がないことがわかった――彼は単なる見物人だったのだ。車の警笛でびっくりしてまわりを見回すと、青のメルセデスベンツが道路脇に停められるのが見えた。運転手が出てきた。彼はラップアラウンド型のサングラスをかけて、ビーチを念入りに調べているようだった。しかしローラの目を捕らえたのは、一本の木に釘づけにされていた標識だった。道路の向かいの、「ネットワークカフェ」に通じる砂地の小道に沿って矢印が示されていた。彼女がビーチ沿いを振り返ると、イギリス人の十代の四人組が近づきつつあり、あの少年は入り江の中にパシャパシャと入っていくところだった。

ロビンがタウンズヴィルの両親の家からメールを送ってきていた。「……ジーナがクリフの後釜になるって聞いたわ。クエンティンも私も、ジーナがCEOに立候補したことすら知らなかった。彼女は事務所を経営した経験があって、私たちはない——どちらにしてもこれが公式の見解よ。私はすでにヘッドハンティング会社と話したわ。一月に会うことで調整しているの。それに、ロンドンでジーナのポストを引き継ぐことをアランと話しておくべきかな、とも考えているの。あそこで数年間過ごすのはかなりクールかも……」

指にはめた鈍い赤色の石をくるくるまわしながら、ニマール・コリアはローラ・フレイザーの頭の後ろをじろじろ見ていた。彼女はメールをチェックしてから、彼とお茶を飲むことに快く同意していた。「ご婦人に朝食はいかがかな?」彼女はすでに朝食はすませている、と言った。しかしそれから彼女はにっこり微笑んだ。「二回目の朝食をいただこうかしら? 私、休暇中だし」ニマールは、グリーンチリつきオムレツを勧め、彼女はそれにも同意した。彼女は、「ローラと呼んでちょうだい」と言った。将来の展望が、まるでリモコンで起動したかのように開き、ニマールはローラと手をつないで、深い藤色の夕闇に包まれたハーバーブリッジの上を散歩した。

叫び声がビーチから聞こえてきた。「走れ! 走れ!」ロビンのニュースに注意を奪われていたので、ローラはそれを聞いていなかった。いずれにしても、彼女はわからなかっただろう。ニマールは理解していたが、その叫び声はクリケットの試合からわき上がったのではないかと推測した。ロビンのメッセージを閉じると受信ボックスがふたたび現われた。そこには第二のメールが入っていた。そのメールには件名が書かれておらず、開けるとメッセージもなかった。しかし、送り主はポール・ヒンケルだった。それは休戦だったのか、白紙委任状か、彼にとってのローラの存在の要約だというのか。この白紙のメッセージを彼女は自分の好きに解釈することができた。彼女がメールの意図をじっくり考えていると、身震いするような大きなため息がわき起こった。まるで地球全体が悲しんでいるかのように。それは十二月二十六日の、九時二十分ごろのことだった。津波が襲ったのだ。キッチンとして使われていたベランダの上では、オムレツがフライパンの中で固くなり、調理人の注意は黒い波の上で波乗りをする青色の車に引きつけられた。ニマールがこの驚異を目撃するには、ただその方向を見さえすればよかったのだが、バターを塗ったような革張りのソファの上でローラ・フレイザーと絡み合い横たわっている想像から抜け出すのが遅かった。電源が落ちたが、それはハーバーサイドの二人の屋敷のすみずみまでを、ニマールが見届けてからのことだった。それは白一色の多層階の屋敷で、すべての部屋から海の景色を望むことができた。

訳者あとがき

本書はミシェル・ド・クレッツァーの長編小説*Questions of Travel*（2012）の邦訳である。オーストラリアの詩人エリザベス・ビショップの同名の詩に由来するタイトルは、本書の主題をストレートに言い表している。人はなぜ旅をするのかという問い、旅の理想と現実、旅行と観光、みずからの選択により旅に出た旅行者と移動を余儀なくされた離国者など、広い意味での旅という現象の諸相をフィクションの形式で考察したのが本書である。作者がいくつかのインタビューで答えているように、旅はさまざまな矛盾をはらんでいる。それを端的に示しているのが冒頭に掲げられた二つのエピグラフである。誰もが旅人になる時代が来ると景観は見世物と化す。それでも美しい並木を見逃すのは忍びないという思いに駆られて人は異国に旅立つ。

小説には二人の主人公が登場する。イギリス系オーストラリア人であり、相続した遺産を元手に世界を見ようと旅立つローラ・フレイザーと、スリランカのシンハラ人で、肉体的な代償を払ってオーストラリアのビザを取得し、かの国で難民申請を行うラヴィ・メンディスである。ローラの章とラヴィの章がおおむね交互に配置されることで、二人が旅立つ背景、移動の自由、そして利用可能な選択肢の隔たりが浮き彫りになる。一見無関係なローラの章とラヴィの章を結びつけているのは海である。オーストラリアとスリランカには、海を渡って到来したヨーロッパ人による植民地建設という歴史の爪痕が深く刻まれている。同時代に生きる二人がまったく性格の異なる旅を経験する背景には、大きな歴史の力が介在しているのである。『旅の問いかけ』という小説は、空間的な旅にとどまらず、歴史という長大な時間の旅も射程に収めている。

ミシェル・ド・クレッツァーは一九五七年、オランダ系ユーラシアンの両親のもとスリランカ（当時のセイロン）に生まれた。彼女の幼少期は、スリランカでシンハラ・オンリー政策が推進され、シンハラ人とタミル人のあいだで民族対立が激化していく時期と重なっている。両民族の対立を決定的にしたシンハラ語公用語法が成立したのは、彼女が誕生する前年のことである。一九六〇年代には英語による教育が公立学校から駆逐され、やがては私立学校にも及ぶ。ド・クレッツァーは英語を話す家庭に育ち、メソディスト系の私立学校に通っていたが、「言語の政治」から逃れるため、一九七二年に両親と共にオーストラリアのメルボルンに移住する。ソルボンヌ大学でフランス文学の修士号を取得したのちメルボルン大学の博士課程に進学した彼女は、研究者への道を歩んでいた。しかし、「マグパイのような性格」が研究には向いていないことに気づき、旅行ガイド本の出版社であるロンリープラネットに就職、パリで十年ほど勤務する。一九九九年にフランス革命を背景とした初の小説『薔薇の育種家』（原題 *The Rose Grower*）を発表、さらに『ハミルトン事件』（*The Hamilton Case*, 2003）、『行方知れずの犬』（*The Lost Dog*, 2007）と立て続けに話題作を世に送り出す。彼女が現代オーストラリア文学を代表する作家のひとりという評価を確立したのが本作『旅の問いかけ』と『来るべき人生』（*The Life to Come*, 2017）である。ド・クレッツァーは旅と移民をテーマとしたこれらの作品で、オーストラリアでもっとも権威ある文学賞、マイルス・フランクリン賞を二度受賞している。

この作品には作者の生い立ちや経歴が色濃く反映されている。言うまでもなくスリランカの政治状況はラヴィの章の背景となっているし、旅行ガイド本の出版社で繰り広げられるシチュエーションコメディはロンリープラネットでの勤務経験が下敷きになっている。小説に繰り返し登場するモチーフにも作者の伝記的事実との関連を見出すことができる。たとえばシオ・ニューマンが登場する章の主題は喪失と記憶である。シオは少年時代の思い出を詳細かつ鮮明に語り、ローラに強い印象を与える。しかし、シオが亡くなった後でローラは気づく。少年シオの想像力を掻き立てた踊り場の窓が存在しないことに。彼の姉からの手紙によって、シオが語っていたのは母親から聞かされていた少女時代、つまり二重の記憶だったことが明かされる。シオの母親は、児童を国外に疎開させナチス・ドイツの迫害から守るキンダートランスポートにより、祖国ドイツからイギリスへの移住を余儀なくされた故国喪失者である。彼女は失われた少女時代を取り戻すべく、ベルリンの家を再現しようと試みる。しかし、過剰な装飾や勘違いが重なった結果、シオの家の内部はどこかちぐはぐな印象を与える。それを目にしたローラは、子どもの頃の間違い探し遊びを思い出してひとり微笑むのである。ド・クレッツァーの文学の基調となっている悲劇の中の喜劇がここにも顔をのぞかせている。このエピソードを読んで祖国を捨てざるをえなかったロシア出身の作家、ナボコフを思い浮かべた読者もいるかもしれない。ド・クレッツァーとナボコフは生きた時代も場所も文化的ルーツも異なるが、個人の力ではどうすることもできない大きな力によって離国を余儀なくされたという点においてつながっている。ローラの記憶の錯誤を描いた場面は、窓越しの光の描写もあいまってナボコフの文章を彷彿させる。

この種の共感には記憶と偏見、そして天候という偶然の要素が関係している。（実際、ローラはのちにいくつかの事物を混同することになる。たとえば、大きな衣装ダンスはそもそもリスボンではなく、リグーリア海岸沿いに建つ修道院の回廊にあった品だった。ワックスで磨き上げられた薄暗い廊下に、窓によって四角く切り取られた光が並び、象嵌細工のようだった。）（九六頁）

記憶を運ぶ「物」へのこだわりも随所に登場する。たとえばヘスターの所持品、ヒランが夢中になるビューファインダー、そしてマリーニの少女時代の自由帳。こうした記憶を伝える物への愛着も、作家の経歴と無縁ではないかもしれない。ド・クレッツァーはスーツケースひとつでスリランカを出国したため、子ども時代の記念品は何ひとつ手元に残っていないという。

『旅の問いかけ』を読む楽しみは、ビューファインダーが与えてくれる満足とどこか似ている。世界から切り取られ、小さなおもちゃに閉じ込められた異国の情景には妖しい魅力がある。読者がローラやラヴィの目を通して見る異国の街並みにも同じような魅力がある。作者は日常に思いがけず訪れる美しい瞬間を見逃さない。たとえばラヴィが通っていた学校の二階の窓から見える海や、春になるとシドニーの街にいっせいにあふれるジャカランダの花。窓から光が差し込むわずかな時間だけ表情を変えるラグ。道に散り敷いた花の曼陀羅に、踏みつぶされたゴキブリの死骸を添えるところはいかにもド・クレッツァーらしい。

この小説は同時代に向けられたすぐれた社会批評であり、心理分析でもある。作者はあくまで軽やかに、しかし鋭い風刺をこめて美術／アカデミズム／ビジネスの世界、イギリスに暮らすオーストラリア人の心理、他者の目に映るオーストラリア社会、文化的他者に対する差別意識、真正性（＝本物であること、本物らしさ）の神話、父と娘の錯綜した愛情などを探り、欺瞞や思い込みを明らかにしていく。たとえばリアルランカという旅行会社が提供するツアーや、ナポリの美術商が販売するオーストラリア先住民が制作したポールのエピソードは、真正性と商業主義の結託を前景化し、さらには真正性を無批判に信奉し、貪欲に追求する消費者の不気味さをさらけ出す。真正性の問題は、観光を超越したいという旅行者／観光客の願望にも通じている。それは見果てぬ夢であり、実現するには旅行者／観光客というステータスを脱ぎ捨て、美術商が言うように現地の人間になるしかないのだろう。

真正性の問題はオーストラリア人の精神性とも深くかかわっている。イギリスの流刑植民地として始まり、先住民の土地を収奪することによって成立した国民国家オーストラリアでは、国家の正統性を歴史に求めるのが難しい。正統性に関する疑念は「私は偽物ではないか」というアイデンティティの不安を生む。歴史的祖国イギリスで暮らす「植民地人」ローラは、アイデンティティの置き場所を意識せざるをえない。彼女のコンプレックスは、たとえば書店員に対して極端なオーストラリア・アクセントで話しかける行為として表面化する。また、ひとつのレンガが歴史と帰属についての考察を誘う場面もある。友人のコテージに招かれたローラは、ドアストッパー代わりに何気なく置かれているレンガが、実はエリザベス朝時代のものらしいと知らされる。そのとき彼女は、イギリス系移民の末裔であるフレイザー家が、今もなお根無し草的存在であることを意識せざるをえない。

あのレンガが誰にも注意を払われず存在してきたのは、モーリー家がその土地に住み続けてきた証だった。それに比べるとローラの一族は、異国の風土にいまだに適応できない、活力はあるが根の浅い植物のような存在だった。（一四六頁）

「今日の世界は、ようやくたどり着いた場所に根を下ろすことができず、かつて帰属していた場所を思い続ける人たちであふれている」（一四七頁）というシオの言葉は、ラヴィだけではなく、意識の深層ではローラにも当てはまるのかもしれない。

ここ数十年の急速なデジタル化の進展とそれに伴う時間の加速も本作品の重要なテーマである。私たちが生きている世界はワールドワイドウェブという目に見えない網に覆われ、情報は瞬時に世界を駆け巡る。シオの表現を借りれば時間が生じる時間さえない時代である。そんな時代だからこそ、身体的な時間感覚を呼び覚ましてくれるこの小説の読書体験は貴重である。読者は主人公たちの歩みに寄り添い、いつしか同時代を見つめ直していた自分に気づくだろう。

今回の翻訳は同志社大学名誉教授の有満保江先生からお声がけいただいてスタートした。しかし、私の力不足から出版が大幅に遅れ、関係各位に多大なご迷惑をおかけすることになった。とりわけ訳稿を逐一チェックしてくださったばかりか、作品後半の翻訳を分担までしてくださった有満先生には心からのお詫びと感謝を申し上げる。有満先生のひとかたならぬお力添えがなければ本書が世に出ることはなかった。出版助成いただいている豪日交流基金にも大変ご心配をおかけした。深くお詫びするとともに、ご支援に厚くお礼申し上げる。現代企画室の小倉裕介さんは翻訳者として未熟な私を最後まで辛抱強く支えてくれた。関係者との調整に力を尽くし、この企画を繋ぎとめてくださったことに感謝の言葉もない。解釈に迷ったときに助言してくれた立命館大学のよき同僚、ジャクソン・ロックラン教授とマイケル・ウルフ教授にも感謝申し上げる。

佐藤　渉

『旅の問いかけ』の全訳にはかなりの時間を要した。時間がかかってしまったのは、この作品が長編であることに加えて、複雑かつ難解だったからだ。しかしこの作品は、その複雑さと難解さ故に、時間と空間を超えたさまざまな領域に読者を誘い、限りない楽しみを与えてくれる。ここでは、作品のタイトルが持つ意味について考えてみたい。

『旅の問いかけ』（原題は*Questions of Travel*）という作品は、そのタイトルが示すとおり、「旅」についての物語である。オーストラリアは移民国家であり、そこに住む人びとはどこか別の場所に祖国をもち、ディアスポラと呼ばれることもある。彼らは、しばしば自分の存在を確認するために祖国を旅する。しかし彼らの祖国は、実際に存在している場合もあればすでに消滅している場合もある。その意味で、彼らの「旅」は現実の「旅」であると同時に記憶や回想の「旅」、また時には空想の「旅」でもある。その意味においてこの作品は、読者が多様なレベルで読むことを可能にしてくれる。

実際に描かれている旅は、主人公ローラのイギリスやヨーロッパでの体験、そしてスリランカ出身のもうひとりの主人公ラヴィの、難民としてのオーストラリア滞在の体験である。その他の登場人物もそれぞれの人生を旅している。しかし作品に描かれているのは、彼らの祖国と今いる場所のあいだを行きから心の中の、そして意識の中の旅でもある。読者は主人公の心や意識の中を旅し、彼らの出自や歴史を知ることになる。

新しい形の旅のガイドブックなのかもしれない。こうした旅を可能にしてくれるのは、著者ミシェル・ド・クレッツァーの想像力豊かな筆力によるものだが、やがてその旅にもうひとつの意味も込められていることに気づかされる。

グローバル化が進む現代、この作品では先人たちが長い年月あいだに築きあげた宗教、学問、芸術、文学、歴史、文化などのさまざまな価値観が脅かされる時代でもある。現代を生きる人間は、刻々と変化する時代の中で既成の価値観が消滅し、新しい価値観にさらされている。ヨーロッパを旅するローラは、キリスト教がすでに過去の遺跡でしかないことを思い知らされる。また作品の中に散りばめられている哲学、文学理論、芸術論は、ローラにとっての破壊願望の対象となっている。ローラは「時がすべてに平手打ちを食らわせる」(五〇六頁)と感じ、また同居人でありイタリア人のカルロに向かって、「私がしたいのは、すべてをぶっつぶして世界を根こそぎ引っこ抜くことなの」(五五一頁)と告白しそうになる。彼女はこの世の中に永遠なるものが存在しないことを認識させられる。

一方のラヴィは祖国スリランカの歴史に翻弄され、まったく異なる文化をもつオーストラリアに難民として移り住む。ラヴィが祖国を離れるとき、「この島が海底の割れ目に滑り落ちて永遠に失われたとしても地図はほとんど変わらないだろう。足元をすくいながら波が退いていく感覚が蘇る。あたりがぐらりと揺らぎ、床が崩れ落ちる」(二九頁)と感じ、祖国の土地は残っても、自分の存在が根底から崩されていくことを予感するのである。そして彼は送りこまれた新しい環境になじむことはできず、故郷との絆を捨てきることができない。しかし時が経つにつれ、故郷はその姿を変えていく。彼の知っている故郷は、場所の名前すら変わってしまう。

グローバル化社会では、人が移動することによって人間の土地や過去とのつながりが失われ、出自があいまいなものとなる。それによってひとつの国家の歴史や文化の系譜は次第に揺らぎ、人間のアイデンティティも不確実なものとなる。こうして過去の価値観が失われる中、それにとって代わるものが出現する。それは、科学技術の成果とも言えるＩＴ技術である。この小説の中で大きな意味を持つのは、デジタル化社会である。この作品の時代背景は、世の中がデジタル化へと移行する時期と重なる。人びとが世界を移動する一方で、一瞬にして地球の裏側とコミュニケーションをとることが可能になる時代である。ＩＴ技術による情報化社会は、グローバル化社会を象徴するものとなり、人間はＩＴによって支配されるようになる。作品の最後で、「まるで地球全体が悲しんでいるかのように」（六一二頁）、十二月二十六日の九時二十分頃に津波が地球を襲った。この結末は、確固たる価値を失った現代を生きることの危うさ、虚しさを表わす瞬間であろう。ローラとラヴィは、グローバル化された現代社会において、ひとりの人間の中に異なる出自を併せもつ存在として描かれ、それぞれがひとりの人間の中の他者が持つ自我「オルター・エゴ」として存在していると解釈することもできよう。

この小説のタイトルにある「旅」は、このように不確実な時代を生きる現代人の人生（ライフ）そのものを意味しているように思われる。『旅の問いかけ』（*Questions of Travel*）とはすなわち、「生きることの意味を問い続ける旅」とも解釈できよう。しかしこの混とんとした世界を縦横無尽に行きかう現代人が「旅の意味」を問いかけても、その「答え」はない。「答え」のない人生の「旅」を続ける現代人のあり方こそが、ド・クレッツァー氏がこの小説で描きたかったことではないだろうか。登場人物はその多くが世界各国から移動する移民、難民であるが、作品の舞台がグローバル化社会を先取りする多文化社会、オーストラリアであることには大きな意味があると思われる。

すぐれた作品と呼ばれるものが常にそうであるように、この『旅の問いかけ』は幾層もの読み方を可能にしてくれる。読者は作品を読み直すことによって新たな発見をし、作品の深層に迫っていく。訳出に膨大な時間を要したが、読者にはじっくりと作品の世界を味わっていただきたい。作品の後半部分の訳出に際し、オーストラリア出身で、オーストラリア・ニュージーランド文学会会員で、就実大学教授のジェニファー・スコット氏に大変お世話になった。特にオーストラリアで使われる独特な言いまわしについては、多くの貴重な助言をいただいた。ここに感謝の意を表したい。また、編集を担当された小倉裕介氏には丁寧に原稿をチェックしていただき、的確なコメントを数多くいただいた。深く御礼を申しあげる。そして長期にわたるこの企画の出版を助成してくださっている、オーストラリア政府の機関である豪日交流基金に、心より御礼を申しあげる。

有満保江

【著者紹介】

ミシェル・ド・クレッツァー（Michelle de Kretser）

1957年、スリランカ生まれ。後に内戦に発展する国内の民族的対立を避けて、14歳のときに両親とともにオーストラリアに移住する。パリとメルボルンで高等教育を受け文学修士号を取得。大学講師、書評家、旅行ガイド編集者としての活動を経て、1999年より自作の小説の発表を始める。長篇小説二作目の *The Hamilton Case* (2003) でコモンウェルス文学賞、王立文学協会アンコール賞などを受賞。続く *The Lost Dog* (2007) ではニューサウスウェールズ州最優秀作品賞、クリスティナ・ステッド創作賞、オーストラリア文学協会ゴールドメダルなどを受賞し、複数の国際的な文学賞にもノミネートされるなど高い評価を得た。本作『旅の問いかけ（*Questions of Travel*）』（2012）と次作 *The Life to Come* (2017) で、オーストラリアでもっとも権威が高いとされる文学賞、マイルズ・フランクリン賞を二度受賞。その動向が国際的にも注目される、現代オーストラリアを代表する小説家のひとり。

【訳者紹介】

有満保江（ありみつ・やすえ）

同志社大学名誉教授。日本女子大学大学院文学研究科（英文学専攻）、オーストラリア国立大学（オーストラリア文学専攻）修了、文学修士。主な著書に『オーストラリアのアイデンティティ —— 文学にみるその模索と変容』（東京大学出版会、2003）『Contemporary Australian Studies』（共編著、音羽書房鶴見書店、2017）、編訳書に『ダイヤモンド・ドッグ ——《多文化を映す》現代オーストラリア短編小説集』（現代企画室、2008）があるほか、「オーストラリア現代文学傑作選」シリーズ（現代企画室、2012–）の企画・監修を務める。

佐藤渉（さとう・わたる）

立命館大学法学部教授。立命館大学文学研究科修了（文学博士）。専門はオーストラリア文学。

Questions of Travel by Michelle de Kretser
Masterpieces of Contemporary Australian Literature, vol. 7

旅の問いかけ

発　行　2022年1月31日初版第1刷
定　価　2500円＋税
著　者　ミシェル・ド・クレッツァー
訳　者　有満保江、佐藤渉
装　丁　松永路
発行者　北川フラム
発行所　現代企画室
東京都渋谷区猿楽町29-18　ヒルサイドテラスA-8
Tel. 03-3461-5082　Fax 03-3461-5083
e-mail: gendai@jca.apc.org
http://www.jca.apc.org/gendai/
印刷所　中央精版印刷株式会社

ISBN978-4-7738-2112-3 C0097 Y2500E
© Yasue Arimitsu, Wataru Sato, 2022